Rolf Thum

Die wundersamen Wolkengeschichten

Bibliographische Information der Deutschen Bibliothek
Die Deutsche Bibliothek verzeichnet diese Publikation in der Deutschen Nationalbibliographie; detaillierte bibliographische Daten sind im Internet über http://dnb.ddb.de abrufbar.

Anschrift: Kirchenstr. 5, 68766 Hockenheim
Lektorat, Umschlaggestaltung: Christine Thum
Druck: TZ-Verlag, Rossdorf bei Darmstadt

ISBN: 978-3-031569-22-8

Inhalt

Der Turm bei der Wolfsschlucht

Es war einmal vor langer, langer Zeit...
Ein eiskalter Sturm fegte über das Land, und meterhoher Schnee trennte die Dörfer und Gehöfte der Menschen voneinander.
Die Menschen hungerten, froren und sehnten sich nach dem Frühjahr.
Auch die Tiere litten unter der Kälte; ganz besonders fror ein kleines weißes Tier, das erst im vergangenen Sommer von Kaufleuten aus einem weit entfernten Land im Süden mitgebracht worden war.
Das Tierchen hatte damals bei den Menschen noch keinen rechten Namen. Die Leute riefen es Weißchen, wegen seines weißen Felles. Es sah aus wie ein Kuder[1], doch war es kleiner und sanfter als dieser. Es war sehr sauber und roch nicht so unangenehm wie Hund, Marder oder Fuchs - und es war sehr nützlich, denn es vertilgte Unmengen von Mäusen, Ratten und Ungeziefer. Auch ließ es sich gerne streicheln. Kraulte man es am Ohr, begann es drollig zu schnurren.
Dabei war ihm, dem Samtpfoten-Kater Quax - so nannte er sich selbst - keineswegs sehr zum Schnurren zu Mute. Er dachte an nichts anderes, als diesen kalten, verwunschenen Ort wieder zu verlassen. Schnee, Wind, ein wolkenverhangener Himmel - all das war ihm fremd! Dort, wo er aufgewachsen war, schien fast das ganze Jahr über die Sonne; der Regen war warm und die Nächte waren mild und sternenklar. Doch Quax wußte: Der Weg zurück in die Heimat der Samtpfoten war weit und gefährlich. Aber irgendwann würde er sich aufmachen und er würde es schaffen!

Eines Tages spähte die Sonne vorsichtig zwischen den Wolken hervor, und Quax sprang hinaus in den Schnee.
'Besser heute als morgen', dachte er und begann zu laufen. 'Ich muß mich nur an die Sonne halten, dann kann ich den Weg nicht verfehlen.'
Schon bald schmerzten seine Pfoten im kalten, nassen Schnee. Am liebsten wäre er wieder umgekehrt. Aber er hatte seinen Stolz. Unbeirrt setzte er seinen Weg fort.

---

1) Kuder: Alter Name für den Wildkater

Als jedoch die Nacht hereinbrach, und der Wind wieder zu blasen begann, verlor Quax all seinen Mut. Ihm war, als zurrten hundert Katzenteufelchen an seinen Schnurrhaaren! Er mußte einen Unterschlupf für die Nacht finden, wollte er nicht zu Stein und Bein gefrieren.
Da erblickte er eine winzige Hütte am Waldrand. Ein schwaches Licht brannte hinter dem mit Tüchern verhängten Fenster. Quax blieb stehen und schnupperte. Roch es hier nicht nach einer anderen Samtpfote? Hier mußte ein Artgenosse wohnen.
'Wo *eine* Samtpfote ist, kann auch eine zweite sein', dachte er. 'Vielleicht kann ich hier über Nacht bleiben.'
Er setzte sich vor die Tür und begann zu miauen: erst bittend, dann flehend, schließlich fordernd und drohend. Doch in der Hütte rührte sich nichts. Die Tür blieb verschlossen.
Quax wollte schon weitergehen, als es fauchte. Ein riesiger Samtpfotenkopf schob sich durch ein Schlupfloch an der Tür. Quax erschrak so sehr, daß er davonlaufen wollte.
"Halt, bleib doch hier!" rief die große Katze. "Ich tu dir nichts! Sag mir, wer du bist und was du hier willst!"
"Ich...", stotterte Quax, "ich bin Quax... ich bin... äh... ich bin unterwegs, nach Hause, nach Palmyra[2]. Ich dachte... vielleicht kann ich hier meine Pfoten ein wenig aufwärmen."
Die große Samtpfote lachte. Ja, Katzen können lachen, auch wenn wir Menschen es nicht sehen. "So, so, du bist unterwegs nach Palmyra", sagte sie. "Da hast du aber noch einen sehr weiten Weg vor dir! Du konntest dir kaum einen kälteren Tag aussuchen zum Streunen! Nun, dann komm schnell herein und wärme dich auf. Meine Menschen sind schon zu Bett gegangen. Sie haben bestimmt nichts gegen deinen Besuch."
Quax hatte sich mittlerweile gefaßt, denn er hatte bemerkt, daß die Samtpfote gar nicht so groß war, sondern nur ein langes, dichtes Fell besaß. Geschwind kroch er durch das Schlupfloch in die Hütte.
Drinnen war es mollig warm. Das Licht, das Quax von draußen gesehen hatte, kam von einem Feuerchen am Herd.
"Komm zu mir, auf mein Plätzchen!" bat ihn die Katze. "Mach es dir bequem, als wärst du zu Hause!"
"Dort, wo ich die letzten Monate wohnte, war es nie richtig bequem",

---

[2)] Palmyra: Antike Stadt in Syrien

murrte Quax. “Meine Leute hocken immer im Kalten.”
“Die Meinen haben ein kleines Kind”, erklärte die Katze, “deshalb lassen sie das Feuer brennen. Doch sag mir, wie du in diese Gegend gekommen bist?”
“Ich wurde letztes Jahr von Kaufleuten hierher verschleppt. Seitdem ist es mir nicht besonders gut ergangen. Und du, woher kommst du?”
“Aus einem kleinen Dorf am Rande einer großen Steppe. Mir ging es ähnlich wie dir; auch mich brachten Kaufleute in diese Gegend. Ich heiße übrigens Manulia.”
Quax schwieg eine Weile und schaute mißmutig vor sich hin. Dann nörgelte er weiter: “Diese Leute hier verstehen uns Samtpfoten überhaupt nicht. Ich frage mich, warum sie uns gekauft haben.”
“Weil wir ihnen irgendwie nützlich sind”, entgegnete Manulia. “Vielleicht weil wir Mäuse und Ratten fangen. Mäuse und Ratten sind den Menschen lästig.”
“Warum fangen sie dann die Mäuse nicht selbst?”
“Aber Quax, in Palmyra hast du dir doch sicher auch Mäuse fangen müssen, oder etwa nicht?”
“Das schon, aber dort waren die Mäuse fetter und leichter zu kriegen. Außerdem lebte ich in der Nähe eines Marktes, wo die Menschen immer einige Leckerbissen für uns Samtpfoten übrig hatten.”
“Was aber die selben Menschen nicht davon abhielt, eines Tages alle Samtpfoten zu fangen, in Kisten zu sperren und in fremde, kalte Länder zu verschleppen. Ich kenne viele Artgenossen auf den umliegenden Gehöften, die im vergangenen Sommer hierher verkauft wurden, so wie wir. Es muß ein gutes Geschäft für die Händler gewesen sein.”
“Meinetwegen war es ein gutes Geschäft! Aber nicht für mich! Und deshalb schleiche ich mich davon, zurück in die Heimat.”
Manulia erwiderte, es sei recht unvernünftig, jetzt im Winter aufzubrechen, worauf Quax tobte: “Ich will nicht vernünftig sein! Ich will zurück nach Palmyra, zurück zu meinen Palmen!”
“Aber gewiß doch”, beruhigte ihn die Katze, “das wollen wir alle. Ich meine nur, du solltest mit deinem Aufbruch warten bis der Schnee schmilzt und die Flüsse eisfrei sind. Dann könntest du dich mit einem Kahn den großen Strom aufwärts fahren lassen. So mußt du zumindest dieses Stück des Weges nicht auf Pfoten zurücklegen. Es bleibt dir danach immer noch der Weg über die großen Berge bis hinunter zum südlichen Meer.”

“Dein Vorschlag ist nicht schlecht”, antwortete Quax. “Ich habe nicht daran gedacht, daß der Weg so weit und beschwerlich ist. Ich wollte einfach nur fort und bin losgelaufen.”
“Ja, der Weg ist beschwerlich und gefährlich, besonders über die Berge. Dort gibt es Wölfe, Bären und Luchse. Nicht einmal die Menschen wagen sich im Winter über die verschneiten Pässe.”
“Dann warte ich bis zum Frühjahr, Manulia. Wirst du mit mir gehen?”
“Ich weiß noch nicht... vielleicht.”
Quax rückte näher an das Feuer und streckte seine Pfoten aus. Er war sehr müde und begann leise zu schnurren. Auch Manulia flauschte sich näher an den Herd. Bald schon schliefen die beiden fest.
Sie träumten: Manulia lief über eine blumenbunte Steppe, und Quax sah die weißen Häuser und grünen Dattelpalmen seiner Heimatstadt. Sonderbarerweise aber saß er auf einer kleinen weißen Wolke und schwebte darauf immer höher. Häuser und Palmen wurden kleiner und kleiner und verschwanden schließlich im Dunst und Nebel des Traumbilds.

Am nächsten Morgen lief Quax zurück zu seinem Bauernhof. Wieder wurden seine Pfoten zu Eisklötzchen und seine Nase zu einem Eiszapfen. Doch er war zuversichtlich: Bald würde es Frühling werden, und er würde sich auf den Weg machen.
Plötzlich hielt er inne. Eine Pfotenspur kreuzte seinen Weg. Nein, das waren nicht seine eigenen Pfotenabdrücke vom vorherigen Tag. Es war auch keine Hunde- oder Marderspur. Hier war ein Artgenosse entlanggegangen!
‘Ich muß herausfinden, wer das war’, dachte Quax und folgte der Spur durch den dicht verschneiten Wald.
Urplötzlich stand er am Rand einer tiefen, finsteren Schlucht. Sollte das etwa die Wolfsschlucht sein, von der seine Menschen immer wieder gesprochen hatten? Keine zwei Dutzend Samtpfotensprünge voraus sah Quax einen großen, steinernen Turm, und es schien, als führe die Pfotenspur unmittelbar auf dieses Gemäuer zu.
Quax hielt prüfend die Nase in den Wind. Er spürte den Geruch eines anderen Katers. Doch da lag noch etwas in der Luft. Quax konnte es nicht einordnen. Er schnupperte und schnupperte.
Plötzlich verwandelte sich der fremdartige Geruch in einen grauenvoll ätzenden Gestank. Ein schwarzer Qualm quoll aus einem der Turmfenster.

Quax hörte ein Niesen, dann ein Husten, schließlich wurde die Tür aufgerissen, und heraus sprangen zwei schmutzige, rußgeschwärzte Gestalten: ein alter, bärtiger Mann und ein Kater.
“Verdammt”, fluchte der Mann - und Quax kam aus dem Staunen nicht heraus, denn der Mann fluchte in der Sprache der Samtpfoten - “verdammt, mein Hieronymus, dieser Versuch ist uns schon wieder danebengegangen!”
Der Mann schüttelte sich vor Hust- und Niesanfällen, und auch der fremde Samtpfoten-Kater röchelte und prustete, als wolle er sich gar nicht mehr erholen.
Schließlich zog der Qualm ab, und die beiden Fremden begannen, sich mit Schnee zu säubern. Der Kater sprach als erster wieder: “Das nächste Mal beobachte ich die Versuche von draußen. Meine Schnurrhaare sind angesengt.”
Der Mann wollte etwas erwidern, doch da entdeckte er Quax.
“Hieronymus”, rief er, “da hatten wir einen Zuschauer! Sieh, ein Artgenosse von dir!”
Hieronymus dessen Fell inzwischen seidig glänzte, erhob sich und brummte geringschätzig: “Na, da hat er aber viel gesehen!” Zu Quax gewandt fuhr er fort: “Fremdling, ich weiß nicht, wie du hierher kommst und was du hier willst. Laß dir aber gesagt sein: Das hier ist *mein* Revier, und der Herr hier vor dir ist der Zauberer Ortwin, ein Schüler des großen Gelehrten und Zauberers Merlin. Ich bin Ortwins Gehilfe und glaube kaum, daß mein Meister zur Zeit weitere Gehilfen braucht.”
Der Alte aber beugte sich zu Quax hinunter und sagte: “Der Hieronymus meint es nicht so. Er ist ein guter Geselle, nur ein wenig eitel. Ich denke nicht, daß du gekommen bist, mir deine Dienste anzutragen; sicher willst du dir nur kurz die Pfoten wärmen. Das darfst du selbstverständlich. Komm zu uns herein!”
Hieronymus brummte unfreundlich, doch er mußte dulden, daß sein Herr und Meister den Kater Quax auf den Arm nahm und in den Turm trug.

Im Turm sah es fürchterlich aus: ein Durcheinander von Gläsern, Scherben, Gestellen, Drähten, Flaschen, Töpfen, Kolben, ein umgekippter Stuhl, angesengte Papyrusrollen, eine Lache mit einer bräunlichen Flüssigkeit auf dem Boden, überall Ruß.
Der Zauberer schüttelte den Kopf. “Wir müssen erst aufräumen, Hie-

ronymus", sagte er. Er setze Quax auf einen großen Tisch und sagte: "So etwas schon einmal gesehen? Gewiß nicht. Das ist unsere Werkstatt. Eigentlich sind wir sehr auf Ordnung bedacht, aber die Dinge wollen nicht immer so wie wir sie gerne hätten."
Hieronymus wühlte zwischen den zerbrochenen Gegenständen am Boden, zog plötzlich ein eigenartiges Gestell hervor und stülpte es sich auf die Nase. "Sie ist heil geblieben", stellte er fest und sprang damit hinauf zu Quax auf den Tisch. Feierlich erklärte er: "Ohne diese Brille können wir es nämlich nicht lesen, Fremder, und ohne es zu lesen, können wir gar nichts zaubern."
"Ist gut, mein Hieronymus", sagte der Zauberer, "nur sollte uns der Fremde erst einmal sagen, wie er heißt, woher er kommt, und was er in dieser Gegend will, bevor wir ihm allzu viel von unseren Geheimnissen verraten."
Quax erzählte schnell seine Lebensgeschichte und wie er hergekommen war. Zuletzt bat er die beiden, anderen Menschen nichts von seinen Fluchtplänen zu verraten.
"Wir sind ehrenwerte Leute", entgegnete der Zauberer, "auch kümmern wir uns wenig um den Lauf der Welt außerhalb unseres Reiches. Und unser Reich ist diese Werkstatt. Wisse, Quax, ich habe vom großen Zauberer Merlin ein Buch geerbt. Es ist vollgespickt mit wundersamen Sprüchen und Rezepturen, und ich will nicht eher ruhen, bevor ich nicht alle diese Geheimnisse ergründet habe. Auch die Brille, die Hieronymus - unberechtigterweise - auf der Nase trägt, gehörte einst meinem Meister Merlin. Siehe, die Brille hat keine Gläser, aber durch sie hindurch kannst du jede Schrift entziffern, und sei sie noch so sonderbar. Mit Hilfe der Brille lesen wir das Zauberbuch. Gerade beschäftigt uns einer der geheimnisvollsten Sprüche des Buches: der Spruch über den *Wolkenstoff*. Er soll weiß sein wie die Sommerwolken, ebenso weich und so leicht, daß man darauf fliegen könne. Merlin selbst soll einmal darauf von England bis zur Bretagne gesegelt sein. Natürlich wißt ihr Kater nicht, wo das liegt, aber das ist ja auch gleich. Ach ja...", und er seufzte tief, "ich habe in meinem Leben schon manch Wunderwerk vollbracht, aber der Wolkenstoff will mir einfach nicht gelingen. Schau, Quax, das schwarze Gebilde dort auf dem Boden, das hätte er werden sollen! Und dabei weiß ich gar nicht, wozu ich ihn überhaupt brauche. Eigentlich habe ich in meinen alten Tagen nicht mehr vor, weit zu reisen - und unter den Menschen kenne ich niemanden, der würdig wäre, den Wolkenstoff zu besitzen."

Er bückte sich, hob das Rußklümpchen auf, das eigentlich ein weißes Wölkchen hätte werden sollen, und murmelte vor sich hin: “Aber es läßt mich nicht mehr los: Das Werk muß vollendet werden, nicht wahr, Hieronymus?”
Hieronymus antwortete nicht, sondern kroch vorsichtig zwischen den zerbrochenen Gegenständen umher. Plötzlich war er verschwunden, gleichsam in Luft aufgelöst.
Ortwin schimpfte: “Hieronymus! Laß den Unsinn! Komm sofort unter der Tarnkappe hervor!”
Das gefiel Quax: eine Tarnkappe! Die könnte er gut gebrauchen, um heimlich mit den Flußschiffen nach Süden zu reisen. Hieronymus wurde wieder sichtbar und brummelte etwas Unverständliches vor sich hin.
“Mit Katzen hat man nur Ärger”, stöhnte Ortwin und strich sich über die Reste seines versengten Bartes.
Dann aber wandte er sich abermals an Quax: “Wenn es dir behagt, kannst du heute hier bleiben. Zu Essen haben wir zwar nichts, aber im Keller meines Turmes warten Dutzende von Mäusen darauf, gefangen zu werden. Hieronymus kann dir zeigen, wo du sie belauern kannst.”
“Danke”, antwortete Quax, “aber hungrig bin ich jetzt nicht. Eher hätte ich Lust auf ein Schälchen Milch.”
“Ho, Milch!” rief Ortwin. “Wo soll ich denn jetzt, im Winter, eine Milch hernehmen?”
“Du könntest welche zaubern”, bat Hieronymus schmunzelnd.
“Gute Idee”, erwiderte Ortwin und suchte einige Fläschchen und Gläschen zusammen. Er mischte zwei weiße Pülverchen und verrührte das Ganze mit Wasser.
“Hier habt ihr eure Milch! Wie sie schmeckt, weiß ich nicht; hab’ sie nie gekostet.”
Quax war mehr als zufrieden mit der wundersamen Milch, und er beneidete Hieronymus sehr. Er wäre auch gern ein Zauberkater gewesen. So aber war er nur ein armer Bauernhofkater!
Quax schielte zu Hieronymus und bekam Lust, sich auf diesen zu stürzen und in einer wilden Rauferei seine Kräfte mit ihm zu messen. Ortwin schien Quaxens Gedanken zu erraten, denn er sagte: “So, ihr beiden, ich gehe jetzt eine Weile nach nebenan und lege mich aufs Ohr. Der mißlungene Versuch muß erst einmal überschlafen werden. Seid in der Zwischenzeit

schön lieb, streitet und faucht nicht! Sonst komme ich mit einer großen Zwickschere und zupfe euch an den Schnurrhaaren!"
Diese Drohung nahm Quax allen Mut. Nachdem Ortwin gegangen war, blieb er ruhig sitzen.
Hieronymus aber stolzierte hin und her und tat sehr wichtig: "Wisse, Quax, die Sache, an der wir arbeiten, ist von großer Bedeutung. Gelänge es uns, den Wolkenstoff zu brauen, könnten wir damit fliegen, wohin wir wollten. Aber, du hast es ja selbst gesehen: Bislang ist noch nicht viel bei unseren Versuchen herausgekommen. Sicher macht der Alte etwas falsch. Mir scheint, er deutet die Anweisungen im Zauberbuch nicht recht. In einem Zauberbuch ist nämlich alles geheimnisvoll umschrieben. Da nutzt auch die Wunderbrille wenig: Du kannst mit ihr zwar alles lesen, aber der Sinn der Worte muß erst enträtselt werden."
Er hielt inne, als erwarte er von Quax eine Anerkennung für sein Wissen über Zauberbücher. Quax aber schwieg; also fuhr Hieronymus fort:
"Ich bin nun gut ein Jahr bei meinem Meister. In dieser Zeit lernte ich nicht nur lesen, sondern auch die höhere Rechenkunst; sodann Griechisch und Latein, schließlich die Geheimnisse der Alchimie, der Sternkunde und Sterndeutung, der Kräutermedizin und so manches mehr. Es mag nur wenige Samtpfoten geben, die derlei beherrschen."
Quax fühlte sich sehr klein. Er konnte nur Mäuse fangen und das mehr schlecht als recht. Gern hätte er dem Angeber eines übergezogen, wäre da nicht die Angst vor der Zwickschere gewesen, einem Gerät, welches sich der kleine Kater furchtbar vorstellte.
Er faßte sich aber ein Herz und fragte herausfordernd: "Kannst du mir denn nicht einmal etwas aus eurem Zauberbuch vorlesen? Vielleicht den Zauberspruch über den Wolkenstoff?"
"Das ist eigentlich verboten", entgegnete Hieronymus. "Aber, nun ja, wir sind schließlich unter Samtpfoten. Ich lese dir die besagte Stelle vor. Sei aber nicht enttäuscht, wenn du nichts verstehst."
Hieronymus sprang auf den Tisch und begann im Zauberbuch zu blättern. "Schau her, die weichen Blätter!" erklärte er. "Wie sie glänzen! Mein Meister sagt, sie seien aus Seide, einem kostbaren Gewebe aus dem fernen China. Und der Einband sei aus der Haut eines chinesischen Drachens."
Quax betrachtete das Buch, entdeckte aber keine Schrift auf dessen Blättern. "Die Schrift siehst du nur mit der Brille. Schau!" Hieronymus ließ Quax

durch die Brille spähen, und dieser erblickte tatsächlich einige sonderbare Kringel und Striche, die ihn an Spuren von Vögeln im Schnee erinnerten. "So höre, was hier steht", raunte Hieronymus geheimnisvoll und zog sich wieder die Brille über:

"Und so entsteht der Wolkenstoff, leicht und fliegend, samtweich und undurchscheinend, nützlich dem, der ihn zu bändigen weiß, ein Flugteppich gar und Versteck in den Lüften.
Für solchen du benötigst:
Die Seele des Abends,
gewoben im Wind.
Sodann das schwarze Blut der Erde,
gekocht und gesotten,
bis dir sein goldenes Herz nur bleibt.
Als drittes: Harz der Bäume
aus den heißen Wäldern,
welches wie Milch sich ergießt
und erstarrt, während es fließt.
Als viertes die Kristalle des Meeres,
die an seinen Ufern wachsen,
gelöst in essigsaurem Wein,
vermengt mit gleichviel Wasser.
Vom Ersten:
Wie die Strecke zum Mond beträgt.
Vom Zweiten:
Einen Milcheimer voll.
Vom Dritten:
Was in ein Schneckenhaus geht.
Vom Vierten:
Soviel du unbeschadet trinken kannst.
Dies alles vermenget, überm Feuer erwärmt,
versetzt mit dem Strahl des Roten Steines,
langsam wachsen gelassen während der Nacht,
bringt es dir den begehrten Schaum,
der bis zum Morgen sich härtet,
bereit, dich davonzutragen durch die Lüfte,
gebändigt nur durch die Kraft des Roten Steines."

Hieronymus hatte immer langsamer und leiser gesprochen. Er tat, als graue ihm vor den Geheimnissen des Spruches. Dann schwieg er eine Weile und murmelte schließlich: "Niemand kann diese Worte verstehen, es sei denn..."
"...es sei denn", hörten die beiden eine Stimme hinter sich, "er nenne sich ein Zauberer oder dessen dreister Kater!" Ortwin war unbemerkt hereingekommen. "Ja, mein Quax, das ist der Spruch. Ich kann ihn schon im Schlaf. Im Grunde ist alles sehr einfach: Das erste sind Spinnfäden - immerhin die Menge, die in einen Fingerhut paßt, denn gerade soviel ergibt aneinandergereiht die Strecke bis zum Mond. So zumindest lehrte es Meister Merlin. Das zweite ist das Erdpech, das du sieden mußt, bis das goldene Öl herausdampft. Das dritte ist das Harz der Gummibäume, die in fernen Ländern wachsen. Und schließlich das vierte: Es ist das Meersalz. Soweit sind alle Geheimnisse gelöst. Die Reagenzien sind zwar sehr kostbar und nur schwer zu besorgen. Doch mangelt es uns daran nicht."
"Und der Rote Stein?" wollte Quax wissen.
Ortwin kramte in seiner Tasche und holte einen kleinen rubinartigen Kristall heraus.
"Das ist er. Merlin selbst hat ihn mir vererbt. Doch er hat mir keinen Hinweis hinterlassen, wie ich den Satz über den 'Strahl des Steines' zu deuten habe. Ich habe alles versucht: den Stein in die Mixtur geworfen, ihn zum Glühen gebracht, ihn mit ätzenden Wässern behandelt. Alles vergebens! Er bewirkt nichts."
Quax dachte kurz nach, dann rief er laut und stolz:
"Aber die Sache ist doch einfach: Haltet den Stein einfach in die Sonne. Vielleicht strahlt er dann!"
Ortwin lächelte und Hieronymus schnaubte verächtlich. Quax war sehr enttäuscht, als er erfahren mußte, daß sie daran zuallererst gedacht hatten.
Ortwin legte den Stein auf den Tisch und erklärte:
"Der Stein liebt weder die Sonne noch das helle Licht. Schau her: Hier im Halbdunkel des Raumes mag er es aushalten. Doch wollen wir ihn einmal mit vor die Tür nehmen und sehen, was dann geschieht."
Die drei gingen zur Tür, die nach draußen führte. Die Wintersonne stand schon tief und hatte kaum Kraft. Ein eisiger Wind fegte aus der Wolfsschlucht herauf.
Ortwin legte den Stein vor sich auf den Boden. Quax bemerkte, wie

sich die Farbe des Steines langsam änderte: Das Rot verwandelte sich in ein Purpur, dieses schließlich in ein Blau. Und dann versank der Stein langsam im Boden!
“Wo ist er jetzt?” fragte Quax entsetzt. Ortwin bückte sich und klaubte den Stein aus der Erde. Er war nur wenige Zoll eingesunken.
“Siehst du, Katerchen, was mit dem Stein geschieht, wenn er in der Sonne liegt?” sagte Ortwin mit einem milden Lächeln. “Und bedenke, wir haben jetzt Winter. Im Sommer, wenn die Sonne hell leuchtet, geht der Vorgang schneller. Aber auch ohne Sonne, bei normalem Tageslicht, wird der Stein immer schwerer - bis er eben im Boden versinkt. Liegt er aber im dunklen Erdreich, verliert er schon bald sein Gewicht und kann wieder aufgehoben werden. Halte ich ihn in der geschlossenen Hand, bleibt er federleicht und ich kann ihn wegtragen.”
Sie gingen zurück in den Turm. Ortwin stöhnte: “Es bleibt also vorerst ein Geheimnis. Ich gäbe den Rest meines Bartes, wenn ich wüßte, was Merlin mit dem ‘Strahl des Steines’ gemeint hat!”
Quax grübelte noch eine Weile über den sonderbaren Stein und den Zauberspruch. Doch schon bald wurde er müde und fiel in einen tiefen Samtpfotenschlummer.

Am kommenden Morgen schien immer noch die Sonne und Hieronymus drängte zum Aufbruch: “Mach dich auf den Weg, Fremder, nutze das gute, trockene Wetter und lauf zurück zu deinem Bauernhof!”
“Nicht ohne ein Schälchen Milch zum Abschied”, bettelte Quax.
“Es sei euch gewährt”, antwortete Ortwin und suchte seine Pülverchen zusammen.
“Frechheit!” fauchte Hieronymus und ließ sein Schälchen - vorerst - stehen.

Als Quax zu seinem Bauernhof zurückkam, freuten sich seine Leute sehr.
“Das Weißchen ist zurück!” riefen sie. “Es lebt noch, aber seine Nase sieht so blaugefroren aus.”
Dies ärgerte Quax. So gern hätte er diesen Leuten zu verstehen gegeben, daß sie ihn in Ruhe lassen sollten - und daß er nicht Weißchen, sondern Quax hieß. Aber sie verstanden die Sprache der Samtpfoten nicht. Mißmutig zog er sich zurück auf den Heuboden und begann auf Mäuse zu lauern.
“Wäre ich doch nur ein Zauberkater wie Hieronymus!” dachte er sich.

“Dann könnte ich es in dieser Gegend vielleicht aushalten. Auf diesem Bauernhof bleibe ich jedenfalls nicht länger als nötig!”

Sobald der Schnee taute, begann es zu regnen. Quax wußte nicht, was schlimmer war, der frostige Winter oder das kühle Nieselwetter im Vorfrühling. Die Feuchtigkeit drang ins Fell, und dieses begann zu jucken. Übler noch waren die Gerüche, die allerorts aufzogen: draußen vor der Tür der Abfallhaufen, die Menschen, die sich im Winter kaum gewaschen hatten, der alte Hofhund, mit seinem zotteligen, lehmverkrusteten Fell...
“So geht das nicht weiter”, brummte Quax. Kurzerpfot beschloß er, den Turm bei der Wolfsschlucht aufzusuchen. Vielleicht gab es dort wieder etwas Zaubermilch? Zwischen zwei Regenschauern eilte er durch den Wald zu Ortwins Zauberreich.
Schon sah er den Turm vor sich auftauchen und roch den verführerischen Duft von gebratenem Speck - da legte sich etwas um seinen Leib und der Boden verschwand unter seinen Pfoten. Ehe er sich versah, hing er an einem Baum, kopfüber in einem Netz!
Er strampelte und zappelte, doch das Netz zog sich nur noch fester zu. Was er auch versuchte, er konnte sich nicht befreien. So baumelte er eine ungewisse Zeit zwischen den Ästen. Zu allem Übel begann es auch noch zu regnen. Quax wurde schwindlig; er begann jämmerlich zu maunzen.
Endlich hörte er jemanden kommen.
“Jetzt haben wir einen!” rief siegessicher eine bekannte Stimme.
“Warten wir erst einmal ab, ob es wirklich einer ist”, erwiderte eine andere, nicht minder bekannte Stimme.
Das Netzt wurde heruntergelassen und geöffnet. Ortwins Hand, die in einem Lederhandschuh steckte, griff nach Quax und zerrte ihn unsanft heraus.
“Nein, mein Hieronymus”, sagte der Zauberer lächelnd, “das ist keiner. Es ist nur ein Kater.”
“Ein Wildkater etwa?” fragte Hieronymus.
“Nein, es ist dein Artgenosse, der Quax vom Bauernhof drüben.”
Ortwin faßte den immer noch aunzenden Quax etwas sanfter und sagte zu ihm: “Bist wohl wieder neugierig umhergestreunt? Nimm es uns nicht übel, daß wir hier Fallen aufgestellt haben. Sie gelten nicht euch Samtpfoten.”

Hieronymus aber wußte es besser: "Gewiß gelten sie auch Samtpfoten! Die Gegend um den Turm muß nämlich freigehalten werden von allem, was da kriecht und schleicht. Daß du gefangen wurdest, geschah dir zurecht!"
"Hieronymus", ermahnte Ortwin, "sei nicht so ungehalten! Die Fallen gelten, lieber Quax, nur den Waldkobolden, die uns in letzter Zeit immer häufiger belästigen. Hast du schon einmal einen gesehen? Nein? Wir auch nicht. Wir wissen aber, daß sie da sind. Gelegentlich sehen wir ihre Spuren vor dem Turm. Und wir hören sie! Vor allem nachts. Es ist ein teuflisches Gekicher und hämisches Gemecker vor den Fenstern. Tags darauf fehlt dann immer etwas aus der Werkstatt oder es ist etwas zerschlagen. Weiß der Kuckuck, wie sie herein- und wieder hinauskommen!"
"Nicht einmal riechen kann ich sie", ergänzte Hieronymus.
"Jedenfalls habe ich gestern einen Bann um den Turm gelegt", fuhr Ortwin fort, "und im Wald Fallen aufgestellt. Aber außer dir, lieber Quax, hat sich noch niemand darin verfangen. Und nun geh schnell wieder nach Hause und trockne dein Fell!"
Ortwin setzte Quax auf den Boden, packte Hieronymus und wollte zurück zum Turm. Quax war enttäuscht und rief: "Gibt es denn keine Milch? Oder etwas von dem Speck, den ihr bratet?"
Ortwin blieb stehen und lachte: "Du hast aber eine feine Nase! Na, dann komm mit!" Hieronymus brummte, doch Ortwin griff nach Quax und trug die beiden Samtpfoten - eine links, eine rechts - in seine Behausung.
Welch herrlicher Schmaus für einen armen Bauernkater wurde da aufgetischt: Hühnerleber mit Speck, Käse und Eiern und als Krönung sahnige Zaubermilch.
"Ja mein Freund", erklärte Ortwin stolz, "wie du siehst, haben wir wieder reichlich Vorräte. Die Händler aus dem Süden waren letzte Woche das erste Mal in diesem Jahr wieder hier."
"Heißt das, der Weg nach Süden ist wieder frei?" fragte Quax, während er sich den Bart schleckte.
"Sicher", antwortete Hieronymus, "es besteht die Möglichkeit, *zu gehen*!"
Quax überhörte den eigenartig drohenden Tonfall in Hieronymus Worten und fuhr neugierig fort: "Was ist mit euerem Wolkenstoff? Habt ihr Fortschritte gemacht?"
Hieronymus wandte sich ab und begann seine Pfoten zu lecken. Ortwin dagegen seufzte: "Fortschritte? Nicht der Rede wert! Sieh, die Zutaten

stehen bereit: Die Händler brachten ausreichend Baumharz, Erdpech, Meersalz und Spinngewebe. Allein, es fehlt uns immer noch die rechte Deutung des Spruches - der zündende Gedanke gewissermaßen!"
Quax schmunzelte: "Vielleicht fällt mir einmal etwas ein. Ich komme gern wieder vorbei und bin euch behilflich."
"Beim Aufessen des Speckes!" ergänzte Hieronymus knurrend.

Tage vergingen. Der Regen hörte auf, und ein lauer Frühlingswind begann zu wehen. Doch Quax blieb auf seinem Bauernhof, denn es nahte der erste Vollmond nach Frühlingsanfang. In dieser Vollmondnacht feiern die Samtpfoten das Fest der Bastet, der altägyptischen Katzengöttin. Das wollte Quax auf keinen Fall versäumen. Er fürchtete auf seiner Reise durch Gegenden zu kommen, in denen es keine Samtpfoten gab; deshalb hatte er beschlossen, seinen Aufbruch auf einen Tag nach dem Fest zu verschieben.
Seit undenklichen Zeiten feiern die Samtpfoten das Fest der Bastet auf ihre heimliche und eigene Art. Es ist die einzige Nacht im Frühjahr, in der sich alle Katzen und Kater einer Gegend friedlich versammeln. Sobald der Mond aufgegangen ist, treffen sie sich an Plätzen, die nur ihnen bekannt sind. Dort sitzen sie dann beisammen, meist im Kreis, schweigend oder schnurrend. Gelegentlich erzählen sie sich auch Geschichten, und gegen Mitternacht beginnt der eine oder andere ein Lied anzustimmen. Wenn der Morgen graut, zerstreuen sie sich in die umliegenden Wälder, wohl immer eine Katze zusammen mit einem Kater.
Als Quax zum Festplatz kam, waren schon viele Artgenossen versammelt. Er war erstaunt, wie viele Samtpfoten in der Gegend lebten. Die meisten sahen aus wie er selbst: Sie waren klein und gedrungen, mit weißem oder schwarzweißem Fell. Sicherlich waren auch sie von Händlern aus dem Orient hierher geschleppt worden; vielleicht stammten sie sogar aus Palmyra. Es waren aber auch zwei schwarze Kater und ein Gestromter dabei, und unter den weißen waren zwei von erschreckender Größe. Dann war da noch Manulia mit ihrem silberglänzenden Fell und schließlich Hieronymus - die beiden einzigen Artgenossen, die Quax mit Namen kannte. Hätte er damals schon zählen können, wäre er auf insgesamt zwanzig Anwesende gekommen, er selbst mitgerechnet.
"Da ist ja auch der Quax", hörte er Hieronymus sagen. "Ich dachte,

er sei längst unterwegs nach Süden. Er sieht verwirrt aus. Ist alles in Ordnung, Quax?"
Quax stellte die Schnurrhaare nach vorn - ein Zeichen, daß er sich ärgerte - doch er antwortete ruhig: "Gewiß, es ist alles in Ordnung. Doch wundert es mich, dich hier zu sehen, Hieronymus. Muß ein Zauberkater nicht bei seinem Meister bleiben?"
Hieronymus erwiderte, er sei in aller Bescheidenheit kein Zauberkater, doch Quax hakte sofort nach: "Was machen denn die Künste? Was macht der Wolkenstoff?"
Natürlich gab es nichts Neues über den Wolkenstoff, weshalb Hieronymus nur fauchte und sich abwandte.
Manulia aber zwinkerte Quax zu und meinte: "Schade, daß uns Hieronymus keine Fortschritte berichten kann. Aber vielleicht weiß jemand anderes eine lustige oder spannende Geschichte zu erzählen? Ich würde einmal gern wissen, wie du zu deinen gedrillten Schnurrhaaren gekommen bist, Moony."
Der Angesprochene war einer der beiden gewaltigen Kater. Er fuhr sich mit der Pfote gemächlich über seine Schnurrhaarpracht und sagte: "Das muß ein Geheimnis bleiben. Wenn jemand etwas zu erzählen hat, dann der Weiße mit den grünen Augen, warum er Schneemohrle heißt."
Der Weiße schmunzelte: "Als ich klein war, war ich schwarz wie ein Stück Kohle. Doch eines Tages geriet ich in einen Schneesturm und gefror. Als ich wieder auftaute war ich schneeweiß. Deshalb nenne ich mich Schneemohrle."
"Oh!" riefen einige der anwesenden Samtpfotendamen beeindruckt, und jemand fragte: "Kann es sein, daß du eines Tages wieder schwarz wirst?"
"Gewiß", antwortete Schneemohrle, "denn ein weißes Fell hat viele Nachteile. Es ist auffällig und ist nur schwer sauberzuhalten."
"Willst du damit sagen, daß ein schwarzes Fell leichter zu pflegen sei?" fragte einer der beiden Schwarzen.
"Gewiß nicht, Mohrle", erwiderte Schneemohrle, "aber auf weiß sieht katz jeden Fleck."
"Was soll ich da erst sagen, mit meinen langen Haaren!" rief Manulia. "Sie verfilzen so leicht!"
Solcherart verlief die Unterhaltung der Samtpfoten, und sie kamen vom Fell auf die wenigen Haare der Menschen, spotteten darüber, daß ihnen ein rechtes Fell eigentlich fehle, sprachen dann über menschliche Klei-

dung, Behausung, Sitten und Gewohnheiten, schließlich über die frechen Menschenkinder und zu guter Letzt über die lästigen Hunde - kurzum, es war eine Plauderei, wie sie unter Samtpfoten Gang und Gebe war. Quax allerdings langweilte sich. Immerhin lernte er im Verlauf des Abends die anderen Samtpfoten der Gegend näher kennen.
Da war zunächst der zweite schwarze Kater, den sie Bärle nannten, weil er im Ruf stand, bärenstark zu sein. Stärker war allein noch Tobias, genannt die ‘Eiserne Tatze’.
Der Kater Munni dagegen war unwahrscheinlich hager. Auch der Gestromte gehörte nicht zu den Dicksten. Ein weiterer Kater war klein und stark gebaut. Er war äußerst schweigsam und nannte sich selbst Jinx. Munzel dagegen redete um so mehr. Er war von allen der Drolligste: Seine schwarzen Flecken waren unregelmäßig über seinen Körper verteilt, und ein besonders kecker Fleck zierte seine Nase. Er sei schon auf einer Kuh geritten und auf einer Gans geflogen, behauptete er.
“Ist fliegen schön?” wollte jemand wissen. Munzel verneinte und erklärte: “Schon gar nicht auf solch einem Federvieh! Das Biest beliebte nämlich in einem Teich zu landen und bescherte mir ein unfreiwilliges Bad.”
Munzels Abenteuer wurde jedoch durch die Erlebnisse eines anderen Katers übertroffen. Er hieß Antonius, war struppig und grau und behauptete, er käme aus Rom, der Stadt der Katzen. Dort habe er regelmäßig den Fischmarkt unsicher gemacht, bis er unter den Händlern derart bekannt war, daß er die Stadt verlassen mußte. Seitdem ziehe er durch die Welt, sei schon in Ägypten und auf der Insel Kreta gewesen, habe zur Pfote die Alpen überquert und sei schließlich hier vom Winter überrascht worden.
Quax wollte wissen, ob er gedenke, weiterzuwandern.
“Gewiß”, antwortete der Streuner, “aber im Augenblick gefällt es mir recht gut bei euch. Vor allem wegen der reizenden Damen!”
Ja, die Katzendamen waren wirklich sehr reizend. Dieser Meinung war nicht nur der Streuner.
Neben der schönen Manulia war da die kleine Wonni, die ein buntes Bändchen mit einem Schleifchen um den Hals trug, dann die zierliche Minka mit ihren bernsteinfarbenen Augen, sodann die rundliche Annabella, weiterhin eine gewisse Agathe, die sich selbst für überaus edel und gebildet hielt. Die kleinste und sicherlich frechste unter den Anwesenden nannte sich Minze und die allersanfteste hieß Amanda. Alle

diese Samtpfotendamen waren vorwiegend weiß, wohingegen das Fell der schlanken Nubis golden meliert war. Dann war da noch Tabitha. Sie hatte ein äußerst geheimnisvolles Wesen, und es hieß, sie könne Menschen in ihren Bann ziehen.

"Aber das ist nichts Besonderes", erklärte Tabitha. "Jeder von uns kann es. Ihr müßt den Menschen nur fest genug in die Augen sehen und dabei leise schnurren."

"Habe ich versucht", erwiderte Antonius, "aber ohne Erfolg. Ich wollte mir auf diesem Weg einen Fischhändler gefügig machen, jedoch..."

Die anderen lachten, und Tabitha sagte schmunzelnd: "Sicher hast du dabei nur an den Fisch gedacht! Dann klappt es natürlich nicht." Wieder lachten viele, und der Streuner gab etwas zurück, Quax jedoch hörte nicht mehr zu. Er hatte das Gefühl, daß mehr Kater als Katzen anwesend waren, und das beunruhigte ihn. Er war nicht so stark und gewaltig wie Tobias oder Moony, auch nicht so geheimnisvoll wie Schneemohrle oder gar der Zauberergehilfe Hieronymus und vor allem fehlte ihm die Beredsamkeit eines Munzels oder Antonius. An ihm war alles gewöhnlich und er bezweifelte, daß eine Samtpfotendame an einem solch gewöhnlichen Kater Gefallen finden würde.

Der Mond stand schon sehr hoch am Himmel, und der Gestromte begann zu singen. Sofort stimmten die anderen Kater ein. Quax dachte, wenn er schon nicht so hübsch daherplaudern konnte, so war er doch sicher der bessere Sänger. Doch bevor er sein Bestes geben konnte, unterbrach Tabitha die Darbietung mit einem wüsten Fauchen: "Furchtbar, immer diese Lieder vom Mond und vom Frühling! Kennt ihr denn nichts anderes?"

Die Kater blickten sich ratlos an. "Aber die Lieder haben doch bislang immer gefallen", behauptete Munzel.

"Ich will etwas Neues hören!" forderte Tabitha.

"Ich auch!" verlangte Minze.

"Ich wüßte etwas", sagte Hieronymus, "und es wäre mir eine Ehre, es vortragen zu dürfen."

"Angeber", schnaubte Antonius, und auch die anderen Kater brummten verächtlich.

Die Damen aber baten: "Laß es uns hören!" Und Hieronymus begann:

"*Es sitzt ein Kätzchen im Himmelsbaumlaub*
webt mit goldenen Fäden aus Sternschnuppenstaub

ein großes Netz, und das segelt im Wind
mit dir dorthin, wo die Traumwelten sind..."

"Wunderbar", flüsterten die Katzen, und auch einige Kater schienen beeindruckt. Moony kannte das Lied: "Das ist das Lied vom Webekätzchen. In meiner Heimat singt man es oft."
"Ja", sagte Tabitha, "ich habe auch schon vom Webekätzchen gehört. Ich wußte aber nicht, daß es ein Lied von ihm gibt. Dort, wo ich herstamme, erzählt man sich Märchen über das Webekätzchen."
"Ich kenne auch ein Märchen", unterbrach Quax, "und ich bin sicher, daß es keiner von euch bisher gehört hat!"
"Glaub ich nicht", erwiderte Hieronymus.
"Dann erzähl mal!" forderten ihn die anderen auf.
Quax war stolz, daß sich endlich die Augen der Damen auf ihn richteten, und er begann:
"In meiner Heimat erzählen sich die Menschen..." - Sein Blick kreuzte sich mit dem Amandas. Ein geheimnisvoller Schauer lief über seinen Rücken. Er wurde ganz unsicher und stockte. Schnell schaute er hinauf zum Mond und fuhr fort: "...erzählen sie sich, wer in einer Vollmondnacht in den Augen einer Samtpfote das Spiegelbild des Mondes sieht, der soll der Samtpfote unbemerkt folgen. Dort, wo sie sich zum Schlafen hinlegt, soll er am nächsten Morgen graben. Er fände dort einen wundersamen Stein. Legt man diesen Stein ins Wasser, verwandle es sich in Wein oder Milch - je nach Wunsch. Steckt man ihn in ein Stück Holz, quillt Honig heraus, und vergräbt man ihn zwischen den Wurzeln eines Baumes, trägt dieser das ganze Jahr über Früchte. Ja, das erzählen sich die Menschen in meinem Land."
"Diesen Stein würde ich selber ausgraben", scherzte Munni, "dann hätte ich täglich eine frische Milch!"
Die Samtpfotendamen kicherten, doch Amanda fragte ernst: "Hat denn schon jemand diesen Stein gefunden?"
"Ich weiß es nicht", antwortete Quax etwas verlegen. "Es ist ja nur ein Märchen."
"Spiegelt sich das Mondlicht denn wirklich in unseren Augen?" fragte Wonni.
"Oh ja", erwiderte Tabitha, "wie in einem See!"

“Samtpfotenaugen spiegeln nichts”, knurrte Munni. “Sie leuchten nur!”
“Jawohl”, bekräftigte Hieronymus, “und wie sie leuchten! Vor allem im Mondlicht! Nur Ortwins Kristall leuchtet im Mond noch heller. Das solltet ihr einmal sehen!”
Dieser Hieronymus! Mußte er schon wieder alles besser wissen und prahlen!
“Nicht wahr, Quax”, fuhr Hieronymus fort, “du kennst doch Ortwins Roten Stein? Im Sonnenlicht verfärbt er sich dunkelblau und wird schwer, im Mondlicht aber leuchtet er und bleibt leicht wie eine Feder.”
“Im Mondlicht leuchtet er?” sinnierte Quax. “Das habe ich gar nicht gewußt. Habt ihr es denn schon einmal mit dem Mondlicht versucht?”
Hieronymus tat, als überhörte er, was Quax gefragt hatte, doch Quax drängte auf ihn ein: “Gehen wir sofort zu Ortwin und bitten wir ihn, das Experiment mit dem Wolkenstoff durchzuführen!”
Hieronymus verzog verächtlich sein Gesicht und meinte nur, Ortwin habe schon alles versucht. Wegen des Wolkenstoffs verlasse er nicht das schöne Fest in der Bastet-Nacht. Auch die anderen waren ungehalten und knurrten. Quax aber sprang auf und lief davon.
“Ist er verrückt?” fragte Antonius. “Wieso läuft er weg?”
“Er tut sich wichtig”, erklärte Hieronymus. “Schon seit langem nervt er meinen Meister und mich mit Ratschlägen aller Art, die zu nichts führen. Ich glaube nicht, daß sich der Wolkenstoff jemals verwirklichen läßt, denn Ortwin und ich, wir haben schon jede Möglichkeit in Betracht gezogen, Merlins Spruch zu deuten...”
“Jede Möglichkeit”, unterbrach Schneemohrle, “bis auf jene, die zum Erfolg führt.”
“Es gibt keine Lösung für den Zauberspruch!” behauptete Hieronymus mit Nachdruck. “Der Wolkenstoff ist ein Märchen, genauso wie die Geschichten vom Mond und den Samtpfotenaugen oder dem Webekätzchen. Niemals wird es den Wolkenstoff geben!”

Quax aber rannte und rannte. Schon sah er den alten Turm vor sich auftauchen. Zu seiner Freude brannte drinnen noch Licht.
“Ortwiiiin!” jaulte er so laut er konnte. “Mach mir auf! Ich habe eine Idee: Der Mond, der Mond muß es sein!”
“Was ist da draußen los?” fragte Ortwin. “Bist du es Hieronymus?”

“Nein ich, Quax! Bitte mach mir auf, es geht um den Wolkenstoff!”
Ortwin öffnete und ließ den ungestümen Kater herein.
“Nun mach einmal langsam, lieber Quax! Bist du denn nicht zum Samtpfotentreffen gegangen?”
“Doch, natürlich, von dort komme ich gerade her. Aber mir kam ein Gedanke, was es mit Merlins Zauberspruch auf sich haben könnte. Komm, laß es uns ausprobieren! Wo hast du den Roten Stein?”
“Hier”, antwortete Ortwin und kramte in seiner Tasche. “Ich trage ihn immer bei mir. Doch nun sag mir bitte, wieso hat das solche Eile? Du bist ja noch ganz außer Atem; ruhe dich doch erst einmal aus!”
“Später, später, denn jetzt scheint der Mond. Leg doch bitte den Stein in das Mondlicht!”
Ortwin trat ans Fenster und tat wie ihm geheißen wurde. Tatsächlich leuchtete der Stein im Mondlicht in wundersamen Farben.
“Und nun”, fuhr Quax fort, “laß dieses Licht auf deine Mixtur fallen.”
Ortwin schaute verdutzt.
“Die Mixtur für den Wolkenstoff”, drängte Quax.
“Ach so”, sagte Ortwin lächelnd, “du meinst, ich solle das Licht in die Mixtur lenken, um zu sehen, ob dann daraus der Wolkenstoff wird. Hm...”
Er hielt inne und rieb sich seinen Bart, der wieder nachgewachsen war.
“In der Tat, das müßte ich einmal versuchen! Beim Beelzebub, das habe ich noch nicht ausprobiert! Quax, wenn es funktioniert, mische ich dir jeden Tag eine Zaubermilch - bis zum Rest deines oder meines Lebens.”
“Dann tu es doch. Hol deine Mixtur!”
“Ich habe im Augenblick leider keine angesetzt. Ehrlich gesagt, ich hatte den Wolkenstoff insgeheim schon aufgegeben. Aber ich verspreche dir, mein Kater, beim nächsten Vollmond werde ich es versuchen.”
Quax war verbittert. Wenn er das gewußt hätte, wäre er nicht vom Fest der Bastet weggelaufen! Aber es war noch nicht zu spät; sicher saßen die anderen noch in der Runde.
“Wenn dem so ist”, sagte er und lief zur Tür, “dann gehe ich wieder.”
“Willst du denn keine Milch?” fragte Ortwin erstaunt. “Nein? Hast du es so eilig, zur Versammlung zurückzugehen? Wartet etwa eine Dame auf dich?”
Quax wurde verlegen: “Eine Dame? Ich weiß nicht. Da wäre schon eine, die mir gefallen würde. Doch ich weiß nicht, wie ich ihr Herz gewinnen

kann.”
“Da könnte ich dir helfen”, schmunzelte Ortwin. “Schau, hier im Bannkreis um den Turm wachsen kleine Röschen. Pflück dir eines und denk dabei an deine Auserwählte. Wenn du ihr die Blume gibst, wird sie dir nicht widerstehen können.”
Quax pflückte - nein, er rupfte sich schnell eine kleine Rose ab und raste davon.
Der Mond stand schon im Westen, als Quax zum Festplatz zurückkam. Dort saßen nur noch Manulia, Bärle, Mohrle, Munzel und Hieronymus. Quax wollte nicht gesehen werden und versteckte sich hinter einer Hecke. Wo waren nur die anderen? Wo war Amanda?
Quax war unschlüssig. Sollte er Amanda suchen? Oder sollte er sich wieder zu Hieronymus und den anderen gesellen?
Er entschied sich für das Suchen. Er schlich aus seinem Versteck und streifte durch die Felder. Da sah er Amanda auf einer Wiese sitzen. Sie war nicht allein. Tobias, die ‘Eiserne Tatze’ war bei ihr.
Quax war verbittert. Diesen gewaltigen Kater mochte kein Wunderblümchen hinwegzaubern. Quax tröstete sich damit, daß das Frühjahr noch nicht zu Ende war, und trottete davon. Ehe er sich versah, befand er sich wieder auf seinem Bauernhof. Dort kuschelte er sich auf sein zerschlissenes Deckchen und tatzte mit dem Zauberblümchen.
“Du wirst deinen Zauber hoffentlich nicht verlieren”, sprach er mit ihm, “sonst hole ich mir bei Ortwin eines deiner Geschwisterchen!”
Der Mond stand schon sehr tief; langsam dämmerte der neue Tag herauf. Als die erste Amsel zu singen begann, war Quax eingeschlafen. Erneut träumte er von Palmyra und wie er auf einem weißen Wölkchen über den Marktplatz segelte.

Wieder gingen viele Tage dahin. Der Neumond kam und schließlich der zweite Vollmond im Frühjahr. Es wurde wärmer, regnerischer, dann wieder kühler, gelegentlich fiel Schnee, schließlich wurde es wieder wärmer. Es war ein ganz gewöhnliches Frühjahr, und lange ereignete sich nichts Besonderes. Quax, so erzählten sich die Samtpfoten der Gegend, weile immer noch im Lande, obwohl er nirgends mehr gesehen wurde. Die Samtpfoten erzählten sich weiter, er sei bald nach der Nacht der Bastet zu Ortwin und Hieronymus in den Turm gezogen. Schließlich ging das

Gerücht, er habe dort mit dem Brauen von Wolkenstoff begonnen. Aber Genaues wußte niemand.
Endlich kam der Mai, und mit ihm kamen Petunia und Peterle.
Ein Holzfäller hatte sie am Waldrand gefunden: zwei winzige Katzenkinder, noch blind, ohne Mutter. Weder Menschen noch Samtpfoten sollten je erfahren, woher sie kamen. Ihre Mutter konnte keine Katze aus der Gegend gewesen sein; mag sein, daß sie von Kaufleuten oder Reisenden ausgesetzt oder verloren worden waren. Dem Holzfäller dauerten die Geschöpfe und er nahm sie mit zu einer Hütte, in der er eine Katze wußte, die gerade ein Junges bekommen hatte.
Ja, sie hatte nur ein Junges, und sie nannte es Klein-Manul. Es war silbergrau meliert, geradeso wie Manulia selbst, obwohl der Vater pechschwarz gewesen war.
Manulia war entsetzt: "Was soll ich mit den beiden Bälgern! Habe ich nicht genug mit meinem eigenen Kleinen! Außerdem sind die beiden noch blind; meines hat schon seit zwei Tagen die Augen auf. Der Altersunterschied ist zu groß!"
Die Menschen aber schienen sie nicht zu verstehen. Sie legten ihr die beiden Samtpfotenkinder einfach auf ihr Deckchen.
"Wenn es denn sein muß, kümmere ich mich um sie, denn sie tun mir leid", knurrte Manulia. "Ich werde sie großziehen. So hat mein Kleines wenigstens Spielgefährten."
Dann nahm sie die beiden Kätzchen zwischen ihre Pfoten und begann sie zu lecken. Sie hörte, daß die Menschen die beiden Petunia und Peterle getauft hatten. Sie blieb bei diesen Namen. Den Namen aber, den die Menschen ihrem eigenen Kind gegeben hatten, verachtete sie: Magnolia! So ein schrecklicher, völlig unsamtpfotenhafter Name! Sie blieb vorerst bei Klein-Manul; sollte sich das Kind später einmal selbst einen Namen suchen.
Manulia betrachtete die fremden Kinder genauer: Peterle war schmächtig, hatte ein weißliches Fell und einen schwarzen Fleck am linken Ohr. Petunia aber war recht kräftig. Ihr Fell war weiß mit einigen eigenartigen schwarzen Tupfen; der weiße Schwanz zeigte zwei schwarze Kringel. Später sollte sich Manulia noch mehr wundern: Peterles Augen waren grün, doch die von Petunia leuchteten rot!

Rasch wuchsen die Samtpfotenkinder heran, und die Menschen sagten voller Stolz: "Wie doch unsere Katzen gedeihen! Wir brauchen keine mehr zu kaufen - und die Mäuse und Ratten haben das Nachsehen!"
Die Hunde aber waren eifersüchtig. "Ratten und Mäuse werden bald aussterben", kläfften sie, "und wenn die Nager verschwunden sind, so werden hoffentlich auch die Krallpfoten wieder verschwinden." Krallpfoten - so schimpften sie die Katzen! Manulia kannte die Wünsche der Hunde, allein, sie konnte deren Hoffnung nicht teilen. Sie wußte, daß sich die Mäuse schneller vermehrten als sie die Samtpfoten fangen konnten. Manulia fürchtete sich nicht vor dem Verschwinden der Mäuse - eher davor, daß sie überhand nahmen.
"Hört, Kinder", pflegte sie deshalb immer wieder zu sagen, "ihr müßt euch Mäuse fangen. Ihr seid schon groß, also müßt ihr euch euer Essen selbst beschaffen. Die Menschen werden euch nicht länger durchfüttern."
"Ach Mutti", bettelten die Kinder, "heute noch nicht. Fang uns doch du bitte eine Maus. Wir wollen noch ein bißchen *spielen*!"
Am frechsten war Petunia: "Ich bin noch gar nicht groß. Ich bin ein kleines Kätzchen. Heute ist noch kein Tag zum Mäuselauern."
Schließlich riß Manulia der Geduldsfaden: "Petunia! Du fängst dir heute eine Maus! Und zwar jetzt! Sofort!"
"Warum gerade ich?" widersprach Petunia. "Warum nicht Peterle oder Klein-Manul?"
"Weil ich es so will! Du gehst jetzt mit in die Scheune und lauerst!"
Petunia merkte, daß es Manulia ernst war, und ging kleinlaut mit. Doch zum Mäusefangen sollte es so schnell nicht kommen. Im gleichen Augenblick tauchte Mohrle auf und rief aufgeregt:
"Alle Samtpfoten herhören! Ob groß oder klein, jung oder alt, schwarz oder weiß, gestromt oder gefleckt!"
"Was ist los, Mohrle?" fragte Manulia unwirsch. Warum mußte er gerade jetzt stören?!
Mohrle war ganz außer Atem. Er holte tief Luft und berichtete:
"Mich schicken der Zauberer Ortwin und seine beiden Kater Hieronymus und Quax. Sie sind in Bedrängnis. Seit Tagen wird der Zauberturm nachts von Waldkobolden und Gnomen belagert. Es werden jede Nacht mehr. Ortwin weiß nicht mehr, wie er ihrer Herr werden soll. Sein Bannkreis um den Turm wird dem Ansturm nicht mehr lange trotzen."

“Aber was hat Ortwin denn den Waldgeistern getan?” wollte Manulia wissen.
“Nichts”, antwortete Mohrle, “aber den dreien ist es angeblich gelungen, den Wolkenstoff zu brauen. Du weißt ja, dieses luftige Zeug, das angeblich fliegen soll. Seit Quax bei Ortwin wohnt, haben sie wohl Fortschritte gemacht. Ortwin glaubt, die Kobolde hätten es auf diesen Wolkenstoff abgesehen; deshalb belagern sie den Turm.”
“Und was sollen wir Samtpfoten?” fragte Manulia.
“Die Kobolde verjagen! Hieronymus meint, wenn alle Samtpfoten der Gegend mithelfen, könnten die Waldgeister vertrieben werden. Komm, Manulia, nimm auch die Kleinen mit! Sie können bestimmt schon ganz gut raufen. Wir Samtpfoten sollten zusammenhalten.”
“Gut”, sagte Manulia, “ich verstehe zwar die Aufregung wegen diesem seltsamen Wolkenstoff nicht, aber ich gehe trotzdem mit. Für die Kleinen aber ist der Weg wohl zu weit, oder?”
“Ihr könnt euch Zeit lassen”, antwortete Mohrle. “Ihr braucht nicht vor Einbruch der Dunkelheit am Turm zu sein. Ich selbst laufe jetzt weiter zum nächsten Gehöft, andere Samtpfoten benachrichtigen.”
Und schon eilte er davon.
“Heißt das, daß ich jetzt *keine* Maus fangen muß?” fragte Petunia erwartungsvoll.
“Genau das heißt es”, sagte Manulia mit etwas Widerwillen.
“Juchuuuuu”, jauchzte Petunia, “kein langweiliges Mäuselauern!” Auch Peterle und Klein-Manul waren erleichtert.
Sogleich machten sich die vier auf den Weg. Gemächlich liefen sie durch den Wald.
Die jungen Kätzchen tatzelten ab und zu nach Schmetterlingen oder schielten nach Vogelnestern. An einer Quelle machten sie Rast und löschten ihren Durst. Manulia fing einen Molch aus dem Quellbecken, zur Stärkung für zwischendurch.
Sie war recht sorglos. Viel konnte an der Geschichte nicht sein. Sie selbst kannte manche Waldgeister, und das waren alles brave Gesellen. Andererseits war Ortwin ein schrulliger Kauz und seine beiden Kater nicht minder. Wer wußte schon, was sie sich zusammenreimten, wenn sie nächtelang über ihren brodelnden Dämpfen saßen!

Die Sonne stand schon tief, als die Samtpfotenfamilie an der Wolfsschlucht ankam. In den Bäumen sangen die Amseln ihr Abendlied. Frösche quakten. Aus dem oberen Turmfenster stieg ein dünner, bläulicher Rauch. Ein friedliches Bild.
Einige Katzen und Kater waren bereits um den Turm versammelt. Manulia kannte nicht alle. Da war beispielsweise ein sehr zerzauster Kater, der von den Menschen Knurr genannt wurde. Er trug den Namen zurecht, denn er war ein unangenehmer Zeitgenosse. Quax war sein 'ganz besonderer Freund', war er doch dessen Nachfolger auf dem Bauernhof geworden, nachdem Quax zu Ortwin gezogen war.
Knurr hielt deshalb mit seiner Meinung über Quax und das Unternehmen nicht hinterm Berg: "Ich frage mich, wieso wir zu solch unpassender Stunde hierher gelockt wurden! Ich sehe keine Kobolde, rieche keine und höre keine! Quax hat uns reingelegt!"
Ein anderer Kater, der ebenfalls neu in der Gegend war und noch mieser dreinschaute, pflichtete ihm bei: "Das denke ich auch! Wo steckt er überhaupt dieser Quax? Und dieser andere, dieser Hierinomis oder Horünomus, wie er auch immer heißt? Und wo sind die angeblich so bösen Kobolde?! Ich sage euch, es gibt gar keine bösen Kobolde! Nichts dergleichen!"
"Warum bist du dann überhaupt hergekommen?" fragte Tabitha.
"Weil ich gehofft habe, daß es hier etwas zu schnorren gibt. Überall erzählt man sich von Ortwins Zaubermilch."
"Nicht mal ein einziges Schälchen haben sie hingestellt", meckerte Knurr weiter. "Sie haben uns ganz schön übers Ohr gehauen. Man sollte ihnen die Schnurrhaare langziehen!"
"Laßt uns doch noch ein wenig warten", beschwichtigte Tabitha.
Die Kater aber knurrten und zeterten weiter. Knurr lief einmal um den Turm, nur um hinterher sagen zu können, er habe die 'Gegend abgesucht' und nichts Verdächtiges gesehen. Es sollten doch gefälligst alle nach Hause gehen; hier gebe es keine Kobolde. Da aber keiner den Anfang machen wollte - er selbst am allerwenigsten - blieben sie alle hocken.
Immer mehr Samtpfoten kamen hinzu. Als die Sonne hinter den Bergkuppen verschwand, mochten es derer vierzig oder gar fünfzig gewesen sein. Der Wald war friedlich und still, wie immer um diese Tageszeit. Irgendwo sang eine Nachtigall, einige Grillen zirpten. Dazwischen knurrten und

fauchten mißmutig die Kater. Manulia achtete nicht darauf. Aufmerksam betrachtete sie das umliegende Gehölz.
Etwas gefiel ihr nicht; da war etwas, das ihr unheimlich vorkam. Allein, sie konnte nicht sagen, was es war.
Im Grau der Dämmerung sehen die Samtpfoten besonders gut. Manulia erkannte jedes Blatt im näheren Umkreis. Auch bemerkte sie eine Unmenge winzige, fahl schimmernde Pilze auf der Erde. Zwischen den Bäumen lagen viele modrige Wurzelknorren, krüppelige Äste und faulende Strünke. Einige der Knorren schienen Gesichter zu haben, andere Hände, Pfoten oder Tatzen. Manulia hatte von Waldgeistern gehört, die die Gestalt von altem Gehölz annehmen konnten. Aber schließlich konnte jeder mit etwas Phantasie alles Mögliche in die Wurzelgebilde hineindeuten.
Eigentlich war die Dämmerung die Stunde der Waldmäuse. Um diese Zeit mußten sie aus ihren Löchern herauskommen. Doch Manulia konnte sie weder sehen noch hören noch mit den Schnurrhaaren erfühlen. Der Wald schien völlig ‘mausfrei’ zu sein. ‘Soll mich nicht wundern’, dachte Manulia, ‘bei so vielen Samtpfoten.’ Merkwürdigerweise hörte sie aber auch keine Grillen mehr. Sogar die Nachtigall war verstummt. Abgesehen vom Gezeter der Altkater lag über dem Wald eine frostige Stille.
Da erschien Quax auf der Turmspitze. Endlich!
Das Geknurre verstummte augenblicklich. Erwartungsvoll blickten alle nach oben.
“Freunde”, begann Quax, “ich danke euch, daß ihr gekommen seid. Nun hört mir gut zu: Ihr dürft auf keinen Fall den Bannkreis um den Turm verlassen. Innerhalb des Bannkreises können euch die Kobolde nichts anhaben.”
“Wo ist er denn, dein Bannkreis?” riefen die Kater und: “Wo sind sie denn, deine Kobolde?”
“Ihr werdet die Kobolde früh genug sehen”, antwortete Quax. “Die Grenze des Bannkreises erkennt ihr an den kleinen roten Blümchen, die um den Turm herum wachsen. Dort, wo diese aufhören, hört auch der Bannkreis auf. Wenn euch die Waldgeister angreifen, bleibt ruhig sitzen. Sie können nicht in den Bannkreis vordringen. Ihr aber könnt hinaushäkeln. In der letzten Nacht versuchten sie einen Baumstamm von außerhalb an den Turm zu lehnen, um sich eine Brücke über den Zauberkreis zu bauen.

Sicher werden sie in dieser Nacht ähnliches versuchen - und *das* müßt ihr verhindern!"
Die Kater wollten etwas erwidern, doch da erschien Hieronymus auf dem Turm und rief: "Leute, wir können uns doch auf euch verlassen? Hört: Seit Nächten brauen wir an unserem Wolkenstoff, aber wir haben noch nicht viel beisammen. Entweder war es zu sehr bewölkt oder zu nahe am Neumond oder es hinderten uns andere Widrigkeiten. Jetzt aber sind wir endlich soweit: Unsere Reagenzien stehen auf dem Feuer, und die Nacht verspricht klar zu werden. Wenn ihr uns die Waldgeister abhaltet, könnten wir es heute schaffen..."
Er verstummte unfreiwillig. Eine Ladung Lehm klatschte über sein Gesicht.
Quax schrie: "Vorsicht, die Kobolde greifen an!"
Im gleichen Augenblick prasselte ein regelrechter Steinhagel auf den Turm nieder. Quax und Hieronymus flohen sofort ins Innere - für die anderen kam der Angriff zu überraschend: Ihnen blieb nur, schützend die Pfoten über die Köpfe zu halten.
Dann sahen sie, wie es sich im Wald um den Turm bewegte. Wurzeln begannen zu kriechen, Äste schlichen wie Schlangen, Baumstümpfe und Pilze hoppelten durch das Unterholz - und überall leuchteten Augenpaare!
"Tatsächlich, Kobolde", flüsterten die Samtpfoten. Die jungen Kätzchen drückten sich ängstlich an die alten. Ein Raunen ging durch den Wald, dann ein Gekicher. Die glühenden Augenpaare kamen näher. Die Samtpfoten spürten etwas in ihren Schnurrhaaren - ein unheimliches Zittern lag in der Luft.
Dann - für einen kurzen Augenblick - sahen sie einen ganz deutlich! Er kam einige Schritte aus dem Wald heraus, stand auf der Lichtung im Dämmerlicht und grunzte. Sein Körper war gedrungen, kaum größer als der einer Samtpfote. Die Arme und Beine, von denen er gewiß ein gutes Dutzend besaß, sprossen wirr aus seinem knorpeligen Leib heraus - wie verkrüppelte Äste einer Weide. Und der Kopf? Das war eigentlich kein Kopf, sondern nur eine gurkenförmige Nase mit ein wenig Stirn darüber. Zwischen Gurke und Stirn standen zwei rotglühende Augen, und auf dem Hinterkopf wucherte ein krautartiges Gespinst.
Die Samtpfoten wichen erschrocken zurück. Das Gebilde hüpfte eine Leibeslänge vor, zischte wie eine Echse und verschwand im gleichen

Augenblick wieder im Wald.
“So etwas Gräßliches”, aunzte Minze. “Ich fürchte mich.” Auch die anderen Samtpfoten zeigten ihre Angst, und selbst Manulia, der Waldgeister nichts Fremdes waren, glaubte, noch nie eine derart schreckliche Gestalt gesehen zu haben.
“Sah aus wie ein Baumstumpf”, sagte Bärle, “gerade so wie jener, an dem ich ab und zu meine Krallen schärfe. Mit dem werde ich schon fertig.” Er sagte es laut und gespielt selbstsicher. In Wirklichkeit aber zitterte er wie die anderen. Wer wußte schon, *wie viele* dieser Wesen dort im Gebüsch lauerten!
Steine und Erdklumpen flogen erneut auf die Samtpfoten nieder. Sie wichen zurück zur Turmmauer.
“Macht die Tür auf!” forderte Knurr. “Laßt uns in den Turm!”
“Die Tür ist offen”, rief es von drinnen. “Sie ist nur angelehnt. Wer immer sich fürchtet, kann hereinkommen!”
“Ich fürchte mich nicht”, fauchte Knurr. “Nur finde ich es nicht schön, daß wir für euch die Steine auf den Kopf bekommen! Außerdem denke ich an die Samtpfotenkinder!”
“Welche Samtpfotenkinder?” fragte Petunia. Als einzige hatte sie überhaupt keine Angst. Sie fand das Abenteuer schön. Vorsichtig kroch sie wieder an den Bannkreis. Sie wollte unbedingt noch einen Kobold sehen. Eine Weile geschah nichts. Schon stand der Mond hoch über den Bäumen. Der Himmel war tatsächlich fast wolkenlos in dieser Nacht.
Drinnen im Turm brodelte in einem Bronzetopf eine bläuliche Flüssigkeit. Gelegentlich stieg ein weißes Schaumwölkchen daraus hervor. Ortwin und seine beiden Gehilfen waren eifrig bei ihrem Werk und sicher würden sie in dieser Nacht ihr Ziel erreichen - sofern...
Ortwin blickte hin und wieder zum Fenster hinaus. Was er dort draußen sah, beunruhigte ihn mehr und mehr. Quax und Hieronymus aber beobachteten nur die Wölkchen, die aus dem Topf emporstiegen. Sie segelten langsam zur Decke und blieben dort hängen. Noch waren die Wölkchen weich und zerflossen, wenn sie berührt wurden. Ortwin und seine beiden Kater wußten, daß die Wölkchen spätestens bis zum Morgen hart sein würden. Doch selbst dann konnten sie noch geformt, zerteilt und wieder zusammengefügt werden. Es hieß allerdings, behutsam mit ihnen umzugehen, denn je fester man sie anpackte, desto mehr ‘wehrten’ sie sich. Mit groben Werkzeugen, wie Sägen, Scheren oder Zangen, ließen sie sich

nicht bearbeiten. Nichts konnte sie zerstören, weder Feuer noch Wasser, weder ätzende Säuren noch beißende Laugen - und auch keine Samtpfotenkrallen, wie Quax bereits hatte erfahren müssen. Es gelang ihm zwar, ein Wölkchen durchzuhäkeln, doch waren danach seine Krallen völlig stumpf. Man mußte die wundersamen Wattebäusche vorsichtig zupfen oder mit sanftem Druck langsam auseinander- und zusammendrücken, dann gaben sie nach und ließen sich bearbeiten, wie immer es beliebte.

Ein zweiter Gnom war mittlerweile aus dem Wald herausgekommen. Er war kleiner als der erste, aber viel häßlicher! Er bestand nur aus einer warzenübersähten Fratze und wurzelartigen Beinen. Seine Augen leuchteten grün. Er öffnet den Mund und zeigte zwei Reihen spitzer Zähne. Bei allen Katzenteufelchen - dagegen waren Katzenzähne ja nur stumpfe Mahlsteine! Doch auch dieses Wesen verschwand sogleich wieder im Finstern und abermals flogen Steine auf die Samtpfoten.
Dann griffen sie an! Es mochten hunderte sein! Sie kamen aus allen Richtungen gleichzeitig. Sie heulten, zischten, grunzten, fauchten. Zähne und Klauen blitzten im Mondlicht, Augen leuchteten wie Phosphor und glühende Kohlen.
Sie kamen nur bis zum Bannkreis. Dort prallten sie ab wie an einer Mauer aus Glas. Mit ohrenbetäubendem Wutgeschrei zogen sie sich so schnell zurück wie sie gekommen waren.
"Was war'n das?" stotterte Knurr ganz verwirrt.
Alle waren vor Schreck wie gelähmt.
"Beim Katzenteufelchen persönlich", fluchte Munni, als er sich langsam wieder gefaßt hatte. "Sie sehen scheußlich aus! Was so häßlich aussieht, kann nicht gefährlich sein."
"So häßlich finde ich sie nicht", fand Petunia und schaute ihr Brüderchen an, das vor Angst fast zerfloß. "Hast du den gesehen mit den drei Augen? Der gefiel mir am besten. Aber Peterle, du sagst ja gar nichts! Nun hab dich mal nicht so!"
"Fürchtest du dich denn gar nicht, Petunia?" fragte Tabitha verwundert.
"Nö", entgegnete Petunia, "sollte ich?"
Tabitha wollte etwas antworten, als die wilde Meute zum zweiten Mal heranstürmte. Wieder gelangten sie nur bis zur unsichtbaren Wand, prallten ab und zogen sich heulend und kreischend in den Wald zurück.
"Geht das so die ganze Nacht?" fragte Moony.

"Bestimmt nicht", erwiderte Manulia. "Sicher versuchen sie nur herauszufinden, ob der Bann noch wirkt."
In der Tat: Beim dritten Angriff änderten sie ihr Vorgehen. Sie versuchten über den Zauberkreis zu springen, und als ihnen dies auch nicht gelang, nahmen sie Äste und Steine und warfen diese mit aller Gewalt auf die Samtpfoten. Bevor diese auch nur ein Stöckchen zurückwerfen konnten, waren die Waldgeister bereits wieder verschwunden.
"Warum gilt der Bann nicht auch für Stöcke und Steine?" jaulte Munz, den ein Ast am Ohr gestreift hatte.
"Wir sollten den Zauberer bitten, den Bann zu verstärken", miaute Minze. Sie hatte sich ganz fest an Munz herangedrückt.
"Nur keine Angst, meine Dame", tröstete sie Munz. "Wenn auch mein Ohr schmerzt, so bleibe ich doch auf meinem Posten und passe auf, daß..."
Weiter kam er nicht, denn im gleichen Augenblick war es, als fegten alle Katzenteufelchen durchs Gehölz. Äste krachten, Büsche und Sträucher wurden niedergerissen und dazwischen ertönte ein grauenvoll wütendes Kreischen.
Dann stürzte ein rundliches Tier aus dem Wald - ein Kätzchen, ein sehr kleines Kätzchen. Hinter ihm erschien Mohrle, gefolgt von einem Dutzend weiterer Samtpfoten.
Unter einem wahren Wolkenbruch von Steinen erreichten Mohrle und seine Schar den Bannkreis.
"Wir kommen etwas spät", begann Mohrle, "aber der Weg die Wolfsschlucht herauf war beschwerlich."
"Die Biester dort drüben wollten uns nicht durchlassen", sagte ein Gestromter, "aber wir ließen uns nicht abhalten."
Er war übel zugerichtet und begann sein zerzaustes Fell zu ordnen.
"Denen haben wir's gezeigt!" rief das kleine Kätzchen. Es blutete am Ohr und seine Augen standen verdreht.
"Du bist verletzt", stellte Tabitha fest. "Geh in den Turm und laß dich mit einer Salbe behandeln!"
"Ach was", erwiderte das Kätzchen, wobei es seine Augen noch mehr verdrehte, "der kleine Kratzer ist nicht der Rede wert. Ich bleibe hier draußen."
"Alle Samtpfotenkinder sollten in den Turm gehen", schimpfte Manulia. "Es war unverantwortlich, euch mitzunehmen. Vor allem dieser Winzling,

mit seinem verletzten Ohr..."
"Was heißt hier Winzling!" fauchte das Kätzchen wütend. "Erstens bin ich kein Winzling, zweitens kein Kind und drittens heiße ich Xenofefa!"
Zum Schrecken aller schielte es noch schlimmer als zuvor.
Als aber Petunia dreist sagte: "Wir bleiben alle hier!" und dem niemand mehr widersprach, stellten sich Xenofefas Augen wieder gerade.
Im Wald tat sich etwas. Da war ein Murmeln, ein Raunen in den Bäumen, schließlich ein Brausen, als fege der Wind durch die Wipfel. Tatsächlich: Die Bäume bogen sich wie bei einem schweren Sturm.
"Das kann nicht sein", flüsterten die Samtpfoten erschrocken. "Es ist doch windstill! Was machen die Bäume nur?"
"Habt keine Angst!" beruhigte Manulia. "Die Bäume sind festgewachsen. Sie können nicht weglaufen."
"Aber seht doch!" riefen andere. "Sie versuchen zu uns herüberzugreifen! Sie stehen mit den Kobolden im Bunde! Sie helfen den Waldgeistern!"
"Das verstehe ich nicht", brummte der Gestromte. "Die Bäume sind doch unsere Freunde. Ich habe noch keinen Baum etwas zu Leide getan. Ich kralle nur an totem Holz!"
Die uralten Eichen und Linden am Wegrand schwankten mehr und mehr. Immer näher streckten sie ihre Kronen in Richtung Turm. Es war, als verwandelten sich ihre Äste in Hände und ihre Zweige in Finger - und als blickten aus den Stämmen fratzenhafte Gesichter. Waren das die Gesichter aufsitzender Kobolde oder die Gesichter der Bäume selbst?
Schon hatte eine der Eichen ihre Äste soweit herübergebeugt, daß sie die Turmspitze berührte. Sofort erstarrte der Baum, und die Samtpfoten sahen, wie die Gnome und Kobolde auf ihn hinaufkletterten.
Der kleine Jinx rief als erster, was alle dachten: "Der Baum hat den Bannkreis überwunden! Schnell, Freunde, wir müssen auf das Turmdach!"
Die Samtpfotenschar fegte die Stufen hinauf. Siehe da: Die ersten Kobolde hatten bereits das Dach erreicht; einer öffnete gar schon die Bodenluke und zwängte sich ins Innere.
Hieronymus, Quax und Ortwin hörten ein furchtbares Rumoren auf dem Dach und im Treppenaufgang.
"Was mag da vorgehen?" fragte Hieronymus ohne von seiner Arbeit aufzuschauen. "Hört sich nach einer guten Rauferei an."
"Willst du etwa mitraufen?" brummte Quax.

“Ich werde einmal schauen, was da los ist”, sagte Ortwin.
“Bleib hier, Meister”, murrte Quax, “sonst werden wir nie fertig!”
Ortwin aber griff nach einer schweren Eisenstange und ging zur Tür.
“Bleib hier!” forderte nun auch Hieronymus. “Unsere Freunde sollen *uns* die Gnome vom Hals halten, und nicht wir ihnen!”
Doch Ortwin war schon auf der Treppe. Er bahnte sich seinen Weg durch aunzende und maunzende Samtpfoten, zersplittertem und zerkralltem Holz. Auf dem Dach angelangt sah er, wie Jinx, Moony, Tobias und andere die einfallenden Kobolde, - schrupp-schrupp - zerhäkelten und - wupp - einen nach dem anderen hinuntertatzten.
“Das ist leichte Arbeit”, triumphierte Tobias. “All die wüsten Gesellen sind nichts weiter als Wurzeln und Zweige!”
Im gleichen Augenblick jaulte Jinx und fiel in die Tiefe. Ein walzenförmiges Gebilde mit einer Krebsschere war über den Ast gekommen und hatte dem Kater einige Schnurrhaare abgezwickt. Vor Schreck hatte Jinx den Halt verloren und war hinuntergestürzt. Zum Glück fallen Samtpfoten immer auf die Pfoten; benommen war der kleine Kater dennoch.
Das Krebsgetier zwackte noch zwei weiteren Samtpfoten in die Schnurrhaare und kniff Moony empfindlich ins Ohr. Ortwin sah, wie sich ähnliche Wesen über den Ast heranschoben. Er handelte schnell: Ein Hieb mit der Eisenstange gegen den Ast löste den Bann. Der Baum sauste zurück und schleuderte alle auf ihm sitzenden Ungeheuer in die Dunkelheit.
Der Spuk war verschwunden. Alle Bäume standen aufrecht und still. Die Kobolde und Waldgeister schienen sich in Nichts aufgelöst zu haben.
“Sie kommen wieder”, sagte Ortwin. “Wir haben noch nicht einmal Mitternacht.”
“Aber was haben denn die Bäume gegen dich?” fragte Nubis. “Wieso helfen sie den Waldgeistern?”
“Ich weiß es nicht”, antwortete Ortwin. “Bisher haben mir die Bäume noch nie etwas Böses getan. Auch die Trolle und Wichte sind früher immer anständig zu mir gewesen. Ihr wißt es ja selbst: Die Waldgeister sind zwar schalkhafte Wesen, aber harmlos. Ich denke, sie wollen unseren Wolkenstoff haben. Doch nun frage ich euch, liebe Samtpfoten, was können Waldgeister mit einem Wolkenstoff anfangen?”
Nubis, die damit beschäftigt war ihr Fell zu glätten, antwortete: “Sicherlich nichts. Niemand kann etwas mit dem Wolkenstoff anfangen. Er scheint mir unnütz und deshalb verstehe ich die ganze Aufregung nicht.”

Andere stimmten ihr bei, und Ortwin hob ratlos die Schultern. “Ihr mögt recht haben”, sagte er. “Doch bedenkt, wer den Wolkenstoff besitzt, kann fliegen. Fliegen ist ein alter Traum der Menschheit. Deshalb könnte ich mir vorstellen...”
Er sprach nicht weiter, sondern schüttelte nur den Kopf. Manulia brachte seinen Gedanken zu Ende: “Willst du sagen, daß es Menschen sind, die die Waldgeister angestiftet haben? Aber die Menschen haben doch gar keine Macht über sie, oder?”
“Ich weiß es nicht”, entgegnete Ortwin, “und solange ich nichts weiß, ist es müßig etwas zu behaupten. Doch nun muß ich wieder hinunter in mein Laboratorium.”
Quax kam ihm schon entgegen und meldete: “Der Wolkenstoff quillt so schnell aus dem Topf, daß wir ihn nicht mehr unterbringen. Wir müssen ihn aufs Dach tragen.”
“Damit er uns davonfliegt!” schnaubte Ortwin. “Ich glaube, wir hören besser auf...”
“Nein, Meister”, unterbrach ihn Quax, “jetzt machen wir erst recht weiter! Wir werden den Wolkenstoff mit einem Seil vorsichtig zusammenbündeln und das Päckchen an den Turmzinnen befestigen.”
“Sehr klug”, lobte Ortwin. “Was wäre ich ohne dich, mein Kater.” Er griff nach ihm und trug ihn hinunter. Quax fühlte sich geschmeichelt aber gleichzeitig auch gedemütigt, da er vor aller Augen wie ein Samtpfotenkind davongetragen wurde.

Auch die anderen Samtpfoten waren inzwischen hinuntergestiegen. Nur Manulia und Nubis blieben auf dem Dach und schauten hinunter in den friedlichen Wald.
“Der Wald sieht aus wie immer”, begann Manulia. “Ich glaube, die Waldgeister kommen nicht mehr zurück.”
“Schön wär’s”, sagte Nubis. “Allerdings befürchte ich, daß sie sich nur eine neue List ausdenken.”
“Wenn wir nur wüßten, wer hier seine Pfoten im Spiel hat”, rätselte Manulia. “Ortwin weiß sicher mehr als er uns sagen will.”
“Kann sein”, pflichtete ihr Nubis bei. “Er ist schließlich ein Zauberer, der geheime Mächte beschwören kann. Vielleicht hat er eine solche Macht herausgefordert und wird ihr jetzt alleine nicht mehr Herr. Nun sollen

wir die Köpfe für ihn hinhalten!"
"Mir kommt es genauso vor. Jedenfalls gehe ich morgen früh mit meinen Kleinen wieder nach Hause."
"Warum warten bis morgen früh? Wir sollten *jetzt* gehen, bevor es uns am Ende richtig ans Fell geht!"
Die beiden waren sich einig und gingen zur Treppe. Doch da kamen ihnen Ortwin und seine beiden Kater mit einem Seil und einem Klumpen Wolkenstoff entgegen.
"Vorsicht!" rief Quax. "Unser Wölkchen ist noch nicht ganz fest. Bitte nicht berühren, meine Damen!"
Ortwin wickelte das Seil einmal um den Ballen und band das wundersame Gebilde an einer der Turmzinnen fest.
"Ich hoffe, es fliegt nicht davon oder zerfällt", sagte er. "Wie Quax bereits gesagt hat, ist es noch nicht ganz hart. Vielleicht könnten die beiden Damen darauf aufpassen?"
"Auch das noch", brummte Nubis, und Manulia murrte: "Habt ihr denn noch nicht genug davon gebraut?"
"Noch nicht ganz", antwortete Quax. "Wir brauen weiter, solange die Rohstoffe reichen. Bis morgen früh haben wir eine Matratze, auf der ihr alle Platz findet! Dann unternehmen wir zusammen einen Rundflug!"
"Einen Rundflug?" staunte Manulia. "Meinst du etwa, wir sollen uns auf dieses Zeug setzen?"
Quax sagte nichts mehr, sondern ging zusammen mit Hieronymus hoch erhobenen Schwanzes - als Zeichen des Stolzes - die Treppe hinunter.
Ortwin zwinkerte den beiden Samtpfotendamen aufmunternd zu und folgte seinen beiden Katern.
Manulia und Nubis waren verärgert, blieben aber trotzdem auf dem Turmdach sitzen.

Es mag gerade Mitternacht geworden sein, als Wolken aufzogen und der Mond verschwand.
"Das darf doch nicht wahr sein!" maulte Quax. "Jetzt können wir wieder nicht weiterkochen!"
Doch Quax täuschte sich: Der Vorgang war bereits derart in Schwung gekommen, daß er auch ohne Mondlicht weiterlief. Die Wölkchen hörten nicht auf, aus der brodelnden Suppe zu steigen.

Dennoch war Ortwin beunruhigt. Die Wolken draußen wurden immer dichter; im angrenzenden Wald bildete sich Nebel.
"Das kann nicht mit rechten Dingen zugehen", sinnierte der Zauberer. "In dieser Jahreszeit dürfte es keinen Nebel geben. Ich muß einmal schauen, ob ich nicht einen Zauber dagegen weiß."
Er wollte zu seinem Buch greifen, doch Quax hielt ihn davon ab: "Du vergeudest nur deine Zeit. Auf die Schnelle findest du ja doch nichts. Laß uns lieber so rasch es geht von hier weggehen."
"Wie denn das?" fragte Ortwin verwundert. "Willst du jetzt hinaus in den Wald?"
"Nein, gewiß nicht. Wir sollten wegfliegen. Sieh, wir haben bereits genug festen Wolkenstoff, der uns trägt. Den noch weichen kleben wir einfach außen an die Matratze an und segeln damit davon."
"Und wohin, mein lieber Quax?"
"Hinauf, über die Wolken. Dort oben können uns die Waldgeister nichts anhaben."
"Ja", stimmte Hieronymus zu, obwohl es ihm gar nicht gefiel, daß Quax immer die besten Einfälle hatte, "und morgen früh, wenn die Sonne aufgeht, kehren wir zurück und überlegen in aller Ruhe, was wir gegen die Gnome und Schratte unternehmen können."
"Einverstanden", murmelte Ortwin. "Doch was machen wir mit euren Artgenossen?"
"Schicken wir heim", bestimmte Hieronymus. "Die brauchen wir jetzt nicht mehr."
Also begannen sie, den restlichen Wolkenstoff auf das Dach zu tragen und eine riesige Matratze daraus zu formen.
Manulia und Nubis staunten. Jetzt mußten die drei vollkommen verrückt geworden sein. Allem Anschein nach konnten sie es nicht erwarten, mit ihrem Schaum davonzufliegen. Die Waldgeister und der Nebel dienten ihnen wohl nur als Vorwand.
Der Nebel allerdings wurde immer dichter und unheimlicher. Langsam rückte er an den Turm heran. Die Bäume verschwanden hinter der milchigen Suppe.
Die Samtpfoten unten vor dem Turm waren allesamt beunruhigt. Sie beschlossen, die Erscheinung zu untersuchen.
Ein halbes Dutzend mutiger Katzen und Kater verließ den Bannkreis und

schlich zur Nebelwand. Je näher sie kamen, desto feuchter und kälter wurde es.
“Das ist ein Eisnebel”, flüsterte der Gestromte.
“Seltsam, seltsam”, raunte Moony. “Es wird wieder Winter.”
“Unsinn!” brummte der Miese. “Das ist Zauberei.”
Der Gestromte wagte sich noch etwas weiter und streckte seinen Kopf in den Nebel. Entsetzt zog er ihn wieder zurück.
“Meine Schnurrhaare!” rief er. “Sie sind eisüberkrustet!”
“Übertreib nicht!” sagte Tabitha. “Aber frostig ist es hier in der Tat. Laßt uns besser zurückgehen!”
“Ich bin dafür, zu fliehen”, schlug der Miese vor. “Laßt uns einen Durchschlupf durch den Nebel suchen.”
“Den findest du nie und nimmer”, erwiderte der Gestromte. “Ich gehe zurück in den Bannkreis.”
“Nein”, beharrte der Miese, “wir sollten...”
In diesem Augenblick hörten sie ein fürchterliches Schnauben. Was mochte das sein? Die Samtpfoten schauten sich entsetzt um. Da hatte sich im Nebel etwas an sie herangeschlichen. Irgend etwas lauerte dort auf sie! Und es war ganz nah!
Die Samtpfoten verließ all ihr Mut; augenblicklich rannten sie zurück zum Turm.

Verwunschene Brunnen, verzauberte Spiegel

"Was war das?" fragten die anderen. "Habt ihr auch dieses Schnauben gehört? Habt ihr etwas gesehen?"
"Und ob wir etwas gehört haben", antwortete der Gestromte. "Es war schrecklich! Gesehen haben wir nichts, doch ich bin sicher, dort hockt ein sehr großes Tier - ein Drache vielleicht."
"Es mag ein Pferd sein", beschwichtigte Munni, "ein schnaubendes Pferd."
Moony widersprach heftig. Ein Pferd schnaube nicht so schauerlich. Nein, es müsse ein Drache sein. Jemand erwähnte auch ein Einhorn.
"Ich wollte es wäre tatsächlich ein Drache oder Einhorn", sagte Tabitha, "aber ich fürchte, es ist ein Pferd. Denn wo ein Pferd ist, ist auch ein Reiter, also ein Mensch. Und es gibt Menschen, die gefährlicher sind als jeder Drache."
"Wen meinst du damit?" fragten die anderen.
"Niemanden bestimmtes. Aber es könnte doch dort ein böser Zauberer lauern oder der Schwarze Ritter, von dem die Menschen immer erzählen."
"Mach den Samtpfotenkindern nicht noch mehr Angst!" schimpfte Agathe.
"Welchen Kindern?" fragte Petunia. "Ich habe keine Angst."
"Ich will jetzt sofort wissen, was ihr dort an der Nebelwand gesehen habt!" forderte ein dicker Kater.
"Aber das ist es ja gerade", antwortete Moony, "wir haben *nichts* gesehen!"
"Wenn dem so ist, mag das Wesen dort unsichtbar sein", schlußfolgerte der Dicke. "Laßt uns deshalb besser in den Turm gehen. Dort sind wir sicherer."
Petunia wollte widersprechen, doch schließlich ließ sie sich von den anderen mit in den Turm schieben. So verteilten sich die Samtpfoten im Treppenaufgang und auf dem Dach. Manulia und Nubis wunderten sich erneut, diesmal über ihre aufgebrachten Artgenossen. Der Gestromte schilderte den beiden ausführlichst sein Erlebnis an der Nebelwand und vergaß nicht, seine gefrorenen Schnurrhaare zu erwähnen. Die Samtpfotendamen lauschten gebannt. Am Ende mochte Quax doch recht haben, und es war tatsächlich besser, mit der Wolkenmatratze davonzufliegen.

“Laßt uns alle helfen, die Wolkenstoffmatratze zu bauen”, entschied Manulia schließlich. “Wir wollen nicht länger nur herumsitzen und zuschauen.”
“Ihr könnt nicht mehr viel helfen”, sagte Ortwin, der gerade mit seinem Zauberbuch und einem Bündel seiner Habseligkeiten die Treppe heraufkam. “Wir sind gewissermaßen startbereit. Allerdings will ich nicht wegfliegen, solange keine echte Gefahr droht. Denn so ein Flug in der Nacht, ins Ungewisse, ist doch ein rechtes Wagnis.”
Er kroch auf die Matratze und legte Buch und Bündel in deren Mitte ab. Als er zurückkam, klebten an seinen Händen und in seinem Bart winzige Fetzen Wolkenstoff.
Er lächelte und zupfte sich die Schaumbällchen ab. Plötzlich drängten die Samtpfoten aufgeregt die Treppe herauf.
“Was ist los?” fragte Ortwin erstaunt.
“Da unten!” schrien sie. “Da unten sind sie!” Die Samtpfoten wurden immer aufgeregter. Ein Tier schob sich über das andere; sie stoben, schubsten und drückten sich gegenseitig zu Boden.
“Aber wo wollt ihr denn hin?!” rief Manulia entsetzt.
Doch die Samtpfoten drängten immer mehr auf das Dach, ja einige kletterten bereits auf die Wolkenmatratze hinauf.
“He, Kinder, was soll das?” schimpfte Ortwin. “Geht nicht hinauf auf den Wolkenstoff! Er ist noch nicht fest!” Ortwin war sich plötzlich nicht mehr so sicher, ob es richtig gewesen war, die Samtpfoten zu Hilfe zu holen.
Doch die Samtpfoten hörten nicht auf ihn. Eine nach der anderen sprang auf die Wolkenmatratze.
“Wir müssen fliehen!” Das war Hieronymus. Er kletterte seinem Meister auf die Schulter und setzte von dort ebenfalls auf den Wolkenstoff über. Quax folgte ihm auf der Pfote.
“Haltet ein!” schrie Ortwin so laut er konnte. Doch es war sinnlos. Selbst Manulia, Nubis und die anderen, die auf dem Dach gesessen waren, ließen sich von der Meute anstecken und hüpften auf die Matratze.
“Komm, Meister!” rief Quax von oben. “Steig herauf und kappe die Seile! Hauptsache erst einmal weg von hier!”
Was blieb Ortwin anderes übrig, als seinen Katern zu folgen? Wenn selbst diese zum Aufbruch drängten, mußte Gefahr im Verzug sein. Also krabbelte Ortwin ein zweites Mal auf seine Wolke. Nur mit Mühe konnte er sich zwischen den aufgeregten Samtpfoten vorwärts bewegen.

Endlich gelang es ihm, sein Messer aus der Tasche zu ziehen, und die Seile durchzuschneiden.
Die aufgebrachten Samtpfoten hörten nicht auf hin und her zu rennen. Sie rollten, purzelten übereinander, stolperten, rutschten, klebten im unverfestigten Wolkenstoff - drohten herunterzufallen. Die Wolke begann zu schwanken. Ortwin verlor den Halt und stürzte. Hilflos mußte er zusehen, wie seine Habseligkeiten, darunter das Zauberbuch, zum Wolkenrand rutschten - und sich dort glücklicherweise im weichen Wolkenstoff verfingen.
"Wir fliegen!" rief jemand.
"Wir fliegen?" wiederholte Quax. "Dann sind wir außer Gefahr."
Langsam beruhigten sich die Samtpfoten wieder. Das Zappeln und Krabbeln hörte auf. Die Samtpfoten verharrten, wo sie sich zufällig befanden. Vorsichtig hoben sie die Köpfe. Flogen sie tatsächlich? Kreuz und quer, wie sie dalagen, sahen sie kaum etwas.
Ortwin setzte sich auf und schaute über den Wolkenrand. Ja, sie hatten abgehoben und schwebten einige Ellen[3] über dem Turm.
"Nun gut, wir sind in den Lüften", murmelte der Zauberer. "Ich weiß nicht, was geschehen ist, ich weiß nur, wir sind oben... über dem Turm... über dem Wald... wohl denn..." Er sammelte sich und rief seine beiden Kater: "Hieronymus! Quax! Wo steckt ihr? Könnt ihr mir bitte sagen, was soeben geschehen ist? Wieso mußten wir so schnell fliehen?"
"Keine Ahnung", erwiderte Hieronymus. "Da mußt du diejenigen fragen, die unten an der Tür gesessen haben. He, Munni, warst du nicht ganz unten auf der Treppe?"
Bevor sie jedoch eine Antwort erhielten, tauchte alles um sie herum in einen milchigen Nebel.
"Was ist das?" rief es ängstlich von allen Seiten.
"Kein Grund zur Unruhe", beschwichtigte der Zauberer. "Wir fliegen nur durch eine Wolke."
"Ich wußte nicht, daß eine Wolke so feucht ist", wunderte sich Agathe. "Das ist ja wie Nebel!"
"Natürlich, meine Dame", lachte Ortwin, "Nebel ist nichts anderes als eine Wolke auf dem Boden, oder eine Wolke ist nichts anderes als ein Nebel im Himmel - wie immer du es willst!"

---

[3] Elle: Altes Maß, ca. 65 cm

Der Nebel - also die Wolke! - war so dicht, daß sie kaum von einem zum anderen Ende des Flugschiffes schauen konnten. Sie gewannen jedoch rasch an Höhe, und schon war die Wolkenbank überwunden.
Darüber schien der Mond. Der Himmel war sternenklar. Die Wolke unter ihnen glitzerte als sei sie aus silberner Wolle.
Sie bemerkten, daß diese Wolke nicht das ganze Land bedeckte. Sie reichte nur bis zu den Feldern hinter dem Wald, wo Quaxens ehemaliger Bauernhof lag, und gerade über die Wolfsschlucht. Das dahinterliegende Flußtal und all die Hügel ringsumher lagen klar und deutlich sichtbar unter ihnen.
Ortwin begann die Samtpfotenschar in der Mitte der Flugmatratze zusammenzusammeln. Etliche hatten sich im weichen Wolkenstoff verfangen, andere lagen ineinander verkeilt und verkrallt. Ortwin befreite sie, und wer wollte, den hob er einmal kurz in die Höhe, um ihm zu zeigen, daß sie tatsächlich schwebten.
Schließlich setzte er sich in die Mitte seiner Wolkenmatratze und begann von Neuem: "Also, was hat euch so erschreckt? Warum dieser Aufbruch?"
"Es war... es war...", stotterte Munni, "es war eine Gestalt."
"Ja", fügte Moony hinzu, "da war jemand hinter der Nebelwand. Ein Ritter..."
"Ich habe es ganz deutlich gesehen", rief Petunia dazwischen. "Ich saß ganz unten am Treppenabsatz. Auf einmal war da..."
"Ja, was denn Petunia!" drängte Quax.
"Da war eine Maus!"
"Eine Maus!" riefen alle. Einige lachten.
"Ja, eine Riesenmaus. Sie saß auf dem Pferd. Der Reiter war eine Riesenmaus!"
"Aber Petunia", schimpfte Manulia, "willst du dich über uns lustig machen?"
"Petunia weiß ja nicht einmal wie eine Maus aussieht", spottete Tobias. "Hat sie nicht selber damit geprahlt, noch nie eine Maus gefangen zu haben?"
"Aber es war wirklich etwas Unheimliches dort draußen", gab Munni zu.
"Petunia saß von uns allen am weitesten unten. Sie muß es am deutlichsten gesehen haben."
"Aber war es denn wirklich eine Riesenmaus?" fragte Quax.
Weder Munni noch Moony konnten das bestätigen. Sie hatten nur den Schatten eines Pferdes und eines Reiters gesehen - mehr nicht.

Nun wurde Quax wütend: "Soll das heißen, daß nur Petunia diese Riesenmaus gesehen hat?"
"Unvorstellbar!" schimpfte der Miese. "Da brüstet sich dieses Katzenkind, es kenne keine Angst und dann phantasiert es von einer Riesenmaus..." Er sprach den Satz nicht zu Ende. Petunia fauchte, sie sei kein Katzenkind. Und Angst habe sie auch keine, genauso wenig wie sie als erste weggelaufen sei! Nein, das waren die Kater!
Einige Kater maulten. Alle Samtpfoten knurrten und fauchten durcheinander.
"Beruhigt euch!" bat Ortwin. "Vielleicht war es wirklich besser, daß wir den Turm verlassen haben. Das einzige, was mir Sorgen bereitet, ist der Topf mit dem kochenden Sud. Wer immer jetzt dort unten ist, kann sich des Wolkenstoffes bemächtigen."
"Keine Angst, Meister", erwiderte Hieronymus. "Ich habe den Topf umgeworfen, als ich hinausrannte. Die Brühe hat gewiß das Feuer unter dem Topf gelöscht. Was aber geschieht jetzt? Wir steigen immer höher in den Himmel."
"Ja", sagte Ortwin, "der Wolkenstoff trägt uns davon. Allein der Wind weiß wohin! Aber fürchtet euch nicht. Sobald es Tag wird, werde ich den Roten Stein auf die Matratze legen. Sein Gewicht wird uns wieder zu Boden bringen."

Petunia hatte sich inzwischen an Manulia herangedrückt. Sie dachte unentwegt an die Riesenmaus. Mochten die anderen sagen, was sie wollten, *sie* hatte sie gesehen. Ihre gewaltigen Nagezähne, ihre borstigen Schnurrhaare und die boshaften Augen. Ja, es war eine Maus gewesen, eine echte Maus! Und Petunia hatte doch Angst gehabt, wenngleich sie es niemals zugeben würde!
Auch Peterle und Klein-Manul schmiegten sich heran. Manulia schnurrte. Peterle begann zu klagen: "Was wird nun aus uns? Ich fürchte mich hier oben. Außerdem habe ich Hunger."
"Keine Sorge", erwiderte Manulia. "Du hast doch gehört, was der Alte gesagt hat. Morgen früh landen wir irgendwo und dann ist das Abenteuer zu Ende."
"Gehen wir dann wieder zurück zu unserem Bauernhof?" fragte Klein-Manul.
"Vielleicht", antwortete Manulia, "vielleicht auch nicht. Versucht zu

schlafen, Kinder!"
Unter den Samtpfoten war inzwischen Ruhe eingekehrt. Doch die wenigsten fanden Schlaf. Die Wolkenmatratze schaukelte leicht hin und her. Ein kühler Wind kam auf und ließ die Gefährten enger zusammenrücken. Einige klagten über Kopfschmerzen. Das sei die dünne Luft hier oben, meinte Ortwin, das gebe sich mit der Zeit.
Weiter und weiter stieg das Wolkengefährt, und manche dachten, sie gelangten derart gar bis zum Mond oder zu den Sternen. Die Welt unter ihnen verschwamm mehr und mehr. Der Wald glich einem blauschwarzen Ozean, auf dem die Wolken wie kleine weiße Schiffchen trieben. Nirgends sahen sie Lichter. Nur der Mond und die Sterne leuchteten.
"Ich hätte nie gedacht, daß es so viele Sterne gibt", flüsterte Minka.
"Ich habe schon viele wolkenlose Nächte erlebt", gestand Quax, "aber nicht einmal in Palmyra standen je so viele Sterne am Himmel."
"Was ist das für ein weißes Band, das sich quer über den Himmel zieht und aussieht wie verschüttete Milch?" fragte Minze.
"Es heißt tatsächlich die *Milchstraße*", erklärte Ortwin. "Niemand weiß so recht, was es ist. Ich glaube, es sind abertausende von Sternen, die dicht beieinander stehen."
"Vielleicht könnten wir bis dorthin fliegen und nachschauen, aus was es besteht?" fragte Minze.
Ortwin lächelte: "Oh, ich befürchte, Mond und Sterne sind gar zu weit entfernt. Wir werden sie wohl nie erreichen. Sieh doch nur, wie hoch wir schon über der Erde sind, und all die Himmelslichter erscheinen immer noch so klein wie vom Boden aus."
Minze dachte an das Webekätzchen. Ob es tatsächlich dort oben in einem Himmelsbaum saß und an seinem Teppich webte? So sehr die kleine Katze auch den Himmel absuchte, sie konnte nichts dergleichen entdecken. Vielleicht saß es ja irgendwo hinter der Milchstraße versteckt.
Auch Klein-Manul betrachtete den Himmel, vor allem den Mond. Zum ersten Mal nahm sie wahr, daß er Flecken hatte. "Sein Fell ist gefleckt, wie das von Kater Munz", sagte sie.
"Wessen Fell?" hörte sie da jemand neben sich sagen. Es war Moony.
"Das Fell des Mondes", antwortete Klein-Manul. "Sieht es nicht bizarr aus?"
Ein anderer Kater maulte dazwischen: "Was soll am Mond bizarr sein?! So wahr ich Schnorr heiße, der Mond sieht aus wie immer. Und er hat

kein Fell."
"Aber ein Gesicht", erwiderte Moony.
"Er hat auch kein Gesicht", behauptete Schnorr. "Er ist ein lebloser Stein, verbeult und zerfurcht, das ist alles."
"Woher willst du das wissen?" fragte Moony.
"Das behaupten die, die schon dort gewesen waren", fuhr Schnorr fort.
Moony war erstaunt. Er hatte noch nie gehört, daß schon einmal jemand auf dem Mond gewesen sei.
"Hexen und Zauberer", mischte sich Munni ein. "Die kommen überall hin. Frag doch Ortwin, er weiß darüber Bescheid."
"Alles Unsinn!" lästerte Antonius. "Der Mond ist ein großes Stück Käse. Wir Römer wissen das!"
Alles lachte. Der Römer war empört: "Macht euch nur lustig! Eines Tages werdet ihr sehen, daß ich recht habe. Wir werden dorthin fliegen. Mit diesem Teppich."
"Gern", sagte Schnorr, "ich bin dabei. Vorausgesetzt es ist dort oben nicht noch kälter als hier."
Er fröstelte und rollte sich zusammen so gut er konnte. Auch Klein-Manul fror. Das Streitgespräch der Kater hatte sie gelangweilt. Sie hatte sich inzwischen ganz unter Manulias langes Fell gekuschelt. Ortwin schien die Kälte nicht zu beunruhigen. Vielleicht war es über den Wolken immer so frostig? Bestand gar der Mond aus Eis? Gewiß, das mochte so sein, und wenn er kleiner wurde, schmolz er vielleicht. Wieso tat er das aber? War es dann, wenn er schmolz, hier oben heiß? Über diese Gedanken schlief sie schließlich ein.
Die meisten Samtpfoten schliefen ebenfalls oder dösten vor sich hin.
Auch Ortwin hatte die Augen geschlossen.
Wie hoch mochte das Wolkenschiff wohl noch steigen?
Wo würden sie morgen landen?
Hieronymus lag auf Ortwins Schoß und ließ sich kraulen. Er schnurrte leise. Quax lag irgendwo zwischen den anderen und schnarchte.
So trieb das Wolkenschiff dahin.

Die Nacht wurde grau. Die Sterne verblaßten, der Mond zerfloß irgendwo im Dunst über dem Westen. Ein frischer Wind kam auf und rüttelte die Gefährten wach.

“Aufstehen, Freunde!” rief Hieronymus. “Es wird Tag! Nun wollen wir landen!”
Allerorts reckte und streckte es sich. Die Samtpfoten waren steif vor Kälte, hungrig und durstig. Trotzdem waren sie bester Stimmung.
Ortwin nahm den Roten Stein aus seiner Tasche und legte ihn vor sich auf die Wolkenmatratze in die Morgensonne. Eine bange Minute folgte; nichts geschah. Da begann der Stein sich blau zu verfärben, und plötzlich fühlten Ortwin und seine Gefährten ein seltsames Kribbeln in der Magengegend. Es war, als würde der Boden unter den Füßen und Pfoten hinweggleiten. In ihren Ohren begann es zu sausen - nicht genug: Es war, als stopfe ein Teufelchen seine Finger hinein!
Wolkentürme kamen näher. Gigantische Schlösser und Burgen aus Wasserdampf sausten vorbei. Nebelfetzen huschten über das Wolkenschiff. Schon sahen sie die Erde unter sich: eine riesige Ebene, ein träg dahingleitender Fluß mit unzähligen Armen, Sümpfe, überschwemmte Auen und Wald, sehr viel Wald, ganz vereinzelt einige Gehöfte, winzige Felder, schmale Wege.
All das raste gespenstisch schnell auf sie zu!
“Aber...”, stammelte Quax, “Meister, wir stürzen ja ab!”
Ortwin bedeckte rasch den Stein mit beiden Händen. Augenblicklich verlangsamte sich die Abwärtsfahrt.
“Entschuldigt bitte”, sagte er verlegen. “Ich wußte nicht, daß es so schnell geht.”
Quax drehte sich zur Seite. Ihm war speiübel. Auch die anderen Samtpfoten waren benommen. Es war, als lägen Steine in ihren Mägen, ihre Pfoten fühlten sich weich und kraftlos an, und in den Ohren saß immer noch ein Teufelchen.
Ortwin deckte den Stein wieder ein klein wenig auf.
“So, nun sinken wir gemächlicher”, stellte er fest. “Gleich landen wir. Ich denke, wir sind auf die Rheinebene hinausgetrieben. Ja, Quax, sieh dir den Fluß genau an, das ist jener, auf dem du nach Süden fahren wolltest.”
Quax schaute nicht hinunter. Der Fluß war ihm im Augenblick gleich. Das erste Flugabenteuer hatte ihn zu sehr mitgenommen. ‘Nee’, dachte er sich, ‘das war sicher das erste und letzte Mal, daß ich geflogen bin.’
Ortwin ließ die Wolkenmatratze bis über die Baumwipfel herabgleiten. Dann bedeckte er abermals den Stein und wartete bis der Wind das Ge-

fährt über eine Wiese getragen hatte. Rasch deckte er den Stein wieder auf - und die Matratze plumpste wie ein Sack auf den Boden.

“Geschafft!” atmete Ortwin auf. “Freunde, unsere Fahrt ist zu Ende!” Da der gesamte Wolkenstoff inzwischen fest geworden war, bereitete es den Samtpfoten keine große Mühe hinauszuklettern. Sie zerstreuten sich rasch auf der Wiese und im umliegenden Wald. Sie stillten ihren Durst an Wasserlachen und begannen Mäuse und Insekten zu jagen.
Auch Ortwin verließ die Wolkenmatratze, denn ihn plagten ebenfalls Hunger und Durst. Er aber konnte sich nicht hinsetzen und auf Mäuse lauern, also machte er sich auf den Weg, um nach einer Siedlung der Menschen zu suchen. Den Wolkenstoff konnte er gewiß zurücklassen, denn am frühen Morgen waren noch keine Kobolde oder Waldgeister unterwegs. Lediglich sein Zauberbuch klemmte er unter den Arm, als er losmarschierte.
“Wohin, Meister?” Das war Hieronymus. Er kam ihm nachgelaufen.
“Ich gehe mir etwas zu essen suchen”, antwortete Ortwin. “Irgendwo werden sicher Menschen leben, die mir vielleicht etwas verkaufen. Ich habe es nicht so leicht wie eine Katze.”
“Wieso sollen wir es leicht haben? Meinst du, das Essen läuft uns nach? Nimm mich mit zu den Menschen; wenn sie dir etwas geben, dann auch mir.”
“Von mir aus. Aber tragen werde ich dich nicht.”
Gemeinsam liefen sie über die Wiese. Nach einer Weile begann Hieronymus: “Meister, sag, was wird jetzt?”
Ortwin brummte verlegen in seinen Bart: “Ich weiß es selbst nicht. Eigentlich sollten wir zu unserem Turm zurückkehren, allerdings...”
“...könnte dort jemand auf uns lauern”, ergänzte der Kater.
“So ist es. Wir sollten vielleicht Hilfe bei den Menschen holen, oder... ach, ich weiß auch nicht. Laßt uns erst einmal etwas essen. Dann sehen wir weiter.”
Sie gingen eine Weile schweigend nebeneinander her. Dann begann Hieronymus von neuem: “Auf jeden Fall sollten wir die Samtpfoten nicht fortschicken, ganz gleich wie wir uns entscheiden.”
“Wer redet denn von fortschicken”, erwiderte der Zauberer. “Ich habe sie nicht fortgeschickt. Sieh doch selbst: Sie haben sich über die Wiese

und im Wald zerstreut. Sicher suchen sie sich neue Reviere. Ich kann sie nicht zwingen, bei mir zu bleiben."
"Nein, Meister, die Gefährten suchen sich keine neuen Reviere. Sie bleiben solange bei uns, bis wir sie entlassen. Das ist unser Gesetz. Du wirst sehen, heute Abend kommen sie alle zurück zum Wolkenstoff."
"Glaubst du? Ich dachte, das Abenteuer hat ihnen nicht sonderlich gefallen."
"Im Gegenteil, Meister, da kennst du uns Samtpfoten schlecht! Ich glaube sogar, der Flug hat sie begeistert, wenngleich die Landung etwas unsanft war. Sollten wir heute abend wieder in den Himmel steigen, sind unsere Gefährten alle wieder dabei!"
Ortwin zwang sich zu einem Lächeln: "Na, ich weiß nicht. Ich fand den Flug zwar auch ganz schön, aber fester Boden unter den Füßen ist mir doch lieber!"
"Aber Meister", setzte Hieronymus nach, "zuerst bist du ganz erpicht, diesen Wolkenstoff zu brauen und dann sprichst du davon, daß dir der feste Boden unter den Pfot..., Entschuldigung, Füßen lieber ist."
"Gewiß, mein Kater, ich wollte den Zauber verwirklichen. Und ich wollte auch fliegen. Aber doch nicht so mir nichts dir nichts ins Ungewisse aufbrechen! Wohin der Wind uns weht! Nein, das ist nicht nach meinem Geschmack."
"Aber hatten wir denn eine andere Wahl?" fragte Hieronymus vorsichtig.
Ortwin blieb stehen und rieb sich den Bart: "Ich weiß nicht, Kater, ich weiß es wirklich nicht."
Sie waren einem schmalen Pfad gefolgt, der durch den Wald führte. Auf einmal standen sie auf einer Lichtung, auf der eine windschiefe Hütte stand. Ein Hund kam ihnen kläffend entgegen und versperrte den Weg. Hieronymus sprang sofort auf Ortwins Schulter.
"Was geht da vor?" rief es aus der Hütte. Ein armselig gekleideter Mann trat heraus und griff nach einem Knüppel, der neben der Tür lehnte.
"Wer seid Ihr, Alter, und was wollt Ihr?!" rief er barsch, während der Hund ununterbrochen weiterkläffte.
"Wir sind nur auf der Durchreise", antwortete Ortwin, "und wollten fragen, ob wir hier etwas zu essen bekommen könnten."
"Bei mir bestimmt nicht", schimpfte der Waldbauer. "Wir haben selbst nichts! Macht, daß Ihr fortkommt!"
"Ist ja schon gut", sagte Ortwin. Beschwichtigend hob er die Hand. Der

Hund verstand dies falsch und sprang zu.
Ortwin taumelte, Hieronymus buckelte und fauchte - schon war der Kläffer über ihnen. Da schoß etwas Weißes aus dem Gebüsch. Zack! Ein Jaulen, die Nase des Hundes blutete.
"Tobias!" rief Hieronymus und sprang mutig zwei Schwanzlängen vor. Der Hund nahm Reißaus, zumal ein Dutzend weiterer Samtpfoten aus dem Wald gelaufen kam.
"So einfach geht das, Hieronymus", prahlte Tobias. "Das nächste Mal machst du es selbst."
Hieronymus war beleidigt, wagte aber nicht mit der 'Eisernen Tatze' zu streiten.
"Das geht nicht mit rechten Dingen zu, das ist Teufelswerk", murmelte der Waldbauer und packte seinen Knüppel fester.
"Keineswegs", antwortete Ortwin. "Sehe ich etwa so aus, als stünde ich mit dem Teufel im Bunde? Und diese Tierchen sind nichts weiter als liebe Katzen, auch Samtpfoten genannt. Es tut mir leid, wenn Euer Hund Schaden genommen hat, aber er hat uns angegriffen."
"Das ist seine Pflicht", brummte der Mann. "Und jetzt geht! Geht mitsamt Eurem Getier!"
Inzwischen waren hinter dem Waldbauern mehrere schmutzige und zerlumpt gekleidete Kinder erschienen. Sie starrten Ortwin und seine Gefährten staunend und ungläubig an. Es schien, als hätten sie noch nie eine Samtpfote gesehen.
Ortwin sagte noch einige versöhnliche Worte und wandte sich zum Gehen. Die Samtpfoten folgten ihm. Als sie ein Stück in den Wald zurückgegangen waren, kam ihnen ein halbwüchsiger Junge nachgelaufen.
"Verzeiht, Fremder", rief der Junge, "aber mein Vater meint es nicht so. Er ist nur etwas verängstigt. Es treiben sich nämlich viele unheimliche Gestalten in unserer Gegend herum."
"Nun ja, es sind schlechte Zeiten", erwiderte Ortwin. "Bettler und Gesindel gibt es genug. Wir aber sind rechtschaffene Leute."
"Es sind auch nicht die Bettler und Diebe, die wir fürchten. Erst gestern kamen hier drei Reiter durch den Wald. Sie waren recht fremdländisch gekleidet; einer schien mir ein Edelmann, wegen seiner farbenprächtigen Gewänder. Doch ihr Benehmen war keineswegs so, wie es sich für Edelleute geziemt."

Ortwin wollte wissen, was die Fremden gewollt hatten. Der Junge aber blieb stehen und deutete auf eine der Katzen.
“Wenn ich es Euch sage, schenkt Ihr mir dann eine Eurer Katzen?”
“Oho”, lachte Ortwin, “das geht leider nicht. Diese Tiere sind mir aus freien Stücken gefolgt. Sie gehören mir nicht. Und ich glaube auch nicht, daß sie so ohne weiteres hierbleiben wollen. Aber ich kann dir ein kleines Goldstück geben...”
Die Augen des Jungen strahlten. Dann fuhr er fort: “Der Buntgekleidete stellte meinen Eltern seltsame Fragen. Er wollte wissen, wo es zum Odenwald ginge und ob es dort einen Turm bei einer Wolfsschlucht gäbe, in dem ein alter Zauberer wohne.”
“Hört, hört”, sagte Ortwin, “und was haben deine Leute geantwortet?”
“Nichts, sie kennen keinen Turm bei einer Wolfsschlucht, und auch keinen Zauberer. Aber mich würde es nicht wundern, wenn Ihr dieser Zauberer wäret.”
“Mag sein, mag auch nicht sein”, brummte Ortwin. “Aber sag mir, was ist daran so Besonderes und Unheimliches, wenn jemand nach einem Weg fragt?”
“Das war es ja nicht. Als die drei davonritten, geschah etwas, was uns sehr erschreckte. Kommt, ich zeige es Euch! Folgt mir, ein paar Schritte zurück zu jener alten Buche! Seht ihr das Zeichen an ihrem Stamm? Das hat der Edelmann hineingebrannt - mit seiner bloßen Hand. Mein Vater und ich, wir haben es ganz deutlich gesehen.”
“Das ist fürwahr Zauberei!” rief Ortwin. Lange betrachtete er das Zeichen. Dann sagte er zu Hieronymus: “Ich kenne ähnliche Zeichen und ich will nicht Ortwin heißen, wenn das kein Bannzeichen ist. Das bedeutet, dieser Baum steht im Dienste dessen, der das Zeichen angebracht hat. Das ist schlecht für uns, denn der Baum kann jenem berichten, daß wir hier gewesen sind.”
“Aber was stellt denn das Zeichen dar?” fragte Hieronymus.
“Es besteht aus drei Teilen”, erklärte Ortwin. “Sieh, das Zeichen ganz oben, welches aussieht wie die arabische Ziffer Vier: Das ist das Zeichen Jupiters. Es bedeutet, daß sein Träger kein Christ ist, sondern heidnischen Göttern huldigt . Darunter siehst du eine dornenbewehrte Echse. Das mag der Drache Moloch sein, das Symbol des Gottes Baal, des Gottes

[4] Phönizier: Volk der Antike, Bewohner des heutigen Libanon

der Phönizier[4]. Und unten schließlich - eine siebenbeinige Spinne. Das ist das Zeichen eines Geheimbundes."
"Welchen Geheimbundes?" wollten die Samtpfoten wissen.
"Ein Bund von angeblich bösen Zauberern und finsteren Mächten. Es wird gemunkelt, sie kämen aus dem Orient. Genaues weiß ich nicht."
Der Junge war inzwischen unruhig geworden, denn er verstand nicht, was der Alte mit seinen Katzen beredete.
"Ich erkläre ihnen nur, daß ich mit diesem Zeichen auch nicht viel anfangen kann. Jedenfalls braucht ihr euch nicht zu beunruhigen. Ich denke, es wollte sich jemand einen Scherz machen..."
"Kein guter Scherz", meinte der Junge.
"Wie dem auch sei, ich muß nun weiter", fuhr Ortwin fort. "Kannst du uns den Weg zur nächsten Siedlung zeigen?"
Der Junge führte die Gefährten ein Stück durch den Wald bis zu einer breiteren Straße. Sie mußte schon bessere Zeiten gesehen haben, denn ihr Pflaster war teilweise herausgebrochen. Zwischen den Steinen wuchsen Grasbüschel.
"Das ist die alte Römerstraße", erklärte der Junge. "Folgt ihr nach Süden! Dann kommt Ihr nach Ladenburg. Dort gibt es einen Markt, wo Ihr alles kaufen könnt, was Ihr benötigt. Solltet Ihr wieder in diese Gegend kommen und Hilfe brauchen, so fragt nach mir; ich heiße Luitker. Ihr könnt auf mich zählen."
Ortwin gab dem Jungen wie versprochen ein Goldstück und machte sich auf den Weg.

Die Samtpfoten wollten bald nicht mehr weiter. Sie klagten über brennende Pfoten. Ortwin stellte ihnen frei, zu gehen wohin sie wollten, sie aber gaben an, zurück zur Wolkenmatratze zu laufen und dort auf Ortwin zu warten. Dies verwunderte den alten Zauberer; Hieronymus aber fühlte sich bestätigt. Er blieb bei Ortwin, begann aber schon bald auffällig zu hinken, so daß ihn sein Meister - entgegen seinem Vorsatz - doch tragen mußte.

Es wurde Mittag; die Sonne brannte erbarmungslos. Furchtbarer Durst quälte den Alten und seinen Kater.
Endlich fanden sie eine Lichtung mit einem Brunnen. Ortwin setzte Hieronymus auf die Wiese und eilte zum Brunnen, um sich Wasser zu schöpfen. Gerade setzte er zum Trinken an, als eine schrille Stimme aus

dem Dickicht rief: “Trinkt nicht! Das Wasser ist vergiftet!”
Ein Zwerg, kaum größer als ein siebenjähriger Junge, kam aus dem Gestrüpp gekrochen und rannte, mit den Armen fuchtelnd, über die Wiese. Er trug Kleidung nach der Art der Jäger; seine wenigen Haare standen wirr zu Berge; um das Kinn sprießte ein dünner Bart.
“Vergiftet?” fragte Ortwin ungläubig. Das Wasser schien so klar und so frisch.
“Aber ja doch, aber ja doch!” kreischte der Zwerg. Er stand nun vor Ortwin und deutete auf das Dach des Brunnenhäuschens.
“Seht Alter, das Zeichen da! Das ist ein böser Zauber! Wer aus dem Brunnen trinkt, fällt in den Bann dieses Zeichens.”
Tatsächlich! Nun sah auch Ortwin das bereits bekannte Brandmahl: Jupiter - Moloch - siebenbeinige Spinne. *Sie* waren also auch hier vorbeigekommen und hatten den Brunnen gebannt.
“Es müßte einen Gegenzauber geben”, murmelte Ortwin und begann in seinem Buch zu blättern. Der Zwerg aber zupfte ihn am Ärmel und forderte ihn auf mitzukommen: “Laßt den Brunnen! Ich habe herrliche Obstsäfte und Wein in meinem Keller!”
Ortwin schnappte seinen Kater und zwängte sich hinter dem Zwerg durch das Gestrüpp. Der Zwerg redete ununterbrochen: “Wie Ihr seht, bin ich klein von Wuchs. Man könnte fast sagen, ich sei ein Zwerg. Verflucht nochmal, Ihr könnt Euch nicht vorstellen, was es heutzutage heißt, so klein zu sein! Meine Eltern waren groß wie jeder gut gewachsene Mensch. Dafür waren sie recht blöd. Ich kam auf das Gegenteil heraus: klein aber klug. Oh ja, ich bin klug, sehr klug, das könnt Ihr mir glauben! Meint Ihr, ich käme sonst zurecht in dieser vermaledeiten Welt? Meine Frau ist übrigens auch nicht größer als ich. Glücklicherweise haben wir keine Kinder. Das ist gut so, denn Ihr wißt ja, Kinder geraten meist nach den Großeltern, nicht nach den Eltern. Stellt Euch vor, lauter Bälger um mich herum, die auf mich herabschauten, sich aber vor Blödheit nicht einmal die Hände waschen könnten! Nein, nein...”
“Sagt bitte, Zwerg...” unterbrach Ortwin.
“Nicht Zwerg! Ich bitt’ mir das aus. Ich heiße Baldwin und wünsche nur so und nicht anders genannt zu werden. Wie heißt Ihr übrigens? Nein, sagt nichts, laßt mich raten. Ihr seid Zauberer, nicht wahr?”
“Wieso wißt Ihr das?”

“Na, hört mal! Ihr fuchtelt mit einem alten, gewiß in Drachenhaut gebundenen Buch herum und murmelt etwas vom Gegenzauber. Also müßt Ihr Zauberer sein - oder ein Scharlatan, was ich aber angesichts Eures ehrwürdigen Bartes nicht annehmen will. Mehr noch: Ich denke, Ihr seid jener Zauberer von der Wolfsschlucht. Wer sonst hätte einen weißen Kater bei sich! Wo habt Ihr denn Euren zweiten Kater gelassen, Meister Ortwin?”
“Ich staune! Ihr kennt mich also?”
“Oho, wer kennt Euch nicht, großer Meister! Im ganzen Odenwald und im halben Rheingau spricht man von Euch, hi, hi, hi.”
“Sagt, Baldwin, kennt Ihr denn auch denjenigen, der den Brunnen gebannt hat? Wißt Ihr etwas Genaueres?”
Der Zwerg begann wie irrsinnig zu kichern: “Oh ja, oh ja, sagte ich nicht, ich sei klug? Doch eines nach dem anderen; erst wollen wir Euren Durst löschen. Seht, wir sind bei meiner bescheidenen Behausung angelangt!”
Sie standen vor einer winzigen Hütte, die an einen riesigen Findling angebaut war. Ein kleiner Garten mit allerlei Kräutern und Gemüse führte um den Felsbrocken herum.
“Unter dem Findling befindet sich mein Keller”, fuhr Baldwin fort, “im Sommer kühl und im Winter ohne Frost. Der geeignete Ort für meine Obstsäfte, Marmeladen, Ziegenmilch, Ziegenkäse und meinen Wein! Ja Gevatter, wenn Ihr ihn probieren wollt?”
“Nein danke, ein Fruchtsaft wäre mir lieber”, antwortete Ortwin mit einem Seufzer.
“Magda!” brüllte der Zwerg. “Weib komm heraus! Ich bringe Besuch!”
Ein kleines, rundliches Frauchen mit gutmütig grinsendem Gesicht kam heraus und begrüßte Ortwin, indem sie ihm beide Hände entgegenstreckte. Baldwin holte Saft, Brot und Ziegenkäse aus seinem Vorratskeller und bat den Zauberer, auf einem Baumstumpf vor der Hütte Platz zu nehmen.
“Greift zu, Meister, und stärkt Euch!” forderte Baldwin auf, während er das Glas füllte. “Wie Ihr seht, habe ich sogar Gläser, echte römische Gläser! Ja, ich habe so manches und alles ist redlich erworben.”
Er setzte sich auf einen anderen Holzklotz und grinste über sein ganzes Gesicht.
Währenddessen freundete sich seine Frau mit Hieronymus an. Sie stellte ein Schälchen Ziegenmilch auf den Boden. Hieronymus nahm es schnurrend an, obwohl er sich einst geschworen hatte, niemals Milch von niedrigen

Lebewesen zu trinken. Dann ließ er sich von Magda das Fell 'bearbeiten'. Baldwin aber grinste schelmenhafter als zuvor und sagte: "Nun denn, Meister, kommen wir zum Geschäft!"
"Welches Geschäft?" fragte Ortwin. "Wenn es darum geht, für die Bewirtung zu bezahlen, so steht dem selbstverständlich nichts im Wege."
"Nein, nein", winkte Baldwin ab, "Ihr seid unsere Gäste! Ich meine etwas anderes. Ich sehe Euch an, daß Ihr mehr benötigt als diese Tropfen und Krumen. Mehr noch, ich *weiß*, daß Ihr etwas benötigt, hi, hi, hi."
Seine letzten Worte gingen in einen weiteren Kicheranfall unter. Ortwin starrte ihn verständnislos an. Auch Magda, des Zwerges Weib, staunte nur.
Das kichernde Zwergengesicht versteinerte jäh. "Ich weiß, daß Ihr in Gefahr seid", sagte Baldwin ernst. "Ihr seid auf der Flucht. Vor jenem, der den Brunnen gebannt hat. Mir deucht, jener will etwas von Euch, das Ihr ihm nicht geben würdet, etwas, was Ihr erstellt habt."
"Ihr wißt wirklich viel, verdammt viel", murmelte Ortwin.
"Deshalb braucht Ihr meine Hilfe", fuhr der Zwerg fort, "denn mir scheint, Ihr müßt weiterkommen. Ihr braucht Lebensmittel für einige Tage, fürderhin Werkzeuge, Regenschutz, Kleidung, Decken, nicht zuletzt Waffen. All das könnt Ihr bei mir bekommen."
"Mag sein, daß ich solche Dinge wirklich benötige", antwortete Ortwin. "Was aber wollt Ihr als Gegengabe?"
"Ist doch klar. Ich fliege mit!"
Ortwin war sprachlos.
Der Zwerg blickte den Zauberer eine Weile herausfordernd an und verfiel abermals in ein irrsinniges Lachen.
"Woher weiß der Zwerg von unserem Flugschiff?" fragte Hieronymus Ortwin in der Sprache der Samtpfoten. "Ich weiß es nicht", antwortete Ortwin ebenfalls in der Katzensprache. "Er scheint über geheime Kräfte zu verfügen. Wir müssen vorsichtig sein, womöglich versteht er sogar die Sprache der Samtpfoten!"
Der Zwerg hatte sich von seinem Lachanfall erholt und sagte: "Nun, gilt das Geschäft? Fliegen wir?"
Bevor Ortwin etwas erwidern konnte, antwortete Magda: "Ich höre da wir! Wer hat gesagt, daß wir eine Reise unternehmen? Du kommst auf die ausgefallensten Gedanken!"

Baldwin winkte ab: "Du brauchst ja nicht mitzufliegen. Ist eh besser, jemand paßt auf das Häuserl auf."
"Das würde dir so gefallen, alter Narr", schimpfte sie. "Wenn *du* mitfliegst, dann auch ich. Alleine laß ich dich nicht gehen."
"Wie du willst, Frau! Nun, wie steht es Gevatter? Ich denke es gilt. Wir sollten keine Zeit verlieren. Packen wir unsere Sachen."
"Wartet, Freund" - Ortwin hob mahnend die Hand - "sagt mir erst, woher Ihr Euer geheimes Wissen habt! Womöglich steht Ihr auch mit dem Fremden im Bunde, der mich bedrängt. Kann ich Euch denn vertrauen? Berichtet mir alles, was Ihr über diesen Fremden wißt!"
"Ich will antworten, so gut ich es kann und so weit ich es darf", begann der Zwerg. "Denn würde ich Euch sagen, woher ich mein Wissen habe, würde der Zauber, der mir diese Macht verschafft, für mich verloren gehen. Ihr würdet an meiner Stelle genauso handeln, denn Ihr wißt ja selbst, wie schwer die Geheimkräfte zu bannen sind. Was aber den Fremden angeht, so wundert es mich, daß Ihr danach fragt. Ihr müßtet es doch wissen."
Ortwin wurde ungehalten: "Ihr seid spaßig! Ich habe keine Feinde, und der Fremde hat sich mir noch nicht vorgestellt. Er schickte mir nur Waldgeister und Kobolde auf den Hals..." Mit einem Male schnellte er vor, griff den Zwerg mit beiden Händen und hob ihn in die Höhe. "Und wer sagt mir, daß Ihr nicht einer dieser Kobolde seid? Ich könnte Euch in der Luft zerreißen, wenn ich wollte! Jetzt raus mit der Sprache! Woher wißt Ihr dies alles?! Wer ist der Fremde?!"
"Laßt mich runter, Herr!" zeterte der Zwerg. "Frau, hilf mir doch!" Doch sein Weib lächelte nur spöttisch und lästerte: "Hättest du dich nicht in die Angelegenheit eingemischt! Sieh nun selbst zu, wie du damit fertig wirst!"
Baldwin begann zu wimmern: "Herr, laßt mich runter und ich erzähle Euch alles! Ich zeige Euch mein Geheimnis. Ach, mein schönes Geheimnis, nun muß ich es verlieren! Es geht stets auf den über, dem es erklärt wird. So werdet Ihr hernach die Macht darüber haben, und nicht mehr ich. Doch ist mir dies gleich, wenn Ihr mich nur wieder herunterlasset! Bitte, bitte, setzt mich wieder zu Boden, ich bin doch nicht schwindelfrei!"
"Erst wird geredet!"
"Gut", jammerte der Zwerg, "ich rede, ja ich rede: Jener, der Euch nachsetzt, ist ein Magier aus einem fernen Land. Er heißt Salaam, und sein Reich nennt sich Ogk. Und ich weiß dies alles von einer Schatulle, ja, Herr,

ich habe eine Schatulle, ein Schächtelchen, in dem sich ein Spiegelchen befindet. Das Spiegelchen zeigt mir jeden Ort der Welt. Aber nun, bei allen Geistern des Tages und der Nacht, laßt mich endlich runter!"
Ortwin ließ den Wicht los. Er plumpste auf den Boden und blieb einen Augenblick regungslos liegen. Dann betaste er die Erde, um sich zu vergewissern, daß er auch tatsächlich wieder unten war. Langsam stand er auf und stöhnte: "Uhh, bei meiner Nase! Was mußtet Ihr so grob sein, hätte ich Euch doch früher oder später eh alles verraten. Ach, ich Ärmster, nun habe ich mein Spiegelchen verloren!"
"Tut mir leid, mein Freund", beschwichtigte Ortwin, "aber Ihr hattet mich herausgefordert. Ich will Euch die Schatulle nicht streitig machen. Ihr könnt sie gern behalten."
"Wenn das so einfach wäre. Die Schatulle hat bereits zu Euch gewechselt und wird nie wieder zu mir zurückkehren. Fragt mich nicht, warum dies so ist. Nur *Ihr* seid jetzt noch fähig, über sie zu gebieten. Ach, ich könnt' verzagen."
"Nun denn, dann zeigt mir diese Schatulle! Wollen wir einmal sehen, ob Ihr die Wahrheit sagt."
"Ihr habt sie sicher schon in einer Eurer Taschen. Ach, welch ein trauriges Schicksal."
Während Magda ihren Gemahl einen Narren schimpfte, durchwühlte Ortwin alle seine Manteltaschen. Tatsächlich fand er in einer ein Holzschächtelchen. Er öffnete es und fand darin einen kleinen Spiegel. Doch was solle er nun tun? Baldwin erklärte, er brauche nur mit dem Spiegelchen freundlich zu reden und es bitten, dieses oder jenes zu zeigen.
Ortwin tat, wie ihm geheißen, und bat den Spiegel um ein Bild seines Turmes bei der Wolfsschlucht. Der Spiegel wurde erst matt, dann schimmerte er grün. Aus dem Grün formte sich das Bild von Bäumen. Ortwin sah einen dichten Wald. Da erhob sich aus den Baumwipfeln ein Turm - zweifellos, das war sein Turm!
Ortwin war begeistert. Ein solch wundersames Spielzeug habe nicht einmal der große Zauberer Merlin besessen! Er wollte wissen, woher Baldwin das Spiegelchen habe und ob er selbst darin nun nichts mehr sehen könne.
"Oh, ich sehe schon noch alles, was das Spiegelchen zeigt", antwortete der Zwerg, "allein, herbeiwünschen kann ich es nicht mehr. Es gehorcht nur seinem jeweiligen Besitzer. Woher es stammt, wissen wir nicht. Es

ist seit langer Zeit in unserer Familie; der Bruder des Mannes der Base meiner Frau hat es in einer verlassenen römischen Villa gefunden. Ach, und nun hat es unsere Familie wieder verlassen!"

Ortwin wünschte sich die Stadt Ladenburg zu sehen, die auch sofort erschien. Danach verlangte er den König der Franken, hernach den Papst in Rom, schließlich den Kaiser von Byzanz. Letztendlich wollte er ein Land sehen, das bislang allen Menschen verborgen geblieben war, und auf dem Spiegel erschien ein mit Palmen bestandener Strand auf einer fernen Insel. Ortwin war begeistert und bückte sich zu seinem Kater hinunter: "Solch einen Zauber kannte nicht einmal Merlin", sagte er in der Sprache der Samtpfoten. "Schau, mein Hieronymus, der Spiegel zeigt mir jeden Ort der Welt, um den ich ihn bitte. Nun können wir reisen, wohin wir wollen, ohne auch nur einen Schritt zu tun!"

"Schön", maunzte der Kater, "dann laßt uns einmal sehen, was Quax gerade macht." Der Spiegel zeigte sogleich einen Kater, der auf Mäuse lauerte.

"Verdammt", brüllte der Zwerg, "Ihr seid ein noch größerer Trottel als ich, Ortwin! Jetzt habt Ihr das Geheimnis an den Kater verloren!" Magda kicherte und Ortwin schlug sich auf die Stirn. "Herrje!" rief er entsetzt. "Ich dachte auf Tiere wechselt der Zauber nicht über!"

Hieronymus war beleidigt. Wie konnte Ortwin ihn ein Tier nennen! Er war eine Samtpfote und kein Tier!

"Ihr habt Euch nicht lange der Schatulle erfreuen können", meckerte der Zwerg. "Gebt nur acht, daß der Kater den Zauber nicht an eine Maus verliert."

Hieronymus fauchte. Nun beleidigte ihn auch noch dieser Zwerg! Diese Menschen waren doch ungehobelte Gesellen.

"Hieronymus, mein Kater", begann Ortwin und beugte sich erneut zu ihm herunter, "sei schön sanft und gib auf das Spiegelchen acht. Du verfügst jetzt über eine große Macht. Nun hast du Quax etwas voraus. Er darf nie davon erfahren."

Dies stimmte Hieronymus versöhnlich. Gewiß, der olle Quax sollte nie seine Schmutzpfoten auf dieses Wunderkästchen legen und mit seinen Glotzaugen in das Spiegelchen schauen! Dafür würde er, Hieronymus, schon sorgen!

"Zeig das Kästchen her", forderte Hieronymus, "ich will es weiter ausprobieren! Nun, mein Spiegelchen, zeig mir einmal die Wolkenmatratze..."

Sofort sah er das Himmelsgefährt ruhig auf der Wiese liegen. Einige Katzenkinder tobten darauf herum. Es sah aus, als würden sie sich gegenseitig eine Maus zuwerfen. Welch eigenartiges Spiel!
“Sag, Hieronymus”, begann Ortwin von neuem, “könntest du mir bitte einen Gefallen tun? Kannst du mir einmal den Gesellen zeigen lassen, der die Bannzeichen auf den Baum und das Brunnenhaus gesetzt hat?”
Hieronymus tat, wie ihm geheißen wurde, und sogleich erschien auf dem Spiegel das Bild eines Marktplatzes. Ein junger, hochgewachsener Herr stand vor einem Obststand. Er hatte lange, schwarze Haare, einen Kinnbart und trug sehr farbenprächtige Kleider. Er scherzte mit der Obsthändlerin, ließ sich einige Äpfel in einen Korb geben und zahlte mit einer goldenen Münze.
“Dieser jugendliche Stutzer[4] soll mich verfolgen? Da kann ich nur lachen!” Ortwin glaubte, der Spiegel habe sich geirrt.
Baldwin aber sagte: “Mich hat das Aussehen des Magiers anfänglich auch verwundert, denn es heißt, er sei alt, uralt sogar! Aber genaues weiß niemand. Das Äußere jedenfalls sagt nichts über das wahre Ich eines Menschen. Da seht, einer seiner Diener!”
Ein seltsamer Geselle trat in das Bild. Er war schwarz gekleidet, trug einen tintenblauen Turban und hielt sein Gesicht unter einem langen schmutzigroten Schal verborgen. Der Stutzer überreichte dem Schwarzgekleideten den Korb.
“Wieso verbirgt sich jener unter einem Schal?” fragte Ortwin. “Ob uns der Spiegel sein Gesicht zeigen könnte?”
“Ich rate davon ab”, erwiderte Baldwin, “denn diese Schwarzgekleideten haben guten Grund, den Schal so weit nach oben zu ziehen. Ich habe mir ihre Gesichter bereits zeigen lassen! Ich empfehle, erst einmal das Land des Magiers anzuschauen.” Baldwin wechselte in die Sprache der Samtpfoten: “Wie wär’s, Hieronymus? Bitte den Spiegel um einen Blick nach Ogk, das Reich des Magiers Salaam.”
Hieronymus wunderte sich nicht, daß Baldwin auch die Sprache der Samtpfoten beherrschte. Ihn wunderte überhaupt nichts mehr und er war auf alles gefaßt, als er den Spiegel um ein Bild des fremden Landes bat. Doch er wurde enttäuscht. Der Spiegel blieb schwarz.
“Da haben wir’s!” mutmaßte Ortwin. “Der Magier hat bemerkt, daß wir

---

[5] Stutzer: altes Wort für Snob

ihn mit dem Spiegel beobachten und hat ihn verhext."
"Nichts dergleichen", kicherte Baldwin, "der Spiegel ist nicht gebannt. Er zeigt tatsächlich Ogk, das *finstere* Reich, hi, hi. Ja, Meister Ortwin, in Salaams Reich scheint niemals die Sonne, denn es liegt unter der Erde, in Höhlen und unergründlichen Schlünden."
Hieronymus starrte auf das schwarze Bild im Zauberspiegel. Ihm war, als sei etwas Weißes durch das Bild gehuscht; ein schemenhaftes Wesen, vielleicht eine Schlange oder ein riesiger Wurm?!
"Laßt uns lieber wieder den Magier selbst betrachten!" forderte Baldwin. Nur allzu gern wechselte Hieronymus das Bild. Wieder sahen sie den farbenprächtig gekleideten Junker. Er bestieg soeben sein Pferd; auch seine beiden finsteren Gesellen hoben sich in ihre Sättel. Gemeinsam ritten sie aus der Stadt heraus. Als sie durch das Stadttor kamen, schrie Baldwin hell auf:
"Aber das ist ja das Südtor von Ladenburg! Das bedeutet.. ja das bedeutet... die drei Gesellen sind auf dem Weg hierher zu uns! Ojojojojoi, was nun? Sie können in wenigen Minuten hier sein!"
"Ihr solltet Euch verstecken, Meister Ortwin", schlug Magda vor. "Baldwin und ich könnten sie aufhalten und auf eine falsche Fährte schicken."
Baldwin brauste auf: "Aufhalten? Wir diese drei Gesellen aufhalten? Bei allen alten Göttern, wenn die herausfinden, daß Ortwin hier war und wir ihm geholfen haben, machen sie Binsenkraut aus uns! Ich halte es für besser, wenn wir gemeinsam fliehen."
"Aber warum", fragte Ortwin, "warum schon wieder fliehen? Ich könnte mit dem Magier reden, ihn fragen, was er eigentlich will..."
"Nein, nein, tut es nicht, besser wir bringen uns in Sicherheit. Ihr wißt noch zu wenig über diesen Magier, ihr würdet ihm unterliegen. Glaubt mir, ich beobachte ihn schon seit Wochen mit meinem Spiegel. Ich weiß so vieles, ach so vieles..."
Ortwin ließ sich von der Unruhe des Zwergen anstecken. Er griff in seine Tasche und zog ein Schächtelchen mit einem weißen Pulver hervor. Er blies davon ein wenig in den Wind. Ein dicker Nebel formte sich und trieb in Richtung der Straße.
"So gewinnen wir einen Vorsprung", sagte er, "denn der Nebel wird sich fein über die Gegend verteilen. Wenn die Reiter hineingeraten, werden sie kaum eine Elle gutmachen, mögen sie noch so galoppieren. Bis sie den

Zauber bemerken, können wir schon bei unserer Wolkenmatratze sein."
Baldwin pfiff durch seine Finger, und ein Dutzend Ziegen kam aus dem umliegenden Gestrüpp gelaufen. Ortwin und Hieronymus schauten sich sprachlos an. Der Zwerg und sein Weib begannen, ihren Hausrat zusammenzuraffen, in Säcke zu stopfen und den Ziegen auf den Rücken zu laden.
"Brauchen wir alles", kommentierte Baldwin, "packt mit an, Meister, damit wir rasch davonkommen!"
Nach wenigen Minuten hatte das Zwergenpaar Säcke und Körbe mit Vorräten, verschiedene Kistchen mit Werkzeugen, eine Kleidertruhe sowie einen Teil seines Hausrates auf den Ziegenrücken verteilt. Zwei Ziegen waren noch ohne Last. Geschwind schwang sich Baldwin auf die eine und Magda auf die andere. Abermals pfiff der Zwerg und die Kolonne setzte sich in Bewegung. Ortwin klemmte sein Zauberbuch unter den Arm und steckte das Spiegelchen in die Tasche. Dann griff er nach Hieronymus und eilte den Ziegen hinterher.
Hieronymus knurrte. Eigentlich wollte er nicht getragen werden, das verbot sein Stolz. Als ihn aber Ortwin auf den Boden setzte, spielte Hieronymus plötzlich 'verletzte Pfote' und hinkte. Er protestierte auf diese Weise dagegen, daß sie dieser Zwerg mit seinen stinkenden Ziegen begleitete. Meckernde Ziegen auf der Zauberwolke - ein unerträglicher Gedanke! Hieronymus steigerte sich immer mehr in seinen Ärger, bis er schließlich sitzen blieb. Doch was nutzte es? Ortwin packte ihn unsanft und schleppte ihn weiter, immer brav der Ziegenherde hinterher.

Als sie beim Wolkenstoff ankamen, fanden sie sehr viele Samtpfoten auf der Lichtung versammelt. Ortwin glaubte sogar, daß es mehr waren als in der Nacht zuvor. Jenen kleinen weißen Kater mit dem schmutzigen Fell hatte er noch nicht gesehen. Auch der alte struppige Streuner mit dem eingekerbten Ohr war ihm noch nicht aufgefallen. Vielleicht mochten es inzwischen siebzig oder achtzig, vielleicht gar hundert Katzen und Kater sein!
Manulia lief ihnen entgegen.
"Es wird Zeit, daß ihr kommt", rief sie. "Sie nehmen das schöne Wolkenschiff auseinander!"
"Wer? Was? Wie?" fragte Ortwin entsetzt. Er war noch ganz außer Atem. Schließlich war er nicht mehr der Jüngste, und der Fußmarsch hatte ihm

mehr zugesetzt als ihm lieb war.
“Die Menschenkinder!” antwortete Manulia. “Wir konnten sie nicht davon abhalten, hinaufzuklettern. Jetzt toben sie dort oben herum.”
Ortwin eilte sofort zu seinem Gefährt. Tatsächlich! Mehr als ein Dutzend halbnackter, schmutziger Kinder tollte über den Wolkenstoff als sei er fürwahr eine große Matratze. Nur gut, daß sie den Roten Stein nicht entdeckt und aufgehoben hatten!
“Was macht ihr da?” brüllte Ortwin. “Geht sofort da runter!”
Die Kinder hielten in ihrem Spiel inne und starrten den Zauberer an.
“Gehört Euch dieses Himmelbett?” fragte ein kleines Mädchen.
“Ja, es gehört mir, aber es ist kein Himmelbett”, antwortete Ortwin so sanft er konnte.
“Wenn es kein Himmelbett ist, was ist es dann?” fragte da jemand hinter ihm. Ortwin drehte sich erschrocken um und erkannte Luitker, den Sohn des Waldbauern.
“Verzeiht”, fuhr der Junge fort, “wir dachten, wenn die Katzen hinauf dürfen, dürften wir es auch. Ich wußte gleich, daß dieser Gegenstand mit Euch zu tun hat - wegen der Tiere.”
“Ist schon gut”, antwortete Ortwin. “Dieser Gegenstand ist eine Flugmaschine, doch das konntet ihr nicht wissen. Ich muß deine Freunde aber nun wirklich herunterbitten, denn wir müssen weiterfliegen. Jener Reiter, von dem du mir berichtet hast, ist auf dem Weg hierher, um diesen Flugteppich zu stehlen.”
Luitker schaute entsetzt, doch Ortwin beruhigte ihn. “In wenigen Minuten werden wir in den Lüften sein, dann kann uns der Fremde nichts anhaben.”
Während die Kinder murrend von der Wolke stiegen, kletterte Baldwin von der anderen Seite hinauf. Er trug eine kleine Ziege auf dem Arm.
“He, was soll das?” rief das Mädchen. “Wir müssen das Himmelbett verlassen, und der schmutzige Ziegenjunge darf hinauf?”
Baldwin wurde rot vor Wut: “Freche Göre! Dir gebe ich einen Ziegenjungen! Einen gestandenen Mann nennt man nicht ungestraft einen Ziegenjungen!”
Er stolperte und fiel auf die Nase. Die kleine Ziege aber hüpfte meckernd über die Wolke. Die Kinder lachten.
“Das kann so nicht weitergehen”, fauchte Hieronymus, der inzwischen ebenfalls auf die Wolke gestiegen war. “Meister, ich dulde diesen Zwergen

nicht auf unserem Flugschiff! Er muß hierbleiben!"
"Aber Hieronymus", besänftigte ihn Ortwin, "ich habe mit ihm einen Handel vereinbart. Er leiht uns seine Werkzeuge und seinen Hausrat, dafür darf er uns begleiten. Ich muß zu meinem Wort stehen."
"Was aber ist mit den Ziegen?" fragte Hieronymus barsch. "Über die Ziegen hast du keinen Handel abgeschlossen. Die Ziegen bleiben hier!"
"Du hast recht, Hieronymus. Ich kann mir nicht vorstellen, daß sich Ziegen in den Lüften wohl fühlen. Auch ist für sie kein Platz. Habt Ihr gehört, Baldwin, wir müssen die Ziegen hierlassen."
Baldwin war empört. Er tobte und schimpfte. Ohne seine Ziegen flöge er nicht mit. Ortwin wollte schon nachgeben, als Hieronymus seinen wüstesten Blick aufsetzte und knurrte: "Die Ziegen oder wir Samtpfoten - Meister, du kannst wählen."
Ortwin schaute sich um. Die Samtpfoten saßen um die Wolke herum und schienen darauf zu warten, daß Ortwin sie aufforderte einzusteigen.
"Wenn du auf unsere Hilfe verzichten willst, sag es!" brummte Hieronymus. "Wir müssen nicht mitfliegen."
"Was heißt da ... wir?" stammelte Ortwin. "Heißt das ... Hieronymus, mach keine Scherze! Du wirst mich doch nicht jetzt verlassen wollen? Hieronymus, das ist Erpressung!" Er holte tief Luft und sagte dann bestimmt: "Habt Ihr gehört, Meister Baldwin, Ihr könnt nur mit, wenn die Ziegen hierbleiben. Ich schlage vor, wir überlassen sie diesen Kindern. Sie werden sie sicher gut pflegen, bis wir wieder zurückkommen."
Die Kinder jubelten. So verlor der Zwerg seine Tiere an die Kinder der Waldbauern. Da half kein Zetern und Klagen, er mußte nachgeben, zumal Magda bereits begonnen hatte, ihre Säcke und Kistchen auf die Wolke zu schleppen. Nach wenigen Minuten war alles verstaut. Ortwin wandte sich an Hieronymus: "Bist du nun zufrieden, Kater? Ja, ich höre, du schnurrst. Was geschieht nun mit deinen Artgenossen? Meinst du, sie wollen wirklich alle noch einmal mit uns fliegen?"
Hieronymus maunzte einmal laut - und sofort sprangen sämtliche Samtpfoten, ob alt, ob jung, ob schwarz, ob weiß, auf das Wolkenschiff.
Nur Quax fehlte. Er war nirgends zu sehen. Hieronymus hoffte schon insgeheim, er hätte sich davongemacht, sei womöglich wirklich zum Fluß hinuntergelaufen, um sich einen Kahn zu suchen, der ihn nach Süden bringe. Ortwin wurde unruhig. Die fremden Reiter konnten jeden Augenblick

auftauchen, er durfte nicht länger warten.
"Kinder", rief Ortwin, "falls noch ein weißer Kater auftauchen sollte, sagt ihm, wir konnten nicht warten. Wir kämen aber bald zurück. Den Reitern jedoch erzählt, wir seien nach Britannien geflogen oder wohin auch immer. Und nun habt euch wohl."
Er bedeckte den Roten Stein mit einem Tuch. Ein Rütteln ging durch das Wolkenschiff. Langsam begann es sich zu heben.
Da kam Quax. Mit großen Sprüngen eilte er über die Wiese. "Halt!" maunzte er, "Nehmt mich mit!"
"Aber ja doch", antwortete Ortwin. "Was wäre ich ohne meinen Quax! Komm, die Fahrt beginnt!"
Quax sprang auf das Flugschiff, fegte übermütig an Ortwin vorbei, verpaßte Hieronymus einen leichten Stoß und - erstarrte. Mit Baldwin hatte er nicht gerechnet. Der Kater fauchte und buckelte. Was wollte dieser Gnom auf *seinem* Wolkenschiff?
"Ich werde dir alles erklären...", sagte Ortwin. Quax ließ keine Erklärungen gelten. Doch alles Jaulen und Maunzen nutzte nichts. Der Zwerg blieb!

Das Wolkenschiff schwebte einige Ellen über der Wiese. Die Kinder kreischten und jubelten. Daß dieses große, plumpe Gebilde wirklich fliegen konnte - wer hätte das für möglich gehalten!
Ortwin und Magda winkten. Die Kinder winkten zurück.
"Hütet mir gut die Ziegen!" rief Magda.
Schon segelte das Wolkenschiff über die Baumwipfel - und dann verlor es sich zwischen den anderen Wolken, den weißen Sommerwolken über dem Rheintal.
Wie gerne wären die Kinder mitgeflogen! Aber vielleicht würde der Zauberer ja bald zurückkommen und sie mitnehmen?
Doch die Zauberwolke sollte nicht wiederkommen. Der Sommerwind trieb sie rasch übers Land nach Westen. Luitker und seinen Freunden blieb nur die Erinnerung an das wundersame Gefährt, und wären die Ziegen nicht gewesen, die da so laut meckerten, hätten die Kinder glauben müssen, sie hätten nur geträumt.

Mit dem Wolkenschiff unterwegs

Es war später Nachmittag, als das Wolkenschiff zu seiner zweiten Fahrt aufbrach. Der Flug versprach angenehm zu werden.
Kaum aber hatten sie an Höhe gewonnen, zogen sich die meisten Katzen und Kater in die Mitte des Wolkenschiffes zurück. Einige klagten über Ohrensausen, andere über Schwindel. Der Miese gar meinte, ihm sei furchtbar übel und dieses Mal wäre es gewiß seine letzte Fahrt durch die Lüfte. Fliegen sei nichts für vierpfotige Geschöpfe. "Daß du uns immer den Spaß verderben mußt", knurrte Jinx. Er saß aufrecht am Wolkenrand und genoß die Fernsicht. Der Miese zog es vor zu schweigen, denn in seinem Bauch kribbelte es gar zu sonderbar.
Einem erging es allerdings noch schlechter: Baldwin! Er kauerte zwischen seinen Kisten und Säcken und jammerte unentwegt vor sich hin.
"Warum mußtest du auch mitfliegen", schalt ihn Magda, sein Weib. "Du wußtest doch, daß du nicht schwindelfrei bist. Du wirst..."
"Schweig still!" fuhr er unwirsch dazwischen. "Dein Gezeter macht mich nur noch kränker!"
Auch Ortwin fand das Gewimmere des Zwerges unerträglich. Er versuchte, ihn aufzumuntern: "Kommt her zu mir, Gevatter, und schaut hinunter auf das Land! Ich wette mit Euch, so etwas Herrliches habt Ihr noch nie gesehen: den grünen Teppich der Wälder und dazwischen den Rhein, wie eine silberne Schlange! Kommt, überwindet Euch, schaut hinab!"
Der Zwerg aber blickte nicht einmal auf, sondern klagte weiter: "Die Luft, sie ist so kühl, so dünn...ach, es zerreißt mir fast die Lunge! Müssen wir denn wirklich so hoch hinauf?"
"Aber wir sind doch noch nicht weit oben", antwortete Ortwin. "Vergangene Nacht stiegen wir viel höher."
"Höher?" erschrak der Zwerg. "Das ist doch kaum möglich!"
"Gewiß doch", lachte Ortwin. "Würde ich den Roten Stein gänzlich bedecken, stiege das Flugschiff weiter in den Himmel, bis hinauf zu den Eiswolken, wo die luftleeren Sphären beginnen. Doch nun beruhigt Euch und faßt Euch ein Herz..."

“Ein Herz fassen?” stöhnte Baldwin. “Bei diesem Geschaukel?”
“Freund Baldwin, Euer Weib hat recht”, fand Ortwin. “Ihr hättet nicht mitfliegen dürfen. Wenn Ihr wollt, will ich Euch wieder absetzen. Noch sind wir nicht weit von Eurer Heimat entfernt.”
“Oh ja!” frohlockte Quax. “Werfen wir ihn auf die nächstbeste Wiese!”
“Nein, nein, nein, bloß nicht!” wehrte Baldwin ab. “Ich will die Höhe ja erdulden. Was kann ich dafür, daß mir so schwindelig wird.”
“Gut, Gevatter”, sagte Ortwin. “So will ich Euch ein Kraut geben, das mag Euch beruhigen. Kaut davon, doch seid maßvoll im Gebrauch, sonst versetzt es Euch in einen dumpfen Wahn!” Er reichte dem Zwerg ein Päckchen mit trockenen Blättern, von denen dieser sofort einige in den Mund schob. Einige Samtpfoten grinsten; Munzel gar meinte, um in Wahn zu verfallen, brauche der Zwerg gewiß keine Blätter mehr. Doch dieser kümmerte sich nicht um den Spott. Er kaute und wurde endlich still.

Die Samtpfoten begannen zusammenzurücken, denn der Abendwind war kühl.
Sie überflogen nun niedrige Hügel, die ihnen vorkamen wie riesige Katzenbuckel. Langsam versteckten sich die Buckel im Dunkel der Nacht. Weit oben am Himmel zogen feine Wolkenschleier auf; kaum ein Stern leuchtete. Auch der Mond schimmerte nur schwach und fahl. Mit der Dunkelheit begann das Wolkenschiff weiter zu steigen. Der Wind wurde frischer und jagte das wundersame Flugschiff vor sich her, immer weiter nach Westen.

Ortwin kauerte zwischen seinen Habseligkeiten, die er aus dem Turm gerettet hatte und nahm Hieronymus auf den Schoß. Dieser hielt ein Kästchen zwischen den Pfoten - sein Kästchen! Argwöhnisch spähte er umher: Alles schien zu schlafen oder zumindest zu dösen. Selbst Quax ruhte sanft zwischen den anderen. Sie konnten es wagen.
“Öffne das Kästchen, Hieronymus!” flüsterte der Zauberer.
Der Kater betatzte unbeholfen die Schatulle.
“Gleich, Meister”, miaute er leise, “gleich werden wir sehen, was wir sehen wollen.”
Das Kästchen sprang auf, und Hieronymus begann, ohne die Worte seines Meisters abzuwarten, den Zauberspiegel zu bitten:
“Zeig uns den Magier Salaam aus dem Lande Ogk!”

Sogleich erschien das Bild dreier Reiter, die durch die Nacht galoppierten. "Da sind sie, unsere drei hinterhältigen Gesellen", stellte Ortwin fest. "Doch nun würde ich zu gerne erfahren, wohin sie unterwegs sind. Ob uns das der Spiegel zeigen kann?"
"Versuchen wir's", murmelte Hieronymus und fragte den Spiegel nach dem Ziel der unheimlichen Reiter. Da zauberte dieser das Bild einer Straße herbei, die durch dichte Wälder hinauf zu einer Paßhöhe in den Bergen führte.
"Das muß die alte Römerstraße sein, die die Alpen überquert", glaubte Ortwin zu erkennen. "Das mag bedeuten, daß unsere Feinde nach Süden reiten. Sollte uns der Wind weiter nach Westen treiben, hieße das, wir wären ihnen entkommen."
Der Kater begann zu schnurren. Sie waren demnach außer Gefahr und konnten ihren Flug richtig genießen. Doch plötzlich hielt er mit dem Schnurren inne und sagte: "Meister, wäre es nicht besser, den Gefährten zu berichten, was wir über den Geheimbund wissen?"
"Du hast recht, Hieronymus", erwiderte der Zauberer, "denn wie mir scheint, werden uns die Samtpfoten noch eine Weile Gesellschaft leisten. Es mag sein, daß uns dieser Salaam weiter verfolgt. Wir müssen auf alles gefaßt sein."
"Wir dürfen nur nichts von unserem Kästchen erwähnen!" ermahnte ihn Hieronymus.
"Selbstverständlich", entgegnete Ortwin. "Ich hoffe nur, Baldwin verplappert sich nicht!"
"Ach, dieser Baldwin!" stöhnte Hieronymus. "Er gefällt mir ganz und gar nicht. Er scheint uns Samtpfoten nicht zu mögen."
"Dafür mag euch Magda um so mehr", sagte Ortwin und kraulte seinen Kater hinterm Ohr. Hieronymus dachte an Magdas köstliche Bewirtung und begann wieder zu schnurren. Er schwieg eine Weile und sagte plötzlich: "Schade, daß wir unser Flugschiff nicht lenken können! Der Wind kann uns treiben, wohin er will."
Ortwin, den urplötzlich der Schlaf überfiel, murmelte etwas wie: "Wir bräuchten Flügel wie die Vögel..."
"Flügel?" fragte der Kater erstaunt. "Das müßten aber Riesenflügel sein! Wer soll die Flügel lenken? Wir Samtpfoten etwa?"
Meister Ortwin antwortete nicht mehr. Er streckte sich auf dem Boden des Flugschiffes aus und schlief ein.

Hieronymus sprang auf, versteckte sein Kästchen und spähte auf dem Wolkenschiff umher. Überall, kreuz und quer, lagen Baldwins Kisten und Säcke; dazwischen dösten und schnarchten die Samtpfoten. Der Zwerg und sein Weib schliefen ebenfalls schon fest.
Hieronymus begann eine von Baldwins Kisten zu untersuchen. Was mochte da verborgen sein? Vorsichtig begann er den Deckel der Kiste hochzudrücken.
Plock! Mit einem Knall sprang der Deckel auf, fiel jedoch lautlos auf den weichen Wolkenstoff. Hieronymus schaute nach links und rechts. Niemand hatte etwas bemerkt. Nun spähte der Kater in die Truhe. Er staunte nicht schlecht: Sie enthielt Bücher!
Hieronymus wurde immer neugieriger. Ob das etwa Zauberbücher waren? 'Ich brauche Ortwins Brille', dachte er, 'dann könnte ich vielleicht die Schriften entziffern'. Er schlich zu seinem Meister und tatzelte ihm die Wunderbrille aus der Rocktasche. Geschwind setzte er sie sich auf die Nase und kroch in die Bücherkiste.
Baldwins Werke waren in lateinischer und griechischer Sprache verfaßt. Soweit der Kater erkennen konnte, waren es aber keine Zauberbücher. Er entdeckte Philosophien, Reiseberichte, Reden bedeutender Staatsmänner, eine Himmelskarte, eine Schriftrolle mit astrologischen Deutungen und schließlich eine Tierkunde.
"Sieh da", rief Hieronymus voller Erstaunen, "unser Baldwin scheint recht gelehrt zu sein! Wie mag er nur zu diesen Büchern gekommen sein?" Hieronymus konnte mit Ortwins Brille zwar alle Schriften entziffern, der Inhalt der meisten Texte blieb ihm jedoch rätselhaft. "Das werde ich mir alles von meinem Meister erklären lassen", sagte er zu sich selbst. "Besonders dieses Buch über die Tierwelt scheint mir sehr lesenswert. Ob da auch etwas über Spitzmäuse drin steht..." Spitzmäuse faszinierten ihn seit langem. Warum mochten sie nur so gräßlich schmecken, wieso galten sie als giftig? Er blätterte in den vergilbten Seiten des uralten Bandes. Doch seine Augen wurden immer schwerer. "Ach, wo steht denn nur etwas über Spitzmäuse?" murmelte er und gähnte. Ehe er sich versah, war auch er ins Land der Träume entrückt.

Hieronymus wurde unsanft geweckt: "Verflixtes Katertier!" hörte er jemanden schimpfen. "Was machst du mit meiner Brille auf der Nase?" Das war Ortwin! Ach ja, die Brille! Hieronymus hätte sie zurückbringen

sollen, denn eigentlich durfte er sie nicht ohne Erlaubnis tragen. Der Kater erwartete weitere Schelte, doch Ortwin zog ihm die Wunderbrille nur unsanft von der Nase und wandte sich rasch von ihm ab.
Die Sonne war bereits aufgegangen, und das Wolkenschiff trieb gemächlich über einem großen Wald.
Hieronymus streckte sich und verließ die Kiste. Quax saß unmittelbar daneben und grinste frech. Wie gerne hätte ihm Hieronymus das Fell zwischen den Ohren gekämmt, doch hütete er sich davor, jetzt eine Rauferei anzuzetteln. Also strafte er seinen Rivalen mit Verachtung.
Wie am Tag zuvor legte Ortwin den Roten Stein in die Morgensonne, und wieder begann das Wolkenschiff augenblicklich zu sinken. Zwar ging die Abfahrt sanfter vonstatten als am vorherigen Tag, trotzdem kitzelte es allen gehörig im Magen.
Baldwin, der sich gerade den Schlaf aus den Augen rieb, begann lauthals zu schreien: “Wahnsinn, wir stürzen ab! Wir werden auf dem Boden aufprallen und in tausend Stücke zerspringen!”
Magda versuchte ihn zu beruhigen. Vergeblich! Ortwin und die Samtpfoten aber beachteten den Zwerg nicht.

Sie landeten auf einer kleinen Waldlichtung. Die Gegend schien völlig unbewohnt zu sein. Wahrscheinlich streiften durch die umliegenden Wälder noch Bären und Wölfe, und unter jedem Wurzelwerk mochten Kobolde und Schratte hausen. Im Morgenlicht aber machte die Gegend einen friedlichen Eindruck. Die meisten Samtpfoten sprangen sofort vom Wolkenschiff. Baldwin war unter ihnen. “Endlich wieder festen Boden unter den Füßen!” frohlockte er. “Fürwahr, Fliegen ist schön, vor allem nach der Landung!”
“Langsam, Freunde”, rief Ortwin, “geht nicht allzu weit in den Wald! Wir wollen gleich weiterfliegen!”
“Wieso das?” fragten die Samtpfoten. Sollten sie nicht erst nach einigen Mäusen Ausschau halten? In den Morgenstunden kamen viele Rötel- und Haselmäuse aus ihren Verstecken. Selbst Quax zeigte Unverständnis für Ortwins Eile. Wo wollte der Meister eigentlich hin? Lagen doch der Odenwald und das Rheintal und damit scheinbar alle Gefahren viele Meilen hinter ihnen.
“Wenn ihr weiter bei uns bleiben wollt, Freunde”, begann Hieronymus streng, “müßt ihr tun, was Meister Ortwin von euch verlangt. Wir sind

zwar unserem Feind entkommen, doch wer weiß, ob nicht die Bedrohung bleibt!"
"Unser Feind? Wer ist das?" fragten einige Katzen und Kater. Und überhaupt! Hatten sie nicht schon zur Genüge ihr Fell für Ortwin und seine hochnäsige Kater hingehalten? Samtpfoten waren freie Wesen und taten nie, was Menschen verlangten - dieser Meinung waren zumindest Munni, Knurr, Schnorr, Nubis, der Gestromte, Bastis und vor allem der Miese! "Hört uns doch erst einmal zu, bevor ihr herumnörgelt", erwiderte Hieronymus. "Meister Ortwin wird euch berichten, was er weiß. Danach könnt ihr entscheiden, ob ihr immer noch bei uns bleiben wollt oder nicht."
"Gut", sagte Schnorr, "hören wir uns den Alten an, aber zuvor will ich mir meine Krallen schärfen und eine Waldmaus fangen."
"Ja, hören wir ihn uns an", bekräftigte Knurr. "Doch laßt uns erst einmal frühstücken und Erkennungsmarken setzen. Die Waldkater sollen schließlich wissen, daß wir hier waren!"

Etwa zwei Stunden später saßen sie alle wieder auf dem Wolkenschiff. Baldwin war verträglich, da das Wolkenschiff nur wenige Ellen über den Baumwipfeln dahintrieb und kaum schaukelte.
Ortwin berichtete ausführlich, was er über den Magier Salaam wußte - ohne auch nur mit einem Wort das Zauberkästchen zu erwähnen.
"Demnach waren die Unholde, die uns von unserem Turm vertrieben haben, seine Gehilfen", stellte Quax fest.
"Und jenes Zeichen, welches wir im Wald gesehen haben, stammte wohl auch von ihm?" mutmaßte Tobias.
"Gewiß, gewiß", bekräftigte Baldwin. "Es war das Zeichen Salaams und des Geheimbundes der Siebenbeinigen Spinne! Das ganze Land steht gewiß schon in ihrem Bann und wir taten gut daran, davonzusegeln!"
"Und die Riesenmaus?" fragte Petunia vorsichtig.
Baldwin schüttelte sich vor Lachen: "Die Rihihihihiesenmaus, ha, ha, ha! Die Riesenmaus, das ist etwas ganz Besonderes, ha, ha, ha, ja die eine oder andere Riesenmaus gehört wohl auch dazu, ha, ha, ..."
Magda schaute ihn scharf an und sein Lachen verstummte. Bevor Petunia weiterfragen konnte, sagte Manulia: "Ich verstehe die ganze Aufregung um den Wolkenstoff nicht. Fliegen ist vielleicht ganz lustig, aber wohl zu nichts nutz!"
"Da bin ich anderer Ansicht", erwiderte Baldwin und begann erneut zu

kichern. “Wer einen solchen Wolkenstoff besitzt, verfügt über eine große Macht, hi, hi, hi. Auf einem Flugschiff wie dem unseren, könnte sich ein kleines, gut gerüstetes Heer unbemerkt jeder Stadt oder Festung nähern und sie im Handstreich einnehmen! Nicht wahr, Meister Ortwin? Hi, hi, hi.”
“Er hat recht”, bestätigte Ortwin. “Ein Magier wie Salaam würde den Wol-kenstoff nicht dazu benutzen, spazieren zu fliegen. Er denkt eher daran, den Wolkenstoff zu stehlen, um ihn für seine finsteren Zwecke zu mißbrauchen.”
“Er soll ihn nie bekommen!” fauchte Quax. “Den Wolkenstoff haben wir gebraut; er gehört uns!”
“Uns?” fragte Manulia. “Du willst damit sagen, er gehört euch, Meister Ortwin, Hieronymus und dir.”
Bevor Quax etwas erwidern konnte, sprach Ortwin: “Nein, meine Katzen-dame, er will damit sagen, er gehört allen Samtpfoten, allen, die heute auf dem Wolkenschiff mitfliegen. Ohne eure Hilfe hätten wir den Wolkenstoff niemals fertigstellen können. Ihr glaubt gar nicht, wie froh ich war, als ihr gestern Abend wieder alle beisammen wart und mitgeflogen seid! Es wäre schön, wenn ihr weiterhin bei mir bleiben würdet.”
Das schmeichelte den Samtpfoten. So beschlossen sie, bei Ortwin zu bleiben und den Wolkenstoff weiter zu verteidigen - und sollte es die letzten Schnurrhaare kosten!
Auch Baldwin fühlte sich geschmeichelt, obwohl ihn Ortwin gar nicht erwähnt hatte. Doch solche Feinheiten überhörte Baldwin grundsätzlich. Schließlich hatte er seine Ziegen geopfert, um mitreisen zu dürfen! Wenn nur das Flugschiff nicht so schaukeln würde! Verflixt nochmal!

Der Wind wurde frischer. Das Wolkenschiff wurde hin- und hergerüttelt. Ortwin entschied, den Roten Stein wieder ganz abzudecken und das Fluggefährt in größere Höhen hinaufzusteuern. Dort oben wehte der Wind etwas gleichmäßiger und der Flug verlief ruhiger. Ortwin war zwar recht stolz auf ‘seine Wolke’, doch war sie im Grunde ein plumpes Fahrzeug. Der Wind konnte mit ihr treiben, was er wollte. Quax und Hieronymus dachten ebenso. Es mußte eine Möglichkeit geben, das Flugschiff zielsicher zu steuern. Sonst hätte Manulia am Ende doch recht, und der Wolkenstoff würde zu nichts Sinnvollem taugen.
Den ganzen Tag flogen sie über dichte Wälder und öde Heiden; nur selten sahen sie vereinzelte Gehöfte oder winzige Dörfer der Menschen.

Einmal erblickten sie einige Hirsche auf einer Waldlichtung, ein anderes Mal ein großes Rudel Wildschweine. Gegen Abend überquerten sie ein breites Flußtal. In den umliegenden Auen wollten die Samtpfoten mausen; also setzte Ortwin das Flugschiff auf eine Wiese. Mit einem Seil band er es an einem alten Weidenstumpf fest. Schnell sprangen die Katzen und Kater von Bord, um ihren ureigenen Beschäftigungen nachzugehen. Nur Hieronymus und Quax blieben auf dem Wolkenschiff. Sie warteten darauf, daß ihnen ihr Meister eine Zaubermilch anrührte. Als Ortwin aber wissen wollte, ob sie es nicht für ungerecht hielten, ihren Artgenossen die Zaubermilch vorzuenthalten, antworteten die beiden nur mit einem verächtlichen Schwanzzucken. Ortwin aber nahm sich vor, das nächste Mal seine Zaubermilch für alle Samtpfoten anzusetzen.
Baldwin hatte - wie sollte es anders sein - das Wolkenschiff ebenfalls gleich nach der Landung verlassen. Er war ein Stück den Fluß hinuntergelaufen, aber schon bald wieder zurückgekehrt. Ununterbrochen brummte er vor sich hin: "Gefällt mir nicht, die Gegend hier! Gefällt mir nicht!"
Magda schüttelte den Kopf und sagte zu Ortwin: "Hört nicht auf ihn, ihm gefällt nie etwas!"
"Unsinn!" rief der Zwerg barsch. "Wenn ich sage, daß mir die Gegend nicht gefällt, hat das seinen Grund! Sie ist zu einsam, es hat keine Menschen hier. Und auch keine Tiere! Hört jemand von euch vielleicht einen Vogel singen? Würde mich nicht wundern, wenn in der Nacht Sumpfwesen aus dem Wasser steigen würden. Hätte ich doch wenigstens meine Ziegen dabei, die haben immer so lustig gemeckert..."
Ortwin schaute über die Wiesen hinunter zu den Kiesbänken am Ufer des Flusses. Die Sonne war bereits untergegangen. Die Farben des Tages wichen dem Grau der Nacht. Außer dem leisen Plätschern der Wellen war tatsächlich kein Geräusch zu hören. Ortwin fröstelte. Er sah Manulia, Jinx, Moony und andere Samtpfoten über die Wiesen zurückkommen. Lautlos huschten sie durch das Gras. Hätte Ortwin nicht gewußt, daß die Tiere seine Verbündeten waren, hätte er sich vor ihrer stillen und heimlichen Art gewiß gefürchtet.
"Ihr habt recht, Baldwin", sagte Ortwin leise. "Die Gegend ist zu einsam. Wir sollten weiterfliegen, in bewohnte Gegenden, uns Menschen anschließen."
Bald nach Sonnenuntergang waren alle Samtpfoten zurückgekehrt. Viel gefangen hatten sie nicht; die meisten von ihnen waren hungrig geblieben.

Ortwin machte das Wolkenschiff los und ließ es in den Himmel treiben. In dieser Nacht flog es noch höher hinauf als in den beiden Nächten zuvor, bis in die unheimlich kalte Region über den feinen Eiswolken. Die Samtpfoten froren und rückten so eng zusammen wie sie nur konnten. Selbst Hieronymus, der nur zu gern wieder Baldwins Kisten durchstöbert hätte, zog es vor, sich ein warmes Fleckchen zu suchen. Er kuschelte sich neben Agathe und der kleinen Xenofefa in Ortwins langen Mantel. Quax hatte sich ebenfalls auf ein gemütliches Plätzchen zurückgezogen. Er träumte von Palmyra, der warmen Sonne in der Wüste, den Dattelpalmen, Kamelen und bunten Marktständen. Auch die drei Menschen schliefen - Baldwin hatte zwar noch lange gezetert, doch mit Hilfe von Ortwins Kraut war schließlich selbst er zur Ruhe gekommen.

Wieder trieb das Wolkenschiff mit dem Wind. Die Stunden vergingen. Der Mond ging auf und tauchte die Eiswolkenwelt in ein silbernes Licht. Sternschnuppen fielen aus der Milchstraße. Keiner der Gefährten sah sie, und so konnte sich keiner von ihnen etwas wünschen.
So verging ein Tag nach dem anderen. Wohin das Wolkenschiff auch trieb, die Gegenden waren menschenleer. Nichts als dichte Wälder, Sümpfe, breite Flußauen! Einmal gelangten sie an einen Gutshof, doch er war zerfallen, seit langem verlassen. Die einst breiten Wege, die zu dem Gehöft führten, waren dicht überwuchert. Ein verwunschenes Land! Gelegentlich landeten sie. Dann lauerten die Samtpfoten im Unterholz der Wälder auf Mäuse und andere Beutetiere. Oft kreuzten sie die Spuren von Waldkatern und Luchsen, Bären und Wölfen, ohne diesen jedoch jemals zu begegnen. Die Menschen suchten Waldbeeren, Baldwin stellte Hasen und Fasanen nach, meist ohne Erfolg. Die meiste Zeit aber trieben sie kreuz und quer dahin im lauen Sommerwind.

Eines Morgens, als sie erwachten, flog das Wolkenschiff über dem offenen Meer.
Die Aufregung war groß! Viele Samtpfoten und auch Baldwin waren außer sich vor Furcht. Wo kam nur so plötzlich das viele Wasser her?
“Bei meinem Barte”, murmelte Ortwin, “wäre ich doch nur etwas früher aufgewacht. Am Horizont sehe ich noch die Küste. Wir hätten dort gemütlich landen können.”
“Wir müssen zurückfliegen”, forderte Quax. “Wer weiß, wie weit wir

sonst noch abtreiben!"
"Gut gesprochen", stöhnte Ortwin. "Doch sag mir, *wie* kommen wir wieder zurück bei diesem Landwind hier oben?"
"Vielleicht bläst der Wind unten über dem Wasser aus einer anderen Richtung", meinte Magda. "Können wir denn nicht versuchen, hinunterzufliegen?"
Ortwin schaute die kleine Frau erstaunt an. Sie war schlauer als er gedacht hatte. Gewiß hatte sie recht. Sofort deckte Ortwin seinen Stein auf, und das Wolkenschiff begann zu sinken.
Einige Samtpfoten schauten verwundert drein, Baldwin aber kreischte sofort erneut los: "Was tut Ihr, Ortwin!? Warum laßt ihr uns wieder abstürzen? Hiiilfe, wir werden auf dem Wasser aufprallen, wir werden jämmerlich ertrinken!"
Magda fuhr ihn böse an: "Hör mit dem Gejammer auf! Benimm dich endlich wie ein erwachsener Mann!"
Bevor Baldwin antworten konnte, platschte das Wolkenschiff auf das Wasser. Gischt spritzte an Deck, und die Katzen drängten entsetzt nach innen. Einen Augenblick lang schien es, als wolle das Flugschiff untertauchen, dann wieder schnellte es mit einer Welle empor, flog erneut durch die Luft und prallte ein zweites Mal auf das Meer. Nach einer Weile gelang es Ortwin, den Stein so zu verdecken, daß das Wolkenschiff auf dem Wasser schwamm. Und so trieben sie mit der Meeresströmung vor der Küste entlang.
Am Horizont erkannten sie schroffe Klippen und steile Hänge, gesäumt von dichtem Gestrüpp. Schon bald flogen Möwen kreischend neben ihnen her. Es war, als lachten die Vögel über das hilflos treibende Wolkenschiff. Die Katzen fauchten zu ihnen hoch und drohten mit ausgefahrenen Krallen. Doch die lästigen Schreier beeindruckte das wenig, wußten sie doch, daß ihnen die Pfotentiere nichts anhaben konnten.

Petunia und die kleine Xenofefa hatten sich mittlerweile auf einem Vorsprung am Wolkenrand niedergelassen und beobachteten von dort das Treiben im Wasser. Recht eigenartige Lebewesen gab es da zu sehen. Ob diese Wesen gar aus dem Wasser herauskommen konnten?
"Ich glaubc, heute gibt es Fisch zum Frühstück", hörten die beiden jemanden sagen. Erstaunt drehten sie sich um. Da hockte ein schmutziges Katerchen, das sie bisher noch gar nicht wahrgenommen hatten.

“Wer bist du”, fragte Petunia, “und warum gibt es heute Fisch?”
“Ich heiße Carolus, doch alle nennen mich Carli”, antwortete das Katerchen. “Warum sollte es heute keinen Fisch geben, da es im Wasser doch nur so von ihnen wimmelt?”
“Das da im Wasser, das sollen alles Fische sein?” staunte Xenofefa.
“Nun sag bloß nicht, du hättest noch niemals Fische gesehen, geschweige denn gegessen!” rief Carli nicht minder erstaunt.
“Doch”, erwiderte Xenofefa, “ich habe bereits Fisch gegessen. Die Menschen gaben mir einmal einen Fischkopf.”
“Nur einen Kopf, pha, das sieht ihnen so ähnlich!” spottete Carli. “Wie dem auch sei, jetzt werden wir uns welche angeln.”
“Aber wie?” fragte Petunia. “Sollen wir etwa nach ihnen tatzen?” Sie hatte zu Hause gesehen, wie ihre Mutter, Manulia, im Waldbach manchmal nach kleinen Fischen, Fröschen und Krebsen getatzt hatte. Sie selbst hatte es noch nie versucht - überhaupt hatte Petunia ja noch nie etwas gefangen; auch nicht seit sie unterwegs waren! Verlegen leckte sich die kleine Katze die Pfote.
“Brr, was ist das?!” rief sie entsetzt. “Meine Pfote schmeckt so eigenartig, so giftig!”
Carli grinste: “Das ist Salz aus dem Meer. Scheinbar hast du einen Spritzer Meerwasser abbekommen. Das Salz wirst du bei dieser Gischt nicht mehr los. Am besten, du machst es wie ich und putzt dich erst gar nicht mehr.”
“Was sind das für seltsame Ratschläge?” mischte sich Magda ein. Sie saß hinter ihnen am Wolkenrand und hatte ihre Unterhaltung mit angehört. “Das Salz ist nicht giftig, Petunia, du solltest dich gründlich waschen, sonst verklebt dein Fell. Jetzt aber wollen wir in der Tat Fische fangen! Seht, was Ortwin vorbereitet hat!”
Der Zauberer hatte an einer langen Schnur einen Haken festgeknotet, auf den er ein kleines Brotstückchen steckte. Die Samtpfoten staunten nicht schlecht, wie er mit dieser einfachen Angel - schwupp! - schon bald den ersten Fisch aus dem Wasser zog.
Schwupp! Ein Zweiter, ein Dritter - es verging keine Stunde und sie hatten genügend Fische zum Frühstück für alle zwei- und vierbeinigen Mitreisenden.
“Angeln können wir Samtpfoten auch”, behauptete Antonius, “und sogar noch besser: nämlich mit Pfote und Kralle!”
“Ja”, bekräftigte der hagere Kater Munni, “wären wir näher am Wasser,

könnten wir uns die allerbesten Brocken herausgreifen!"
"Wenn es sonst nichts ist, Kater", erwiderte Ortwin schmunzelnd und griff nach einem Korb, den er an einem Seil festband. Der verwegene Streuner begriff sofort und sprang hinein. Kaum aber hatte ihn Ortwin zum Wasser hinuntergelassen, da schwappte auch schon eine Welle über ihn hinweg. Munni wurde patschnaß und maunzte kläglich. Schnell zog ihn Ortwin wieder hinauf. Naß wie er nun war, wirkte er noch dürrer, ja, sah er fürchterlich elend aus. Seine Augen aber leuchteten stolz: Er hatte etwas gefangen.
"Ich habe nach dem erstbesten gegriffen, der vorbeischwamm", verkündete er und legte seine Beute auf den Boden.
"Das soll ein Fisch sein?" wunderten sich die anderen. "Wo sind seine Flossen, seine Augen, sein Mund?"
"Aber Munni!" rief Ortwin entsetzt. "Das ist überhaupt kein Fisch - das ist eine Qualle!"
Eine Qualle? Munni schnupperte an seiner Beute. Sollte sie am Ende überhaupt nicht eßbar sein? Vor aller Augen schrumpfte das sonderbare Gebilde zusammen! Munni wich entsetzt zurück. Ortwin, Magda und die anderen Samtpfoten begannen zu lachen.

"Land voraus!" miaute es in diesem Augenblick.
Jinx, der am Rande des Flugschiffes saß und in die Ferne spähte, hatte es zuerst entdeckt: Sie schwammen geradewegs auf eine Insel zu, die nur wenige Meilen vor der Küste lag.
Bevor das Wolkenschiff in die Brandung geriet, bedeckte Ortwin den Stein. Sofort stieg es aus dem Wasser. Die nächste Windbö trieb es über die Insel.
"Alles festhalten, wir landen!" rief Ortwin, sobald sie über dem Eiland schwebten. Unsanft setzte er das Gefährt auf den Boden!

Es war ein herrlicher Flecken. Das Ufer war felsig und steil, nur an einer Stelle befand sich eine kleine sandige Bucht zwischen den Klippen. In der Mitte der Insel wuchs ein Kiefernwäldchen; die zum Meer abfallenden Hänge waren mit blühenden Ginsterhecken bedeckt. Soweit die Gefährten sehen konnten, war die Insel unbewohnt.
Nun lag das Wolkenschiff zwischen den Hecken am Rand des Wäldchens.
"Hier bleiben wir für den Rest des Tages", entschied Quax. "Laßt uns

die Insel erstreunen!"
Ortwin war damit einverstanden, wählte aber ein halbes Dutzend Samtpfoten aus, welches das Wolkenschiff bewachen sollte. Dann verließ auch er sein Flugschiff. Baldwin, der natürlich wieder als einer der ersten davongehüpft war, begann Holz für ein Feuerchen zu sammeln. Die geangelten Fische sollten gegrillt werden. Roher Fisch - brrr! - das sei doch nur etwas für Katzen!

Mäuse mochte es auf der Insel keine geben, doch die Samtpfoten fanden auf den Klippen Möwennester mit frisch gelegten Eiern. Auch eine Süßwasserquelle in der Nähe der sandigen Bucht entdeckten sie. Niemand störte sie, niemand fragte woher sie kamen und was sie hier wollten. Von Waldgeistern, Kobolden und Schratten war nichts zu sehen, ebensowenig von Bären und Luchsen. Auf dieser Insel ließ es sich aushalten.

Die Kater Antonius, Gregorius und Munzel streiften sehr ausgiebig durch die Felsen der Gezeitenzone und lauerten auf Krabben. Krabbenfang ist für Samtpfoten keine einfache Angelegenheit, denn die größeren Exemplare können mit ihren Scheren ordentlich zupacken und gar Schnurrhaare abzwicken. Die drei Kater prahlten voreinander, wer den dicksten Krebs überwältigen konnte und kletterten immer mutiger auf die Klippen hinaus. Da entdeckten sie vor einem Felsspalt, der gerade so breit war, daß ein Mensch sich hineinzwängen konnte, eine gewaltige Schar Krebstiere. Sie warteten anscheinend nur darauf, von den Samtpfoten gefangen zu werden! Die Kater schlichen näher heran, doch die Krebse verkrochen sich rasch in den Spalt.
"Ha", frohlockte Antonius, "die sind uns so gut wie sicher! Ich gehe hinein und jage sie zu euch heraus!" - und schon war er im Felsspalt verschwunden. Gregorius und Munz blieben vor dem Spalt sitzen und warteten auf die Beute. Doch nichts geschah, kein Krebs ließ sich mehr blicken. Nach einer Weile kam Antonius zurück und berichtete, der Spalt führe weiter in den Felsen hinein und münde in eine gewaltige Grotte. Dort hielten sich die Krebse versteckt.
"Dann müssen wir ihnen in die Grotte folgen", bestimmte Gregorius. "Diese Beute dürfen wir uns nicht entgehen lassen."
"Wäre es nicht besser, Meister Ortwin von unserer Entdeckung zu berichten?" fragte Munz. "Vielleicht will er sich die Höhle anschauen?"

“Wozu?” erwiderte Antonius. “Es ist eine ganz gewöhnliche Höhle, wie ich schon viele in meinem Streuneleben gesehen habe! Laßt uns hineingehen und die Beute herausholen.”
“Ganz recht”, bekräftigte Gregorius. “Die Krebse sind unsere Entdeckung; die anderen brauchen nichts davon zu wissen! Wenn du dich fürchtest, Munz, kannst du ja draußen auf uns warten.”
Munz war es recht mulmig zumute, doch wollte er sich vor den anderen keine Blöße geben: Einen furchtsamen Kater durfte es schließlich nicht geben! Kurzerpfot folgte er seinen Gefährten in die Grotte.

Schnell gewöhnten sich die Augen der drei Streuner an die Dunkelheit. Sie sahen, daß von der Grotte viele Gänge und Spalten weiter ins Erdinnere führten. Die Insel mußte durchlöchert sein wie ein mottenzerfressener Pelz! Die Krebse allerdings waren verschwunden.
“Wo mögen sie nur stecken?” brummte Gregorius.
“In einer der Spalten, aber in welcher?” murrte Antonius. Er hob die Nase, um die Witterung aufzunehmen. “Wenn mich nicht alles täuscht”, fand er, “riecht es hier eher nach Maus als nach Krebs.”
“Ja”, schnurrte Munz, “hier duftet es köstlich nach Mäusen!”
Also gab es doch Mäuse auf der Insel! Den Katern lief das Wasser im Mund zusammen.
“Dort hinten, in jenem Gang, müssen die Mäuse sein”, stellte Antonius fest.
Geschwind schlichen sie weiter in die Höhle hinein, doch sie staunten nicht schlecht, als sie plötzlich vor einer Treppe standen. Etwa ein Dutzend in den Stein geschlagene Stufen führten nach unten und endeten vor einer großen eisenbeschlagenen Tür. Das mußten Menschen gebaut haben! Doch zu welchem Zweck? Wohnte hier etwa jemand?
“Die Tür steht einen Spalt offen”, bemerkte Antonius. “Wollen wir hinuntergehen?”
“Warum nicht?” erwiderte Gregorius. “Der Mäuseduft kommt von dort unten!”
Munzel wollte etwas einwenden, fürchtete aber, von den anderen wieder verspottet zu werden. Also eilten sie alle drei die Stufen hinunter und zwängten sich durch den Türspalt. Der Raum dahinter war nicht sonderlich geräumig und gerade so hoch, daß ein Mensch darin aufrecht stehen konnte. An der gegenüberliegenden Wand befand sich ein klobiger, steinerner Tisch, darüber hing ein unförmiges, dunkles Schild. Sonderbar fahlgrüne

Lichter schimmerten von den Wänden. Einen weiteren Ausgang schien der Raum nicht zu haben.
“Wir sind in einem Tempel”, flüsterte Antonius - laut zu reden wagte er nicht. “Sicher verehren die Menschen hier einen ihrer Götter.”
“Was sind das für unheimliche Lichter?” wisperte Munz. “So etwas habe ich noch nie gesehen.”
“Ich glaube, das sind Pilze, die im Dunkeln leuchten”, antwortete Antonius.
“Der Ort gefällt mir jedenfalls nicht, selbst wenn es hier tausend Mäuse gäbe!” aunzte Munz. “Mir ist die Lust auf Mäusebraten vergangen. Wir sollten uns besser davonmachen!”
“Ja”, stimmte Gregorius bei, “Munz hat recht: Wir sollten gehen.”
“Ihr geht nicht”, vernahmen sie da eine rauhe Stimme vom Eingang her. Erschrocken blickten sie zur Tür. Dort stand eine menschenähnliche Gestalt. Sie war in einen langen dunklen Mantel gehüllt und hielt ihren Kopf fast ganz unter einem Schal verborgen. Die drei Streuner saßen wie versteinert da.
“Ihr seid wohl erschrocken, Katzentiere”, krächzte der Fremde und schloß hinter sich die Tür. “Was wollt ihr hier? Wer hat euch erlaubt, hier einzudringen?”
Antonius faßte sich als erster und antwortete: “Wir... nun, wir sind auf der Suche nach Mäusen... wir wußten nicht, daß es verboten ist...”
“Mäuse”, sagte der Fremde mit einem merkwürdigen Unterton, “ja, ihr Katzen denkt immer nur ans Mausen!” Er kam einen Schritt näher und zischte: “Wißt ihr denn überhaupt, wo ihr seid?”
“Wohl in einem Tempel”, antwortete Antonius.
“Ja, gewiß”, fuhr der Fremde fort. “Ihr aber verehrt keine Götter, nicht wahr?”
“Doch”, antwortete Antonius, “die Bastet zum Beispiel...”
Der Fremde lachte: “Ha, ha! Die alte Bastet aus Ägypten! Sie wird euch nicht helfen, ha, ha! Denn hier herrscht Baal, auch bekannt unter dem Namen Moloch! Schaut, das Schild über dem Altar: Das ist sein Bild!”
Die Kater blickten nach oben. Jetzt erkannten sie die merkwürdige Figur, die auf das Schild gemalt war: Es war ein dornenbewehrter Drache! Hatte nicht Ortwin etwas von einem solchen Drachen erzählt? War das nicht das Symbol des Geheimbundes, der den Wolkenstoff stehlen wollte? Sie mußten so schnell wie möglich zu Ortwin zurück und über die Entdekkung berichten!

“Nun gut”, sagte Antonius, “wir haben genug gesehen... und... äh... wollen nicht länger stören. Laßt uns also gehen!”
“Habe ich nicht bereits gesagt, daß ihr hierbleibt, ihr neugierigen Streuner?” begann der Fremde von neuem. “Ihr seid meine Gefangenen, hä, hä!” Drohend schritt er weiter auf sie zu.
Die drei Kater wichen zurück, fauchten und maunzten. Munzel faßte sich noch einmal ein Herz und aunzte: “Bitte, laßt uns wieder gehen! Wir erzählen auch ganz bestimmt niemandem von Eurem Tempel. Das versprechen wir!”
“Ja”, miaute Gregorius, “wir wollten doch nur auf Mäuse lauern.”
“Euch werde ich lehren, Mäuse zu fangen!” krächzte der Fremde, sprang einen Schritt vor und versuchte nach den Katern zu greifen. Diese aber wichen geschickt aus und sprangen auf und unter den Altar.
“Weglaufen ist sinnlos, Kater! Ihr entkommt mir nicht! Keiner von euch entkommt mir, ha, ha! Ihr wolltet Mäuse fangen, jetzt fängt euch die Maus!” Während er dies krächzte, zog er geschwind einen Säbel unter seinem Gewand hervor! Dabei verrutschte sein Schal; die Kater sahen seine Augen und seine Nase. Es waren kleine, bösartige Augen und eine spitze Nase mit einem dünnen Schnurrbart darunter!
Im gleichen Augenblick vernahmen sie an der Tür ein Scharren.
“Aha”, krächzte der Unhold, “euch ist wohl jemand gefolgt. Nun ja, wollen wir einmal nachsehen, wer da Einlaß begehrt.”
Vorsichtig öffnete er die Tür einen kleinen Spalt und schaute hinaus. Draußen war niemand zu sehen. Schon wollte er die Türe wieder schließen, als er urplötzlich zurücksprang, nach seinem Kopf griff und dabei den Säbel fallen ließ.
“Schnell, flieht!” rief eine Stimme. War das nicht Hieronymus? Wo steckte er bloß? Der Unhold wollte rasch nach seinem Säbel greifen, doch wie von Geisterhand bewegt, wanderte dieser von ihm weg!
“Ah, wer wagt es, mich zu narren? Zeig dich mir, wer immer du bist!” tobte der Fremde. Doch der Gegner blieb unsichtbar. Hieronymus' Stimme rief abermals den Katern zu: “Nun lauft schon! Lauft nach draußen!”
Die drei stürmten los - ohne weiter zu zögern und ohne nochmals nach dem Fremden zu schauen. Dieser versuchte ein weiteres Mal, seine Waffe aufzuheben, stolperte jedoch dabei und fiel der Länge nach auf den Boden.
Die drei Kater rannten und rannten, ja sie flogen regelrecht die Treppe hinauf. Sie fegten durch die Grotte und durch den Felsspalt hinaus auf

die Klippen und rasten weiter bis zum Sandstrand in der kleinen Bucht. Dort erst hielten sie an und blickten sich um. Hinter ihnen war niemand zu sehen.
In diesem Augenblick kamen Tabitha und Minze von der anderen Seite die Felsen heruntergestiegen und wunderten sich über die drei atemlosen Kater.
“Veranstaltet ihr ein Wettrennen?” scherzte Tabitha.
“Dort, dort”, riefen die drei durcheinander, “hinter den Klippen!” - “Dort sind sie!” - “Ja, Unholde!” - “Drachenpriester und unsichtbare Wesen!” - “Sie hatten uns gefangen!” - “Sie wollten uns fressen!”
“Fressen vielleicht nicht gerade, aber das Fell über die Ohren ziehen”, hörten sie wieder Hieronymus reden. Da saß er ja! “Wie kommst du hierher?” fragte Munz verwundert. “Was wird hier gespielt? Wir haben dich gehört, aber nicht gesehen! Warst du mit uns in der Höhle?”
“Ja, ich war in der Höhle”, erklärte Hieronymus, “und ob ihr es glaubt oder nicht, ich bin euch schon die ganze Zeit gefolgt - unter Ortwins Tarnkappe! Eigentlich hatte ich vor, euch ein wenig zu erschrecken, doch dann kam mir der seltsame Geselle in die Quere. In anderen Worten: Ich war das unsichtbare Wesen, das mit ihm gekämpft hat! Der Fremde roch übrigens ganz gehörig nach Maus, habt ihr das auch bemerkt?”

“Ein heidnischer Tempel auf dieser Insel? Und ein Unhold im Mäusefell?” staunte Ortwin, als ihm die vier Kater ihr Erlebnis berichteten. Das wollte er sich sogleich ansehen. Baldwin bestand darauf, mitzugehen. Schließlich konnte ja niemand wissen, wie gefährlich der Unhold tatsächlich war. Auch Hieronymus, Quax und viele andere Samtpfoten begleiteten ihren Meister. Munz, Gregorius und Antonius jedoch waren nicht mehr zu bewegen, in die Grotte zu gehen.
Sie fanden den Tempel verlassen vor. Auch das sonderbare Schild mit dem Bild des Drachens war verschwunden.
“Er hat Reißaus genommen!” triumphierte Hieronymus. “Was mich nicht wundert, wie ich ihm zugesetzt habe.”
“Freu dich nicht zu früh!” erwiderte Quax. “Er wird sicher noch in der Nähe sein.”
“Er mag sogar Verstärkung holen”, befürchtete Baldwin. Sein Mut hatte ihn in dem düsteren Gemäuer schnell verlassen!
“Gehen wir zu unserem Wolkenschiff zurück”, bestimmte Ortwin. “Nur

schade, daß das Schild mit dem Drachen nicht mehr da ist. Ich hätte zu gern gewußt..."

"...ob es der gleiche Drache war wie auf dem Bannzeichen bei Baldwins Brunnen?" ergänzte Hieronymus. "Ich habe das Bild zwar nur undeutlich gesehen, doch ich bin sicher, daß es jenem Zeichen durchaus ähnelte!"

Ortwin rieb sich besorgt den Bart, Baldwin aber jammerte: "Sie sind überall, einfach überall! Es ist zum Fürchten! Ach, was wird nur aus uns?!"

Unter den Samtpfoten, die Ortwin in die Höhle gefolgt waren, befanden sich auch Petunia und Peterle. Als sie die Grotte verließen, flüsterte Petunia ihrem Brüderchen zu: "Es hat wirklich nach Maus in der Höhle gerochen! Wenn es stimmt, was die vier Kater erzählt haben, war das eine Riesenmaus! Es mag eine solche gewesen sein, wie ich sie bei Ortwins Turm gesehen habe!"

"Rede keinen Unsinn, Petunia", erwiderte Peterle. "Es gibt keine Riesenmäuse!"

Petunia aber fand Gefallen an Peterles Furcht und setzte nach: "Der Zwerg hat so eigenartig gelacht, als ich nach der Riesenmaus gefragt habe. Sicher weiß er mehr darüber, als er zugestehen will. Doch das Allerschlimmste, mein Peterle, ist, daß die Riesenmaus noch auf der Insel ist! Sie beobachtet uns, sie belauert uns!!!"

"Sei bitte still, mir graut! Ich gehe jetzt sofort zurück zum Wolkenschiff und werde es nicht mehr verlassen, solange wir auf dieser unheimlichen Insel sind!"

Als sie zur Wolke zurückkamen, vergaßen Petunia und Peterle schnell die Grotte und die Riesenmäuse. Einige andere Jungkatzen hatten inzwischen ein Spiel begonnen, zu dem sie sich sofort hinzugesellten.

"Sie balgen schon wieder", schnaubte Quax verächtlich. "Diese Katzenkinder haben nur Unfug im Sinn."

"Laß sie, Quax!" riet Ortwin. "Es sind, wie du selbst sagst, Katzenkinder. Ich wüßte nur zu gerne, was sie da spielen. Es sieht aus, als tatzten sie nach einem Mäusebalg."

"Es ist in der Tat Mausball", erklärte Hieronymus. "Doch wir haben im Augenblick leider keine Zeit, uns dieses - zugegeben oft spannende, wenngleich meist wüste - Spiel zu betrachten."

Zu gerne hätte er sein Spiegelchen befragt und sich den mausgesichtigen

Unhold oder gar den Magier Salaam zeigen lassen, aber zur Zeit war das nicht möglich. Überall streunten, sprangen oder hockten seine Artgenossen herum. Außerdem ärgerte sich Hieronymus immer mehr über den Zwerg! Wenn er still und bescheiden gewesen wäre wie Magda, hätte er ihn vielleicht sogar gemocht - allein schon wegen der Bücher, die er mitgebracht hatte! So aber war er eine Nervensäge, ein Jammerlappen, ein Angeber - schlicht unerträglich! Wütend sprang Hieronymus zu einem Baumstumpf und begann daran zu krallen, daß die Späne nur so flogen.

“Was ist denn los, Hieronymus?” hörte er in diesem Augenblick eine Stimme hinter sich. Es war die silbergraue Nubis.
“Was soll los sein?” fragte Hieronymus.
“So wild habe ich eine Samtpfote noch nie ihre Krallen wetzen sehen. Mir scheint, du bist wütend. Geht es um Quax?” - Quax war auf das Wolkenschiff zurückgegangen und außer Hörweite.
“Nein, mit Quax hat es dieses Mal nichts zu tun. Ich bin schlicht unzufrieden. Kaum haben wir ein schönes Plätzchen gefunden, müssen wir es schon wieder verlassen.”
“Und wohin fliegen wir? Weiter auf das Meer hinaus?”
“Gewiß nicht, sobald der Wind dreht, fliegen wir zurück zum Festland.”
“Aber was mag uns dort erwarten? Womöglich noch mehr Unholde!”
“Kann sein”, mischte sich Ortwin ein. “Doch ich hoffe, daß dort drüben irgendwo Menschen leben. Vielleicht finden wir Verbündete. Wir müssen es wagen; wir haben keine andere Wahl.”
Ortwin kletterte auf das Wolkenschiff. Die Jungkatzen tobten sorglos mit ihrem Mäusebalg durch die Ginsterhecken. Einige ältere Kater streunten noch durch das Gelände, als wäre nichts gewesen und hinterließen ihre Erkennungszeichen. Nubis zwinkerte Hieronymus zu und schnurrte: “Sag, Hieronymus, kannst du mich nicht ein wenig in eure Zauberkünste einweihen? Du kennst doch sicher viele Geheimnisse.”
Hieronymus zwinkerte zurück und sagte: “Meinst du nicht, daß es einem Zaubergehilfen schlecht stünde, seine Geheimnisse Preis zu geben? Aber wenn du willst, erzähle ich dir, wie wir den Weißchen kennengelernt haben.”
“Welchen Weißchen?” fragte Nubis erstaunt.
Hieronymus grinste und erklärte: “So nennen wir den Quax, er darf es nur nicht hören, sonst wird er böse.”

Im Land der Menhire

Am Nachmittag kam ein frischer Seewind auf, und die Gefährten verließen die Insel. Schon bald hatten sie das Meer und die Klippen überflogen. Eine Zeitlang lag unter ihnen nichts als Wald - ein grüner Teppich, gewebt aus Fichten, Eichen und Wachholder. Da entdeckten sie eine Lichtung: Schmale Felder umsäumten eine Siedlung mit kaum zwei Dutzend Häusern. Die Häuser waren winzig klein, doch alle aus soliden Steinen gebaut.

Ortwin zögerte nicht lange und setzte das Wolkenschiff auf ein freies Feld, unmittelbar neben der Siedlung.

Sofort kamen ein halbes Dutzend Kinder und ebenso viele kläffende Hunde angerannt, um das wundersame Wolkengebilde zu bestaunen. Jinx und Bastis streckten als erste ihre Köpfe über den Wolkenrand, worauf die Kinder lachten, und die Hunde noch heftiger bellten. Weitere Samtpfoten spähten hinunter, und schon zeigten sich Ortwin, Magda und Baldwin. Die Kinder erschraken - Hieronymus behauptete später, allein wegen Baldwins furchterregender Grimasse, die er gezogen habe - und liefen rasch zu ihren Häusern zurück. Dort sammelten sich Männer und Frauen, bewaffnet mit Stöcken, Sensen, Keulen und Messern. Die Hunde fegten aufgeregt zwischen der Wolke und den Dorfbewohnern hin und her und wollten nicht aufhören zu bellen.

“Kein freundlicher Empfang”, stellte Quax fest.

“Es dürfte immerhin das erste Mal sein, daß sie ein Wolkenschiff zu Gesicht bekommen”, belehrte Hieronymus.

“Wo Hunde sind, ist es mit der Gastfreundschaft nicht weit her”, brummte Tobias.

“Ganz recht”, ergänzte der Gestromte. “Kein Ort, an dem wir bleiben sollten!”

“Abwarten! Laßt uns erst einmal mit den Leuten reden”, sagte Ortwin und stellte sich aufrecht an den Wolkenrand.

Ein Mann, mit einem Kettenhemd bekleidet und einem Schwert am Gürtel, kam langsam näher und stellte sich in Rufweite vor die Wolke.

In welcher Sprache sollte ihn Ortwin ansprechen? Fränkisch, Sächsisch,

Alemannisch, Bretonisch oder Friesisch?
"Kommt Ihr in Frieden oder in feindlicher Absicht? Wer immer Ihr seid, sprecht!" rief der Fremde - zu Ortwins Überraschung sprach er Latein.
"Wir kommen in Frieden", antwortete Ortwin rasch in der gleichen Sprache. "Ich heiße Ortwin und bin mit meinen Freunden seit Tagen mit diesem Flugschiff unterwegs. Der Wind hat uns hierher getrieben; wir wissen nicht einmal, wo wir sind."
"Mein Dorf heißt Carnac und liegt in der Grafschaft Morbihan. Wir sind ein armes Dorf in einem armen Land; was immer ihr wollt, bei uns findet Ihr nichts von Wert."
"Morbihan?" wiederholte Ortwin und murmelte verwundert vor sich hin: "Aber das liegt ja in Klein-Britannien. Wir haben tatsächlich ganz Gallien überflogen!" Laut rief er auf Bretonisch dem Fremden zu: "Wir können in Eurer Sprache fortfahren. Ich spreche besser Bretonisch als Latein!"
"Ihr sprecht Bretonisch?" staunte der Fremde. "Wie kommt Ihr dazu? Wie ein Bretone seht Ihr mir nicht aus!"
Bevor Ortwin antworten konnte, schrie Baldwin: "Ortwin ist ein mächtiger Zauberer und Schüler des großen Merlin. Und ich bin Baldwin, klein von Gestalt, groß im Geiste und hier ist Magda, mein Weib, ebenfalls klein von Gestalt."
Der Fremde kam näher: "Was sagte der Zwerg soeben? Er nennt Euch einen Zauberer und Schüler Merlins? Nun, so verwundert es mich nicht, wenn Ihr Euch mit allerlei wundersamen Wesen umgebt und durch die Lüfte segelt. Ein Schüler Merlins ist bei uns immer willkommen. Steigt herab von Eurem Gefährt und kommt zu uns ins Dorf!"
"Gerne", erwiderte Ortwin, "sobald Ihr die Hunde weggesperrt habt. Meine Samtpfoten vertragen sich nicht so recht mit ihnen."
"Sorgt Euch nicht um die Hunde", beschwichtigte der Bretone. "Sie sind Katzen gewohnt und gehen ihnen gewöhnlich aus dem Weg."
"So kennt Ihr Katzen hier?"
"Ja, wir kennen sie! Eine lebt sogar in unserem Dorf. Ihr werdet sie gleich sehen."
Ortwin bestimmte, daß die Samtpfoten sowie Magda und Baldwin auf dem Wolkenschiff bleiben sollten. Nur Quax und Hieronymus durften ihn begleiten. Sobald Ortwin und die beiden Kater das Wolkenschiff verlassen hatten, begann Baldwin heftig zu zetern: "Warum muß ich auf dem Schiff bleiben?! Was glaubt er wohl..."

“Sei augenblicklich still!” herrschte ihn Magda an. “Wenn es nach mir ginge, sollte man dich in eine Tonne einsperren und für alle Tage hier festhalten! Wie konntest du es wagen, mich den Fremden als klein von Gestalt vorzustellen, da ich dich um ein halbes Haupt überrage! Und wie konntest du mit deinem großen Geist prahlen, wo du doch offensichtlich überhaupt keinen besitzt! Du Aufschneider!”
Die Samtpfoten lachten. Baldwins Nase verfärbte sich, doch er schwieg tatsächlich.

Ortwin hatte seine beiden Kater in gewohnter Weise, einen links, einen rechts, auf die Arme genommen und folgte dem Fremden über die Felder.
“Ich heiße Gwaldain und bin ein freier Lehnsmann des Königs”, stellte sich dieser vor. “Mir gehört das größte Haus im Ort und Ihr seid selbstverständlich mein Gast. Unsere Gegend ist friedlich; es ereignet sich nur selten etwas Außergewöhnliches. Um so mehr freut es mich, daß Ihr ausgerechnet bei uns gelandet seid! Ihr werdet uns doch von Euren Abenteuern berichten?”
Doch schon waren sie im Dorf angekommen, und Ortwin wurde von Männern, Frauen und Kindern umringt und mit Fragen überhäuft. Ortwin hätte gern geantwortet, aber er kam nicht zu Wort.
Schließlich führte ihn Gwaldain zu einem kleinen Häuschen. Davor saß auf einer steinernen Bank eine alte Frau. Es war schwer, ihr Alter zu schätzen; vielleicht mochte sie sechzig, vielleicht auch schon siebzig Jahre alt gewesen sein. Sie trug ihre langen, silbern glänzenden Haare offen über die Schultern. Neben ihr thronte eine gewaltige Katze mit einem prächtigen Fell, welches ebenso silbern glänzte. Jedes einzelne Haar dieses Felles war makellos und wohlgepflegt. Keine der Katzen auf dem Wolkenschiff, nicht einmal Manulia, trug einen derartigen Flausch. Die beiden Kater waren beeindruckt.
“Das ist Nela”, stellte Gwaldain vor, “unsere weise Frau. Die Leute kommen von weit her, ihrer Zauber- und Heilkräfte wegen. Und das ist Ortwin, ein Schüler Merlins, der auf einer weißen Wolke zu uns gekommen ist.”
Nela erhob sich und lächelte: “Auf einer weißen Wolke? So seid Ihr fürwahr ein würdiger Schüler Eures Meisters. Seid uns willkommen!”
Sie bat Ortwin, neben ihr auf der Bank Platz zu nehmen. Quax und Hieronymus sprangen auf den Boden. Die langhaarige Katzendame bewegte kein Schnurrhaar.

"Ist es Zufall, daß Ihr hierher gekommen seid oder habt Ihr absichtlich dieses Ziel gewählt?" fuhr Nela fort. "Ich ahnte, daß etwas Besonderes geschehen werde; tagelang wehte ein Ostwind, wie in jedem Menschenleben nur einmal in der Bretagne. Doch nun erzählt uns, woher Ihr kommt und was Euch zu einer Reise durch die Lüfte bewogen hat."
Ortwin schilderte seine Erlebnisse. Die Bretonen hörten gespannt zu. Vom Geheimbund der Siebenbeinigen Spinne hatten sie noch nie etwas gehört, ebensowenig von einem Magier namens Salaam aus dem Orient. Auch von einem heidnischen Tempel auf der Insel der Ginsterhecken wußten sie nichts. Allerdings hatten sie dort draußen schon manch merkwürdiges Licht in der Nacht gesehen. Die Insel galt als verwunschen!
Schließlich sprach Gwaldain: "Es ist wirklich ein glücklicher Umstand, daß Euch die Winde in unser Land verschlagen haben. Seid bis auf weiteres unsere Gäste. Mehr noch, laßt Euch hier nieder, wenn Ihr wollt. Und wer immer Euch verfolgt - Ihr könnt auf unsere Hilfe rechnen."
"Nun", erwiderte Ortwin etwas verlegen, "Euer Angebot ehrt mich. Gewiß suchen wir Leute, die uns mit Rat und Tat zur Seite stehen. Doch möchten wir Euch nicht lange zur Last fallen. Wie ich schon sagte, mit uns auf dem Wolkenschiff reisen zwei weitere Menschen und viele Katzen! Es mögen hundert sein."
"Hundert Katzen!" rief die Alte erfreut. "Das ist wunderbar! Miranda", und sie zeigte auf die Silbergraue an ihrer Seite, "beschwerte sich in letzter Zeit öfter, sie fühle sich einsam. Nun, Miranda, endlich bekommst du Gesellschaft. Wie heißen denn Eure beiden Kater? Haben sie überhaupt Namen?"
"Oh ja, das hier ist Hieronymus und jener hier hat sogar zwei Namen: Die Menschen rufen ihn Weißchen, doch er selbst nennt sich Quax."
Die Leute aus dem Dorf, die immer noch neugierig herumstanden, lachten. Einen solch sonderbaren Namen hatten sie noch nie gehört! Quax fauchte beleidigt, doch Ortwin erklärte: "Das ist ein orientalischer Name. Der Kater stammt aus Palmyra in Syrien."
"Miranda", erklärte Nela, "stammt ebenfalls aus einem fernen Land: aus Persien. Sie lebt erst den dritten Sommer bei mir. Eure beiden Kater aber sind fürwahr prächtige Burschen. Allein, sie gehörten einmal kräftig gebürstet!"
Hieronymus setzte eine beleidigte Miene auf und stolzierte langsam über den Dorfplatz davon. Quax aber schnaubte verächtlich und sprang auf

einen Baum, unmittelbar neben Nelas Häuschen. Die beiden Kater waren sich ausnahmsweise einmal einig: Ein Samtpfotenfell gehört geleckt aber nicht mit harten Kämmen oder stacheligen Bürsten bearbeitet! Solche Ansichten lockten nicht zum Verweilen. Zudem gab es hier zu viele Hunde! Und schließlich diese vielen neugierigen Kinder! Fehlte gerade noch, daß sie nach ihnen griffen!

Nela wollte sogleich Baldwin, Magda und all die Samtpfoten kennenlernen und das Wolkenschiff sehen, weshalb sie alle zum Flugschiff aufbrachen. Quax blieb auf seinem Baum sitzen. Da Ortwin und all seine Gefährten diesen Abend im Dorf verbringen würden, hielt er es nicht für nötig, nochmals zum Wolkenschiff und wieder zurückzulaufen - getragen werden wollte er auch nicht; sein Stolz verbot es ihm!
"Quax, hallo, Quax!" vernahm er da plötzlich leise. Es kam von der Bank unter ihm. Dort saß noch Miranda, die fremde Katze. Quax drehte lediglich sein rechtes Ohr in ihre Richtung.
"Quaaaax", rief sie abermals, "ist es wahr, was dieser Mensch von dir erzählt hat? Bist du wirklich ein Zauberkater?"
Quax fühlte sich geschmeichelt und blickte zu Miranda hinunter. Ihre grünen Augen leuchteten sehr geheimnisvoll, und ihr hochgebürstetes Fell umrahmte ihren Kopf wie eine Löwenmähne. Quax war verwirrt.
"Komm, setzt dich zu mir her und erzähl mir von deinem Leben!" bat die Katze.
"Ortwin hat doch schon alles berichtet", antwortete Quax. "Willst du nicht mit den anderen zum Wolkenschiff gehen?"
"Aber mein lieber Zauberkater", fuhr Miranda mit schmeichelnder Stimme fort, "das Wolkenschiff werde ich schon noch zu Gesicht bekommen. Ich bin sicher, ihr werdet einige Zeit bei uns bleiben. Komm, erzähl mir deine Abenteuer! Sicher hat der alte Mensch die Hälfte verschwiegen. Menschen erzählen nie gut!"
Quax merkte, wie seine Ohren rot wurde. Diese Löwenfellkatze verunsicherte ihn. Langsam kletterte er den Stamm hinunter und hockte sich neben die Bank. Wo war nur Hieronymus? Ob er mit Ortwin zur Wolke zurückgegangen war?
Bevor Quax etwas sagen konnte, begann Miranda erneut: "Mein lieber Zauberkater, ich bin sehr froh, daß du gekommen bist. Ich selbst bin eine Zauberkatze und als solche gebe ich mich nicht mit ungebildeten

Straßenstreunern und Waldkatern ab. Du mußt wissen, Nela, meine Meisterin, ist sehr mächtig. Ich habe viel von ihr gelernt, so kann ich durch verschlossene Türen gehen oder..."
Weiter kam sie nicht, denn plötzlich fegte ein Dutzend Jungkatzen über den Dorfplatz. Einige Hunde sprangen kläffend neben ihnen her. Liefen sie etwa um die Wette? Zwei, drei Jungkatzen rasten den Baum hinauf, auf dem Quax soeben noch gesessen hatte. Zwei weitere hüpften über die Bank - geradewegs über Miranda hinweg! Ein Hund sprang hinterdrein!
"Was soll das?! Welch pöbelhaftes Benehmen!" fauchte Miranda.
Quax aber tobte: "Wer hat euch erlaubt, so herumzuwüten? Petunia! Xenofefa! Und wie ihr alle heißt! Sofort aufhören!"
"Wir brauchen keine Erlaubnis", antwortete Petunia.
"Was fällt dir ein?" fauchte Quax. "Benimm dich! Wir sind hier zu Gast! Außerdem spielt eine Samtpfote nicht mit Hunden!"
"Wieso nicht?" erwiderte Klein-Manul. "Es sind brave Hunde. Wir haben Freundschaft geschlossen."
"Er tut sich wichtig, dieser Quax", maunzte Carli.
"Ortwin hat es sicher nicht erlaubt, daß ihr so herumtobt!" knurrte Quax zurück.
Manulia und einige andere ältere Samtpfoten kamen ins Dorf gelaufen.
"Was brummst du so, Quax?" fragte Manulia. "Laß doch die Jungen spielen!"
Quax versuchte sich zu verteidigen und stotterte: "Aber wenn es Ortwin doch vielleicht nicht erlaubt hat... äh... jedenfalls solange ich nicht weiß, ob es erlaubt ist, muß ich denken, daß es nicht erlaubt ist, denn wenn ich denken würde, es sei erlaubt und es wäre aber nicht erlaubt, wäre dies schlimmer als wenn ich denken würde, es sei nicht erlaubt, obwohl es erlaubt..."
Alle lachten. Auch Miranda! Quaxens Ohren wurden roter als zuvor. Er schnaubte und trollte sich über den Dorfplatz. Schließlich lief er schmollend zum Wolkenschiff zurück. Dort blieb er den Rest des Tages und während der ganzen Nacht.

Am Abend bereitete Gwaldain für Ortwin, Baldwin und Magda einfache Lager in seinem Haus. Die Samtpfoten aber durften in der Nacht auf dem Wolkenschiff bleiben, sofern sie sich nicht ihren Schlafplatz lieber irgendwo in Scheunen oder Ställen suchten.

Ortwin, der seine Geschichte vielleicht schon zum fünften oder sechsten Mal erzählt hatte, wünschte vor dem Schlafengehen noch ein wenig mit seinem Kater Hieronymus allein zu sein, um sich die Beine zu vertreten. Die Bretonen zeigten dafür Verständnis.
Also spazierten Ortwin und sein Kater durch den lauen Sommerabend. Als sie das Dorf weit genug hinter sich gelassen hatten, griff Ortwin in seine Rocktasche und zog das Zauberkästchen hervor. Vorsichtig blickte er sich um.
“Was meinst du”, fragte er seinen Kater, “könnte uns jemand gefolgt sein?”
“Der einzige, der es wagen würde, uns zu folgen, ist Quax. Doch der hat sich auf dem Wolkenschiff verkrochen und schmollt, weil er sich so herrlich blamiert hat. Wir können unser Spiegelchen endlich befragen.”
Da raschelte es hinter ihnen in einem Ginsterstrauch. Verflixt, war ihnen doch jemand nachgeschlichen? Eine Samtpfote konnte es kaum sein; Samtpfoten sind immer leise.
“Halt ihr beiden!” hörten sie da eine wohlbekannte, schrille Stimme. “Ihr könnt doch nicht ohne mich mit dem Zauberspiegelchen reden!”
Es war Baldwin.
“Verschwinde!” fauchte Hieronymus. Ortwin blieb gelassen und sagte: “Wir können sehr wohl, denn Ihr besitzt keinerlei Rechte mehr an diesem Spiegel.”
“Ihr auch nicht, hä, hä, hä”, krächzte der Zwerg boshaft. “Nur der Kater kann mit dem Spiegel reden, das wißt Ihr.”
Ortwin holte tief Luft - zog es aber vor zu schweigen. Auch Hieronymus erwiderte nichts. Was nutzte es, mit dem Gnom zu streiten!
Sie öffneten das Kästchen, und der Kater fragte den Spiegel nach dem Magier Salaam, dem Herrscher des Reiches Ogk.
Der Spiegel blieb dunkel. Sie warteten eine Weile, doch so sehr sich Baldwin und Ortwin auch bemühten, sie konnten nichts erkennen.
“Hab ich mir’s doch gedacht”, meckerte Baldwin. “Der Spiegel hat in Eurer Tasche seine Zauberkraft verloren!”
“Der Spiegel zeigt womöglich das finstere Reich Ogk?” vermutete Ortwin.
“Unsinn!” erwiderte Hieronymus. “Wenn ihr nichts seht, so liegt das an euren schwachen Augen! Ich sehe auf dem Spiegel drei große Schiffe auf dem Meer.”
“Schiffe auf dem Meer?” wiederholte Ortwin und drückte seine Nase so weit er konnte an das Spiegelchen. Schließlich glaubte er etwas zu

erkennen. “In der Tat, das Meer”, murmelte er, “und die Segel großer Schiffe. Was mag das bedeuten?”
“Keine Frage”, antwortete Baldwin, “der Magier ist mitsamt seinem Gefolge in See gestochen. Nun wäre es gut zu wissen, wohin seine Reise geht.”
Sogleich bat Hieronymus den Spiegel, ihnen zu zeigen, zu welchem Ziel die Schiffe unterwegs seien. Als Antwort erschien eine schroffe Felsenküste und schließlich ein kleiner, gut geschützter Hafen.
“Sieht so aus wie die Küste, über die wir heute Morgen geflogen sind”, behauptete der Kater.
“Ach herrje!” kreischte Baldwin. “Das hieße ja - aber ja, aber ja! Er ist uns wieder auf den Fersen. Er hat herausbekommen, wo wir gelandet sind und jetzt...”
“Beruhigt Euch, Baldwin!” beschwichtigte ihn Ortwin. “Als wir den Magier das letzte Mal sahen, war er auf dem Weg über die Alpen. Er hat sich demnach in einem Mittelmeerhafen eingeschifft. Um zu uns zu gelangen muß er erst einmal ganz Hispanien umsegeln, was bedeutet, daß er allerfrühestens in einer Woche hier eintreffen kann.”
Baldwin aber zeterte weiter: “Wir aber sitzen hier fest! Die Zeit arbeitet für Salaam!”
“Wenn du soviel Angst hast, warum machst du dich dann nicht gleich aus dem Staub und läßt uns in Ruhe?” fauchte Hieronymus. Er hatte genug und ging zurück zum Dorf. Ortwin hätte sich zwar noch gerne zeigen lassen, wo sich der mausgesichtige Unhold versteckt hielt oder ob es noch weitere Verbündete des Magiers in der Gegend gab - doch Hieronymus blieb stur. Solange Baldwin in der Nähe war, wollte er das Spiegelchen nicht weiter befragen!

Quax wollte auch am nächsten Morgen das Dorf der Bretonen nicht betreten. Er blieb auf dem Wolkenschiff und döste in der Sonne. Endlich war es so warm wie zu Hause in Palmyra! Das einzige, was ihn störte, waren sein Hunger und sein Durst. Eigentlich hätte Ortwin kommen und ihm eine Milch zaubern können!
Statt dessen schaute Hieronymus vorbei und meinte, es sei sehr lieb von Quax, wenn er das Wolkenschiff weiter bewache. In der Tat war Quax den ganzen Morgen auf dem Wolkenschiff nahezu allein gewesen. Hinter einer Kiste schlief ein weiterer Kater - war das nicht jener faule Gurx aus Palmyra, der zu allem Überdruß mit Quax verwandt war? Zwei Jungkatzen

hatten eine Zeitlang auf dem Wolkenstoff herumgebalgt, schließlich war Magda gekommen, einige Kleidungsstücke zu holen.
“Nun gut”, sagte Quax zu Hieronymus, “es ist ja nur recht und billig, wenn ich auf meinen Wolkenstoff aufpasse, obwohl” - log er weiter - “ich eigentlich in den Wald gehen wollte, um mir ein Frühstück zu fangen. Aber vielleicht besorgst du mir etwas Eßbares...”
Hieronymus zischte verächtlich: “Das sähe dir so ähnlich! Wie wär’s mit einer Spitzmaus?”
Schnell lief Hieronymus davon. Quax aber dachte gar nicht daran, mit Hieronymus zu raufen. Er zog es vor, in der Sonne liegenzubleiben. Irgendwann, wenn Hieronymus nicht mehr daran dachte, würde er es ihm geben.
“Haaalloooo”, miaute es da fein von unten.
Das Wolkenschiff schwebte drei Ellen über dem Boden, damit kein Ungeziefer und andere ungebetene Gäste hinaufsteigen konnten. Zwei Seile hielten es am Boden fest; hinauf und hinunter ging es nur über eine Strickleiter, die Ortwin noch am Abend zuvor angebracht hatte.
“Halloooo”, maunzte es abermals. Quax glaubte seinen Ohren nicht zu trauen. Das war doch Miranda!
“Haaaalloooo, lieber Quax”, flötete sie weiter, “darf ich zu dir auf das Wolkenschiff kommen?”
Was blieb Quax anderes übrig, als es ihr zu gestatten. Behende kletterte die Langhaarkatze die Strickleiter hinauf. Oben angekommen, schaute sie sich neugierig um.
“Gerade so habe ich mir das Wolkenschiff vorgestellt”, tat sie begeistert. “Der Wolkenstoff ist sehr, sehr weich! Und dennoch so fest! Ein ideales Kissen!”
“Nun ja”, erwiderte Quax, “er ist zwar bequem, aber irgendwie kalt. Vor allem, wenn das Wolkenschiff nachts in den Himmel hinaufsteigt, wird es auf dem Wolkenstoff unerträglich frostig. Ich ziehe es vor, auf meinem Deckchen zu liegen, wenngleich es sehr zerschlissen ist. In Ortwins Turm gab es eine römische Liege, doch konnten wir diese leider nicht mitnehmen...”
“Es muß sehr spannend sein, auf dem Wolkenschiff bis in den Himmel zu fliegen. Ich werde doch bei eurem nächsten Flug dabei sein dürfen, oder etwa nicht?”
Die Katze stolzierte vor Quax hin und her. Dieser brummte nur etwas Undeutliches in seine Schnurrhaare. Doch Miranda wartete seine Antwort

gar nicht ab, sondern fuhr fort: “Kommst du mit ins Dorf? Meine Leute haben ein feines Essen für euch zubereitet.”
“Nur allzu gerne”, antwortete Quax und sprang auf. “Obwohl ich eigentlich auf das Wolkenschiff aufpassen müßte...”
“Aber Quax, hier kann doch dem Wolkenschiff nichts geschehen! In dieser Gegend gibt es nur anständige Leute.”
“Aber die Waldgeister...”, gab Quax zu bedenken.
“Die stehen alle unter Nelas Bann. Niemals würden sie es wagen, in die Nähe des Dorfes oder der Felder zu kommen. Gehen wir?”
Natürlich gingen sie. So schnell sie konnten, eilten sie zum Dorf.
Tatsächlich hatten die Bretonen für Ortwin, Magda, Baldwin aber auch für die Samtpfoten ein Willkommensmahl zubereitet. Viele Leute aus der Umgebung waren in das Dorf gekommen, um die Wolkenreisenden zu sehen. Die Besucher hatten ihre zotteligen, schmutzstarrenden Hunde mitgebracht! Quax verzog die Nase. Wie hielten das seine Artgenossen nur aus? Wie war es möglich, daß Samtpfoten neben solchen Hunden lagen, ja sogar mit ihnen sprachen oder spielten?

Auf dem Dorfplatz waren ein langer Tisch und viele Bänke aufgestellt. Dort fanden Miranda und Quax ein Plätzchen zwischen Nela und Ortwin. Es gab Ziegenmilch, gebratene Hähnchen, Grillfisch und Krebse. Das war so richtig nach Quaxens Geschmack! Solch ein Essen übertraf jedes Mäuseleberchen! Was störte es da, wenn Hieronymus auf Ortwins Schoß saß, und Baldwin lautstark seine Geschichten zum Besten gab!
Quax schlug sich den Bauch voll und legte sich danach zum Dösen auf ein Grasplätzchen neben Nelas Haus. Da sah er Amanda auf der gegenüberliegenden Seite des Dorfplatzes umherspazieren. Seit jener Nacht, als er das Zauberblümchen vor Ortwins Turm gepflückt hatte, hatte er keine Gelegenheit mehr gehabt, mit ihr zu reden. Entweder war er selbst zu sehr beschäftigt gewesen oder er glaubte den frechen Tobias in der Nähe. Dieses Mal aber war Tobias nicht zu sehen! Die Gelegenheit mit Amanda alleine zu sein, mußte er nutzen! Doch was sollte er ihr sagen? Quax war gegenüber Katzendamen von Natur aus schüchtern. Vielleicht sollte er über die Hunde schimpfen oder die frechen Jungkatzen? Irgend etwas würde ihm sicher noch einfallen. Kurzerpfot sprang er auf und fegte über den Dorfplatz.
“Halt, Quax, wohin so eilig?” vernahm er da hinter sich. Schon wieder

Miranda! Bevor Quax Amanda einholen konnte, war die Löwenfellkatze bereits neben ihm.
Quax ärgerte sich und brummte: “Mir nur ein wenig die Pfoten vertreten nach dem Essen, das siehst du doch!”
“Das ist fein”, schnurrte Miranda. “Das wollte ich ebenso. Gehen wir zusammen spazieren?”
Quax schielte nach Amanda, doch sie war nicht mehr zu sehen. Am liebsten hätte er Miranda das Fell gekämmt, doch eine Rauferei ziemte sich nur unter Katern! Bevor er etwas sagen konnte, fuhr Miranda fort: “Ich könnte dir etwas Interessantes zeigen. Hast du schon einmal etwas von den Menhiren gehört? Wenn du gut zu Pfote bist, könnten wir bis zum Sonnenuntergang dort sein.”
Nein, von Menhiren hatte er noch nichts gehört. Wenn Samtpfoten neugierig werden, vergessen sie alles andere. Miranda erklärte: “Menhire sind große Steine, manche sind höher als ein Mensch und breiter als ein Ochse. Sie stehen hintereinandergereiht auf einer Waldlichtung. Es ist ein geheimnisvoller Ort. Wozu die Steine dienen, weiß eigentlich niemand. Sie stehen einfach nur so herum. Meine Leute, die Bretonen, erzählen, ihre Vorfahren hätten dort vor vielen hundert Jahren ihre Götter verehrt. Viele aber behaupten, die Steine seien gar nicht von Menschen aufgerichtet worden, sondern von Riesen. Willst du die Steine sehen?”
Quax wollte! Also machten sie sich auf den Weg. Am Dorfrand stießen sie auf Nubis, Schneemohrle und Toxi, eine halbwüchsige Katze mit weißem Fell und schwarzem Schwanz.
“Wohin des Weges, großer Quax?” fragte Schneemohrle.
“Ein Geheimnis ergründen”, murmelte Quax.
“Darauf verstehst du dich ja”, sagte Nubis schmunzelnd. “Nimmst du uns mit?”
“Eigentlich ist der Platz, zu dem wir gehen, kein Ort für kleine Kätzchen”, erwiderte Miranda
“Wer von uns ist hier ein kleines Kätzchen!” fauchte Toxi.
“Mir scheint, die beiden wollen unter sich bleiben”, lästerte Schneemohrle. “Dafür habe ich Verständnis.”
“Oh nein”, sagte Quax, “wir haben gerne Gesellschaft. Selbstverständlich könnt ihr uns begleiten. Miranda wollte nur sagen, der Weg könne für Jungkatzen etwas beschwerlich sein, nicht wahr?”
Nun ärgerte sich Miranda. Schnippisch hob sie die Nase und stolzierte

los. Quax zwinkerte Schneemohrle zu und dieser grinste über sein ganzes breites Katergesicht.
Zu fünft tigerten sie durch den Wald. Anfänglich war der Weg bequem. Sie kamen an Lichtungen vorbei, auf denen bunte Blumen standen. Dort fingen sie sich einige Käfer; Schneemohrle erwischte sogar eine Maus, die er mit Toxi und Nubis teilte. Quax lag das Mittagessen noch zu schwer im Magen, er kaute nur etwas Gras zur besseren Verdauung. Schließlich erreichten sie eine Quelle, an der sie rasteten und ihren Durst stillten. Es wurde Abend. Nachtigallen begannen zu singen. Leuchtkäfer schwirrten umher. Die ersten Sterne zeigten sich am Himmel.
"Wie weit noch?" fragte Quax.
"Nicht mehr allzu weit", erwiderte Miranda. "Vor Mitternacht sind wir dort."
"Du hattest gesagt bis zur Abenddämmerung", murrte Quax. Er erhielt keine Antwort.
Der Wald wurde immer finsterer. Die Vögel waren verstummt. Dafür begann es im Unterholz unheimlich zu knistern und zu knacken.
Toxi war es nicht geheuer. Schon bald begann sie sich zu beklagen.
"Habe ich nicht gesagt, dies ist kein Spaziergang für Katzenkinder?" schimpfte Miranda. "Wenn du Angst hast, kannst du gern umkehren."
"Ich habe keine Angst", erwiderte Toxi. "Ich finde den Wald nur ein bißchen finster."
"Toxi hat recht", maunzte Schneemohrle. "Der Wald ist finster. Sicher leben hier Waldgeister. Hört ihr dieses Rascheln?"
"Ihr braucht euch nicht zu fürchten", beruhigte Miranda. "Die Wurzelmännlein, Schratte und Kobolde, die hier leben, sind uns wohlgesonnen. Sie alle gehorchen Nela, meiner Meisterin."
Sie gingen weiter. Keiner wagte zu sprechen, aus Furcht, die Wurzelmännlein könnten aus dem Unterholz herauskommen und nach ihnen greifen. Ab und zu glaubten sie, ein Augenpaar im Dickicht aufleuchten zu sehen! Wollte denn dieser unheimliche Wald kein Ende nehmen?
Endlich erreichten sie eine Lichtung. Quax wollte wissen, wo die Menhire stünden, doch Miranda erwiderte, sie seien erst am Moor. Dieses gelte es zu überqueren, dann aber sei es nicht mehr weit.
"Über dem Moor sieht man gelegentlich Irrlichter", erklärte Miranda weiter. "Beachtet sie am besten gar nicht. Folgt mir auf der Pfote, denn der Weg durch das Moor ist schmal. Wer davon abkommt, versinkt im Morast!"

Wurzelmännlein, Kobolde, Irrlichter! Was mochte hier noch alles auf sie warten! Den vier Wolkenkatzen, Quax eingeschlossen, war es recht unbehaglich zu Mute. Außerdem schmerzten ihnen die Pfoten! Sie fühlten sich der Löwenfellkatze ausgeliefert: Vor ihnen lag das Hochmoor - ein gewaltiger schwarzer Teig, aus dem widerlich süßliche Dämpfe aufstiegen - und hinter ihnen erstreckte sich der düstere Wald mit all seinen Gnomen und Trollen. Alleine würden sie nie wieder zum Dorf zurückfinden!

Plötzlich rauschte es in der Luft. Zwei große Vögel segelten über sie hinweg.
"Was war das?" rief Toxi erschrocken.
Miranda blieb stehen und flüsterte: "Das sind Uhus! Wir müssen vorsichtig sein. Kommt, verstecken wir uns unter dem Strauch dort drüben!"
"Wieso verstecken?" fragte Quax verwundert. "Ich denke, die Bewohner des Waldes sind uns wohlgesonnen?"
Bevor Miranda etwas antworten konnte, hörten sie den schaurig dumpfen Ruf des Nachtvogels: "Wuhuuuuuu..."
Verstört krochen die fünf Samtpfoten unter einen Ginsterstrauch. Miranda wisperte: "Gewiß, die Waldbewohner sind unsere Freunde, doch nur die Bewohner des Bodens, nicht die der Luft. Über sie hat Nela keine Macht. Laßt uns besser umkehren!"
In geduckter Haltung schlichen sie zum Waldrand zurück.
Quax kochte vor Wut. Sollte er den ganzen weiten Weg umsonst gegangen sein? Was scherten ihn die Eulen!
"Whuhuuu!" rief es abermals und der Uhu landete genau vor den Samtpfoten auf dem Weg.
Nun verstand Quax, warum Miranda sich vor den Nachtvögeln fürchtete. Der Uhu war riesengroß! Seine Augen funkelten bedrohlich im Mondlicht.
"Was streunt ihr hier herum?" fragte er drohend. "Wißt ihr nicht, daß der Wald zu dieser Stunde uns Eulen gehört?"
Die Katzen antworteten nicht.
"Whuhuuuu", fuhr der Nachtvogel fort, "ihr seht nicht nach Waldkatzen aus. Ihr kommt aus dem Dorf, nicht wahr? Ihr seid Gefährten der Menschen, ein Grund mehr für euch, den Wald nicht zu betreten."
Endlich faßte sich Quax ein Herz und stotterte: "Wir sind...keine...Gefährten der Menschen im Dorf, nein, nein, wir sind Wolkenkatzen...wir sind hier nur zu Besuch...miau..."
"Wolkenkatzen? Wer soll das sein?" fragte der Uhu. Die Neugierde

stimmte ihn freundlicher.
“Entschuldige, großer Uhu”, erwiderte Miranda. “Diese Samtpfoten hier sind meine Gäste. Ich bin Miranda, die Gehilfin der Zauberin Nela. Kennst du mich denn nicht?”
“Nelas Katze!” rief der Uhu erstaunt. “Ich habe von ihr gehört. Doch gerade Nelas Katze sollte die Gesetze des Waldes kennen! Nun sag mir, wer sind diese Wolkenkatzen und warum schleichst du mit ihnen durch unser Gebiet?”
Miranda erklärte, wie Quax und seine Gefährten nach Carnac gekommen waren und daß sie lediglich unterwegs seien, die Menhire zu besichtigen. Keinesfalls beabsichtigten die Wolkenkatzen länger zu bleiben oder den Nachtvögeln gar das Revier streitig zu machen.
Der zweite Uhu hatte sich mittlerweile auf einen Ast in unmittelbarer Nähe niedergelassen, und als Miranda ihren Bericht beendet hatte, begann er unheimlich zu lachen: “Hu, hu, huuu, hör dir das an, Bruder Tuluho: Sie wollen von Carnac zu den Menhiren über das Hochmoor! Da sind sie einen gewaltigen Umweg gelaufen. Auf diese Weise erreichen sie die Steine nicht vor morgen früh!”
Quax war verstört und verärgert zugleich. “Miranda”, schimpfte er, “du hast behauptet, den Weg zu kennen! Gestehe, du warst selbst noch nie bei diesen Menhiren!”
“Doch”, verteidigte sich die Katze, “ich war schon dort! Nela hatte mich einmal in einem Körbchen hingetragen...”
Wieder lachten die beiden Eulen auf ihre schaurige Art. Schließlich sagte Tuluho: “Ihr seid fürwahr ein ulkiges Volk, ihr Katzen! Wenn ihr auf einer Wolke über das Meer gekomnmen seid, weshalb seid ihr dann nicht auch zu den Menhiren geflogen? Sag, Buho, was machen wir mit ihnen? Sollen wir Ihnen glauben?”
“Ich glaube ihnen kein Wort von ihrer Flugwolke”, antwortete Buho. Zu den Samtpfoten gewandt aber sagte er: “Ein bißchen tut ihr mir leid; eure Freundin hat sich gewaltig geirrt! Ich mache deshalb einen Vorschlag: Wir fliegen alle zusammen zu den Steinen. Durch die Luft sind wir in kurzer Zeit dort.”
“Das wäre schön”, stöhnte Quax, “doch ich kann das Wolkenschiff so schnell nicht herbeiholen. Außerdem läßt es sich nicht steuern...”
“Wer redet denn von deinem Wolkenschiff”, entgegnete der Uhu. “Ihr fliegt natürlich *auf uns*! Keine Angst, ihr seid uns nicht zu schwer. Jeder

von uns beiden greift sich einen Kater, und die Katzendamen nehmen wir huckepack auf den Rücken."

"Hervorragende Idee", fand Tuluho, "dann können die Samtpfoten wenigstens guten Gewissens behaupten, daß sie tatsächlich geflogen sind. Komm Miranda, steig bei mir auf. Das kleine Katzenfräulein da" - er meinte Toxi - "kann auch gleich auf meinen Rücken klettern, es wiegt ja so gut wie nichts."

Die Samtpfoten zögerten. Doch ehe sie sich versahen, packte Buho Quax und flatterte mit ihm in die Höhe. "Siehst du", sprach er zu dem verwirrten Kater, "mit welcher Leichtigkeit ich dich davontragen kann? Wie gefällt es dir so hoch über dem Erdboden? Ich hoffe, es wird dir nicht schwindlig?"

"Ganz und gar nicht", keuchte Quax. "Ich bin Fliegen gewohnt, auch wenn du es mir nicht glauben willst. Allerdings finde ich es ein wenig unbequem, so in deinen... äh... Fängen." Klauen oder Krallen traute er sich nicht zu sagen. Er wollte den Nachtvogel um nichts in der Welt beleidigen, schließlich war er ihm völlig ausgeliefert.

Buho flog wieder hinunter und ließ Quax fallen. "Hier, Wolkenkatzen, habt ihr euren Freund zurück. Wie ihr seht, hat er den Probeflug gut überstanden. Wollt ihr es wagen?"

Die Katzen schauten einander an. Das Herz klopfte allen fünfen bis zum Hals, doch schließlich siegte ihre Samtpfoten-Neugierde. Miranda und Toxi kletterten auf Buho, Nubis auf Tuluho; die beiden Kater ließen sich packen - und schon begann der Flug.

Geschwind wie der Wind brausten die Eulen durch den Nachthimmel. Den Samtpfoten wurde es seltsam zu Mute; ihre Schnurrhaare verdrillten sich, in ihren Ohren begann es zu sausen, fast blieb ihnen der Atem stehen! Doch schon bald erreichten sie ihr Ziel: Die Eulen segelten zu einer Lichtung hinunter. Dort ließen sie die beiden Kater im Flug fallen und setzten sich danach auf die Erde. So konnten die drei Katzendamen bequem von ihren Rücken steigen.

"Das war ja schlimmer als unser erster Flug auf dem Wolkenschiff", stöhnte Schneemohrle.

"Ja", gestand Quax, "der Flug war aufregend, aber auch schön. So schnell müßte unsere Wolke dahinsegeln können!"

Schneemohrle und Nubis schaute ihn verständnislos an, doch Quax hörte nicht auf zu schwärmen.

“Hört, ihr Katzentiere!” unterbrach ihn Buho. “Ihr seid jetzt bei den Menhiren. Wir lassen euch ein paar Stunden alleine. Schaut euch nur alles gut an! Kurz vor der Morgendämmerung holen wir euch wieder ab.”
“Das ist lieb von euch”, bedankte sich Miranda mit zitternder Stimme. An den Rückflug wagte sie noch nicht denken!
Ohne ein weiteres Wort zu sagen, flogen die beiden Nachtvögel auf und verschwanden in der Dunkelheit des Waldes.

“Und nun?” fragte Nubis.
Miranda antwortete nicht; sie versuchte ihr zerzaustes Fell zu ordnen. Auch Quax und Schneemohrle begannen sich zu putzen. Toxi aber sprang auf einen Stein und spähte umher.
“Wo sind denn jetzt diese Menhire?” wollte sie wissen.
“Du sitzt bereits auf einem”, sagte Miranda. “All die Steine hier gehören dazu.”
“Diese Steine? Und dafür waren wir so lange unterwegs!” beschwerte sich Nubis. Die größten Steine, die sie auf der Lichtung sahen, waren kaum höher als ein Ziegenbock.
Auch die Kater fanden, die Steine seien nicht der Rede wert. Hier lohnte es sich nicht einmal ein Markierungszeichen zu setzen! Doch Miranda versprach mehr: “Die Steinreihen beginnen hier erst. Folgt mir, ich zeige euch die ganz großen Felsen, breiter als ein Ochse, höher als ein Pferd!”
Die Zauberkatze hatte nicht zuviel versprochen. Je weiter sie die Steinreihen entlangliefen, desto größer und eindrucksvoller wurden die Gebilde. Manche ragten wie gewaltige Finger in den Himmel, andere ähnelten kauernden Riesen, wieder andere glichen gigantischen Schildkröten.
Am Ende der steinernen Allee fanden sie schließlich einen Dolmen, ein elefantengroßes Bauwerk, das aus mehreren grob behauenen Felsklötzen zusammengesetzt war und aus der Ferne wie ein gigantischer Tisch aussah. Hier mochten sich zu Urzeiten Riesen und Titanen zu Festmählern eingefunden haben. Und auf dem großen Platz davor hatten sie wohl getanzt, um danach irgendwo zwischen den Steinreihen ihren Rausch auszuschlafen.
“Wenn ihr wollt”, schlug Miranda vor, “können wir in diese künstliche Höhle hineingehen. Sie hat nur einen Zugang. Drinnen gibt es seltsame Figuren an den Wänden, doch ich befürchte, wir werden davon in der Dunkelheit wenig sehen.”
“Wenn wir schon hier sind, schauen wir uns auch alles an”, entschied

Quax. Vorsichtig betraten sie das Felsenhaus. Doch schon nach wenigen Schritten wurde es tatsächlich so finster, daß sie nichts mehr erkennen konnten.
“Wir bräuchten eine Kerze”, stellte Schneemohrle enttäuscht fest. “Laßt uns besser wieder hinausgehen.”
Quax setzte sich auf die Hinterpfoten, streckte die Nase hoch und stellte die Schnurrhaare auf: “Ich kann weder etwas riechen noch erschnurren. Hier gibt es anscheinend nichts zu entdecken. Wie sehen denn die Figuren an den Wänden aus? Ist zufällig eine siebenbeinige Spinne oder ein Drache dabei?”
Miranda lachte: “Nein, nein, Quax, solche Zeichen gibt es hier nicht! Es sind Kreise, Spiralen oder Kreuze; Tiere sind keine abgebildet.”
Die fünf Samtpfoten wollten gerade umkehren und den Dolmen verlassen, als sie von draußen ein sonderbares Heulen vernahmen. Was mochte das nur sein? Etwa der Wind?
Vorsichtig schlichen sie zurück zum Höhleneingang und lauschten in die Nacht. Sie hörten es jetzt ganz deutlich: “Wuhuuuuu... ouuuuuh...”
“Es wird lauter... es kommt näher...”, flüsterte Schneemohrle. Nein, das war nicht der Wind. Es waren auch nicht die Eulen oder andere Nachtvögel. Es waren Wölfe!

“Wuhuuuuuu... herbeiiii... herbeiiii...”, lockte die Wolfsstimme. Und sogleich antwortete es aus einer anderen Richtung: “Whuuu...hiiier sind wiiiir... wuhuouuu.”
Die Samtpfoten krochen weiter in das Steinhaus zurück und wagten kaum zu atmen. Ausgerechnet hier und ausgerechnet in dieser Nacht mußten zwei Wolfsrudel zusammentreffen! Hoffentlich machten sie sich bald wieder aus dem Staub und bemerkten die Samtpfoten nicht!
“Uarrrhh”, knurrte der Leitwolf des ersten Rudels, “ich bin Anscar vom Moor. Du dort, gib dich zu erkennen!”
“Grrrr”, knurrte der zweite Leitwolf, “ich bin Artuk vom Nebelwald, genannt Schrecken von Britannien. Uarrrh, Anscar, du elender Räuber, was suchst du hier mit deinem lumpigen Gefolge?”
“Ha, mein alter Rivale Artuk, der Katzenschnäuzige! Soll ich mich etwa vor dir fürchten?” bellte der erste Wolf und seine Begleiter unterstützten ihn lautstark mit ihrem Gejaule.
Die Katzen rechneten fest mit einem Kampf der beiden Wolfsrudel, doch

es sollte anders kommen. Artuk, der Schrecken von Britannien, begann auf einmal recht freundlich zu winseln: "Genug der Begrüßung, mein Bruder! Laßt uns über unseren Auftrag sprechen. Oder hat dich nur der Zufall herbeigeführt?"
"Gewiß nicht, mein guter Nachbar", erwiderte Anscar, nicht minder freundlich. "Ich bin aus dem gleichen Grund hier wie du. Den ganzen Tag schon bin ich mit meinen Leuten unterwegs; wir sind gerannt, daß uns die Zungen wie Fahnen hinterherflatterten."
"Wir nicht minder", kläffte Artuk. "Die Schwächsten meines Rudels habe ich zurücklassen müssen. Pech für sie, huarh, huarh, kommen sie doch nun nicht in den Genuß der Wohltaten! Doch sag, wie hast du es erfahren? Auch aus dem Wasser?"
"Ja, er sprach aus dem Wasser zu mir. Ich beugte mich gerade über eine Lache, um zu trinken, da erschien auf dem Wasser sein Gesicht. Sogleich hörte ich ihn sprechen: Laufe schnell mit deinem Rudel zu den Menhiren und vereinige dich dort mit den Rudel von Artuk und Angor. Gemeinsam geht nach Carnac und versteckt euch dort im benachbarten Wald - bis ich komme und euch weitere Anweisungen gebe!"
"Ebenso sprach er zu mir. Und er versprach Wohltaten, große Wohltaten, wenn wir ihm zu Diensten sind. Wo aber bleibt nur Angor, dieser Schläfer? Lange können wir nicht mehr warten. Wir sollen vor der Morgendämmerung beim Dorf sein! Der Weg ist noch weit."
"Wir könnten ohne Angor losziehen. Wozu brauchen wir ihn?"
"Wenn *er* sagt, es sollen sich alle drei Rudel bei Carnac einfinden", knurrte da ein Wolf aus Anscars Rudel, "so gehen wir auch zu dritt! Es ist gefährlich, seinen Anweisungen nicht zu folgen!"
"Du wagst dich einzumischen, Bodor? Sei still, oder ich zerreiße dich in Stücke!" schnauzte Anscar zurück. Und zu Artuk gewandt brummte er: "Bodor ist in der letzten Zeit recht aufmüpfig. Er will mir die Führung abspenstig machen."
Bodor schwieg. Er trollte sich in Richtung Menhire; jetzt war nicht die Zeit, die Rangfolge im Rudel auszukämpfen.
"Aber meinetwegen warten wir noch eine Weile", bellte Anscar, "denn es mag vieles auf dem Spiel stehen."
"Ja, nur wüßte ich gern, worin die Belohnung besteht", knurrte Artuk. "Vielleicht in einer Verwandlung? Vielleicht werden wir auf zwei Beinen gehen und sprechen wie *sie*! Und wir werden Kleider tragen und Schmuck

aller Art."
"Und in Häusern wohnen und Wein trinken...ach, es wird herrlich werden!"
"Ihr schwärmt wie die Welpen von der Milch", murrte ein anderer, rangniedriger Wolf. "Wartet erst einmal ab, ob die Verwandlung so erbaulich ist. Wie ein Mensch leben heißt frieren im Winter und schwitzen im Sommer. Schwitzen vor allem muß fürchterlich sein: am ganzen Körper naß werden, anstatt sich über die Zunge zu kühlen, widerlich!"
"Dieterick, du wirst nie einen anständigen Rang im Rudel einnehmen, denn du besitzt zu wenig Ehrgeiz", tadelte Anscar. "Wenn du keine Verwandlung genießen willst, bleibst du eben ein Wolf! Niemand zwingt dich! Doch wehe, du drückst dich vor unserem Unternehmen! Was immer *er* befiehlt, du machst mit! Jeder macht mit, ist das klar?"
"Ist gut, Anscar, aber anstatt herumzumaulen, solltest du die Nase in den Wind halten!" bellte Bodor. "Ich wittere etwas."
Die Wölfe zogen die Luft durch ihre Schnauzen. Bodor schnüffelte an den Menhiren herum und brummte schließlich: "Eindeutig, hier sind Katzen entlanggegangen. Und das vor nicht allzu langer Zeit..."
"Ich rieche sie auch", sagte Artuk. "Sie müssen hier in der Nähe sein..."
"Sind bestimmt Waldkatzen gewesen", meinte Anscar. "Die sind sicher längst über alle Berge. Laßt uns aber trotzdem nach ihnen suchen, so zum Zeitvertreib..."
'Was nun?' dachten die Wolkenkatzen. Die Wölfe würden sie gewiß finden. An Flucht war nicht zu denken! Jeder Kampf war aussichtslos! Den Samtpfoten wurde immer heißer.
"Huuuuuuu!" heulte es im gleichen Augenblick aus der Ferne.
"Das ist Angor mit seinem Rudel!" jaulten die Wölfe.
"Endlich!" bellte Anscar. "Kommt, laufen wir ihm entgegen!"
Unverzüglich eilten die Wölfe davon, die Samtpfoten waren ihnen einerlei. Vorsichtig wagten sich die fünf Gefährten aus ihrem Versteck und atmeten auf.

"Das ist eine böse Geschichte", stöhnte Quax. "Drei Wolfsrudel sind unterwegs nach Carnac und wir sitzen hier und können unsere Freunde nicht warnen!"
"Aber was wollen die Wölfe denn?" miaute Toxi.
"Gewiß nichts Gutes", antwortete Quax.
"Wer wohl dieser geheimnisvolle Fremde sein mag, der zu ihnen aus

dem Wasser gesprochen hat?" fragte Schneemohrle. "Und was sie mit den Verwandlungen meinten?"
"Das kann uns einerlei sein", erwiderte Miranda. "Seit vielen Monden trauen sich die Wölfe nicht mehr in unsere Gegend, und wenn sie sich nun nach Carnac aufmachen, heißt dies, daß sie sich sehr stark fühlen. Sie führen gewiß Übles im Schild!"
"Wir sind nie und nimmer vor ihnen im Dorf", brummte Quax.
"Doch!" rief es da aus den Baumwipfeln. Es rauschte und Buho landete vor ihren Pfoten. "Ihr schafft es mit uns! Wir haben alles mitangehört und werden euch helfen. Bei dieser Gelegenheit können wir uns gleich euer Flugschiff betrachten."
Wieder kletterten die Katzen auf die Rücken der Uhus und wieder packten diese die beiden Kater. In Windeseile ging es zurück nach Carnac. Schon nach kurzer Zeit überflogen sie das Dorf. Die Eulen aber segelten weiter über die Felder bis zu der Stelle, wo das Wolkenschiff lag.
"Das muß es sein, nicht wahr?" fragte Tuluho. "Es sieht wirklich wie eine Wolke aus - eine fette Gewitterwolke, ha, ha. Fliegt das wirklich?"
"Ist jedenfalls ein weiches Lager für euch Katzentiere", stellte Buho fest, als er die vielen schlafenden Samtpfoten auf der Wolke erblickte.
Quax und seine Gefährten konnten nichts darauf erwidern, denn schon warfen die Uhus ihre Passagiere über dem Wolkenschiff ab. Quax landete recht unsanft unmittelbar neben dem schlafenden Hieronymus.
"Wach auf, Hieronymus!" maunzte Quax. "Wach auf!"
"He, da ist ja der Weißchen", murmelte Hieronymus. "Ich habe gerade geträumt, du fielst vom Himmel."
Quax überhörte, daß ihn Hieronymus wieder einmal Weißchen genannt hatte. "Ich bin tatsächlich vom Himmel gefallen", sagte er. "Doch das erkläre ich dir später. Uns droht Gefahr, komm, laufen wir ins Dorf und warnen wir die Gefährten!"

Sie fanden Ortwin, Magda, Baldwin und die Bewohner des Dorfes noch hellwach beim Feiern. Zwei Barden unterhielten sie mit Flöte und Leier und viele Leute - allen voran Baldwin - tanzten. Den Samtpfoten fiel es zunächst schwer, sich Gehör zu verschaffen. Doch nachdem die Leute begriffen hatten, waren sie nicht zu halten.
"Auf solch eine Gelegenheit haben wir schon lange gewartet!" rief Gwaldain. "Gleich drei Wolfsrudel auf einen Schlag!"

Die Männer nahmen Knüppel und Holzscheite und hielten diese an einem Ende ins Feuer bis sie glühten. Derart bewaffnet und von ihren Hunden begleitet, zogen sie den Grauröcken entgegen. Auch Baldwin packte die Kampfeslust. Er griff nach einem unförmigen Stück Holz und folgte den Männern.
Tatsächlich brauchten die Bretonen nicht lange zu suchen: Die Wölfe hatten den Waldrand bereits erreicht und hielten sich im Gestrüpp und im Unterholz versteckt. Groß war ihr Schrecken, als urplötzlich harte Knüppel auf ihre Köpfe niedersausten und ihnen glühende Holzscheite ins Fell fuhren! Gleichzeitig ertönte ein ohrenbetäubendes Hundegebell von allen Seiten.
“Wuuuuuh”, jaulte Anscar, “was ist das?! Das ist Teufelswerk!”
“Whauou”, jammerte auch Angor, “so habe ich mir den Raubzug nicht vorgestellt! Jauuuu, schnell weg von hier!”
“Hab’ ich’s doch gleich gesagt”, stöhnte Dieterick, während er losrannte. “Das konnte nicht gut gehen! Whauou, mein Fell! Whauouu!”
Und Bodor fluchte: “Jemand muß sie gewarnt haben! Habe ich euch nicht gesagt, daß es dort draußen bei den Steinen nach Katzen gestunken hat? Verdammte Katzbälger, sie haben gewiß ihre Pfoten im Spiel!”
So flohen sie schimpfend, jammernd und winselnd und wurden in der Gegend nie wieder gesehen.
Lachend und singend gingen die Männer zurück ins Dorf. “Herrlich! Einen besseren Ausklang konnte unser Fest gar nicht finden”, frohlockte Gwaldain!
“Ja, denen haben wir’s gezeigt, he, he, he”, rief Baldwin und fuchtelte mit seinem Knüppel in der Luft herum, “und ich habe den Leitwolf in die Flucht geschlagen! Ich! Ich!” Er hatte zwar die Bretonen nicht eingeholt, am Waldrand im Gebüsch jedoch ein verdächtiges Rascheln gehört. Mutig hatte er sich ins Gestrüpp gestürzt und mit seinem Holz um sich gehauen. Dabei hatte er einen Hasen aufgescheucht. Diesem, seinem vermeintlichen ‘Leitwolf’ hatte er einige Schritte nachgesetzt, brüllend wie von einer Hornisse gestochen. Baldwin wunderte sich selbst über so viel Mut! Sie hatten ihm, dem kleinwüchsigen Baldwin, den Sieg zu verdanken!

Quax war es gleichgültig, wer die Wölfe in die Flucht geschlagen hatte, der Zwerg, die Männer aus dem Dorf oder gar deren Hunde. Ortwin hatte ihn auf den Arm genommen, und ihn gelobt. Auch das beeindruckte ihn

im Augenblick wenig. Er dachte nur noch an den wunderbar wilden Flug mit der Eule. Ob er den Vogel wiedersehen und ob ihn dieser noch einmal durch den Nachthimmel tragen würde?
“Aber Quax”, schalt ihn Ortwin, “wo bist du nur mit deinen Gedanken? Antworte mir doch endlich!”
“Hast du etwas gefragt, Meister?”
“Ob wir mit unseren bretonischen Freunden morgen einen kleinen Rundflug über ihr Dorf unternehmen sollen? Was hältst du davon?”
“Ich habe nichts dagegen”, antwortete Quax. “Wenn sie sich oben im Himmel unbedingt kalte Nasen holen wollen...”
Dann sprang er von Ortwins Arm. Er hatte plötzlich Verlangen nach einem stillen Plätzchen, wo der Boden locker war und nach Regenwürmern duftete. Danach wollte er sich irgendwo ein ruhiges Fleckchen suchen. Beim Webekätzchen! Er hatte sich seinen Schlaf redlich verdient!

Schon bald dämmerte der Morgen. Die meisten Samtpfoten durchstreunten die umliegenden Felder und Wälder auf der Suche nach frischen, fetten Mäusen. Kurz nach Sonnenaufgang schwebte das Wolkenschiff über dem Dorf. Fast alle Dorfbewohner flogen mit, auch Nela zusammen mit Miranda. Außer dieser befanden sich von den Samtpfoten nur Hieronymus und jener verschlafene Vetter von Quax auf der Wolke, der - wer weiß warum - einfach nicht dazu zu bewegen war, mit den anderen auf Mäusejagd zu gehen. Miranda war enttäuscht, daß Quax nicht mitgeflogen war. Sie hatte ihn seit der Vertreibung der Wölfe nicht mehr gesehen. Auch Baldwin war am Boden geblieben. Ganz unfreiwillig, denn nach seinem Sieg über den “Leitwolf” war er noch lange nicht schlafen gegangen, sondern hatte sich abermals an Wein und Bier gütlich getan. Jetzt lag er irgendwo zwischen den Ginsterhecken und schlief seinen Rausch aus.
Quax sah das Wolkenschiff über sich hinwegsegeln. Er hatte sich sehr gut versteckt, an einem Ort, an dem ihn Miranda zu allerletzt vermutet hätte: direkt vor Nelas Haus unter ihrer Bank! Dort hatte er ein herrliches Nickerchen gemacht. Nur schade, daß er Amanda seit seinem Abenteuer in der letzten Nacht nicht mehr getroffen hatte. Ihr hätte er so gerne alles erzählt. Doch sicher war sie mit Tobias und anderen Wüstkatern und -katzen unterwegs. Quax seufzte. Dann dachte er wieder an die Eulen. Wenn er sie nur überreden könnte, auf dem Wolkenschiff mitzureisen! Mit ihnen könnte er dann immer kleine Abstecher vom Wolkenschiff aus

unternehmen. Doch Quax verwarf den Gedanken schnell. Eulen würden sich niemals herablassen, Flugtiere für die Samtpfoten zu spielen!
Quax blinzelte. Die Augen wurden ihm wieder schwer. Aus der Ferne hörte er das wilde Getobe einiger Jungkatzen, die wohl wieder Mausball spielten. Irgendwo bellten Hunde. Hühner gackerten. Eine friedliche Welt - doch der Schein trog, denn draußen auf dem Meer - nicht mehr allzu weit vor der bretonischen Küste - kreuzten drei fremdartige Schiffe, von denen bislang weder Quax noch die meisten seiner Gefährten etwas ahnten.

Zauberschiffe aus dem Orient

"He, Weißchen, hörst du mich?"
Quax öffnete vorsichtig ein Auge.
"Weißchen, oller Weißchen, wach auf!"
Quax rührte sich nicht. Wer auch immer ihn neckte - Quax durfte sich nicht anmerken lassen, daß er sich etwas daraus machte.
"Da liegt er und döst, unser Weißchen, Ortwins zweiter Gehilfe, der große Kater aus Palmyra , hi, hi, hi", kicherte es leise.
Und eine zweite Stimme flüsterte: "Lassen wir ihn weiterdösen, pssssst."
Quax brummte vor sich hin: "Ich weiß wer ihr seid, habe euch an den Stimmen erkannt: Agathe und Hieronymus! Spottet nur, ich bin darüber erhaben."
"Lieber Freund Quax, entschuldige", erwiderte Hieronymus und grinste wie eben nur ein Kater grinsen kann. "Wir wollten dich nicht stören. Da du aber nun schon wach bist, hättest du vielleicht die Güte, uns zuzuhören?"
Quax streckte sich, buckelte, drehte sich einmal um sich selbst - und rollte sich wieder ein. Nein, so wichtig konnte das gar nicht sein, was Hieronymus von ihm wollte. Der Mittagsschlaf ging vor! Zwei Tage war es her, seit sie die Wölfe verjagt hatten. Sie hatten seitdem nicht viel unternommen, denn das Wetter hatte umgeschlagen. Der Westwind war zurückgekehrt und trieb schwere Regenwolken über das Land. Quax hatte es sich in einer Scheune hinter Nelas Haus gemütlich gemacht. Morgens, mittags, nach Sonnenuntergang und in den Stunden um Mitternacht - wann immer eine Samtpfote zu schlafen gedenkt - lag Quax auf diesem Plätzchen. Er genoß es, faul zu sein. Wenn er aufstand, um sich die Pfoten zu vertreten, fand er manchmal ein Schälchen Milch an der Scheunentür. Gelegentlich besuchte ihn Miranda, doch Quax zeigte sich von seiner kühlen Seite; er gab vor, in Ortwins Auftrag über Zaubersprüche nachzudenken.
"He, Weißchen Quax!" begann Hieronymus von neuem. "Die faulen Stunden sind vorbei. Es hat aufgehört zu regnen. Gerade kam Ortwin über den Dorfplatz gelaufen und meinte, es sei an der Zeit über unsere weitere Zukunft nachzudenken..."

Quax streckte sich und lief auf den Dorfplatz hinaus; Hieronymus und Agathe folgten ihm. Tatsächlich, die Abendsonne schaute zwischen den Wolken hindurch. Von Ortwin war keine Spur zu sehen. Dafür lief Baldwin laut meckernd über den Platz.
“Dieser Baldwin!” seufzte Quax. “Ich habe die letzten beiden Tage nichts von ihm gemerkt. Ich dachte schon, er sei abgereist!”
“Baldwin und abgereist!” lachte Hieronymus. “Das glaubst du selber nicht. Wenn er abreist, dann nur auf unserem Wolkenschiff!”
“Wo läuft er nur hin?” fragte Quax verwundert. Der Zwerg hatte auf halbem Weg kehrt gemacht und war zum Dorf hinausgeeilt.
“Frag ihn doch selbst”, reizte Hieronymus. Agathe lachte. Ihr gefiel die dreiste Art, mit der Hieronymus Quax ärgerte. Quax stellte seine Schnurrhaare nach vorn und knurrte:
“Sag mal, warum hast du mich eigentlich geweckt? Um dich über mich lustig zu machen?”
“Aber weit gefehlt, Herr Weiß... ich meine Herr Quax, weit gefehlt,” reizte Hieronymus weiter.
“Es fehlt nicht viel, und *du* hast eine Tatze auf den Ohren”, murrte Quax.
“Ihr seid zwei recht streitlustige Kater”, scherzte Agathe. “Wie habt ihr’s nur so lange zusammen ausgehalten, in Ortwins Turm?”
“Beinahe überhaupt nicht”, antwortete Quax.
“Dabei hatte ich die älteren Rechte”, tat Hieronymus recht gewichtig. “Quax war eigentlich immer nur geduldet.”
Quax begann zu knurren: “Habe ich das Rätsel des Wolkenstoffs entschlüsselt oder du!? Es ist wirklich Zeit, dir die Ohren umzukrempeln!”
“Nein, lieber Weißchen, es ist Zeit *dir* die Schnurren zu drillen”, fauchte Hieronymus.
Beide Kater bauten sich voreinander auf und starrten sich drohend an. Jetzt war es endlich soweit, jetzt...
“Muß das sein, ihr beiden?” fragte Ortwin. Er war über den Dorfplatz gekommen, ohne daß ihn die beiden bemerkt hatten. Er wollte gerade zu einer Schelte ansetzen, als ein Reiter ins Dorf trabte. Der Mann war nach-lässig gekleidet und auch sein betagtes Pferd mochte schon bessere Zeiten gesehen haben. Er hielt unmittelbar vor den Gefährten an, stieg langsam - entsetzlich langsam! - aus dem Sattel und humpelte auf Ortwin zu.
“Seid ihr der Zaubermeister Ortwin aus dem Frankenland?” fragte er

aus seinem schier zahnlosen Mund. “Ich bin Fischer Eldin aus Trinité, dem Fischerhafen, nicht weit von hier. Erlaubt mir, daß ich mich auf die Bank hier setze. Ich bin das Reiten nicht mehr gewohnt, das verdammte Rheuma! Hört mir zu...”

Ortwin setze sich zu dem Besucher; Quax, Hieronymus und Agathe machten es sich ebenfalls bequem. Die Neugierde, was dieser bizarre Alte wohl zu berichten wußte, ließ sie alle Zwistigkeiten vergessen.

“Hört! Wenn Ihr tatsächlich der Meister Ortwin seid, so habe ich eine Botschaft für Euch.”

Er kramte eine kleine Schriftrolle aus seiner Rocktasche.

“Dieses Pergament gab mir ein seltsamer Fremder, der gestern Abend mit einem ebenso seltsamen Schiff angekommen ist. Genauer gesagt sind es drei Schiffe, die bei uns vor Anker gegangen sind, Schiffe, wie es sie in unseren Breiten nicht gibt. Fragt mich aber bitte nicht, woher die Schiffe kommen, noch wie viele Mannen insgesamt an Bord sind. Der Überbringer der Schriftrolle ließ sich mit einem Ruderboot an Land setzen und verließ unser Dorf sofort wieder, nachdem er uns beauftragt hatte, die Botschaft zu Euch zu bringen.”

Ortwin schaute den Fischer verwundert an und dieser beeilte sich zu ergänzen: “Nein, ich weiß wirklich nicht, aus welchem Land der Fremde kam. Er beherrschte unsere Sprache recht gut, zeigte uns aber nicht sein Gesicht. Es war unter einem schmutzigroten Schal verhüllt. Ansonsten trug der Geselle nur finstere Kleidung; einen schwarzblauen Mantel und - soweit ich sehen konnte - schwarze Beinkleider und eigenartig spitze Schuhe aus einem dunkelbraunen Fell. Wir Fischer von Trinité sind ehrbare Leute, denen die Gastfreundschaft etwas gilt und die jedem Fremden zu Diensten sind. Dennoch muß ich gestehen, daß wir froh waren, als der Mann das Dorf wieder verlassen hatte.”

Ortwin drehte die Rolle in den Händen, wagte noch nicht hineinzuschauen. Einige Jungkatzen tobten vorbei, beachteten den Besucher jedoch nicht. Schließlich kam Nela aus ihrer Hütte und begrüßte Eldin, der daraufhin seinen Bericht langatmig wiederholte.

Mittlerweile las Ortwin die Botschaft. Er schüttelte den Kopf und schaute recht verwundert.

“Lies vor!” forderte Hieronymus. “Lies den Brief laut vor!”

Ortwin las:

“Meister Ortwin, es grüßt Euch der, vor dem Ihr unnötigerweise geflohen

seid. Ich komme in friedlicher Absicht, Euch zu überzeugen, daß es uns gut anstünde, wenn wir uns zusammentun. Ihr seid ein mächtiger Zauberer dank der Künste, die Ihr bei Merlin erlernt habt. Doch die Künste, die ich selbst und die Magier in meinem Geheimbund beherrschen, stehen den Euren in nichts nach. Gemeinsam wären wir unbesiegbar. Schließt Euch unserem Geheimbund an! Gebt mir Nachricht bis Mitternacht. Ich schicke meinen Boten am Abend wieder in das Fischerdorf. In Freundschaft, der Große Diener des noch Größeren Baals."

Es folgte eine verschnörkelte Signatur und ein Siegel mit dem wohlbekannten Zeichen: Jupiter - Drache - Siebenbeinige Spinne.

Darunter fand sich in kleinerer, kaum lesbarer Schrift folgende Ergänzung: *"Es ist sicher unnötig zu erwähnen, daß es nicht zu Eurem und Eurer Gefährten Vorteil wäre, würdet Ihr Euch meinem Wunsch widersetzen. Unser Geheimbund ist auf dem Weg zur Herrschaft über alle Länder dieser Erde - so ist es für Euch nur die Frage, ob Ihr an dieser Herrschaft teilhaben wollt oder ob Ihr Euch dieser beugen werdet."*

Hieronymus war verwirrt. Hatte nicht Ortwin behauptet, der Magier würde Wochen brauchen, um bis zur Bretagne zu segeln? Und nun war er bereits da!

Die Gefährten blickten sich schweigend an. Da vernahmen sie ein Räuspern hinter sich. Es war Baldwin, der unbemerkt herangekommen war und zugehört hatte. Er war bleich und zitterte. Dennoch sprach er leise und gelassen:

"Nun, Meister Ortwin, was gedenkt Ihr zu tun? Die Botschaft überrascht Euch wohl?"

"In der Tat", antwortete der Zauberer. "Dies stellt das Erscheinen des Fremden in ein neues Licht. Allem Anschein nach ist es nicht allein der Wolkenstoff, der seine Begierde geweckt hat."

"Er sieht in Euch einen ebenbürtigen Meister", sagte Nela, "einen, den er gewinnen möchte, ja den er sogar gewinnen *muß*, wenn er an sein Ziel gelangen will. Gleichzeitig droht er Euch; doch wenn Ihr mich fragt, so sind es leere Drohungen. Hätte Salaam die Möglichkeit, Euch zu etwas zwingen, würde er es gewiß tun - ohne lange vorher zu bitten."

Ortwin schwieg und starrte auf die Schriftrolle. Was ging hier vor? Wieso bat ihn ein fremder Magier, dessen Reich irgendwo im Orient vermutet wurde, ein Magier, von dem er bis vor Tagen noch nichts gehört hatte, sich seinem Bund anzuschließen? Wieso fürchtete sich Baldwin vor

diesem Magier so sehr, wieso waren die Samtpfoten derart in Panik geraten, als der Magier - oder seine Boten - nachts vor dem Turm aufgetaucht waren? Und wieso hatte dieser Magier sein Kommen auf derart unheimliche Weise angekündigt, indem er Waldgeister und Schratte auf Ortwin gehetzt hatte? Warum war er nicht einfach vorbeigekommen wie ein Besucher und hatte sein Anliegen vorgetragen, war doch Ortwins Gastfreundschaft weithin bekannt?
Fragen über Fragen - Ortwin, der Jahre in Abgeschiedenheit gelebt und sich still seinen Zauberkünsten gewidmet hatte, konnte sich auf all das keinen Reim machen.
Hieronymus schnupperte inzwischen an dem Pergament und knurrte: “Riecht nicht gut, riecht nach Hunden, Ratten und Mäusen!”
“Das mag der Geruch des Fischers sein, der dem Blatt anhaftet”, fand Agathe.
“Nein, die Rolle riecht nicht nach Fisch - sie riecht nach Kötern und Nagezähnen”, beharrte Hieronymus.
Baldwin, der die Samtpfoten verstanden hatte, zwang sich zu einem Lächeln: “Wonach das Zeug auch immer stinkt - es stinkt bösartig! Nun, Meister Ortwin, abermals die Frage, was werdet Ihr tun?”
“Keinesfalls auf das Angebot eingehen”, maulte Quax.
“Das ist auch meine Meinung”, brummte Hieronymus. “Da bin ich mit meinem Rivalen ausnahmsweise einmal einig.”
Ortwin lachte: “Aber nein, mein Kater, wer sagt denn, daß ich mich auf dessen Angebot einlassen werde! Nach allem, was wir bisher erlebt haben und was ich von Salaam weiß, werde ich mich diesem niemals ohne Weiteres unterwerfen! Und den Wolkenstoff soll er ebensowenig bekommen! Ich werde ihm eine höfliche Ablehnung schicken und mich mit Gwaldain und seinen Leuten beraten.”
“Ganz recht”, bekräftigte Baldwin. “Wir sollten ihm eindeutig zu verstehen geben, daß er hier unerwünscht ist und uns für alle Zeiten in Ruhe lassen soll.”
Ortwin erhob sich, um den Fischer zu entlassen.
“Geht, guter Mann”, sprach er zu ihm, “und überbringt dem Absender dieser Rolle die Botschaft, daß ich ablehne. Sagt ihm fürderhin, seine Drohungen gefielen mir nicht, ebensowenig, daß er sich niedriger Waldgeister und wilder Tiere, wie den Wölfen, bediene, um mir einen Schrecken einzujagen. Dies beeindrucke weder mich noch meine Gefährten. Er solle

uns in Ruhe lassen und in Frieden seiner Wege ziehen."
Der Fischer schaute verdutzt drein. Dann stotterte er: "Meister, so viele Worte kann ich mir nicht merken. Könnt Ihr sie dem Magier nicht aufschreiben?"
Ortwin lachte. Er ließ sich von Nela Gänsekiel und Tusche geben und notierte seine Antwort fein säuberlich auf der Rückseite des Pergaments. Bevor er dem Fischer das Schriftstück aushändigte, sagte Hieronymus: "Meister, wir sollten uns die Schiffe unbedingt näher ansehen."
Vielleicht meinte er damit einen Blick durch das Spiegelchen, was Ortwin aber unklug erschien, da es taghell war und er nicht wußte, wie er die anderen Samtpfoten abwimmeln konnte.
Quax aber griff Hieronymus Vorschlag auf: "Ja, laßt uns zum Hafen schleichen, um die Schiffe und ihre Besatzung auszuspähen! Am besten gleich!"
"Oho", entgegnete Ortwin, "das könnte gefährlich werden! Nein, mein Kater, wir lassen uns auf kein weiteres Abenteuer ein!"
Auch Baldwin riet von einem Gang zum Hafen ab. Außerdem sei der Weg weit, zu Fuß oder zur Pfote mochten es zwei Stunden bis dorthin sein. Die beiden Kater - unterstützt von Agathe, deren Samtpfoten-Neugierde ebenfalls groß war - ließen aber nicht locker.
Mittlerweile hatte Nela Gwaldain geholt und ihm alles berichtet. Er teilte die Ansicht der Samtpfoten.
"Es ist immer gut, seine Feinde zu kennen", sagte er. "Sollte es zu einer Auseinandersetzung kommen, ist es wichtig zu wissen, welche Waffen die Fremden an Bord haben und wie viele es sind. Die Samtpfoten sind klein und haben die Gabe, sich unbemerkt anzuschleichen. Laßt uns am Abend zusammen mit einigen Eurer Samtpfoten zum Hafen reiten!"
Ortwin gab nach: "Meinetwegen! Reiten wir zum Meer und schicken zwei oder drei unserer Samtpfoten in den Hafen; vielleicht gelingt es ihnen, heimlich in die Nähe der Schiffe oder der Fremden - so sie sich an Land aufhalten - zu gelangen. Quax und auch du, Agathe, ihr könnt mitkommen. Hieronymus, *du* aber bleibst da! Es genügt, wenn sich einer meiner beiden Gehilfen einer Gefahr aussetzt!"
"Macht, was ihr wollt!" sagte Baldwin wohlgefällig. "Ich jedenfalls bleibe ebenfalls hier und leiste Hieronymus Gesellschaft, auf daß er nicht auf dumme Gedanken kommt und Euch heimlich nacheilt, hi, hi, hi." - Insgeheim aber dachte er daran, zusammen mit dem Kater von

einem sicheren Versteck aus, die Expedition der anderen durch das Zauberspiegelchen zu verfolgen.

Am Abend, als die Sonne gerade hinter dem Horizont versank, ritten sechs Männer den staubigen Weg zum Fischerhafen hinunter. Es waren Ortwin, Gwaldain sowie Gwaldains Männer Enin, Marc, Taft und Raban. Der Fischer Eldin war bereits viel früher zum Hafen geritten, um den Fremden Ortwins Botschaft zu überbringen.

Bei jedem Reiter saß eine Samtpfote im Sattel. Quax hatte sie aus einer Reihe Freiwilliger ausgewählt: Munni, Tobias, Tabitha, Agathe und ein rötlich gefleckter Kater, den sie Gnaeus Musicus nannten. Gerne hätte Quax auch Amanda mitgenommen, aber er hatte die Katzendame an diesem Nachmittag nicht gesehen. Ob auch Tobias gerade an Amanda dachte? Quax schielte zu ihm hinüber. Er sah wirklich furchterregend aus, wie er bei Raban auf dem Sattel hockte. Es schien, als reite er das Pferd und nicht der Bretone.

Quax knurrte in sich hinein. Was fand Amanda nur an diesem wüsten Tobias? Quax dachte an das Zauberblümchen, welches ihm Ortwin in der Nacht der Bastet gegeben hatte. Er hatte es aus dem Turm gerettet und hielt es unter seinem Schlafdeckchen verborgen. Eines Tages würde er es vielleicht hervorholen...

Die Reiter näherten sich dem Fischerdorf Trinité. Es lag in einer kleinen, von Felsen gesäumten Bucht und bestand nur aus wenigen windschiefen Häuschen. In der Mitte stand eine winzige, steinerne Kirche, die der christlichen Dreifaltigkeit geweiht war und dem Ort den Namen gegeben hatte. Die Gefährten hielten auf einem Hügel vor dem Dorf. Von hier konnten sie alles überblicken.

Das Wasser in der Bucht war seicht; nur bei Flut konnten hier flache Boote vor Anker gehen. Die Schiffe der Fremden lagen deshalb weiter draußen, in tiefem Wasser, vor einer kleinen Felseninsel. Es waren recht gewaltige Kähne von gedrungener Form. Gewiß konnten dreißig, vielleicht sogar vierzig Krieger auf jedem der drei Schiffe Platz finden. Ortwin stellte fest, daß sie geradeso aussahen, wie Hieronymus sie beschrieben hatte, als er sie im Zauberspiegel gesehen hatte: Jedes Schiff besaß zwei hohe Masten mit je einem großen und zwei kleinen Segeln. Seltsamerweise waren die Segel nicht gerefft; gespenstisch glitzerten sie rotgold im

Dämmerlicht. Am Bug der Schiffe ragten große, drachenartige Figuren in den düsteren Abendhimmel.
"Nun, Meister", maunzte Quax nachdem sie das Ufer erreicht hatten, "viel ist von hier aus nicht zu sehen. Mir scheint aber, die Ebbe hat bereits eingesetzt und wir können uns anschleichen."
In diesem Augenblick hörten sie ein Rascheln im Gebüsch. Es war Eldin, der auf die Gefährten gewartet hatte. Seine Haare standen noch wirrer zu Berge als am Morgen, sein Blick war glasig als hätte er zu tief in ein Glas geschaut. In der Tat schien der Mann nicht mehr ganz Herr seiner Sinne zu sein, denn er schwankte und stotterte:
"Teufelswerk, nichts als Teufelswerk, sage ich. M...Meister Ortwin, geht nicht da hinaus zu den Schiffen, denn sie sind Teufelswerk!"
"Habt Ihr meine Antwort überbracht?" unterbrach ihn Ortwin. "Was haben die Fremden darauf geantwortet?"
"Eure Antwort...", der Fischer tat als wüßte er nicht wovon die Rede war. "Ach ja, die Antwort... ich habe sie überbracht. Ich bin bei Flut mit meinem Boot hinausgerudert, bis ran an die Kähne. Teufelswerk, sage ich, sind die... ja, und ich habe mit ihnen gesprochen, mit den Fremden. Ich bin aber nicht auf die Kähne rauf, nein, die Fremden hingen an der Reling, derer vier oder fünf oder ein halbes Dutzend. Mindestens eine Frau dabei, ja, sie haben Frauen an Bord. Und nachdem ich Eure Botschaft überbracht hatte, rief die Frau, ich solle mich davonmachen, was ich auch sofort tat."
"Sonst sagten sie nichts?" wollte Ortwin wissen.
"Nein, oder? Nein, ich glaube sonst sagten sie nichts...", murmelte Eldin.
"Ihr seid ja betrunken, Mann!" fuhr ihn Gwaldain an.
"Wenn Ihr das gesehen hättet, was ich gesehen habe", knurrte der Fischer, "hättet Ihr Euch auch betrunken. Die Schiffe sind Teufelswerk..."
Ortwin hätte gern mehr über die Schiffe erfahren, vor allem, was an ihnen so teuflisch gewesen sein sollte. Doch aus dem Fischer war nichts Vernünftiges mehr herauszubekommen.
"Laßt ihn!" schimpfte Gwaldain. "Wir werden uns schon selbst hinausbequemen müssen, wenn wir mehr erfahren wollen."
"Ja, Meister", sagte Quax, "schleichen wir hinaus zur Insel und schauen wir uns die Boote aus der Nähe an!"
"Mir ist nicht wohl in meiner Haut", erwiderte Ortwin und rieb sich seinen Bart. "Wir sollten bis morgen früh warten."

Quax ärgerte sich über die plötzliche Unschlüssigkeit seines Meisters: "Dir braucht es auch nicht wohl zu sein", murrte er, "schließlich war vereinbart, daß du zurückbleibst und wir Samtpfoten alleine gehen!"
"Schleichen wir los!" rief Tobias ungeduldig.
"Jawohl, sofort!" bestimmte Quax. Ortwin mochte noch so besorgt dreinschauen, die Samtpfoten hatte die Neugierde gepackt. Sie machten sich auf den Weg.
Auf Pfoten über das trockengefallene Watt würden sie bis zur Felseninsel eine halbe Stunde benötigen. Doch sie hatten keine Eile, denn mit der Flut war erst in drei Stunden zu rechnen.
Ortwin und seine bretonischen Freunde banden ihre Pferde an Bäumen fest, gingen hinunter ans Ufer und setzten sich an den Strand. Ortwin hörte nicht auf, seinen Bart zu reiben. Gwaldain versuchte ihn aufzumuntern: "Ich kenne mich mit Euren Katzentieren zwar nicht aus, bin aber doch recht zuversichtlich, wenn ich sie so durch das Watt schleichen sehe, so völlig lautlos!"
Ortwin seufzte: "Quax hat seinen eigenen Kopf und fürchtet nahezu nichts. Mein Gefühl aber sagt mir, daß mehr als Vorsicht geboten ist!"
Gwaldain schwieg. Auch seine Männer sagten kein Wort. Raban kaute auf einem Grashalm herum, Taft bohrte mit einem Stöckchen im Sand. Eldin aber murmelte wieder sein "Teufelswerk" und verschwand schließlich in Richtung der Behausungen. Dort erloschen nach und nach die schwachen Öllampen und Kerzenlichter hinter den Fenstern. Was mußten die Bewohner des Fischerdorfes, einfache und einfältige Leute wie Eldin, von den Fremden denken? Wie mußten sie sich fürchten! Gewiß lagen sie wach in ihren Betten und beteten zu Gott - oder den alten keltischen Göttern.
Ortwin und seine Begleiter starrten in die Nacht. Die Samtpfoten waren nun nicht mehr zu sehen. Die Nacht hüllte das Watt, die Felseninsel und die Schiffe in ein unheimliches Schwarz. Es wurde kühl.

Inzwischen hatte sich Hieronymus zusammen mit Magda und Baldwin in den hintersten Winkel des Wolkenschiffs zurückgezogen. Nur ungern duldete er den Zwerg neben sich - und dieser hielt sich ebenso ungern auf dem Wolkenschiff auf. Um wie vieles lieber wäre er bei den Bretonen im Dorf geblieben und hätte - wie am Abend zuvor - einige Becher Honigwein geleert. Doch er wollte unbedingt zusammen mit Hieronymus in das Zauberspiegelchen schauen und Ortwin, Quax und die anderen

bei ihrem Abenteuer beobachten. Ortwin hatte ihnen befohlen, mit dem Wolkenschiff auf Gutglück davonzusegeln, sollte etwas Unvorhergesehenes geschehen.
Fast alle Samtpfoten hatten sich auf dem Wolkenschiff eingefunden. Einige dösten und schliefen, doch andere, vor allem die Katzenkinder, spielten und rauften. Dem Kater Moony war es langweilig. Er tigerte hin und her. Was tat Hieronymus dort so geheimnisvoll in der Ecke? Moony versuchte etwas zu erspähen, doch Magda baute sich vor ihm auf und fragte, was er wolle. Der Kater merkte, daß er nicht willkommen war, also schlich er weiter. Da saß ja Klein-Manul, das hübsche Kätzchen mit dem seidigen Fell! Sie spielte mit Gnomicus und Peterle Tatzeln.
"Ihr spielt noch Tatzeln?" fragte Moony. "Seid ihr dazu nicht schon zu groß?"
"Wieso?" fragte Gnomicus seinerseits. "Was hast du gegen Tatzeln? Wieso sollten wir dafür zu groß sein! Niemand ist zu groß für ein gutes Tatzeln!"
"Was will dieser Kater überhaupt?" maulte Peterle.
Da mischte sich auch schon seine Schwester Petunia ein: "Peterle, ist dieser Kater frech zu dir? Soll ich ihn dir verjagen?"
"Aber... entschuldigt...", stotterte Moony verlegen.
Nun kamen Xenofefa, Bosheide und Carli herangerückt. "Dieser Kater will wohl raufen", maulte Bosheide. "Seht seine Schnurrhaare, sie sind schon so angriffslustig gedrillt!"
"Aber... nein... nein", murmelte Moony, "meine Schnurren sind doch immer gedrillt - von Natur aus. Ich bin ein sehr sanfter Kater, raufe eigentlich nie."
Xenofefa hockte sich unmittelbar vor seine Nase und brummte: "Kater Drillschnurre, wenn du nicht raufen willst, was willst du dann?!"
"Ach laßt ihn!" sagte Klein-Manul. "Er wollte wirklich nichts. Ich glaube, er langweilt sich nur."
"Wir langweilen uns auch", schimpfte Gnomicus, "und dann kommt er daher und will uns das Tatzeln vermiesen!"
"Tatzeln ist wirklich nur etwas für Kleine", fand Petunia. "Wir sollten endlich wieder Mausball pfoten!"
"Nein, nicht schon wieder", stöhnte Peterle. "Ich habe vom Mausball genug. Immer gewinnt Petunias Mannschaft, und immer muß ich in der anderen Mannschaft spielen!"

“Ich habe eine Idee!” rief Bosheide. “Der Kater Moony wird unser Mausball-Schiedsrichter! Dann gewinnt vielleicht auch einmal eine andere Mannschaft.”
“Aber ich kenne die Regeln eures Spieles doch gar nicht”, gab Moony zu bedenken.
“Nichts ist leichter als Mausball”, begann Bosheide zu erklären. “Zwei Gruppen tatzen um eine Maus, eine Spielzeugmaus, versteht sich. Die Maus darf nur mit krallenloser Pfote nach vorn geschlagen werden, rückwärts aber auch mit bekrallter Pfote. Schlägt aber jemand mit bekrallter Pfote zurück zu einem Mitspieler der eigenen Mannschaft, darf dieser ebenfalls mit bekrallter Pfote vorwärts tatzen. Tatzt er bekrallt vor und trifft dabei einen gegnerischen Spieler, darf dieser ebenfalls bekrallt zurückhäkeln. Häkelt dieser aber, wenn unbekrallt getatzt wurde, bekrallt zurück, gilt ‘Krallfehler’, und es gibt einen unbekrallten Freitatz.”
“Halt, halt”, unterbrach Moony, “nicht so schnell! Das versteht ja keine Samtpfote!”
“Bosheide erklärt nicht richtig”, behauptete Petunia. “Sie darf nicht mit dem Freitatz beginnen, sondern muß erst einmal erklären, wie man eine Maus ins Mauseloch pfoten darf. Das geht nämlich nur unbekrallt nach vorherigem bekrallten Rückwärtstatz, niemals aber nach vorhergehendem unbekralltem Vorwärtstatz und schon gar nicht nach Freitatz oder Maultrag!”
“Wohl aber nach Doppeltatz-Überkrall!” rief Peterle dazwischen. “Und das will Petunia nie wahr haben! Sie zählt immer ihre bekrallten Nachhäkler als echte bekrallte Rückwärtstatzen und verlangt bei meinen Doppeltatz-Überkrall einen Freitatz mit gesprungener Mausvorgabe!”
Moony war völlig verwirrt! Xenofefa aber ließ nicht locker: “Kein Grund zur Sorge, Drillschnurre, wir fangen am besten mit einem Spiel an, dann wirst du es schon lernen.”
Und ehe sich Moony versah, flog auch schon ein mausgroßer Balg vor seine Pfoten. “Wirf die Maus ins Feld!” forderte Petunia. Moony wußte nicht einmal, wo sich ‘das Feld’ befand. So nahm er also die Stoffmaus und warf sie einfach hinter sich.
“Sehr gut!” riefen die Katzenkinder. “Er beginnt mit einer Hinterwurf-Vorwärtskrall-Rückwärtsdrall-Runde! Er versteht mehr vom Mausball, als er gestehen mag!”

Während die Katzenkinder beim Mausball tobten, schlichen Quax und seine fünf Gefährten durch das Watt. Der Mond und die Sterne blieben hinter dicken Wolken verborgen; es war stockfinster. Ein kühler Wind blies vom Meer; vom Ufer hörten sie geheimnisvolle Geräusche: dumpfes Klopfen und Poltern, Hundegebell und Käuzchenrufe. Der Schlick, über den sie eilten, war widerlich feucht und roch ekelhaft nach verfaultem Fisch. Wie ein Stück schwarze Kohle lag die Felseninsel vor ihnen. Agathe mußte an die Geschichten von den Nachtschwarzchen denken, die sich die Samtpfoten in ihrer Heimat erzählten. Die Nachtschwarzchen waren Katzenteufelchen mit pechschwarzem Fell, pechschwarzen Krallen und gar pechschwarzen Augen. Es hieß, wo immer sie liefen, verfärbe sich alles schwarz, erlöschten alle Kerzen, ja verblaßten selbst Mond und Sterne. Nur bei Tag, wenn die Sonne schien, seien sie machtlos... Wenn nun gerade hier, auf diesem Felsen, die Nachtschwarzchen lauerten?!
Quax dagegen freute sich über die Dunkelheit. Wer sich auch immer dort draußen bei den Schiffen befand - so gute Augen wie eine Samtpfote hatte er sicher nicht!
Endlich erreichten sie den Felsen. Sie versteckten sich zwischen den wenigen Ginsterbüschen, die dort wuchsen, und spähten hinunter zu den Schiffen. Unmittelbar am Strand standen drei stattliche Pferde. Es waren Rappen, einer schwärzer als der andere. Sie schienen nicht angebunden zu sein. Sonst war niemand zu sehen.
“Das wird schwierig”, stellte Quax nach einer Weile fest. “Die Schiffe sind weiter vom Ufer entfernt, als ich dachte. Könnt ihr eigentlich schwimmen?”
Die Gefährten machten große Augen. Was hatte Quax vor? Wieso sprach er vom Schwimmen?
“Du wirst doch nicht etwa dort hinausschwimmen wollen?” fragte Musicus ungläubig.
Quax schaute ihn durchdringend an und knurrte: “Glaubst du vielleicht, wir lösen das Geheimnis der Schiffe, wenn wir hier hocken bleiben?”
“Ich habe genug gesehen”, sagte Munni. “Die Schiffe sind wirklich unheimlich, der Mensch mit den wenigen Zähnen hatte recht. Und erst diese Pferde! Gehen wir zurück zu Ortwin...”
“Ihr seid mir Helden!” maulte Quax. “Zuerst meldet ihr euch freiwillig für das Unternehmen, dann kneift ihr. Tobias, was ist mit dir, du bist doch sonst so mutig!”

“Du verwechselst Mut mit Übermut”, antwortete Tobias. “Wenn wir dort hinunterschleichen, werden uns die Pferde wittern und Alarm schlagen. Dann ist es um uns geschehen!”
“Unsinn!” erwiderte Quax. “Pferde haben einen schlechten Geruchssinn und keine Schnurrhaare. Außerdem kommt der Wind vom Meer und trägt unseren Geruch - sofern wir überhaupt einen haben - landeinwärts.”
“Ich gehe da nicht hinunter”, bekräftigte Munni. “Ich gestehe, daß ich mich fürchte! Seht doch nur diese seltsamen Segel! Wie gespenstisch sie schimmern! Das kann nichts Gutes bedeuten!”
Die anderen pflichteten ihm bei. Wenn das tatsächlich Schiffe des Magiers Salaam waren, so bewies dies, daß er ein mächtiger Magier war! Tobias, Munni und Musicus drängten, zu Ortwin zurückzukehren.
Quax schnaubte: “Nun gut, wenn die Kater schon so mutlos sind, wie steht es dann mit euch Katzen?”
Agathe antwortete nicht. Sie zitterte vor Angst. Tabitha aber schimpfte: “Das sieht euch Katern ähnlich, uns Katzen vorzuschicken!”
“Ich merke schon, worauf es hinausläuft”, knurrte Quax. “Ich muß alleine hinuntergehen. Dann bleibt wenigstens solange hier sitzen, bis ich zurückkomme!”
Ohne weiter zu zögern, lief er auch schon den Hang hinab. Er schlich so tief geduckt wie er nur konnte, die Ohren flach angelegt. Die Pferde schienen zu schlafen; sie bemerkten ihn nicht. Auf den Schiffen war alles dunkel. Ob die Seeleute schliefen? Waren keine Wachen aufgestellt?
Da entdeckte Quax ein dickes Seil zwischen den Felsen, mit dem eines der Schiffe an einem Baumstumpf vertäut war. Es hing nicht ins Wasser, sondern war vielmehr straff gespannt.
‘Vielleicht könnte ich daran auf das Schiff hinüberklettern’, dachte Quax. Noch einmal spähte er zu den Pferden. Nein, sie hatten ihn immer noch nicht bemerkt. Dann hielt er Nase und Schnurrhaare prüfend in den Wind. Ein leichter Geruch nach Feldmäusen, Hamstern und Hunden mischte sich mit dem Geruch des Meeres. Was hatte das zu bedeuten?
Quax überlegte nicht mehr lange; er mußte es wagen! Vorsichtig hangelte er sich am Tau entlang. Jetzt bloß nicht hinunterschauen, dachte er auf halbem Weg. Unter ihm gluckerten und klatschten die Wellen bedrohlich an die Felsen; die Gischt spritzte bis zu ihm herauf. Plötzlich begann des Tau zu schwingen; das Schiff bewegte sich anscheinend leicht landwärts. Begann schon die Flut? Wenn er jetzt umkehrte, dachte Quax, wäre der

Weg zurück zum Land genauso weit wie bis zum Schiff. Also kroch er weiter. Endlich schaffte er es. Er erreichte das Schiff. Ein gewagter Sprung, und er saß auf dem Deck.
Niemand war zu sehen. Das Schiff war anscheinend verlassen.
Quax begann den Kahn zu erkunden. Das Deck bestand aus dunklen, wundersam polierten Holzplanken; darüber lief ein weicher Teppich. Am Heck befand sich ein Podest, auf das vier Stufen hinaufführten, offenbar die Kommandobrücke. Darüber spannte sich eine Zeltplane. Das Eigenartigste aber waren die Apparaturen, die auf der Kommandobrücke standen. Das große Rad mochte das Steuerrad sein. Doch wozu dienten die vielen Hebel und Griffe, die Knöpfe und Schalter?
Von den unteren Ecken der geisterhaft glänzenden Segel gingen dünne glitzernde Fäden aus, die, zusammengebündelt, durch ein Rohr neben dem Steuerrad unter Deck verschwanden.
Ja, dieser Kahn war wirklich etwas Besonders, doch für Teufelswerk hielt ihn Quax nicht. Vielmehr für das Werk von klugen Köpfen, von Leuten, die viele Geheimkünste beherrschten.
Quax fand unter der Kommandobrücke eine niedrige Tür - niedrig nur für Menschen, nicht für einen Kater. Sie stand einen Spalt offen. Neugierig wie er war, schlüpfte er hinein.
Zu seiner Überraschung war es in der Kajüte heller als draußen. Wie war das möglich? Quax zwängte sich durch ein Gewirr von sonderbaren Drähten, Stangen und Rohren und gelangte schließlich zu einem großen Tisch, auf dem eine samtpfotenschwanzlange und samtpfotenkopfdicke Glasröhre stand. Aus dieser kam das Licht. Quax starrte es wie hypnotisiert an. Sie verstanden es sogar, Licht in Glas einzufangen! Welch gewaltiger Zauber! Hierüber stand nicht einmal etwas in Merlins Buch! Quax berührte die Röhre. Sie war heiß. Erschrocken zog er seine Pfote zurück. Demnach mußte darinnen etwas brennen, ohne daß Rauch entstand. Quax schaute sich weiter um und entdeckte einen Draht, der unterhalb der Röhre aus der Tischplatte herausragte. Er führte zu einem Kästchen an der Wand, in das noch weitere Drähte mündeten. Ein besonders starker Draht verband das Kästchen mit einem Rohr an der Decke. 'Aha', dachte Quax, 'das mag das gleiche Rohr sein, welches ich oben beim Steuerrad gesehen habe. Das bedeutet, das dieses Kästchen über die Drähte mit den Segeln verbunden ist. Was mag es damit nur auf sich haben?' Ein weiterer dicker Draht lief durch eine Luke in einen benachbarten Raum.

Quax schielte auch dort hinein und erblickte einen monströsen eisernen Kasten. Aus dem Kasten wiederum führte eine samtpfotenleibdicke Stange durch ein kaum breiteres Loch in der Wand. Durch das Loch hörte Quax das Klatschen der Meereswellen an den Schiffsrumpf. Er wollte gerade durch das Loch hinausspähen, da begann das Licht zu flackern.
Quax wurde es unheimlich. Geschwind eilte er zurück nach draußen, auf das Deck des Schiffes. Es war immer noch niemand zu sehen. Quax lauschte angestrengt und zog die Luft durch Nase und Mund. Es roch stärker als zuvor nach Nagern und Hundeartigen. Ein sonderbares Surren war zu hören. Ob das Geräusch aus den Segeln kam, durch die der Nachtwind blies?
Plötzlich legte sich ein dünnes, seidenartiges Gespinst über seinen Kopf und schließlich über seinen ganzen Leib. Das Gespinst war durchsichtig und klebte fürchterlich. Quax konnte sich nicht mehr bewegen; er war gefangen!
Verflixt, sie mochten ihn schon die ganze Zeit beobachtet haben! Sie hatten ihn ungehindert das Schiff untersuchen lassen, da sie genau wußten, er würde ihnen nicht entkommen.
Quax begann zu maunzen. Sein Mut schmolz dahin, sein kleines Katerherz schlug rasend schnell vor Angst. Was würde jetzt mit ihm geschehen?
Eine menschenähnliche Gestalt kletterte behende den Mast herunter. Im gleichen Augenblick hörte er Stimmen. Eine Lampe wurde angezündet. Weitere Gestalten tauchten aus dem Dunkeln auf.
Das Wesen, das den Mast heruntergestiegen war, entpuppte sich als junge Frau mit langen silbrig glänzenden Haaren und einem hübschen Gesicht - zumindest hätten Menschen es für hübsch gehalten. Sie trug ein weites, dunkelblaues Gewand. Geschwind bückte sie sich zu Quax und begann, weitere Fäden um ihn zu wickeln. Dabei lächelte sie stumm, doch es war kein freundliches Lächeln. Die anderen Fremden unterhielten sich währenddessen in ihrer eigenartigen Sprache. Es war ein Fauchen, Zischen und Grunzen; Quax konnte nichts verstehen. Schließlich trat einer der Fremden an Quax heran und stieß ihn unsanft mit dem Fuß. Er hatte die Statur eines Menschen, doch er roch fürchterlich nach Fuchs! Konnte ein Mensch derart nach Fuchs riechen? Nein, unmöglich! Ein Mensch roch immer nach Mensch, auch wenn er einen Fuchsmantel trug - und ein Fuchs roch immer nach Fuchs, auch unter einer Menschenhaut! Quax begann abermals zu maunzen. Vielleicht hörten ihn seine Gefährten

am Strand? Vielleicht konnten sie Hilfe holen? Doch was würde sein, wenn auch sie inzwischen entdeckt und gefangen waren?
Ein weiterer Mann trat auf Quax zu. Quax lag nun so unglücklich da, daß er nur dessen Füße sah. Sie steckten in purpurfarbenen Schuhen mit goldenen Schnallen. Es waren orientalische Schuhe. Er kannte sich damit aus, denn in seiner Heimat Palmyra trugen viele Leute solches Schuhwerk. Der Fremde roch weder nach Fuchs noch nach Mensch. Er hatte überhaupt keinen Geruch - als sei er ein lebloser Stein!
"Gefangen wie die Fliege im Netz der Spinne", spottete der Fremde. Er beherrschte die Samtpfotensprache sehr gut.
Er sprach leise, doch mit Nachdruck: "Mein lieber, fremder Kater, ich kann mir denken, woher du kommst. Dich schickt Ortwin, der Trottel. Du solltest für ihn spionieren. Höre, mein lieber Kater, es wäre besser für dich, die Seiten zu wechseln. Künftig solltest du mit *uns* zusammenarbeiten. Wenn Ortwin mein Angebot auch ablehnt, *du* solltest nicht so unvernünftig sein! Was meinst du, Kater, wäre das nicht ein schönes Leben auf meinem Schiff? Oh, gewiß, das Wolkenschiff ist auch nicht zu verachten, wenngleich es ein plumpes und unzuverlässiges Fahrzeug darstellt. Aber sei gewiß, auch *wir* werden eines Tages Flugschiffe bauen - und diese Schiffe werden alle Himmel durchkreuzen, unabhängig vom Wind, wohin es den Passagieren gefällt. Denke also über mein Angebot nach, Kater!"
Quax schwieg. Der Fremde entfernte sich wieder und sagte zu seinen Gesellen: "Lassen wir diesem Tier etwas Bedenkzeit und hängen es solange an den Mast. Ihr da, ihr geht rüber auf den Felsen und schaut euch dort gründlich um. Ich bin sicher, daß dieser Kater nicht alleine gekommen ist."
Die Angesprochenen murrten zwar, gehorchten aber. Quax hörte wie sie ein kleines Boot zu Wasser ließen. Unterdessen packte ihn die geheimnisvolle Frau und hängte ihn wie befohlen zwischen die Segel. Da baumelte er nun, verschnürt wie eine Katzenmumie.
"Schreien nützt nichts", flüsterte die Frau. "Aus meinem Netz dringt kein Laut nach draußen. Du solltest das Angebot des Meisters annehmen! Falls nicht - nun, zu Ortwin wirst du jedenfalls nicht zurückkehren."
Sie lachte kalt und entfernte sich. Das Licht wurde gelöscht; auch die anderen Fremden verschwanden in der Dunkelheit.
Unwillkürlich dachte Quax an seine zweite Begegnung mit Ortwin und

Hieronymus. Auch damals hing er gefangen in einem Netz, aber nur für eine kurze Zeit. Dieses Mal jedoch würde er gewiß sehr lange hängen müssen, wenn nicht ein Wunder geschah!
Beim Rußteufelchen, weshalb mußte ihm das passieren! Ihm, dem schlauen und listigen Quax! Er mußte versuchen, sich zu befreien. Er zappelte und begann hin und her zu schaukeln. Die Fäden aber gaben nicht nach. Plötzlich hing Quax mit dem Kopf nach unten! Das Blut stieg ihm in den Kopf. Ihm wurde schwindlig. Bei allen Wildwüstchen, was nun...

"Das sieht ihm wieder einmal ähnlich!" tobte Hieronymus. Ungehalten lief er auf und ab. Auch Baldwin war nervös. Er hatte seine Kappe abgenommen und kratzte sich unaufhörlich an der Glatze.
"Hör auf nach deinem nicht vorhandenen Kopffell zu suchen", schimpfte Hieronymus. "Sag mir lieber, was wir jetzt tun können!"
"Was wir tun können, will er wissen, pha! Was weiß ich!" schrie der Zwerg.
"Sei leise!" mahnte Magda. "Die anderen Katzen schauen schon ganz neugierig her. Hieronymus, schließ besser das Zauberkästchen!"
Hieronymus verschloß es und setzte sich oben drauf. Sein Schwanz schlug aufgeregt hin und her. "Ortwin und die anderen sitzen am Strand und ahnen nichts! Wir müssen sofort zu ihnen reiten und ihnen mitteilen, was wir gesehen haben, selbst auf die Gefahr hin, daß wir das Geheimnis des Spiegels preisgeben müssen. Vielleicht sollten wir auch Nela einweihen."
"Sinnlos!" knurrte Baldwin. "Der Kater ist verloren! So wie wir, wenn wir uns nicht auf und davon machen!"
"Bleib ruhig!" zischte Magda. "Der Kater ist keineswegs verloren. Hieronymus hat recht. Wir müssen sofort zu Ortwin."
"Aberwitz, Irrwitz!" meckerte Baldwin. "Was soll denn Ortwin unternehmen?! Soll er zu Salaam gehen und ihn für das dreiste Verhalten seines Katers um Verzeihung bitten? Soll er gar versuchen, ihn freizukaufen? Pha, was glaubt ihr, was Salaam unserem Ortwin sagen wird! Aber macht, was ihr wollt! Ich habe den Auftrag, auf die Wolke aufzupassen. Ich bleibe hier!"
Hieronymus schnaubte verächtlich. Magda aber steckte das Zauberkästchen weg und kramte einige Blechdöschen aus ihren Habseligkeiten zusammen. Dann verließ sie zusammen mit Hieronymus das Wolkenschiff. Sofort wurden die beiden von anderen Samtpfoten umringt. Sie wollten

wissen, wohin sie gingen. Magda und Hieronymus antworteten nicht.
"Wir dürfen wieder einmal nichts erfahren", murrte Antonius.
"So ist das eben", schnaubte Moony. "Die Kater eines Zauberers müssen immer Geheimnisse haben."
"Fragen wir doch den Zwerg", schlug Petunia vor. "Er scheint etwas zu wissen!"
Sofort stürmten die Samtpfoten, vor allem die jüngeren unter ihnen, zu Baldwin und überhäuften ihn mit Fragen. Doch zur Überraschung aller sagte er nichts, sondern streckte ihnen nur die Zunge heraus.

Quax baumelte immer noch in seinem Netz. Die Leute, die der geheimnisvolle Fremde an Land geschickt hatte, waren zurückgekehrt. Sie kamen alleine. Quax war erleichtert. Das bedeutete, daß sie seine Freunde nicht gefunden hatten.
Einer der Gesellen trat heran und begann Quax in seinem Netz hin und her zu schaukeln. Dabei kicherte er boshaft.
"He, he, he, na, du Kreatur", kläffte er wie ein Hund, "wie gefällt dir das? Hast du über das Angebot des Meisters nachgedacht?" Quax wollte und konnte nicht antworten, also bellte der Geselle weiter: "Ihr Katzen seid schon ein eigenwilliges Volk, wollt immer euren Dickkopf durchsetzen. Ihr nennt das Freiheit, aber ich nenne es Starrsinn. Wartet nur, unser Meister wird euch schon zeigen, wohin der Starrsinn führt, he, he, he."
Weiter kam der Geselle nicht, denn er wurde gerufen.
Quax blieb wieder alleine. Mit diesen Leuten war wirklich nicht zu spaßen! Quax überlegte, ob er zum Schein auf das Angebot des Fremden eingehen sollte. Vielleicht böte sich dann eine Gelegenheit zu fliehen? Aber nein, das war sinnlos. Sie würden kein Risiko eingehen und ihn gewiß nicht so schnell losbinden oder gar unbewacht umhergehen lassen. Durch das Schaukeln hatten sich die Fäden etwas gelockert, so daß es Quax gelang, eine bequemere Haltung einzunehmen. Eine schier unendlich lange Zeit verging, ohne daß etwas geschah. Quax döste ein. Als er wieder aufwachte und sich seiner hilflosen Lage bewußt wurde, packte ihn eine wahnsinnige Wut. Wenn es ihm doch nur gelänge, diese verflixten Fäden mit den Krallen zu zerstören!
Da! Ein Blitz! Drüben auf dem Felseneiland leuchtete etwas auf. Quax hob seinen Kopf und spähte zum Festland hinüber. Es blitzte abermals, grüne Flammen züngelten hoch. Dabei krachte und dröhnte es wie bei

einem kräftigen Gewitter.
Auf dem Nachbarschiff wurde es unruhig. Die Unholde eilten an Deck, um zu erkunden, was vor sich ginge. Befehle wurden gerufen. Eine der Gestalten kam zu Quax herüber, um zu kontrollieren, ob er noch in seinem Netz hing.
"Verdammt, ihr elendigen Trottel!" schrie der unheimliche Fremde mit den orientalischen Schuhen. Er bellte in der Sprache der Hunde, die Quax gut verstand: "Es muß doch noch jemand dort drüben auf der Insel sein, ich habe es gewußt! Aber ihr Dummköpfe hört, seht und riecht ja nichts! Auf, sofort gehen nochmals drei, vier Mann rüber zur Insel und machen dem Spuk ein Ende!"
Dann trat er vor Quax und rüttelte an dessen Netz. Jetzt konnte Quax auch sein Gesicht erkennen. Es war ein junges und sehr schönes Menschengesicht, derart ebenmäßig geformt, als wäre es eine Maske. Sollte das der Magier sein, vor dem sich Baldwin so fürchtete und der von Ortwin verlangte, daß er sich ihm unterwarf? Oder war es auch nur einer seiner vielen Gehilfen? Die kalten Augen des Junkers starrten auf Quax. Ohne eine Miene zu verziehen, zischte er: "Keine Bange, das bißchen Feuerwerk erschreckt uns nicht!"
Doch da ging das Spektakel erst richtig los. Rote und gelbe Feurkugeln rollten über die Felsen. Silberne Sterne stoben knallend auseinander. Es zischte und brodelte, waberte und qualmte. Plötzlich ergoß sich ein Schwall greller Funken über das Schiff. Im Nu begann es zu brennen.
Der Junker sprang zur Seite und fluchte. Schnell erteilte er einige Befehle. Seine Leute rannten herbei und versuchten das Feuer mit Tüchern auszuschlagen. Doch schon schoß ein weiterer Feuerstrahl auf das Schiff. Auch auf das zweite Schiff hagelten Feuerkugeln nieder.
"Das Hauptschiff brennt!" kreischten und bellten die Unholde. Sie rannten kopflos hin und her, gerieten in Panik.
"Verdammt! Beim Großen Baal!" tobte der Junker. "Schnell löscht das Feuer! Nicht mit den Tüchern, ihr Trottel, schöpft Wasser! Schnell, schnell!"
Von der Insel war Kampfgeschrei zu hören. Die Gesellen, die hinübergerudert waren, waren in Zweikämpfe verwickelt. Der Junker beugte sich über die Reling und schrie weitere Befehle in die Dunkelheit. Dann wieherte er wie ein Pferd. Die Pferde auf der Insel antworteten. Gewiß sollten sie seine Gesellen im Kampf unterstützen. Doch dazu kam es nicht

mehr: Die Unholde hatten bereits Reißaus genommen und schwammen zurück zu den Schiffen.
Quax wurde es langsam heiß in seinem Netz. Der Teppich und die Planken unter ihm hatten Feuer gefangen. Die Gesellen befanden sich alle auf dem Nachbarschiff, um dort das Feuer zu bekämpfen. Quax hörte den Junker brüllen: “Ihr Trottel und lahmen Esel, schnell lichtet die Anker, hinaus aufs offene Meer! Die Schiffe dürfen den Feinden nicht in die Hände fallen!”
Quax wandt sich wie ein Aal. Beißender Rauch raubte ihm fast den Atem. Er mußte es schaffen, sich zu befreien, er mußte es einfach schaffen! Da - endlich gaben die Fäden nach. Die Hitze hatte sie mürbe gemacht! Wie ein Blitz fegte Quax über das brennende Deck. Ohne zu zögern sprang er über Bord, hinein ins Wasser! Ah, war das kühl! Quax strampelte und hob den Kopf aus dem Wasser. Er benötigte eine Weile, um sich zurechtzufinden. Glücklicherweise erhellte das brennende Schiff die Umgebung. Am Ufer liefen Menschen hin und her; Quax glaubte, auch einige Samtpfoten zu erkennen. Dann sah er die Pferde, die sich losgemacht hatten. Die Leute am Ufer versuchten sie einzufangen, doch die Pferde galoppierten schnurstracks ins Meer und verschwanden schwimmend in der Dunkelheit.
Quax war zwar ein recht guter Schwimmer, hatte aber dennoch gewaltig mit den Wellen zu kämpfen. Die Flut setzte gerade ein mit all ihren heimtückischen Strömungen. Das kurze Stück bis zur Insel erschien dem Kater endlos weit. Völlig erschöpft erreichte er schließlich die Felsen.

Da lag er nun patschnaß und fror. Er wollte rufen, brachte aber keinen Ton heraus. ‘Besser ich schließe die Augen und döse’, dachte er. ‘Dann komme ich sicher bald wieder zu Kräften. Vielleicht findet mich auch jemand...’
Er brauchte nicht lange zu warten.
“Das muß er sein!” hörte er. “Dieses nasse Stückchen Fell!”
Agathe beugte sich über ihn. “Er riecht fürchterlich”, stellte sie fest. “Wir sollten ihn aber trotzdem trocken lecken.”
“Ohne mich”, brummte Tobias.
Und Musicus spottete: “Spart euch die Mühe, der Wind wird ihn schon trocknen.”
Doch da kam auch schon Ortwin. “Da bist du ja, mein Quax”, rief er.

"Du bist gerettet!"
Quax erhob sich und schaute sich um. Hinter Ortwin erschienen Gwaldain und seine Männer, aber auch Magda mit Hieronymus. Ortwin nahm Quax auf den Arm und wickelte ihn in seinen Umhang.
"Das war ganz schön leichtsinnig von dir, so einfach auf das fremde Schiff hinauszuschleichen", mahnte er seinen Kater. "Wenn Magda und Hieronymus nicht gekommen wären, ich weiß nicht, ob die Geschichte für dich gut ausgegangen wäre."
Quax fand langsam seine Sprache wieder: "Magda und Hieronymus... aber sie waren doch auf dem Wolkenschiff... hatten denn Tobias und die anderen Samtpfoten nicht bemerkt, daß ich gefangen wurde?"
"Doch, gewiß", sagte Ortwin. "Tobias und Tabitha hatten es beobachtet und kamen sofort zu mir gelaufen. Doch wie durch eine wundersame Fügung erschienen im gleichen Augenblick Magda und Hieronymus. Sie brachten mir - das da!" Er setzte Quax wieder auf den Boden, holte aus seiner Tasche eine kleine Dose und streute ein Pülverchen heraus. Dann schlug er mit einem Feuerzeug einen Funken. Sofort begann das Pülverchen lichterloh zu brennen.
"Chinesisches Feuer", erklärte Magda. "Es eignet sich hervorragend zum Erschrecken von Wölfen, Bären, Luchsen, Dieben, Landstreichern und allerlei Unholden!"
"Ist euch gelungen", lobte Quax. "Sie waren ganz schön aufgeregt, als das Feuer ausbrach. Doch wo sind die Unholde jetzt? Sind sie geflohen?"
Quax schaute hinaus auf das Meer. Die Schiffe waren auf das offene Meer hinausgesegelt; auf einem brannte und qualmte es noch.
"Ein schönes Schauspiel, solch ein brennendes Schiff", sagte Gwaldain.
"Wenn ich gewußt hätte, wie feige und schlecht bewaffnet diese Fremden sind, hätte ich ohne zu Zögern angegriffen, sie gefangen genommen und ihre Schiffe gekapert!"
"Oh ja", rief da Quax ganz aufgeregt, "die Schiffe sind voller Wunderdinge, die ich nur zu gern ergründen würde! Wieso setzt ihr den Fremden nicht nach? Laßt sie nicht entkommen!"
"Sie sind zu schnell", erwiderte Gwaldain. "Wir verfügen hier über keine wendigen Kriegsschiffe, nur über plumpe Fischerboote. Lassen wir sie ziehen. Vielleicht war ihnen das eine Lehre und sie geben künftig Frieden. Nun laßt uns aber schleunigst nach Carnac zurückkehren!"

Der Morgen zog herauf. Ein kühler Wind fegte über das Land und trieb bizarre Wolkenfetzen vor sich her. Weiter draußen über dem Meer hingen schwarze Wolkenbänke, die erneuten Regen verkündeten. Für einen kurzen Augenblick drückte die Sonne durch und verzauberte die Wolkenfetzen in silberne und goldene Haarbüschel.
Quax starrte zu den eilenden Wolken hinauf und merkte, wie ihm dabei schwindlig wurde. Schnell schaute er zu Agathe, die neben ihm saß und gemächlich ihr Fell leckte.
"Wie haben sie denn ausgesehen, die Fremden?" fragte sie. "Du mußt sie doch gesehen haben, als du auf dem Schiff warst."
"Gesehen habe ich nicht viel von ihnen, aber gewittert habe ich sie deutlich. Sie rochen nach Nagern und Hundeschnäuzigen, einer ganz deutlich nach Fuchs. Ich frage mich, ob das richtige Menschen waren. Eher Nager und Hunde in Menschengestalt!" Er dachte an die Riesenmaus, die Petunia gesehen haben wollte - nach seinen eigenen Erlebnissen sah er nun Petunias Behauptung in einem ganz anderen Licht.
"Unheimlich", wisperte Agathe. "Waren denn auch welche unter ihnen, die Samtpfoten glichen?"
"Nein, solche, die uns Samtpfoten ähneln, habe ich keine bemerkt. Doch da war noch jene Frau, die mich eingesponnen hat. Sie roch weder nach Beute noch nach unseren Erbfeinden; dennoch bin ich mir sicher, daß auch in ihr ein anderes Lebewesen steckte, nicht nur ein Mensch. Und schließlich jener Junker, der wohl ihr Anführer gewesen sein mußte. Er sah aus wie ein Mensch, doch er hatte überhaupt keinen Geruch. Kann es so etwas geben?"
"Das weiß ich nicht", antwortete Agathe. "Was sagt denn dein Meister dazu?"
"Nichts. Baldwin jedoch meint, das könne der Magier Salaam persönlich gewesen sein; gewiß kenne dieser einen Zauber, seinen Geruch zu verbergen. Andererseits kann es ja auch sein, daß ich nichts wahrgenommen habe, weil die anderen so fürchterlich gestunken haben."
Hieronymus und ein Dutzend anderer Samtpfoten, vorwiegend Kater, kamen über den Dorfplatz. Auch ein zotteliger Hund befand sich in ihrem Gefolge. Quax rümpfte die Nase, was Hieronymus sogleich zu neuem Spott verleitete:
"Oha, unser großer Held! Es scheint ihm unser Erscheinen wenig Freude zu bereiten. Letzte Nacht hatte er alle Götter Altägyptens angefleht, auf

daß einer von uns kommen würde, ihn zu befreien. Ja, ja, mein lieber Quax, so schnell ändert einer seine Ansicht."
"Es ist.. äh... wegen des Hundes..." stotterte Quax. "Womit ich nicht sagen will, daß mir euer neuer Freund unlieb ist, es ist nur ... wegen seines Fells, seines nassen Fells..."
Der Hund, von gutmütigem Charakter, bellte nichts, doch Hieronymus gab zurück: "Und wie naß warst du selbst, nach dem unfreiwilligen Bad im Meer? Und hat dein Fell dabei nicht genauso gestunken wie das eines Hundes?"
"Schluß jetzt mit der Streiterei!" fuhr Mohrle dazwischen. "Wir sollen dich, Quax, bitten mit uns zum Wolkenschiff zu kommen. Ortwin bespricht sich mit seinen bretonischen Freunden und möchte, daß wir dabei sind."

Gemeinsam tigerten sie zum Wolkenschiff. In der Morgensonne schimmerte es zart rosa-violett.
Quax sah es im Geiste mit zwei Masten und metallisch glitzernden Segeln - ja, wenn sie solche Gerätschaften besäßen wie Salaam und seine Gesellen! Der Kater wußte zwar nicht, wozu die einzelnen Apparaturen auf dem Zauberschiff dienten, doch er ahnte, wenn sie auf ihrem Wolkenschiff über solche verfügen würden, wären sie von Wind und Wetter unabhängig, könnten sie reisen wohin sie wollten. Wahrscheinlich dachte Salaam Ähnliches: Besäße er den Wolkenstoff könnte er sich mit seinen Zauberschiffen in die Lüfte erheben. Dann mochte das eintreffen, was Baldwin beschworen hatte: Der Bund der Siebenbeinigen Spinne könnte Burgen und Städte aus der Luft angreifen und sich selbst in uneinnehmbaren Festungen über den Wolken verschanzen.
Sie erreichten die Wolke und stiegen die Strickleiter hinauf. In diesem Augenblick kamen Petunia, Peterle, Xenofefa, Bosheide und weitere Kleinkatzen die Leiter heruntergesaust.
"Aus dem Weg, oller Quax!" tobte Petunia von oben. "Wir haben es eilig, wir müssen zu unserem Mausball!"
"Was ist das für ein Ton?" beschwerte sich Quax. Er wollte den Jungkatzen gerade ordentlich Bescheid sagen und ihnen ein für alle Mal das Herumtoben verbieten, als sich die Jungen an ihm vorbeidrückten und ihm dabei einen kräftigen Schubs gaben. Er verlor den Halt und plumpste in die Tiefe. Dabei riß er die hinter ihm kletternden Artgenossen mit hinunter; alle zusammen landeten sie auf Hieronymus, Mohrle und dem

Hund, die noch unter der Strickleiter standen.
Die Jungkatzen sprangen allesamt über das Knäuel der Altsamtpfoten und den Hund hinweg, wobei sich Xenofefa - welch Zufall? - von dessen Nase mit ausgefahrenen Krallen abstieß. Die erwachsenen Katzen und Kater fauchten, der Hund winselte, und die wilde Meute suchte rasch das Weite.
"Verflixte Bande!" tobte Quax. Auch Hieronymus schrie einige böse Schimpfwörter.
Weitere Katzenkinder - Aunci, Poesje, Gnomicus und Klein-Manul - erschienen oben auf der Strickleiter.
"Keinen Pfotenschritt weiter!" brüllte Quax. "Ihr wartet, bis wir oben sind!"
"Oh, Kater Quax", sagte Klein-Manul, "entschuldige, aber das Mausball..."
"Mausball, Mausball, Mausball!" tobte Quax. "Habt ihr denn nichts im Kopf als Mausball?! Ich werde mich bei eurer Mutter, Manulia, beschweren. Ihr seid nämlich die Frechsten, deine beiden Geschwister und du!"
"Du tust mir unrecht, Quax", rechtfertigte sich Klein-Manul. "Außerdem sind die beiden gar nicht meine Geschwister!"
"Und wenn schon!" schimpfte auch Hieronymus . "Ich werde mich ebenfalls über euch beschweren. Das muß ein Ende haben!"
"Aber, Hieronymus", schnurrte Poesje, "Ortwin hat uns das Mausball erlaubt."
Hieronymus schob sich die letzte Sprosse nach oben und fauchte: "Das letzte Wort ist noch nicht gemaunzt!"
Da sah er den Kater Moony, der ihn mit großen unschuldigen Augen anschaute:
"Guten Morgen, Quax und Hieronymus, guten Morgen, alle zusammen. Macht euch um die Jungen keine Gedanken, schließlich bin ich beim Mausball Schiedsrichter."
Die anderen Katzen und Kater waren entsetzt. Wie konnte sich Moony nur zu einem derart wüsten Spiel herablassen! Moony dagegen vertrat die Ansicht, unter seiner Aufsicht verliefe das Spiel nicht ganz so wild. Es gäbe weniger Raufereien.
"Paß auf, daß du am Ende nicht selbst in eine Rauferei verstrickt wirst", sagte Hieronymus. "Verstehst du überhaupt die Spielregeln? Mir blieb der Sinn des Spiels bisher verborgen."
"Ich muß gestehen, ich verstehe noch nicht alles", antwortete Moony mit gedämpfter Stimme. "Allerdings kann ich ein unerlaubtes bekrall-

tes Nachhäkeln von einem bekrallten Rückwärtstatz nach unbekrallter Vorgabe schon gut unterscheiden. Doch mit dem Doppeltatz-Überkrall habe ich noch große Schwierigkeiten!" Dann zwinkerte er und stieg die Leiter hinunter.
Die anderen schauten sich nur verständnislos an. Als Moony außer Hörweite war, lästerte Hieronymus: "Weißt du, Quax, warum dieser Moony so gerne beim Mausball dabei ist? Es ist wegen der kleinen Manul. Ich habe den Verdacht, er ist in sie verliebt."
"Kaum zu glauben", staunte Quax, "da sie doch noch so jung ist, noch ein richtiges Samtpfotenkind!"
"Eifersüchtig, Quax?" fragte Bärle.
"Ach was," lästerte Munni, "Quax gibt sich nicht mit Halbwüchsigen ab. Eher mit älteren, löwenfellmähnigen Damen."
"Was soll das heißen?" fauchte Quax.
"Wenn ihr so weitermacht, wird Ortwin noch lange auf uns warten müssen", fuhr Agathe dazwischen.
Die Kater blickten sich gegenseitig böse an, gingen aber dann weiter. Der Hund jedoch verzichtete, auf das Wolkenschiff hinaufzusteigen. Nicht allein, daß er sich beim Klettern von Natur aus schwer tat, nein, er hatte vorerst genug von seinen neuen Freunden. Wieso sie sich eigentlich Samtpfoten nannten? Weich wie Samt waren ihre Pfoten ganz und gar nicht!

Auf dem Wolkenschiff waren neben Ortwin und dem Zwergenpaar die Bewohner des halben bretonischen Dorfes versammelt, darunter Nela und Gwaldain, und beratschlagten, wie es weitergehen sollte. Sie hatten in Erfahrung gebracht, daß die drei fremden Schiffe bei der Ginsterinsel vor Anker gegangen waren. Ob die fremden Seeleute aber nur ihre Schiffe instand setzen und dann wieder davonsegeln wollten, oder ob sie die Absicht hatten, Ortwin weiter zu bedrängen, entzog sich ihren Kenntnissen. Wie auch immer, Ortwin vertrat die Ansicht, daß er die Gastfreundschaft der Bretonen zur Genüge in Anspruch genommen hatte, es aber gleichzeitig sinnlos war, mit dem Wolkenschiff weiterzufliegen. Am liebsten wollte er den Wolkenstoff auflösen und sich über Land zurück ins Frankenland begeben. Nela dagegen wiederholte ihr Angebot, wonach er sich bei Carnac ein Haus bauen und sich dort dauerhaft niederlassen könne. Für Magda und Baldwin sowie all die Samtpfoten sei ebenfalls Platz. Baldwin aber wollte davon nichts wissen.

“Nun haben wir schon ein Wolkenschiff,” zeterte er, “und nun sollen wir es wieder zerstören! Nein, Meister Ortwin, nie und nimmer! Wir sollten es uns wohnlich darauf einrichten und damit in ferne Länder segeln. Schließlich habe ich meine Ziegen dafür geopfert...”
“Eure Ziegen!” brauste Ortwin auf. Er war wütend wie schon lange nicht mehr: “Ich kann es nicht mehr hören! Ihr seid mir ein ganz hinterlistiger Gnom, schließlich und letztendlich wart Ihr es, der mir die Angst vor Salaam und seinem Bund einflößte und mich dazu brachte, meine Heimat zu verlassen. Nur weil Ihr mit dem Wolkenschiff fliegen wolltet. Und dabei seid Ihr nicht einmal schwindelfrei!”
“Papperlapapp”, quäkte der Zwerg - so schnell ließ er sich nicht aus der Ruhe bringen - “Ihr wart bereits auf der Flucht, als Ihr bei mir aufkreuztet. Ich habe Euch nur die Wahrheit über den Geheimbund erzählt! Wenn Ihr daraus geschlußfolgert habt, daß es angebracht war, weiterzufliehen, war das Eure Sache. Und im übrigen eine richtige Entscheidung. So kamen wir hierher und haben Freunde gefunden, Freunde, die uns gegen den Unhold beistehen.”
“Baldwin hat ausnahmsweise einmal recht”, mischte sich Hieronymus ein. “Wir sollten das Wolkenschiff noch nicht aufgeben.”
Ortwin blickte erstaunt auf seinen Kater. Hieronymus war mit Baldwin einer Meinung - das grenzte fast an ein Wunder. Und selbst Quax teilte deren Ansicht: “Wir könnten weiter auf dem Wolkenschiff wohnen, wir alle zusammen, das heißt du, Meister, und wir Samtpfoten. Vielleicht könnten wir später einmal sogar damit in andere Länder segeln, wenn es uns gelänge, es gegen den Wind zu steuern.”
“Das ist ein guter Gedanke”, pflichtete Gwaldain bei. “Ihr bleibt vorerst hier, in der Nähe unseres Dorfes, wohnt aber auf dem Wolkenschiff. Ich sage Euch zu, Euch dabei zu helfen, ein wohnliches Haus darauf zu errichten.”
“Wir reden ständig vom Wolkenschiff”, sagte Baldwin mit einem frechen Grinsen. “Warum dann nicht ein *richtiges Schiff* daraus machen? Eines mit großem Laderaum und geräumigen Kajüten, eine für Ortwin und eine zweite für Magda und mich, he, he, he.”
Ortwin mußte lachen. Soviel Frechheit und Dreistigkeit! Nun gut, er willigte ein. Mochten ihm die Leute aus Carnac eine Behausung in Form eines Schiffes auf die Wolkenstoffmatratze setzen!

Sie besprachen weitere Einzelheiten und entwarfen einen Plan für die Aufbauten. Den Samtpfoten - Quax und Hieronymus ausgenommen - wurde es bald zu langweilig, einige verließen das Wolkenschiff, andere rollten sich zusammen und dösten, wieder andere spähten in die Ferne. Die schwarzen Regenwolken hatten inzwischen das Land erreicht; es schien, als wollten sie sich jeden Augenblick entleeren. Doch die Gefährten waren zu sehr in ihr Gespräch vertieft, sie achteten nicht auf das Wetter. Da behaupteten einige Samtpfoten, ein merkwürdiges Geräusch zu hören. Nein, es war nicht der Wind, der in den Büschen unterhalb des Wolkenschiffes rauschte. Es war wie das Raunen einer menschlichen Stimme! Die Menschen allerdings hörten nichts.
"Ich verwette meine Schnurrhaare, daß da jemand spricht", sagte Quax.
"Ich höre ganz deutlich eine Stimme. Sie kommt aus dem Wolkenstoff."
"Unsinn!" fuhr ihn Hieronymus an. "Sie kommt von droben, aus dem Himmel."
"Ich höre es ganz deutlich", baunzte Miranda und drückte sich an Nela heran. "Es ist eine Stimme, die immer wieder das gleiche wiederholt, aber es gibt keinen Sinn."
"Meister, hörst du denn nichts?" fragte Hieronymus.
"Was soll ich hören?" entgegnete Ortwin.
"Ach, diese Menschen!" stöhnte der Kater Munz. "Ihre Ohren sind schier taub! Etwas spricht mit uns; wir Samtpfoten hören es alle!"
Die Samtpfoten maunzten durcheinander:
"Es sagt andauernd: Moloch-Ammun-Ischtar-Baal."
"Wirres Gebrabbel, wir sollten nichts darauf geben!"
"Ganz recht, aber trotzdem..."
"Vielleicht ein Zauberspruch?"
"Ein Spruch des Magiers Salaam?"
"Ja, es wiederholt ständig: Moloch-Ammun-Ischtar-Baal!"
"Kann es denn niemand deuten?"
Ortwin rieb sich den Bart und schaute fragend zu Baldwin und Nela.
Baldwin tobte: "Was schaut Ihr mich so an?! Ich höre nichts, sehe nichts, weiß nichts!"
"Samtpfoten haben sehr feine Sinne", sagte Nela. "Wir sollten ihnen vertrauen. Es muß eine Zauberformel sein, die sie hören."
"Besser wir fliehen!" rief Baldwin. "Schnell, gehen wir ins Dorf!"
"Beherrsche dich!" fuhr ihn Magda an und Ortwin beschwichtigte ihn:

“Sachte, mein Freund, noch wissen wir nicht, was es bedeutet...”
“Jetzt höre ich auch etwas”, rief einer der Bretonen. “Es kommt von unten, aus den Büschen!”
“Nein, es kommt aus dem Wolkenstoff”, behauptete Quax hartnäckig.
Endlich verstanden es auch die anderen Menschen: Moloch-Ammun-Ischtar-Baal - Moloch-Ammun-Ischtar-Baal - wieder und wieder, ohne Unterbrechung - Moloch-Ammun-Ischtar-Baal...
Urplötzlich verstummte das unheimliche Gemurmel. Dafür vernahm Ortwin ein Summen in seinem linken Ohr. Gleich darauf hörte er leise, aber deutlich eine helle Stimme: “Ortwin, Ortwin! Hört Ihr mich?”
Ortwin erstarrte. Entsetzt schaute er in die Runde. “Jemand spricht mit mir. Unmittelbar in mein linkes Ohr.”
“Ortwin, hört mir gut zu!” sprach die Stimme weiter. “Wenn Euch Euer Leben und das Eurer Freunde lieb ist, so nehmt das Angebot des Großen Meisters an. Fahrt heute noch hinaus zur Felseninsel, wo Ihr den Baaltempel gefunden habt. Dort wird Euch der Meister erwarten.”
“Sagt mir erst, wer Ihr seid! Gebt Euch zu erkennen!” rief Ortwin.
“Wenn ich mich zeige, könnt Ihr mich nicht mehr hören”, fuhr die Stimme fort. “Hört mir weiter zu: Der Meister bietet Euch Frieden. Schließt Euch seinem Geheimbund an und es wird Euch fürderhin an nichts fehlen! Aller Reichtum dieser Erde, alle Freiheit - ja selbst die Freiheit der Lüfte für Euch und Eure Gefährten - das gewährt Euch der große Salaam, Herr über Ogk und bald Herr über die ganze Welt!”
“Ein dreistes Angebot”, erwiderte Ortwin, “Ihr glaubt doch nicht im Ernst...”
Wieder summte es. Unwillkürlich schlug sich Ortwin auf sein Ohr.
“Was redet Ihr mit Euch selbst und haut Euch Maulschellen herunter, Gevatter?” wunderte sich Baldwin. “Hat Euch schon der Wahn befallen?”
“Eine Fliege”, antwortete Ortwin, “es muß eine Fliege gewesen sein. Sie brachte eine Nachricht des Magiers.” Schnell berichtete er seinen Freunden von der erneuten Botschaft Salaams.
“Kein gutes Zeichen, wenn selbst Fliegen auf der Seite des Unholds stehen”, brummte Quax.
“Das Gemurmel hat aufgehört”, stellte Hieronymus fest. “Aber was unternehmen wir jetzt?”
“Wer auch immer dieser Salaam letztendlich ist, auf sein Angebot dürfen wir niemals eingehen”, sagte Nela. “Die letzte Nacht hat gezeigt, daß er

so mächtig gar nicht ist. Warten wir ab, was geschieht."
"Ich jedenfalls gehe ins Dorf!" beharrte Baldwin.
"Glaubst du allen Ernstes, du Narr, dort bist du sicherer?" fragte ihn Magda. Der Zwerg wollte antworten, doch die Samtpfoten begannen allesamt so laut zu schreien, daß ihm vor Schreck die Stimme versagte.
Am Horizont, dort, wo sich das Meer befand, brach ein gigantischer Feuerball durch die Wolkendecke. Es war, als ginge im Westen eine zweite Sonne auf. Der Feuerball raste auf das Wolkenschiff zu.
Menschen und Samtpfoten waren gleichermaßen entsetzt. Wie gelähmt starrten sie auf das unheimliche Gebilde.
Der Feuerball begann, das Wolkenschiff im Abstand von wenigen Ellen rasch zu umkreisen. Er strahlte eine schreckliche Hitze aus und blendete heller als die Mittagssonne. Niemand konnte die Wolke verlassen.
"Beim Webekätzchen!" rief Hieronymus. "So etwas habe ich noch nie gesehen!" Er war fasziniert, obwohl sein Schwanz vor Aufregung und Furcht wild hin und her schlug. Auch Quax staunte, wenngleich zitternd vor Angst. Solch einen Zauber hatte Ortwin bislang nicht zustande gebracht!
"So unternehmt doch etwas!" jammerte Baldwin.
"Was soll ich unternehmen?" fuhr ihn Ortwin an. "Ihr seid gut, meint Ihr, ich schüttle die Zaubersprüche nur so aus dem Ärmel?"
Plötzlich löste sich aus dem Feuerball eine kleinere Feuerkugel und sauste auf die Gefährten zu.
Schwuchch! brauste sie über das Wolkenschiff. Menschen wie Samtpfoten sprangen wie aufgescheuchte Hühner hin und her, stolperten, stürzten. Nur Nela blieb stehen, bedeckte aber ihren Kopf mit ihrem Umhang. Hieronymus, Quax und Miranda suchten unter ihrem Mantel Schutz.
Schwuchch! Die kleine Feuerkugel raste abermals über sie hinweg, machte urplötzlich kehrt und verharrte unmittelbar über Nela, während der große Feuerball weiter seine Kreise zog.
Zisch! Die kleine Kugel stürzte sich auf die Zauberin, die sich im letzten Augenblick duckte und zur Seite sprang. Auch Hieronymus und Quax rannten davon, Miranda aber reagierte zu langsam und wurde vom Feuerstrahl getroffen. Ihr Fell fing Feuer, die Katze jaulte fürchterlich, doch Nela schlug die Flammen sofort mit ihrem Mantel aus.
Auch Baldwin brüllte, obwohl er von der Feuerkugel nicht getroffen war. Gwaldain und seine Männer aber hatten sich gefangen. Sie zogen ihre Schwerter und Streitäxte und stellten sich der Feuerkugel mutig in

den Weg. Diese jedoch wich ihnen aus, als hätte sie Augen und Verstand wie ein listiges Tier.
Nela bewahrte die Ruhe. Sie zog ihren Umhang aus und hielt ihn ausgebreitet vor sich hin: "Jagt die Kugel zu mir her!" forderte sie die Männer auf. Die Männer fuchtelten wild um sich, doch die Kugel schien sich einen Spaß mit ihnen zu machen. Zwusch, fegte sie Gwaldain durch die Beine hindurch. Erschrocken hüpfte er zurück; seine Beinkleider und Schuhe waren angesengt.
Zwusch! Die Kugel umschwirrte den Kopf von Raban. Wieder und wieder schlug dieser nach ihr, ohne sie zu treffen.
Ortwin aber, der damit begann, Wolkenstoff zu zupfen und vor sich aufzutürmen, um sich damit zu schützen, hörte die Stimme der Fliege in seinem Ohr: "Nun seht Ihr, was Euch widerfahren wird, wenn Ihr Euch weiterhin widersetzt. Gebt auf!"
Nela wartete geduldig. Endlich kam die Kugel wieder in ihre Reichweite und schon - schwupp! - warf sie ihren Umhang darüber!
"Tsch'aggett`tui't`tui to bussadu!" flüsterte die Zauberin.
Der Feuerball glühte unter dem Stoff, schaffte es aber nicht, ihn zu verbrennen. Wild federte er auf und ab, brummte und zischte. Doch Nela drückte den Umhang fest auf den Boden.
Plötzlich erlosch das Licht unter dem Mantel. Der Feuerball kam zur Ruhe. Gleichzeitig erlosch die Feuerkugel, die das Wolkenschiff umkreiste. Selbst die Fliege verstummte.
Unter Nelas Mantel aber befand sich etwas. Es bewegte sich. Es wollte unter dem Mantel hervor.
Ortwin kam vorsichtig herangekrochen. Auch die Samtpfoten wagten sich wieder aus ihren Verstecken.
Unter dem Mantel war etwas Weißes zu erkennen - ein weiß-blaues Fell!
"Was ist das?" fragte Ortwin verwundert.
"Nichts, was uns schaden könnte", sagte Nela. "Der böse Zauber ist gebrochen! Ich denke, dies wird dem Magier eine Lehre sein!"
Endlich konnten es alle sehen: Es war ein Katerchen; ein flauschiges, junges Katerchen!
"Ich wußte doch, daß meine Meisterin die bessere ist!" frohlockte Miranda - wobei sie offen ließ, ob sie Nela mit Salaam oder gar Ortwin verglich.
Das junge Katerchen putzte sich verwirrt die Ohren. Die anderen Samtpfoten betrachteten es mißtrauisch. Wie war es möglich, daß aus einer

Feuerkugel ein Artgenosse wurde?
“Fragt mich nicht wie ich hierherkomme”, sagte das Katerchen. “Ich weiß es selber nicht. Eben noch sitze ich auf meinem Samtkissen und plötzlich reißt mich ein Wind durch die Lüfte. Mir wird schwindlig, ich verliere die Besinnung - und erwache hier.”
Die Samtpfoten rückten näher, das fremde Katerchen zu betrachten. Es war nichts Ungewöhnliches an ihm - abgesehen von seinem samtig flauschigen Fell .
“Sei willkommen, blaues Wölkchen!” rief Miranda mit ganz verzückten Augen.
“Ja, sei willkommen, Wölkchen oder wie immer du heißen magst”, sagte Nela und fuhr dem Katerchen über den Kopf.
Quax und Hieronymus jedoch schauten etwas mißmutig drein: “Bleibt der jetzt auch bei uns?” fragte Quax.
“Ich glaube schon”, antwortete Miranda. “Komm Wölkchen, ich zeige dir unser Dorf!”
In diesem Augenblick begann es zu regnen. Alle verließen eilig das Wolkenschiff und gingen zum Dorf. Dort tatzten die Jungkatzen immer noch ihr Mausball; die Regentropfen beeindruckten sie wenig. Auch sie staunten nicht schlecht über das neue Katerchen, welches Nela auf ihrem Arm trug.
“Kannst du Mausball spielen?” fragte Petunia.
Wölkchen sprang von Nelas Arm herunter und raste über den Platz: “Ich spiele nur, wenn Vordertatz-Hinterkrall mit gesprungener Mausvorgabe belohnt wird und wenn es für Ohrenkrempler Freitatz mit Nachhäkeln gibt”, rief er.
Die Jungkatzen waren begeistert und wüteten weiter - Wölkchen unter ihnen. Miranda schnaubte verächtlich und die Altkater grinsten hämisch.
Später braute Ortwin eine riesige Portion Milch - für alle Samtpfoten! Der Sieg über Salaams finstere Mächte und Wölkchens Ankunft mußten gefeiert werden.
Auch Baldwin, der sich langsam und mit Mühe wieder beruhigt hatte, war zum Feiern zumute und er machte sich - sehr zu Magdas Leidwesen - erneut über Gwaldains Biervorräte her. Am Abend lag er betrunken in seiner Schlafstätte und hatte all die Aufregungen des Tages vergessen.

Und die Fliege, die in Ortwins Ohr gesessen hatte? Wo war sie geblieben? Munz war einer lästigen Fliege nachgejagt, kurz nachdem sie das Wolkenschiff verlassen hatten. Ob sie Salaams Bote gewesen war, wußte der Kater aber nicht zu sagen. Er hatte das Biest jedenfalls gefangen und verspeist.

Eisen und Stein

Die Tage vergingen. Der Westwind fegte über die Bretagne und immer wieder fiel Regen. Doch eines Morgens kam die Sonne heraus und brachte den Sommer zurück.
Die Samtpfoten lagen faul auf der Wiese und wärmten ihr Fell.
Hieronymus summte vor sich hin: “Es sitzt ein Kätzchen im Himmelsbaumlaub, webt mit goldenen Fäden aus Sternschnuppenstaub...”
“Das Webekätzchen!” schnurrte Nubis, die sich in seiner Nähe ausgestreckt hatte. “Das Lied vom Webekätzchen... Du hast es in der Nacht der Bastet gesungen! Vielleicht wird irgendwann der Traum wahr, und wir können bis hinauf zum Webekätzchen fliegen!”
Hieronymus schaute zum Wolkenschiff hinüber. Es sah jetzt gewaltig aus mit den hölzernen Aufbauten, die aus der Wolkenstoffwatte herausragten. Die Bretonen hatten ihr Versprechen gehalten und - trotz des schlechten Wetters - Lade- und Wohnräume darauf gezimmert. Sogar zwei Masten hatten sie - aus einer verspielten Laune heraus - darauf gesetzt. Es sah nun wirklich aus wie ein Schiff: eines, das dazu bestimmt war, über die Meere und Ozeane zu segeln und fremde Länder zu entdecken. Doch Hieronymus glaubte nicht, daß das monströse Gebilde jemals über die Meere segeln, geschweige denn fliegen würde. Genauso wenig wie er an das Webekätzchen glaubte. So sehr er das Lied vom Webekätzchen liebte, das Webekätzchen selbst hielt er für ein Märchen.
Quax lag ein paar Sprünge weiter im Gras und schnarchte. Petunia war an ihn herangeschlichen und legte ihm ein Kleeblatt auf das Ohr. Sofort begann das Ohr zu zucken; das Blättchen fiel herunter. Genüßlich grinsend legte es Petunia auf Quaxens Nase. Quax fuhr in die Höhe und fauchte. Petunia aber suchte schleunigst das Weite.
“Ist diese Petunia wirklich deine Schwester?” fragte Wölkchen Klein-Manul.
“Nein, nur meine Stiefschwester”, antwortete diese. “Wir haben wenig gemeinsam, nicht wahr? Du weißt ja wie sie Mausball spielt!”
“Oh ja!” stöhnte Wölkchen. “Vor allem verlangt sie bei gesprungener Mausvorgabe mit Doppeltatz-Überkrall einen Freitatz, wohingegen sie

bei nachgesetztem und frei gewütetem Tobe-Vortatzsprung..."
"Wer redet da von Mausball?" fragte Petunia. "Von Mausball redet katz nicht, das *spielt* katz! Hej, Moony, schiebe deinen feisten Wanst rüber und pfeif an!"
"Wenn ihr Mausball spielen wollt, bitte nicht neben meinem Ohr", hörten sie da eine Stimme hinter einem Kissen. Ein starker Kater streckte seinen Kopf hervor. Es war Gurx, jener entfernte Vetter von Quax aus Palmyra.
"Wo hast du das Kissen her?" fragte Moony. "Gehört das nicht Ortwin?"
Doch bevor Gurx etwas antworten konnte, kam Ortwin schon über die Wiese gelaufen. Er steuerte geradewegs auf Gurx zu.
"Schon wieder!" schimpfte er und griff nach dem Kissen. "Kater, ich habe dir bereits gestern und vorgestern gesagt, daß du mir mein Kissen - mein einziges Kissen! - nicht wegnehmen sollst. Und auf die Wiese schleifen sollst du es schon gar nicht. Da wird es naß."
"Ich *beanspruche* aber das Kissen", antwortete der Kater. "Quax und Hieronymus beanspruchen Milch und bekommen sie. Die Jungkatzen wollen Mausball toben, und dürfen es. Und ich will nur ein wenig auf diesem Kissen liegen und ich darf es nicht! Das ist ungerecht!"
Ortwin versprach, mit Magda zu reden, damit sie ihm ein eigenes Kissen nähe. Gurx war mit diesem Vorschlag nicht sonderlich zufrieden: "Und bis das Kissen fertig ist?" fragte er. "Worauf liege ich solange?"
Am anderen Ende der Wiese begannen zwei Kater zu raufen. Es waren der hagere Munni und der Gestromte. Gleich liefen andere Kater und Katzen hinzu und häkelten mit. Auch Gurx eilte zu den Raufbolden, das Kissen war auf einmal nicht mehr so wichtig.
"Spielen wir jetzt ein Mausball?" fragte Wölkchen Moony. Moony sagte zu Klein-Manul, während er ein Ohr in Richtung Rauferei drehte: "Den Mäusebalg, den wir gestern hatten, werden wir nicht mehr benutzen können. Er hat zuviel Fell verloren. Magda wird uns einen neuen geben müs..." Er unterbrach sich. Die Rauferei hatte erschreckend herrliche Ausmaße angenommen. Mindestens zwei Dutzend Samtpfoten waren bereits ineinander verkeilt. Moony juckte es in den Pfoten. Er mußte hin, konnte er doch auf diese Weise dem schrecklichen Munni oder dem Miesen eines ungestraft überziehen.
Auch Wölkchen fegte zu den Streitenden. "Ich werde sie auseinanderbringen", gab er vor. Natürlich lag ihm gar nichts daran, den Streit zu schlichten - auch er wollte mithäkeln.

“Bleibt doch hier!” rief Klein-Manul. “Laßt die ollen Kater doch raufen!” Zu spät! Jetzt waren es schon dreißig, vierzig oder gar fünfzig Kater und etliche Katzen. Sie bildeten ein riesiges Knäuel.

Quax und Hieronymus beteiligten sich nicht an der Rauferei. Faul wälzten sie sich im Gras.
“Eigentlich sollten sie sich schämen!” murrte Quax. “Wegen nichts und wieder nichts eine solche Balgerei anzuzetteln.”
“Es sind *zu viele*”, stellte Hieronymus fest. “Da muß es einfach hin und wieder Streit geben.”
“Aber doch nicht täglich”, maulte Quax.
Sie sahen wie Magda und Ortwin mit je einem Eimer Wasser kamen, um die Streithähne zu trennen.
Quax stöhnte: “Immer das Gleiche! Jetzt werden sie wieder gebadet; jeden Tag das Gleiche!”
Er drehte sich auf den Rücken und streckte die Pfoten in die Luft. Es schien, als wolle er in dieser Haltung erstarren. Schließlich sagte er: “Warum hören wir eigentlich nichts mehr von Salaam und seinen Gesellen?”
Hieronymus gähnte, streckte sich und antwortete: “Salaam wartet geduldig auf seiner Insel. Er hat sich dort wohl verschanzt und lauert. Er weiß, daß wir hier festsitzen.”
“Wie die Maus, vor deren Loch eine dreiste Samtpfote hockt. So denkt er zumindest! Doch er irrt: Die Maus ist er selber und *wir* sind diejenigen, die auf ihn lauern.”
“Beim Webekätzchen! Ich wollte du hättest recht!”
Salaam heckte gewiß etwas aus, daß war so sicher wie die Giftigkeit der Spitzmäuse. Der Magier war sehr vorsichtig geworden und hatte einen starken Bann um die Insel gelegt. Nicht einmal das Zauberspiegelchen konnte ihn durchbrechen. Immer, wenn Hieronymus das Spiegelchen nach dem Magier befragte, zeigte es nur einen dichten, grauen Nebel.
Der Kater Knurr, der sich bei der Rauferei besonders hervorgetan hatte, hockte sich plötzlich zwischen die beiden und begann sein nasses Fell zu schlecken.
“Daß es immer gleich Wasser sein muß!” beschwerte er sich.
Quax schielte zu ihm hoch.
“Du bietest einen jämmerlichen Anblick”, spottete er.
Knurr schaute sich um und tat scheinheilig: “Wen meinst du, Quax?”

“Pha!” schnaubte Quax und sprang auf seine vier Pfoten. “Er fühlt sich nicht einmal angesprochen! Hieronymus, mit welchen Streunern haben wir es nur zu tun?!”
Hieronymus grinste, sagte aber nichts. Auch Knurr schwieg, obwohl er Lust verspürte, Quax für seine freche Bemerkung zu ohrfeigen. Eine zweite Dusche aus Ortwins Eimer wollte er aber nicht riskieren.
Quax lief über die Wiese. Überall hockten seine Artgenossen und trockneten ihr Fell.
“Ihr seid wüst”, schimpfte Quax, “nichts weiter als wüst!” Er stieg über einige Bretter, die noch dazu bestimmt waren, auf das Schiff gebracht zu werden, krallte wild an ihnen und kletterte dann behende die Strickleiter hinauf.

Auch Hieronymus verließ die Wiese. Er spazierte zum Dorf. Ortwin kam ihm entgegen. Den Wassereimer hatte er inzwischen gegen einen Korb eingetauscht.
“Nun, Hieronymus”, sprach er zu seinem Kater, “wie ich sehe, bist du trocken geblieben!”
“Ich bleibe immer trocken”, entgegnete Hieronymus. Es war fast eine Beleidigung, ihn mit einer Rauferei in Verbindung zu bringen. “Was hast du in diesem Korb?” fragte Hieronymus neugierig.
“Noch nichts”, antwortete Ortwin. “Ich will in den Wald. Nela hat mir von einer Lichtung mit Himbeeren erzählt. Die will ich ernten. Willst du mich begleiten?”
“Nein”, sagte Hieronymus. “Ich bin, ehrlich gesagt, zu faul. Ich bleibe hier.”
Er schlenderte durch das Dorf. Einige Kinder liefen auf ihn zu. Als sie ihn erkannten, machten sie einen großen Bogen um ihn. Die Kinder spielten gerne mit den Samtpfoten, doch Hieronymus galt als unfreundlich und kratzbürstig. Nur Quax und wenige andere Altkater, wie Knurr oder der Miese, teilten diesen Ruf.
Auf dem Dorfplatz traf Hieronymus wieder auf Moony. Moony war naß.
“Das hätte ich nie von dir gedacht”, schalt Hieronymus.
“Und ich hätte nie von dir gedacht, daß du ein solcher Spielverderber bist”, erwiderte Moony. “Eine Rauferei schadet schließlich nie!”
Mehrere Jungkatzen saßen auf dem Platz; viele von ihnen trockneten ihr Fell.
“Ach, Hieronymus ist eben ‘was Besseres”, sagte Petunia. “Er ist wie

Quax, mürrisch und eitel!"
Die anderen gaben ihr recht.
Hieronymus verteidigte sich: "Bedenkt, wir sind hier nur zu Gast!"
"Die Dorfkinder balgen ja auch ständig", behauptete Moony. "Außerdem ist es uns langweilig."
"Das höre ich gern!" tadelte Hieronymus. "Warum geht ihr nicht auf Mäuse lauern? Ihr lebt einzig und allein von Ortwins Zaubermilch und den Abfällen, die euch die Leute aus dem Dorf hinwerfen! Eine Schande ist das!"
"Ho, ho", maulte Xenofefa, "und er selbst? Wovon ernährt sich der große Hieronymus?"
"Mäuse gibt es doch fast keine mehr in dieser Gegend", sagte Moony. "Was nutzt es da noch, zu lauern?"
In diesem Augenblick kam Carli herbeigeeilt. Er war wieder einmal sehr schmutzig.
"Du hast eine herrliche Rauferei verpaßt", sagte Xenofefa. Carli aber rief aufgeregt: "Ich habe etwas entdeckt! Drüben beim Ried gibt es herrlich fette Vögel! Sie fliegen aber immer weg, wenn man sich ihnen nähert..."
"Klar", wußte Moony, "denn Vögelfangen ist eine wahre Kunst! Dagegen ist Mäusefangen ein Kinderspiel. Ich sehe, Carli, du bist beim Versuch, einen Vogel zu erwischen, in den Morast gesunken."
"Nein", erwiderte Carli, "denn bis zum eigentliche Sumpf bin ich gar nicht gekommen. Das Schilf steht zu dicht."
'Wieso bist du dann am Bauch so schmutzig?' wunderte sich Moony. Laut sagte er jedoch: "Wollen wir zum Ried gehen und gemeinsam unser Glück versuchen?"
Carli war einverstanden; die anderen Jungkatzen hüpften vor Begeisterung; ihre Schwänze zuckten aufgeregt. Auch Hieronymus fand die Idee ausgezeichnet.
"Auf Leute!" rief er. "Holen wir uns die Sumpfspatzen!"

Gegen Mittag hatten sich die letzten Wolken verzogen. Die Sonne brannte heiß auf die bretonische Küste, doch im Wald hielt sich noch die Kühle der letzten Tage.
Ortwin hatte seinen Korb mit Waldbeeren gefüllt und wandte sich gerade zum Gehen, als er ein Rascheln in den Hecken vernahm. Zuerst dachte er an ein Reh oder ein Wildschwein, doch das Rascheln kam näher anstatt

sich von ihm zu entfernen. Erschrocken blieb Ortwin stehen. War dies etwa ein Wolf, der von den versprengten Rudeln zurückgeblieben war und nun auf Rache sann?
Nein, es war ein Mensch. Ein junger Mann kam aus dem Gestrüpp. Er war in ein grünes Gewand gekleidet und trug einen Hut, an dem eine große Feder steckte. Es war eine bunte Feder; die eines Vogels, der gewiß in den nordischen Breiten nicht zu Hause war.
"Meister Ortwin", begann der Mann und kam näher, "es ist nicht gut, alleine durch den Wald zu gehen. Ihr könntet überfallen und erschlagen werden."
"Wer seid Ihr?" fragte Ortwin. "Mir scheint, ich kenne Euch, doch im Dorf habe ich Euch noch nie gesehen."
"Ihr kennt mich? Gesehen haben wir uns aber noch nicht. Wohl aber habt Ihr von mir gehört."
Ortwin überlief es heiß und kalt. Der junge Stutzer, der vor ihm stand, mußte jener Junker sein, den er im Zauberspiegel gesehen hatte, als er nach dem Magier Salaam fragte.
Er war nun nur noch wenige Ellen von ihm entfernt. Nun sah Ortwin deutlich sein Gesicht: Es war bleich und hatte ebenmäßige Züge; die Nase war klein, die Lippen waren schmal, dünn die Augenbrauen. Eine schwarze Locke hing über die Stirn und das Kinn zierte ein kecker Bart. Die Augen aber waren kalt, ausdruckslos wie bei einem Toten. Hatte nicht Quax den Junker auf dem Schiff genauso beschrieben? Mit schönem Gesicht, aber kalten Augen? Kein Zweifel, es war der gleiche Mann. Aber war er wirklich der große Magier, der Herr über den Geheimbund der Siebenbeinigen Spinne?
"Hört, Meister Ortwin", fuhr der Junker fort, "die Geschichte mit Eurem Kater auf meinem Schiff ist noch einmal gut ausgegangen. Und mein kleines Feuerwerk am Tag darauf war nicht mehr als das Eure: Eine Spielerei, ein kleines Geplänkel. Doch wisset, ich beherrsche weitaus größere Künste, und wenn ich wirklich wollte, könnte ich Euch mitsamt Euren Katzen und Zwergen vernichten. Aber ich bin nicht gekommen, um Euch zu drohen oder zu ängstigen. Vielmehr will ich mein Angebot wiederholen: Schließt Euch meinem Bund an; werdet Mitglied der Siebenbeinigen Spinne."
Nun stand der Junker so nahe vor Ortwin, daß dieser glaubte, jeden Augenblick dessen Atem verspüren zu müssen. Doch er bemerkte nichts.
"Ich habe auf Euer Ansinnen bereits geantwortet", erwiderte Ortwin, wobei er sich bemühte, seiner Stimme einen festen Klang zu geben. "Ich

wüßte nicht, welchen Vorteil es mir bringen sollte, mich Eurem Bund anzuschließen. Ich weiß zu wenig über Euch..."
"...und das, was Ihr wißt, ist Halbwissen, was Euch eingeflößt wurde von Leuten, die besser den Mund hielten", unterbrach ihn der Junker. "Deshalb höret Meister Ortwin, unser Bund hat seine Wurzeln im Orient und sein Ziel ist, die Weisheiten des Orients mit dem Wissen und den Künsten des Westens zu vereinen. Und dies zum Wohle aller Menschen in allen Ländern des Erdkreises."
"Wieso aber gebärdet Ihr Euch so selbstherrlich, bedient Euch der schwarzen Magie, bannt Brunnen und Bäume und hetzt mir Waldgeister und Wölfe auf den Hals? Und wieso huldigen Eure Anhänger den heidnischen Göttern?"
"Zum einen irrt Ihr. Ich habe niemanden auf Euch gehetzt; mag sein, daß sich die Kobolde etwas ungestüm verhalten haben, aber das war nicht meine Schuld. Zum anderen..." Er trat von Ortwin weg und schaute zum Himmel. "...zum anderen ist der Himmel weit und bietet Platz für viele Gottheiten, nicht nur für den einen, den Ihr Christen verehrt. Und im gleichen Maße ist die Erde unermeßlich groß und beherbergt viele Geheimnisse, die es zu nutzen gilt. Ich mache keinen Unterschied zwischen weißer und schwarzer Magie - mir allein kommt es darauf an, daß sie mir zu Diensten ist, daß sie mein Wissen und meinen Wohlstand vermehrt. Mehr brauche ich wohl im Augenblick nicht zu sagen. Ich versichere Euch, wenn Ihr Euch uns anschließt, so werdet Ihr in alle unsere Geheimnisse eingeweiht."
"Und im Gegenzug dafür wollt Ihr alles über meine Künste erfahren? Über den Wolkenstoff beispielsweise?"
"So ist es", antwortete der Junker. Er schritt weiter in Richtung des Waldes, drehte sich dort aber noch einmal um. "Bis morgen Abend", sagte er, "bis morgen Abend will ich Eure endgültige Entscheidung." Dann verschwand er lautlos im Gestrüpp.
Ortwin stand noch einige Augenblicke wie versteinert da, dann faßte er Mut und rannte dem Fremden hinterher:
"Haltet, wartet!" rief er. "Beantwortet mir noch eine Frage: Seid Ihr wirklich Salaam oder nur einer seiner Boten? Sagt mir..."
Doch von dem geheimnisvollen Junker war weit und breit nichts mehr zu sehen. Wohin mochte er nur gegangen sein? Er hatte keine Spuren im Waldboden hinterlassen, kein Gras niedergetreten und keine Zweige in den Sträuchern geknickt, durch die er geschlüpft sein mußte. Er war

verschwunden, und Ortwin war, als hätte er nur phantasiert. Rasch verließ er den Wald und eilte zurück zum Dorf.

Mittlerweile waren Moony, Hieronymus und die Jungkatzen am Sumpf angekommen. Von Vögeln war jedoch weder etwas zu hören noch zu sehen.
“Um diese Zeit schlafen die Vögel wohl”, glaubte Hieronymus zu wissen.
“Deshalb sollten auch wir ein kleines Nickerchen machen, um Kräfte zu sammeln”, schlug Moony vor. Sofort fiel er im Schatten eines alten Weidenbaums ins Gras. Hieronymus tat es ihm nach. Die Jungkatzen waren enttäuscht. Schließlich erwarteten sie von den beiden Katern keine Lektion im Dösen, sondern im Lauern.
Nach einer Weile wurden die jungen Samtpfoten ungeduldig und begannen zu murren.
Moony aber öffnete ein Auge und meinte: “Ich höre keine Vögel, rieche keine Vögel und sehe keine Vögel. Wie soll ich da welche jagen? Vielleicht hat uns Carli angeschwindelt und es gibt hier überhaupt keine!”
Carli wurde böse: “Heute morgen sah ich ganze Schwärme über dem Schilf. Sie müssen noch da sein!”
“Gewiß sind sie noch da!” beruhigte Hieronymus. “Auch ich denke, daß es an der Zeit ist, etwas zu unternehmen. Gehen wir weiter!”
Während sie sich durch hohes Schilfgras drückten, begann Moony zu erklären: “Das Wichtigste beim Vögelbelauern ist, völlig ruhig dazusitzen. Nicht einmal die Schwanzspitze darf zucken. Wenn wir einen Vogel entdecken, so müssen wir ihn völlig lautlos und in geduckter Haltung beschleichen. Dabei müssen wir stets bedenken, daß uns die Beute jederzeit wegfliegen kann, sobald wir uns unbedacht bewegen!”
“Allerdings”, setzte Hieronymus die Belehrung fort, “bewegt sich ein Vogel - ähnlich wie eine Maus - immer im gleichen Revier. Er mag auf den Ast, auf dem er einmal gesessen ist, zurückkehren, weshalb ich die Meinung vertrete, daß es durchaus sinnvoll ist, einen leeren Ast zu belauern.”
Xenofefa lachte. Hieronymus warf ihr einen tadelnden Blick zu.
Gnomicus krallte inzwischen an einem alten, morschen Baumstumpf; Toxi sprang einem Schmetterling nach.
Hieronymus wurde wütend: “Wenn ihr nicht zuhört, lernt ihr nie etwas!”
“Dann zeigt uns endlich, wie katz einen Vogel fängt! Redet nicht soviel herum!” forderte Petunia.
“Gut”, brummte Moony, “ich gehe weiter in Richtung See und hole Euch

den ersten Spatz! Ihr wartet inzwischen hier auf mich. Verhaltet euch aber still!"
Nahezu lautlos schlich er in das Röhricht.
Es war ekelhaft: Die Gräser waren hart und scharfkantig, und unter Moonys Pfoten blubberte der Morast. Aber der Kater wollte sich keine Blöße geben. Wenn er schon keinen Vogel mitbringen würde, so doch zumindest ein Ei. Wohin er aber schaute, er konnte kein Nest entdecken. Vielleicht schaffte er es bis zum offenen Wasser, wo es Enten- und Bläßhuhneier geben mochte.
Plötzlich hörte er ein schnarrendes Geräusch. Wo kam das her? Moony verharrte regungslos. Wieder schnarrte es. Ein Schatten glitt über ihn hinweg; möglicherweise hatte eine große Ente oder ein Reiher das Sumpfgebiet überflogen.
Vorsichtig wagte sich Moony weiter. Wohin er auch blickte, überall standen Schilfrohre und Binsen. In der Ferne quakte ein Frosch. Ein leichter Wind zog durch das Dickicht und raschelte in den Blättern.
Endlich stand Moony am See! Seine Pfoten versanken im Schlamm. Die Luft über dem Wasser flimmerte in der Mittagshitze. Blopp, blopp, stiegen Luftblasen auf. Ein Büschel Wollgras kitzelte in der Nase. Unzählige Wasserflöhe tummelten sich in der braunen Brühe; Wasserläufer huschten vorbei.
Da schritt auf dem gegenüberliegenden Ufer ein großen Vogel aus dem Schilf. Er glich einem Reiher, doch sein Schnabel war lang und dunkelrot wie der eines Storchs. Metallisch blau glänzte sein Gefieder in der Sonne. Moony wurde bange. Der Vogel watete langsam auf ihn zu.
Mitten im Tümpel aber blieb er stehen, spreizte seine Flügel und öffnete seinen Schnabel. Ein ohrenbetäubendes "Tschägägäk!" ertönte, danach ein Klirren und Schnattern und abermals ein fürchterliches, Mark und Bein erschütterndes "Tschägägäääk"! Dann erhob sich das Monstrum und flog kleppernd und rasselnd über das Röhricht in Richtung Wald.
Moony packte die Angst. So schnell er konnte, sprang er zurück. Die anderen saßen - wie befohlen und unter Hieronymus strenger Aufsicht - am gleichen Platz, an dem Moony sie verlassen hatte. Sie wunderten sich, warum es Kater Drillschnurre so eilig hatte.
"Habt ihr denn nicht den großen, blauen Vogel gesehen? Den Schreivogel mit dem riesigen Schnabel?" stammelte Moony.
Nein, gesehen hatten sie nichts, aber gehört. Es hätte sich angehört, als

blase ein Mensch recht und schlecht auf einer Posaune. Hieronymus hatte es für den Ruf einer Rohrdommel gehalten.
“Posaune! Rohrdommel! Pha! Und ich bin ein Löwe! Nein, das war der Vogel! Der große Schreivogel!” Moony wollte so schnell es ginge aus dem Dickicht heraus.
“Er hat nichts gefangen und sucht nach einer Ausrede”, spottete Carli. “Also erfindet er den großen Schreivogel!”
“Dir gebe ich gleich!” schimpfte Moony. “Wenn ihr mir nicht glaubt, Ortwin wird mir sicher glauben!”
Rasch machten sie sich auf den Rückweg. Kaum waren sie aber einige Pfotenschritte gegangen, als ein gewaltiger Schwarm kleiner, grauer Sperlingsvögel aus dem nahen Wald geflogen kam und lärmend in das Schilf einfiel.
“Da sind sie ja, meine Vögel”, rief Carli. “Kehren wir um und fangen wir uns endlich welche!”
“Um nichts in der Welt gehe ich in das Schilf zurück!” maunzte Moony und lief weiter.

Ortwin war sehr besorgt. Doch weniger über das, was ihm der Kater mit den gedrillten Schnurrhaaren zu erzählen wußte. Nein, Ortwin sinnierte über die Erscheinung, die er im Wald gehabt hatte. Wem immer er davon erzählte, alle hielten seinen Bericht für wahr, nur er selbst zweifelte mehr und mehr daran, ob er dem Magier - oder seinem Boten? - tatsächlich begegnet oder nur einem Traumgesicht aufgesessen war.
Was war zu tun? Gwaldain schlug vor, mit einem Dutzend Männer zur Insel hinauszufahren und die Fremden zu stellen. Nela riet davon ab. Niemand wisse, wie groß das Gefolge des Magiers wirklich war. Quaxens Bericht von all den Wunderdingen auf den Schiffen sowie die Erscheinung der Feuerkugel zeigten, daß die Fremden über viele geheime Künste verfügten und sicherlich nicht wehrlos waren. Mit den wenigen Männern, über die Gwaldain verfügte - die zudem im Gebrauch von Waffen nicht geübt waren - könnte eine Auseinandersetzung mit den Fremden böse Folgen haben. Nein, Nela hielt es für besser, abzuwarten. Baldwin teilte Gwaldains Meinung. Sie sollten dem Magier und seinen Unholden keine Zeit lassen, weitere Bosheiten auszuhecken. Gewiß bereite er etwas Schreckliches vor - und dann mochte es für eine Gegenwehr zu spät sein. Wenn sich die Bretonen für zu schwach hielten, die Unholde anzugreifen, wieso holten sie

dann nicht Hilfe aus den Nachbardörfern oder gar vom Königshof? Davon aber wollte Ortwin nichts wissen. Wenn sich herausstellen sollte, daß die Fremden gar nicht so gefährlich, ja daß sie nur Blender und Possenreißer waren, dann würden sich Ortwin und seine Gefährten heillos blamieren.

Auch Moony war sich nicht mehr so sicher, ob der Vogel im Ried tatsächlich so riesig und schrecklich gewesen war. Vielleicht war er doch nur ein kräftiger Reiher gewesen?
Den Rest des Tages lief der Kater unstet im Dorf umher und war nicht einmal zum Schiedsrichten eines Mausballs zu gebrauchen. Schließlich gesellte er sich zu einer Gruppe Katzen und Kater, die müßig auf dem Platz herumlungerten und erzählte diesen seine Erlebnisse mit dem Vogel. Miranda schlug vor, Nela nach dem Vogel zu fragen. Sie kenne sich mit der Tierwelt Britanniens am besten aus.
Doch die Zauberin war nicht in ihrer Hütte zu finden.
"Sie hockt gewiß mit Ortwin und dem Zwergen auf dem Wolkenschiff und studiert Merlins Buch", glaubte Mohrle zu wissen.
"Wozu?" lästerte der Gestromte. "Um immer wieder neue unsinnige Dinge zu hexen? Dinge, wie diesen Wolkenstoff?"
"Der uns nur Unheil bringt", maulte Knurr. "Der uns bösartige Magier auf den Hals hetzt, Riesenmäuse und andere Unholde!"
"Quax hat recht", sagte Nubisbastis. "Ihr Kater seid wüst, wüst und nochmals wüst. Ihr habt an allem etwas auszusetzen!"
"In der Tat", sagte Moony. "Ich frage mich immer wieder, wieso ihr ständig nörgeln müßt. Wenn es euch bei uns nicht paßt, könnt ihr jederzeit gehen."
"Das käme dir wohl gerade recht", maulte Antonius. Knurr kratzte sich hinter dem Ohr und brummte: "Drillschnurre, mir scheint, es ist schon zu lange her, daß ich dir über deine Ohren gefahren bin."
"Einen langen halben Tag!" ergänzte der Gestromte. "Viel zu lange, viel, viel zu lange!"
Er baute sich bedrohlich vor Moony auf und orgelte in allen Tonlagen.
"Aufhören, sofort aufhören!" schimpfte Nubisbastis. "Ich kann das Katergefauche nicht mehr mitanhören!"
Auch Klein-Manul mischte sich ein: "Laßt Moony in Ruhe! Er hat recht, ihr seid Nörgler!"
Tatsächlich - die alten Kater gaben klein bei und trollten sich brummend und fauchend.

“Danke Klein-Manul, daß du den alten Streunern Bescheid gesagt hast”, sagte Moony.
Die kleine Katze putzte sich verlegen die Nase.
“Wieso nennst du Magnolia Klein-Manul?” fragte Nubisbastis.
“Magnolia?” fragte Moony seinerseits. “Klein-Manul heißt Magnolia? Welch ein fürchterlicher Name! Haben ihn Menschen erfunden?”
Klein-Manul-Magnolia sagte immer noch nichts, also fuhr Moony fort: “Wenn es nach mir ginge, solltest du Moonia heißen. Moonia wäre ein schöner Name, nicht wahr?”
“Pha”, machte Miranda und schritt mit erhobenem Schwanz davon.
Moony schaute verwirrt - seine gedrillten Schnurrhaare zitterten im Abendwind.
“Sie ist wohl eifersüchtig”, sagte Nubisbastis schnurrend.
Moonys Augen wurden immer größer - so groß wie Wagenräder: “Eifersüchtig?” fragte er verständnislos. “Aber wieso... warum..?”
Nubisbastis grinste und auch Moonia-Klein-Manul schmunzelte.
“Kommt!” sagte Nubisbastis schließlich. “Gehen wir auf das Wolkenschiff. Die Nacht zieht herauf. Suchen wir uns ein Schlafplätzchen.”
“Ich habe nicht mehr auf dem Wolkenschiff geschlafen seit wir hier sind”, erwiderte Moonia. “Du etwa Moony?”
Moony verneinte. Er fand das Wolkenschiff häßlich und ungemütlich mit all seinen hölzernen Aufbauten. Nubisbastis widersprach: Es gäbe einen großen Raum für alle Samtpfoten mit kuscheligen Deckchen und Kissen, und an der Tür stünde immer ein Schälchen Zaubermilch.
Moony wurde neugierig. “Gut, das schauen wir uns an, nicht wahr, Moonia?”
Der Schreivogel war in diesem Augenblick vergessen.

Auf dem Wolkenschiff angekommen, erschrak Moony über die vielen Artgenossen, die sich dort eingefunden hatten. Der Schalfraum war voll mit, schnurrenden, maunzenden, trippelnden, gelegentlich auch knurrenden und fauchenden oder sich die Flöhe aus dem Fell kratzenden Samtpfoten! Moony entdeckte sogar Knurr, Antonius und den Miesen unter ihnen.
Er suchte sich ein Deckchen in der Nähe der Tür, um jederzeit fliehen zu können, falls eine Rauferei ausbrechen sollte. Moonia-Klein-Manul machte es sich ganz in seiner Nähe bequem.
Doch schon bald wurde es ruhig im Schlafraum. Und auch zwischen den

Hütten der Bretonen kehrte Ruhe ein. Irgendwo jaulte ein Hund. Grillen zirpten.
Moony zählte. Er zählte in Gedanken Samtpfoten; Samtpfoten, die sich mit ihm auf dem Wolkenschiff befanden: Eins, zwei, drei, alle-Pfoten, und-der-Schwanz, und-der-Kopf, meine-Schnurrhaare-links, meine-Schnurrhaare-rechts, alle-Leben. Beim Rußteufelchen! Er war schon bei alle-Leben angelangt, der größten Zahl, die er sich vorstellen konnte und er hatte noch nicht einmal diejenigen gezählt, die um ihn herumlagen. Wie sollte er das nur auf Dauer aushalten mit all den wilden Gesellen, den hochnäsigen Damen und mausballbesessenen Katzenkindern?!

Als der Morgen graute, tigerte Quax zum Wald. Gelegentlich kam seine wahre Natur zum Vorschein, und er war wieder der alte Streuner und Mauser. So schlich er durch das Unterholz und schnupperte hier und da an den Bäumen und Sträuchern. Überall hatten seine Artgenossen ihre Erkennungsmarken gesetzt. Hier war der Pfad von Tobias, dort der Durchschlupf vom Gestromten. Und hier kreuzten sich die Wege von Munni und dem Miesen.
Quax lief immer weiter in den Wald hinein. Die Spuren seiner Artgenossen wurden schwächer. Endlich kam er in ein Gebiet, in dem zuvor keine Samtpfote gewesen war. Auf einmal hörte er ein gleichmäßiges Rauschen. Er zwängte sich weiter durch dichte Hecken und stand plötzlich vor einem Abhang. Gute fünfzig Ellen unter ihm brandete das Meer an die Felsen. Die Sicht war sehr gut, und Quax erkannte eine Insel am Horizont. Ob das *ihre* Insel war, die Insel mit dem geheimnisvollen Tempel, auf der Salaam und seine Gesellen ihr Lager aufgeschlagen hatten?
Quax wollte schon wieder in den Wald zurückkehren, da sah er auf einem nahen Felsvorsprung einen großen Vogel sitzen. Er sah aus wie ein gewaltiger Hahn, denn sein Kopf zierte ein bizarrer Kamm. Sein Gefieder glänzte metallisch grau in der Sonne. Der Schnabel war kurz und breit. Der Vogel sah sehr kräftig und gefährlich aus. Quax erinnerte sich, von Ortwin einmal eine Geschichte über die Dronten gehört zu haben. Das waren Riesenraubvögel, die auf einer einsamen Insel im Nordmeer hausten. Möglich, daß sich eine dieser Dronten hierher verirrt hatte.
Plötzlich erhob sich der Vogel und segelte hinunter zum Meer. Dort ließ er sich auf einem großen, meerumbrandeten Felsen nieder. Er schüttelte seine Flügel, als wären sie naß. Im gleichen Augenblick blitzte es draußen

auf der Insel.
Doch was war das? Neben dem Riesenvogel saß plötzlich ein zweiter der gleichen Art. Wie war der dorthin gekommen? ‘Ich muß ihn übersehen haben’, dachte Quax. Wieder blitzte es auf der Insel. Was bedeutete das? Sendete der Magier irgendwelchen Verbündeten geheime Zeichen?
Zwischen den Felsen krachte und polterte es. Hatte sich etwa ein größerer Brocken gelöst und war ins Meer gestürzt? Quax schielte vorsichtig über die Klippe. Da saß doch tatsächlich ein dritter Drontvogel! Dem Kater wurde unheimlich zumute.
Rasch kehrte er in den Wald zurück und machte sich auf den Weg zum Wolkenschiff. Er mußte Ortwin unbedingt von seinen Beobachtungen berichten, vielleicht wußte dieser, was die geheimnisvollen Lichter und die seltsamen Vögel zu bedeuten hatten.

Er traf seinen Meister zusammen mit Hieronymus, Baldwin und Nela auf der Bank vor deren Hütte. Er hatte zunächst keine Gelegenheit, von seinem Erlebnis zu berichten, denn im gleichen Augenblick kam ein fremder Reiter ins Dorf und hielt unmittelbar auf Nelas Hütte zu.
“Seid gegrüßt!” rief der Ankömmling über den Platz und stieg vom Pferd.
Nela grüßte zurück: “Ihr seid Rabax aus Locmariaquer, nicht wahr? Was führt Euch zu uns, Nachbar?”
“Ich brauche Euren Rat”, antwortete der Ritter. “In meinem Dorf wurden sonderbare Wesen gesehen, deren Erscheinen wir uns nicht erklären können.”
“Sonderbare Wesen?” erwiderte Nela, “Dies stimmt mich neugierig. Doch darf ich Euch zunächst Meister Ortwin vorstellen? Er war ein Schüler Merlins und ist zusammen mit seinen Gefährten bei uns zu Besuch.”
Rabax begrüßte Ortwin mit einer tiefen Verneigung. Als er Hieronymus erblickte, weiteten sich seine Augen: “Welch herrliches Tier. Mit Verlaub, Meisterin Nela, Eure Katze genießt schon einen legendären Ruf in unserem Land, doch dieser Kater ist nicht minder stattlich!”
Quax, der neben der Bank angekommen war, maunzte eifersüchtig.
Der Ritter beugte sich zu ihm hinunter und überschlug sich mit neuen Komplimenten: “Ein weiteres Exemplar! Und ich kann nicht sagen, welches der beiden mir edler erscheint. Sind das Eure Gefährten, Meister Ortwin? Ich beglückwünsche Euch.”
Ortwin war verlegen. Umständlich erklärte er, wie er in die Bretagne ge-

kommen war und daß er sich in Begleitung nicht nur der beiden, sondern vieler Samtpfoten, befinde, wohingegen jedoch die beiden Anwesenden seine wahren Gehilfen seien.
Hieronymus und Quax schnurrten selbstgefällig. Baldwin aber saß dabei mit hochrotem Kopf. Urplötzlich polterte er los:
"Der große Meister Ortwin vergißt, wem er letztendlich die Tatsache verdankt, daß er noch am Leben weilt. Aber ich bin es gewohnt, übersehen zu werden, gelte ich doch als ein Nichts und schimpft man mich einen Zwerg!"
"Verzeiht", fuhr Ortwin zusammen, "aber ich habe in der Tat vergessen, Euch vorzustellen, Meister Baldwin!"
Hieronymus und Quax grinsten, worauf Baldwin erst recht zeterte: "Diese Katzbälger, die es verstehen, sich immer in den Vordergrund zu drängen, sind in Wahrheit Streuner und Schnorrer! Ihr macht Euch keine Vorstellung, Freund Rabax aus Locmariaquer, wie ein rechtschaffener Mann unter den Bosheiten dieser Biester leiden kann. Wir arbeiten uns den lieben langen Tag Schwielen an die Hände, um uns ein halbwegs gemütliches Zuhause zu errichten, und was machen diese Wüstlinge? Sie krallen an den Türpfosten, legen sich in unsere Betten und setzen ihre widerlichen Duftmarken überall hin!"
"Jetzt reicht es aber", fauchte Quax. "Von wegen, den lieben langen Tag arbeiten! Herumsitzen und Bier trinken, will er sagen! Meister Ortwin, das sollten wir uns nicht gefallen lassen."
Baldwin sagte nichts mehr, vielmehr zog er sich blitzschnell einen Schuh vom Fuß und warf ihn nach dem Kater. Natürlich verfehlte er. Der Schuh rollte in eine Hecke. Sofort sprang Quax hinterher, packte den zierlichen Schuh zwischen die Zähne und rannte damit über den Dorfplatz. Baldwin hüpfte so rasch er konnte hinterher, der Kater aber war schneller und verschwand hinter einem der Häuser.
"Vermaledeiter Balg!" fluchte der Zwerg. "Das zahle ich ihm heim!" Alle anderen lachten.
"Nun aber berichtet, Ritter Rabax!" forderte Nela ihn auf und bot ihm den Platz an, auf dem eben noch Baldwin gesessen hatte. Dem Zwerg blieb nichts anderes übrig, als sich vor der Bank auf den Boden zu setzen, wobei er nach links und rechts schielte, in der Hoffnung, Quax irgendwo zu erblicken.
Rabax holte eine kleine Feder aus der Tasche und gab sie Nela.

“Sagt mir bitte, was das ist!” bat er.
Nela wog die Feder in der Hand und reichte sie weiter an Ortwin.
“Es ist eine Feder, zweifellos”, stellte Ortwin fest. “Ein schönes Kunstwerk”.
“Sie ist einem Vogel aus dem Gefieder gefallen, einem lebendigen Vogel! Er hatte sich auf meinem Haus niedergelassen. Ihr müßt wissen, ich bin der reichste Mann in Locmariaquer und besitze ein stattliches Haus mit einem steinernen Kreuz auf dem Giebel. Es ist nicht verwunderlich, daß sich große Vögel darauf niederlassen, aber der Vogel, den diese Feder geziert hatte, war ein äußerst ungewöhnliches Geschöpf. Vielleicht hätte ich ihn gar nicht bemerkt, hätte er nicht so laut geschrien. Es war ein markerschütternder Schrei. Ich war gerade beim Bürsten meines Pferdes, als ich ihn hörte. Ich blickte auf und sah ihn mit seinem gewaltigen, roten Schnabel, seinen glänzenden Federn und böse blickenden Augen. Er starrte mich eine Weile an, flog aber dann davon. Dabei fiel diese Feder zu Boden.”
Ortwin hatte die Feder inzwischen an Baldwin weitergegeben. Dieser runzelte die Stirn und schob sie Hieronymus unter die Pfoten.
“Was meinst du dazu, Kater? Du kennst dich doch mit Federvieh recht gut aus, oder?”
Hieronymus schnupperte vorsichtig daran. Schließlich tatzte er sie von der Bank. Klirrend fiel sie zu Boden.
“Ja”, bestätigte Ortwin, “sie ist aus Eisen. Es besteht kein Zweifel. Euer Vogel - sofern die Feder wirklich von ihm stammt, was ich nicht bezweifeln möchte - trägt ein Gefieder aus Eisen.”
“Es kommt aber noch schlimmer”, fuhr Rabax fort. “Nachdem der Vogel weggeflogen war, überquerten weitere seiner Art unser Dorf. Es war ein gewaltiger Schwarm, vielleicht waren es hundert, vielleicht noch mehr! Sagt, sind irgendwo in der Welt schon einmal solche Wesen gesichtet worden? Sind diese Vögel ein böses Zeichen? Droht uns Gefahr?”
Ortwin blickte zu Baldwin. Dieser zuckte mit den Schultern und murmelte: “Ich kann mir denken, woher die Biester kommen. Oh, oh, das wird nicht einfach für uns...” Nervös wischte er sich über die Stirn.
“Nun, Freund Rabax”, erklärte Ortwin, “ich glaube nicht, daß Euch irgendwelche Gefahr droht, dann schon eher meinen Gefährten und mir. Der Magier, von dem ich gesprochen habe, hält sich auf einer einsamen Insel vor der Küste verborgen. Es scheint, er rüstet dort eine Streitmacht gegen uns. Die eisernen Vögel sind wahrscheinlich seine Geschöpfe und

gehören zu seinem Heer!"
In diesem Augenblick kam Quax zurück - natürlich ohne Baldwins Schuh. Er hatte aus einem sicheren Versteck alles mitangehört.
"Meister," rief er, "ihr habt recht! Ich habe heute an der Küste ebenfalls gewaltige Vögel gesehen. Sie saßen plötzlich zwischen den Felsen. Ich habe sie jedenfalls nicht herbeifliegen sehen. Dafür aber sah ich jedes Mal, bevor ein Vogel erschien, Blitze auf einer Insel draußen - und ich könnte meine Schnurrhaare verwetten, daß dies die Insel ist, auf der sich der Magier verschanzt hat."
Baldwin, der seinen Schuh vergessen hatte, rief: "So muß es sein! Die Vögel sind sein Werk, sein Zauberwerk!"
Dies versetzte den Ritter in größte Unruhe. "Das ist ja schrecklich", eiferte er. "Wieso holt Ihr nicht Hilfe? Wieso wendet Ihr Euch nicht an den König? Schließlich bedroht der Magier nicht nur Euch, sondern unser ganzes Land?"
"Wir dachten bereits daran", gestand Ortwin, "doch hielten wir es zunächst für besser, abzuwarten, denn... "
Rabax sprang auf: "Meister Ortwin, zögert nicht länger! Ich selbst biete mich an, zum König zu reiten und ihm zu berichten!"
Baldwin gab dem Ritter recht: "Gewiß, gewiß, Verstärkung wäre sicherlich angesagt. Vielleicht sollte ich Herrn Rabax begleiten. Schließlich weiß keiner über den Magier und den Geheimbund so gut Bescheid wie ich ..."
"Gut", sagte Ortwin, "ich willige ein. Reitet gemeinsam zum König; wir halten den Magier derweil hin, so gut wir können."
Insgeheim war er ganz froh, den launischen Zwerg auf diese Weise los zu werden - und sei es nur für ein paar Tage! Hieronymus und Quax zwinkerten sich zu. Für sie stand fest, daß der Zwerg die Gelegenheit nutzte, sich aus dem Staub zu machen.
Ortwin schickte nach Gwaldain und bat für Baldwin um ein Pferd. Dann schrieb er eine Botschaft für den König auf ein Pergament, wickelte die eiserne Feder darin ein und überreichte beides Rabax. Schließlich gab er ihm noch ein kleines weißes Würfelchen und erklärte: "Sollte Euer Pferd unterwegs müde werden, gebt ihm dieses Klötzchen zu fressen. Wartet einige Minuten und ihr werdet sehen, es wird weitergaloppieren, als käme es frisch aus dem Stall."
Dann wandte er sich zu Baldwin und sagte: "Auch für Euer Pferd gebe ich ein Würfelchen mit. Seid so gut und eßt es nicht selbst. Und noch etwas:

Benehmt Euch bitte anständig am Hofe des Königs!"
Baldwin fluchte und schimpfte, schließlich wisse er sich immer gut zu benehmen, sei er doch fast ein Edelmann, schließlich habe er bereits an einem Königshof gedient! Sodann ließ er sich auf sein Pferd heben, zog seine Mütze vom Kopf und rief: "Bis bald, paßt mir gut auf unser Wolkenschiff auf! Und grüßt mir Magda, mein Weib!"
Als Baldwin und Rabax zum Dorf hinausgeritten waren, begann Hieronymus ein wenig zu schnurren und meinte: "Wie ich Baldwin kenne, war er bei einem König Hofnarr! Ich bin gespannt, was Magda sagt, wenn sie erfährt, daß er so mir nichts dir nichts fortgeritten ist - und das mit nur einem Schuh!"
Magda jedoch war wenig beeindruckt. Sie meinte nur, es sähe ihm ähnlich, ohne sich von ihr zu verabschieden, davonzureiten. Das hätte er sich in der Vergangenheit schon öfter erlaubt. Aber schließlich kehre er wieder zurück, denn ohne sie wäre er über kurz oder lang aufgeschmissen. Hieronymus, Quax und manch andere Samtpfote dagegen hofften unverhohlen, sie sähen den Zwerg nie wieder!

Was führte der Magier im Schilde? Stand wirklich ein Angriff seiner eisernen Geschöpfe bevor? Wie konnten sie sich davor schützen? Ortwin und Hieronymus liefen kurz nach Baldwins Aufbruch hinaus in die Felder. Sie baten das Spiegelchen erneut um ein Bild ihres Widersachers - doch abermals zeigte dieses nur eine dichte Nebelwand. Schließlich fragten sie nach den ehernen Vögeln - doch auf dem Spiegel erschienen nur Felsen, totes Gestein.
Ortwin legte kleine Bannsteine an den Wegkreuzungen und Feldrainen aus. Er hegte allerdings wenig Hoffnung, damit die Unholde abhalten zu können. Zur gleichen Zeit ging Nela zum großen Moor und sammelte verschiedene Kräuter, darunter Sonnentau und Wollgras. Sie brachte sie zu jenem Hünengrab, von dem Quax und seine Gefährten vor Tagen die Wölfe belauscht hatten, und legte sie in Form eines Kreuzes auf eine Steinplatte. Dabei flüsterte sie uralte Zauberformeln.
Ein Gewitter braute sich zusammen. Nela wußte, Gewitter in der Bretagne waren meist nur die Vorboten von lang anhaltendem Regen.
Nela ging zurück zum Dorf. Mittlerweile war es dunkel geworden, doch Nela hätte den Weg auch mit geschlossenen Augen gefunden. Das Gewitter kam näher. Die erste Windbö fuhr der Zauberin durchs Haar. Sie

hörte über sich das Rauschen eines Vogels. Es hätte eine der großen Eulen sein können, doch die Eulen flogen nur ungern vor Gewittern. Wieder und wieder rauschte es in den Baumwipfeln. War es nur der Wind, der durch die Zweige fegte?
Nela rief nach ihren Freunden, den Tieren und guten Kobolden. Doch sie erhielt keine Antwort. Dafür hörte sie aus der Ferne ein unheimliches Geräusch: Es war als trompetete ein Elefant oder bliese jemand ein Signal auf einer urtümlichen Lure[6].
In den Blättern und Zweigen raunten Stimmen. Nela blieb stehen und lauschte.
"...sagt Euch von Ortwin los", wisperte es wieder und wieder, "Salaam ist der wahre Meister... sagt Euch los... Salaam ist der wahre... von Ortwin los... der wahre Meister... sagt Euch los..."
"Wer immer da spricht", rief Nela in die Finsternis hinein, "gebt Euch zu erkennen!"
In diesem Augenblick kam der Mond hinter den Wolken hervor. Nela sah ein kleines, graues Wesen auf dem Weg sitzen. Seine Augen glühten. Das Wesen kam näher; es schnurrte. "Meisterin", miaute es, "hier finde ich dich endlich!" Es war Miranda.
"Du hast mich erschreckt, meine Liebe", sagte Nela und duldete es, daß die Katze an ihren Beinen rieb. Die fremden Stimmen aber waren verstummt. So schnell sie konnten, gingen die beiden zurück ins Dorf.

Als Nela und Miranda in Carnac ankam, war es so finster, daß sie kaum eine Hand oder Pfote vor den Augen sehen konnten. In der Ferne leuchtete ab und zu ein Blitz. Dumpf und bedrohlich dröhnte der Donner. Zu ihrer Verwunderung fanden Nela und Miranda das Dorf verlassen vor. Beunruhigt eilten sie weiter zum Wolkenschiff. Auch dort sahen sie niemanden. Kein Licht brannte; alle Strickleitern waren nach oben gezogen.
"Endlich kommt ihr", hörten sie eine Katzenstimme aus einem Ginsterstrauch. "Wir dachten schon, euch ist etwas zugestoßen."
Es war Manulia. Sie hatte unter dem Wolkenschiff auf die beiden gewartet. "Alle anderen sind schon oben", erklärte sie. "Das heißt alle Samtpfoten, Magda, Ortwin und Gwaldain. Deine Leute haben das Dorf verlassen: Die Männer sind zum Strand, um dort Wache zu halten; die anderen aber

[6] Lure: große Trompete aus Bronze

sind auf Gwaldains Landgut gezogen. Alle haben Angst vor den eisernen Vögeln. Jetzt aber kommt, Ortwin wartet schon!"
Manulia zog an einer dünnen Schnur, die zur Wolke hinaufführte. Sogleich kam eine Strickleiter herunter. Geschwind kletterten die drei nach oben. Sie fanden die drei Menschen zusammen mit Hieronymus in jener Kajüte, die sich Ortwin auf dem Wolkenschiff eingerichtet hatte. Beim Schein einer Kerze saßen sie an einem Tisch, über Merlins Zauberbuch gebeugt.
"Wo steckt Quax?" fragte Miranda sofort. Niemand beachtete die langhaarige Katzendame. "Da seid Ihr endlich, Nela", rief Ortwin und sprang auf. "Wir haben in Merlins Buch einen Spruch gefunden, einen Spruch über die ehernen Vögel..."
"Warum sitzt Ihr fast im Dunkeln? Und wieso habt Ihr draußen auf der Wolke kein Feuer angezündet?" unterbrach Nela.
"Damit wir nicht gesehen werden", erwiderte Ortwin.
Nela lachte: "Unseren Feinden kommt die Finsternis gerade recht. Wäre es da nicht besser, ein großes Feuer zu entfachen?"
"Die Samtpfoten sehen gut im Dunkeln" verteidigte sich Ortwin. "Außerdem..." Er zögerte, als sei ihm das, was er sagen wollte peinlich, "... außerdem bekam ich eine erneute Nachricht von Salaam."
Nela horchte auf.
"Ich kam gerade von einem Rundgang um das Dorf zurück, bei dem ich versuchte, einen Bannkreis zu legen. Ein großer Vogel rauschte über mich hinweg und ließ eine Eisenkrampe fallen, an der ein Pergament befestigt war. Hier, lest selbst!"
Er reichte ihr ein vergilbtes, zerknittertes Papier. Es war mit Runen beschrieben, jener uralten Schrift, die nur noch die Zauberer und weisen Frauen lesen konnten.
Nela las:
"Meister Ortwin, das Warten hat ein Ende! Schließt Euch dem Bund der Spinne an - heute noch! Setzt zum Zeichen in der Nacht eine brennende Fackel auf den Mast Eures Wolkenschiffes! Laßt ab, Euch weiter zu widersetzen! Es wäre sinnlos, gar Euer Verderben!"
"Versteht Ihr nun, Meisterin, warum ich kein Feuer entfachen werde? Ich werde mich dem Magier nicht unterwerfen!" rief Ortwin.
In diesem Augenblick blitzte und krachte es. Erschrocken eilten alle nach draußen. Eine Windbö fuhr über das Wolkenschiff. Die wenigen Samtpfoten, die noch auf Deck ausgeharrt hatten, rannten in die Schlafräume.

"Der Blitz hat in einen benachbarten Baum eingeschlagen", stellte Ortwin fest. "Dem Wolkenschiff ist nichts geschehen. Gehen wir schnell wieder hinein!"
Schon prasselten die ersten dicken Regentropfen nieder. Eine zweite Bö schüttelte die Wolke und zerzauste Ortwins Bart, Nelas Haare und Mirandas langes Fell. Rasch eilten die Gefährten zurück in die Kajüte.
Nela war sehr besorgt: "Der nächste Blitz kann einen der Masten treffen - was dann?"
"Die Blitze können uns nicht viel schaden", antwortete Ortwin. "Ich habe von Merlin einen Zauber gegen sie gelernt, mit dem ich schon meinen Turm bei der Wolfsschlucht geschützt habe. Wir haben eine eherne Kette von der Mastspitze bis zum Erdboden gelegt. Sollte ein Blitz uns treffen, wird er über die Kette abgeleitet, nicht wahr Hieronymus?"
Hieronymus hatte nicht zugehört. Er wurde gerade von Miranda bedrängt; sie erkundigte sich abermals nach Quax. Er hocke sicher irgendwo unter Deck bei den anderen Samtpfoten, murrte der Kater mißmutig.
Miranda wollte unbedingt zu ihm. Also zeigte ihr Hieronymus den Weg - wenngleich etwas widerwillig. Im Gegensatz zu den Menschen, die von Ortwins Kajüte aus das offene Deck überqueren mußten, um in andere Räume zu gelangen, konnten die Samtpfoten eine Luke in der hinteren Ecke der Kajüte benutzen. Der Durchschlupf stand offen, konnte aber von oben verriegelt werden, für den Fall, daß Ortwin vor den Samtpfoten seine Ruhe haben wollte.

Durch diese Luke stiegen Miranda und Hieronymus und gelangten über ein Treppchen in den großen Schlafraum der Samtpfoten. Dort hockten die Artgenossen auf ihren Deckchen, meist zu zweit oder zu dritt aneinandergekuschelt. Magda saß bei ihnen und hatte Moony und Moonia auf ihrem Schoß. In Gedanken war sie bei ihrem Baldwin. Wo mochte er sich gerade befinden und was würde er wieder aushecken?
Als Miranda und Hieronymus den Raum durchquerten, rief ihnen der Gestromte nach: "He, Hieronymus! Sag, geht das wieder los wie neulich beim Turm? Kommen sie wieder?"
"Wer?" fragte Hieronymus zurück.
"Die Riesenmäuse im Nebel!" antwortete der Gestromte.
"Unsinn, erstens gibt es keinen Nebel, zweitens fürchte ich mich nicht vor Riesenmäusen", antwortete Hieronymus. "Keine Samtpfote sollte

sich vor Riesenmäusen fürchten, Gestromter, denn auch Riesenmäuse sind nur Mäuse!"
Der Gestromte wurde wütend und buckelte.
"Sag mir lieber, wo sich Quax befindet!" rief Miranda.
"Quax, der Schnorrer?" knurrte der Gestromte. "Dort hinten durch die Klappe. Dort findet ihr ihn."
Hieronymus aber rief er noch nach: "Wenn das hier vorüber ist, gibt's eins aufs Fell, ist das klar?"

Miranda und Hieronymus schlüpften durch die besagte Klappe und gelangten über eine weitere Leiter wieder nach oben. Sie wunderten sich nicht schlecht, als sie in Baldwins Kammer herauskamen. Dort trafen sie Quax tatsächlich zwischen all dem Gerümpel, welches der Zwerg mit sich geschleppt hatte.
"Schön, daß ihr kommt und mir Gesellschaft leistet", brummte er so unfreundlich er nur konnte.
"Eigenbrötler Quax", knurrte Hieronymus. "Es wäre besser, du würdest zu uns kommen und uns helfen."
"Ich mache eine Bestandsaufnahme", antwortete er. "All das Zeug muß doch zu etwas gut sein..."
Miranda machte große Augen, doch Hieronymus schimpfte: "Das sieht dir ähnlich. Die Abwesenheit des Zwerges auszunutzen und mit seinen Habseligkeiten herumzuspielen, während wir jeden Augenblick angegriffen werden können."
"Ja", maulte Quax, "darum geht es: Wir könnten angegriffen werden und wir müssen uns gegen den Angriff wappnen. Deshalb durchstöbere ich die Gerätschaften und Reagenzien des Zwerges. Sein chinesisches Pulver hat uns schon einmal gute Dienste geleistet."
"Weiß denn Magda davon, daß du hier herumschnüffelst?" fragte Hieronymus herausfordernd. Quax überhörte seinen Artgenossen. Vielmehr sagte er zu Miranda: "Keine Angst, uns passiert schon nichts. Auf dem Wolkenschiff sind wir sicher."
Miranda bewunderte Quax. Sie schnurrte.
ZZZZ - BROMMMMM! Die drei Samtpfoten zuckten zusammen. Wieder hatte in der Nähe ein Blitz eingeschlagen. Der Regen ergoß sich in wahren Sturzbächen über das Wolkenschiff; bedrohlich heulte der Wind.
"Wir sollten von hier weggehen", jammerte Miranda. "Quax, komm,

gehen wir zu Nela und Ortwin."
Quax ließ sich erweichen. Als sie in Ortwins Kajüte kamen, brütete dieser immer noch über Merlins Buch.
"Da ist ja mein Quax", begrüßte ihn Ortwin. "Du kommst gerade recht. Du hast es schon einmal geschafft, einen Spruch des Meisters zu enträtseln. Vielleicht schaffst du es dieses Mal wieder. Hör, mein Kater!"
Und er begann zu lesen:

"Salz auf Pfannen, die laß erklingen
in hellen, schrillen Tönen singen.
Laß Sonn' hinein, spar' drin sie auf
bis LICHT hervorbricht in seinem Lauf.
In Linsen fang es, mit Spiegeln lenk es
durch Spalten, schmale Gitter zwäng' es
und wirf es in seiner wilden Kraft
auf Steine, damit es Leben schafft:
So die AMROCKS, eherne Gockel
die schnell entfliegen ihrem Sockel.
Und die KRARACKEN, Metallfederkrähen
die sich aus ihren Blöcken drehen.
Und schließlich RAUKS, auf langen Stelzen
die flugs aus ihren Felsen schmelzen.
Allesamt sofort bereit
zu unbarmherzig wüstem Streit!
Weh deinem Feind, wenn sie ihn packen -
tausendfach sie ihn zerhacken!
Zurückzuwandeln all die Kreatur
du brauchst das gleiche Feuer nur
gewonnen durch Mond auf sie zu halten
und schon verlieren sie ihre Gestalten."

"Ja, natürlich verstehe ich, was Merlin meint", behauptete Quax. "Die Blitze von der Insel, das plötzliche Erscheinen der Vögel zwischen den Felsen. Nicht anders kann es gewesen sein, als daß der Magier über eine solche Apparatur verfügt, wie sie Merlin hier beschreibt!"
"Nur schade", stöhnte Ortwin, "daß Merlin wieder so vieles im Unklaren läßt. Was meint er mit dem Licht, welches durch Linsen gelenkt werden

muß?"
Das Gewitter war nun unmittelbar über ihnen. Ein Blitz nach dem anderen leuchtete auf; das Grollen des Donners verstummte so gut wie überhaupt nicht mehr. Mit einem ohrenbetäubenden Krach schlug endlich ein Blitz in einen der Masten. Ortwin öffnete die Tür einen kleinen Spalt und schielte hinaus. Der Mast stand unversehrt da; nirgends auf der Wolke war Feuer zu sehen. Demnach hatte Ortwins Blitzableiter gewirkt.
Im diesem Augenblick zwängte sich Kater Gurx durch das Schlupfloch. Ortwin war erbost: "Es ist jetzt bestimmt nicht die Zeit, es sich auf meinem Kissen gemütlich zu machen!"
"Wer redet da von deinem Kissen?" erwiderte Gurx und sprang auf den Tisch. "Ich komme nur, um euch zu sagen, daß wir durch eine Luke unter dem Wolkenschiff eine seltsame Gestalt gesehen haben. Sie war groß wie ein Mensch, hatte aber nicht viel Menschliches an sich!"
"Das muß ich selbst in Augenschein nehmen", sagte Ortwin. Wie stark es auch regnen würde, er mußte sehen, was dort unten vor sich ging. Zusammen mit Gwaldain eilte er hinaus. Die beiden stiegen über die Reling, kletterten auf einen Wolkenstoffturm und spähten in die Nacht. Nein, sie konnten in der Finsternis und bei einem solch starken Regen nichts sehen. Ob sich die Samtpfoten vielleicht getäuscht hatten? Die beiden Männer kehrten naß bis auf die Haut in die Kajüte zurück. Sogleich setzte sich Ortwin wieder an den Tisch und griff nach seinem Buch. Er merkte nicht, wie Hieronymus und Quax durch die Luke hinauseilten und wie Gurx begann, genüßlich das Samtkissen auf dem Bett zu bekneten und zu betrippeln.

Hieronymus und Quax saßen im untersten Laderaum des Schiffes und spähten durch die Luke.
Tatsächlich, dort unten kroch etwas umher. Es schien ein buckliger Mensch zu sein, der sich mühselig auf den Beinen hielt. Als der nächste Blitz die Gestalt erhellte, glitzerte sie, als trüge sie einen Harnisch aus Metall. Sie hatte mehr als nur zwei Arme - wie viele es waren, konnten die Samtpfoten in der Kürze der Zeit nicht erkennen. Das Schrecklichste aber war: Anstelle von Händen hatte die Gestalt Klauen - und die vorderste Klaue glich der gigantischen Schere eines Krebses!
Die Samtpfoten waren in heller Aufregung. So etwas hatten sie noch nie gesehen.

“Jetzt geht es uns ans Fell”, flüsterte Quax. “Zum Glück kann das Monstrum nicht hier heraufkommen. Oder?”
“Gewiß nicht”, erwiderte Hieronymus. “Das Wolkenschiff schwebt einige Ellen über dem Boden. Aber das Wesen könnte über das Seil, mit dem das Schiff verankert ist, heraufklettern. Oder über die Kette, unseren Blitzableiter.”
“Dazu ist es sicher zu plump”, beruhigte Quax. “Komm gehen wir zurück zu Ortwin.”
Quax war aber keineswegs beruhigt. Wo waren nur Gwaldains Männer? Waren sie etwa schon erschlagen oder hatten sie die Flucht ergriffen? Wo blieben Ritter Rabax und Baldwin?

Quax eilte wieder nach oben und bestand darauf, daß Ortwin mit ihm in den Laderaum hinunterstieg, um das Monstrum in Augenschein zu nehmen. Seufzend erhob sich Ortwin, mußte er doch, um in den Laderaum zu gelangen, über Deck - und damit abermals durch den Regen - laufen. Gwaldain und Nela begleiteten ihn. Nun war Gurx in der Kajüte allein. Er hatte es sich auf dem Samtkissen bequem gemacht. Trotz aller Gefahren ließ er sich nicht aus der Ruhe bringen. Ein kleines Nickerchen würde sicher nicht schaden.
Gerade begann Gurx genüßlich zu schnurren, als die Tür aufsprang. Ein graues Etwas polterte herein. Gurx traute seinen Augen nicht: Es war ein Huhn, ein eisernes Huhn!
“He, was willst du hier, du komischer Vogel?” rief Gurx. Er sträubte seine Haare und machte einen Buckel. Der Vogel war immerhin doppelt so groß wie er. Da hieß es auf der Hut sein!
Das eiserne Huhn flatterte auf den Tisch, unmittelbar neben Merlins Zauberbuch. Plump versuchte es, das Buch in seinen Schnabel zu nehmen. Gurx fauchte. Der Metallvogel ließ von dem Buch ab und starrte mit kleinen, bösen Augen auf den Kater. Gurx fauchte erneut und hob die Tatze. Das schien das Huhn zu verwirren. Es wich zurück. An der Tischkante verlor es den Halt. Es flatterte, schaffte es aber nicht mehr, sich zu fangen. Klirrend stürzte es zu Boden und zerbrach. Unzählige Federn, Metallstifte und Zahnräder sprangen heraus. Gurx sprang sofort auf, eilte zur Tür und stieß sie zu. Dies tat er weniger aus Sorge vor weiteren ungebetenen Gästen, sondern wegen des Windes, der hereinblies. Dann begutachtete er den Blechhaufen, der soeben noch ein Huhn gewesen war.

Da kam auch schon Quax durch das Schlupfloch hereingestürmt. "Was war da los?" rief er. Hieronymus, Miranda und Manulia folgten ihm. Sie hatten es unter Deck poltern gehört und wollten wissen, was geschehen war. Gurx zeigte wortlos auf das zerbrochene Monstrum.
"Was ist das?" rief Miranda entsetzt. "Etwa einer der eisernen Vögel, von denen der Ritter gesprochen hat?"
"Gerade so sahen die Biester aus, die ich an der Küste gesehen habe", sagte Quax.
"Wie hast du es nur geschafft, dieses Ungetüm zu besiegen, Gurx?"
Gurx zwinkerte und grinste, sagte aber nichts.
Quax begann die Federn und Splinte zu sortieren: "Es hat einen sehr verzwickten Mechanismus. Ich will es behalten und wieder zusammensetzen, wenn ich einmal Zeit dazu habe."

Nun waren auch Ortwin und Nela nach oben gekommen. Ortwin schimpfte, weil er zum dritten Mal durch den Regen laufen mußte; er beneidete die Katzen um ihren Aufgang durch das Schlupfloch. Die Trümmer des eisernen Vogels betrachtete er mit großer Sorge. Zweifellos war es ein Amrock gewesen - vielleicht nur ein versprengter Vorbote der ehernen Unholde, der trotz des Regens seinen Weg gefunden hatte.
"Wir müssen uns sofort wieder dem Zauberspruch Merlins widmen", sagte er und hockte sich an den Tisch. "Gwaldain behält derweil den Riesenkrebs vom Laderaum aus im Auge."
Den Kater Gurx bemerkte er überhaupt nicht; dieser hatte sich inzwischen wieder dreist auf dem Bett eingerollt. Nela setzte sich zu ihm und begann ihn zu kraulen. Sie war derart in Gedanken, daß sie gar nicht wahrnahm, wen sie da streichelte. Überhaupt beachtete ihn niemand mehr, und so kam es, daß er für den Rest dieser Nacht und auch während des folgenden Tages in Ortwins Kammer blieb und das ganze Abenteuer verschlief.
Sie lasen abermals den Spruch Merlins. Mit Mondlicht sollte es möglich sein, die herbeigezauberten Vögel in Stein zurückzuverwandeln. Dann war die Rede von Salz - meinte Merlin etwa das Meersalz? Oder irgend einen anderen Kristall? Vielleicht sogar ihren Roten Stein? Und was hatte es mit den Apparaturen auf sich, durch die das Licht erst gelenkt werden mußte, um seine volle Kraft zu entfalten? Und die singenden Pfannen? Quax wunderte sich, warum Merlin die Vorrichtungen nicht gezeichnet hatte, wie es sonst seine Art gewesen war. Als er Ortwin danach fragte,

schüttelte dieser nur den Kopf und brummte: "Zeichnungen zu diesem Spruch kenne ich keine. Vielleicht hat er sie schlichtweg vergessen; vielleicht wurde aber die betreffende Seite herausgetrennt. Vielleicht sogar gestohlen! Wer weiß, wer weiß!"
"Der Regen hat aufgehört, Meister", maunzte Manulia plötzlich besorgt.
Ortwin fuhr verwirrt hoch: "Was stört uns, ob es regnet oder nicht?"
"Die eisernen Vögel... wenn es nicht mehr regnet, können sie uns angreifen!"
"Keine Sorge", beruhigte Nela. "Laßt mich draußen in einem Topf Kräuter verbrennen. Der Qualm mag uns die Schrecken vom Leib halten. Komm, Miranda, hilf mir!"
Die Katze folgte ihr widerwillig. Der Regen hatte tatsächlich aufgehört, aber der Wind pfiff noch gewaltig über das Wolkenschiff. Da würde der Rauch aus Nelas Kräutern wenig nützen.
"Ihr solltet mithelfen", sagte Quax zu Manulia, "und auf Deck nach unseren Feinden Ausschau halten. Das ist besser als untätig im Schlafraum zu hocken."
Manulia war einverstanden. Sie überzeugte die meisten Samtpfoten, ihr auf Deck zu folgen. Sie verteilten sich entlang der Reling oder hockten sich auf den Wolkenstoff. Auch Magda ging hinaus und setzte sich - mit einer Holzlatte bewaffnet - an den Bug des Schiffes. Alle warteten gespannt. Doch von den eisernen Vögeln war nichts zu sehen. Dafür hörten sie von unten aus den Büschen ein schreckliches Rumoren. Es klirrte und polterte, krachte und knarrte. Was mochte das sein? Das schreckliche Wesen mit der Krebsklaue? Begannen die Unholde ihren Angriff vom Boden aus?
Doch da vernahmen sie eine bekannte Stimme: "He, ihr da oben! Gwaldain, Ortwin, Nela! Ihr Katzen! Zeigt euch!"
Es waren Gwaldains Männer. Schnell ließ Ortwin eine Strickleiter hinunter. Raban und Taft kletterten auf das Wolkenschiff hinauf.
"Vorerst haben wir sie in die Flucht geschlagen", sagte Taft oben angekommen noch ganz außer Atem.
Ortwin kam herbeigestürmt und überhäufte die Männer mit Fragen. Rasch berichteten die beiden: Sie hatten am Strand Wache gestanden, immer die vermaledeite Insel im Auge, ob nicht von dort ein Schiff herübersegeln würde. Doch dann setzte das Unwetter ein und die Männer wollten schon ins Dorf zurückkehren, als urplötzlich ein Dutzend schrecklicher Gestalten vor ihnen standen: Ritter im Harnisch mit gewaltigen Krebsklauen anstatt eines Schwertes. Woher sie gekommen waren, blieb ein Rätsel - es war

als seien sie aus den Felsen gewachsen!
“Aber, so furchtbar sie aussehen, es sind schlechte Kämpfer”, schloß Raban. “Die meisten von ihnen flohen sofort, als sie unsere Waffen sahen! Einem oder zwei konnten wir eines überziehen bevor sie sich in die Büsche verzogen. Wir beide eilten sofort hierher und trafen einen der Burschen unmittelbar unterhalb des Wolkenschiffes. Auch ihn konnten wir ohne Mühe verjagen.”

Die beiden Männer blieben auf Deck; die anderen gingen zurück in Ortwins Kammer; Hieronymus, Quax, Manulia und Miranda begleiteten sie. Gurx war natürlich auch noch in der Kajüte, aber er schlief bekanntlich! Nela hatte beschlossen, vorerst kein Schwelfeuer anzuzünden, da der Wind zu kräftig blies.
Miranda begann ängstlich zu miauen: “Quax, du wirst mich doch beschützen! Ich fürchte mich so!” Quax aber antwortete nichts, und Manulia fauchte leise, so daß Miranda beschämt verstummte.
“Es hilft wohl alles nichts”, stöhnte Ortwin. “Wir werden die Lösung für den Zauberspruch nicht finden. Es bleibt uns nur abzuwarten.”
“Weiß denn Quax keine Lösung?” fragte Manulia.
“Warum denn immer Quax?” knurrte Hieronymus. “Immer nur Quax, Quax, Quax!”
“Beruhige dich!” schnurrte die Katze. “Wir wollen jetzt nicht anfangen zu streiten.”
“Ich kann doch nichts dazu, daß ich gute Einfälle habe”, schmollte Quax.
“Fest steht, daß du dieses Mal auch nichts weißt”, erwiderte Hieronymus mit bitterböser Miene.
“Wenn ich einen Plan hätte, eine Zeichnung von den Apparaturen...” sinnierte Quax. Doch da wurde die Tür aufgerissen und Magda streckte ihren Kopf herein: “Ein Vogel kreist um die Masten! Kommt schnell!”
“Es reicht, wenn ich nach draußen gehe”, sagte Gwaldain und eilte an Deck. Die Samtpfoten - außer Miranda und Gurx - folgten ihm. Es war nicht nur ein Vogel, der über der Wolke kreiste, nein, es war ein ganzes Dutzend. Es waren Kraracken, Metallkrähen, die lärmend über das Wolkenschiff herfielen. Sie hockten sich auf die Mastspitzen und den Wolkenstoff und begannen auf diesen einzupicken. Von einem der Masten hing eine Strickleiter herab - sie führte zu einem kleinen Ausguck, der eigentlich für die Samtpfoten gedacht war. Auf dieser kletterte Gwaldain

nach oben, um die gräßlichen Kreaturen zu verjagen. Eine Anzahl mutiger Katzen und Kater tat es ihm nach. Die Kraracken aber begannen auf die Strickleiter einzuhacken und stürzten sich laut krächzend auf Gwaldain und die Samtpfoten. Gwaldain gelang es mit seinem Schwert drei, vier Metallkrähen in der Luft zu zerschlagen, dann riß die Strickleiter und der wackere Bretone fiel unsanft auf die Holzplanken.
Unterdessen waren Raban, Taft aber auch Magda damit beschäftigt, weitere Kraracken vom Wolkenstoff zu vertreiben.
“Sie fressen ihn auf ”, schrien und fauchten die Samtpfoten. Sie stürzten sich auf die Vögel, konnten aber gegen deren eherne Schnäbel nur wenig ausrichten.
“Solange sie auf den Wolkenstoff einpicken, kann nichts geschehen”, behauptete Hieronymus. Schließlich sei er nur mit sanftem Druck zu formen oder zu zerlegen, nicht aber mit roher Gewalt. Doch sein Gemaunze ging im Geschrei der Vögel unter.
Plötzlich landete ein größerer Vogel auf dem Wolkenschiff: ein Amrock. Auch er fiel unvermittelt über den Wolkenstoff her. Gwaldain stürzte sich sofort auf das Monstrum und schlug es mit seinem Schwert entzwei. Ein zweiter Amrock setzte sich auf das entgegengesetzte Ende des Schiffes. Dort stand Magda und jagte ihn mit ihrer Holzlatte in die Flucht.
Drei, vier weitere Amrocks überfielen das Schiff. Auch sie konnten noch verjagt werden. Dann brach ein ganzer Schwarm eiserner Hühner über die Wolke herein. Gwaldain rief nach Raban und Taft, doch auch diese mußten gerade einen Angriff der Eisenvögel abwehren und konnten ihm nicht zu Hilfe eilen. Da stürzten sich mehrere Jungkatzen - Petunia, Xenofefa, Wildwüstchen, Tobelilia - auf einen Amrock. Die Vögel waren plump und die Katzenpfoten flink, so daß das eiserne Monstrum schließlich von der Wolke fiel. Nun sprangen auch die anderen Samtpfoten auf die Amrocks und sicher hätten sie sie allesamt erfolgreich vertrieben, hätten sich nicht plötzlich unzählige Kraracken auf sie gestürzt. Gegen diese wendigen, geschickten Flieger mit ihren spitzen Schnäbeln waren die Samtpfoten machtlos. Auch Gwaldain und Magda verzagten mehr und mehr. Von unten hörten sie Schreie von Gwaldains Männer: Die unheimlichen Riesenkrebse griffen wieder an. Und schließlich landete mitten auf dem Wolkenschiff ein Rauk!
“Da!” schrie Moony außer sich vor Angst als er den Riesen sah. “Das ist der Vogel, den ich im Sumpf gesehen habe! Der Schreivogel!” In

der Tat! Das Ungeheuer sperrte seinen breiten Schnabel und stieß einen grauenvollen Ton aus: "TSCHÄGGÄGÄÄÄK!"
Katzen und Menschen schmerzten die Ohren. Der Vogel posaunte ein zweites Mal, dann hackte er mit seinem Schnabel auf die Holzplanken. Er benötigte nur einen Hieb und schon hatte er eine Planke durchschlagen. Ein zweiter Schlag und das Loch war bereits so groß, daß eine Samtpfote - oder eine Metallkrähe! - hindurchschlüpfen konnte. Gwaldain versuchte sich zu dem Monstrum durchzukämpfen, doch der Ansturm der Kraracken war zu gewaltig. Die Samtpfoten flohen zurück in das Innere des Schiffes, und auch Magda verlor den Mut und wich zurück.
Da öffnete sich die Tür zu Ortwins Kajüte und ein großer Kochtopf wurde herausgeschoben. Noch war der Topf mit einem Deckel verschlossen, doch schon zerrten ihn Katzenpfoten herunter und ein dichter Rauch quoll heraus. Der Wind verteilte den Qualm im Nu über das Deck. Die eben noch so angriffslustigen Vögel suchten das Weite. Wer aber in den ätzenden Rauch geriet, stürzte sofort herunter und zerschellte. Auch der Riesenschreivogel hatte den schwelenden Topf zu spät bemerkt. Er versuchte abzuheben, schaffte es aber nicht mehr. Mit einem ohrenbetäubenden Krächzen fiel er zu Boden und zerbrach in unzählige Stücke.

"Vorerst haben wir Ruhe", triumphierte Nela. Sie nahm den Deckel und verschloß ihren Topf. Der kostbare Qualm sollte nicht unnötig entweichen. Miranda lief stolz erhobenen Schwanzes über das Wolkendeck, stieg sogar über die Trümmer des Schreivogels und schnurrte so laut sie konnte. Quax ärgerte sich über Mirandas Hochmut. *Sie* hatte schließlich nur wenig beigetragen, die Monstren zu vertreiben! Er ging zurück zu Ortwin, denn er brauchte jetzt unbedingt eine Milch; Ortwin mußte ihm eine zusammenrühren. Auch Magda benötigte eine Stärkung und stieg wieder unter Deck zu den Samtpfoten. Gwaldain aber kletterte über eine Strickleiter hinunter zu seinen Leuten, um dort nach dem Rechten zu sehen. Die Vögel waren zwar verschwunden und auch die Riesenkrebse hatten sich zurückgezogen - doch für wie lange?

Moony und Moonia blieben zusammen auf Deck. Sie begutachteten die Reste des Rauks.
"Siehst du, Moonia", sagte Moony, "den Vogel, den ich im Sumpf gesehen habe, gab es wirklich! Hier liegt er, oder zumindest das, was von

ihm übrig geblieben ist."
"Ich habe dir von Anfang an geglaubt", versicherte Moonia.
"Ich hoffe nur, daß er der einzige Riesenschreivogel war", fuhr Moony fort. "Sieh nur, welch großes Loch er in die Planken gehämmert hat. Stell dir vor, ein Dutzend dieser Vögel fiele über uns her..."
"Findet sich bei ihm auch eine Glaskugel im Kopf wie bei den anderen Vögeln?" unterbrach ihn das Katerchen Wölkchen. Er tauchte gerade zwischen den Trümmern der Amrocks auf. Sogleich begann er den Schreivogel zu untersuchen. Nach einer Weile hielt er eine glitzernde Kugel in den Pfoten.
"Da ist sie!" rief er. "Seht her, sie ist besonders groß! Diese Kugeln befinden sich dort, wo bei anderen Vögeln das Gehirn sitzt."
Petunia fegte heran.
"Na, Wölkchen, hast du auch etwas gefunden?" fragte sie. Wölkchen zeigte stolz seine Kugel. "Sie ist zwar groß", bestätigte Petunia, "aber die beiden, die ich gefunden habe, glänzen um so schöner."
"Ich hoffe nur, daß wir sie behalten dürfen," sagte Wölkchen. "Vielleicht müssen wir sie an Ortwin abtreten?"
"Oder gar an Hieronymus und Quax!" empörte sich Petunia. "Nö, nie und nimmer! Die Kugeln gehören mir!"
"Vielleicht sind sie gefährlich?" argwöhnte Moonia.
"Was soll an ihnen gefährlich sein?" brummte Petunia. "Die Vögel sind tot, der Zauber ist gebrochen. Wenn andere ihre Kugeln abgeben wollen, können sie es tun, ich jedenfalls behalte die meine!"
In diesem Augenblick flog ein einsamer Amrock über das Wolkenschiff und ließ einen Metallkrampen fallen. Wie beim ersten Mal war wieder ein Stück Pergament daran befestigt. Die Samtpfoten brachten es Ortwin, der da las:
"Dies war nur die Vorhut! Morgen Nacht schicke ich Euch mein gesamtes Heer: hundert Rauks, tausend Krebse, zehntausend Amrocks, hunderttausend Kraracken."
"Ich habe nichts anderes erwartet", stöhnte Ortwin. "Doch ich will mich nicht ergeben! Laßt uns weiter Merlins Buch studieren!"
Hieronymus tatzte gerade nach Ortwins Wunderbrille, die auf dem Tisch lag und zog sie sich über den Kopf.
Ortwin sah das nicht gerne: "Was soll das, mein Hieronymus?" tadelte er seinen Kater. "Was willst du schon wieder mit der Brille?"

“Er möchte eben gelehrt ausschauen”, lästerte Quax.
“Nein”, erwiderte Hieronymus, “ich möchte mir das Zauberbuch einmal selbst ansehen. Vielleicht entdecke ich etwas, was Ortwin übersehen hat.”
Ortwin stöhnte und ließ den Kater gewähren. Hieronymus aber begann im Zauberbuch zu blättern.
“Was machst du?!” fragte Ortwin schroff. Es gefiel ihm nicht sonderlich, wie der Kater mit seinen Pfoten die dünnen Seidenblätter durchwühlte.
“Ich suche etwas Bestimmtes. Etwas, was ich in diesem Buch bereits einmal gesehen habe... nur an einer anderen Stelle... eine Zeichnung...ja, hier ist sie. Sieh her, Meister, könnte das nicht eine Skizze von unseren Apparaturen sein?”
Ortwin konnte ohne die Zauberbrille natürlich nichts sehen, doch bevor er nach ihr greifen konnte, hatte Quax sie an sich gerissen und sich selbst aufgesetzt.
“Beim Webekätzchen!” rief er. “Hieronymus hat recht! *Das* muß es sein!”
Nun griff Nela nach der Brille und begutachtete das unsichtbare Bild. Dann ließen sie Ortwin hindurchschauen. “Jawohl”, jubelte er, “hier steht alles klar und deutlich: Was man dazu braucht und wie man es anordnet! Es findet sich unter dem Kapitel ‘Licht- und Spiegelspiele’ und nicht bei den ‘Verwandlungen’; deshalb haben wir es nicht gleich gefunden.”
Doch sofort verfinsterte sich sein Blick. “Nun gut”, seufzte er, “wir wissen jetzt, was wir brauchen. Es ist zweifellos eine aufwendige Gerätschaft. *Zu* aufwendig fürwahr! Um all die Linsen, Glasplatten, Spiegel und Kristalle zu besorgen, benötigen wir sicher Tage, wenn nicht gar Wochen!”
“Vielleicht auch nicht”, sagte Quax. “Ich habe unter Baldwins Gerümpel Linsen und Spiegel gefunden. Mag sein, daß sie für die Apparaturen taugen.”
Quax hatte noch nicht ausgesprochen, da kam Magda zur Türe herein.
“Hörte ich da Linsen und Spiegel?” fragte sie. “Ja, solche haben wir in der Tat: Linsen, die verkleinern und vergrößern; Prismen, die die Farben des Regenbogens herbeizaubern; Spiegelchen aller Art, selbst Zerrspiegel und einen Zauberspiegel...” Hieronymus warf ihr einen wüsten Blick zu, als sie den Zauberspiegel erwähnte. Erschrocken fuhr sie sich mit der Hand vor den Mund, doch Quax und die anderen hatten ihr wohl nicht genau zugehört.
“So bringt uns bitte diese Gegenstände”, bat Ortwin rasch, “und laßt uns unser Glück versuchen!”

Die ganze Nacht über saßen die Gefährten bei Kerzenschein in der Kajüte, sortierten Gläser und Silberplatten, Scheiben und Prismen, Kugeln und Röhren... Quax war zuversichtlich, daß es ihnen gelingen würde, die geheimnisvollen Lichtapparaturen zu bauen und selbst Hieronymus war guter Dinge. Ortwin aber blieb besorgt. Was mochte es nutzen ein ganzes Spiegellabyrinth zu konstruieren, wenn in der folgenden Nacht kein Mond schien. Denn nur mit dem Mondlicht ließen sich die eisernen Vögel wieder zurückverwandeln.
Gegen Morgen kam Gwaldain auf das Wolkenschiff zurück und meldete, es seien keinerlei Unholde mehr gesichtet worden. Ortwin aber zeigte seinem bretonischen Freund die letzte Nachricht, die er erhalten hatte.
"Wißt ihr", seufzte der Zauberer, "Salaam - oder wer immer uns bedroht - weiß ganz genau, daß wir hier festsitzen. Er braucht uns gar nicht anzugreifen, sondern nur geduldig zu belagern. Wir haben nur Vorräte für zwei Tage auf dem Wolkenschiff."
Gwaldain versprach, im Verlauf des kommenden Tages weitere Vorräte von seinem Landgut heranbringen zu lassen - vorausgesetzt die Wege dorthin seien frei.
Nachdem Gwaldain wieder gegangen war, griff Ortwin nach Merlins Buch, schlug es zu und verkündete eine Schlafpause. Nela verließ zusammen mit Miranda das Schiff und begab sich in ihre Hütte, Magda ging in ihre Kajüte und auch die Samtpfoten suchten sich Schlafplätzchen: Hieronymus im großen Laderaum - er hatte sein Deckchen neuerdings neben dem von Pusswitha ausgebreitet -, Manulia ebenso - sie kuschelte sich zu Mohrle -, Quax aber begleitete Magda. Im großen Laderaum roch es ihm zu sehr nach anderen Katern. Wenn es nach ihm ginge, müßte das andauernde Markieren auf dem Wolkenschiff verboten werden!
Ortwin warf sich auf sein Bett. Ohne viel Federlesen schob er den Kater Gurx, der dort immer noch döste, ans Fußende und streckte sich aus. Bald schon begann er zu träumen: Er sah Merlin. Da stand er mit seinem blauen Umhang bekleidet. Er blickte sehr ernst und schalt: "Für solcherart Zauber bist du mir noch zu unreif, Ortwin. Der Magier Salaam ist viel zu mächtig für dich. Hör auf mit ihm zu streiten! Bisher hat er nur mit dir gespielt, aber bald wird es ernst. Löse den Wolkenstoff wieder auf, schick die Katzen weg und gehe zurück zu deinem Turm!" Dann verwandelte sich Merlin in einen Metallvogel, packte das Zauberbuch mit seinem Schnabel und flog davon. Ortwin sprang auf und wollte ihm nacheilen,

doch eine unsichtbare Macht hielt ihn fest.
“Das Zauberbuch!” schrie er und fuchtelte wild mit den Armen.
“Was ist denn los?” fragte Gurx verwundert. Ortwin rieb sich die Augen. Er saß aufrecht im Bett und starrte auf den Kater, als sehe er ihn zum ersten Mal. “Du hast nach dem Zauberbuch gerufen”, sagte Gurx, “doch es liegt still und brav hier neben mir. Mach dir keine Sorgen, solange ich hier wache, wird sich niemand daran vergreifen.”
Ortwin stand auf, ging schlaftrunken zur Tür und schaute nach draußen. Der Morgen war grau; tief hingen die schwarzen Regenwolken über dem Land. Es regnete wieder.
“Da haben wir das echte, unverwechselbare bretonische Sommerwetter”, stöhnte Ortwin. “So schnell wird hier die Sonne nicht mehr scheinen! Und auch nicht der Mond!”

Quax trottete im Nieselregen über das Deck. Wenn es gelänge, mit dem Schiff über die Wolken zu fliegen! Irgendwo dort oben schien jetzt die Sonne. Doch der Kahn war gewiß zu plump und zu schwer, sie würden nicht weit mit ihm kommen. Und selbst, wenn sie die Wolkenbänke überwänden, was würde dann geschehen? Gewiß würde sie der Wind wieder über das Land treiben, in unbekannte Gefilde, vielleicht auch erneut über das Meer - gar in die Arme der Feinde.
Wenn sie allerdings über die Wolken segeln könnten, hätten sie auch leichtes Spiel mit den Metallvögeln. Merlins Zauber benötigte das Mondlicht. Dort oben, über dem tristen Grau, schien nicht nur tagsüber die Sonne, sondern auch nachts der Mond. Sie mußten dort hinauf... irgendwie mußte es gehen...
Nachdenklich und mißmutig pfotete Quax an den Trümmern der Eisenvögel herum, die noch auf Deck lagen. Er zog eine Spiralfeder aus einem der Schrotthaufen und ließ sie schnurren.
“Sieht spannend aus”, sagte ein kleiner Kater, der gerade die Strickleiter heraufgestiegen kam.
Quax fuhr erschrocken hoch.
“Ach, du bist es, Tapsele”, murmelte Quax. “Ja, die Feder gefällt mir. Die hebe ich auf. Vielleicht ist sie noch zu etwas zu gebrauchen.”
“Ich heiße nicht Tapsele”, murrte der Kater, “sondern Leonardo.”
Quax verzog das Gesicht: “Wenn ich mir alle eure Namen merken müßte, hätte ich viel zu tun!”

“Ist schon gut, Weißchen”, erwiderte Leonardo und ging weiter.
Quax zuckte zusammen. Der Kater hatte ihn Weißchen genannt! Welch Dreistigkeit! Andererseits ...
Leonardo verschwand hinter der Luke zum großen Samtpfotenschlafraum, Quax setzte ihm nach.
“He, warte, frecher Kater!” rief Quax. “Bleib hier! Ich nenne dich auch nie mehr Taspele, wenn du...”
Da stürmte ihm eine ganze Schar Jungsamtpfoten entgegen, Leonardo-Tapsele wieder unter ihnen “Platz da!” schrien sie und: “Auf zum Mausball!”
Mausball, Mausball, immer nur Mausball! Selbst bei Regen! Das mußte ein für alle Mal ein Ende haben!
“Halt, ihr Wüstchen!” fauchte Quax. “Jetzt wird nicht gespielt! Jetzt wird gearbeitet!” Urplötzlich hatte Quax einen Einfall.
“Wir zerpflücken jetzt den Wolkenstoff”, befahl er.
“Wie bitte?!” riefen da die Samtpfoten entsetzt. War Quax wahnsinnig geworden?
Quax zwinkerte und erklärte: “Natürlich lassen wir ihn zusammen! Wir pflücken nur soviel, wie wir für ein kleines Flugwölkchen brauchen, mit dem wir kommende Nacht in den Himmel steigen können.”
Die Katzenkinder verstanden nichts. Nur Leonardo tat wissend und sagte: “Quax ist ein sehr schlauer Kater! Er vergeudet seine Gedanken nicht, indem er sich unsere Namen merkt und er verschleudert seine Kräfte nicht beim Mausball. Als Ortwins Gehilfe widmet er sich nur den wirklich wichtigen Dingen!”
Einige Jungkatzen lachten schallend, und Petunia kreischte laut, Samtpfoten müssen ja von Natur aus schlau sein; da dürfe Quax nicht zurückstehen.
Quaxens Ohren feuerten, seine Nase lief rot an und seine Schnurren bebten “Ihr nichtsnutzigen, frechen Katzbälger”, röhrte er laut wie in der wildesten Ranzzeit. “Wollt ihr euch wohl sofort an die Arbeit machen! Alle rüber zum Achterdeck und mir geholfen! Daß sich auch keiner drückt! Auch du Petunia gehst mit, und auch du Leonardo! Los, los, oder ich melde es Ortwin!”

Die Kätzchen fuhren zusammen. So hatten sie ihren Quax noch nie erlebt! Gewiß, er war öfter mies gelaunt und brummte viel in seine Schnurrhaare hinein, aber derart wütend war er ihnen noch nicht vorgekommen. Kleinlaut folgten sie ihm.

Vorsichtig zupften sie kleine Bällchen Wolkenstoff ab, die Quax wieder zu einer größeren Kugel formte. Ab einer gewissen Größe konnte er sie nicht mehr in den Pfoten halten; sie drohte wegzufliegen. Deshalb schickte er Tapsele und Bosheide Stricke holen und befahl ihnen, den Wolkenstoffklumpen festzubinden. Inzwischen waren immer mehr Samtpfoten, auch ältere, hinzugekommen. Einige halfen, doch die meisten saßen nur herum und schauten neugierig zu.
“Glotzt nicht so!” fuhr Quax sie an. “Macht lieber etwas Nützliches!”
Da sah er Amanda unter den Zuschauern. Das machte ihn verlegen; seine Ohren feuerten, die Schwanzspitze zuckte nervös. Doch die Katze starrte nur gelangweilt vor sich hin, schien sich um Quaxens Eifer wenig zu kümmern.
“So, jetzt reicht es!” befahl Quax. “Jetzt ist das Wölkchen groß genug. Wir könnten einen Probeflug wagen.”
Die Samtpfoten aber wollten wissen, wie Quax die kleine Wolke zu steuern gedachte. Sie würde gewiß vom Wind davongetrieben werden. Quax brummte, das kleine Wolkenschiff bräuchte ja vorerst gar nicht zu fliegen, es müsse nur in die Höhe steigen. Weiter nichts! Bevor er aber weitersprechen konnte, sagte Katerchen Wölkchen: “Wir könnten es an eine Schnur binden und steigen lassen, geradeso wie die Kinder in meinem Heimatland ihre Flugdrachen.”
Die Idee gefiel den Samtpfoten. Quax kratzte sich am Ohr und knurrte, nichts anderes habe er vorschlagen wollen. Er bestimmte Tapsele, zu Ortwin zu gehen und um weitere Seile zu bitten. Blieb die Frage, ob jemand mit ihm zusammen den ersten Probeflug unternehmen wollte.
Keiner der Anwesenden schien dazu geneigt zu sein.
“Hab ich mir’s gedacht”, schnaubte Quax. Vorsichtig schaute er zu Amanda hinüber. Ob sie vielleicht mitfliegen würde? Quax wagte nicht, sie zu fragen.
“*Ich* würde dich ja gern begleiten”, sagte Miranda, “aber ich fürchte, Nela würde es mir nicht erlauben.”
“Ihr seid allesamt Feiglinge”, tobte Quax. “Dann fliege ich eben allein!”
Im gleichen Augenblick kehrte Leonardo Tapsele zurück. Ortwin und Hieronymus folgten ihm. Ortwin war zunächst über den zerpflückten Wolkenstoff nicht begeistert; als jedoch Hieronymus gestand, er finde die Idee mit dem kleinen Wolkenschiff nicht schlecht, gab er seine Zustimmung zu dem Unternehmen. Er besorgte eine sehr lange Leine, deren

Ende er um das Wölkchen herumwickelte.
Quax sprang auf das Wölkchen hinauf und blickte noch einmal fragend in die Runde. Wer wollte nun mitfliegen?
"Nun, wenn sich keiner findet", schlug Ortwin vor, "losen wir jemanden aus. Ihr könnt doch euren Quax nicht alleine lassen!"
"Ich fürchte mich nicht, ich fliege mit", sagte Wölkchen und hüpfte auf das winzige Flugschiffchen.
"Wer spricht da von sich fürchten", rief Tabitha und sprang ebenfalls hinauf.
"Gut", faßte sich Leonardo ein Herz, "ich wage es ebenfalls - aber nur, wenn mich Quax nie wieder Tapsele nennt."
Auf einmal wollten alle Katzen und Kater dabei sein. "Das hättet ihr euch früher überlegen sollen!" schimpfte Quax. "Mehr als vier Samtpfoten passen nicht auf das Flugschiff."
Ortwin band die vier Gefährten mit einem kurzen Strick am Flugschiffchen fest. So konnten sie nicht herunterfallen, falls über den Wolken ein starker Wind blies. Schließlich machte er das Wolkenschiffchen los und ließ es langsam in die Höhe steigen - geradeso wie die Kinder in Wölkchens Heimatland ihre Flugdrachen.

Das kleine Flugwölkchen verschwand in den Regenwolken.
Die vier Gefährten saßen eng beieinander. Sie froren, denn es war windig und kühl. Feine Tautropfen legten sich auf ihr Fell und ihre Schnurrhaare.
"Bin gespannt, ob dieser Nebel jemals aufhören wird", sagte Tabitha.
"Ich wage nicht, mein Fell zu lecken", murmelte Leonardo.
"Wieso?" fragte Quax spöttisch. "Glaubst du, der Nebel ist vergiftet?"
"Nein, aber er ist kalt und einfach ekelhaft!"
"Ich finde es spannend", behauptete Wölkchen. Für ihn war es der erste Flug durch eine Wolke.
Plötzlich streifte ein verirrter Sonnenstrahl das Flugschiff. Mit einem Mal verwandelte sich der Nebel in einen Schleier aus purem Gold - und dann sahen die vier Gefährten den blauen Himmel.
Sie hatten es geschafft! Die Regenwolken lagen unter ihnen. Von oben sahen sie aus wie ein silberweißer Brei. An manchen Stellen ragten bizarre Türme empor. Wölkchen stellte fest, sie sähen aus wie dickbauschige Katzenschwänze oder wie die Köpfe feister Langhaarkater.
"Ja, von oben sind die Wolken richtig schön", sagte Tabitha begeistert.
Die vier Samtpfoten rekelten sich in der Sonne. Doch kaum hatten sie

ihr Fell einigermaßen getrocknet, wurden sie auch schon wieder nach unten gezogen.
Unten angekommen zog Quax das mieseste Gesicht, das Ortwin jemals bei einer Samtpfote gesehen hatte.
"Ich sehe, mein Kater, der Flug war nicht sehr erfolgreich", begrüßte ihn der Zauberer.
"Meine Ohren sind zu", war alles, was Quax antwortete.
"Ja, der Abstieg ging etwas zu schnell", sagte Tabitha. "Aber der Flug war sehr angenehm. Wir haben dort oben ein Sonnenbad genossen. Schade, daß wir so schnell wieder heruntergeholt wurden."
"Ihr habt also die Wolken überwunden?" freute sich Ortwin. "Demnach ist die Wolkendecke nicht allzu dick. Wie ist der Wind dort oben?"
"Nur ein laues Lüftchen", erwiderte Quax. Seine Mine hellte sich auf. "Und jetzt laßt uns die Apparaturen auf das Flugschiffchen montieren, damit wir den Vögeln einen gebührenden Empfang bereiten können!"

Bis zum Abend hatten Ortwin und die Samtpfoten alles Notwendige auf dem Flugwölkchen verstaut: eine eiserne Pfanne, gefüllt mit Salzkristallen, Spiegel, Linsen, Prismen und schließlich eine große Spiralfeder. Diese hatte Quax aus dem zerbrochenen Leib des Riesenschreivogels herausgeholt. Wurde sie in Schwingung versetzt, entstand ein sonderbarer Ton. Dieser übertrug sich auf andere eherne Gegenstände. Gewiß hatte der Vogel seinen furchtbaren Schrei mit dieser Feder erzeugt. Nun sollte die Feder die Metallpfanne mit den Salzkristallen in Schwingung bringen.
"Wenn ich Merlins Anweisungen recht verstehe", sinnierte Ortwin, "wird das Mondlicht zwischen den Spiegeln gefangen und in das Zauberlicht verwandelt. Es müßte demnach möglich sein, das gefangene Licht herunterzubringen, auf unser Schiff - und es erst dann frei zu lassen, wenn uns die eisernen Vögel tatsächlich angreifen."
"Wir werden uns bemühen, Meister", brummte Quax, der schon wieder den schlecht gelaunten Kater spielte, "denn ich habe kein Verlagen danach, selbst in das Zauberlicht zu schauen."
"Außerdem", fuhr Ortwin fort, "wäre es gewiß gefährlich, die Vögel dort oben in der Luft zurückzuverwandeln. Wir könnten hier unten von einem Steinregen erschlagen werden."
Quax verzog das Gesicht: "Keine Angst, wir passen schon auf. Erst muß der Zauber überhaupt klappen. Vielleicht sind ja alle unsere Mühen vergebens!"

Die Jungkatzen spielten mittlerweile mit den Glaskugeln aus den zerstörten Vögeln. Eine davon rollte direkt vor Ortwins Füße. Er bückte sich und wollte die Kugel aufheben, als schon Petunia dahersauste und sie wegtatzte. Peterle, Xenofefa, Carli, Bosheide, Tobelilia und Gnomicus fegten hinter ihr her. "Was wollte ihr nur mit diesen Kugeln?" fragte Ortwin. Er wartete die Antwort aber nicht ab, sondern fuhr fort, die Gerätschaften auf dem Wolkenschiffchen festzubinden. Hieronymus zuckte nervös mit dem Schwanz und brummte: "Diese Bälger! Immer haben sie nur Unfug im Sinn!" Nela aber beruhigte ihn: "Laß sie, Hieronymus, es sind doch noch Katzenkinder! Solange sie mit den Kugeln herumtollen, spielen sie wenigstens kein Mausball!"
Auch Quax hätte gerne über die sorglose Jungkätzchenbande geschimpft, doch er war zu sehr beschäftigt, die Geräte auf dem Flugwölkchen zu sichern. Schließlich bestimmte er Leonardo, ihn zu begleiten. Für weitere Samtpfoten war neben den Apparaturen kein Platz.
Die Abenddämmerung zog herauf. Langsam hob sich das kleine Wolkenschiff in die Höhe. Quax und Tapsele sahen, daß fast alle Samtpfoten auf Deck versammelt waren und ihnen nachschauten. Lediglich die Jungkatzen nahmen kaum Notiz von ihnen. Sie tobten gerade mit den Glaskugeln über das Achterdeck.
Bald schon hatten Quax und sein Begleiter die Wolkendecke durchflogen. Der Himmel verfärbte sich nachtblau, nur im äußersten Westen leuchteten noch einige Wolken golden im Licht der untergegangenen Sonne. Das Flugwölkchen schaukelte leicht im Wind.
Von den eisernen Vögeln oder anderen Feinden war nichts zu sehen. Die beiden Kater genossen die Stille der aufkommenden Nacht. Dann zog der Mond herauf und Quax begann, an den Apparaturen herumzupfoten. Er richtete die Linsen und Spiegel in Richtung Mond, so wie es Merlin in seinem Buch beschrieben hatte, und wies Leonardo an, die Spiralfeder anzustoßen und in Schwingung zu halten.
"Nun heißt es abwarten", sagte Quax.
Dann schwieg er wieder. Wie versteinert saß er da und starrte in den Mond - als wollte er selbst dessen Licht auffangen und verwandeln. Leonardo ließ die Feder schnurren, wieder und wieder, bis ihm schon die Pfoten schmerzten.
Plötzlich sagte Quax ganz unvermittelt: "Ich möchte wissen, was dort oben wirklich ist. Dort, auf dem Mond meine ich. Schnee und Eis? Gläserne

Berge? Warum leuchtet der Mond so silbern und mild, scheint die Sonne dagegen so golden und grell?"
Er drehte sich zu Leonardo, der ganz erstaunt dreinschaute.
"Entschuldige", murmelte er, "ich war in Gedanken. Ich denke, wir sollten uns wieder nach unten ziehen lassen. Wenn das Experiment gelungen ist, haben wir genug Licht eingefangen, um alle Metallvögel der Welt in Stein zu verwandeln. Wenn nicht, nutzt es auch nichts, noch weiter hier oben zu hocken und uns kalte Pfoten zu holen."
"Aber", stotterte Leonardo, "wo soll denn das Licht sein? Ich sehe nichts!"
"Wenn es da ist, dann ist es da drin, zwischen diesen Gläsern", erklärte Quax. "Es ist genauso wie mit der Maus in der Röhre: Stell dir vor, du steckst eine Maus in eine Röhre und verschließt diese Röhre an beiden Enden mit einem Pfropf. Kannst du dann die Maus noch sehen? Natürlich nicht. Und trotzdem ist sie noch da. Öffnest du einen der beiden Pfropfen, wird die Maus dir entwischen wollen und..."
Quax verstummte. Am Horizont war eine große schwarze Wolke aufgetaucht. Sie kam sehr schnell näher.
"Was ist das?" wisperte Leonardo. "Sind das etwa..."
"Ja, es sind die Vögel", ergänzte Quax.
Es war ein ungeheuer riesiger Schwarm. Kraracken und Amrocks! Gespenstisch glitzerten ihre Federn im Mondlicht. Schon hörten die beiden Kater das metallische Klirren ihrer Gefieder.
"Jetzt wird es spannend", sagte Quax. Sofort zog er am Seil, das das Wölkchen mit dem Hauptschiff verband. Dies war das Zeichen für Ortwin, sie herunterzuholen. Doch nichts geschah. Die Vögel kamen näher und näher, doch Ortwin reagierte nicht. Quax wurde nervös. Wieder und wieder zog er am Seil - ergebnislos.
"Was kann dort unten geschehen sein?" fragte Quax.
"Weiß ich doch nicht", jammerte Leonardo. Der kleine Kater zitterte vor Angst.
Quax schaute vorsichtig über den Rand des Flugschiffchens. Verdammt! Das Seilende baumelte lose über den Wolken! Irgend jemand mußte das Seil gekappt haben!

Ortwin hatte natürlich längst bemerkt, daß sich das Flugwölkchen losgemacht hatte. Urplötzlich war das Seil heruntergefallen. Er untersuchte dessen Ende und mußte feststellen, daß es durchgeschnitten war. Wahr-

scheinlich hatte sich ein einzelner Metallvogel im Schutz der Regenwolken herangewagt und das Seil mit seinem messerscharfen Schnabel durchtrennt. Da kam auch schon Hieronymus gelaufen: "Meister, Meister!" rief er aufgeregt. "Die Vögel greifen an! Schnell, hol den Weißchen herunter!" Hieronymus hatte Quax heimlich von Magdas Kajüte aus beobachtet - durch das Zauberspiegelchen.
"Sag mir wie, mein Hieronymus", schrie Ortwin halb von Sinnen und hielt dem Kater das abgeschnittene Seil unter die Nase. "Sag mir, was ich jetzt noch tun kann!!!"

Quax und Leonardo waren gewaltig in Bedrängnis. Schon stürzten sich die ersten Metallkrähen auf das Flugwölkchen und hackten im Vorbeiflug nach den Apparaturen, dem Wolkenstoff, aber auch nach den beiden Katern.
"Na wartet, ihr Biester!" fauchte Quax und begann seine Gerätschaften zu verstellen. Er mußte es wagen; er mußte versuchen, das gefangene Licht zu befreien - es war ihre einzige Chance! Oh große Bastet, laß den Zauber gelingen!
Auf den Regenwolken unter ihnen begannen bunte Lichtflecken zu tanzen. Erst waren es nur einige wenige, hier und dort - doch es wurden immer mehr. Die Wolken begannen in allen Farben zu schillern.
Die Vögel zeigten sich davon unbeeindruckt. Wieder und wieder stießen sie krächzend auf das Flugwölkchen nieder. Leonardo miaute. Ein Vogel hatte ihn am Ohr erwischt. Ein anderer schnappte nach Quax. Das Flugschiffchen wankte und schaukelte wie im Sturmwind.
Doch da! Zwoschschsch! Ein Lichtstrahl traf einen Vogel! Die Glaskugel in seinem Innern leuchtete auf. Sofort verwandelte sich das Ungetüm in einen unförmigen Stein und fiel zur Erde. Die Lichtstrahlen aus der Glaskugel aber trafen andere Vögel. Auch diese verwandelten sich sofort zu Stein, und schickten dabei neue Zauberstrahlen aus. Nun ging es in Windeseile: Ein Vogel nach dem anderen wurde getroffen. Eine wahre Steinlawine polterte in die Tiefe.
So schnell wie der Spuk gekommen war, so schnell war er wieder verschwunden.
Quax und Leonardo atmeten auf. Sie waren außer Gefahr.
"Hoffentlich haben sie sich da unten rechtzeitig in Sicherheit gebracht", stöhnte Quax. Doch plötzlich wurde ihm bewußt, daß sie sich gar nicht mehr über dem Wolkenschiff befinden konnten. Der Wind hatte sie si-

cherlich davongetrieben!
"Wir müssen sofort landen, Leonardo!" schrie Quax.
Leonardo kroch unter der Apparatur hervor, wobei er einen Teil der Geräte umwarf. Ein Prisma stürzte dabei in die Tiefe.
Quax achtete nicht auf Leonardos Mißgeschick. Sein Kopf qualmte vor Anstrengung. Landen, sie mußten augenblicklich landen - *aber wie?*
Leonardo sagte kein Wort. Wie er Quax so verzweifelt sah, verlor er all seinen Mut.
"Ich hab's", sagte Quax endlich. "Wir müssen Wolkenstoff entfernen. Vielleicht gelingt es uns, soviel Wolkenstoff wegzukrallen, bis unser Flugschiff schwer genug wird, um zu sinken. Vorsicht, Tapsele, äh Leonardo, nicht so schnell! Der Wolkenstoff läßt sich nur mit sanften Pfoten bearbeiten!"
Langsam aber sicher gelang es ihnen, kleine Wolkenstoffbällchen abzulösen. Nach einer Weile merkten sie, wie sie sich den Regenwolken näherten. Noch eine Weile und sie tauchten in die Regenwolken ein. Am Ende hatten sie fast den ganzen Wolkenstoff weggekrallt: Es blieb ihnen nur noch ein kleines Sitzplätzchen neben den Apparaturen.
Dann ging alles sehr schnell. "Ich sehe Baumwipfel", frohlockte Quax. "Noch ein Stückchen und wir können uns abseilen."
Geschwind packte er das Seil, das immer noch nach unten baumelte, und hängte sich daran. Leonardo aber traute sich nicht, er blieb sitzen.
"Willst du hocken bleiben bis ans Ende der Welt?" schimpfte Quax. "Auf, Leonardo, dort drüben, der große Baum! Das ist unser Ziel! Nun komm schon!"
Quax kletterte weiter nach unten. Leonardo folgte ihm vorsichtig. Über dem Baum angelangt, versuchten sie nach den Ästen zu greifen, ohne das Wölkchen loszulassen. Doch wie sehr sie sich auch bemühten, es gelang ihnen nicht. Schließlich blieb ihnen keine andere Wahl, als das Seil loszulassen und auf den Baum zu springen. Dabei kippte das Flugwölkchen zur Seite und alle Gerätschaften stürzten auf die Erde. Das Wölkchen aber trieb hinauf in den Himmel und verschwand.
Quax und Leonardo hingen in den Ästen des Baumes. Es regnete. Quax fluchte: "Auch das noch! Komm, Leonardo, klettern wir hinunter. Dann sehen wir weiter."

Auf dem Wolkenschiff herrschte große Aufregung. Quax und Leonardo waren verloren gegangen. Jeden Augenblick konnten die Metallvögel

angreifen, und die Gefährten waren ihnen schutzlos ausgeliefert - wie in der Nacht zuvor!
Ortwin ordnete an, daß sich alle Samtpfoten - bis auf jene, die zur Wache eingeteilt waren - in die Schlafräume zu begeben hatten. Vor allem hatte das Herumgewüte mit den Glaskugeln sofort aufzuhören! Petunia, Xenofefa und andere Katzenkinder protestierten zwar - doch es half nichts! Nela setzte vorsorglich einen neuen Kräutersud an, und Gwaldain zog alle seine Männer im Umkreis des Wolkenschiffs zusammen.
Doch nichts geschah. Die Nacht blieb ruhig. Die Samtpfoten wunderten sich, wieso ihre Feinde die günstige Gelegenheit versäumten und nicht angriffen.
Ortwin, Magda und Hieronymus allerdings wunderten sich nicht. Nachdem sich die allgemeine Aufregung gelegt hatte, hatten sie sich in Magdas Kajüte über das Zauberspiegelchen gebeugt und sich abermals nach Quax erkundigt. Sie sahen ihn zusammen mit Leonardo auf dem Baum hocken.
"Da sind sie ja!" rief Hieronymus erleichtert. "Sieht ganz so aus, als ob es ihm gelungen sei, das Flugwölkchen zur Landung zu bringen."
"Aber, wo sind all die Apparaturen?" wollte Ortwin wissen.
Hieronymus bat den Spiegel, die Geräte zu zeigen. Auf dem Spiegel erschienen Bilder von verstreut in Gras und Gebüsch liegenden Linsen, Prismen, Gestellen und schließlich einer Bratpfanne.
"Sieht weniger nach einer Landung als nach einem Absturz aus", scherzte Magda.
Ortwin wurde nervös. Seiner alten Gewohnheit gemäß begann er an seinem Bart zu zupfen. "Wo könnten die eisernen Vögel sein?" murmelte er. "Ob sie uns der Spiegel zeigen kann?"
Hieronymus versuchte es und fragte nach den Vögeln.
Sie staunten nicht schlecht, als ihnen der Spiegel ein offenes Feld zeigte, auf dem große Steine herumlagen.
"Nun beginnt der Spiegel verrückt zu spielen", brummte Hieronymus. "Ich erkenne hier einen steinigen Acker, keine Vögel!"
"Falsch, lieber Hieronymus", rief Magda strahlend. "*Das* sind die Metallvögel! Diese Steine hier! Die Vögel wurden zurückverwandelt!"
"Quax muß der Zauber mit den Lichtstrahlen gelungen sein!" jubelte Ortwin. "Magda hat recht, die Vögel wurden zurückverwandelt, ha, ha! Wir haben sie besiegt!"
Hieronymus schnurrte. Insgeheim bewunderte er Quax. Dann aber sagte

er: “Verflixt, was geschieht jetzt mit Quax und Leonardo? Wie holen wir die beiden zurück?”

Quax und Leonardo ahnten nicht, daß sie von Ortwin und Hieronymus beobachtet wurden. Sie liefen durch den großen, dunklen Wald, immer dem Wind entgegen. Es heißt, Samtpfoten finden stets den Weg nach Hause zurück, selbst wenn sie in einem Sack meilenweit verschleppt werden. Quax und Leonardo waren deshalb recht zuversichtlich; irgendwann würden sie das bretonische Dorf erreichen. Es fragte sich eben nur, *wann*: In ein, zwei Tagen oder erst in einer Woche! Was mochte bis dahin geschehen? Und all die kostbaren Apparaturen, die sie im Wald zurücklassen mußten! Doch sie sahen keine Möglichkeit, die vielen Spiegel, Prismen und Linsen zu tragen.
So liefen sie also durch den Wald. Der feine Nieselregen begleitete sie. Keine Tiere, keine Waldgeister, keine Kobolde zeigten sich. Gewiß war der Wald verwunschen, vielleicht sogar im Banne einer bösen Macht, der Siebenbeinigen Spinne gar?
Erst gegen Morgen hörte der Regen auf. Die beiden Kater waren völlig durchnäßt, doch sie hofften vergeblich auf die warmen Strahlen der Sonne. Sie blieb hinter dicken schwarzen Wolken versteckt.
Sie erreichten eine Lichtung. Dort fanden sie einige Rebhuhneier, die ihnen als Frühstück dienten. Dann legten sie sich ins feuchte Moos und ruhten sich ein wenig aus.
Ortwin eilte über das Wolkenschiff. Tobelilia, die kleine, wilde, halbwüchsige Katze folgte ihm. “Meister, warte einen Augenblick! Ich muß dir etwas sagen”, rief sie ihm nach.
Ortwin war ungehalten: “Ich habe jetzt keine Zeit, ich muß zu Gwaldain hinunter. Er muß mir helfen, den Quax zurückzuholen...”
Doch die Katze ließ nicht locker: “Aber die Glaskugeln! Sie haben vorhin geglüht! Meister, was kann das bedeuten?”
“Welche Glaskugeln? Ach, du meinst jene aus den Köpfen der Vögel? Ich finde es nicht gut, wenn ihr mit den Kugeln spielt. Sie sind Zauberwerk, böses Zauberwerk obendrein. Es ist besser, ihr werft sie über Bord!”
Rasch ging er weiter und stieg über die Strickleiter vom Wolkenschiff.
Tobelilia schleckte sich die linke Pfote. Sie fühlte sich ein wenig steif an. Seltsam! Dabei konnte sie sich nicht erinnern, sich verletzt zu haben. Allerdings hatte sie gerade mit dieser Pfote die Kugel berührt, als sie

glühte. Ob das Glühen der Kugel für ihre steife Pfote verantwortlich war? Petunia, Peterle, Xenofefa und Carli kamen über das Wolkendeck gesprungen.
"Hast du gehört, Tobelilia?" rief Petunia. "Die Metallvögel sollen alle tot sein!"
"Wie kann etwas tot sein, das nie gelebt hat?" brummelte Peterle.
Petunia warf ihm einen wüsten Blick zu und fauchte: "Besserwisser! Jedenfalls hat Hieronymus behauptet, die Vögel seien alle vernichtet."
"Woher will Hieronymus das wissen?" fragte Tobelilia.
"Er weiß es eben, weil er Ortwins Gehilfe ist", antwortete Xenofefa.
Tobelilia war mit der Erklärung anscheinend zufrieden. Die Glaskugeln waren im Augenblick auch wichtiger.
"Wir sollen sie wegwerfen", sagte sie. "Ortwin meint, sie seien böses Zauberwerk."
"Aber was können uns die Kugeln denn noch anhaben, jetzt, da die Vögel alle zerstört sind?" fragte Petunia. Xenofefa verdrehte die Augen und brummte: "Ortwin ist ein Spielverderber!" Carli war der gleichen Meinung. Er würde seine Kugel niemals hergeben. Wenn Tobelilia sich vor der Kugel fürchte, könne sie sie ihm ja schenken.
"Laßt uns ein Mausball pfoten!" bestimmte Petunia. "Jetzt, da Quax und Ortwin nicht hier sind, können wir so richtig nach Samtpfotenlust toben!"
"Ja, werft die Maus!" befahl Xenofefa.
"Wo ist unser Schiedsrichter? Moony, komm an Deck!" riefen die Kätzchen.
Moony zierte sich. Es sei so feucht draußen und außerdem noch Schlafenszeit.
"Stell dich nicht so an, Drillschnurre!" forderte Petunia. "Es wird doch schon hell, die Schlafenszeit ist längst vorbei."
"Ich habe aber die halbe Nacht gewacht, meine Pfoten sind kalt...", rechtfertigte sich Moony.
"Die werden schnell heiß, wenn das Spiel erst einmal läuft", sagte Carli.
Also gut! Moony ließ sich erweichen. Die Maus flog über das Deck, das Spiel begann. Polternd rasten die Jungkatzen über die Planken; Krallen und Stockzähne blitzten auf, Ohren wurden verdreht, Haarbüschel wirbelten durch die Luft. Moony hatte seine Müdigkeit bald vergessen. In der Tat! Seine Pfoten waren nicht mehr kalt - sie waren heiß, sie glühten!

Verwandlungen

Quax und Leonardo schmerzten die Pfoten. Sie liefen schon stundenlang durch den dichten, finsteren Wald und kamen kaum voran. Es gab keine Wege; immer wieder mußten sie über umgestürzte Bäume klettern und durch widerliche Dornenhecken kriechen. Einmal gelangten sie sogar an einen Fluß, über den sie schwimmen mußten. Aber sie waren sowieso naß bis auf die Haut! Der Regen neckte sie: Befanden sie sich unter großen Bäumen, ließ er nach - dafür aber blies der Wind um so heftiger, und dicke Tropfen fielen von den Bäumen. Kamen sie an eine Lichtung, setzte sofort wieder ein kräftiger Regenschauer ein. Zu essen fanden sie nichts. Alles hatte sich gegen sie verschworen! Leonardo jammerte, und Quax fluchte. Endlich stießen sie auf einen Weg! Ihre innere Stimme sagte ihnen, daß sie diesem Weg nach Westen folgen sollten.

"Wenn wir jetzt noch ein paar Mäuse fänden...", begann Leonardo.

"Psst!" unterbrach ihn Quax. "Ich höre Pferdehufe!"

Auch Leonardo hörte etwas. Schnell verbargen sie sich im Unterholz und spähten vorsichtig heraus. Eine Gruppe bewaffneter Ritter jagte an ihnen vorbei. Sie sahen furchterregend aus mit ihren Kettenhemden, Harnischen, Lanzen, Schwertern und Schilden. Ihre Pferde rochen streng im feuchten Wetter. Schlamm spritzte unter den Hufen hoch. Quax und Leonardo duckten sich tief ins Gestrüpp.

Gerade war der letzte Ritter an ihnen vorbeigezogen, sprang Quax erregt auf den Weg und begann laut zu jaulen.

Leonardo war verwirrt. Was hatte das zu bedeuten?

"Leonardo, komm!" rief Quax. "Das waren Baldwin und Rabax!"

Tatsächlich, der letzte Reiter war von sehr kleinem Wuchs. Es bestand kein Zweifel: Da ritt Baldwin, der Zwerg!

Baldwin hatte Quax gehört. Er zügelte sein Pferd und machte kehrt.

"Ha, bei meinem Bart, wen haben wir denn da? Das ist ja der Weißchen!" kreischte er.

"Dich schickt der Himmel!" rief Quax. Zum ersten Mal freute sich Quax über die Anwesenheit des Zwerges. Gern ließ er sich greifen und aufs Pferd heben. Rabax und die anderen Ritter waren ebenfalls zurückgeritten. Ge-

nauso wie Baldwin wunderten sie sich über die beiden durchnäßten Kater. "Kommt, Gevatter Rabax, nehmt Ihr den zweiten Kater auf Euer Pferd", bat Baldwin. Sodann überschüttete er Quax mit Fragen: "Bedeutet euer Aufkreuzen Gutes oder Schlechtes? Sagt, was macht Magda? Lebt Ortwin noch? Und das Wolkenschiff?"
"Ich werde euch alles genauestens berichten", erwiderte Quax. "Wie ich sehe, war deine Reise erfolgreich, Baldwin."
"Oh ja, gewiß, gewiß. Zuerst wollte uns niemand so recht glauben, aber Dank meiner Überredungskunst - ha, ha - ist es schließlich gelungen, den König zu bewegen, uns zwei Dutzend Ritter mitzuschicken. Ein weiteres Dutzend schloß sich unterwegs, aus den umliegenden Orten, an. Mit diesem kleinen Heer wird Salaam seine Freude haben! Doch nun berichte, Kater, ich platze vor Neugierde!"
"Sachte, sachte, erst müssen wir ein Stück in den Wald zurückreiten und einige Gegenstände suchen, die wir dort verloren haben."
Baldwin stöhnte. Doch er und die Ritter gehorchten dem Kater. Sie kamen allerdings mit ihren Pferden nur sehr langsam durch das dichte Unterholz. Quax erzählte inzwischen Baldwin, was geschehen war. Dieser übersetzte alles den Rittern, wobei er die Geschichte dramatisch ausschmückte. Doch plötzlich hielt der Zwerg inne und brummte: "Verdammt, Kater, wo sind denn nun die Prismen und Spiegel! Ein Stück hast du gesagt, und jetzt irren wir schon eine Ewigkeit durchs Gestrüpp!"
"Wir irren nicht, Baldwin", erwiderte Quax, "denn ich kenne den Weg genau. Aber du hast recht, wir sind mit den Pferden zu langsam. Gehen wir lieber zur Pfote und zu Fuß."
Bis sie endlich den Platz erreicht hatten, an dem sie unfreiwillig gelandet waren, hatte Quax seine Geschichte noch dreimal zum Besten gegeben.
"So viel List und Klugheit hätte ich euch gar nicht zugetraut!" lobte Baldwin immer wieder. Doch seine Laune schlug rasch wieder um, als er auf dem Bauch durch das Unterholz kriechen mußte, um die Prismen und Spiegel zusammenzusuchen.
"Verdammter Mist", meckerte er, "meine schönen Gegenstände so zu malträtieren! Ach, meine schönen Spiegelchen, so viele sind zerbrochen! Hättet ihr nicht besser aufpassen können? Und jetzt muß ich mir auch noch meinen Rock schmutzig machen, wegen euch! Ihr Katzbälger!"
Gwaldain war inzwischen auf Ortwins Bitte hin in den großen Wald von Morbihan geritten, um Quax und Leonardo zu suchen. Er wunderte sich

zwar, wieso sich der alte Zauberer so sicher war, daß die beiden verlorenen Kater gerade dort zu finden waren, aber er vertraute ihm und seinen Zauberkünsten. Ortwin blieb auf dem Wolkenschiff. Einige Samtpfoten wagten sich am Vormittag in die Umgebung, kehrten aber bald zurück, da sie von einer seltsamen Unruhe geplagt wurden. Krebsritter oder eherne Vögel hatte niemand gesehen. Aber es lag etwas Bedrohliches in der Luft, ein unheimliches Grauen.

Gegen Mittag begannen die Hunde im Dorf zu heulen. Tobias, der die Hundesprache verstand, ging zu Ras, dem ältesten Dorfhund und fragte nach dem Grund.

“Kater”, murrte dieser, “ich bin eure Anwesenheit so leid! Seit ihr hier seid, haben wir keine Ruhe mehr. Erst die Wölfe, dann diese schrecklichen Vögel...”

“Aber, lieber Ras”, unterbrach ihn Tobias, “ihr Hunde habt doch von den Unholden nichts zu befürchten. Ihre Angriffe gelten nur uns. Außerdem kann ich dich beruhigen; die eisernen Vögel sind zerstört.”

“Mag sein”, erwiderte Ras, “aber vorhin hat die Erde gezittert. Ihr konntet es ja auf eurem Flugschiff nicht bemerken, und die Menschen hier im Dorf haben keine Sinne dafür. Aber wir Hunde, wir spüren es sofort, wenn sich die Erde bewegt. Es war unheimlich. Etwas Furchtbares wird geschehen! Huuuuuu!”

Tobias kehrte auf das Wolkenschiff zurück und erstattete Ortwin und Nela Bericht. Im gleichen Augenblick kamen schon einige Samtpfoten herbeigerannt und riefen aufgeregt:

“Die Stimmen! Wir hören sie wieder, die Stimmen!”

Tobias lauschte. Natürlich, er hörte es auch: “Moloch-Ammun-Ischtar-Baal...”

“Der Magier will uns sicher wieder eine Botschaft schicken”, sagte Ortwin, der selbst noch nichts vernahm.

“Besser, die Samtpfoten gehen unter Deck”, schlug Nela vor. Das brauchte sie nicht zweimal zu sagen. Die meisten Katzen und Kater waren schon auf dem Weg nach drinnen. Nur Hieronymus, Tobias und Manulia blieben draußen.

Plötzlich zuckte ein greller Blitz aus den Wolken und umtanzte die Mastspitzen. Doch anstatt eines Donners war nur ein seltsames Zischen zu hören. Die Hunde im Dorf jaulten. Ein Windstoß rüttelte das Wolkenschiff, und eine furchterregende Stimme ertönte: “Ortwiiiiin, Ortwiiiiiin, gib endlich

auf! Bekenne dich zu Salaam als den einzigen, wahren Meister!"
Ortwin fuhr herum und rief: "Wer bist du und wo steckst du? Gib dich zu erkennen, du Feigling!"
Erneut fuhr ein Blitz um das Wolkenschiff und tauchte alles in ein helles Gleißen, selbst um die Samtpfoten und Menschen legte sich das fremdartige Licht - für Sekundenbruchteile sahen sie aus wie vergoldete Statuen. Der Spuk verschwand so schnell er gekommen war.
"Was war das?" fragte Manulia. "Mir war als hätte mein Fell gebrannt!"
Ortwin tastete sich ab, durchwühlte seine Rocktaschen und fuhr Hieronymus über das Fell.
"Vielleicht hat Salaam versucht, uns zu bannen", sinnierte er, "oder gar zu verwandeln?"
"Wohl ohne Erfolg", knurrte Hieronymus verächtlich. "Ich fühle mich jedenfalls nicht schlechter als zuvor."
"Sein Strahl hat immerhin das Schiff getroffen", sagte Nela, "obwohl er einige Meilen von uns entfernt ist. Das nächste Mal mag es ihm gelingen..."
Da wurde die Luke zum Schlafraum der Samtpfoten aufgerissen. Mohrle streckte seinen Kopf heraus und rief: "Kommt schnell, hier ist etwas Merkwürdiges geschehen!"
Nela und Ortwin hatten eine dumpfe, böse Ahnung. So schnell sie konnten, eilten sie unter Deck. Hieronymus, Tobias und Manulia folgten ihnen.
"Es hat überall geblitzt", erklärte Mohrle, "unter den Schlafdeckchen und zwischen den Kissen! Und jetzt bewegen sie sich nicht mehr!"
"Wer bewegt sich nicht mehr?" fragte Ortwin.
"Petunia, Xenofefa!" riefen die Samtpfoten durcheinander. "Was hat das zu bedeuten?"
"Ich halte das hier nicht mehr aus", maunzte der Gestromte und wollte nach draußen. Unter den Samtpfoten herrschte Panik.
"Halt, halt!" rief Hieronymus beschwichtigend. "Beruhigt euch! Keiner verläßt das Schiff, bevor wir nicht geklärt haben, was geschehen ist!"
Der Gestromte jammerte herzerweichend: "Sie sind versteinert! Und wenn wir nicht machen, daß wir wegkommen, geschieht mit uns das Gleiche!"
"Tatsächlich!" rief Nela. "Einige Samtpfoten sind erstarrt - zu Stein erstarrt!"
"Aber das ist ja meine Magnolia!" maunzte Manulia. Klein-Manul Magnolia Moonia - sie war zu einem kalten Marmorblock erstarrt, genauso wie Petunia, Xenofefa, Toxi, Poesje, Gnomicus, Minze, Tatzenteufelchen,

Aunci, Carli und Bosheide.
“Es hat nur einige Jungkatzen getroffen”, stellte Hieronymus fest. “Wieso eigentlich?”
“Nicht nur Jungkatzen”, sagte Tabitha. “Auch die beiden Kater Moony und Bärle.”
“Und Amanda!” rief Agathe.
“Aber wieso nur diese wenigen? Wieso nicht alle?” fragte Ortwin verwirrt.
“Es hat mit den Blitzen zu tun”, sagte Mohrle, “Sie zuckten unter den Deckchen und hinter den Kissen hervor. Wer von einem Blitz getroffen wurde, verwandelte sich zu Stein.”
Hieronymus untersuchte Petunias Schlafplätzchen. Er fand dort nicht nur zwei Mäusebälge, eine Hühnerfeder und ein Stück Hasenfell, sondern auch eine der seltsamen Kugeln aus den Köpfen der Metallvögel.
“Das ist des Rätsels Lösung”, stellte er fest und tatzte die Kugel von sich weg.
“Ich wußte, daß sie Unglück bringen”, stöhnte Ortwin. “Hätte ich doch nur darauf bestanden, sie über Bord zu werfen!”
“Ich habe meine weggeworfen”, maunzte Tobelilia, “aber Petunia und Xenofefa...”
“Nun verstehe ich!” sagte Nela. “Die Blitzstrahlen, die der Magier auf uns gerichtet hatte, wurden durch die Kugeln verstärkt. Wahrscheinlich hätten die Strahlen alleine nichts bewirkt, so aber...”
“Diese vermaledeiten Jungkatzen!” knurrte Munni. “Das haben sie jetzt davon!”
“Es hat aber auch einige Unschuldige getroffen, den Bärle zum Beispiel”, klagte Tabitha.
“Es hätte jeden von uns treffen können”, schnaubte der Gestromte. “Die Jungen haben uns unnötig in Gefahr gebracht!”
Manulia war außer sich: “Hört auf so zu reden! Die Kinder wollten doch nur ein wenig mit den Kugeln spielen!”
Alle Samtpfoten maunzten und fauchten durcheinander.
“Ruhe, beruhigt euch doch!” schrie Ortwin. “Kommt, sammelt schnell alle Kugeln ein und werft sie über Bord, bevor noch mehr geschieht! Und dann tragen wir die versteinerten Katzen in meine Kajüte und überlegen uns, wie wir sie wieder zum Leben erwecken können.”
Er packte eine der Steinkatzen und hob sie hoch. Sie war schwer, sehr schwer. Ortwin mußte sie wieder absetzen.

“Nein, das schaffe ich nicht”, stöhnte er. “Wir müssen unsere bretonischen Freunde bitten, die Statuen wegzutragen.”
“Die Statuen!” fauchte Hieronymus. “Wie er über unsere Artgenossen redet! Es sind immer noch Samtpfoten, keine Statuen!”
Wieder rieb sich Ortwin den Bart. So hatte ihn Hieronymus noch nie angefaucht.
Magda brachte inzwischen die Kugeln vom Wolkenschiff und vergrub sie irgendwo am Waldrand. Später kamen einige Männer an Bord und schleppten die verwandelten Samtpfoten in Ortwins Kajüte.
Dort lag noch immer - oder schon wieder? - der Kater Gurx. Er wunderte sich über die schönen Figuren, die die Männer zu ihm hereinstellten. Eine gute Arbeit, dachte er, man könnte fast meinen, sie seien echt. Er fragte sich, was Ortwin mit den Figuren vor hatte. Dann aber drehte er sich zur Seite und setzte seinen Schlaf fort. Unbeweglich lag er auf Ortwins Bett - als sei er selbst aus Stein.

Ein wenig später trafen Quax und Leonardo, Baldwin und die Ritter ein. Sie hatten Gwaldain auf halbem Weg getroffen. Freudig hatte er ihnen berichtet, daß die schrecklichen Metallvögel verschwunden waren. Von der unheimlichen Verwandlung der Samtpfoten wußte er noch nichts.
Am Eingang zum Dorf trafen sie auf Magda.
“Da bist du ja endlich wieder!” rief sie und sprang ihrem Baldwin entgegen. Baldwin aber grinste nur. Er war froh, endlich wieder bei seiner Magda zu sein. Doch als sie ihm hastig von den Geschehnissen der letzten Stunden berichtete, begann er erneut zu jammern. Wenn nun sogar schon lebende Wesen zu Stein wurden! Auch Rabax und die Ritter bekamen es mit der Angst. Gegen eine solch finsterer Macht wollten sie nur ungern kämpfen! So hatten sie sich ihr Abenteuer nicht vorgestellt!
Quax sagte kein Wort. Schnell lief er weiter zum Wolkenschiff. Er wollte mit eigenen Augen sehen, was geschehen war.
Hieronymus, Manulia und Mohrle kamen ihm entgegen. Wie die meisten Samtpfoten hatten sie mittlerweile das Flugschiff verlassen. Ja, es hätte sich tatsächlich so ereignet, wie Magda berichtet hatte. Die verwandelten Artgenossen stünden in Ortwins Kammer.
Quax raste weiter. Endlich kam er zur Kajüte. Tatsächlich! Da standen sie! Verwandelt! Zu Stein, zu kaltem Stein erstarrt! Auch Amanda! Warum nur? Hatte auch sie mit den Glaskugeln gespielt? Oder hatte sie nur

zufällig in das Licht geschaut, als die Kugeln aufleuchteten?
Quax maunzte wie ein Katzenkind. Er fühlte sich niedergeschlagen, traurig und verbittert. Alles schien umsonst gewesen zu sein: die Flucht auf dem Wolkenstoff bis in die Bretagne, der Bau des Wolkenschiffes, der Sieg über die eisernen Vögel! Waren die bösen Mächte doch stärker? Nein, das durfte nicht sein! Quaxens Trauer schlug um in Wut.
Er bemerkte nicht, wie Leonardo die Kajüte betrat.
"Gerade die Lustigsten hat es getroffen", sagte Leonardo leise. Quax erschrak. "Ach, du bist es nur, Leonardo", seufzte er. "Ja, es hat die Lustigsten getroffen und auch die Sanftesten. Weißt du, ich habe mich immer über das Mausballspiel der Jungen geärgert und mir oft gewünscht, sie loszuwerden. Aber jetzt, da sie so vor mir stehen..." Er sprach nicht zu Ende, doch er nahm sich vor, den Jungkatzen - sollten sie je wieder lebendig werden - nie wieder das Mausball zu verbieten.
Sie gingen nach draußen. Gurx - der ja immer noch auf Ortwins Bett lag - hatte mit einem Ohr zugehört. 'Aha', dachte er sich, 'das also hat es mit den Figuren auf sich. Daß es soweit kommen mußte! Ich muß auf der Hut sein und beim Schlafen mein Mausohr geöffnet lassen.'

Quax wollte das Wolkenschiff verlassen, als er Ortwin zwischen den Wolkenstoffklumpen herumkriechen sah.
"Meister", rief er, "ich bin wieder zurück!" Er bekam keine Antwort. Statt dessen hörte er einen sonderbaren, schmatzenden Laut. Im gleichen Augenblick verkleinerte sich der Wolkenstoffturm, auf dem Ortwin saß, um ein beträchtliches Maß.
"Meister, was tust du?!" schrie Quax voller Entsetzen. "Du darfst den Wolkenstoff nicht zerstören!"
"Mein Weißchen ist wieder da!" rief Ortwin erfreut. Doch sogleich wurde er trübsinnig und murmelte: "Ich zerstöre ihn nicht - noch nicht. Ich habe nur probiert, ob er sich wieder auflösen läßt. Hast du gesehen, was mit unseren Freunden geschehen ist? Wir konnten es nicht vermeiden."
"Ja", sagte Quax trotzig, "ich habe die verwandelten Freunde gesehen. Gerade deshalb dürfen wir nicht aufgeben. Wir müssen unser Wolkenschiff behalten!"
"Ein Wolkenschiff, das nicht fliegt", seufzte Ortwin, "und ein alter Zauberer, der nicht mehr weiter weiß, umringt von unheimlichen Feinden. Vielleicht wäre es besser, mit der Zauberei aufzuhören, den Wolkenstoff

aufzulösen und zurück in den Turm im Odenwald zu gehen."
"Aber Meister", widersetzte sich Quax, "laß diese Gedanken! An der Verwandlung waren die Zauberkugeln schuld, hat katz mir gesagt. Hätten wir diese nicht an Bord gehabt, wäre der Zauber wirkungslos gewesen. Auch Salaams Macht hat Grenzen. Außerdem ist Baldwin mit drei Dutzend Rittern zurückgekommen, die uns beistehen wollen! Noch ist nichts verloren!"
Ortwin stieg vom Wolkenstoff herunter. "Ich wußte nicht, daß Baldwin zurück ist", gestand er. "Wieso hat er sich mir noch nicht gezeigt?"
"Weil er sich von Magda trösten lassen muß", entgegnete Quax. "Er ist fast vor Schreck gestorben als er von den Verwandlungen hörte!"
"Baldwin ist ein komischer Kauz", grummelte Ortwin, "mal voller Übermut, mal schlotternd vor Angst. Er ist uns keine rechte Hilfe. Aber wenn wir mit der Unterstützung von kampferprobten Rittern rechnen können, mag sich das Blatt nochmals wenden."
"Weißt du denn keinen Zauber gegen die Verwandlung?" fragte Quax.
Ortwin stieg vom Wolkenstoff herunter und nahm seinen Kater auf den Arm. "Nein, leider nicht. In Merlins Buch steht nur etwas über Verwandlungen von Steinen in eherne Vögel und umgekehrt, nichts aber über Verwandlungen lebender Wesen in Gestein. Auch Nela ist ratlos. Es scheint, Salaam ist uns in dieser Kunst tatsächlich überlegen."
Zusammen gingen sie von Bord, um Baldwin und die Ritter willkommen zu heißen. Als sie jedoch über die Strickleiter das Wolkenschiff verließen, flog zu ihrem Schreck ein gewaltiger Amrock über sie hinweg.
"Salaam erschafft neue", sagte Ortwin und deutete zum Himmel. "Wer weiß, was uns kommende Nacht erwartet!"

Nachdem Ortwin die Ritter des Königs begrüßt hatte, versammelten sie sich alle - außer Baldwin und Magda - auf dem Dorfplatz von Carnac, um zu beratschlagen.
Rabax schlug vor, sofort mit Schiffen zur Insel hinüberzusetzen und Salaam und seine Unholde gefangenzunehmen. Dieser Vorschlag fand bei den anderen Rittern keinen Anklang. Sie fürchteten sich vor den Zauberkünsten des Magiers, vor allem, daß er sie allesamt in Steine oder gar in ein niederes Tier verwandeln könne.
Rabax wurde wütend: "Sollen wir hier sitzenbleiben, bis der Unhold in der nächsten Nacht wieder angreift? Nein, wir müssen ihm zuvorkom-

men, müssen noch vor der Dunkelheit auf der Insel sein! Was meint ihr, Gwaldain?"
Gwaldain erklärte sich bereit, mit zur Insel zu fahren. Doch seine Stimme zitterte, auch ihm saß die Angst in den Gliedern.
Da meldete sich Quax. Nela übersetze für die, die der Samtpfotensprache nicht mächtig waren, was Quax vorschlug: "Warum versuchen wir es nicht mit einer List? Bedenkt, Salaam hat einige meiner Artgenossen in Stein verwandelt und wir wissen nicht, wie wir den Zauber lösen können. Andererseits hat Salaam Ortwin angeboten, sich ihm anzuschließen. Warum sollte Ortwin nicht zum Schein auf das Angebot eingehen, wenn ihm Salaam dafür zeigt, wie er die Artgenossen wieder lebendig machen kann?"
"Das wäre der Packt mit dem Teufel!" warnte Rabax.
"Ich halte den Vorschlag für bedenkenswert", sagte Nela. "Wir müssen uns dem Magier nicht gleich ganz verschreiben. Vielleicht können wir ihn sogar hierher locken?"
"Und dann, wenn er sich sorglos fühlt, überwältigen!" ergänzte Gwaldain.
Ortwin sagte nichts. Er schaute in die Runde. Rabax schüttelte zwar den Kopf, widersprach aber nicht mehr. Die Ritter nickten, schienen erleichtert, daß sie nicht kämpfen mußten. Und auch die Samtpfoten befanden Quaxens Idee für gut; sie brummten beifällig.
"Nun gut", seufzte Ortwin, "wir können zum Schein auf sein Angebot eingehen. Wie aber überbringen wir ihm die Botschaft?"
"Ich werde zu ihm gehen", sagte Nela. "Mir wird er vertrauen. Gwaldain, ich möchte sofort mit einem Boot zur Insel gefahren werden. Und du, Miranda, begleitest mich! Wenn ich zusammen mit meiner Katze komme, wird er noch weniger Argwohn schöpfen."
Miranda fuhr zusammen. Sie hatte furchtbare Angst, auf die verwunschene Insel hinüberzufahren. Doch sie wollte in den Augen von Quax, Wölkchen und der anderen Artgenossen nicht als feige gelten, also widersetzte sie sich nicht.
Weitere Katzen und Kater wollten mitfahren, sei es aus Neugierde oder aus Verwegenheit. Nela lehnte ab.
"Vielleicht sollte Euch doch noch jemand begleiten", sagte Ortwin, "und zwar unsichtbar, unter meiner Tarnkappe."
"Laßt mich gehen", bat Manulia. "Ich brenne darauf diesen Magier und seine Gesellen mit eigenen Augen zu sehen."
Ortwin willigte ein. Er stülpte der Katze die Tarnkappe über und ermahnte

sie: “Paß gut auf sie auf; es ist meine einzige. Und laß dich nicht zu einer unvorsichtigen Tat hinreißen, auch wenn deine Wut auf den Unhold noch so groß sein mag! Und nun, viel Glück!”
Die drei verließen zusammen mit Gwaldain und zwei Rittern den Platz.
“Und was machen *wir* in der Zwischenzeit?” fragte Ortwin.
“Warten, was sonst”, antwortete Quax, “und dabei ein bißchen Zaubermilch schlecken!”

Kurz darauf befanden sich Nela, Miranda, und die unsichtbare Manulia in einem Fischerboot auf offener See. Die drei Ritter und ein Fischer namens Merwin begleiteten sie.
Trübe Wolken hingen über dem Meer; der Seegang war beachtlich. Die vier Männer mußten hart rudern, um voranzukommen.
“Dort drüben liegt die verwunschene Insel”, sagte Merwin endlich und deutete zum Horizont. “Wir werden Euch in der kleinen Bucht bei der Quelle absetzen und dort im Boot auf Euch warten. Ihr werdet verstehen, daß ich keinen Fuß auf das vermaledeite Land setzen möchte.”
Die Insel war in dichten Nebel gehüllt. Außer einigen Felsen am Strand war nichts zu erkennen. Oder stand dort nicht etwa eine Gestalt? Nein, es mußte ein Trugbild gewesen sein, denn als Nela und die Samtpfoten an Land gingen, fanden sie sich allein. Die Insel schien wie ausgestorben.
Manulia konnte kaum glauben, daß es die gleiche Insel war, auf der sie vor Tagen gelandet waren. Damals war sie ihr so freundlich vorgekommen. Die Sonne hatte geschienen, und überall hatten gelbe Ginsterblüten geleuchtet. Jetzt war alles finster, neblig und kalt.
Die drei Gefährten wußten nicht, wo sie den Magier suchen sollten. Sie kletterten einen Abhang hinauf. Als sie die Anhöhe erreichten, lichtete sich für einen Augenblick der Nebel. Da erkannten sie unten in der Bucht eine stattliche Anzahl der unheimlichen Krebsritter. Zielstrebig schritten sie auf Merwins Boot zu. Die Bretonen hatten Anweisung, jeglichem Kampf aus dem Weg zu gehen und ruderten auf das offene Meer hinaus. Für Nela und ihre beiden Begleiterinnen war damit der Rückweg abgeschnitten! Wenn ihr Plan mißlang, waren sie verloren, denn ohne Salaams Einverständnis konnten sie die Insel nicht mehr verlassen!

Miranda begann ängstlich zu miauen. Nela nahm sie auf den Arm und tröstete sie. Ob Manulia Angst hatte, wußte sie nicht. Von ihr war weder

etwas zu sehen noch zu hören.
Plötzlich raschelte es im Gebüsch. Eine Gestalt trat hervor. Sie trug ein dunkles Gewand und einen rostroten Schal um den Kopf. Ehe der Unheimliche sprechen konnte, rief Nela: "Fremder, wir kommen im Auftrag des Zauberers Ortwin und wollen mit dem großen Meister, dem Magier Salaam, verhandeln."
Die Gestalt grunzte und gab durch Zeichen zu verstehen, ihr zu folgen. Sie liefen einige Minuten quer durch die Ginsterhecken und erreichten schließlich eine Lichtung. Dort stand ein großes Zelt. Davor saßen drei weitere Gestalten an einem Lagerfeuer. Sie trugen keine Kopfbedeckung und so erkannten Nela und Miranda ihre Gesichter. Zwei sahen aus wie Mäuse, der dritte aber glich einem Schakal! Auch der Geselle, der sie hergeführt hatte, legte seinen Schal ab: Sein Gesicht ähnelte dem eines Wildschweins!
Mirandas Herz klopfte zum Zerspringen und auch Manulia war in hellster Aufregung. Petunia und Quax hatten recht gehabt: Es gab sie wirklich, die Riesenmäuse und all die anderen unheimlichen Chimären, halb Mensch halb Tier!
Einer der Mausgesichtigen sprang auf und zischte: "Aha, Katzenbrut und Menschengesindel! Was wollt ihr hier?"
Nela antwortete: "Wir reden nicht mit Dienern, nur mit dem Herrn! Wo ist Salaam, euer Meister?"
Da hörten sie aus dem Zelt eine herrische Stimme: "Auch Salaam redet nicht mit Dienern! Wenn Ortwin mit mir verhandeln will, möge er selbst kommen."
"Ich bin keine Dienerin Ortwins", erwiderte Nela selbstsicher, "sondern Nela, die Zauberin aus Carnac."
Da wurde die Plane beiseite geschoben, und ein hochgewachsener, nobel gekleideter Mann trat aus dem Zelt. Kein Zweifel, er war es: der Junker, dem Quax und Ortwin bereits begegnet waren. Wer immer er war, er hatte in diesem Lager das Sagen, denn die Tierwesen wichen ehrfürchtig zurück.
"Ihr seid also Nela", sagte er betont höflich. "Nun, wenn dem so ist, so tretet näher. Es war ohnehin mein Wunsch, Euch kennenzulernen."
Nela betrat mit Miranda auf dem Arm das Zelt. Manulia lief unmittelbar neben ihr her. Der Magier schien sie nicht zu bemerken.
Das Zelt war geräumig und komfortabel eingerichtet. Auf dem Boden lagen Teppiche. Entlang der linken Wand standen ein Diwan und zwei

Hocker, davor befand sich ein niedriger Tisch mit einer reich verzierten Tischplatte. Darauf lagen Karten und Schriftrollen, daneben stand eine vergoldete Truhe. Auf der rechten Seite des Zeltes erkannte Nela ein Gestell mit Apparaturen, ähnlich jenen, mit denen Ortwin und Quax das Mondlicht eingefangen hatten. Erhellt wurde das Zelt von einer Öllampe, die an der Decke hing.
"Nehmt Platz, werte Zauberin aus Carnac", tat der Junker weiterhin freundlich. "Ich sehe, Ihr bewundert meine Gerätschaften? Nun ja, es sind - Spielereien! Ihr braucht sie nicht zu fürchten."
Nela setzte sich auf den Diwan, der Junker blieb stehen. Er lächelte. Es war ein sonderbar kaltes Lächeln.
"Wer seid Ihr?" fragte Nela. "Seid Ihr wirklich Salaam, der Herrscher des Reiches Ogk im Orient?"
"Weshalb sollte ich es nicht sein?" antwortete der Junker.
"Es ist verwunderlich, daß ein so jugendlicher Herr wie Ihr bereits über derart viel Wissen und Macht verfügt", entgegnete Nela.
"Ihr neidet es mir? Nun, Ihr werdet alles über mich erfahren, sobald Ihr Euch zu unserem Bund bekennt. Ihr seid doch gekommen, um Euch anzuschließen, oder?"
"In der Tat... das heißt, wir sind bereit, mit Euch zu verhandeln. Vielleicht war unsere Verweigerung Euch gegenüber unklug..."
"Wen meint Ihr mit *wir*? Ortwin und seine Gefährten sowie Euch selbst?"
"So ist es, ich spreche auch im Namen Ortwins."
Das Gesicht des Magiers wurde ernst: "Ortwin scheint vernünftig zu werden. Doch warum kommt er nicht persönlich zu mir. Fürchtet er sich so sehr?"
"Er ist mißtrauisch, was Ihr ihm gewiß nicht verdenken könnt, nach all dem, was geschehen ist."
"Wäre Ortwin vernünftig gewesen, wäre gar nichts geschehen. Ich wollte weder ihm noch seinen Gefährten schaden, sondern Euch nur zeigen, über welche geheimen Kräfte wir verfügen, damit Ihr einseht, daß sich eine Zusammenarbeit lohnt. Doch sagt, worüber wollt ihr verhandeln? Stellt Ortwin Bedingungen für den Beitritt?"
"Ich würde es nicht Bedingungen nennen. Er möchte, daß Ihr uns in einen Zauber einweiht, in den Zauber, Steine in lebendige Wesen zu verwandeln."
Der Junker lachte, schritt zu seiner Glas-Spiegel-Apparatur und deutete darauf: "Aber ihr kennt doch das Geheimnis bereits! Hattet ihr nicht ein ähnliches Spielzeug? Es kommt nur darauf an, mit welcher Energie das

Gerät beschickt wird - so verwandelt es Leben in Stein, Stein in Leben. Ich weiß, das Eure ist zerstört, doch es kostet Euch gewiß nicht viel Mühe, es wieder aufzubauen."

Er ging auf Nela zu und blieb nur zwei Ellen vor ihr stehen. Seine kalten Augen schauten sie durchdringend an. Miranda fauchte, und der Junker zischte:

"Ihr habt recht, das Gerät nicht mehr aufzubauen - denn wer weiß, was mit Euren steinernen Katzen geschehen würde, wenn Euch ein Fehler unterliefe. Ihr tut gut daran, *mir* die Rückverwandlung zu überlassen. Ich werde es tun, sobald Ihr allesamt meinem Bund beigetreten seid."

Nela fühlte sich in die Enge gedrängt. Sie wagte einen letzten Vorstoß:

"Ja, wir wollen beitreten, aber - so versteht uns bitte - wir wollen nichts überstürzen. Laßt uns erst unsere Künste austauschen, damit Vertrauen entsteht. Für die Rückverwandlung der Katzen bietet Euch Ortwin seinen Wolkenstoff."

Der Junker trat zurück und begann im Zelt auf und ab zu gehen. Nach einer Weile sagte er:

"Meinetwegen! Ortwin soll mir zeigen, wie er diesen Wolkenstoff braut. Er soll morgen zur Insel kommen und mir den Zauber vorführen!"

"Ortwin lädt Euch zu sich, auf das Wolkenschiff ein, denn dort hat er alle notwendigen Apparaturen und Reagenzien, die er nur ungern transportieren möchte. Kommt morgen Nacht, wenn der Vollmond scheint, dann könnt Ihr Zeuge werden, wie der Wolkenstoff entsteht."

"Wieso fliegt er nicht mit dem gesamten Wolkenschiff zu mir herüber? Es wäre für ihn ein Kinderspiel, die wenigen Meilen über das Meer zu segeln! Ihr braucht nicht zu antworten, ich weiß: Ortwin mißtraut mir. *Ich* aber soll *ihm* trauen?"

"Es ist nicht allein das Mißtrauen, es liegt auch daran, daß Ortwins Wolke noch nie geflogen ist, seit meine Leute ein hölzernes Schiff daraufgesetzt haben. Außerdem wißt ihr wohl selbst, daß sich das Wolkenschiff nicht steuern läßt; derzeit sind die Winde nicht günstig für einen Flug vom Festland zu Eurer Insel."

"Ja, Ortwin bräuchte Schiffe wie ich sie besitze! Mit Zaubersegeln und einem mechanischen Antrieb! Diese verbunden mit dem Wolkenstoff wären die wunderbarsten Flugschiffe, die sich denken ließen - unabhängig vom Wind könnten sie alle Meere und Kontinente überqueren. Ja, ich will diesen Wolkenstoff haben! Und Ortwin wird meinen Schiffsantrieb haben wollen. Versteht Ihr, Meisterin Nela, wir *müssen* uns einfach zusammentun!"

"Kommt Ihr also morgen zu uns?"

Der Junker zögerte. Er schritt zum Ausgang seines Zeltes. Dort drehte er sich nochmals kurz um und sagte:

"Bleibt hier sitzen! Ich werde mich mit meinen Gefährten besprechen."

Nela und Miranda verharrten auf dem Diwan. Manulia aber folgte dem Magier auf den Fersen.

Der Junker begab sich zu seinen maus- und hundsgesichtigen Dienern. Er befahl einem der Mäuse, zum Tempel zu eilen und die Priester zu holen. Schon nach wenigen Minuten kehrte der Diener in Begleitung dreier schwarz gekleideter Gestalten zurück. Ihre Gesichter waren nicht zu erkennen. Manulia aber spürte: Zwei hatten etwas Mausartiges, die dritte war eine Frau - doch auch bei ihr war sich Manulia nicht sicher, ob es sich um einen richtigen Menschen handelte.

Salaam berichtete ihnen von Ortwins Angebot und schloß: "Mein Entschluß steht zwar schon fest, dennoch möchte ich Eure Meinung hören. Sollen wir darauf eingehen?"

Die Frau zischte: "Beim großen Baal, ich will keine Dienerin des Molochs sein, wenn das keine Falle ist. Was geschieht, wenn sie Euch überrumpeln und gefangennehmen?"

Der Junker lachte schallend: "Ha, ha, das wäre zu schön! Zu gern wollte ich deren Gesichter sehen, wenn sie das versuchten. Nein, davor fürchte ich mich nicht. Ich will zum Schein einwilligen. Nur so können wir Ortwin, den Trottel, für uns gewinnen."

"Was liegt Euch überhaupt so sehr an diesem alten Menschen?" fragte einer der Priester nicht ohne Spott. "Ich dachte, es geht allein um Merlins Buch?"

"Still!" fauchte der Junker. "Es könnte uns jemand belauschen."

Sie schauten sich um. Manulia erstarrte das Blut in den Adern. Hatten sie sie etwa bemerkt? War vielleicht die Tarnkappe verrutscht?

"Hier ist niemand", beschwichtigte die Frau.

"Nelas Katze könnte mir nachgeschlichen sein", murmelte der Junker.

"Sie hat eine Katze dabei?" knurrte der andere Priester. "Dachte ich mir's! Hier riecht's verflixt nach einem Pfotentier!"

"Aber es ist keine in der Nähe", rechtfertigte sich sein Gefährte. "Es hat uns niemand gehört."

“Das will ich auch hoffen!” erwiderte der Junker. “Wenn Ihr noch einmal so unvorsichtig daherredet, kann ich nicht versprechen, daß Ihr Euer Priesteramt behalten werdet, Meister Rackx!”
Er ließ die drei Gestalten stehen und ging zurück in sein Zelt. Manulia folgte ihm bis zum Eingang. Sie war erleichtert. Die Unholde hatten sie zwar gerochen, aber nicht gesehen.
“Ich habe mich mit meinen Gefährten beraten”, wandte sich Salaam an Nela. “Wir stimmen Eurem Vorschlag zu. Ich werde mich morgen auf Eurem Wolkenschiff einfinden, nach Einbruch der Dunkelheit. Ich muß wohl nicht ausdrücklich betonen, daß sich Eure bewaffneten Ritter vom Schiff fernhalten mögen und alle, die sich auf dem Schiff befinden, keine Waffen tragen dürfen.”
Nela erhob sich, Miranda sprang auf den Boden, wich aber ihrer Meisterin nicht von der Seite.
“Ich danke Euch, Meister Salaam oder wie immer Ihr heißen möget. Ich denke, auch Ihr kommt ohne Waffen und ohne bewaffnete Begleiter. Bis morgen denn.”
Der Magier verneigte sich leicht und hielt Nela die Zeltplane auf. Ein Wink von ihm genügte und der schweinsgesichtige Diener eilte herbei, Nela zurück zur Küste zu begleiten.
“Kannst du eigentlich nicht reden?” fragte ihn Miranda, als sie am Meer angekommen waren. Das Schweinsgesicht grunzte etwas Unverständliches.
“Er mag außer der Schweinesprache nicht viel gelernt haben”, lästerte Nela. “Dabei dachte ich immer, Schweine seien sehr gelehrig.”
Der Schweinekopf fauchte und starrte die beiden drohend an. Dann aber ließ er sie stehen und verschwand in der Dunkelheit.
Nela und Miranda standen am Strand und hielten Ausschau nach Merwins Boot. Es war nirgends zu sehen. Auch die Krebsritter waren verschwunden. Ein schwacher, lauwarmer Wind wehte über das Meer; niedrige Wellen klatschten an die Felsen. Der Himmel war fast klar; Sterne und ein fahler Vollmond waren zu sehen. Nela hätte gern gewußt, wo Manulia steckte. Sie wagte aber nicht, nach ihr zu rufen, denn gewiß hockten Spione des Magiers in den Ginsterbüschen und belauschten sie.
Schweigend warteten sie bis die Morgendämmerung heraufzog. Endlich erschien Merwins Boot vor der Küste. Nela machte dem Fischer ein Zeichen. Geschwind kam das Boot herbei, nahm die Gefährtinnen an Bord und legte ebenso geschwind wieder ab. So schnell sie konnten, ruderten

die Männer zum Festland. Endlich gab sich Manulia wieder zu erkennen. Die vier Männer staunten nicht schlecht, als plötzlich eine zweite Katze in ihrem Boot auftauchte.
“Sie haben mich nicht bemerkt!” triumphierte Manulia. “Ich habe etwas sehr Wichtiges erfahren, als ich den Magier und seine Gesellen vor dem Zelt belauschte: Es geht ihnen gar nicht darum, mit uns ein Bündnis zu schließen, vielmehr trachten sie nach Merlins Zauberbuch!”

“Das hätte ich mir denken können”, sagte Ortwin, nachdem ihm Nela und die beiden Katzen berichtet hatten. “Er will an das Buch! An meiner Person ist er nur solange interessiert, bis er das Buch sein Eigen nennt.”
“So ist es”, mischte sich Baldwin ein, “und sobald er das Buch besitzt, macht er uns allen den Garaus!”
“Nun malt nicht allzu schwarz, Gevatter”, beschwichtigte ihn Ortwin. “Aber dennoch heißt es, auf der Hut zu sein. Er darf das Buch auf keinen Fall in die Hände bekommen, wenn er uns aufsucht. Ja, er darf es nicht einmal sehen.”
“Ich befürchte, der Magier wird sich nicht damit zufrieden geben, beim Brauen des Wolkenstoffes zuzuschauen”, sagte Nela. “Er wird weitere Bedingungen stellen für die Rückverwandlung unserer Freunde. Schließlich sind wir im Hintertreffen.”
Außer den Genannten waren nur noch Quax, Hieronymus, Gurx und Gwaldain bei der Unterredung zugegen. Gwaldain fragte: “Was würde geschehen, wenn wir ihn wirklich gefangensetzten?”
“Es wäre Wortbruch”, erwiderte Ortwin, “und damit eine offene Kriegserklärung. Das hielte ich für gefährlich.”
“Lächerlich”, entfuhr es Gwaldain. “Hat er uns nicht längst schon den Krieg erklärt? Oder waren die Monstren, die er auf uns hetzte, nur Spielzeug?”
“Im Augenblick herrscht Waffenstillstand”, sagte Nela, “und wir sind in der Tat auf den guten Willen des Magiers angewiesen. Die versteinerten Katzen sind sein Trumpf, den er nicht so schnell aus der Hand geben wird. Andererseits ist er sicher so klug, zu wissen, daß wir ihm das Buch selbst dann nicht freiwillig geben werden, wenn das Leben der Gefährten davon abhinge. Er wird somit jede Gelegenheit nutzen, sich des Buches zu bemächtigen - ganz gleich, wie wir uns verhalten.”
“Ja”, stöhnte Baldwin auf, “er wird versuchen, sich das Zauberbuch unter die Nägel zu reißen, fürwahr! Eine solche Chance, dem Buch so nahe zu

kommen, bietet sich ihm gewiß so schnell nicht mehr! Meister Ortwin, ich glaube, es war nicht so klug, ihn hierher zu bitten!"
Nun meldete sich Quax zu Wort: "Wir sollten zur Sicherheit das Buch vor ihm verbergen. Vielleicht können wir ihm ein falsches Buch präsentieren, damit er keinen Verdacht schöpft. Da Merlins Buch nur durch eine Zauberbrille gelesen werden kann, können wir ihm getrost ein Buch mit unbeschriebenen Seiten vorlegen."
Ortwin fand den Gedanken gut, Baldwin aber hörte nicht auf zu nörgeln: "Er wird Ortwins Zauberbrille fordern, um in dem Buch selbst zu lesen. Dann wird er den Schwindel bemerken."
"Die Gefahr besteht natürlich", sagte Nela. "Dennoch sollten wir, wie Quax es vorschlägt, das Buch sicherheitshalber gut verwahren."
Wo aber das richtige Buch verstecken? Alle Vorschläge wurden sogleich wieder verworfen: Nelas Hütte, das Hünengrab draußen bei den Menhiren, ein Ziegen- oder Schweinestall, eine Hundehütte oder gar ein kleines Flugwölkchen, hoch droben über den Wolken.
"Wir müssen es dort verstecken, wo es der Magier am allerwenigsten vermutet", sagte Hieronymus. "Hier, mitten in Ortwins Kajüte! Seht mal, dort auf dem Bett liegt immer noch der Kater Gurx. Er faulenzt hier schon seit Tagen und verläßt das Zimmer so gut wie nie. Wir schieben ihm das Buch einfach unter die Matratze."
Gurx, der bis dahin keine Miene verzogen hatte, blinzelte und meinte: "Ich passe gern auf das Buch auf, vorausgesetzt ihr legt noch eine weitere Decke darüber. Ich befürchte nämlich, der Einband ist mir etwas zu hart."
"Jetzt stellt er auch noch Ansprüche!" schnaubte Hieronymus. Die anderen aber lachten. Sollte er seine zusätzliche Decke bekommen, die Hauptsache war, er rührte sich nicht von der Stelle.
"Und nun laßt uns alles vorbereiten!" befahl Ortwin. "Damit wir morgen Nacht Wolkenstoff brauen können, brauchen wir Spinnweben, viele Spinnweben! Nela, schickt bitte Eure Leute in die Wälder, um Spinnweben aufzutreiben. Baldwin, auch Ihr könntet mithelfen."
"Gern, gern", unterbrach Baldwin, "wir helfen gern. Magda mag in den Wald gehen, ich bleibe hier und helfe bei den Vorbereitungen."
"Er fürchtet sich!" lästerte Hieronymus. "Hört Euch das an, er fürchtet sich vor dem Wald!"
"Die Ritter werden Euch begleiten", sagte Gwaldain. "Ihr braucht wirklich keine Angst zu haben."

“Wer spricht da von Angst!” zeterte Baldwin. “Kinder und Katzen haben vielleicht Angst, aber ich nicht! Pha, ich und Angst! Was ist das überhaupt? Das Gefühl kenne ich gar nicht. Habe ich nicht bisher genügend Mut bewiesen? Keiner der Unholde kann mich schrecken!”
“Ich glaube, Baldwin fürchtet sich vor Spinnen”, spottete Hieronymus.
Der Zwerg aber streckte ihnen nur - seiner Gewohnheit gemäß - die Zunge heraus, sprang auf und verließ die Kajüte.

Am Nachmittag lag Ortwin auf seinem Bett. Er war mit Gurx allein. Lange betrachtete er die versteinerten Samtpfoten in seiner Kammer. Daß nun gerade die wildesten Jungkatzen so regungslos dasaßen, empfand Ortwin als doppelte Strafe. Er fühlte sich niedergeschlagen und traurig. Sollten die Jungkatzen jemals wieder lebendig werden, würde er ihnen nie wieder verbieten, Mausball zu pfoten!
Ortwin grübelte. Wenn der Magier erst einmal das Zauberbuch Merlins besaß, wer konnte ihn dann noch bezwingen? Er würde natürlich auch den Roten Stein fordern, die Zauberbrille und die Tarnkappe. Wenn Ortwin mitspielte, durfte er sich vielleicht noch einige Jahre als Vasall des Magiers erfreuen, wenn aber nicht...
Ortwin schlief ein. Abermals träumte er von Merlin. Der große Zauberer schaute ihn sehr ernst an. Mahnend hob er die Hand. “Ortwin, mein Junge”, begann er, “es steht schlecht um Dich! Habe ich Dich nicht davor gewarnt, die Mächte der Natur zu entfesseln? Nun sind einige Deiner Gefährten in Stein gebannt. Der Magier Salaam ist auf dem Weg zu Dir, um Dir das Zauberbuch zu stehlen. Jenes Zauberbuch, das ich selbst geschrieben habe und von dem ich dachte, es sei bei Dir in guten Händen! Ich warne Dich, Ortwin, wenn Du das Buch verlierst, wirst Du alles verlieren!”
“Aber was soll ich tun, Meister?” jammerte Ortwin im Traum.
Merlin antwortete nicht, sondern verwandelte sich erneut in einen eisernen Vogel. Allerdings konnte er dieses Mal nicht nach dem Zauberbuch greifen, da dieses bereits versteckt unter der Matratze lag. Dafür packte der geheimnisvolle Merlin-Vogel mit seinen Krallen eine der Katzenstatuen und flog mit ihr davon. Ortwin sprang auf und schrie: “Halt, laßt die Statuen! Laßt sie stehen!”
“Was schreist du so?” fragte Gurx ganz verwundert. Ortwin rieb sich die Augen. “Ach, ich habe wieder einmal schlecht geträumt”, entschuldigte er sich. “Ich beneide dich, Kater, du findest immer Ruhe und Schlaf, ganz

gleich was um dich herum geschieht."
"Das ist wahre Lebenskunst", erklärte Gurx und räkelte sich.
Ortwin kratzte sich den Bart und fragte, ob er denn nicht auch einmal zum Mausen in den Wald gehen oder sich einfach nur die Pfoten vertreten wolle.
Gurx widersprach: "Ich finde es viel nützlicher, hier zu liegen. Schließlich wäre das Buch, das jetzt unter meiner Decke versteckt ist, längst nicht mehr hier, wenn ich nicht hier gelegen und aufgepaßt hätte."
Ortwin schaute den Kater verdutzt an. Gurx aber fand es zu anstrengend, den Alten aufzuklären. Er wälzte sich zur Seite und setzte seinen Schlaf fort.

Die Nacht rückte näher. Noch immer hingen schwere Wolken am Himmel, doch alle Reagenzien und Apparaturen standen bereit, den Wolkenstoff zu brauen. Nun warteten sie nur noch auf das Mondlicht - und auf Salaam.
In Ortwins Kammer saßen außer dem Zauberer noch Nela, Magda und Gwaldain, sowie Hieronymus und Manulia. Quax war zusammen mit anderen Samtpfoten auf dem Achterdeck, wo die Apparaturen für den Wolkenstoff standen; Baldwin war im Dorf! Schließlich hatte es ja geheißen, alle wehrhaften Männer müßten das Wolkenschiff verlassen - eine hervorragende Ausrede für Baldwin, sich zu verdrücken.
Natürlich war da auch noch der Kater Gurx in der Kajüte, doch er schlief und wurde von niemandem beachtet. Auf dem Tisch lag ein großes Buch.
"Ich bin wirklich froh, daß Ihr Eure Bücher mitgenommen habt, Magda", sagte Ortwin. "Dieses sieht Merlins Buch in der Tat ähnlich."
Magda erwiderte nichts. Sie fühlte sich äußerst unwohl. Auch den anderen stand nicht der Sinn nach einem Gespräch.
"Der Magier sitzt jetzt wahrscheinlich schon in einem Boot und läßt sich zum Festland rudern", begann Ortwin von neuem. "Falls er überhaupt kommt! Ach, dieses Warten macht mich ganz verrückt! All diese schreckliche Ungewißheit!"
Wieder antwortete niemand. Eine schier unendlich lange Zeit verging. Sie hörten den Wind durch den Wolkenstoff rauschen. Ansonsten war es still.
Da klopfte es an die Tür.
Erschrocken fuhren die Gefährten hoch. War Salaam bereits an Bord?
Ortwin öffnete zaghaft. Draußen stand Rabax. Er berichtete, seine Leute hätten gesehen, daß ein Bote von der Insel übergesetzt habe. Ein jugendlicher Stutzer sei an Land gegangen. Wenn dies Salaam sei, müsse er bald hier sein. Kaum hatte der Bretone ausgesprochen, hörten sie von weitem

ein lautes Rufen: "Ortwin! Zeigt Euch! Laßt mich an Bord!"
Nela erkannte die Stimme - er war es! Neugierig und aufgeregt eilten alle nach draußen. Nur Gurx blieb in der Kajüte zurück. Ortwin und Rabax spähten über die Reling nach unten. Sie sahen einen Reiter auf einem pechschwarzen Pferd. Er war mit einem weiten, dunkelblauen Umhang bekleidet, darunter trug er ein purpurrotes, orientalisches Gewand.
"Ich bin der, den Ihr erwartet!" rief der Reiter. Rabax ließ eine Strickleiter hinunter, und wenig später stand der Fremde auf dem Wolkenschiff. Ortwin stotterte einen Gruß und Rabax verneigte sich soweit es die Höflichkeit gebot. Gwaldain und Magda hielten sich im Hintergrund, ebenso die Samtpfoten. Nela aber schritt auf den Fremden zu und hieß ihn willkommen.
"Seid allesamt gegrüßt," erwiderte dieser freundlich. "Ihr seht, ich komme wie versprochen. Es freut mich, Euch, Meister Ortwin, wohlbehalten wiederzusehen. Ihr habt demnach meinen Rat befolgt und den Wald nicht mehr alleine aufgesucht."
In seiner Stimme lag leichter Spott; seine Augen aber blieben ausdruckslos. Er wandte sich an die beiden Ritter: "Hatten wir nicht vereinbart, daß sich alle Bewaffneten fernhalten sollen? Nun sehe ich hier diese beiden Männer."
"Ich bin unbewaffnet, Herr", erwiderte Rabax, "ebenso Ritter Gwaldain. Doch wenn Ihr Wert darauf legt, so verlassen wir dieses Schiff sofort."
"Wenn Ihr unbewaffnet seid, so bleibt! Auch meine Begleiter sind selbstverständlich ohne Waffen. Ich will sie nun heraufbitten."
Salaam pfiff und sogleich erschien ein zweiter Mann auf der Strickleiter: ein baumlanger Neger. Ortwin und Rabax wunderten sich. Wo mochte dieser eigenartige Geselle hergekommen sein? War Salaam nicht alleine eingetroffen?
"Das ist mein Diener Cabal", erklärte Salaam. "Ich reise niemals ohne ihn. Er ist sehr schweigsam und ebenso genügsam. Am besten Ihr beachtet ihn überhaupt nicht."
Cabal verneigte sich ehrfurchtsvoll. Er war sehr kräftig gebaut, hatte wellige, lange Haare und einen Stoppelbart. Das Sonderbarste an ihm aber waren seine breiten Nasenflügel und sein riesiges, grinsendes Gebiß. Bekleidet war er nur mit einem groben Leinensack.
Da erschien an der Reling eine Frau. Sie wirkte nobel und elegant in ihrem langen, schwarzen Mantel. Quax, der die Ankommenden vom

Achterdeck aus beobachtete, erschrak. Diese Frau kam ihm bekannt vor! Seine Neugierde stieg ins Unendliche; er schlich näher heran, stellte sich hinter Ortwin und lugte hinter dessen Mantel hervor. Kein Zweifel: Es war die selbe Frau, die ihn auf dem Schiff gefangen und gefesselt hatte!
Der Junker stellte die Dame vor: "Das ist Prinzessin Amalthea aus Aranien. Ich habe sie mitgebracht, da sie begierig ist, die Erstellung des Wolkenstoffes zu lernen. Sie widmet sich seit ihrer Kindheit der Weberei, den Stoffen und Gespinsten - wie sich überhaupt alle Bürger ihres Reiches seit Urzeiten mit den Webkünsten beschäftigen."
Nela wollte ihr die Hand reichen, doch die Dame verneigte sich nur leicht und ließ ihre Hände unter dem Mantel verborgen.
"Kommt in meine bescheidene Behausung", bat Ortwin.
Der Junker folgte ihm und blickte sich dabei um: "Von Bescheidenheit keine Spur", sagte er. "Euer Schiff ist stattlich. Nun müßte es nur noch Segel besitzen!"
Sie betraten die Kajüte. Ortwin forderte seinen Gast auf, sich zu setzen. Dieser wählte das Bett, unmittelbar neben dem schlafenden Gurx. Auch Prinzessin Amalthea kam in die Kammer und setzte sich auf einen der Stühle. Der Diener Cabal blieb vor der Tür stehen; ebenso Rabax. Ortwin, Nela und Magda nahmen auf den drei restlichen Stühlen um das Tischchen herum Platz, während sich Gwaldain an die Wand lehnte. Manulia und Hieronymus sprangen auf den Tisch; Quax kauerte sich auf Ortwins Schoß. Alle weiteren Samtpfoten, selbst Miranda, wagten sich nicht in die Kajüte. Sie linsten hinter den Masten und anderen Aufbauten hervor oder hielten sich in den Wolkenstofftürmen versteckt.
Die einzige Kerze in der Kammer warf unheimliche Schatten auf das Gesicht des Besuchers. Sein Blick fiel auf die versteinerten Samtpfoten, die in der Kajüte aufgebaut waren. Leise sprach er:
"Es war niemals meine Absicht, diese Tiere zu verwandeln. Es war eher - nun, nennen wir es ein Mißgeschick. Gern bin ich bereit, die Katzen wieder zum Leben zu erwecken. Doch, wie Nela bereits weiß, benötige ich hierfür meine Apparaturen auf der Insel. Es wäre zu gefährlich, die Katzen auf eine so weite Entfernung erneut den Strahlen auszusetzen. Ihr müßt also zu mir hinauskommen und mir Eure versteinerten Gefährten bringen."
"Gut", antwortete Ortwin, "das werde ich gerne tun. Wie versprochen werde ich Euch sodann den Wolkenstoff brauen..."
"*Zuerst* wollen wir den Wolkenstoff gemeinsam brauen", betonte der

Junker, "sodann uns um die Samtpfoten kümmern. Ich möchte schließlich nicht umsonst hierhergekommen sein."
Nela mischte sich ein: "Verzeiht, doch wir waren der Ansicht, daß Ihr, um die Samtpfoten zurückzuverwandeln, diese nicht auf der Insel haben müßt. Schließlich erfolgte die Verwandlung auch aus der Ferne."
"Wie ich bereits sagte, war es ein Mißgeschick", sagte der Junker mit gleichbleibend ruhiger Stimme. "Nun liegt es an Euch, mir genügend Vertrauen entgegenzubringen, damit das Mißgeschick rückgängig gemacht werden kann. Im übrigen, Meister Ortwin und Meisterin Nela, kennt Ihr mein Angebot: Schließt Euch dem Bund der Siebenbeinigen Spinne an! Sobald Ihr Mitglied seid, werdet Ihr auf all meine Zauberkünste zurückgreifen können, werdet Ihr nicht mehr Bittsteller sein, sondern Teilhaber der Macht."
Ortwin und Nela antworteten nicht. Sie schwiegen. Eine eisige Stille lag in der Kammer. Plötzlich redete Magda:
"Die Bedingungen, Meister Salaam, welches sind die Bedingungen?"
Salaam schaute sie erstaunt an.
Magda wiederholte: "Die Bedingungen! Ihr habt uns noch nicht mitgeteilt, welche Bedingungen Ihr an diejenigen stellt, die sich Eurem Bund anschließen."
"Ja", wagte nun auch Ortwin, "Magda hat recht: Auch ich würde gern die Bedingungen erfahren."
Der Junker deutete auf den Tisch, auf das dicke Buch, welches zwischen Hieronymus und Manulia lag.
"Nichts weiter, als daß auch Ihr mir alle Eure Kenntnisse zukommen lasset. Es ist ein Geschäft zum beiderseitigen Nutzen."
"Ist es nicht vielmehr so, daß dieses Geschäft mit Blut besiegelt werden muß?" frage Magda. "Oder gar mit einem Blut*opfer*? Ein Opfer für den Gott Ammon Baal?"
Der Junker lachte: "Was redet Ihr da?! Niemand zwingt Euch, Ammon Baal zu huldigen! Sagt, Prinzessin Amalthea, hattet Ihr ein Opfer zu bringen, als Ihr meinem Bund beigetreten seid?"
Ein spöttisches Lächeln überflog das Gesicht der Prinzessin. "Ein Opfer mag ich es nicht nennen", sagte sie. "Eher ein Geschenk! Ich überließ dem großen Baal die sterblichen Überreste meines kurz zuvor verstorbenen Gatten."
"Wobei dieser Herr selbstverständlich eines natürlichen Todes gestorben ist,

wie ich annehmen darf", entgegnete Magda ohne eine Miene zu verziehen.
"In meinem Land sterben alle Männer eines natürlichen Todes", flötete die Prinzessin.
"Nun, Meister Ortwin," unterbrach sie der Junker, "wie entscheidet Ihr Euch? Wie lange wollt Ihr mich noch warten lassen?"
Ortwin schluckte. Er fühlte sich bedrängt. Er merkte, daß dieser Junker - war er nun Salaam oder nicht - nicht weiter hingehalten werden wollte. Ortwin stand rasch auf und sagte: "Gut, gehen wir nach draußen und brauen wir einen Klumpen Wolkenstoff. Danach gehen wir zu Eurer Insel, und schließlich überlasse ich Euch die Rezeptur für den Wolkenstoff. Für alles Weitere bitte ich um Bedenkzeit."
Der Junker machte keine Anstalten ihm folgen zu wollen.
"Nein", sagte er mit eiskalter Stimme. Sein Gesicht war noch ausdrucksloser als zuvor, seine Augen noch kälter. "Ich werde nicht weiter warten", zischte er. "Wozu um etwas bitten, was ich auch ohne zu bitten bekommen kann! Meister Ortwin, ich danke für die Einladung!"
Das Folgende spielte sich in wenigen Sekunden ab: Der Junker zog eine silberne Dose unter seinem Gewand hervor und öffnete sie. Ein grell blendender Blitz zuckte heraus. Prinzessin Amalthea sprang hoch, riß ihren Mantel auf und warf ein feines Gespinst über die Samtpfoten auf dem Tisch.
"Was.. was soll das?" schrie Gwaldain empört und wollte die Prinzessin packen. Doch er war zu sehr geblendet, er griff ins Leere. Sogleich stülpte die Prinzessin auch ein Netz über ihn.
Von draußen ertönte ein fürchterlicher Schrei: "TSCHÄGÄGÄGÄÄÄCK!"
Drei Riesenschreivögel landeten auf dem Wolkenschiff und versetzten Menschen wie Samtpfoten in Angst und Schrecken. Rabax, der sich völlig verwirrt die Ohren zuhielt, bekam von Cabal einen Schlag auf den Kopf, der ihm fast die Besinnung raubte.
Drinnen zuckte ein zweiter Blitz aus des Magiers Dose; die Kerze erlosch. Amalthea hatte inzwischen ein drittes Netz hervorgeholt und über Gwaldain geworfen, ein viertes stülpte sie gerade über Nela. Quax schaffte es, ins Freie zu entkommen, doch erhielt er von Cabal einen Tritt, der ihn ellenweit durch die Luft schleuderte.
Ortwin tastete nach dem Buch auf dem Tisch, dabei verfing er sich in dem klebrigen Netz, in dem Manulia und Hieronymus zappelten.
Auch der Junker griff nach dem Zauberbuch - doch nicht nach jenem auf

dem Tisch, nein, nach dem anderen unter der Matratze! Gurx fuhr hoch und krallte sich an seinen Arm, doch der Junker hatte keine große Mühe, den Kater abzuschütteln.
In Windeseile sprangen der Junker und die Prinzessin zur Tür hinaus und hetzten zusammen mit dem Diener über das Deck. Magda, die den Netzen der Prinzessin entgangen war, folgte den dreien laut schreiend, holte sie sogar ein, wurde aber von Cabal gepackt, hochgehoben und wie ein Balg beim Mausballspiel durch die Luft geschleudert. Sie landete weich im Wolkenstoff. Benommen schaute sie sich um. Im fahlen Mondlicht erkannte sie zunächst einige Samtpfoten - sie glaubte Antonius, Pusswhita und den feisten Molli zu erkennen -, die sich im Wolkenstoff versteckt hielten. Dann sah sie die drei Unholde, wie sie zur Reling rannten. Doch das, was sie dann beobachtete, ließ sie an ihrem Verstand zweifeln: Während der Junker sich bereits über die Strickleiter abseilte, hüpfte Cabal - in wilden Zuckungen, als verfolge ihn ein Schwarm Hornissen - noch über die Schiffsplanken. Dabei scheuchte er die drei Riesenschreivögel auf, die krächzend und scheppernd davonflatterten. Seine Brust schwoll an, seine Arme wurden länger. Anstelle der Hände besaß er plötzlich Hufe! Seine Nasenflügel wurden immer breiter, sein Gebiß größer und größer. Urplötzlich platzte sein Sackgewand; ein gewaltiger Bauch quoll hervor! Er packte die Strickleiter, konnte sich jedoch mit seinen unförmigen Gliedern nicht mehr richtig festhalten. Mühselig schob er seinen monströsen Leib über die Reling und polterte laut wiehernd in die Tiefe.
Prinzessin Amalthea flocht sich derweil aus ihrem Gespinst, welches sie unermüdlich unter ihrem Mantel hervorzog, in Windeseile ein Seil, band es an der Reling fest und ließ sich daran in die Tiefe. Magda war, als kämen unter dem Mantel der Prinzessin mehr als zwei Hände zum Vorschein und als seien diese Hände zu scharfen Klauen verformt. Das Gesicht der Prinzessin - welches Magda für einen Wimpernschlag im Mondlicht zu erkennen glaubte - schien zu einer fürchterlichen Fratze verzerrt.
Magda sprang auf, rannte zur Strickleiter und schaute hinunter: Doch sie sah nur noch, wie der Junker - mit dem Zauberbuch unter dem Arm - auf seinem pechschwarzen Pferd durch die Nacht davonritt. Die Prinzessin war verschwunden. Ihr langer schwarzer Mantel aber wehte über den Schultern des Junkers. Kurz bevor der Junker in den Wald galoppierte, glaubte Magda auf seiner linken Schulter etwas sitzen zu sehen: eine katzenkopfgroße Spinne!

Auf dem Wolkenschiff herrschte ein fürchterliches Durcheinander. Rabax lag auf dem Boden und hielt sich den Kopf.
"Bei allen Heiligen!" stöhnte er. "Hat dieser Schwarze einen harten Schlag. Mir war, als trete mich ein Pferd!"
Gwaldain schleppte sich aus der Kajüte, streifte sich die klebrigen Fäden aus dem Gesicht.
"Was ist das für ein Teufelszeug?" knurrte er. "Ich bekomme es nicht von meinen Händen!"
Auch die anderen, die in den Gespinsten gefangen waren, versuchten sich zu befreien.
"Leckt euch nicht!" warnte Gurx seine beiden Artgenossen. "Die Fäden sind bestimmt giftig."
"Diese Wolle wird härter und zäher", fauchte Manulia. "Ich komme alleine nicht mehr heraus!"
Ortwin war es inzwischen gelungen, seine Hände zu befreien und die Kerze wieder anzuzünden. Dann half er Nela auf die Beine und seinen beiden Samtpfoten aus dem Gespinst.
"Wo ist der Weißchen?" fragte Hieronymus.
Der Weißchen lag benebelt draußen auf Deck. Ein Dutzend Samtpfoten saß bei ihm, schubsten ihn mit der Nase oder mit den Pfoten.
"Ist ja gut", brummte er. "Ich lebe noch. Wo sind die Fremden? Was haben sie angerichtet?"
Er eilte in die Kajüte. Dort saß Ortwin neben Gurx auf dem Bett und hielt das Buch in der Hand.
"Und nun", fragte er, "was bleibt uns nun außer einem Buch mit leeren Seiten? Der Junker hat sich nicht täuschen lassen. Er wußte, daß wir eine Attrappe gefertigt hatten und er wußte, wo das Original versteckt war. Wir haben uns hereinlegen lassen!"
"Nein", erwiderte Hieronymus, "*wir* haben den Magier 'reingelegt."
Ortwin schaute ihn ungläubig an.
"Klar!" schnurrte Gurx. "Als ihr Menschen draußen wart, den Magier zu begrüßen, haben wir beide die Bücher nochmals ausgetauscht."
Nun blickten auch Nela und die Männer verwundert drein. Magda kam gerade herangehumpelt. Sie hatte die letzten Worte des Katers noch gehört.
"Das kann nicht sein", sagte sie und rieb sich Arme und Beine. "Ich war doch die ganze Zeit in der Kajüte."

“Aber du warst an der Tür und hast hinausgeschaut”, widersprach Hieronymus. “Dabei hast du uns den Rücken zugekehrt. Außerdem ist es in der Kammer für deine Augen recht finster - du konntest von der Tür aus nicht erkennen, was wir beide pfoteten.”
Ortwin blätterte in den weißen Seiten, setzte schließlich seine Brille auf und lächelte: “Ja, er hat das falsche! Aber... aber wieso habt ihr das getan... was hat euch dazu bewogen... ”
“Wir *wußten* es einfach”, behauptete Gurx. “Wir wußten es in dem Augenblick, als der Fremde an Bord kam. Plötzlich war es, als glühte Merlins Zauberbuch für einen kurzen Augenblick unter meiner Decke. Diese Hitze konnte nur bedeuten, daß der Fremde in diesem Moment all seine Gedankenströme auf das Buch lenkte, um herauszufinden, wo es sich befand. Also blieb uns keine andere Wahl...” Er unterbrach sich selbst und gähnte.
“...gewiß, es blieb riskant”, setzte Hieronymus fort. “Der Fremde hätte versuchen können, das Buch ein zweites Mal zu orten. Oder er hätte beide Bücher mitnehmen können. Aber er war sich seiner Sache sicher, zu sicher!”
“Und als ich ihm in den Arm biß”, ergänzte Gurx, während er schon wieder sein Kissen betrippelte, “muß er gedacht haben: Ja, ich habe das richtige Buch. Sein Arm war übrigens fürchterlich hart. Er gab überhaupt nicht nach, als ich hineinbiß. Als wäre er aus Eisen!”
“Alte Schnurre!” rief Quax anerkennend. “Hieronymus und mein Vetter Gurx retten unser Zauberbuch. Ich bin beeindruckt!”
Hieronymus und Gurx überhörten großzügig das Lob, das ihnen nun von allen Seiten entgegengebracht wurde.
“Mich wundert es nicht, daß sich dieser Junker hat täuschen lassen”, murmelte Gurx - ja er murmelte nur noch, denn er rollte sich auf dem Kissen zusammen. “Er ist überheblich und unzufrieden. Habt ihr seine Augen gesehen? Wie ausdruckslos sie ins Leere starrten...”
Gurx verstummte. Er schlief.
“Doch was geschieht jetzt?” fragte Ortwin. “Ihr konntet zwar den Raub unseres Zauberbuches verhindern, aber unsere Freunde sind nach wie vor versteinert.”
Sie schwiegen eine Weile.
“Uns bleibt keine Wahl”, sagte schließlich Nela. “Wir müssen selbst einen Zauber suchen, mit dem wir die Gefährten befreien können. Der Junker gab Hinweise auf die Lichtmaschine. Wir müssen sie wieder zusammenbauen.”

“So ist es”, knurrte Quax mit einem Blick auf die versteinerten Freunde, “und gleich morgen mache ich mich ans Werk.”
“Was den Junker angeht und sein Teufelsgesindel”, rief Rabax, “so kann er jedenfalls nicht mehr behaupten, wir hätten ihn mißverstanden und er käme in friedlicher Absicht. Laßt uns morgen Schiffe rüsten und auf die Insel übersetzen, ihn gefangennehmen und in Ketten zum König führen!”

Der Morgen dämmerte herauf. Quax sah die Ritter Carnac verlassen. Einige seiner Artgenossen liefen ihnen hinterher, maunzten, sie wollten mitgenommen werden. Doch die Männer achteten nicht auf sie. Selbst Quax wäre gern mit hinüber zur Insel gefahren und hätte mit den Unholden gekämpft. Waren sie nicht Mäuse, Ratten oder Hamster, Hunde, Füchse oder Marder - Beutetiere oder Erzfeinde der Samtpfoten? Doch Ortwin und Nela hatten den Samtpfoten abgeraten, die Ritter zu begleiten. Sie seien zu klein und zu schwach! Quax fand die Menschen überheblich; was wußten sie von den Fähigkeiten und der Stärke der Samtpfoten!
So lief Quax über die morgentaunasse Wiese, wütend und traurig zugleich. Die ersten Fliegen und Bienen brummten durch das Gras; ein Heupferd, noch steif von der Kühle der Nacht, sprang ihm über die Pfoten. In einer Sandkuhle wälzte er sich ausgiebig. Schließlich setzte er an einem Ginsterstrauch eine Markierung, obwohl er dies normalerweise nicht tat. Er tigerte zurück zum Wolkenschiff. Es war ihm etwas wohler zumute; nun würde er sich daranmachen, die Spiegel, Linsen und Rohre zu ordnen, um die Lichtmaschine wieder zusammenzubauen.
Unter dem Wolkenschiff, dort wo die Strickleiter herabhing, traf er auf Hieronymus, Magda und Ortwin, die Baldwin und einigen Frauen und Kindern aus dem Dorf die Ereignisse der letzten Nacht berichtet hatten.
“Hier”, deutete Ortwin auf den Boden, “hier seht ihr die Hufabdrücke, die der Pferdemensch auf dem Ackerboden hinterlassen hat, als er vom Wolkenschiff heruntersprang. Und hier mag sich die Prinzessin abgeseilt haben. Von ihrem Seil ist nichts mehr zu finden, wie sich überhaupt alle ihre Gespinste inzwischen in Nichts aufgelöst haben. Aber diese beiden zierlichen Fußabdrücke hier stammen gewiß von ihr - dann verliert sich ihre Spur.”
“Was nicht verwundert”, flüsterte Magda, “hat sie sich doch verwandelt ... in eine...”
“Still, Weib”, fuhr sie Baldwin an, “sprich es nicht aus! Ach, da ist ja

unser Quax. Wir haben auf dich gewartet. Komm, wir gehen hinauf auf das Schiff. Ich helfe dir, die Apparatur nochmal zu bauen, mit der sich das Zauberlicht erzeugen läßt. Bin gespannt, wie sie funktioniert."
"Das ist schön, werter Herr", tat Quax übertrieben freundlich, der nicht wußte, ob er sich über Baldwins Angebot freuen oder ärgern sollte. "Eines der Prismen haben wir allerdings im Wald verloren", fügte er hinzu. "Ich hoffe, es findet sich Ersatz."
Baldwin war zuversichtlich. Er kletterte die Strickleiter hoch und begab sich sogleich in seine Kammer, um seine Habseligkeiten zu durchstöbern. Magda zwinkerte Quax zu und Hieronymus spottete, er sei nun wohl überflüssig, wenn sich ein solch geschickter und geduldiger Helfer eingefunden habe. Quax aber folgte wortlos dem Zwerg und würdigte seinen Artgenossen keines Blickes.

Zufall und Glück

Bis zur Mittagszeit hatten Quax und Baldwin die Lichtmaschine wieder zusammengesetzt. Leonardo und andere Samtpfoten hatten,geholfen, so gut sie konnten. Magda saß dabei, verhielt sich aber still, wohl aus Furcht, Baldwin könne mit ihr schelten.
Der Zwerg nörgelte aber auch so zur Genüge: "Mir scheint, irgend etwas stimmt da nicht. Hat die Maschine wirklich so ausgesehen, als ihr sie zum ersten Mal gebaut habt? Zum Beispiel hier, diese Partie stimmt mit den Plänen überhaupt nicht überein."
Ortwin und Hieronymus schauten nur gelegentlich vorbei. Quax kümmerte es nicht, wo sich sein Meister und sein so gelehrt dreinblickender Gehilfe aufhielten. Einmal griff Ortwin nach dem Zauberbuch, um - wie er sagte - etwas nachzuschlagen, was vielleicht von Bedeutung sein konnte, doch Quax fauchte ihn nur an, er solle das Buch liegenlassen, sie könnten es im Augenblick nicht entbehren. Ortwin gehorchte wortlos.
Die Samtpfoten hatten wieder ein kleines Flugwölkchen gezupft, auf das sie die Gerätschaften montierten. Der Himmel war nach wie vor verhangen, also mußten sie wieder über die Wolkendecke fliegen, um Lichtstrahlen einzufangen - dieses Mal die der Sonne.
Wieder flogen Quax und Leonardo; Baldwin und Magda hielten das Seil, an dem das Flugwölkchen festgebunden war.
Als sie in die Wolkensuppe eintauchten, blickte Quax noch einmal nach unten und bemerkte, daß alle Samtpfoten auf dem Schiff versammelt waren. Auch Ortwin, Nela sowie einige Frauen aus dem Dorf waren gekommen. Quax vermißte die tobenden Jungkatzen! Wie sorglos hatten sie gespielt, als er vor drei Nächten zusammen mit Leonardo aufgebrochen war, das Zauberlicht einzufangen. Ja, es waren seitdem erst drei Nächte vergangen!
Es dauerte dieses Mal sehr lange, bis sie die Wolken durchflogen hatten. Oben schien die Sonne grell und heiß. Sogleich begannen die beiden Kater ihre Geräte auf das Gestirn auszurichten. Sie warteten eine geraume Weile. Dann drehte Quax einige Spiegel und Linsen um, öffnete einen Spalt und hielt ein Stück Stroh vor den Spalt. Tatsächlich, es fing Feuer! Es funktionierte!

"Nun bleibt zu hoffen, daß das Licht nicht nur Gräser verbrennt...", murmelte der Kater.
Gerade wollte er den Spalt wieder verschließen, als die Apparatur zu vibrieren begann. Ein gewaltiger, greller Blitz zuckte heraus und umtanzte das Flugwölkchen. Quax und Leonardo waren geblendet und verdeckten unwillkürlich ihre Augen mit den Pfoten. So sahen sie nicht, daß am Horizont, vom Meer her, ein zweiter Blitz heraufschoß. Für Sekundenbruchteile vereinigten sich die beiden Blitze. Dann krachte es. Es war ein fürchterliches Krachen, als bersteten Felsen und explodierten unzählige gläserne und eherne Gefäße.
Danach herrschte wieder Stille. Nur der Wind pfiff über das Flugwölkchen und ließ es in den Katerohren leise rauschen.
Vorsichtig öffneten sie ihre Augen.
"Ist wohl nicht gelungen, unser Experiment", flüsterte Leonardo.
"Kann katz wohl sagen", brummte Quax.
Die Apparatur sah sehr mitgenommen aus. Einige Linsen waren aus ihren Halterungen gefallen; die Spiegel waren rußgeschwärzt, das Gestell angesengt.
"Zerstört!" murrte Quax. "Komm, laß uns wieder nach unten gehen."
Sie zogen am Seil und wurden rasch hinuntergeholt.
"Hej", begrüßte sie Baldwin, "das habt ihr ja gut überstanden, ihr beiden. Aber, nanu, was ist denn aus der Apparatur geworden? Sieht mitgenommen aus!"
"Habt ihr nichts gehört?" fragte Quax. "Dieses schreckliche Geräusch? Als hätte ein Blitz eingeschlagen."
Nein, sie hatten nichts gehört. Nur die Kater Jinx und Munni behaupteten, ein dumpfes Grollen vernommen zu haben.
"Laßt uns nach den versteinerten Freunden sehen!" forderte Quax und sprang vom Flugwölkchen. Rasch eilte er zu Ortwins Kajüte und spähte hinein. Da lag faul sein Vetter Gurx auf dem Bett - und an der Wand standen regungslos seine Artgenossen. Nichts hatte sich verändert; sie waren aus Stein, wie zuvor.
"Hätte ja sein können", brummte Quax. "Also dann nochmal von vorn! So schnell geben wir nicht auf!"
Er blickte zu Amanda. Vielleicht sollte er ihr sein Zauberblümchen vor die Pfoten legen? Jenes Blümchen, welches er vor Ortwins Turm gepflückt hatte und das er immer noch unter seinem Schlafdeckchen bewahrte.

Vielleicht bewirkte es ein Wunder? Er kramte es hervor und schob es der Katze unter die steinernen Pfoten. Doch nichts geschah. Quax fühlte sich sehr traurig und allein.

Plötzlich hörte er laute Stimmen von draußen. Einer der Ritter war zurückgekehrt. Aufgeregt rief er nach Ortwin und Nela.
"Sie sind geflohen", rief er, noch während er die Strickleiter heraufkletterte. "Die Fremden sind geflohen! Ein Wunder, sie sind geflohen!"
Ganz außer Atem legte er seine Waffen ab und zog sein Kettenhemd aus. Alle Gefährten, Menschen wie Samtpfoten, kamen herbei, voller Neugierde, was der Mann zu berichten habe. Nur Gurx ließ sich nicht sehen.
"Mein Pferd", bat der Ritter und blickte zu Baldwin, "kümmert Euch um mein Pferd; es ist gelaufen als sei der Teufel hinter ihm her und nun völlig naßgeschwitzt."
Baldwin lief hochrot an. "Wieso ich?" fragte er empört. "Ich kenne mich mit Pferden nicht aus; außerdem will auch ich erfahren, was Sache ist!"
Da stand der Ritter auf, packte den Zwergen und warf ihn kurzerhand über Bord. Wütend schrie er ihm nach: "Entweder Ihr gehorcht oder es erfährt keiner von Euch etwas. Dann könnt Ihr meinetwegen selbst zum Strand reiten und nach Euren Feinden sehen. Denn es sind doch wohl Eure Feinde - unsere nicht!"
Ortwin und Nela hatten Mühe, den aufgebrachten Mann zu beruhigen. Die Samtpfoten aber grinsten und freuten sich über Baldwins Schmach. Magda brachte dem Ritter schließlich einen Krug Johannisbeerwein, was ihn nahezu versöhnlich stimmte. Endlich berichtete er:
"Zuerst blieben wir völlig unbehelligt. Die Überfahrt mit den Fischerbooten zur Insel war zwar schwierig... die See war unruhig und wir hatten alle Mühe, nicht abgetrieben zu werden... aber von den Fremden war keine Spur zu sehen. Die verwunschene Insel war nebelverhangen, dennoch erkannten wir, als wir uns etwa auf eine Meile genähert hatten, merkwürdige geharnischte Wesen am Strand aufmarschieren.Sie waren halb Mensch halb Tier! Ich kann Euch sagen, uns packte die nackte Angst, wenngleich Gwaldain versicherte, diese Wesen seien von Natur aus feige und leicht zu besiegen. Doch es waren viele, entsetzlich viele. Und dann die Vögel, die plötzlich über uns kreisten! Einige sahen wie große Reiher aus, andere wie Krähen. Wir beschlossen vorerst, nicht auf der Insel zu landen, vielmehr versuchten wir auf Gwaldains Geheiß, die Vögel mit

unseren Armbrüsten abzuschießen. Wir hatten vielleicht drei oder vier von ihnen getroffen, als sich die restlichen zurückzogen. Schon freuten wir uns über den leichten Sieg. Doch da erschien ein Schiff am Horizont. Ich sage Euch, so ein Schiff habe ich noch nie gesehen: Ein gewaltiger Kahn mit zwei hohen Masten, auf denen je drei breite Segel aufgezogen waren - Segel aus schwarzem Tuch, nein, nicht aus Tuch, eher aus einem Gespinst, welches glänzte wie ein polierter Harnisch - und am Bug des Schiffes prangte eine gewaltige Figur, ein gehörnter Drache, schrecklich anzusehen, als sei er unmittelbar der Hölle entstiegen. Gwaldain hatte uns zwar von ihren Schiffen berichtet, doch ist es ein Unterschied, nur davon zu hören oder ein solches selbst zu sehen - noch dazu von einem kleinen Fischerboot aus, welches sich nur mit Rudern bewegen läßt. In Windeseile kam das Schiff heran; wir hatten keine Möglichkeit, ihm auszuweichen. Es rammte eines unserer Boote, dieses kenterte und die Männer darin fielen ins Meer. Ihr könnt Euch denken, was es bedeutet, wenn Ritter mit ihren Kettenhemden ins Wasser fallen! Wie durch ein Wunder gelang es allen, sich von ihren Hemden und Waffen zu befreien und zu den anderen Booten zu schwimmen, die sie aufnahmen. Das Segelschiff aber drehte bei und nahm wieder Kurs auf eines unserer Boote. Doch dieses Mal fuhr es nicht unmittelbar darauf zu, sondern schoß einige Ellen backbords daran vorbei. Gleichzeitig zuckte ein Blitz vom Schiff herüber auf das Boot. Die Männer darin brüllten vor Schmerz und ließen ihre Waffen fallen. Dann vernahmen wir eine Stimme vom Schiff. ‘Das sei Euch eine Warnung!’ rief sie. ‘Kehrt um, sonst versenken wir alle Eure Boote mit unseren Strahlen!’

Wir wußten, in unseren Nußschalen hatten wir keine Chance, den Fremden die Stirn zu bieten, mochten wir selbst noch so gut bewaffnet sein. Die Fremden schleuderten weitere Blitze durch die Luft wie dereinst jener griechische Gott, dessen Namen ich vergessen habe. Und dann geschah etwas Unvorhergesehenes - ich denke zumindest, daß es unvorhergesehen war, für uns, wie für die Fremden. Denn urplötzlich schoß ein zweiter Blitz vom Festland herüber und vereinigte sich mit den Blitzen aus dem Schiff. Die Segel des Schiffes leuchteten rot und gelb und auf einmal stand der ganze Kahn in Flammen. Die Leute dort an Bord schrien wie die Wahnsinnigen und sprangen Hals über Kopf ins Wasser. Mehr noch - weitere Blitze zuckten aus dem brennenden Schiff ... wir waren geblendet und verloren völlig die Orientierung. Als sich das Höllenfeuer endlich legte, sahen wir das Schiff gegen das Festland treiben, immer noch brennend - nur seine Segel brannten nicht! Die Fremden hatten wohl inzwischen ihre Insel erreicht, denn sie waren nicht mehr zu sehen. Auch die geharnischten Wesen waren verschwunden. Was sollten wir tun? Gwaldain und Rabax befahlen, ans Festland zurückzurudern. Und als wir dort ankamen, sahen wir, daß sich zwei weitere Schiffe - die dem zerstörten aufs Haar glichen - von der Insel entfernten. Zuerst befürchteten wir, sie setzten uns nach, wagten nun einen Angriff ihrerseits auf das Festland. Aber nein, sie verließen die Insel Richtung Süden, fuhren hinaus auf das offene Meer. Ich wurde von Rabax ausgedeutet, sofort hierher zu reiten, Euch dies mitzuteilen. So, nun wißt Ihr, was sich ereignet hat."

"Habt Dank, guter Mann", sagte Ortwin. "Dies mag in der Tat bedeuten, daß der Magier - oder wer immer er gewesen sein mag - mitsamt seinen Gesellen das Weite gesucht hat. Er mag den Unfall mit den Blitzen sowie die Zerstörung seines Schiffes für einen Zauber unsererseits gehalten haben. Welch herrlicher Zufall!"

"Ein Zufall, ja", sagte Quax. "doch ich kann ihn mir erklären. Wahrscheinlich hatten wir im gleichen Augenblick, als die Unholde ihre Blitze auf die Fischerboote warfen, unsere eigenen Zauberstrahlen ausgesandt. Die beiden Strahlen haben sich vereinigt und gegenseitig verstärkt..."

"...und sowohl ihre als auch unsere Apparaturen zerstört", ergänzte Nela. "Doch bleibt die Frage, wieso unsere Feinde deshalb geflohen sind. Es wäre doch für sie sicher ein Leichtes, ihr Gerät und selbst ihr Schiff wieder instandzusetzen."

"Wir werden des Rätsels Lösung finden, wenn wir zur Insel hinausfahren", schlug Ortwin vor. "Laßt uns aufbrechen und schauen, ob die Feinde etwas zurückgelassen haben!"

Ortwin verließ sogleich das Wolkenschiff; eine große Zahl Samtpfoten folgte ihm. Baldwin, der inzwischen tatsächlich das Pferd des Ritters versorgt hatte, spielte den Beleidigten und verzichtete darauf, Ortwin zu begleiten. Dafür aber baten Nela und Magda um ein Reittier.

Der Zauberer bestieg ein Pferd und nahm Quax und Hieronymus mit auf den Sattel. Die anderen Samtpfoten maunzten und bauzten; sie wollten alle mitkommen. So nahmen Nela noch Miranda und Tabitha, Magda noch Manulia, Maunze und Tobias auf ihre Pferde. Die anderen mußten zurückbleiben, mochten sie noch so fauchen und schimpfen.

Hieronymus aber wäre lieber zurückgeblieben und hätte sich die Insel

gern durch den Zauberspiegel angeschaut, wenngleich er wußte, daß dazu kaum Gelegenheit bestand. Auch Quax begleitete seinen Meister nur widerwillig. Ihm stand nicht der Sinn nach neuen Abenteuern. Die Lichtmaschine mußte wieder aufgebaut, die Versuche mit den Strahlen mußten fortgesetzt werden.
Als sie die Küste erreichten, trafen sie dort Gwaldain, Rabax und die anderen Recken. Ortwins Wunsch, sofort zur Insel hinüberzufahren, stieß zunächst auf Unverständnis. Die Fremden seien geflohen, es bestünde aber keine Veranlassung die verwunschene Insel zu betreten. Erst als Nela ihre Leute halb im Scherz fragte, ob ihnen der berühmte bretonische Mut abhanden gekommen sei, willigten sie ein und ließen erneut eines der Fischerboote ins Wasser. Als sie aufs Meer hinausruderten, deutete Gwaldain auf das ausgebrannte Wrack, welches nach Süden abgetrieben war und nun zwischen den Klippen hing.
Ortwin war begeistert: “Meine Kater, was meint ihr! Schauen wir uns das Schiff später einmal gemeinsam an? Was meinst du, Quax? Jetzt stört uns bestimmt keine Spinnenfrau, wenn wir es näher obduzieren.”
Quax aber brummte nur ein undeutliches ‘Ja’. Was sollte er mit dem Zauberschiff und all seinen Geheimnissen, wenn Amanda nicht mehr da war! Ortwin bemerkte die Niedergeschlagenheit seines Katers und seufzte: “Ich dachte... vielleicht finden wir dort etwas, was uns weiterhilft. Dort auf dem Schiff oder auf der Insel...”

Als sie die Insel betraten, brachen die Strahlen der Nachmittagssonne durch die Wolken und verwandelten die Blüten der Ginsterhecken in gleißendes Gold. Vögel flatterten durch die Hecken, Falter taumelten über die Wiesen und Heuschrecken sprangen ziellos umher. Nichts deutete darauf hin, daß dieses Eiland tagelang in dichten Nebel gehüllt war und im Banne einer fremden, unheimlichen Macht gestanden hatte.
Nela führte die Gefährten zu jenem Platz, auf dem das Zelt des Junkers gestanden hatte, doch sie fanden nur niedergetrampeltes Gras. Dort, wo die Gesellen ihr Feuer unterhalten hatten, lagen noch etwas Asche und einige verkohlte Strünke. Sonst deutete nichts auf ihre Anwesenheit hin.
“Sie sind tatsächlich verschwunden”, stellte Ortwin erleichtert fest.
“Es riecht verdammt nach Maus hier”, brummte Tobias und zog die Luft durch seine Lippen, “und nach Fuchs und nach Hund und nach...”
“Ja, sie haben Duftmarken gesetzt, bevor sie weggingen”, sagte Manulia,

“denn als wir hier waren, roch es nicht so schrecklich nach ihnen.”
“Laßt uns zu jener Höhle gehen, wo der Mäuserich fast unsere drei Gefährten erschlagen hätte”, schlug Hieronymus vor. “Vielleicht halten sich dort noch einige von ihnen versteckt.”
Sie überquerten die Insel, denn die Höhle lag auf der anderen, dem offenen Meer zugewandten Seite. Es herrschte Flut, und sie mußten durch das Wasser waten, um in die Grotte zu gelangen. Wie vor Tagen krochen auch dieses Mal wieder unzählige Krebse an den Wänden der Höhle entlang. Die Samtpfoten beschlossen auf dem Rückweg einige einzusammeln - für das Abendessen.
Die eherne Tür zum Tempel stand offen. Der Raum war leer. Die Samtpfoten aber schimpften über den entsetzlichen Geruch nach Nagern und Hundeschnäuzigen.
“Sie müssen hier gewesen sein und ihre Rituale abgehalten haben”, sagte Nela. “Es scheinen Blutspuren auf dem Altar zu sein... frische Blutspuren...”
Sie hatten eine Fackel angezündet, die den Raum spärlich erhellte.
Hieronymus und Tabitha sprangen auf den Stein und untersuchten die eingetrockneten Lachen näher.
“Nein, das ist kein Blut”, stellten sie fest. “Das ist eine andere Flüssigkeit. Sie riecht sehr streng... es erinnert an Petroleum.”
Angewidert verließen sie den Tempel.
“Es wäre am besten”, sagte Gwaldain beim Hinausgehen, “wir würden diese Höhle zuschütten, oder zumindest ihren Eingang vermauern. Die Unholde sollen nie wieder die Gelegenheit haben, hier ihren Göttern zu huldigen.”
Als Sie zum Höhlenausgang gelangten, stellten sie fest, daß all die herrlich fetten Krebse verschwunden waren. Die Samtpfoten waren enttäuscht, die Menschen aber insgeheim erleichtert, mochten doch die Krustentiere verwunschen sein, wie vielleicht alles auf dieser Insel.
Zurück beim ehemaligen Lagerplatz der Fremden, setzten sie sich eine Weile ins Gras, um auszuruhen. Die Samtpfoten schlichen derweil durch das umliegende Gehölz, immer auf der Suche nach etwas Eßbarem. Plötzlich schrie Maunze ganz aufgeregt aus den Ginsterbüschen.
Schnell eilten die Gefährten hinzu.
“Seht!” rief die Katze. “Da liegt ein Arm - ein menschlicher Arm!”
In der Tat, im Gebüsch lag ein nackter menschlicher Arm! Voller Entsetzen beugte sich Nela darüber.

"Es ist kein Arm aus Fleisch und Blut", stellte sie fest. "vielmehr einer aus Metall, überzogen mit einer künstlichen Haut!"
"Oha", stellte Quax fest, "hat nicht mein Vetter behauptet, der Junker besäße einen Arm, hart wie Eisen? Das ist der Beweis: Er hatte tatsächlich eine künstliche Vorderpfote. Vor seiner Flucht muß er sie weggeworfen haben."
"He, hier!" rief Magda, die einige Schritte ins Gebüsch vorgedrungen war. "Da liegt noch mehr! Da liegt ja..."
Es verschlug ihr die Sprache. Denn was ihr da aus den Sträuchern entgegenstarrte, war ein Gesicht: das Gesicht des Junkers!
Gwaldain kroch in das Gebüsch und zog den vermeintlichen Toten hervor. "Das ist kein Mensch", sagte er und ließ das, was er in seinen Händen hielt, wieder fallen. "Das ist ... so etwas wie ein Puppe... eine Attrappe."
Nun standen alle um das leblose Gebilde und schauten sich fragend an. Was hatte das zu bedeuten? Allem Anschein nach hatte sich der Junker ein künstliches Ebenbild fertigen lassen! Doch wozu?
Die Samtpfoten beschnupperten den Körper, dessen verbliebene Gliedmaßen bizarr in alle Richtungen abstanden, und berührten ihn vorsichtig mit der Pfote.
"Er stinkt nach verbrannt", stellte Hieronymus fest, "aber nicht nach verbrannten Haaren oder gar verbranntem Fleisch."
Gwaldain packte die Attrappe und drehte sie herum. Auf der Rückseite des Kopfes fehlten die Haare; dafür klaffte dort ein großes Loch. Aus dieser Öffnung fielen winzige Drähte und Splinte heraus - und schließlich eine faustgroße, gläserne Kugel.
"Das ist ja eine ähnliche Kugel, wie sie in den eisernen Vögeln steckte!" rief Ortwin voller Verwunderung.
"Eiserne Vögel ... eiserner Mensch..." sinnierte Quax. Dann sagte er laut: "Ja, so muß es sein! Dieses Gebilde ist ein künstlicher Mensch, oder besser, er war es! Wir hatten es immer nur mit einem künstlichen Menschen zu tun. Deshalb verspürten wir auch keinen Geruch, wenn er in die Nähe kam."
"Das hieße, dieses Wesen war in der Tat nicht der Magier Salaam", schlußfolgerte Ortwin, "sondern nur eine seiner Wundermaschinen. Er selbst mag sich immer im Hintergrund gehalten haben - oder er hat sich gar nicht unter den Fremden befunden!"
"Wenn es diesen Magier überhaupt gibt!" rief Gwaldain. "Ha, die Unholde haben uns getäuscht - mit einer lächerlichen Puppe getäuscht!"

"Da bin ich mir nicht so sicher", sagte Nela und deutete auf die Attrappe. "Ich glaube schon, daß es den Magier gibt. Diese Puppe war sein Stellvertreter hier auf der Insel. Seht nur, die vornehme Kleidung, das noble Aussehen, mit dem er sein Geschöpf versehen hat! Die Puppe hatte hier das Sagen, soviel steht fest. Ich vermute, sie wurde durch die Strahlen, die das Schiff in Brand gesetzt haben, getroffen und dabei zerstört. Somit ihres Anführers beraubt, bekamen es die Unholde mit der Angst und suchten das Weite."
"Ja, das wäre eine Erklärung für ihre rasche Flucht", sagte Ortwin. "Nach der Zerstörung der Puppe waren sie führerlos."
Hieronymus aber dachte an die Bilder, die ihnen der Zauberspiegel gezeigt hatte, als sie nach dem Magier Salaam fragten. Es war stets dieser Junker, das heißt diese Puppe, zu sehen gewesen. Nur ganz zu Beginn, als sie Baldwin das Spiegelchen abspenstig gemacht hatten, da hatte es eine finstere Höhle gezeigt, in der nur vage Schatten umhergehuscht waren. Wenn nun Salaam - der wirkliche Salaam - dort in dieser Höhle hockte und eine Attrappe in die Welt geschickt hatte, damit diese an seiner Statt handelte, wieso erschien dann nicht weiterhin das Bild der Höhle, wenn sie sich nach ihm erkundigten? Hatte sich das Spiegelchen etwa narren lassen? Hieronymus drängte danach, in den Zauberspiegel zu schauen. Vielleicht ließ sich das Geheimnis des Magiers dadurch lösen? Im Augenblick aber war daran nicht zu denken. Er konnte nur hoffen, daß sich bald eine Gelegenheit bot, mit Ortwin allein zu sein.
Sie ließen die Puppe liegen und verließen so schnell sie konnten die Insel. Als sie sich bereits wieder auf dem Rückweg über das Meer befanden, maunzte Quax plötzlich:
"Meister, Ihr habt recht. Wir sollten das Schiff, das uns die Fremden unfreiwillig hinterlassen haben, in Augenschein nehmen. Vielleicht lassen sich dessen Gerätschaften noch nutzen."
"Prima", lachte Ortwin, "so gefällt mir mein Kater wieder. Sein Tatendrang ist zurückgekehrt! Du wirst sehen", und er strich ihm fest über die Ohren, "es wird alles wieder gut!"

Erst nach Einbruch der Dunkelheit kehrten sie allesamt nach Carnac zurück, wo sie sogleich von Baldwin, den Bretonen aber auch den Samtpfoten bedrängt wurden, ihre Erlebnisse und Entdeckungen zu berichten. Sie hatten einige merkwürdige Teile vom Schiffswrack mitgebracht, die manchem der Ritter und Bewohner Carnacs wie Teufelswerk vorkamen. Ortwin und Nela aber beruhigten die Leute: In der Hand der Unholde mochten sie Teufelswerk gewesen sein, doch nun im Besitz rechtschaffener Menschen waren diese Gegenstände gewiß sehr nutzbringend - sofern es gelang, ihre Funktion und Bedeutung zu enträtseln. Baldwin immerhin war begeistert: Ja, solcherlei mechanisches, pyrotechnisches und alchimistisches Wunderwerk war ein Geschenk des Himmels. Konnten sie doch damit ihr Wolkenschiff ausstatten und vielleicht eines Tages damit sogar eine große Reise antreten. Der Zwerg schwärmte gar schon von einer Umsegelung der Welt und einem Flug zum Mond und zu fernen Gestirnen - Magda aber schüttelte nur den Kopf und Quax fauchte verächtlich.

Die Nacht war hell und klar. Nur weit draußen über dem Meer trieben noch ein paar Wolken, silbern schimmernd im Mondlicht. Endlich - Mitternacht war längst vorbei - konnten Hieronymus und Ortwin in ihr Zauberspiegelchen schauen. Nach dem Magier Salaam befragt, zeigte es nur Finsternis - wahrscheinlich wieder das Reich Ogk. Oder bedeutete dies gar, der Magier sei für immer von dieser Welt verschwunden, womöglich ausgelöscht wie seine Puppe? Schließlich ließen sie sich noch die Unholde auf ihren Schiffen zeigen. Ja, sie kreuzten weit draußen auf dem Meer; wohin, wußte das Spiegelchen nicht zu deuten.
Ortwin war todmüde und auch Hieronymus gähnte. Sie begaben sich beide in ihre Kajüte, wo Gurx immer noch auf dem Bett lag und schnarchte. Hieronymus wußte nicht, ob er seinen Artgenossen beneiden oder bedauern sollte. War dieser Faulpelz nun ein Lebenskünstler oder litt er unter einer Schlafkrankheit? Dann fiel Hieronymus Blick auf die versteinerten Gefährten die an der Wand entlang aufgereiht waren. Für einen Moment glaubte er, einer der Steine hätte sich bewegt. Nein, er hatte sich wohl getäuscht. Eine Weile plagten ihn noch trübsinnige Gedanken, dann überkam ihn der Schlaf.

Draußen saßen Manulia und Tabitha auf einem hochgetürmten Berg Wolkenstoff am Bug des Schiffes und schauten in die Ferne. Sie schwiegen, dachten vielleicht an die unheimlichen Erlebnisse der letzten Tage und an ihre verwunschenen Artgenossen. Quax, den wieder Schwermut befallen hatte, seit er auf dem Wolkenschiff zurück war, lief ziellos über das Deck. Nach einer Weile setzte er sich neben die beiden Katzen.

"Nun Quax", maunzte Manulia leise, "die Nacht ist voller Sterne wie in unserer Heimat, im Orient."
Quax seufzte: "Was nutzen mir die Sterne? Und Palmyra ist weit!"
Da fiel eine Sternschnuppe herab.
"Wünscht euch etwas!" rief Tabitha. Und von unten, von einem der vielen hervorquellenden Ballen des Wolkenstoffs, hörten sie eine Katerstimme, die rief: "Seht, ein goldener Faden! Das Webekätzchen hat einen goldenen Faden verloren!"
"Unsinn!" brummte Quax leise. "Es gibt kein Webekätzchen." Im gleichen Augenblick flogen zwei weitere Sternschnuppen über den Himmel.
"Schaut nur!" rief es wieder von unten. "Das Webekätzchen gibt uns ein Zeichen!"
Quax reckte den Hals, um zu sehen, wer da unter ihnen saß. Er konnte aber niemanden entdecken.
"Ich habe mir etwas gewünscht", sagte Tabitha. "Du auch, Quax?"
"Was soll ich mir denn wünschen?" murmelte Quax. "Sagt mir lieber, wer da unten sitzt. Es scheint ein erwachsener Kater zu sein, der wissen sollte, daß es kein Webekätzchen gibt!"
Er erhielt keine Antwort. Wieder schwiegen die drei eine Weile.
Da begann der Kater unter ihnen zu singen:

"Hörst du die Lieder, die uns der Wind,
bringt von weither aus unendlichen Fernen.
Draußen über'm Meer, wo die Trauminseln sind,
türmen sich Wolken bis zu den Sternen.

Hell scheint der Mond, die Nacht ist so klar,
fliegst Du mit mir in ein fernes Land?
Irgendwohin, wo vor uns niemand war,
und vor unserer Zeit das Feenschloß stand."

"Welch schönes Lied", sagte Tabitha. "Ich habe es noch nie gehört. Wer mag nur der Dichter sein?"
Doch das Lied hatte noch eine dritte Strophe. Hinter ihnen sang eine Katze:

"Auf einem Stern weit unten im Süden
steht ein Baum mit gläsernem Laub,

dort sitzt ein Kätzchen, das will nicht ermüden,
webt unser Schicksal aus Gold und aus Staub."

Sie drehten sich um und sahen Amanda. Sie schaute zu Quax und lächelte. Quax wurde seltsam zumute. Träumte er? Hatte die Aufregung der letzten Tage seine Sinne verwirrt?
"He, Weißchen Quax!" rief es aus einer anderen Richtung. "Schau nicht so dusselig drein, sonst zurr' ich dir die Schnurrhaare lang!" Es war Moony. Moonia und Bärle folgten ihm.
Endlich begriffen sie: "Seht! Sie sind wieder lebendig!" jubelte Manulia und sprang vor Freude in die Höhe."
"Ich habe es gewußt!" behauptete Tabitha. "Das waren die Sternschnuppen!"
"Ja, das Webekätzchen hat uns ein Zeichen geschickt", wiederholte der Kater aus dem Wolkenstoffberg. Jetzt kroch er hervor. Es war Cäsarion in Begleitung von Wonni.
Petunia, Xenofefa, Carli und all die anderen Jungkatzen fegten wild und ausgelassen über das Wolkendeck. Peterle, der ja nicht verwandelt gewesen war, floh auf den nächsten Mast. Denn wer konnte schon wissen, ob Petunia nicht all die Raufereien und Häkeleien nachholen wollte, auf die sie in den letzten Stunden verzichten mußte.
Schnell hatte es sich auf der Wolke herumgesprochen, daß die versteinerten Artgenossen wieder lebendig waren. Alle Katzen und Kater kamen an Deck, schließlich auch Hieronymus und selbst der verschlafene Gurx! Alle wunderten sich, wie die verzauberten Freunde wieder zum Leben erweckt worden waren, ohne daß es jemand bemerkt hatte. Wo war nur Ortwin? Schlief er denn immer noch?!
Die Samtpfoten spielten mit den Jungkatzen, fuhren Moonia durch das flauschige Fell, zurrten an Moonys gedrillten Schnurrhaaren, rauften mit Bärle, wüteten, rasten, hüpften und tobten.
Quax aber saß nur da und starrte auf Amanda.
"Vielen Dank für das Blümchen, lieber Quax", sagte sie und zwinkerte.
Quax merkte, wie seine Ohren rot wurde. Verlegen begann er sich zu kratzen.
"Aber, äh..." murmelte er schließlich, "wie... äh... also wie habt ihr das geschafft? Welcher Gegenzauber..."
Amanda forderte Quax auf, mitzukommen. Sie ging aber nicht zu Ortwins

Kajüte, wie Quax zunächst vermutete, nein, sie lockte Quax auf ein kleines Plätzchen hinter dem höchsten Wolkenstoffturm am Heck des Schiffes.
“Aber wie wurdet ihr wieder lebendig?” wollte Quax abermals wissen.
Amanda schaute ihn verständnislos an. Konnte es sein, daß sie sich an die Verwandlung gar nicht erinnerte? Sie schnurrte leise und rieb ihren Kopf nach Katzenart am Wolkenstoff. “Warum hast du mir denn vorher nie gesagt, daß du mich magst?” fragte sie.
“Wieso? Äh, warum hätte ich...”, stammelte Quax, “also, nun ja, ich dachte...”
Amanda lachte und Quax wurde immer verlegener. Schließlich gestand er: “Es war wegen Tobias und seiner ‘eisernen Tatze’! Ich wollte keine Bekanntschaft mit ihr machen. Du warst ... äh, bist doch mit ihm befreundet.”
Der Gedanke, daß Tobias in der Nähe sein und sich jeden Augenblick auf ihn stürzen könnte, ließ Quax erschaudern. Er war zwar Ortwins Gehilfe und galt als der ‘Erfinder’ des Wolkenstoffs - verglichen mit Tobias aber war er nur ein recht kleiner, schwacher Kater.
“Aber Quax”, erwiderte Amanda, “Tobias ist ein alter Raufbold, der nie weiß, was er will. Nun, wärst du damals in der Nacht der Bastet nicht davongelaufen, wäre ich bestimmt nicht mit ihm durch die Hecken gestreunt!”
Quax wurde immer wundersamer ums Gemüt. Zu gern wäre er mit Amanda davongelaufen, weit weg auf eine Lichtung im Wald oder gar bis zu dem Platz bei den Menhiren. Denn im gleichen Augenblick tobten Jungkatzen um die Ecke und über ihnen, auf dem Wolkenstoffturm, erschien Miranda mit windzerzaustem Fell und starrte eifersüchtig auf die beiden herunter.
Doch da hörte er Ortwin laut nach ihm rufen. Schade...

“Und nun”, fragte Ortwin, wobei er lächelnd Petunia über den Kopf fuhr, was der wilden Katze gar nicht gefiel, “was machen wir nun? Der Zauber ist gebrochen, Salaam mag beim Teufel sein - und wir sind frei!”
Sie saßen alle auf Deck. Der Mond stand schon tief, die Nacht ging zu Ende. Niemand dachte an Schlaf. Alle waren in guter Stimmung, selbst Baldwin war bestens gelaunt.
“Jetzt bauen wir uns ein richtiges Flugschiff”, rief Quax, “und dann gehen wir auf die Reise, Meister!”
Alle Samtpfoten - ob Katze oder Kater, ob Jung oder Alt - stimmten Quax bei: “Fliegen wir! Eine Reise um die Welt! Auf nach Palmyra! Nach Ägypten! Zum Mond!”

"Sachte, sachte", beschwichtigte Ortwin, doch bevor er Bedenken vortragen konnte, sagte Nela:
"Ich kann die Samtpfoten verstehen. Sie sind Streuner und von Natur aus neugierig. Ich bin es auch. Nur allzu gern wüßte ich, was sich jenseits des Meeres befindet. Es ist von Trauminseln die Rede, von Feenschlössern und gläsernen Palästen. Wie wäre es, diese Länder zu erkunden?"
Baldwin war nicht sehr begeistert: "Davon rate ich ab", nörgelte er. "Da draußen gibt es nichts, was eine Reise lohnen würde."
"Hast *du* nicht immer gesagt, die Erde sei eine Kugel?", fragte Magda. "Und wer lange genug nach Westen segle, gelange in den Osten, nach China oder Indien?"
"Habe ich! Und der Meinung bin ich noch immer! Aber wir müssen verdammt lange segeln, bis wir in Indien oder China herauskommen, verdammt lange. Denn die Erde ist ungeheuer groß. So viele Vorräte, die wir für eine derartige Reise bräuchten, passen nie in unseren Laderaum - es sei denn, die Katzen blieben alle hier! Außerdem gibt es dort draußen auf dem Westmeer Ungeheuer, Riesenkraken und Teufelsfische. Und die Inseln, von denen ihr redet, sind von Wilden bewohnt, von Menschen- und Katzenfressern! Ich bin eher dafür, nach Osten zu reisen, nach Griechenland oder Persien, meinetwegen auch nach Palmyra..."
"Ihr wollt den Hasen braten, bevor er erlegt ist", schalt Ortwin. "Noch liegt unser Wolkenschiff auf der Wiese, und niemand von uns weiß, ob wir mit den Gerätschaften der Fremden überhaupt etwas anfangen können. Niemand weiß, ob das Wolkenschiff jemals wieder fliegt!"
Quax aber schnurrte: "Morgen fangen wir an, Meister - mit der Erkundung der Geräte und Apparaturen. Ich bin sicher, wir lösen deren Geheimnisse. Was kann uns dann noch halten?"

Die Tage vergingen. Hieronymus hätte gerne wieder in das Zauberspiegelchen geschaut. Doch er kam nicht an das Spiegelchen heran, denn Ortwin trug es in seiner Tasche. Anscheinend legte der Zauberer keinen Wert darauf, in die Ferne zu spähen. Auch war Hieronymus nie mehr mit Ortwin allein. Stets saßen Magda und Nela in Ortwins Kajüte. Wo Nela war, war meist auch Miranda. Und schließlich war da noch der faule Gurx, der auf Ortwins Bett liegen durfte. All die anderen Samtpfoten streunten von hier nach dort, lagen mal auf, mal unter Deck, erschienen und verschwanden, wie es ihnen paßte. Sie waren nirgends und überall!

Dies alles stimmte Hieronymus etwas nervös und er fragte sich, ob ihm, dem Gehilfen des Zauberers, nicht ein eigenes Kämmerchen auf dem Wolkenschiff zustände.
Immerhin, Quax kam meist nur noch abends in die Kajüte. Ansonsten hielt er sich im untersten Laderaum auf, wo die Gefährten allerlei merkwürdige Geräte aus Salaams Zauberschiff installiert hatten. Dort hockte er zusammen mit Baldwin und dem Katerchen Leonardo und bastelte. Bisweilen kam Ortwin dazu, der jedoch von den technischen Einrichtungen nicht viel verstand. Auch Nela konnte wenig helfen, dafür eher Magda, die aber lieber Deckchen für die Samtpfoten häkelte oder in den Wald ging, Kräuter zu sammeln. Hieronymus selbst tat sich ebenfalls schwer mit all den Wunderdingen - und insgeheim bewunderte er Quax, wenn er von 'seinen' Motoren, Antriebswellen, Kurbeln und Propellern fabulierte. Ganz selten unterbrach Quax seine Arbeiten. Dann streunte er mit Amanda durch die umliegenden Felder - sehr zum Leidwesen Mirandas.
Die Jungkatzen pfoteten ein wüstes Mausball nach dem anderen. Moony war wieder Schiedsrichter und keine der alten Samtpfoten wagte, ihnen das Spiel zu verbieten. Nach einer gewissen Zeit wurde den Jungkatzen das Mausball zu langweilig und sie vergnügten sich mit Krall-, Häkel- und anderen Raufspielen. Schließlich begannen sie mit einem Wettklettern auf die beiden Masten. Bosheide und Gnomicus taten sich dabei besonders hervor. Sie konnten im Mastkorb oder gar auf den Mastspitzen sitzen und in die Ferne spähen, ohne daß es ihnen schwindelig wurde.
Doch die Kletterspiele wurden unterbrochen durch das Anbringen der Segel. Alle kräftigen Männer Carnacs und die Ritter halfen dabei, die gewaltigen Segel des Zauberschiffes auf Ortwins Wolkenschiff zu schleppen. Zwei Tage dauerte es, bis sie die Rahen aufgeschlagen und die Segel daran vertäut hatten. Dann verlangte Quax, daß sie an die Segelenden feine Drähte knüpften, welche in einem Rohr zusammengeführt wurden, das wiederum quer durch alle Schiffsräume, hinunter zu den Antriebsmaschinen führte.
Die Jungkatzen vergnügten sich inzwischen damit, Geschichten von Nachtschwarzchen und Rußteufelchen zu erzählen. Hieronymus schimpfte, es gäbe keine Nachtschwarzchen und erst recht keine Rußteufelchen. Doch eines Abends wurde er eines Besseren belehrt: Da fegte doch tatsächlich ein Rußteufelchen über das Wolkenschiff!
"Da! Seht, da rast es!" schrien die Jungkatzen, allen voran Xenofefa und Petunia. "Fangt es ein!" befahl Moony. Mehr als ein Dutzend junger

und alter Samtpfoten hetzten hinter dem Rußteufelchen her. Der Miese, wenn es darauf ankam ein sehr wendiger Kater, schaffte es beinahe, das Teufelchen zu packen. Doch da stieß dieses eine wahre Rußwolke aus, und der Kater nieste entsetzlich. Das Rußteufelchen verschwand spurlos.

So verging die Zeit auf dem Wolkenschiff. Nubis lernte bei Magda häkeln und Wonni band sich aus bunten Bändern Schleifchen. Tabitha dagegen ließ sich von Nela in die Geheimnisse der Kräuterheilkunst einweihen. Die Katze Minzemaunz begann aus Drähten und Hölzchen Ortwins Brille nachzubauen - gleich mehrmals. Sie wurde deshalb von den anderen nur noch Brillenkätzchen genannt. Der Kater Aurelius, der bislang niemandem aufgefallen war, tat sich als nächtlicher Sänger hervor - sehr zum Leidwesen von Baldwin, den nachts jedes noch so geringe Geräusch störte. Rauwaubaunze fand heraus, daß sich das Holz an der Reling bestens zum Krallenschärfen eignete. Das Krallen an der Reling wurde daraufhin strengstens verboten; dafür ließ Ortwin einen alten Baumstrunk auf das Schiff bringen, an dem die Samtpfoten nach Herzenslust wüten konnten. Ebenfalls verboten wurde das Markieren, auf das Kater wie Tobias, Knurr, der Gestromte oder Antonius nur ungern verzichteten. Schneemohrle dagegen störte ein solches Verbot nicht. Er hielt sich für einen anständigen Kater, der Markierereien selbst verabscheute. Ihn ärgerte es vielmehr, daß ihn die Jungkatzen seit einiger Zeit 'Schnee-Weißchen' nannten. Gegen Mittag setzte er sich immer in die pralle Sonne und behauptete, eines Tages würde das Weiß aus seinem Fell herausschmelzen; schließlich sei er ja von Natur aus schwarz und nur weiß gefroren.
Zaubermilch war rar geworden. Ortwin gab vor, kaum noch etwas von seinen Pülverchen zu haben. Einige Katzendamen, wie Toxi, Minze oder Agathe, und einige Kater, wie Molli und der Miese, kamen jeden Abend vor Ortwins Kajüte und bettelten. Einmal, als sich Ortwin schließlich erbarmte und ihnen ein Schälchen seiner Zaubermilch vor die Tür stellte, drängte sich Annabella nach vorn und schleckte dieses zur Hälfte leer. Die Rauferei, die daraufhin entstand, konnte nur wieder mit einem Eimer Wasser beendet werden!
Ansonsten streunten die Samtpfoten durch die Gegend, lauerten auf Mäuse - von denen es fast keine mehr gab -, dösten in der Sonne, rollten sich abends auf ihren Deckchen zusammen, spielten, schnurrten, tatzten, stritten gelegentlich, schleckten sich ihr Fell, hielten die Nasen in den

Wind oder pfoteten hin und wieder ein lustloses Mausball.
So vertrieben sie sich die Zeit, in Erwartung, daß es eines Tages heißen würde: "Wir brechen auf!" Und auch die Menschen fieberten dem großen Tag entgegen. Die Ritter - die aus Neugierde in Carnac geblieben waren - taten es den Samtpfoten gleich und erfanden Ballspiele, bei denen es recht derb zuging. Schließlich wurde Gwaldain deren Treiben zu bunt und er befahl ihnen, beim Ausbessern von Dächern und Ställen, ja selbst bei Feldarbeiten behilflich zu sein. Doch selbst diese Knechtarbeiten, die einem Ritter gewöhnlich nicht anstanden, hielten sie nicht davon ab, im Dorf zu verweilen.

"Nach meiner Theorie müßte alles funktionieren", sinnierte Baldwin. "Die Segel müßten Sonnenenergie einfangen und in unsichtbare Blitze verwandeln, und diese müßten den Motor in Bewegung setzen, welcher wiederum die große Schraube bewegt, die letztendlich dem Wolkenschiff den Antrieb gibt. Soweit die Theorie - aber", Baldwin unterbrach sich selbst mit einem gewaltigen Gähnen, "aber die Praxis läßt zu wünschen übrig. Dieser Motor, weiß der Kuckuck warum, will einfach nicht laufen! Dabei steht uns Energie im Überfluß zur Verfügung. Die Sonne hat unsere Segel aufgeheizt und ungeheure Blitzenergie in diesen großen Kasten, auf dem du sitzt, Quax, gespeist. Doch da hockt nun die Energie drinnen und wir wissen nicht, wie wir sie von dort zum Motor bekommen. Was machen wir nur falsch? Wir haben doch alle Kabel wieder genauso angeschlossen wie wir sie vorgefunden haben. Oder?"
Wieder gähnte er. Quax gähnte ebenfalls. Es war spät in der Nacht und sie waren seit dem Morgengrauen auf Beinen und Pfoten. Eine gesunde Samtpfote braucht täglich mindestens acht Stunden Schlaf und nachts ebensoviel - das behauptete zumindest Gurx. Quax dagegen war seit über zwölf Stunden wach. Trotzdem wollte er sich nicht auf seinem Deckchen zusammenrollen, jetzt da sie so nahe am Ziel waren.
Baldwin aber stand auf und ging zur Tür: "Ich bin sicher, morgen finden wir die Lösung! Verdammt nochmal, die Bestien hatten das Schiff doch in Betrieb! Dieser vermaledeite Motor ist doch *tatsächlich* gelaufen! Wir haben mit eigenen Augen gesehen, wie die Schiffe durch das Wasser gebraust sind. Aber für heute ist erst mal Schluß. Ich lege mich aufs Ohr!"
Quax blieb mit Leonardo allein zurück. Der kleine Kater aber schnarchte bereits, lang ausgestreckt auf dem monströsen Gebilde, welches sie den

Motor nannten.
Die Leuchtröhren glühten und zauberten helles Tageslicht in den Raum. Dieses Leuchten bewies, daß Energie in Hülle und Fülle zur Verfügung stand. Das Problem war, den Motor *zu starten*. Für die Leuchtröhren gab es Schalter. Ein Pfotendruck und die Lichter gingen an oder wieder aus. Wo aber war der Schalter für den Motor? Beim Katzenteufelchen, sie hatten ihn bislang nicht gefunden!
Quax löschte das künstliche Licht. Das schwache Mondlicht, welches durch eine der Luken hereinschien, genügte ihm. Nur Baldwin oder die anderen Menschen benötigten nachts Lampen oder Kerzen, Samtpfotenaugen nicht!
"Höj", brummte Leonardo, "das Licht geht ja aus! Machen wir für heute Schluß?"
"Du schläfst ja eh schon", erwiderte Quax. "Geh auf dein Plätzchen!"
Leonardo erhob sich und sprang auf eine kleine Anrichte, auf der eine Unzahl Splinte und andere metallene Gegenstände lagen, deren Bedeutung ihnen bislang unklar geblieben war. Es klirrte.
"Paß doch auf, du Tapsele", schimpfte Quax. "Du wirfst ja alles herunter!"
"Na und", fauchte Leonardo, "wenn das Zeug hier so im Weg liegt? Und nenn' mich bloß nicht mehr Tapsele!"
Er sprang auf den Boden und tatzte nach dem Gegenstand, der heruntergefallen war. Es war ein flaches Metallstück, von bizarrer Form: auf der einen Seite war es ein Achteck, auf der anderen ein verzahntes Blatt. Das Achteck war so groß wie der Kopf eines Katzenkindes, das Blatt so lang wie eine Katzenpfote.
"Wozu ist das gut?" fragte Leonardo.
"Wissen wir noch nicht", antworte Quax. "Könnte irgendwie ein Schlüssel sein. Nur sind alle Schlüssel, die ich bisher bei den Menschen gesehen habe, grober und plumper."
"Bei dem Motor gibt es doch einen Schlitz, gleich neben den Anzeigetäfelchen. Könnte das Ding nicht in diesen Schlitz hineinpassen?" fragte der kleine Kater.
"Probieren wir es!" entschied Quax.
Sie hoben den Gegenstand auf und schafften es nach einer Weile, ihn in den Schlitz hineinzupfoten.
"Paßt", sagte Quax, "aber es passiert nichts."
Leonardo wollte den Schlüssel wieder herausziehen, da verkantete er ihn. Es machte 'klick' und für einen kurzen Augenblick krachte es im Motor.

Quax zuckte zusammen. Sollte das etwa bedeuten, daß...
"Laß mich mal!" forderte er und drehte ebenfalls am Schlüssel.
Klick, schrupps, schrrrupps, klang es erneut, und sogleich begann der große Kasten zu vibrieren.
Schrururururururur...röhrte es.
Quax war außer sich vor Freude: "Wir haben es gefunden!" rief er. "Leonardo, der Motor läuft!!!" Doch nicht nur das - auch der Propeller begann sich zu drehen! Die beiden Kater hüpften ausgelassen in die Höhe.
Quax drehte den Schlüssel in seine Ausgangslage zurück.
Schruru..ru..rurrrr... Motor und Propeller standen still. Quax probierte es mindestens zehn Mal hintereinander: Sobald er den Schlüssel drehte, lief der Motor, bewegte er ihn wieder zurück, stand der Motor still. Es klappte stets.
"Leonardo, du Glückspilz!" maunzte Quax so laut er konnte. "Wir haben es, wir haben es!!!"
Da schielte Hieronymus zur Tür herein.
"Was ist das für ein Geräusch?" fragte er erstaunt.
Quax sagte nichts, sondern zeigte auf den schnurrenden Motor.
Hieronymus war sprachlos.
Das Geräusch hatte auch die anderen Samtpfoten und schließlich auch die Menschen geweckt. Verschlafen drängten sie sich in den Motorenraum.
"Hab ich's doch gewußt", triumphierte Baldwin. "Hab ich's gewußt, daß wir es schaffen werden!"
"Ich bin überwältigt", gestand Ortwin. "Meine Kater haben uns wieder einmal übertrumpft und diese Maschine zum Laufen gebracht!"
"Es waren dieses Mal nicht *deine* Kater, sondern dieser junge Streuner hier", sagte Quax.
Leonardo bekam vor Stolz rote Ohren. Den 'Streuner' überhörte er. Schließlich rief er: "Ich bin eben ein Glückskaterchen. Wieviel Zaubermilch ist mein Glück wert?"
An Schlaf war fortan nicht mehr zu denken. Sie rannten ins Dorf und weckten alle Bewohner. Diese eilten zum Wolkenschiff, um den schnurrenden Motor zu bewundern. Sodann ließ Gwaldain seine letzten Weinflaschen aus dem Keller holen. Den Rest der Nacht feierten sie ausgelassen auf dem Wolkenschiff bei Wein und Zaubermilch, Gesang und Katergemaunz. Nun stand der großen Reise nichts mehr im Wege! Sie würden fliegen - mit dem Wind, gegen den Wind, wohin sie nur immer wollten. Der Himmel gehörte ihnen!

Im Banne der Siebenbeinigen Spinne

Der Morgen graute. Quax lief über den Dorfplatz und schaute zum Himmel. Kaum ein Wölkchen war zu sehen. Ein lauer Wind blies von Westen. Ein besseres Wetter konnten sie sich nicht wünschen.
Miranda rannte neben ihm her.
“Quax, großer Meister Quax”, rief sie schmeichelnd. “Ihr nehmt uns doch mit, oder? Mich und Nela?”
Quax brummte nur, das bestimme nicht er allein, im übrigen sei es ihm gleich, wer alles auf dem Schiff mitflöge. Es sei Platz genug. Und außerdem sei nur ein kleiner Probeflug geplant; die große Reise - von der immer noch niemand wußte, wohin sie gehen sollte - stand noch lange nicht an.

Auf dem Wolkenschiff fanden sie die Samtpfoten auf Deck versammelt. Sie genossen die ersten Sonnenstrahlen, schnurrten und sangen.
Baldwin fand das Katzengejaule entsetzlich und hielt sich die Ohren zu; auch Ortwin konnte den Gesängen wenig abgewinnen.
Quax eilte sogleich zum Motorenraum. Bevor er hineinschlüpfte, drehte er sich nochmals um und maulte:
“Gebt acht beim Start! Das Schiff könnte ein wenig schlingern. Wir haben noch keine Erfahrung mit dem Höhen- und Seitenruder!”
“Keine Angst”, lachte Baldwin, “das übernehme ich. Ich gehe auf die Kommandobrücke. Das Steuer ist bei mir in guten Händen!”
Außer all den Samtpfoten, Ortwin, Baldwin und Magda waren Nela, Gwaldain, Rabax, ein Dutzend weiterer Ritter sowie viele Leute aus Carnac - darunter etliche Kinder - an Bord. ‘Gut, daß wenigsten die Dorfhunde beim Probeflug nicht dabei sein wollen’, dachte Quax. Nun ja, sollten die Leute ihren Spaß haben!
Er startete den Motor. Ortwin bedeckte den Roten Stein, der seit Wochen unberührt auf dem Wolkenstoff hinter der Kommandobrücke gelegen hatte, Gwaldains Männer zogen die Strickleitern ein und kappten alle Taue, mit denen das Schiff festgebunden war.
Der Motor surrte, der Propeller drehte sich. Quax war ungeheuer nervös, ließ sich aber nichts anmerken. Nur seine Schwanzspitze zuckte verrä-

terisch. Auch die anderen Samtpfoten platzten schier vor Aufregung; sie hatten aufgehört zu singen und saßen ruhig auf Deck oder mitten in den Wolkenstofftürmen. Die Menschen konnten ihre Spannung weniger verbergen. Die Kinder kicherten, die Erwachsenen scherzten, rieben sich Hände und Nasen oder fuhren sich durch die Haare; vor allem Baldwin zuckte am ganzen Körper, als litte er unter Myriaden von Flöhen.
Dann endlich hob sich das Flugschiff in die Höhe.
Alle jubelten! Sie flogen!
Eine leichte Brise erfaßte das Wolkenschiff. Es begann zu schaukeln. Baldwin verzog sein Gesicht, biß aber tapfer die Zähne zusammen und umklammerte das Steuerrad.
Der Propeller drehte sich unermüdlich, dennoch kamen sie nur langsam voran und gewannen kaum an Höhe.
Plötzlich hörten sie im Rumpf des Schiffes ein dumpfes Poltern. Mit einem Ruck legte sich das Wolkenschiff zur Seite! Die Menschen verloren den Halt und stürzten. Gwaldain konnte sich an der Reling festhalten und gerade noch Nela davor bewahren, hinabzufallen. Anderen gelang es, irgendwo an einem herabhängenden Seil Halt zu finden. Einige aber griffen unwillkürlich zu den Drähten, die von den Sonnensegeln herabführten und verspürten den elektrischen Strom, der durch sie hindurchfloß - eine derart unangenehme Empfindung, die sie veranlaßte, die Drähte sofort wieder loszulassen, so daß sie erst recht zu Boden stürzten. Baldwin jedoch verlor ganz die Besinnung; er ließ das Steuerrad Steuerrad sein, sprang brüllend von der Brücke, stolperte und kullerte wie eine Kugel über die Schiffsplanken.
Auch die Samtpfoten hatten Mühe, auf den Pfoten zu bleiben. "Wir stürzen ab!" schrien die Leute und miauten die Katzen.
In der Tat, das Wolkenschiff neigte sich immer mehr. Alles wirbelte durcheinander; die Samtpfoten krallten sich fest, wo immer sie konnten: am Wolkenstoff, an Seilen, Strickleitern, Masten oder Planken. Baldwin rollte immer noch über das Deck; er zappelte und ruderte mit den Armen, schließlich rutschte er über die Reling und fiel in die Tiefe; einige der Bretonen und mehr als ein Dutzend Samtpfoten folgten ihm unfreiwillig.
Krachz! Das Wolkenschiff streifte einen Baum. Noch einmal schnellte es eine halbe Elle in die Höhe, dann - krrrk-krchchz - prallte es erneut auf die Baumwipfel. Zweige brachen, Äste splitterten. Die Fahrt war zu Ende.

Da hing das wundersame Schiff nun zwischen den Bäumen, wie ein Wrack, das die Sturmflut an Land geworfen hatte. Wie zum Hohn drehte sich immer noch der Propeller, der Motor lief nutzlos weiter.
Samtpfoten wie Menschen rappelten sich auf. Zum Glück war niemand ernsthaft verletzt. Quax kroch aus dem Motorenraum und maulte:
“Kein Wunder, wenn dieser Zwerg am Steuer steht! Ich hätte es mir denken können.”
Ortwin, der gerade seine Kleider ordnete und Quaxens Schelte hörte, antwortete:
“Ja, wir hätten es uns denken können, mein Quax. Aber nicht der Zwerg hat Schuld. Vielmehr ist unser Schiff mittlerweile zu schwer geworden. All die Aufbauten und Gerätschaften! Das schafft der Wolkenstoff nicht.”
“Mag sein”, erwiderte Quax. “Demnach gibt es nur eins: Brauen wir neuen Wolkenstoff!”

Und wieder gingen viele Tage ins Land. Ortwin und seine beiden Kater hatten angeordnet, Spinnweben zu sammeln. Alle Samtpfoten, selbst Gurx, der Miese oder Antonius, mußten mithelfen, wollten sie weiterhin auf dem Wolkenschiff bleiben. Doch auch die Freunde aus Carnac, ja sogar Rabax und seine Ritter, durchstreiften die Wälder und Ginsterheiden und zerstörten Spinnennetze. Ortwin hätte zwar am liebsten die Fäden der Jungspinnen gehabt, mit denen diese durch die Herbstwälder flogen, doch der Herbst war noch weit. Sie mußten mit dem vorliebnehmen, was die Natur ihnen bot. In der Nacht, sobald der Mond ausreichend schien, sprudelten die Reagenzien in Ortwins Zaubertöpfen. Neuer Wolkenstoff quoll aus den Behältern und wurde sogleich mit aller Sorgfalt an das Wolkenschiff geheftet, so daß sich dieses mehr und mehr in einen riesigen Wattebausch verwandelte.
Zwischendurch trieben die Samtpfoten ihren gewohnten Schabernack. Vor allem die Jungen tobten wieder Mausball und Quax verzog dazu sein Gesicht, wie eh und je. Doch Ortwin sorgte sich nicht so sehr um die Jungkatzen, nein, sein Kummer galt eher den Altkatzen und -katern. Bald würde die berühmt berüchtigte Ranzzeit anbrechen, was da nächtliche Gesänge und Geraufe bedeutete, sowie Reviermarkierungen allerorts. Am meisten aber fürchtete sich der Zauberer vor neuem Kindersegen bei den Samtpfoten. War bereits jetzt die Zahl der vierpfotigen Mitreisenden auf dem Wolkenstoff unüberschaubar groß, so könnte sich diese bis

zum kommenden Winter verdrei- oder vervierfachen! So viele Katzen konnten aber unmöglich auf dem Wolkenschiff bleiben. Wer aber würde freiwillig gehen?

Auch Miranda dachte an die kommende Zeit der Liebeswerbungen. Wenn ihr doch nur Quax ein wenig mehr Aufmerksamkeit schenken würde! Der alte Nörgler und Wichtigtuer dachte nur an seine Motoren und seinen Wolkenstoff! Allenfalls schnurrte er um Amanda, dieses kleine Biest! Miranda hätte ihr nur zu gern die Ohren lang gezogen und das Fell gekämmt, wagte es aber nicht, da sie Schelte ihrer Meisterin befürchten mußte. Nein, mit Amanda durfte sie sich nicht anlegen. Vielmehr mußte sie sich etwas einfallen lassen, um Quax für sich zu gewinnen. Besaß da nicht Nela ein Wunderkraut, welches denjenigen, dem es heimlich ins Essen gerührt wurde, betörte und in Liebesrausch versetzte? Was bei Menschen half, mochte auch für Samtpfoten gut sein. Ganz beiläufig fragte Miranda ihre Meisterin danach und diese zeigte ihr - nichtsahnend - ein Schächtelchen mit kleinen weißen Kügelchen. Ja, dies seien Liebespastillen, verriet sie ihrer Katze. Sie wirkten mit Sicherheit, wenngleich diese Wirkung nur für geraume Zeit anhielte. Miranda merkte sich gut, wo die Pastillen aufbewahrt wurden und lauerte auf die Gelegenheit, eine zu stehlen.

Als die Watte um das Wolkenschiff so dick geworden war, daß von der Wiese aus nur noch die metallisch glitzernden Segel zu sehen waren, beschlossen die Gefährten einen erneuten Probeflug. Dieses Mal begaben sich nur Ortwin, seine beiden Kater und Gwaldain, der das Steuer bedienen sollte, an Bord. Wieder bedeckte Ortwin den Roten Stein. Vorsichtig hob sich das Wolkenschiff in die Höhe. Noch hielten es Seile am Boden fest. Quax warf den Motor an; der Propeller begann sich langsam aber stetig zu drehen. Wie beim ersten Flug neigte sich das Wolkenschiff etwas zur Seite. Ein, zwei bange Sekunden folgten - das Wolkenschiff wankte, schaukelte - aber es kippte nicht!
Die Samtpfoten tollten vor Freude über die Wiese, die Bretonen sangen und tanzten: Das Zauberschiff flog!
Gwaldains Leute kappten alle Seile und sogleich stieg das wundersame Gefährt höher und höher, bis es schließlich in einer Schönwetterwolke verschwand. Einige Minuten vergingen, da tauchte es wieder auf. Langsam segelte es herunter und blieb über Nelas Hütte stehen.

Schreiend und jubelnd rannten Menschen und Samtpfoten über den Dorfplatz. Die Hunde hetzten neben ihnen her und bellten. Gwaldain und Ortwin fielen sich vor Freude in die Arme. Und auch Quax und Hieronymus gönnten sich ein aufmunterndes Zwinkern. Sie hatten es geschafft! Sie flogen!
Selbst Baldwin war guter Laune. Er zog seine Mütze vom Kopf und warf sie im Übermut über Quax, nachdem dieser das Schiff wieder verlassen hatte. Der Kater schlüpfte sofort darunter hervor und begann, die Kopfbedeckung des Zwerges wütend zu bekrallen.
"He, laß das!" schimpfte Baldwin. "Dieser Hut wurde mir vom König geschenkt."
"Hut! Daß ich nicht lache", erwiderte Quax. "Eher eine Narrenkappe!" Er kroch wieder darunter und lief damit davon.
"Mein Hut, mein Hut, mein königlicher Hut!" schrie Baldwin und eilte dem Kater hinterher. War es Zufall oder nicht - in diesem Augenblick lief ihm Hieronymus zwischen die Beine - der Zwerg stolperte und fiel der Länge nach hin. Alles lachte; doch Baldwin ließ sich die Stimmung nicht verderben. Sofort sprang er auf und lief zum Wolkenschiff.
"Einen Flug für mich und alle, die mutig sind!" rief er. Im Nu waren alle, die zwei oder vier Beine hatten - selbst Hunde waren darunter - auf dem Flugschiff. Sie starteten zu einem herrlichen Rundflug von Carnac zu den Menhiren, von dort bis zurück zur Küste, hinaus über die Halbinsel Quiberon und dann über das Meer zur einst verwunschenen Insel und schließlich mit dem Abendwind zurück ins Dorf.

In der kommenden Nacht feierten sie ein großes Fest auf dem Dorfplatz von Carnac. Die Ritter hatten zwei Wildschweine und einen stattlichen Hirsch erlegt, die sie am Abend zubereiteten; Rabax ließ Wein und Bier aus Locmariaquer herbeiholen. Außerdem gab es gegrillten Fisch und gebratene Hühnchen. Es wurde gesungen, musiziert und getanzt - und die Samtpfoten spielten Mausball, rauften, tobten und wüteten so ausgelassen wie noch nie.
Am Tag darauf lagen Menschen wie Samtpfoten faul im Gras, trotz des Morgentaus, der alles fein benetzte. Die ersten Sonnenstrahlen trockneten schnell Fell und Kleider. Quax wäre allzu gern mit dem Wolkenschiff umhergeflogen, aber Ortwin plagten furchtbare Kopfschmerzen. Ihm stand nicht der Sinn nach einer Reise, deshalb vertröstete er seinen Kater

auf den nächsten Tag. Quax aber verzog sich auf die Wolke und verkroch sich dort im Motorenraum.
Es waren noch viele Speisen übrig geblieben, so begann Magda zum Frühstück Fische und Hühnerbeine an die Samtpfoten zu verteilen.
“Bekomme ich einen Fisch zusätzlich?” schnurrte Miranda in den lieblichsten Tönen. “Einen für den armen Quax, der schon wieder bei seinen Geräten sitzt und arbeitet. Ich werde ihm das Essen bringen.”
Magda willigte gerne ein. Doch Miranda ging nicht sofort mit dem Fisch auf die Wolke. Sie machte zuvor einen Umweg zu einem Gestrüpp bei ihrer Hütte. Dort hatte sie eine der Wunderpillen, die sie Nela eines nachts heimlich entwendet hatte, versteckt. Schwupp, schob sie die Pastille dem Fisch in das offen stehende Maul. Niemand hatte etwas bemerkt!
Quax hockte tatsächlich auf der Wolke, in jener Kajüte, die eigentlich für Baldwin und Magda bestimmt war, in der jedoch - neben all dem Gerümpel, das Baldwin mitgebracht hatte - nun auch alle Geräte aus Salaams Schiff untergebracht waren, deren Bedeutung sie bislang noch nicht enträtselt hatten. Quax nannte den Raum nur noch ‘seine Werkstatt’. Er hob kaum den Kopf, als Miranda hereinkam.
‘Nur die Göttin Bubastis mag wissen, was du da herumpfotest’, dachte Miranda, ‘aber warte, bald wird dir das Basteln gleichgültig sein, hi, hi, hi.’
Miranda legte ihm den Fisch vor die Pfoten.
“Ach, ich habe jetzt keinen Hunger”, sagte Quax. “Aber trotzdem Dankeschön fürs Bringen.”
“Iß ihn später, lieber Quax, irgendwann wirst du schon Hunger haben”, sagte Miranda und ging wieder hinaus.
Nach einer Weile schielte der Kater Knurr herein.
“He, Quax”, begann er, “verschmähst du diesen Fisch?” Quax schaute nur eine Sekunde auf, vertiefte sich dann sofort wieder in seine Arbeiten.
“He, Quax”, begann der alte struppige Kater nochmals, “wenn du diesen Fisch nicht ißt, gib ihn doch mir!”
“Kannst ihn haben”, antwortete Quax, “aber verspeis’ ihn bitte draußen!”
Der alte Kater packte den Fisch und eilte damit zu einem ruhigen Plätzchen. Ohne zu Zögern schlang er ihn hinunter. Danach schleckte er notdürftig sein Fell - denn auf Sauberkeit legte er keinen besonderen Wert. Sodann rollte er sich auf der Stelle zusammen und begann sogleich zu träumen. Sonderbarerweise träumte er von Miranda...
Als er wieder erwachte war ihm, als hätte er Jahrhunderte geschlafen.

Wieso war ihm nur so wundersam mild ums Herz? Entgegen seinen Gewohnheiten ging er nach dem Schläfchen nicht zum Krallholz, sondern verließ die Wolke und schlenderte über den Dorfplatz. Er fand Miranda auf ihrer Bank, in der Sonne dösend, und setzte sich zu ihr.
"Hallo", sagte er und begann, sich eifrig die Ohren zu waschen, "ein schöner Tag, nicht wahr?"
Die Katze schaute ihn geringschätzig an und meinte nur: "Mag sein."
"Warum so mißlaunt?" fragte der Kater.
"Das hast du gerade nötig zu fragen", sagte Miranda. "Du gehörst doch zu denen, die stets schlecht gelaunt sind!"
"Aber nein doch", fuhr Knurr fort. "Ich bin bester Laune! Der Gestromte und der Miese - der Name sagt es schon - die mögen vielleicht schlechter Laune sein, ich aber habe keinen Grund dafür!"
"Dann erkläre, warum!" forderte ihn die Katze auf.
"Ich habe eine Glückssträhne. Früher war ich ein armer Streuner, hatte kein Revier. Dann traf ich Hieronymus und Quax. Seit ich mit diesen zusammen bin, habe ich immer etwas zu essen, muß mich um fast nichts kümmern. Gestern bekam ich sogar eine doppelte Portion. Quax hat mir seinen Fisch abgetreten."
Die Katze erschrak. Mit wagenradgroßen Augen starrte sie den Kater an.
"Und du... du hast", stotterte sie, "du hast den Fisch gegessen? Ganz?"
"Natürlich! Glaubst du, ich laß 'was zurückgehen?"
"Hast du etwas Besonderes bemerkt, als du den Fisch gegessen hast, zum Beispiel einen eigenartigen Geschmack?"
"Hätte ich 'was merken sollen? Ach, du meinst, weil der Fisch bei den Apparaten herumlag, bei all dem Dreck dort?"
Miranda war verzweifelt. Was sollte sie jetzt tun? Ihr Plan war mißlungen. Zu allem Übel hatte sie jetzt den alten Streuner am Hals!
"Und wie fühlst du dich jetzt?" fragte sie vorsichtig. "Irgendwelche Beschwerden, irgendwelche besonderen Empfindungen?"
Der Kater machte große Augen: "Besondere Empfindungen - oh ja! Ich fühle mich heute wirklich ein wenig seltsam. Du meinst doch nicht, daß der Fisch vergif..."
"Nein, nein", unterbrach ihn Miranda. "Es ist nur, weil Nela einmal gesagt hat, zwei Grillfische hintereinander seien schädlich. Es könnte zu Magenbeschwerden führen."
"Mach dir keine Sorgen, mein Magen ist in Ordnung! Habe in meinem

Streuneleben schon vieles verspeist: Spinnen, Regenwürmer, Asseln, jede Menge Aas! Mich haut so schnell nichts um! Es ist nur, äh... also... nun ja, ich fühle mich heute etwas..."
"Verdöst!" ergänzte die Katze. "Du siehst sehr verdöst aus! Am besten du schläfst noch eine kleine Runde! Bis später!"
Schnell eilte sie davon. Sie war verbittert! Der olle Knurr hatte ihre Wunderpastille verspeist! Das ließ das Schlimmste befürchten! Gewiß war er jetzt in sie verliebt und würde ihr keine Ruhe mehr lassen. Zu allem Übel konnte sie sich nicht an Nela wenden und sie um ein Gegenmittel bitten, hätte ihre Meisterin doch sonst von dem Diebstahl erfahren.

Den ganzen Tag blieben die Gefährten im Dorf und setzten ihre Feier fort. Die Ritter unterhielten sie bis spät in die Nacht mit Lanzenstechen, Fechten und Saufliedern. Einige alte Samtpfoten streunten derweil durch das Dorf.
"Bald fliegen wir weg von hier", bemerkte der Gestromte, "und schon bald wird sich niemand mehr an uns erinnern - es sei denn..."
Er grinste frech und setzte sein Zeichen an den nächstbesten Türstock.
"Hej, seit wann markierst du wieder?" schimpfte der Miese. "Wir haben doch versprochen, darauf zu verzichten."
"Richtig", antwortete der Gestromte, "aber nur solange wir hier sind. Praktisch sind wir schon weg. Außerdem mach ich es nur wegen der Hunde."
"Du magst die Hunde hier nicht, nicht wahr?" zwinkerte der Miese.
"Du etwa?!" rief der Gestromte.
"Mir sind sie völlig gleichgültig", behauptete der Miese. "Ich raufe nicht mit ihnen, gehe ihnen lieber aus dem Weg. Aber, wenn du meinst, wir sollten ihnen etwas zur Erinnerung hierlassen ..." Schnell drehte er sich um und setzte sein Zeichen neben das des Gestromten.
Auch Knurr überlegte, ob er seine Marke anbringen sollte. Einerseits hatten die beiden Gesellen recht. Sie sollten den Hunden ein Andenken hinterlassen. Andererseits dachte er an Miranda. Er wußte, sie haßte Kater, die markierten. Ach, Miranda! Diese eitle, schnippische Katze, warum war er nur derart in sie verliebt? Knurr war schon vielen Katzendamen nachgestiegen und war immer erhört worden. Doch Miranda wollte anscheinend nichts von ihm wissen.
In der Tat, die Katze war aufs äußerste bedacht, dem alten, wüsten Streuner nicht mehr über den Weg zu laufen. Aber auch Quaxens Nähe mied sie, denn sie war sich nicht sicher, ob er nicht etwas ahnte. So saß sie beim

Abendessen zwischen Wölkchen und Gurx und kaute lustlos an einer Maus.
"Liebe Miranda", sagte Gurx, "ich weiß zwar nicht, warum du diese Maus nicht magst, doch ich nehme sie dir gerne ab."
"Sie ist mir etwas zu trocken", sagte die Katze.
Gurx tatzte Mirandas Maus ohne viel Federlesen zu sich herüber und schlang sie gierig hinunter.
"Mäuse sind rar geworden", murmelte der Kater mit vollem Mund, "und mir ist jede willkommen, ganz gleich, ob trocken oder fett."
"Mit Miranda wird es ein übles Ende nehmen", spottete Wölkchen. "Wenn sie uns auf dem Wolkenschiff begleiten will, muß sie jeden Tag Mäuse verspeisen, und zwar Dörrmäuse! Oder Trockenfisch oder gar getrocknete Würmer!"
Die Katze fauchte mißmutig und trollte sich. Rasch lief sie zu Nelas Hütte und verkroch sich dort auf ihrem Schlafdeckchen.

Knurr war inzwischen auf das Wolkenschiff zurückgekehrt, denn er war dort zur Nachtwache eingeteilt. Nach wie vor mußten mindestens vier Samtpfoten auf Deck Wache schieben. Knurr teilte die Wache mit Antonius, Gregorius und Munzel. Die drei alten Streuner taten sich gerade an einem Mäuseschnaps gütlich, einem Gebräu aus gegorenen Früchten und Katzenminze in einem ausgehöhlten Kürbis, in dem zur Würze Mäuseschwänze herumschwammen. Niemand verstand sich auf das Mäuseschnapsbrauen so gut wie Antonius, welcher behauptete, das Rezept einem alten Revierkater in Rom abspenstig gemacht zu haben. Mäuseschnaps war gerade das Richtige für Knurr: Mit dem prickelnden Saft spülte er seinen Liebeskummer hinunter.
Da kam Quax auf die Wolke, denn die Jungkatzen hatten zu einem Mausball aufgerufen - angeblich zu Ehren der Ritter und der Bewohner von Carnac. Dies verhieß nichts Gutes, so daß es Quax vorzog, sich in seine Werkstatt zurückzuziehen.
Antonius war entzückt, als er Quax sah: "He, oller Weißchen!" rief er. "Wenn du auf der Wolke bleibst, kann ich dann dafür wieder ins Dorf, zurück zu den anderen?"
"Meinetwegen", brummte Quax, der den Weißchen überhörte, und verzog sich.
"Hö, hö!" beschwerte sich Gregorius. "Wieso darfst du ins Dorf? Wir sind alle vier zur Wache eingeteilt, da wird sich nicht gedrückt!"

“Quax hat aber mit mir getauscht!” behauptete Antonius.
“Frechheit!” bauzte Gregorius aufgebracht. Auch Munzel und Knurr fanden das Verhalten ihres Kumpanen ungeheuerlich. Ein Gemaunze gab das andere und schon balgten sie sich wie schon lange nicht mehr. Dieses Mal erschien niemand mit einem Eimer Wasser - dieses Mal mußten sie den Streit bis zum bitteren Ende durchfechten. Und das Ende war fürwahr sehr bitter: Antonius sah aus wie ein gerupftes Huhn, seine Nase blutete, ein Ohr war eingekerbt. Doch auch Gregorius und Munzel hatten so manches Haar gelassen. Nur Knurr war etwas besser davongekommen, denn er hatte sich bei der Rauferei zurückgehalten. Schließlich mußte er befürchten, Miranda würde ihn noch mehr verschmähen, würde er sich ihr mit neuen Schrammen und Kratzern zeigen.

Es blieb hochsommerlich und nicht nur bei Knurr regten sich die Gefühle. Selbst Hieronymus schielte nach Katzendamen und Quax spazierte verdächtig häufig zusammen mit Amanda durch die Felder. Da raffte sich Ortwin endlich auf und verkündete, er wolle zu einer Flugreise nach Groß Britannien aufbrechen, vielleicht noch weiter bis Irland oder sogar bis zum geheimnisvollen Thule am nördlichen Polarkreis, je nachdem wie sich Wind und Wetter verhielten. Die Reise sollte mehrere Tage, möglicherweise sogar Wochen dauern und wer mitfliegen wollte, sollte sich sofort an Bord des Wolkenschiffes einfinden.
Alle Samtpfoten erschienen - und wie Ortwin gehofft hatte, ließ die Streunelust alle Liebesgefühle und jeglichen Liebeskummer vergessen.
Auch Baldwin kam selbstverständlich an Bord, gefolgt von Magda. Der Zwerg schleppte eine Kinderwiege mit, in der er künftig zu schlafen gedachte, denn er hoffte, in der Wiege das Schaukeln des Flugschiffes weniger wahrzunehmen.
Gwaldain aber wollte Ortwin nicht begleiten. Er wollte sein Dorf und die Ländereien über längere Zeit nicht alleine lassen. Dies galt ebenso für Rabax und die anderen Bretonen. Auch die Ritter waren für weitere Flugabenteuer nicht zu begeistern, zumal sie schon lange genug von ihren Burgen und Gehöften fort waren, wo sie sicher vermißt wurden.
Blieb Nela! Miranda bedrängte ihre Meisterin mitzufliegen, und auch Ortwin bat sie, ihn zu begleiten, vor allem, weil er sich ihren Beistand gegenüber Baldwin aber auch den mausballwütigen Jungsamtpfoten erhoffte.
“Einverstanden!” willigte sie ein. “Einige Tage werde ich in Carnac sicher

zu entbehren sein. Ich denke doch, daß wir vor Einbruch des Winters wieder zurück sind?"
"Aber gewiß doch", bekräftigte Ortwin. "Noch bevor die Herbststürme einsetzen, sind wir wieder in der Bretagne." Und schmunzelnd fügte er hinzu: "Vielleicht fliegen wir über den Winter weiter nach Süden, in wärmere Gefilde. Meine Samtpfoten sehnen sich nach der Sonne Ägyptens und Syriens."
Sie schafften Wasser- und Speisevorräte für einige Tage an Bord, wobei es für die Samtpfoten fast nur Trockenfische gab, da die Mäuse - wie mehrfach erwähnt - im Gebiet um Carnac inzwischen so gut wie ausgestorben waren. Baldwins Vorschlag, lebende Hühner und Ziegen mitzuführen, lehnte Ortwin ab.
"Es genügt der Geruch der Katzen", stöhnte er. "Da brauche ich nicht auch noch den Gestank von Hühnern und Meckerziegen! Und außerdem: Wer mistet mir deren Ställe aus? Ihr etwa, Baldwin? Das würde mich wundern! Nein, laßt uns lieber unterwegs Eier und frisch geschlachtetes Fleisch kaufen."
Hieronymus, der das Gespräch zwischen seinem Meister und dem Zwerg angehört hatte, konnte sich eine Bemerkung nicht verkneifen: "Was heißt hier Geruch von Katzen! Vom Geruch der Menschen redet niemand! Was glaubt ihr beiden wohl, wer mehr leidet: Ihr, mit euren abgestumpften Riechorganen oder wir mit unseren empfindlichen Nasen? Ein bißchen mehr Reinlichkeit täte euch ganz gut!"
Die beiden Angesprochenen schwiegen betreten.

Als sie endlich aufbrachen, war die Sommersonnenwende längst vorbei, doch die Augusthitze flimmerte noch über dem Land. Sie hatten beschlossen, zunächst die Bretagne Richtung Nordosten zu überqueren und an deren Nordküste, beim Felsen des Heiligen Michael, vor Anker zu gehen. Von dort wollten sie über den Kanal nach Groß Britannien übersetzen. Der St.-Michaels-Felsen lag im Meer, war aber bei Ebbe trockenen Fußes zu erreichen. Nela behauptete, nirgends auf der Welt seien die Gezeitenunterschiede so gewaltig wie hier. Seit Äonen war der Felsen deshalb ein Heiligtum, früher war er den gallischen und römischen Göttern geweiht, heute sollte sich dort eine christliche Kapelle befinden.
Rasch ging die Fahrt übers Land. Schon bald waren Carnac und die Südküste der Bretagne nicht mehr zu sehen. Der Wind blies stetig aus Westen und

trieb das Schiff vor sich her - Motor und Propeller hatten leichte Arbeit. Baldwin lag in seiner Wiege, die anderen aber standen an der Reling oder saßen auf den Wolkenstofftürmen und bestaunten die Landschaften, die unter ihnen hinwegglitten. Das Steuer hatten einige Samtpfoten übernommen, allen voran Manulia und Mohrle. Quax, unterstützt von Leonardo und Wölkchen, bediente den Motor. Ortwin schaute nur gelegentlich auf der Kommandobrücke nach dem Rechten und gab Hinweise, wie sie den Kurs zu halten hatten. In den Motorenraum begab er sich überhaupt nicht, da er - zu seiner Schande mußte er dieses gestehen - von der Technik dort nichts verstand. Eigentlich, so dachte Ortwin, könnten die Samtpfoten das Schiff auch ganz alleine steuern.

Als es Abend wurde, erreichten sie die Nordküste und schon bald sahen sie den St.-Michaels-Felsen aus dem Wattenmeer aufragen. Sie ankerten in der Nähe auf einem brachliegenden Feld, blieben aber vorerst auf dem Wolkenschiff, da sie sich die Besichtigung des Felsens für den kommenden Tag aufheben wollten.
Ortwin nutze eine stille Stunde während der Nacht, schnappte sich Hieronymus und sein Zauberspiegelchen, verkroch sich damit auf dem Achterdeck und bat um einen Blick auf Salaam und seine Verbündeten. Schon lange hatte er nicht mehr gewagt, den Spiegel zu befragen, da er sich fürchtete, damit die bösen Mächte herauszufordern. Doch nun hielt es seine Neugierde nicht mehr aus. Er mußte Gewißheit haben, daß die Unholde weit weg waren und ihnen keine Gefahr drohte.
In der Tat zeigte der Spiegel wieder nur einen finsteren Schlund, als sie ihn um den Aufenthaltsort Salaams baten. Als sie aber fragten, wo sich in nächster Nähe Gesellen des Geheimbundes der Siebenbeinigen Spinne aufhielten, sahen sie eine kleine Hütte, wie sie häufig in der Bretagne zu finden sind. Gerade wollten sie sich weitere Bilder von der Gegend um die Hütte zeigen lassen, als sie Geräusche hörten. Einige Katzen und Kater kamen zankend auf das Achterdeck. Schnell steckte Ortwin den Zauberspiegel in seine Manteltasche; den Rest der Nacht bot sich keine Gelegenheit mehr, ihn zu befragen.

Als der Morgen graute, hielten die Gefährten nichts mehr auf dem Schiff. Die Samtpfoten wollten hinunter auf die Felder, Mäuse und Hamster jagen. "Geht nicht allzu weit weg!" befahl Quax seinen Artgenossen. "Laßt das

Wolkenschiff bloß nicht aus den Augen!"
"Wer ist denn überhaupt zur Wache eingeteilt?" fragte Hieronymus.
"Soviel ich weiß, du selbst, lieber Weiß... ich meine, Quax."
"Die Einteilung gilt nicht mehr", behauptete Quax. "Ich gehe jetzt zusammen mit Ortwin hinunter, die Gegend zu erkunden."
"Ich auch", knurrte Hieronymus, "und ich bestehe darauf, daß eine Wache eingeteilt wird."
"Ho, ho", forderte Quax heraus, "der liebe Hieronymus will bestimmen! Wenn einer hier jemand zur Wache einteilt, dann Meister Ortwin, sonst niemand!"
"Streitet nicht", mischte sich Gurx ein. "Ich bleibe auf jeden Fall hier. Und Tabitha und Nubisbastis ebenso, nicht wahr?"
Er schaute zu den beiden Katzendamen und zwinkerte dabei. Aha, dachten Quax und Hieronymus, so ist das also. Der alte, verschnarchte Kater spekuliert auf ein ungestörtes Schäferstündchen mit den beiden Damen. Nun denn, wenn er dafür wachsam bliebe, sollte es ihnen recht sein.
Ortwin und seine drei menschlichen Begleiter aber hatten kein Interesse, die öden Felder zu betreten. Sie ließen die Samtpfoten, die mausen wollten, aussteigen und steuerten das Wolkenschiff unmittelbar neben den Felsen des Heiligen Michael. Dort ließen sie eine Strickleiter hinunter und kletterten auf das Watt, das gerade trocken gefallen war. Hieronymus und Quax begleiteten sie. Auf dem Wolkenschiff blieben tatsächlich nur Gurx und seine beiden Verehrerinnen zurück.
"Ach, endlich Boden unter den Füßen", jubelte Baldwin, "auch wenn die Landschaft hier wenig einladend ist. Die Insel jedenfalls ist recht öd!!
"Laßt uns zur Kapelle gehen", sagte Nela und deutete auf die kleine Steinkirche oben auf der Spitze des Felsens. "Es soll dort auch ein Kloster geben, in dem einige Mönche leben. Sicher freuen sie sich über unseren Besuch."
"Sollen wir das Wolkenschiff wirklich ganz alleine lassen?" fragte Hieronymus. "Es sind nur drei Samtpfoten oben geblieben. Falls Gefahr droht, sind sie bestimmt nicht in der Lage, das Schiff zu steuern."
"Du hast recht, Hieronymus", sagte Ortwin. "Es ist zwar weit und breit keine Menschen- oder Tierseele zu sehen, die uns gefährlich werden könnte, aber dennoch ... mich befällt plötzlich eine merkwürdige Unruhe. Wir beide sollten vorerst hierbleiben. Nela, geht Ihr doch bitte erst einmal alleine zum Kloster und kündigt uns an. Du Quax, kannst sie begleiten."

“Ich gehe ebenfalls zum Kloster”, rief Baldwin schon auf halbem Weg zur Insel. “Schließlich bin ich ein frommer Mann, hi, hi, hi. Was ist mit dir, Magda?”
Magda schloß sich ihrem Baldwin an, vor allem aus Sorge, er könnte sich ungebührlich benehmen. So blieben Ortwin und Hieronymus alleine unter dem Wolkenschiff stehen. Sie sahen, wie die vier Gefährten langsam die Felsen hinaufstiegen und schließlich hinter Ginsterbüschen verschwanden. Es war recht still. Nur aus weiter Ferne war das höhnische Gekreische von Lachmöwen zu hören.
“Baldwin hat recht”, gestand Ortwin. “Eigentlich ist es eine gespenstische Gegend hier. Wo sind nur all die Seevögel, die sonst das Watt bevölkern? Warum sieht man keine Krebse über den Sand laufen?”
Hieronymus fixierte einen schwarzen Punkt im Sand. “Ganz so einsam ist es hier nicht”, behauptete er. “Aus diesem Loch spritzte soeben Wasser heraus. Es muß etwas drinnen sitzen.”
“Ja, vielleicht ein Wattenwurm oder eine Muschel”, sagte Ortwin und beugte sich herunter. “Ich kenne mich nur wenig aus, mit diesen Seetieren. Laßt es uns ausgraben!”
Er fuhr mit den Händen in den Sand, hielt aber plötzlich inne. Eine bleierne Müdigkeit erfaßte ihn auf einmal. War das etwa die Wirkung der Faulgase, die sich unter dem Sand gebildet hatten und die Ortwin nun freiwühlte? Ortwin stand auf und atmete tief durch. Alle Glieder taten ihm weh; er begann sich die Arme und Hände zu reiben. Der Schatten eines großen Vogels fiel in diesem Augenblick auf ihn. Er blickte hoch und sah etwas Gewaltiges davonfliegen - einen Seeadler vielleicht oder eine Riesenraubmöwe?
“Hej, Meister Ortwin, schlaft Ihr?” Das war Baldwin, der ihn da rief. Er stand fast unmittelbar neben ihm. Wie, um alles in der Welt, hatte sich der Zwerg derart unbemerkt heranschleichen können? Auch Magda, Nela und Quax waren wieder da. Wie war das möglich?
“Schaut mal”, lästerte Quax, “der große Hieronymus schnarcht!”
Tatsächlich! Hieronymus saß zusammengekauert da und hatte die Augen geschlossen.
“Keineswegs”, sagte er, gähnte und streckte sich. “Ich döse allenfalls. Aber was macht ihr denn schon wieder hier?”
“Schon wieder? Ihr seid gut”, lästerte Baldwin. “Waren wir doch immerhin eine halbe Stunde auf der vermaledeiten Insel. Ihr seid eingenickt, gebt

es doch zu!"
Ortwin stammelte etwas zu seiner Entschuldigung, doch der Zwerg zeterte weiter: "Kein guter Platz, hier, jedenfalls nicht für einen Christenmenschen. Die Kirche ist zerstört, das Kloster verlassen."
Die anderen bestätigten Baldwins Behauptung. Sie hätten Kirche und Klostergebäude in einem sehr verwahrlosten Zustand vorgefunden. Die Dächer seien eingefallen, Ratten seien über den Altar gehuscht, und alles sei mit dicken Spinnweben und Staub überdeckt. Die Insel mußte schon vor geraumer Zeit von den Mönchen aufgegeben worden sein.
"Was mich sehr verwundert", schloß Nela, "denn die Mönche galten als rührige und fleißige Männer. Auch hat es in der Gegend seit langem keine Kriege oder Überfälle gegeben, so daß es mir völlig schleierhaft ist, warum das Kloster verlassen wurde."
"Wahrscheinlich wegen der schlechten Luft", schlußfolgerte Ortwin, "wegen der Dämpfe, die aus dem Watt heraufziehen. Was glaubt ihr wohl, warum Hieronymus und ich so schläfrig waren? Das müssen die Dämpfe gewesen sein!"
"Ich rieche nichts", knurrte Quax. "Die Luft hier ist klar, allenfalls duftet es ein bißchen nach Fisch. Ich bekomme Hunger, gehen wir zurück an Bord!"
Sie stiegen die Strickleiter hinauf und fanden Tabitha, Nubisbastis und Gurx ausgestreckt auf Deck - alle drei in tiefstem Schlaf.
"Aha", bemerkte Quax höhnisch, "die Dämpfe sind wohl bis hier heraufgezogen! Aber bei meinem Vetter ist es ja nichts Außergewöhnliches, wenn er pennt!"
Gurx fuhr hoch. "Ich penne nicht", maulte er. "Ich bin hellwach! Ihr seid aber schnell zurück!"
Auch die beiden Katzen behaupteten, nicht geschlafen zu haben. Nun wurde es Ortwin derart unheimlich, daß er sofort Befehl gab, den Motor zu starten und zurück auf die Felder zu fliegen, um die Samtpfoten einzusammeln. Er wollte die Gegend so schnell wie möglich verlassen.

Die anderen Samtpfoten hatten nichts Besonderes bemerkt. Sie hatten gute Beute gemacht: Mehr Mäuse, Hamster und Ratten als sie sofort verspeisen konnten.
Nachdem alle Gefährten wieder an Bord waren, flogen sie die Küste entlang nach Westen. Sie wollten - bevor sie den Kanal überqueren würden - auf Nelas Vorschlag hin St. Malo aufsuchen, den größten Ort an der

Nordküste der Bretagne, um sich dort nach dem Schicksal der Mönche zu erkundigen. Kaum aber waren sie einige Minuten unterwegs, da erblickte Hieronymus am Strand eine Hütte, die ihm sehr bekannt vorkam. Er rief seinen Meister und zeigte ihm seine Entdeckung:
"Dort, siehst du dieses Häuschen?" flüsterte er. "Ist das nicht dasselbe, welches wir vergangene Nacht in unserem Spiegelchen gesehen haben?"
Ortwin erstarrte. Ja, sein Kater hatte recht: Das mußte die Hütte sein, die ihnen der Spiegel gezeigt hatte, jene Hütte, die dem Geheimbund der Siebenbeinigen Spinne als Unterschlupf diente!
"Besser wir sagen den anderen nichts von unserer Entdeckung", murmelte Ortwin. "Sie würden sich nur unnötig erschrecken. Vor allem Baldwin..."
Sie waren einfach überall! Womöglich hatte das Verschwinden der Mönche gar mit dem Geheimbund zu tun? Vielleicht wäre es besser gewesen, zu landen und die Hütte zu zerstören?
Doch nun war sie schon hinter dem Horizont verschwunden. Nein, sie würden nicht umkehren; die Feinde sollten nicht erfahren, daß Ortwin über eine Möglichkeit verfügte, sie überall ausfindig zu machen.

Er ging zurück in seine Kajüte. Gurx lag wie gewohnt auf seinem Bett.
"Nun, Kater", fragte Ortwin, "was liegst du schon wieder hier drinnen? Willst du dir nicht die Landschaft draußen anschauen? Wo sind deine Verehrerinnen?"
Es waren wohl zu viele Fragen für Gurx, denn er antwortete nicht.
Dafür erscholl in Baldwins Kajüte ein schrecklicher Schmerzensschrei. Es war Magda! Sogleich kam sie jammernd zu Ortwin gelaufen. Sie hinkte.
"Ich bin es soooo leid", schimpfte sie. "Quetschte ich mir doch meinen Fuß unter der vermaledeiten Wiege! Was muß mein Gemahl auch in einem solchen Kinderbettchen liegen und darin herumschaukeln! Nein, Meister Ortwin, *ich* benötige keine Hilfe für meinen Fuß, aber ich brauche etwas für Baldwins Höhenkrankheit! Sie muß ein für alle Mal behandelt werden! Oder ich steige im nächsten Dorf aus und überlasse ihn seinem Schicksal!"
"Mir ist's, als habe sich Baldwin seit dem allerersten Flug merklich gebessert", erwiderte Ortwin. "Damals war er dem Wahnsinn nahe. Jetzt aber ist er wenigstens ruhig."
"Unsinn!" zeterte Magda. "Er jammert nach wie vor. Nur hört Ihr es nicht mehr, seit er eine eigene Kajüte besitzt. Ich aber muß es den lieben langen Tag erdulden."

“Ich habe noch etwas von dem Beruhigungsmittel, welches ich ihm beim ersten Flug gegeben habe”, erklärte der Zauberer. “Doch dieses versetzt den Geist in einen benebelten Zustand. Auch macht es süchtig. Eigentlich will ich es ihm nicht mehr verabreichen.”
Hieronymus saß inzwischen auf dem Tisch neben Merlins Zauberbuch und sagte:
“Vielleicht weiß Merlin einen Rat. Gebt mir die Brille, Meister! Ich will das Buch durchsehen!”
Ortwin seufzte. Die Samtpfoten wurden dreister und dreister. Nicht nur Quax, Gurx oder die Mausballpfoter nahmen sich immer mehr heraus, auch Hieronymus tat des öfteren, als sei er der Meister, und er, Ortwin, der Gehilfe. Wortlos reichte er ihm die Brille.
Mit Hilfe von Pusswitha, einer seiner neuesten Verehrerinnen, schlug Hieronymus das Buch auf und begann darin zu blättern. Schon nach wenigen Seiten hielt er inne und setzte die Brille ab.
“Die Brille muß beschädigt sein”, behauptete er. “Ich kann die Zeichen in diesem Buch nicht mehr verstehen.”
Ortwin stülpte sich die Brille auf die Nase und schaute ins Buch.
“Seltsam”, murmelte er. “Ich habe diese Zeichen selbst noch nie gesehen. Aber... aber...”
Er blätterte hastig durch das Buch.
“...da steht ja auf jeder Seite das Gleiche! Merkwürdige Runen, die immer wieder das Gleiche wiederholen... in einer fremden Sprache, der ich nicht mächtig bin. Was ... was ist mit dem Buch geschehen?”
Gurx fuhr senkrecht von seinem Lager hoch. “Beim Webekätzchen!” bauzte er. “Die ganze Zeit rätsle ich schon, was sich hier verändert hat! Jetzt weiß ich es: Es ist das Buch! Das ist nie und nimmer Merlins Zauberbuch! Ich hätte gleich darauf kommen sollen: Es wurde ausgetauscht!”
Ortwin schaute ungläubig in die Runde. Nun packte Magda die Brille und durchstöberte das Buch. Schließlich holten sie Nela, die ebenfalls das Buch begutachtete. Doch alle sahen dasselbe: Merkwürdige, der alten babylonischen Keilschrift ähnliche Zeichen, die sich in regelmäßigen Abständen wiederholten.
“Ich dachte, diese Brille entziffert alle Schriften”, sinnierte Ortwin, “zumindest bis jetzt...”
“Das ist keine gewöhnliche Schrift”, stellte Nela fest, “sondern ein Bannspruch. Eine Verwünschung! Vielleicht ist es besser, wenn wir sie nicht

verstehen. Seht hier!" Sie deutete auf drei Symbole auf der letzten Seite des Buches: Jupiter - Drache - Siebenbeinige Spinne.
"Das ist des Rätsels Lösung! Dieses Buch wurde tatsächlich ausgetauscht, gerade so, wie es der Kater vermutete. Und dies von keinem Geringeren als Salaam oder seinen Schergen!"
Ortwin raufte sich den Bart. Wie konnte das geschehen? Sie hatten das Buch doch nie aus den Augen gelassen. Es war doch stets jemand in der Kajüte gewesen - oder nicht?
"Es kann nur geschehen sein, als wir den Felsen besichtigt haben", behauptete Nela. "Da war das Buch ohne Aufsicht. Wir alle waren an Land..."
"Ich war aber an Bord!" schrie Gurx wütend. "Ich hatte Wache, zusammen mit Tabitha und Nubisbastis. Ihr wollt doch nicht etwa behaupten, wir hätten nicht aufgepaßt!"
"Keineswegs", entgegnete ihm Hieronymus. "Doch ich befürchte, die Feinde hatten euch in einen Zauberschlaf versetzt. Die Dämpfe, die aus dem Watt gestiegen waren..."
"So war es!" unterbrach ihn Ortwin. "Auch wir beide waren eingeschlafen, ohne uns dessen bewußt zu werden! Gurx und die beiden Katzen trifft keine Schuld. Wir wurden schlichtweg überlistet."
"Aber wie hatten sie es geschafft, unbemerkt an Bord zu kommen?" fragte Gurx, der immer noch nicht wahr haben wollte, daß er übertölpelt worden war. "Ich war wach, bei meinen Schnurrhaaren, und all die anderen Gefährten ebenso! Irgend jemand hätte doch sehen müssen, wenn jemand auf das Schiff hinaufgestiegen wäre!"
"Gut, Kater," beschwichtigte Ortwin, "du warst sicher nicht eingeschlafen - aber du wurdest betäubt! Durch ein giftiges Gas betäubt. Es wirkte nur kurz, aber die Zeit genügte, daß sich ein Vogel dem Schiff nähern, auf ihm landen, das Buch austauschen und wieder davonfliegen konnte." Ja, der große Vogel, dessen Schatten er gesehen hatte, bevor er eingenickt war; dieser Vogel mochte der Übeltäter gewesen sein.
Mittlerweile hatte sich der Verlust des Buches auf der ganzen Wolke herumgesprochen. Baldwin, der auf einmal keinerlei Übelkeit mehr verspürte, kam herbeigeeilt und stürzte sich auf die Fälschung.
"Ja, wir wurden überlistet," kreischte er, "höllisch überlistet! Diese Schrift kenne ich! Das ist phönizisch und heißt frei übersetzt:
Götter, Teufel, Elfen, Geister,
Ammon Baal bleibt Euer Meister,

Sieben Beine hat die Spinne,
mit der die Herrschaft ich gewinne,
Magie des Ostens, Kunst des Westens,
gemeinsam wirken sie mir bestens -
so wird mein Licht die Sonne blenden,
halt ich erst Merlins Buch in Händen."

Einen Augenblick schwiegen sie. Dann murmelte Baldwin die letzte Zeile des unheilvollen Spruches noch einmal vor sich hin, klappte das falsche Zauberbuch zu und donnerte es auf den Tisch. Alle fuhren zusammen.
"Überlistet!" schrie er abermals. "Dieses Lumpenpack! Wir hätten wissen müssen, daß sie so schnell nicht aufgeben würden. Bei den Resten meines Haupthaares! Sie verhöhnen uns auch noch!"
"Schreit nicht so, Gevatter!" rief ihn Ortwin zur Vernunft. "Wenn Ihr herumtobt, ändert Ihr damit nichts."
In der Tat wurde Baldwin augenblicklich still. Er seufzte, schüttelte den Kopf und ging zur Tür.
"Ihr habt recht", sagte er. "Verloren ist verloren. Wollen wir froh sein, daß wir noch leben! Mit Leichtigkeit hätten sie uns mit ihren giftigen Dämpfen in das Land der ewigen Träume befördern können."
Ganz unvermittelt schaute er zu Magda und sagte: "Was ist mit deinem Fuß? Schwer verletzt?"
"Trottel", antwortete sie, "nicht der Rede wert!" Ohne ein weiteres Wort ging Baldwin zurück in seine Kajüte und legte sich in seine Wiege. Der Schwindel hatte sich wieder seiner bemächtigt.
"Was nun?" fragten sich die Gefährten. Salaam hatte sein Ziel erreicht: Er besaß Merlins Buch. Er war einen Schritt weiter zum allumfassenden Wissen und zur Herrschaft über die Welt. Was konnten die Gefährten jetzt noch tun, um ihm und seinem Geheimbund Einhalt zu gebieten?
Nela begann plötzlich zu lachen: "Es ist schon mehr als ein Hohn, wie sie sich des Buches bemächtigt haben. Sie haben uns genauso hereingelegt wie wir sie: mit einer Attrappe! Auch ließen sie uns eine Weile im Glauben, nichts sei geschehen und wiegten uns in Sicherheit, damit ihr Handlanger, der den Austausch vorgenommen hat, einen ausreichenden Vorsprung gewinnt - und damit uns der Verlust doppelt schmerzt, da sie uns bewiesen haben, daß wir unvorsichtig waren."
"Und um uns zu zeigen, wie machtlos wir im Grunde sind", ergänzte Ort-

win. “Sie konnten uns weder überreden noch im Kampf besiegen - aber mit einer List konnten sie uns übertölpeln. Wir standen in ihrem Bann und stehen es wohl immer noch! Dieses falsche Buch hier...”
“Zerstören wir es,” forderte Quax und schob es vom Tisch, “und dann laßt uns überlegen, wie wir das gestohlene Buch wieder zurückbekommen!”
Bevor Ortwin etwas einwenden konnte, stimmten andere Samtpfoten Quax zu.
“Ja, holen wir uns das Buch wieder zurück! Und wenn es mich meine Schnurrhaare und alle meine neun Leben kostet!” fauchte Gurx und zeigte dabei seine Krallen. Manulia, Tabitha, Tobias, Munni, Moony, Nubis und viele andere, ja selbst Amanda und Wölkchen taten es ihm gleich und hoben ihre Tatzen, wobei sie ihre Krallen und Stockzähne zeigten.
“Sachte, sachte”, sagte Ortwin, doch seine Worte gingen im Gejaule der Samtpfoten unter.
“Sie haben recht!” rief Magda. “Merlins Zauberbuch muß wieder her! Wir werden Euch helfen, es wiederzubekommen, Meister Ortwin! Und zwar mit List! List gegen List! Uns wird schon etwas einfallen.”
“Ich zweifle nicht daran, daß ihr alle zu mir steht”, erwiderte der Zauberer, “doch dürfte es ein ungeheuer schwieriges Unterfangen sein, überhaupt herauszubekommen, wo sich das Buch nun befindet?”
Hieronymus hielt dies für nicht besonders schwierig, wagte aber im Augenblick hierzu keine Bemerkung. Dafür machte Gurx einen Vorschlag: “Laßt uns zu Salaam fliegen, in sein Reich! Besuchen wir diesen Magier und stellen ihn zur Rede! Er weiß, wo das Buch versteckt ist, wahrscheinlich hat er es bei sich, in seinem Palast.”
“Mein Vetter ist nicht von ungefähr mit mir verwandt”, gestand Quax. “Ich hatte den gleichen Gedanken. Wenn es diesen Magier wirklich gibt, so hält er das Buch Merlins nun tatsächlich in seinen Händen, gerade so, wie es Baldwin uns vorgelesen hat. Fliegen wir also zu ihm und versuchen wir ihn genauso zu überlisten, wie er es mit uns getan hat.”
“Ihr meint... nun...”, stammelte Ortwin, “... Nela, was sagt Ihr dazu?”
“Eure Entschlußkraft ist schwach, Meister Ortwin,” antwortete die Bretonin. “Doch Ihr wißt, daß Ihr um Eures Seelenfriedens willen gar nicht anders könnt: Ihr müßt alles daransetzten, den Raub rückgängig zu machen. Ihr müßt den Magier suchen, wo immer er sich aufhalten mag. Doch laßt Euch versichern, daß auch ich Euch begleiten werde. Salaam ist auch mein Feind!”

“Das heißt....” Ortwin zögerte und wischte sich den Schweiß von der Stirn, “wir werden Groß Britannien so schnell nicht sehen und wohl auch so rasch nicht nach Carnac zurückkehren, denn Salaams Reich liegt im Osten, weit im Osten, irgendwo, am Rande der großen Steppe, am Fuße der gewaltigen Berge Asiens. Eine weite Reise liegt vor uns.”

Reise nach Ogk

Sie drehten bei und flogen nach Süden. In Rennes, am Königshof, landeten sie zwischen, wo Ortwin dem König genauestens über ihre Erlebnisse berichtete. Der König versprach, Ritter zur Nordküste zu schicken und die Schlupflöcher des Geheimbundes zu zerstören. Auch wollte er Mönche zum St. Michaels-Felsen senden, damit sie das zerstörte Kloster wieder aufbauten. Ortwin und seine Gefährten beschenkte er reichlich mit Waffen und Rüstungen, Stoffen und Fellen, sowie Fässern mit Honigwein und Bier, aber auch mit Schmuckstücken und Edelsteinen, die sie auf ihrem Flug in den Orient gegen Lebensmittel eintauschen konnten. Schließlich beauftragten die Gefährten einen Boten, nach Carnac zu reiten, der mitteilen sollte, daß sie mit ihrer Rückkehr nicht vor dem kommenden Frühjahr rechnen sollten.
Sie blieben nicht lange in Rennes; eilig setzten sie ihre Reise fort. Quer ging es über das Frankenland und Burgund, die aquitanische Küste entlang bis Italien und an dessen Küste nach Süden.
Nirgends verweilten sie länger als unbedingt notwendig. Selbst als sie eines Morgens Rom überflogen, ankerten sie dort nicht, mochte Antonius noch so betteln, ihm den Besuch der einen oder anderen 'alten Bekannten' in der Ewigen Stadt zu gestatten.
Bald schon glitt der Vesuv unter ihnen vorbei und Ortwin reizte es, das Ruinenfeld von Herculaneum zu besuchen oder die geheimnisvollen Grotten auf der Insel Capri - doch er begnügte sich damit, die wundersame Landschaft aus der Ferne zu betrachten.
Kurze Zeit später überquerten sie Kalabrien, drifteten hinaus auf den Golf von Trient und überflogen das Ionische Meer. Sie erreichten Griechenland, sahen die kahlen und schroffen Berge von Arkadien, verlassene Dörfer und zerfallene Tempel, und irgendwann lag unter ihnen - ohne daß sie es wußten - das einst mächtige und inzwischen bedeutungslose Sparta.
Über der Ägäis gerieten sie in ein Gewitter. Zu spät versuchten sie über die Gewitterwolken hinwegzufliegen. Die Fallwinde drückten das Schiff nach unten und schüttelten es wie ein Riese sein Daunenkissen. Regen und Hagelschauer prasselte auf das Deck; Blitze zuckten um die Masten,

schlugen gar in die Segel und ließen Funken aus den Batteriekästen sprühen. Doch das Wolkenschiff überstand das Unwetter ohne große Schäden. Über der Vulkaninsel Santorin wurden sie in eine Wolke übelriechender Gase gehüllt, die aus dem Krater stieg. Baldwin war sich sicher, hier sei der Eingang zur Hölle. Gewiß trieben sich dort auch Gesellen der Siebenbeinigen Spinne herum und feierten ihre schauerlichen Rituale. Alle waren froh, als sie das unselige Eiland hinter sich gelassen hatten.

Sobald sie die Südküste Kleinasiens erreichten, feierten die Samtpfoten die Nacht der Lilith, den ersten Vollmond nach Herbstanfang. Wie in der Nacht der Bastet saßen sie beisammen und musizierten bis zum Morgengrauen. Es nützte nichts, daß sich Baldwin mehrfach lautstark beschwerte, ja selbst Nela und Magda gelegentlich - wenn auch ohne Nachdruck - um Ruhe baten und Ortwin ihnen eine zusätzliche Portion Zaubermilch versprach: Die Samtpfoten jaulten, maunzten und orgelten weiter als gelte es, alle Nachtschwarzchen und Rußteufelchen zu vertreiben.

Das Rußteufelchen trieb tatsächlich wieder sein Unwesen auf dem Wolkenschiff. Immer wieder behaupteten Petunia, Xenofefa oder Carli, es gesehen zu haben; einmal zeigten sie Hieronymus eine rußige Pfotenspur auf dem Achterdeck, die den mißtrauischen Kater jedoch nicht überzeugte. Für ihn galt nach wie vor: Es gibt keine Rußteufelchen, sie sind Erfindungen schelmischer Jungkatzen.

Ansonsten vertrieben sich die Samtpfoten die Tage und Nächte vorwiegend mit Dösen, in die Ferne spähen, sich das Fell in der Sonne wärmen oder Zaubermilch betteln. Die Jungen rauften und balgten, ab und an gab es auch ein wüstes Mausball mit Moony als Schiedsrichter. Die Altkater - und auch einige Altkatzen - dagegen brauten Mäuseschnaps und Fischtranlikör oder rührten sich süßen Gelee aus Vogeleiern, Rübensaft, Katzenminze und Honig.

Quax bediente nach wie vor den Motor; Manulia, Tabitha, Mohrle und Bärle saßen meist am Steuer; Jinx, Munni oder Wölkchen dagegen hockten gern oben im Mastkorb oder auf einer der Mastspitzen, weil dort die Sicht in keiner Richtung durch einen der dicken Wolkenstoffbausche versperrt war. Baldwin war der Blick in die Ferne oder gar in die Tiefe ein Greuel. Seine Höhenkrankheit plagte ihn nach wie vor. Da packte er eines Tages sein Bettlaken und spannte es an Seilen zwischen die Masten. Fortan lag er bei jedem erträglichen Wetter in dieser Hängematte und behauptete, sich dort wesentlich wohler zu fühlen. Der Begegnung mit Salaam und den anderen Großen des Geheimbundes im Reich Ogk sah er mit Bangen entgegen. Zwar hatte auch er ohne Widerspruch dem Abenteuer zugestimmt - wollte er sich doch keine Blöße geben! - doch befürchtete er nun, diese erste große Flugreise sei auch seine letzte - ein weiterer Grund dafür, daß er sich sehr miserabel fühlte. Magda teilte seine Befürchtung nicht. Sie war überzeugt, der Magier würde sie am Leben lassen, um seinen Triumph weiter auszukosten. Gleichzeitig glaubte sie nicht, daß sie Merlins Buch jemals finden würden.

Ortwin wußte inzwischen, wo sich das Buch befand. Hieronymus hatte das Zauberspiegelchen befragt - und das just in der Nacht der Lilith, als er sicher gehen konnte, von keinem seiner Artgenossen gestört zu werden. Der Spiegel zeigte ihnen zunächst die gleichen unergründlichen, finsteren Schlünde, die auch erschienen, wenn sie nach dem Aufenthaltsort des Magiers fragten. Dann aber sahen sie einen fahl erleuchteten Raum. An seinen Wänden waren unzählige Bilder angebracht - Bilder, die leuchteten und auf denen sich allerlei bewegte - Menschen, Tiere, Bäume im Wind, Meereswellen, flatternde Segel. Auch gab es eigenartige Konsolen, Schränke und Kästen, ähnlich denen auf Salaams Schiffen, nur größer, mit noch mehr Lichtern, Armaturen, Knöpfen und Hebeln. Ein Gewirr von Kabeln, Drähten und Rohren bedeckte den Boden des Raumes. In seinem Zentrum aber stand ein Tisch, auf diesem wiederum lagen Schriftstücke, Papyrusrollen und Bücher aller Art - und obenauf Merlins Buch. Der Spiegel gönnte ihnen dieses Bild nur für kurze Sekunden. Dann schwenkte er zurück in die unterirdischen Felsenlabyrinthe, als fürchte er sich, länger in der geheimnisvollen Kammer zu verweilen.
"Zweifellos ist dies Salaams Studierzimmer - und gleichzeitig wohl das Zentrum seines Reiches und seiner Macht. Diese Bilder an den Wänden, was stellen sie wohl dar?"
Hieronymus wußte die Antwort: "Es sind allesamt Zauberspiegel, ähnlich dem unserigen. Salaam sieht damit die ganze Welt."
"Und wahrscheinlich auch uns", seufzte Ortwin. "Er beobachtet uns gewiß und weiß, daß wir kommen. Er kann sich gut auf unsere Ankunft vorbereiten. Ach, mein Kater, es wird uns sicher nicht gelingen, bis zu dieser Kammer vorzudringen, geschweige denn mit heiler Haut wieder herauszukommen!"

“Mit List, mit List mag es uns gelingen! Verlaß dich auf eine Eingebung und auf den Zufall, Meister. Doch eines frage ich mich immer wieder: Wieso ist der Magier nie persönlich zu sehen, wenn wir nach ihm fragen? Wieso zeigt uns der Spiegel immer nur finstere Höhlen?”
“Er weiß um unseren Zauberspiegel und schützt sich gegen dessen Blick. Anders kann ich es mir nicht erklären. Doch sieh, was ist das?”
Auf dem Spiegel erschien ein mondhell erleuchteter Garten. Für einen kurzen Augenblick sahen sie in diesem Garten eine menschliche Gestalt. Dann verfinsterte sich das Bild wieder.
“Bei meinem Bart, er sah aus wie unser Junker!” rief Ortwin erstaunt. “Was hat das zu bedeuten? Was will der Spiegel uns damit sagen?”
“Der Junker ist doch zerstört... er ist tot...”, sinnierte Hieronymus, “oder sollte es noch einen zweiten geben?”
“Wer weiß”, murmelte Ortwin. “Wenn Salaam *einen* künstlichen Menschen bauen konnte, so gewiß weitere...”
Er vollendete den Satz nicht. Grauenvolles Katergejaule war zu hören. Doch es waren keine Liebeslieder, es waren Schmerzensschreie, die sie störten. Der Kater saß unmittelbar vor Ortwins Kajüte und verlangte Einlaß. Rasch klappte Ortwin das Zauberkästchen zu und öffnete die Tür. Es war Knurr, der da so brüllte: “Sie hat mich gebissen, dieses Biest, ins Ohr gebissen! Und zu allem Übel auch noch in mein linkes, welches bislang ohne Narben geblieben war!”
Ortwin und Hieronymus schauten sich fragend an. Der Kater maunzte weiter:
“Habt ihr keine Medizin für mich? Ich blute!”
Sie baten ihn herein und schauten sich die Verletzung an.
“Sieht böse aus: ein tiefer Riß”, stelle Ortwin fest, während er ein Stück Tuch auf die Wunde drückte. “Nun wird auch dieses Ohr eine Narbe tragen. Tut mir leid, Kater! Wer war denn die Übeltäterin?”
“Miranda”, antwortete Knurr. “Dabei habe ich ihr gar nichts getan. Ich saß in der Runde neben ihr, schnurrte gemütlich und plötzlich fuhr sie mich an, ich solle mich trollen. Als ich nicht gleich gehorchte, biß sie mich.”
“Ja, Miranda ist eine schwierige Persönlichkeit”, gestand Hieronymus.
“Wenn ich nur wüßte, was mit mir los ist?” fauchte der Kater. “Ich verstehe nämlich mein Verlangen nach diesem eitlen Filzknäuel selber nicht! Sie muß mich verhext haben, dieses Biest!”

Ortwin rieb das Ohr mit einer Salbe ein und empfahl dem Kater, Nela aufzusuchen. Vielleicht wüßte diese ein Mittel gegen Liebeskummer. Knurr kratzte sich verlegen, bedankte sich und ging wieder an Deck. Hieronymus folgte ihm; auch er wollte in dieser Nacht noch ein wenig singen und die Katzendamen hofieren.

Ortwin blieb alleine in seiner Kammer. Er legte sich auf sein Bett und nickte ein. Er träumte. Merlin erschien ihm, schaute gar streng und bat um das Zauberbuch. Ortwin jedoch zeigte auf den Tisch, wo es immer gelegen hatte, doch der Platz war leer. Da verwandelte sich Merlins Gesicht in das des Magiers Salaam. Der Magier grinste böse: "Nun, Meister, seht Ihr ein, daß es richtiger gewesen wäre, sich mir anzuschließen?" Ortwin stammelte: "Aber, ich will doch... ich bin doch auf dem Weg zu Euch..." Salaam lachte nur und schüttelte den Kopf: "Zu spät! Armer Ortwin, Euch bleibt nichts als der Staub der Wüste, in die ich Euch verbannen werde!" Er lachte schauerlich, seine Gesichtszüge zerflossen. Ein schrecklicher Abgrund tat sich auf; in dessen Tiefe waberten braune Dämpfe und riesige weiße Maden krochen durch ein Chaos von Felsen und dem Schutt verfallener Tempel...
Ortwin fuhr hoch. Ja, der Platz auf dem Tisch war leer. Draußen sangen die Kater um die Wette. Den Rest der Nacht blieb er wach und grübelte.

Das Wolkenschiff überquerte Kleinasien und gelangte in die Bergwelt des Kaukasus. Hier vermutete Ortwin Salaams Reich, denn der Zauberspiegel hatte ihm immer wieder schroffe Gebirgszüge, eisige Gletscher und kahle Hochebenen gezeigt, wenn sie nach den Nachbarländern Ogks fragten. Doch wo sie auch landeten und sich bei den Bewohnern der kleinen Gebirgsdörfer nach Salaam, dem Bund der Siebenbeinigen Spinne oder Ogk erkundigten, erhielten sie immer die gleiche Antwort: Der Magier und sein Reich waren völlig unbekannt.
Baldwin freute sich insgeheim immer mehr, daß sie Ogk nicht fanden. Er hoffte, des Magiers Reich läge weiter im Osten, fernab im Hindukusch oder am Fuße des Himalaja, in Gegenden, die so unzugänglich waren, daß sie sie nie erreichen würden. Einmal fragte ihn Ortwin, ob er denn die Suche lieber aufgeben würde, worauf Baldwin scheinheilig so tat, als läge ihm nichts ferner.

Auch die Samtpfoten - selbst Hieronymus und Quax - hatten keinerlei Sehnsucht nach einer Begegnung mit dem Magier und seinen Gesellen. Manchmal erzählten sie sich in den Nächten die Geschichten von dem unheimlichen Baal-Priester, der Antonius und seine Kumpanen beinahe erschlagen hätte, oder Manulia schilderte ihre Begegnung mit den Unholden, die sie auf der Insel belauscht hatte. Dann mußte auch Magda von der Verwandlung Prinzessin Amaltheas und des Dieners Cabal berichten, und zu guter Letzt gab Petunia ihre erste Begegnung mit einer Riesenmaus zum besten. Nur über die Verwandlung der Samtpfoten zu Stein sprach niemand mehr. Ja, sie hatten - beim Webekätzchen! - schon genug erlebt; eigentlich stand ihnen nicht mehr der Sinn nach neuen Abenteuern. Vielmehr wollten auch sie nur noch die klaren Nächte über den Wolken genießen und bis zum Ende ihrer neun Leben durch die Welt vagabundieren.

Die Tage vergingen. Ortwin beobachtete besorgt die Samtpfoten, vor allem die weiblichen. Gab es Ende des Herbstes junge Kätzchen oder nicht? Eine neue Generation von Petunien, Carlis oder Xenofefen - er malte sich dies in den schrecklichsten Farben aus!
Eines Abends - alle Katzen, selbst Gurx, saßen draußen und genossen die laue Nacht - besprach er sich mit Nela. Diese aber lächelte.
“Ich halte Eure Sorgen für unbegründet”, sagte sie. “Die Samtpfoten wissen, daß auf dem Schiff kein Platz mehr ist für weitere Mitreisende. Sie werden, solange wir fliegen, keine Junge bekommen.”
“Aber...”, grübelte Ortwin, “das Liebeswerben in den Nächten? Bedeutet das nicht...”
Wieder lächelte Nela: “Nein, denn ein gewisses Pülverchen in das Wasser gerührt, sorgt dafür, daß der Kindersegen ausbleibt, trotz aller Rolligkeit.”
Ortwin staunte. Von solcherlei Mitteln und Zauberkunst hatte er noch nie etwas gehört.
“Aber”, fuhr er fort, “wissen denn die Samtpfoten von Eurem Pulver?”
“Manche”, antwortete Nela augenzwinkernd.

Als die Nächte kühler wurden, murrten die Samtpfoten und verlangten, nach Süden zu fliegen. Quax erinnerte sich an Palmyra, welches vielleicht nur wenige Flugtage südlich liegen mußte; Nubis, Bastis, Tabitha und Nubisbastis träumten von Ägypten, Wölkchen dagegen von Persien. Da trafen sie eines Tages einen Hirten, der seinen Umhang mit einer Spange, auf der das Zeichen des Molochs zu sehen war, verschloß. Danach gefragt, gab er zur Antwort, er habe diese gegen drei Schafe auf dem Markt in Baku getauscht, der Stadt am Kaspischen Meer.

Die Gefährten kamen überein, wenigstens noch diese Spur zu verfolgen; sollten sie in Baku nichts über Salaam und sein Reich erfahren, würden sie die Suche aufgeben und sich ein Winterquartier im sonnigen Süden suchen. Zu ihrer Überraschung wußten die Kaufleute von Baku über Ogk gut Bescheid. Ja, ein solches Land gäbe es, immer wieder kämen Händler von dort und brächten seltsame Gegenstände: Spangen, Broschen und Ringe mit dämonischen Verzierungen, die jedoch vor allem bei den einfachen Leuten sehr begehrt seien, blitzende Spiegel, Gläser, die nicht zerbrachen, reißfeste Stoffe und Schuhe mit dicken Sohlen, mit denen sich sogar durch das Feuer laufen ließe. Sie tauschten dies gegen Gewürze und Lebensmittel. Die Händler selbst seien keine Bewohner des Landes Ogk, sondern meist Perser oder Syrer; wie die Bewohner von Ogk aussahen, wußte niemand. Es werde aber gemunkelt, es sei ein sonderbares Volk, welches von den Phöniziern abstamme und noch den alten Göttern huldige. Doch das Land sei keineswegs finster oder gar in Höhlen gelegen, nein, die Händler beschrieben es eher als einen paradiesischen Garten. Wenn Ortwin die Kaufleute nach dem Herrscher des Reiches fragte, bekam er jedoch nur ausweichende Antworten. Ihm war, als hätten die Leute Angst, den Namen des Magiers laut zu nennen. Je mehr er sie mit seinen Fragen bedrängte, desto unverbindlicher wurden deren Antworten. Schließlich fuhr ihn ein Kaufmann an, wenn er es unbedingt wissen möchte, solle er sich doch selbst dorthin begeben. Der kürzeste Weg sei über das Meer, dann quer durch die Steppe immer Richtung Osten, über den ersten Gebirgszug bis zur Hochebene des Altai. Dort sei die Grenze des Landes, welches Ogk genannt werde, dort aber 'Sonnengarten' hieße.

Auf dem Wolkenschiff zurück, beratschlagte sich Ortwin mit den Gefährten, denn er war wieder einmal unschlüssig. Viele Samtpfoten, aber auch Baldwin äußerten Bedenken, noch vor dem Wintereinbruch die Reise über die Steppe und in die Berge anzutreten. Baldwin versprach verschneite Pässe, eisigen Wind und Schnee auf dem Deck des Wolkenschiffes. Nela jedoch vertrat die Ansicht, die Strecke sei in wenigen Tagen zu schaffen. Der Wind sei günstig; noch sei es nicht zu kalt. Auch Magda drängte zum Weiterflug. Sie wußte, Baldwin hatte die Sorge wegen des Winters

nur vorgeschoben; in Wirklichkeit spekulierte er darauf, daß Ortwin sein Vorhaben ganz aufgeben würde.
Sie stritten die halbe Nacht. Schließlich wurde es Quax zu bunt.
“Nun sind wir so weit geflogen, nur um unverrichteter Dinge umzukehren?” schimpfte er. “Ich sehe aber, daß wir durch Reden zu keiner Lösung kommen. Stimmen wir ab! Diejenigen, die unterliegen, fügen sich den Gewinnern, ohne Wenn und Aber!”
“Gute Idee”, sagte Baldwin, der sich seiner Sache sicher war. “Ich bin gegen den Weiterflug noch vor dem Winter! Wer meine Meinung teilt, komme zu mir auf die Luvseite des Schiffes!”
“Und wer für sofortigen Weiterflug stimmt, setze sich zu mir, auf die Leeseite”, rief Quax.
Ein wildwüstes Hin und Her begann. Die Samtpfoten schoben und drängten von einer Seite auf die andere. Endlich hatten sie sich in zwei Gruppen aufgeteilt. Auf Baldwins Seite saßen Moony, Moonia, Nubis, Pusswitha, Bärle, der Gestromte, der Miese, Munni, Antonius, Georgius, Wuschwhau, Wonni, Miezele, Pusella, Aurelius, Caesarion, Annabella, Minze und viele andere Altkatzen und -kater. Doch auch auf Quaxens Seite hockte eine stattliche Anzahl: Hieronymus, Manulia, Mohrle, Tabitha, Miranda - widerwillig, um Quax zu gefallen -, Knurr - vielleicht um Miranda zu gefallen? -, Amanda, Leonardo, Tobias, Munzel, Wölkchen, Petunia, Peterle - auch etwas widerwillig, aber Petunia ließ ihm keine andere Wahl - Xenofefa, Carli, Bosheide, und fast alle anderen Jungkatzen. Nela und Magda zählten die Stimmen: Auf jeder Seite saß die gleiche Anzahl Samtpfoten!
“Nun, wie es aussieht, entscheiden die Stimmen von euch Menschen!” rief Quax Ortwin zu.
Nela und - zu Baldwins Leidwesen - auch Magda stimmten für den Weiterflug; Ortwin zögerte lange, entschied sich aber am Ende, zur Überraschung aller, gegen den Flug in das verwunschene Land.
“Beim Stockzahn des Rußteufelchens!” fluchte Hieronymus. “Immer noch gleiche Stimmenzahl! In diesem Fall gilt das alte Gesetz: Es wird gelost!”
“Nicht nötig!” rief plötzlich Gurx. Sein verdöstes Gesicht erschien gerade an der Tür zu Ortwins Kajüte. “Ich habe noch nicht abgestimmt.”
Einige bange Sekunden folgten. Wie würde sich der alte, verschlafene Kater entscheiden? Wußte er überhaupt, worum es ging? Langsam trottete er in die Mitte des Decks. Er blieb hocken, gähnte, streckte sich und

murmelte: “Bin dafür! Fliegen wir weiter!”
Quax und seine Gruppe jubelte. Baldwins Anhänger murrten; der Zwerg selbst fluchte leise in seinen Bart und schwor, es dem Kater irgendwann heimzuzahlen. Gurx jedoch schlich wieder zu seinem Schlafplätzchen. Das Kissen durfte nicht kalt werden!

Zwei Tage später segelte das Wolkenschiff über die Steppe Asiens. Dieses Mal wäre Manulia gern länger geblieben, denn in der Steppe lebten die Manuls, ein Stamm wilder Katzen, ihre entfernten Verwandten. Doch sie stoppten nur, um ihre Vorräte aufzufrischen und die notwendigsten ‘Geschäfte’ zu verrichten. Dabei begegnete ihnen weder Mensch noch Samtpfote.
Eines Nachts träumte Nela. Sie sah den Junker über eine weite, kahle Ebene schreiten. Gespenstisch erhob sich seine Silhouette vor einem metallblauen Himmel. Sein Mantel flatterte im Wind, wie die Flügel einer riesigen Fledermaus. Er blieb stehen und raunte: “Hört, Meisterin Nela, die Tage der Sorglosigkeit sind gezählt. Bald gibt es ein Wiedersehen. Sagt Euch los von Ortwin, wechselt zum Bund der Siebenbeinigen Spinne! Oder wollt ihr sein Schicksal teilen - verbannt für immer in der Wüste, weit im Osten Asiens?” Er wandte sich ab und ging mit wehendem Mantel davon. Am Himmel kreisten Vögel - Kraracken und Rauks. Schreckliche elefantenartige Monstren erschienen am Horizont. Die Erde bebte, Staub wirbelte auf.
Nela erwachte und rieb sich den Schlaf aus den Augen. Miranda lag zwischen ihren Füßen und schnurrte. Der Morgen zog herauf und am Horizont waren Berge zu erkennen. Das Traumgesicht hatte sie nicht getäuscht: Sie waren nicht mehr weit.

In der folgenden Nacht erreichten sie die ersten Ausläufer des Gebirges. Sie waren überrascht, wie gewaltig sich die Berge gen Himmel türmten. An ihren Flanken erstreckten sich lichte Wälder, deren Laubbäume gerade begannen, sich bunt zu verfärben. Weiter oben folgten ausgedehnte Bergwiesen, überragt von gewaltigen Steinwüsten und schließlich der Wunderwelt der Schneefelder und Gletscher. Bereits an der Baumgrenze war die Luft recht dünn, oben, in den Steinwüsten und Geröllfeldern reichte sie kaum noch zum Atmen. Weder die Alpen, noch die Gebirge Kleinasiens, noch der Kaukasus erreichten solche Höhen!

Wo war der Paß, der sie auf die Hochebene bringen würde? Eine Zeitlang segelten sie entlang der Baumgrenze nach Norden, doch die Gegend wurde immer öder, das Wetter immer schlechter. Zwischen den Gipfeln brauten sich Wolken zusammen. Im Nu waren die Schneepyramiden und Eisschlösser hinter einer grauen Wand verschwunden. Wenig später holte das Unwetter das Wolkenschiff ein: Der Wind heulte, es begann zu schneien. Alle Samtpfoten flohen unter Deck. Es blieb den Gefährten keine andere Wahl, als umzukehren und in die Täler hinunterzufliegen.

Zwei Tage trieben sie über das menschenleere Land in Richtung Süden. Da erblickten sie einen schmalen Pfad, der sich durch den Wald zog. Er führte sie hinauf zu einer großen Bergwiese. Dort fanden sie eine steinerne Säule mit den wohlbekannten Symbolen: Jupiter - Drache - Siebenbeinige Spinne. Der Pfad verlor sich oberhalb der Wiese in einem Geröllfeld; doch es bestand kein Zweifel: Hier befand sich der Paß, dies war die Grenze zu Salaams Reich.
Baldwin wurde kreidebleich, als er den Grenzstein sah. Er hatte bislang trotz des schlechten Wetters Tag und Nacht in seiner Hängematte draußen ausgeharrt. Nun aber packte er sein Laken zusammen und begab sich damit unter Deck. Dabei brabbelte er wirre Worte vor sich hin, die sich anhörten wie "...und sie haben eiserne Elefanten, die aus ihren Rüsseln Feuer speien. Und in den Höhlen hausen Giftgnome und Schwefelschlangen, Quecksilber-Schratte und Pechspeier. Ihr werdet sie sehen... und es wird das Letzte sein, was ihr zu Gesicht bekommt..."

Es wurde Nacht. Sie wagten nicht, den Paß bei Dunkelheit zu überfliegen. Also hielten sie an und ließen Anker und Seile herab, mit denen sie ihr Schiff zwischen großen Felsen befestigten.
Die Wolkendecke riß auf, ja es zeigte sich sogar kurz der Mond.
Moony und Moonia saßen auf ihrem Lieblingsplätzchen an der Reling und schauten hinüber zu den Bergen.
"Hab keine Angst, Moonia", sagte der Kater schnurrend. "Ich werde dich beschützen."
"Wer aber beschützt dich?" fragte die Katze und schmiegte sich dicht an ihren Gefährten.
"Ho, ho", lachte Moony, "ich komme schon zurecht. Mir geschieht nichts! Uns allen geschieht nichts, ganz gewiß..."

Sie schwiegen. Moonia dachte daran, wie alles begann. Vor noch nicht allzu langer Zeit war Mohrle vor ihrer Hütte erschienen und hatte die Samtpfoten zu Ortwins Turm gerufen. Ihre Mutter Manulia war dem Ruf ohne zu zögern gefolgt und hatte ihre drei Kinder einfach mitgenommen. Ja, es war noch nicht lange her - und doch kam es Moonia wie eine Ewigkeit vor.
“Sieh mal”, begann Moony, “dort drüben, dieser Berg: Sieht er nicht aus wie ein riesiger Hund? Lustig nicht wahr?”
Moonia fand den Berg gar nicht lustig.
“Er sieht aus, als würde er jeden Augenblick lebendig werden”, sagte sie. “Sieh nur diese grauenvolle Schnauze. Ein Biß und er könnte das ganze Wolkenschiff verschlingen!”
“Das sind Phantastereien, wie sie von Baldwin stammen könnten”, sagte Moony. “Der Berg sieht nur zufällig aus wie ein Hund.”
“Eben hat er sich bewegt!” scherzte Petunia. Sie saß hinter den beiden und hatte sie belauscht.
Moony brummte, sie solle sich schleichen. Doch Petunia wäre nicht Petunia gewesen, hätte sie klein beigegeben: “Aber Drillschnurre, warum so garstig? Vor uns liegt das herrlichste Abenteuer! Freust du dich nicht darauf?”
“Dir gebe ich gleich deine Drillschnurre, du Fleckfellchen, rotäugiges!” schimpfte Moony.
“Hör doch auf mit diesem Katzenkind zu streiten”, sagte Moonia.
“Katzenkind!” rief Petunia erbost. “Du vergißt wohl, daß wir gleich alt sind!”
“Maunzt nicht so laut”, rief Jinx von der Kommandobrücke herunter.
“Ich laß mir doch von dir nicht das Maunzen verbieten!” fauchte Petunia.
“Sei nicht frech!” schimpfte Jinx. “Katzenkinder wie du gehören zu dieser Zeit unter Deck!”
In diesem Augenblick schlug ein kleiner Gegenstand laut polternd auf die Planken.
Alle Samtpfoten, die draußen saßen, eilten zu der Einschlagstelle. Ein Eisenkrampen steckte in der Bohle; er war mit einem Stück Pergament umwickelt.
“Wo kommt das Ding her?” fragte Moony. “Irgend jemand muß es auf uns geworfen haben.”
“Ich habe nichts gesehen”, antwortete Jinx, “weder einen Vogel noch sonst etwas, das vorbeigeflogen wäre.”

"Dann hat es jemand von den Bergen herübergeschossen!" behauptete Moony.
"Unmöglich!" sagte Minze. "Die Berge sind zu weit entfernt!"
"Vielleicht haben sie dort eine gewaltige Schleudermaschine", sinnierte Moony.
"Ganz gleich, woher es kommt", sagte Jinx, "wir müssen es Ortwin zeigen.
"Laßt mich mal sehen!" bat Hieronymus und drängte sich vor. Er tatzte den Zettel vom Krampen und breitete ihn aus.
"Paß auf, daß er dir nicht davonfliegt!" mahnte Moony.
Hieronymus warf ihm nur einen strafenden Blick zu und widmete sich sogleich wieder dem Pergament.
"Eine Botschaft von unseren Feinden!" rief er nach einer Weile. "Seht, das Zeichen der Siebenbeinigen Spinne! Und hier steht in schönster lateinischer Schrift: *Ich erwarte Euch bei Tagesanbruch am Fuße des hundsköpfigen Berges!*"

Ortwin fuhr auf seinem Lager hoch. Was sagte Hieronymus da, eine Nachricht von Salaam?
"Weißt du, wovon ich soeben geträumt habe?" murmelte er schlaftrunken.
"Der Junker ritt auf seinem schwarzen Pferd den Paß herunter."
"Und dann?" fragte der Kater.
"Nichts, dann hast du mich geweckt."
Der Zauberer las die Botschaft.
"Siehst du, Hieronymus", sagte er, "der Traum war kein Zufall. Sie beobachten uns, und das wahrscheinlich schon seit langem."
Er erhob sich und streckte sich. Auch Gurx, der zusammengerollt an Ortwins Füßen gelegen hatte, erhob sich. Er gähnte und schaute Ortwin mit großen Augen an.
Dieser Kater, dachte Ortwin, dieser Kater ist letztendlich schuld, daß ich hier bin. Doch dann mußte der Zauberer lachen. Er strich dem Kater über den Kopf. Dieser fauchte, als sei ihm die Berührung unangenehm. Schließlich rollte er sich wieder zusammen und schloß die Augen.
Im Morgengrauen landete die Wolke beim hundsköpfigen Berg. Aus der Nähe betrachtet ähnelte er eher einem großen, schlafenden Affen als einem Hund. Weite Geröllfelder breiteten sich an seinem Fuß aus. Zwischen den Felsbrocken, von denen manche größer waren als das Wolkenschiff, wuchsen bizarr verkrüppelte Kiefern und niedrige Alpenrosen. An einer

Stelle stürzte ein Wildbach den steilen Berghang herunter und verschwand tosend in einer finsteren Schlucht. Wieder zogen Wolken auf; noch bevor die Morgensonne den Gipfel des unheimlichen Berges erhellte, verschwand er hinter einem grauen Schleier.
Es war kalt. Die Samtpfoten froren. Ortwin hatte ihnen des Herumtoben verboten; so konnten sie sich nicht einmal bei einem Mausball wärmen.
Munzel murrte: "Nicht einmal mehr Mäuseschnaps ist da. Was ist das für ein Abenteuer, bei dem sogar der Schnaps ausgeht!"
"Beschwere dich nicht", maulte Antonius. "Du hättest ja nicht für das Unternehmen stimmen müssen. *Ich* habe jedenfalls dagegengestimmt!"
Munzel hätte Antonius' Narben zu gern noch ein paar weitere hinzugefügt, doch er befürchtete, dieses Mal würde Gregorius auf der Seite von Antonius und nicht auf seiner stehen. Schließlich war Gregorius auch gegen den sofortigen Weiterflug nach Ogk gewesen! Nun hieß es, gute Miene zu bösem Spiel machen - Munzel jedenfalls bereute seine Entscheidung.
Alle Gefährten standen an Deck - selbst Baldwin war unter ihnen - und schauten hinüber zu den öden Geröllhalden. Kein Lebewesen zeigte sich. Nicht einmal Mücken waren zu sehen!
Schon glaubten die Gefährten, man hätte sie in die Irre geführt, als urplötzlich ein Reiter auf einem Grad erschien. Er stieg vom Pferd und kam zu Fuß den Hang herunter.

"Aber, das darf doch nicht wahr sein! Das ist doch...!" rief Quax verwundert. Ja, es war niemand anderer als der wohlbekannte Junker - zumindest glich er dem Junker bis aufs Haar!
"Willkommen, Meisterin Nela, willkommen Meister Ortwin!" rief er ihnen freundlich zu und trat unmittelbar unter das Wolkenschiff. "Ich habe gewußt, Ihr würdet eines Tages den Weg zu mir finden. Aber warum schweigt Ihr? Seid Ihr verwundert mich in dieser Gestalt hier zu sehen? Nun, es wird sich alles klären, seid Ihr erst einmal Gast in meinem Sonnengarten."
"Ich grüße zurück", rief Ortwin. Er hatte das Gefühl, als säße ein Frosch in seinem Hals. Er nahm alle seine Kraft zusammen und fuhr fort: "Wir kommen in friedlicher Absicht. Wir suchen Salaam, den großen Magier; nur mit ihm, mit keinem Geringeren möchten wir sprechen."
Der Junker lachte auf seine unheimliche, kalte Art: "Wenn Ihr Salaam sprechen wollt, müßt Ihr schon mit mir Vorlieb nehmen. Folgt mir über den Paß, seid meine Gäste. Und hegt keinen Argwohn - wer freiwillig zu

uns kommt, für den gilt das Gesetz der Gastfreundschaft, gleich was vorher zwischen ihm und uns gewesen sein mag. Verwundert Euch nicht über die Landschaft jenseits der Berge. Dort liegt eine garstige Hochebene, windig und kalt. Ich garantiere Euch jedoch einen sonnigen und warmen Flecken und jegliche Annehmlichkeit, die sich für Gäste wie Euch geziemt."
Während der Junker noch redete zischte Baldwin: "Bei allen Göttern der Römer und Griechen, ich will nicht Baldwin heißen, wenn das keine Falle ist!"
"So folgt mir!" rief der Junker und bestieg sein Pferd. "Haltet Euch so nahe am Boden wie es nur geht. Sonst reißen Euch die gefährlichen Aufwinde in die Höhe und zermalmen Euer Schiff an den Felsen."
Langsam ritt der Junker den Abhang hinauf. Das Wolkenschiff folgte ihm. Der hundsköpfige Berg lag zu ihrer Linken, zur Rechten erhob sich ein anderes, nicht minder gewaltiges Massiv.
Als sie den vermeintlichen Paß erreichten, sahen sie dahinter noch höher gelegene Bergflanken, die es zu überwinden galt. Es ging immer weiter hinauf, über totes Gestein und dreckige Schneeflecken, vorbei an schroffen Felsnasen und überhängenden Wänden, hinein in die grauen Wolken.
Der Reiter mußte absteigen und sein Pferd führen. Er kam nun nur noch sehr langsam voran, und gelegentlich schien es, als verliere er den Weg. Die Gefährten auf dem Wolkenschiff hatten mehr und mehr Mühe, den Kurs zu halten. In der Tat pfiff ein erbärmlich kalter Wind. Den Samtpfoten sträubte sich das Fell; Nela zog ihren Mantel fest über die Schultern, Magda holte sich eine Decke und Ortwin rieb sich unentwegt die Hände. Nur Baldwin stand wie versteinert da und schien nicht zu frieren.
Endlich erreichten sie die Paßhöhe. Der Wind jaulte wie ein Schakal; das Wolkenschiff wurde hin- und hergerissen. Feiner Eisregen prasselte herab. So manche Schnurrhaare froren zusammen; in Ortwins Bart bildeten sich feine Eiszapfen. Urplötzlich stürzte sich Baldwin laut fluchend unter Deck. Alle anderen aber blieben, ihre Neugierde war stärker als Kälte und Furcht.
Doch die Geduld der Gefährten wurde auf eine harte Probe gestellt. Der Reiter wählte einen Weg, der sich an einer Bergflanke nach Westen zog. Stundenlang flog das Wolkenschiff an dieser Flanke entlang, ohne daß sich der Nebel nur einen Augenblick lichtete. Plötzlich erschienen große schwarze Vögel und begleiteten das Wolkenschiff. Sie schauten mißtrauisch auf die Gefährten herab. Sicher gehörten sie zu den Wächtern des Reiches Ogk.

Endlich lichtete sich der Nebel. Doch was die Gefährten zu sehen bekamen, war so fürchterlich, daß sie wünschten, der Nebel wäre geblieben. Vor ihnen lag eine Ebene, eine endlose, spiegelglatte, graue Ebene. Sie verlor sich am Horizont; keine Berge, Hügel, Bäume oder Gebäude begrenzten sie. Sie war völlig kahl; nicht einmal das winzigste Pflänzchen wuchs hier! Es war die schrecklichste Gegend, die sich ein lebendes Wesen vorstellen konnte!
Die Gefährten stellten fest, daß ihr Begleiter vermied, auf die tote Fläche hinauszureiten. Vielmehr hielt er sich entlang der Ebene weiter nach Westen und blieb dabei auf dem mit spärlichem Gras bewachsenen Boden der Geröllfelder. An einer Stelle, wo die tote Fläche einige Ellen in die Schuttkegel hineinbuchtete, blieb er stehen und winkte den Gefährten zu, sie sollten halten.
"Ortwin, Nela", rief er, "wenn Ihr wollt, könnt ihr hier kurz heruntersteigen und den Boden begutachten."
Nicht nur Ortwin und Nela waren neugierig; auch Magda, Quax, Hieronymus und viele andere Samtpfoten kletterten die Strickleiter hinunter, um den gespenstisch grauen Boden in Augenschein zu nehmen.
Vorsichtig setzte Quax eine Pfote darauf. Es fühlte sich nicht fremd an. Allerdings bemerkte er, daß seine Pfote schmutzig geworden war und sich dort, wo er sie hingesetzt hatte, ein kleiner weißer Fleck befand. Quax und andere Samtpfoten beschnupperten den Boden. Einige mußten niesen.
"Verflixt", sagte Quax schließlich, "hier ist alles mit feinem Staub bedeckt. Das Zeug ist eigentlich weiß; der Staub färbt es grau!"
"Vorsicht, Quax", mahnte Ortwin, "der Stoff mag giftig sein."
Nun bückte sich Nela, wischte mit einem Zipfel ihres Mantels den Staub beiseite und fuhr mit dem Finger über die weiße Stelle. Dann schleckte sie den Finger ab. Magda tat es ihr gleich. Die beiden Frauen nickten sich vielsagend zu.
"Damit könnten wir alle Suppen der Welt versalzen", stellte Magda fest. "Dieses Zeug ist nicht giftig, sondern recht nützlich. Es ist Salz."
"Aha", meinte Ortwin nur.
"Ja, ein völlig eingetrockneter Salzsee", sagte Nela. "Eigentlich nichts Ungewöhnliches. Allerdings in dieser Größe..."
"Ja, da staunt Ihr", lachte der Junker. "Unser Salzsee ist unübertroffen der größte auf der ganzen Welt! Er begrenzt unser Reich nach Norden und teilweise auch nach Osten. Einen besseren Schutz gegen Angreifer

können wir uns nicht wünschen. Oder hättet Ihr Lust, über diesen See zu reiten, Meister Ortwin?"
Ortwin wußte keine Antwort. Quax aber maulte: "Zu reiten nicht, aber zu fliegen!"
Der Junker überhörte das Gemaunze und bat die Gefährten, auf das Wolkenschiff zurückzukehren, um ihren Weg fortzusetzen.
"Im Norden der Salzsee, im Süden die Berge", brummte Quax, als sie die Strickleiter hinaufkletterten. "Wo aber liegt dann dieses verflixte Ogk?"
"Ich glaube, wir sind mitten drin", antwortete Hieronymus, "oder besser gesagt: unmittelbar darüber!"

Das Wolkenschiff segelte weiter. Der Nebel verdichtete sich wieder. Erneut begann es zu nieseln. Die Samtpfoten drängten sich in der Mitte des Decks zusammen, um sich gegenseitig zu wärmen. Miranda duldete sogar Knurr neben sich; Quax hockte Rücken an Rücken mit Tobias, Petunia zwischen Xenofefa und dem schmutzigen Carli. Einige Samtpfoten zitterten, vielleicht wegen der Kälte, vielleicht aus Angst. Niemand schnurrte.
Da tauchten dunkle Felstürme vor ihnen auf. Hieronymus kannte sie aus einem Blick in das Zauberspiegelchen. Er wußte: Nun waren sie am Ziel. Hier war der Eingang zu Salaams Reich.

"Wir sind da!" rief der Junker und stieg vom Pferd. Das Pferd galoppierte alleine auf einen der Felstürme zu. Allem Anschein nach kannte es den Weg in den wärmenden Stall. Der Junker forderte sie auf, das Schiff zu verlassen. Von hier müßten sie zu Fuß oder zur Pfote weiter. Sie hätten nichts zu befürchten; er verbürge sich dafür, daß weder dem Wolkenschiff noch denen, die zurückbleiben mochten, etwas geschehe.
Ortwin bestand darauf, Wachen auf dem Schiff zurückzulassen. Doch das Bedürfnis der Samtpfoten, die Wolke zu verlassen, war nicht sonderlich groß.
"Nun gut", seufzte der Zauberer, "ich kann euch nicht zwingen. Ehrlich gesagt habe ich auch kein Verlangen mehr, dieses Land zu betreten. Ich hoffe aber doch, daß wenigstens einer meiner beiden Kater mich begleitet?"
"Ehrensache!" schnurrte Hieronymus - wenngleich ihm nicht danach zumute war. Quax ging es nicht besser, doch wenn Hieronymus seinem Meister folgen würde, durfte er nicht zurückstehen. Desweiteren wollten nur noch Manulia, Tabitha, Wölkchen und einige Jungkatzen mitgehen.

Die Katzenkinder mußten jedoch an Bord bleiben, da Ortwin befürchtete, sie würden zu weit davonlaufen oder gar Unfug treiben.
Schließlich nahm Nela ihre Miranda auf den Arm und wollte mit ihr die Strickleiter hinuntersteigen, doch ihre Katze wehrte sich derart, daß sie sie zurücklassen mußte. Sodann verließ Magda das Schiff. Zu guter Letzt kam Baldwin angerannt.
"Nehmt mich mit!" rief er.
Magda erschrak. "Ist das wirklich dein Ernst?" fragte sie verwundert.
"Ja, denn ich weiß, daß heute mein letztes Stündchen schlagen wird, ganz gleich, ob ich auf dem Schiff bleibe oder euch begleite. So will ich wenigstens vorher noch erfahren, was es mit diesem Land wirklich auf sich hat!"
"Nun ist aber kein Mensch mehr auf dem Schiff. Falls...", sagte Ortwin leise, in der Hoffnung, der Junker, der nur ein wenig abseits stand, würde ihn nicht verstehen.
"Na und?" maulte Baldwin laut. "Meint Ihr, derjenige, der auf dem Kahn bleibt, hätte auch nur die geringste Chance, damit von hier zu fliehen? Ha, ha, Meister Ortwin, entweder wir überleben alle oder keiner. Wir sind *diesem*" - und er deutete zum Junker - "auf Gnade und Verderb ausgeliefert!"
Der Junker lächelte. "Es wird keinem etwas geschehen", versprach er, "denn heute herrscht Waffenstillstand! Was morgen ist - nun, das entscheidet Ihr. Wenn Ihr Euch entschließt, unserem Bund beizutreten, so könnt Ihr weiterhin unsere Gäste sein. Wenn nicht, so habt Ihr freies Geleit bis zur Grenze. Laßt Ihr uns danach unbehelligt, so lassen auch wir Euch in Ruhe. Darauf gebe ich Euch mein Ehrenwort. Doch nun kommt!"
Der Junker führte die Gefährten hinter einen gigantischen Felsen. Von dort sahen sie den Eingang zu einer Höhle.
Hieronymus zitterte am ganzen Leib. Er war sich sicher, diesen Schlund bereits einmal im Zauberspiegel gesehen zu haben. Die Öffnung war jedoch größer als Hieronymus vermutet hatte; hier konnte sogar ein Elefant bequem ein- und ausgehen.
In der Tat schritt der Junker auf die Höhle zu. Er betrat sie jedoch nicht, sondern blieb davor stehen.
"Das, was Ihr sucht, ist nicht hier drinnen", erklärte er. "Vielmehr wohnen hier unsere Wächter. Ich sehe Euren Gesichtern an, daß Ihr zwar neugierig seid, sie zu sehen, aber dennoch lieber verzichten möchtet. Dabei droht Euch von ihnen keine Gefahr solange ich bei Euch bin. Gehen wir weiter."
Er führte die Gefährten zur Wand neben dem Höhleneingang. Dort war

eine schmale Treppe in den Fels gehauen. Auf dieser Treppe galt es hinaufzusteigen. Es waren sicher um die hundert Stufen - und Baldwin wünschte, er wäre so klein wie die Samtpfoten, die streckenweise von ihnen getragen wurden. Zu seinem Ärger ging es auf der anderen Seite des Berges wieder treppab. Baldwin stöhnte; es blieb ihm auch wirklich nichts erspart.
Schließlich gelangten sie in ein breites Tal. Von den umgebenden Berghängen liefen Gebirgsbäche in die Senke und sammelten sich dort in einem kleinen See. Auf der gegenüberliegenden Seite des Sees erhob sich eine hohe Mauer. Ein schmaler Steg führte über den See zu einem ehernen Tor, dem wohl einzigen Durchgang durch die Einfriedung. Über dem Tor hing ein großes, kupfernes Schild mit den Zeichen des Geheimbundes: ein dornenbewehrter Drache und eine siebenbeinige Spinne.
"Hier sind wir zu Hause", sagte der Junker. "Hier ist unser Zaubergarten!"
'Verdammt', dachte Baldwin, 'warum mußten wir hierher laufen, warum konnten wir nicht fliegen?'
Der Junker schien Gedanken lesen zu können, denn er sagte: "Ihr werdet sicher Verständnis dafür haben, daß wir den Weg zu Fuß zurückgelegt haben. Denn nicht einmal den Vögeln ist es erlaubt, unseren Garten zu überfliegen. Über ihn ist ein unsichtbares Netz gespannt, welches zerreißen könnte. Dies würde dem Klima des Gartens schaden."
Sie überquerten den Steg. Der Junker betätigte einen Türklopfer und rief einige Worte in einer fremden Sprache. Sogleich öffnete sich das Tor; die Gefährten durften passieren.

Alles hatten sie erwartet - doch nicht das, was sich ihren Augen bot! Selbst Hieronymus und Ortwin waren überrascht, denn diese Wunderwelt hatte ihnen ihr Spiegel nie gezeigt: Sie standen in einem tropischen Garten. Hier wuchsen hohe, ausladende Bäume, überwuchert mit Bromelien und Orchideen, behangen mit Lianen und anderen wundersamen Rankengewächsen. Überall blühte es in den prächtigsten Farben. Ein kristallklarer Bach plätscherte zu einem Teich, in dem die sagenumwobenen Lotusblüten standen; eine jede so groß, daß eine Samtpfote bequem darin Platz gefunden hätte. Selbst der Garten in Wölkchens persischem Palast war armselig gegen diese Zauberwelt!
"Nun, wie gefällt es Euch?" fragte der Junker und lächelte.
Keiner antwortete. Vielmehr zogen die Gefährten ihre Mäntel aus. Nur

Baldwin behielt seinen Umhang an. Er erlitt gerade einen Anfall von Schüttelfrost.
"Ich muß träumen", stammelte er. "Das ist nie und nimmer das Reich Ogk..."
"Aber sicher, mein Freund", entgegnete der Junker. "Habt Ihr nicht das Wappen an der Tür gesehen? Hier sind wir im Wunderreich der Siebenbeinigen Spinne. Ihr dachtet wohl, hier wimmle es von Schlangen, Skorpionen, Dämonen und feuerspeienden Drachen? Nichts dergleichen! Wir, vom Geheimbund der Siebenbeinigen Spinne, ziehen ein Leben in Licht und Wärme vor. Seht dort vorn kommen Rackx und Orbal, zwei unserer Priester. Ich hoffe, Eure Kätzchen erschrecken nicht zu sehr."
Die Samtpfoten stellten die Schnurrhaare nach vorn und brummten. Die beiden Priester, die sich näherten, trugen keine Schals oder Turbane. Immerhin, einer der beiden war ein Mensch. Er war völlig ohne Haare und trug eine Toga nach Art der alten Römer, die mit einer großen goldenen Spange zusammengehalten wurde. Auf der Spange ptangte das Zeichen des Moloch. Der andere Priester aber war eine Maus, eine Riesenmaus. Auch er trug eine Toga, doch anstatt einer Spange steckte an ihr ein großer Knochen.
Orbal, der Kahle, war schweigsam. Er verneigte sich nur kurz und ging weiter seines Weges. Rackx, der Mausgesichtige, aber blieb stehen und begrüßte die Ankömmlinge freundlich, besonders die Samtpfoten.
"Na, ihr Stockzähne", alberte er, "ist es nicht ein seltsames Gefühl vor einer Maus zu stehen, die größer ist...? "
"Laßt Eure Scherze!" unterbrach ihn der Junker. Zu Ortwin gewandt fuhr er fort: "Priester Rackx ist erst vor wenigen Monden zu unserem Kult übergetreten. Orbal dagegen gehört der Baalpriesterschaft seit seiner Kindheit an. Die Baalpriester pflegen ihre Bräuche hier in einem Tempel, einem ihrer letzten Zufluchtsorte. Denn die Welt ist ihnen feindlich gesinnt - und dies ohne Grund, denn die Baalpriester sind friedliebend. Es ist ein Märchen, daß dem Baal Menschen- oder Tieropfer dargebracht werden. Ihr könnt den Tempel später gern besuchen."
Rackx kicherte und verabschiedete sich. Die Gefährten setzten ihren Weg fort.
"Wenn *den* Petunia gesehen hätte!" sagte Quax.
"Oder erst Antonius und die beiden anderen Streuner!" ergänzte Hieronymus. "Ich glaube, sie wären auf der Stelle erstarrt."

“Übrigens erstarrt”, bemerkte Tabitha. “Sieh mal, was mit Baldwin gerade geschieht!”
In der Tat sah der Zwerg nicht gut aus. Er stand auf einem Bein und bewegte sich nicht mehr, als sei er mitten im Schritt versteinert.
“He, Baldwin”, rief Magda und stieß ihn an, “schlafen kannst du später! Wir müssen weiter!”
Baldwin stöhnte und setzte sein Bein wieder auf den Boden. “Ich bin nicht hier, nein, ich bin nicht hier. Diesen Garten gibt es gar nicht, nein, nein, das ist alles Lug und Trug...”

Sie kamen durch einen Palmenhain, in dem prächtig bunte Schmetterlinge umherflogen. Die Samtpfoten fragten sich, ob die schillernden Wesen lebendig seien. Gern hätten sie nach einem getatzt, wagten es aber nicht.
Schließlich standen sie vor einem Bach, den eine Holzbrücke überquerte. Auf der gegenüberliegenden Seite, inmitten einer blühenden Wiese, befand sich eine kleine Holzpagode. Der Junker zeigte auf das Gebäude und erklärte:
“In dieses Haus dürfen nur Mitglieder unseres Bundes. Ich werde jedoch eine Ausnahme machen und Euch hineinlassen. Ihr sollt alle unsere Wunder sehen. Kommt!”
Sie überquerten den Bach und betraten die Pagode. Drinnen war es düster und kühl. Nachdem sich die Gefährten an das dämmerige Licht gewöhnt hatten, erkannten sie Nischen an den Wänden des Raumes. In jeder dieser Nischen stand regungslos eine Gestalt. Die Gestalten glichen einander aufs Haar: Jede trug das gleiche farbenprächtige, orientalische Gewand, jede hatte das gleiche Gesicht, die gleiche Größe, die gleiche Frisur - jede sah aus wie der Junker, der die Gefährten begleitete!

“Tretet näher”, bat der Junker, “Ihr braucht Euch nicht zu fürchten.”
Dann blieb er regungslos stehen. Eines seiner Ebenbilder trat aus der Nische und fuhr fort: “Unter normalen Umständen steuert mein Geist nur einen der verfügbaren Körper.” Sofort erstarrte sie wieder.
Eine dritte Figur bewegte sich und sagte: “Es wäre zwar möglich, zwei oder mehrere Körper zu führen, was jedoch höchster Konzentration und großer Kraftanstrengung bedarf.”
Nun sprach wieder die erste der Figuren, eben jene, die die Gefährten hergeführt hatte: “Wie Ihr aber seht, bereitet es mir überhaupt keine

Schwierigkeiten, von einem Körper in den anderen zu wechseln. Versteht Ihr nun?"
Wieder blieb die Figur stehen und eine andere übernahm die Stimme: "Alle diese Körper sind mir stets zu Diensten."
Abermals wechselte die Stimme in eine andere Gestalt: "Ich sehe, Ihr seid verwirrt, doch Ihr werdet sicher gestehen, daß es sehr von Vorteil sein kann, in nur wenigen Augenblicken von einem Körper in einen anderen zu springen. Auf diese Weise lassen sich selbst Ländergrenzen im Nu überwinden. Und wenn es vorkommen sollte, daß ich einen meiner Körper durch ein Mißgeschick verliere - so ist nicht viel verloren."
Die Gefährten schwiegen. Das, was sie sahen, war so phantastisch, daß es ihnen die Sprache verschlug.
Der Junker aber lachte. Es war ein gezwungenes, kaltes Lachen - ein Lachen, wie es eben nur eine Maschine, eine mechanische Puppe, hervorbringen kann.
Plötzlich verstummte das Lachen. Alle Puppen standen wie erstarrt da, keine rührte sich. Eine lange, schier unerträgliche Zeit verstrich, ohne daß etwas geschah. Endlich faßte Ortwin Mut und rief: "Wo steckt Ihr? Sagt, was habt Ihr nun mit uns vor?"
Endlich bewegte sich einer der Junker und sprach:
"Entschuldigt, ich war gezwungen, draußen nach dem Rechten zu sehen. Doch nun stehe ich Euch wieder uneingeschränkt zur Verfügung."
"Wir sind von Euren Künsten wirklich beeindruckt", gestand Nela. "Doch wäre es nun nicht an der Zeit, Ihr würdet uns zeigen, wie Ihr wirklich ausseht? Nur allzu gern würden wir den, der diese künstlichen Körper steuert, persönlich kennenlernen."
Der Junker aber tat, als hätte er Nelas Frage nicht gehört: "Kommt!" sagte jener, der sie bislang begleitet hatte. "Folgt mir! Ihr habt noch lange nicht alles gesehen."
Sie gingen zurück durch den Palmenhain, wechselten aber auf einen anderen Weg. So gelangten sie nach einer Weile hinunter in eine kleine Schlucht, an deren Ende ein Wasserfall über die Felsen herunterrauschte. Das Wasser schien irgendwo im Boden zu versickern, denn aus der Schlucht führte kein Wasserlauf heraus.
In der Nähe des Wassers war es angenehm kühl. Verschiedene Farne, Schachtelhalme und Moose wucherten zwischen den Steinen. Bizarre Pilze klebten an umgestürzten, halb vermoderten Baumstämmen, und

durch das Blattwerk krochen Salamander und Kröten.
Der Junker schritt auf den Wasserfall zu und sagte: "Wir müssen durch den Wasserfall hindurch! Falls sich jemand vor dem Wasser fürchtet, darf sie oder er gerne hier draußen warten. Aber keine Angst, hinter dem Wasserfall ist es trocken!"
Im Nu war er hinter der Wasserwand verschwunden.
Die Gefährten zögerten. Baldwin aber schritt mutig auf den Wasserfall zu: "Nur zu!" rief er. "Wenn er uns schaden will, kann er es hier draußen genauso gut tun, wie da drinnen."
In der Tat war der Weg durch den Wasserfall nicht schlimmer als ein kleiner Spaziergang im Regen. Ein Schritt und die Gefährten standen in einer Höhle. Nach kurzer Zeit gewöhnten sich ihre Augen an das schummrige Licht und sie konnten ihren Weg fortsetzen. Ein schmaler Gang führte leicht nach unten; einige Male verzweigte sich der Gang, doch ihr Begleiter führte sie unentwegt geradeaus, stetig in den Berg hinein.
Überall tropfte es; Pfützen standen auf dem Boden. An einigen Stellen begannen sich Tropfsteine zu bilden. Nach deren Größe war die Höhle jedoch nicht sehr alt.
Ein grünlich fahles Licht erfüllte die Grotte. Der Junker blieb stehen und deutete auf die Decke.
"Hier wachsen Pilzgeflechte, die im Dunkeln leuchten", erklärte er. "Ich gestehe, es ist kein besonders helles Licht, aber für unsere Zwecke reicht es. Unten in der Haupthöhle haben wir künstliches Licht - welches Euch mittlerweile auch nicht mehr fremd sein dürfte."
Quax dachte an seine erste Begegnung mit der Leuchtröhre, die ihm fast das Fell gekostet hatte. In der Tat hatten sie eine der Röhren, die sie auf dem gestrandeten Zauberschiff gefunden hatten, auf ihrem Wolkenschiff in Betrieb nehmen können. Sie brannte die ganze Nacht in der 'Werkstatt', gespeist aus der Energie der Sonnensegel.
Dennoch waren die Gefährten erstaunt, als sie die große Halle betraten. Sie war durch hunderte von Leuchtröhren, die an der Decke und den Wänden angebracht waren, taghell erleuchtet. Die Größe der Höhle war immens, gewiß hätte darin das ganze Wolkenschiff Platz gefunden. Überall standen die wundersamsten Geräte: Tische mit sonderbaren Aufbauten aus Messing, Zinn und Glas, Kisten und Kästen, aus denen verbogene und gedrillte Rohre herausragten, Gestelle, die aussahen wie Galgen und an denen blinkende Lichter baumelten. Ein merkwürdiges Brummen erfüllte

die Halle, als flögen tausend Bienen und Wespen ein und aus.
“Ich werde Euch das Wichtigste erklären”, begann der Junker. “Doch zuvor will ich Euch auf diese Tür aufmerksam machen.” Er zeigte auf eine monströse, eherne Tür auf der gegenüberliegenden Seite des Gewölbes. Auf ihr prangte das Bild des großen Moloch, umrahmt von Widderhörnern, den Symbolen des Gottes Ammon Baal.
“Diese Tür”, fuhr der Junker fort, “führt hinüber zu der Höhle der Wächter. Ich denke, Ihr habt nach wie vor kein Bedürfnis, diese zu sehen. Solltet aber einer von Euch etwas zu neugierig in die Gerätschaften schauen, gar einen der Knöpfe oder Hebel bedienen oder etwas entwenden - nun, so kann ich nicht gewährleisten, daß die Tür geschlossen bleibt. Behaltet Eure Katzen also im Auge, Meister Ortwin - und auch Euren Zwerg!”
Baldwin schluckte und konnte sich eine Antwort aber nicht verkneifen: “Bin zwar ein Zwerg, aber immerhin aus Fleisch und Blut! Und ehrlich obendrein, knochenehrlich!”
Salaam überhörte Baldwin, schritt zu einer seiner Maschinen und deutete auf die Gestelle, Rohre und Behälter, die vom Boden bis zur Decke reichten. Das eigenartige Brummen kam aus dem Innern dieser Maschine.
“Eine unserer wichtigsten Gerätschaften”, erklärte er, “ist unsere Wettermaschine. Ihr verdanken wir das angenehme Klima in unserem Garten. Nun, ich selbst bin auf die Wärme weniger angewiesen, meine Gefährten allerdings fühlen sich in der kalten Gebirgsluft nicht recht wohl. Eigentlich ist die Wettermaschine nichts weiter als ein großer Ofen. Seht, hier in diesen Leitungen wird Luft erwärmt und über diese Rohre wird sie nach draußen geblasen. Was Ihr hört, ist nichts anderes als der Propeller, der sich unablässig dreht und den Luftstrom bewirkt. Das feine, unsichtbare Netz, das ich bereits erwähnt habe, welches hoch oben über den Garten gespannt ist, verhindert, daß die warme Luft entweicht. Das Netz läßt jedoch das Sonnenlicht hindurch, auf daß unsere Pflanzen wachsen und gedeihen.”
Er hielt inne und wandte sich zu Quax: “Ich sehe es deiner Nasenspitze an, Kater, daß du nur allzu gerne all die Geheimnisse näher ergründen wolltest. Du könntest es, wärst du einer von uns!”
Quax reagierte nicht, also fuhr der Automat mit seinen Erklärungen fort: “Alle Energie, die wir brauchen, kommt aus dem Sonnenlicht. Wir müssen keine Kohle und kein Holz verbrennen. Ihr habt ja inzwischen selbst gelernt, wie das Sonnenlicht in Energie, die wir die elektrische nennen,

umgewandelt wird und wozu diese elektrische Energie zu leisten im Stande ist. Nun aber will ich Euch zeigen, wie das Material entsteht, welches hilft das Sonnenlicht in Energie zu verwandeln. Es tritt nirgends in der Natur auf. Wohl aber findet Ihr die Rohstoffe dazu überall, gewissermaßen vor Euren Füßen. Schaut her!"
Er führte sie in eine andere Ecke der Halle, zu einen Tisch, auf dem sich große Gefäße aus Glas und Metall befanden. Einige der Gefäße waren über Rohrleitungen miteinander verbunden; einige waren oben geöffnet, andere geschlossen, manche sahen aus wie Teekannen, andere wie römische Gläser. Eine wahre Hexenküche! Salaam öffnete eine kleine Truhe, entnahm ihr eine Hand voll Sand und warf diesen in eines der Glasgefäße. Aus einer anderen Truhe nahm er ein schwarzes Pulver und streute es über den Sand. Danach verschloß er das Gefäß und trat zurück. Die Gefährten wußten nicht wie, jedoch urplötzlich tauchte das Gefäß in ein grellviolettes Licht. Das schwarze Pulver glühte auf; nach einer Weile begann der Sand zu zerfließen und ebenfalls zu glühen. Der Deckel des Gefäßes aber klappte etwas nach oben, und ließ heißen Dampf entweichen.
"Keine Angst!" sagte Salaam mit sonderbar dumpfer Stimme. "Das Licht schadet den Augen nicht. Auch kann das Gefäß trotz der Hitze nicht zerspringen, denn es handelt sich um kein gewöhnliches Glas. Auch das austretende Gas ist harmlos. Doch nun tretet näher; der Prozeß ist beendet."
Das grelle Licht erlosch. Die Hitze aber war noch zu spüren. Dennoch griff Salaam in das Gefäß.
"Ich kann es bereits berühren", erklärte er. "Wie Ihr seht, hat es durchaus Vorteile, einen künstlichen Körper zu besitzen."
Im Gefäß befand sich nun ein bizarr erstarrter Metallklumpen.
"Aus Sand und Asche habe ich dieses Metall gezaubert", verkündete Salaam. "Dieses Metall dient mir zum Wandeln des Lichts in elektrische Energie. Dazu muß ich es jedoch noch ein wenig weiter veredeln. Der Prozeß ist langwierig, ich will Euch nicht damit langweilen. Auch benötige ich hierzu giftige Gase und ätzende Säuren, die Euch - im Gegensatz zu mir - gewiß schaden würden. Ich zeige Euch vielmehr das fertige Produkt."
Er öffnete eine andere Schatulle und holte eine dünne, silberglänzende Folie heraus.
"Das ist es! Das Wundermaterial! Es ist wertvoller als Gold, seltener als jeder Edelstein. Deshalb hütet Euer Schiff und Eure Segel. Nirgends auf der Welt findet sich dafür Ersatz."

“Doch , hier!” erdreistete sich Quax zu sagen.
Der Junker ging auf den Kater zu und sagte: “Ja, hier, und nur hier. Denn bedauerlicherweise werdet Ihr niemals in der Lage sein, diese Apparaturen zu bauen. Lediglich der Beitritt zu unserem Bund ermöglicht Euch den Zugang zu all den Wundern, mein Kater. Aber ich will weder dich noch deine Gefährten nötigen. Gehen wir wieder hinauf in den Garten. Ich möchte Euch zu einem kleinen Essen einladen.”

Währenddessen langweilten sich die Samtpfoten auf der Wolke. Es war dermaßen kalt und feucht, daß sich die meisten unter Deck aufhielten und vor sich hin dösten. Gurx, der Weltmeister im Dösen, hatte drei Kissen unter seinen Pfoten - außer seinem eigenen die von Hieronymus und Quax. Wie immer lag er nicht bei seinen Artgenossen im großen Schlafraum, sondern auf Ortwins Bett.
Petunia und andere Jungkatzen hätten gern Mausball getobt, doch die älteren Samtpfoten verboten ihnen das Spiel unter Deck. Für ein Spiel draußen jedoch war es zu kalt. Deshalb vertrieben sich die Jungkatzen mit anderem Schabernack die Zeit. So schlichen sie sich zum Beispiel in Ortwins Kajüte und zerrten Gurx eines der Kissen unter dem Kopf weg. Er fuhr erschrocken hoch, und sie warfen ihm das Kissen kurzerpfot über. Dann kitzelten sie ihn am Ohr oder an der Nase. Einmal mußte er niesen, ein anderes Mal tatzte er nach seiner eigenen Nase und haute sich dabei selbst ins Gesicht. Beim dritten Mal aber sprang er auf und brüllte: “Der nächste der mich im Schlaf stört, fliegt über Bord!” Dabei verdrehte er derart furchterregend die Augen, daß sich die Jungkatzen erschrocken trollten.
“Uff”, sagte Petunia später, als sie wieder im großen Laderaum saßen, “dieser olle Kater kann aber schreien. Das hätte ich nie für möglich gehalten.”
“Und seine Augen”, ergänzte Carli, “habt ihr seine Augen gesehen?”
“Schlimmer als bei Xenofefa”, stellte Poesje fest.
Xenofefa überhörte den Spott und sagte: “Mit alten Katern ist eben nicht zu spaßen. Seht sie euch doch an: dieser wüste Antonius, dieser dreiste Munzel, der hagere Munni oder gar der struppige Schnorr! Furchterregend!”
“Am schlimmsten aber ist der verfilzte, vernarbte Knurr”, kicherte Toxi.
“Was muß er schon Kämpfe durchgestanden haben, er verdient Respekt”, sagte Carli anerkennend.
Miranda hörte das Wortgeplänkel der Jungen und meinte belehren zu müssen: “Was heißt da Kämpfe, was heißt da Respekt! Auf das Raufen

kommt es nicht an. Sieh dich vor Carli, daß du nicht so endest wie Knurr! Du bist auf dem besten Weg dorthin.”
“So, so”, erwiderte Carli frech grinsend, “dabei dachte ich, du hättest auf Knurr ein Auge geworfen. Aber nein, es mag umgekehrt gewesen sein. Oder doch nicht? Na, jedenfalls geht auf der Wolke das Gerücht, Knurr und Miranda seien ineinander...!”
Miranda buckelte und fauchte: “Drücke dich etwas genauer aus!”
“Da gibt es nichts auszudrücken”, sagte Petunia. Xenofefa ergänzte beiläufig: “Nur Mäuseleberchen lassen sich ausdrücken oder nasse Deckchen und Kissen!”
Miranda rückte Petunia aufs Fell und brummte bedrohlich: “Ich will sofort hören, was du weißt, du freches Katzenkind!”
“Höj, höj”, sagte Petunia, ohne einen Schritt zurückzuweichen, “ich bin weder frech noch ein Katzenkind.”
Toxi kicherte: “Ich habe etwas gehört über Nelas Liebespülverchen...”
Nun konnte sich Miranda nicht mehr beherrschen. Zack - zack - schwupp! Petunia, Xenofefa und Carli bekamen rasch hintereinander eine Ohrfeige.
“Whouuu!” jaulte Petunia und heuchelte Schmerz. “Ich wurde geschlagen!”
“Was geht hier vor?” fragte Moony streng.
“Kater Drillschnurre, komm bitte zu uns rüber und hilf uns!” maunzte Petunia. “Miranda hat uns verhauen.”
“Warum denn das?” wollte Moony wissen.
Nun wurden noch weitere Katzen und Kater auf den Zwist aufmerksam. Immer mehr schauten in Richtung der Streitenden.
“Weil sie spinnt”, sagte Petunia. “Die Höhenluft und all der Nebel da draußen scheinen ihr zuzusetzen.”
“Wir haben nichts gemacht, saßen nur so da”, log Xenofefa. “Auf einmal kommt sie daher und - schwupps!”
“Unvorstellbare Frechheit!” stöhnte Miranda nur.
“Nicht wahr, Peterle?” sagte Petunia. “Wir haben nichts gemacht!”
Peterle machte ein dummdusseliges Gesicht und sagte nichts.
“Ich will nichts mehr hören und nichts mehr sehen!” brummte Moony. “Wir können uns jetzt wirklich keinen Streit erlauben. Draußen lauern tausend Gefahren und ihr streitet euch hier aus purem Vergnügen!”
Die Jungkatzen, aber auch Miranda, schwiegen betreten.
Moony jedoch saß bereits wieder auf seinem Platz neben Moonia.
“Denen hast du’s aber gezeigt”, sagte die junge Katze stolz.

Moony bekam rote Ohren. “Ich kann ja verstehen, wenn sie sich streiten. Kein Mausball und diese ungewisse Warterei!”
“Wie lange bleiben Manulia, Quax, und die anderen denn fort?” fragte Moonia.
“Ich weiß es nicht”, gestand der Kater. “Doch Quax hat beim Weggehen darum gebeten, daß wir von hier wegfliegen sollen, wenn sie nach drei Tagen nicht zurück sind.”
“Davonfliegen? Aber wohin?”
“Nirgendwohin. Wenn die Gefährten nicht zurückkommen, werden wir uns aufmachen, sie zu suchen!”

“Wir sind erst einen halben Tag hier”, flüsterte Quax Hieronymus ins Ohr, “doch es kommt mir vor wie eine Ewigkeit. Hoffentlich stehen unsere Freunde auf dem Wolkenschiff das lange Warten durch!”
Sie saßen an einem reich gedeckten Tisch unter herrlich blühenden Bäumen. Den Samtpfoten wollte es jedoch nicht so recht schmecken. Dies lag weniger daran, daß es nur Früchte, Milch, Eierspeisen und Brot gab - Mäuse wurden aus verständlichen Gründen nicht gereicht - sondern eher daran, daß sie sich von allen Seiten belauert und bedroht fühlten.
Auch Ortwin, Nela und Magda aßen nur soviel, wie es die Höflichkeit gebot; Baldwin aber griff kräftig zu, denn für ihn stand fest, daß ohnehin alles vergiftet war und es darum keinen Unterschied machte, ob er viel oder wenig esse.
“Wißt Ihr”, sagte er lachend, “wir leben nur einmal; das Schicksal ereilt uns auf die eine oder andere Weise. Seit ich hier in diesem Garten weile, weiß ich, daß es keinen Sinn macht, sich über irgend etwas aufzuregen oder sich vor irgend etwas zu fürchten. Alles, was ich über Euch, werter Junker - oder darf ich Euch Meister Salaam nennen? - und das Land Ogk wußte - nein, besser gesagt, zu wissen glaubte - wurde Lügen gestraft.”
“Es freut mich”, erwiderte der Junker, “daß Ihr endlich überzeugt seid, es nicht mit Bösewichten zu tun zu haben.”
“Das meine ich nicht”, sagte Baldwin, “im Gegenteil. Ich weiß nun ein für alle Mal mit vollkommen tödlicher Sicherheit, daß Ihr noch viel gerissener und listiger seid, als ich annahm. Und ich betone ‘mit tödlicher Sicherheit’, da ich davon ausgehe, diesen Tag nicht zu überleben.”
“Ihr irrt, Zwerg Baldwin”, entgegnete Salaam, “Ihr irrt! Ihr habt Euch zuvor geirrt und irrt Euch erneut.”

Es war als husche der Schatten eines kalten Lächelns über das Gesicht der Puppe. Baldwin schluckte und schwieg.
Endlich wagte Nela die entscheidende Frage: "Ihr wißt, edler Herr, warum wir gekommen sind? Es ist ein Buch, das sich in Euren Händen befindet und das vormals Ortwin gehört hatte."
"Gewiß", erwiderte der Junker, "und ich sehe es als Tauschobjekt gegen all die Gegenstände, die Ihr aus meinem Schiffswrack retten konntet."
"Die Gegenstände aus Eurem Schiff verstehen wir als Entschädigung für all die Unbill, die Ihr uns verursacht habt", erwiderte Nela.
"Die Unanehmlichkeiten habt Ihr selbst verschuldet. Wir wollten Euch nicht schaden, sondern lediglich beweisen, über welche Künste wir verfügen - damit Euch die Entscheidung, unserem Bund beizutreten, leichter fallen sollte."
"Welch Hohn", brummte Ortwin, der eine unbändige Wut in sich aufsteigen fühlte. "Ihr hattet von Anfang an nichts weiter im Sinn, als an das Buch zu gelangen. Unser Beitritt zu Eurem Bund war und ist Euch völlig gleichgültig, wie Euch wohl auch der Verlust eines Euerer Schiffe oder eines Eurer...", Ortwin zögerte einen Augenblick und fuhr dann mit Verachtung in der Stimme fort, "eines Eurer mechanischen Körper völlig gleichgültig ist! Ihr wolltet nur dieses Buch - sei es auf friedlichem Weg, sei es mit Gewalt oder sei es mit List! Doch nun verratet mir, bei meinen und Euren Göttern, was liegt Euch so an diesen wenigen beschriebenen Seiten eines alten bretonischen Zauberers? Ist Merlins Kunst nicht sehr bescheiden gegenüber dem, was Ihr bereits beherrscht?"
"Keineswegs", antwortete der Junker, "Merlin kannte einige Geheimnisse, die uns bislang fremd waren. Unser Ziel, Meister Ortwin - und das wißt Ihr bereits - ist die Vereinigung allen Wissens: Zauberei, Magie, Hexerei und Mystik, aber auch Naturwissenschaft, Technik, Medizin und Philosophie - alles ist uns willkommen."
Überraschenderweise meldete sich Wölkchen zu Wort. "Großer Magier", maunzte er, "wenn Ihr Merlins Buch studiert habt, so könnt Ihr es doch an Ortwin zurückgeben. Er hängt daran, denn er sagt, er hätte es von Merlin geerbt."
Der Junker schüttelte den Kopf: "Nein, kleiner Kater, solange Ortwin nicht der Siebenbeinigen Spinne beigetreten ist, wird er das Buch nie wieder in Händen halten. Er würde sonst der Versuchung nicht widerstehen können, weitere Sprüche Merlins zu ergründen und deren Zauber womöglich gegen

uns wenden. Dieses Wagnis will ich nicht eingehen, verstehst du? Doch nun laßt uns die Tafel aufheben und zum Tempel gehen!"
Der Tempel lag am anderen Ende des Parks. Es war ein schlichtes Gebäude aus grob behauenen Steinen, mit quadratischem Grundriß und leicht nach oben geneigten Mauern. An der östlichen Außenwand führte eine Treppe hinauf auf eine Dachterrasse. Über dem geöffneten Eingangsportal prangte das bekannte Zeichen Baals. Ein schrecklicher Geruch nach Mäusen, Ratten und Hunden strömte aus dem Tempel und raubte den Gefährten schier den Atem. Doch der Junker ersparte ihnen, den Tempel betreten zu müssen. Er führte sie die Freitreppe hinauf auf die Terrasse.
"Ich habe Euch nicht hierher geführt, um Euch unsere Riten zu erklären", erläuterte er im Hinaufgehen, "sondern vielmehr, damit Ihr von hier oben die Aussicht genießen könnt."
Sie waren oben angelangt - die vier Menschen etwas außer Atem, die Samtpfoten ausgeruht, da sie abwechselnd getragen wurden - und schauten sich um. In der Tat, die Aussicht über den Garten war phantastisch. Sie sahen die Pagode, in der die mechanischen Junker standen, das Tal mit dem Wasserfall, den Palmenhain, den Platz, wo sie gespeist hatten, all die Flüßchen, Bäche, Teiche und Tümpel, Wege und Plätzchen zwischen den Bäumen. Ganz in der Ferne erkannten sie die Mauer, die den Garten umgab. Dahinter lagen das Ödland und die Berge. Nahe am Horizont erblickten sie eine Reihe sonderbarer Gestänge.
Das tote Gesicht von Salaams Puppe grinste. Schließlich sagte sie: "Wenn Ihr genau hinschaut, meine Freunde, erkennt Ihr, was es ist. Nun, Quax, du hast doch bessere Augen als dein Meister, was siehst du?"
Quax sah sehr wohl alles, antwortete aber nicht.
Dafür rief Baldwin: "Das sind ja Sonnensegel. Unzählige! Dort drüben schöpft Ihr Eure Energie!"
Der Junker nickte und sagte: "Ja, genauso ist es. Ist uns die Welt erst einmal untertan, werden überall solche Sonnensegel stehen und alle Menschen mit dieser Energie versorgen. Alle Häuser werden elektrisches Licht und elektrische Öfen besitzen. Die Menschen werden sich mit Fahrzeugen aller Art - Wagen, Schiffen, Flugmaschinen - fortbewegen, die allesamt mit dieser Energie angetrieben werden. Wir werden Wüsten in blühende Gärten verwandeln; niemand wird hungern, jeder wird glücklich und zufrieden sein."
Die Gefährten schwiegen. Die Worte des Junkers hörten sich vielverspre-

chend an. Sagte er die Wahrheit? War es wirklich das Ziel des Geheimbundes, diese segensreichen Erfindungen allen Menschen zugänglich zu machen? Wollten sie wirklich Wohlstand und Zufriedenheit für alle Menschen? Oder log er nur, um die Gefährten für sich zu gewinnen?

Der Junker schritt zur Treppe und winkte den Gefährten, ihm zu folgen. "Ich denke, Ihr habt genug gesehen", sagte er beim Hinuntergehen. "Nun liegt es an Euch: Tretet Ihr dem Geheimbund bei oder nicht?"
Am Fuß der Treppe blieb er stehen.
Ortwin schwieg noch immer und zupfte an seinem Bart. Nela aber schüttelte den Kopf: "Es tut mir leid, solange wir nicht mit Meister Salaam unmittelbar gesprochen haben, können wir uns zu keiner Entscheidung durchringen. Er soll mit uns reden und als Zeichen des guten Willens das Buch Merlins zurückgeben. Dann wären wir bereit, uns mit Euch zu verbünden."
"Vorausgesetzt wir bleiben freie Menschen", ergänzte Magda, "die ihren Glauben behalten dürfen und sich ungehindert überall hinbegeben können, wohin sie wollen."
"Und vorausgesetzt wir bleiben freie Samtpfoten", fügte Hieronymus hinzu, "auf vier Pfoten, mit Schnurrhaaren, Mausohr, Schwanz und all unseren neun Leben."
Die Puppe verharrte einen Augenblick, als sei der Geist, der sie steuerte, nicht mehr gegenwärtig, dann aber sprach sie:
"Was Euer Aussehen angeht, so legen wir keinen Wert auf eine Verwandlung. Alle unsere Mitglieder, die heute menschliche Gestalt besitzen, haben diese freiwillig angenommen. Auch über Euren Glauben ließe sich reden; Ihr könntet ihn behalten, sofern Ihr künftig den unseren als gleichwertig betrachtet. Das Buch Merlins aber bleibt für immer hier; lediglich eine Abschrift würden wir Euch aushändigen, nachdem Ihr übergetreten seid. Was den Magier Salaam angeht, so bleibt es Euch - wie übrigens allen anderen auch, ob sie nun Mitglied des Bundes sind oder nicht - leider verwehrt, ihn in seiner wahren Gestalt zu sehen. *Ich* bin Salaam - heute und für alle Zeiten."
Nela zuckte mit den Schultern: "Dann bleibt es bei unserem Nein."
"Gut, Ihr habt entschieden", sagte der Junker. "Es ist Zeit, um Abschied zu nehmen. Ich werde Euch zum Ausgang zurückbegleiten. Den Weg zum Wolkenschiff finden Ihr wohl alleine."

Sie gingen durch den Palmenhain, vorbei an der Pagode, in der all die Doppelgänger des Junkers standen.
Am Ausgang angekommen verabschiedete sich der Junker mit überaus freundlichen Worten. Ortwin stammelte einige Worte des Dankes; auch Nela und Magda taten, als verließen sie einen guten alten Freund. Nur Baldwin setzte eine finstere Miene auf und ließ es sich nicht nehmen, nochmals zu spotten:
"Ihr habt tatsächlich Wort gehalten: Ich lebe noch! Doch weiß ich, daß Ihr mich nur am Leben laßt, damit mich weiterhin die Angst quält: Die Angst, daß Ihr eines Tages tatsächlich die Herrschaft über den Erdkreis an Euch reißt, sowie die Angst vor dem großen Baal, dem Ihr wieder Menschenopfer bringen werdet - und daß ich eines der ersten dieser Opfer sein werde!"
Magda konnte sich ein Lachen nicht verkneifen. So mutig hatte sie ihren Baldwin noch nie erlebt. Auch die Samtpfoten bewunderten den Zwerg; Ortwin aber zuckte zusammen.
Der Junker jedoch sagte nichts mehr. Das große Tor öffnete sich und gab den Gefährten den Weg frei. Sie zögerten nicht lange. Trotz der Kälte, die sie draußen erwartete, verließen sie, so schnell es die Höflichkeit zuließ, den Wundergarten.
Schweigend quälten sie sich abermals die Steintreppe hinauf und hinunter und passierten den Schlund zur großen Höhle, in der die geheimnisvollen Wächter hausen sollten. Stets war ihnen, als sei ihnen jemand auf den Fersen, als lauere um die nächste Ecke einer der schrecklichen Gesellen des Magiers - doch nichts geschah. Unbehelligt setzten sie ihren Weg fort. Schon sahen sie das Wolkenschiff vor sich liegen.
Endlich wagten sie wieder zu sprechen.
"Ich war kurz davor, dem Bund beizutreten", gestand Ortwin. "Die Worte des Junkers, all die Wunderdinge, die wir sahen, haben mich verunsichert."
Nela schaute den alten Zauberer tadelnd an: "Das habe ich bemerkt. Deshalb habe ich dem Junker Bedingungen für unseren Beitritt gestellt, von denen ich wußte, er kann sie nicht erfüllen."
"Ein Risiko war es aber doch", knurrte Baldwin. "Angenommen, der Junker wäre auf alles eingegangen?"
"Sie hätten uns das Buch nie zurückgegeben", erwiderte Nela. "Ebensowenig wie sich Salaam uns jemals gezeigt hätte."
"Was veranlaßt Euch zu dieser Meinung?" fragte Ortwin.

Baldwin antwortete für Nela: “Weil es diesen Magier in persona wahrscheinlich gar nicht gibt!”
“Aber irgend jemand muß doch diese mechanischen Puppen steuern?” sinnierte Ortwin.
“Vielleicht die Riesenmäuse?” spekulierte Quax, der sich von Nela tragen ließ. “Was geschieht jetzt aber mit dem Buch? Wir haben nichts erreicht, wissen nicht einmal, wo es versteckt ist.”
“Es liegt irgendwo unten, in den Höhlen”, sagte Hieronymus, der auf Ortwins Schulter hockte. “Wir müßten in diese Höhlen gelangen...”

Das Raserwölkchen

Die Wolkenkatzen waren außer sich vor Freude, als sie Ortwin und seine Gefährten zurückkommen sahen. Amanda begrüßte Quax bereits an der Strickleiter mit lautem Schnurren und Köpfchenreiben. Hieronymus wurde ebenso stürmisch begrüßt - von Pusella, Wonni, Minze, Agathe, Bastis und Thusnelda. Auch Manulia, Tabitha und Wölkchen wurden umringt und mit Fragen regelrecht bestürmt.
"Später", beschwichtigte Manulia, "später erzählen wir euch alles. Doch jetzt laßt uns den Anker lichten und davonfliegen, so schnell es geht."
Schon raste Quax in den Motorenraum, und während Ortwin als letzter die Strickleiter heraufkletterte, surrte bereits der Motor.
"Alles in Ordnung?" fragte Ortwin noch außer Atem.
"Alles bestens in Ordnung", meldete Gurx. "Dieses Mal ist keiner von uns eingeschlafen...äh, das heißt, zumindest meine Ohren und Schnurrhaare waren stets hellwach. Wir haben nichts Verdächtiges gesichtet, keine Vögel, Riesenmäuse oder sonstige Unholde. Nichts wurde gestohlen, nichts zerstört."
"Ein Wunder, ein Wunder", rief Baldwin, "ein göttliches Wunder! Sie hätten uns den Garaus machen können, in Stein verwandeln, ihren Bestien zum Fraß vorwerfen können. Doch sie haben uns laufen lassen! Nun nichts wie weg von hier!"
Wenig später flogen sie den Weg zurück, den sie gekommen waren. Bei Einbruch der Dunkelheit überquerten sie den Paß und segelten die Bergflanken hinunter. Die Gefährten mußten den Samtpfoten immer wieder ihre Erlebnisse berichten und die wundersamen Dinge schildern, die sie gesehen hatten. Daß sie das Zauberbuch nicht zurückbekommen hatten, verwunderte zwar niemand, dennoch waren alle traurig und enttäuscht.
"Morgen sehen wir weiter", schloß Ortwin seinen Bericht und begab sich zu Bett. Auch die anderen legten sich aufs Ohr. Sie schliefen so gut wie schon lange nicht mehr; niemand wurde durch Alpträume geplagt. Gegen Morgen, als es graute, überflog das Wolkenschiff die Grenze des Reiches Ogk.

Die Sonne ging auf. Die Menschen und meisten Samtpfoten schliefen noch, doch etliche Jung- und wenige Altkatzen lungerten bereits auf Deck herum.
"Seltsam, daß uns Quax bittet, Mausball zu spielen", sinnierte Petunia. "Er muß verrückt sein!"
"Nein", erwiderte Moony, "Quax ist nicht verrückt. Wir werden nämlich beobachtet, und zwar von jenen Geiern, die dort oben kreisen. Das sind Späher Salaams! Solange ihr Mausball spielt, denken sie, wir reisten brav nach Hause und hätten das Buch endgültig abgeschrieben."
"Trotzdem muß Quax verrückt sein", wiederholte Petunia. "Aber gut, spielen wir Mausball!"
"Mausball auf Quaxens Befehl, pha", maulte Xenofefa.
"Nun habt euch mal nicht so", rief Moonia. "Auf, Leute, pfoten wir los!"
Petunia hatte Einwurf, doch sie tatzte nur kraftlos an der Maus. Bosheide und Xenofefa hockten faul herum; nicht einmal ihre Schwanzspitzen zuckten. Carli und Peterle eilten über das Spielfeld, schauten dabei aber nicht nach Petunia. Sie 'sicherten' lediglich die Flanken. Auch die anderen Mitspielerinnen und Mitspieler - Aunci, Bauzerle, Krallteufelchen, Gnomicus, Kätzi, Wuschwhau, Pusswitha, Wildwüstchen, Tobelilia und Rauwaubaunze - machten kaum Anstalten, sich zu bewegen. Moonia riß die Augen auf. So etwas hatte sie noch nicht erlebt! Irgendwie mußte das Spiel in Gang kommen. Also schnappte sie Petunia die Maus weg - doch Petunia kümmerte sich nicht mehr um die Maus. Sie gähnte und wälzte sich auf die Seite.
Nun wurde es Moony zu bunt. Er pfiff so laut er konnte und rief: "Das Spiel muß sofort beendet werden! Quax und Hieronymus haben es angeordnet!"
"Warum?" fragte Petunia.
"Weil das Wolkendeck gesäubert wird", log Moony. "Wir wollen einen Großputz vortäuschen. Das gehört zu unserer List, um die Späher irre zu führen."
"So ein Unsinn!" fauchte Petunia. Bosheide gab ihr recht: "Woher willst du das so plötzlich wissen, Drillschnurre? Eben noch hieß es, wir sollen mausballen!"
"Quax hat es mir soeben gesagt, im Vorbeigehen", behauptete Moony.
"Ich habe keinen Quax gesehen", entgegnete Petunia.
"Moony belügt uns!" rief Rauwaubaunze.
"Nein, er lügt nicht", mischte sich Antonius ein. Er saß - wie so oft - mit Munzel, Gregorius und Jinx auf dem Dach der Werkstatt. "Ich habe ihn

auch gesehen", fuhr er fort. "Er schlich soeben in die Werkstatt."
"Jetzt hört aber alles auf", tobte Xenofefa und verdrehte ihre Augen. "Die Altkater wollen uns veralbern! Das lassen wir uns nicht gefallen."
Sofort griff sie die Maus und warf sie Antonius an den Kopf. Dieser packte den Balg und pfefferte ihn zurück. Xenofefa wich aus, die Maus traf Kätzi. Kätzi heulte: "Immer trifft es die Unschuldigen!"
"Das gibt Rache!" maunzte Carli und kletterte rasch auf das Dach. Xenofefa und Petunia folgten ihm.
Antonius und seine Gesellen hatten keine Mühe, die drei abzuwehren, doch im Nu stürmten alle anderen Jungkatzen hinterher - und gegen eine solche Übermacht war alles Häkeln und Tatzen zwecklos. Die vier Kater stürzten vom Dach, gefolgt von den brüllenden, jaulenden und kreischenden Kätzchen. Selbst Moonia mischte mit. Toxi, Pusella, Minze, Mynx und Wölkchen gesellten sich dazu. Nun erhielten auch die Kater Verstärkung: da waren auf einmal Schnorr, Knurr, Caesarion, Gnaeus Musicus, Maximilian, der Gestromte und der Miese. Irgendwie kam Moony plötzlich unter dem Gestromten zu liegen; die beiden Kater verbissen sich wütend ineinander. Antonius nutzte die Gunst der Stunde und wechselte die Fronten: Endlich konnte er Gregorius und Munzel all die Hiebe, die er kürzlich einstecken mußte, heimzahlen.
Das Katzen-Kater-Knäuel wurde immer größer. Immer mehr Samtpfoten stürzten hinzu. Es war die schlimmste Keilerei seit Wochen!
"He, wollt ihr wohl aufhören!" rief Quax aus der Werkstatt heraus. Auch Hieronymus fühlte sich gestört. Er hatte gerade in Ortwins Kajüte gedöst, als die wilde Meute an der Tür herumpolterte. Er sprang hinaus und stieß beinahe mit Quax zusammen.
"Bei allen Nachtschwarzchen!" brüllte er. "Muß das Getobe gerade jetzt sein, wo ich mich einmal ein wenig ausruhen möchte?! Das kommt davon, wenn man ihnen das Mausball befiehlt!"
"Was soll das heißen?" brummte Quax. "Wer hat da was wem befohlen?"
"Eben hieß es noch, Quax habe angeordnet, Mausball zu spielen", schimpfte Hieronymus.
"Ich habe nur darum gebeten, daß sie sich normal verhalten sollen", tobte Quax. "Mehr nicht! Alles andere ist eine Unterstellung!"
In diesem Augenblick wälzte sich das Heer der Raufbolde über die beiden hinweg. Im Nu waren sie zwischen den anderen verkeilt. Die Gelegenheit war günstig - so günstig wie noch nie! Endlich konnten sich die beiden

ans Fell! Quax drückte sich an Munni, dem Miesen und Tabitha vorbei, Hieronymus schob sich unter Annabella und Caesarion durch - und schon ging es los: Hier hast du, Hieronymus! Da nimm, oller Weißchen! Ohren wurden zerknäuelt, Schnurrhaare gezogen, Haarbüschel ausgerissen. Doch schon wurden sie wieder getrennt: Tobias haute mit seiner 'eisernen Tatze' dazwischen. Hieronymus flog im hohen Bogen bis zum Steuerrad, Quax rutschte über die Planken, zurück vor Ortwins Kajüte.
Ortwin öffnete die Tür und schielte hinaus. "Quax, was geht da vor?" fragte er verwundert.
Quax war vollkommen benommen und versuchte gerade herauszufinden, wo er sich befand. Doch Ortwin wußte auch so Bescheid. Verflixt, sie hatten zu wenig Wasser auf dem Wolkenschiff! Ohne Wasser waren die Streithähne kaum zu trennen.
Nela mußte inzwischen zu ihrem Entsetzen feststellen, daß selbst Miranda in die Rauferei verstrickt war. Sie verdrosch gerade ihre Rivalin Amanda; dieser aber kamen Wölkchen und Leonardo zu Hilfe. Miranda büßte Fell ein, sehr viel Fell, und rannte jaulend auf das Achterdeck. Dort jedoch verhaute Manulia gerade Antonius, Munzel und Schnurrdiburr. Arme Miranda! Manulia war derart in Fahrt, daß sie die Löwenfellkatze gleich mitvermöbelte. Und abermals verlor sie Fell, sehr viel Fell!
Da kam Gurx verschlafen aus Ortwins Kajüte getapst.
"He Quax", fragte er seinen zerknittert daniederliegenden Vetter, "was 'n das für ein Lärm so früh am Morgen?"
Quax konnte immer noch nicht antworten, denn Moony sprang über ihn hinweg und stürzte sich mit aller Gewalt auf Gurx. Jetzt konnte er es ihm heimzahlen, dem alten, verdöst-vertrottelten Schnarcher, dem Samtkissentrippler! War er doch schuld daran, daß sie in dieses verdammte Abenteuer geschlittert waren, weil er die entscheidende Stimme für die Reise nach Ogk abgegeben hatte. Doch hinter Moony kamen Thusnelda, Tobelilia, Agathe, Munni und Maunze. Allesamt hingen sie plötzlich auf Moony und Gurx - und wiederum auf Quax. Wieder gab es Ohrhäkler, noch einen und noch einen! Quax wußte gar nicht, daß er so viele Ohren hatte! Whauuuuuuuu! Irgendwie schaffte er es, sich aus der Umklammerung der Meute herauszuwinden und den Mast hinaufzuklettern. Doch im Mastkorb hockte bereits Bosheide und krallte von oben herab.
Da ertönte ein fürchterliches Geräusch!
"Tschrääääääääääähhhhh!"

Was war das?! Entsetzt verharrten die Samtpfoten in ihrer jeweiligen Lage: teils mit geöffnetem Mund, teils die Stockzähne gefletscht; teils mit ausgefahrenen Krallen, teils über oder unter einem Artgenossen.
Auch Ortwin und Nela erschraken. "Tschägääääääk!" Das klang wie ein Schreivogel! Doch da hörten sie Baldwin lachen. Er kroch aus dem Laderaum und hielt eine große Metallfeder in der Hand.
"Schaut nicht so blöd!" rief er. "Macht lieber, daß ihr euer Fell ordnet, ihr Katzbälger!"
Dann ließ er die große Feder abermals schnarren und kicherte: "Gut, daß ich diese Feder aus dem Vogel Rauk behalten habe, hi, hi, hi."
Die Samtpfoten ließen von einander ab. Sie waren auf einmal sehr still. Nela suchte Miranda; Ortwin nach Quax und Hieronymus. Magda aber begann, mit einer Bürste einigen Samtpfoten das zerzauste Fell zu ordnen.
"Ha, ha, jetzt hast du einiges zu tun", lästerte Baldwin. Er ließ die Feder ein letztes Mal schettern und stieg wieder unter Deck, wo er derzeit seine Hängematte aufgespannt hatte.

Nela und Ortwin trugen ihre Schützlinge in die Kajüte. Auf Ortwins Bett lagen bereits Gurx, Manulia, Amanda, Leonardo und Wölkchen.
"Und wo sitze ich?" fragte Ortwin. Der einzige Stuhl, der sich in der Kajüte befand, war stets für Nela reserviert.
"Na, ein kleines Plätzchen wollen wir dir gönnen", sagte Gurx und rückte etwas zur Seite. Dann streckte er sich und meinte: "Bei allen Wildwüstchen, das war 'ne gute Rauferei. So ganz nach meinem Geschmack."
"Oh ja", gestand Hieronymus, "sie war herrlich, nicht wahr, Weißchen Quax?"
Quax grinste bösartig: "Ich sehe, nicht nur meine Ohren haben ordentlich etwas abbekommen, sondern auch deine, lieber Hieronymus!"
Die Tür stand noch offen und so hörten sie wie draußen Antonius zu Knurr im Vorbeigehen sagte: "Gibt wohl wieder ein paar neue Narben."
Alle lachten. Nur Miranda war nicht zum Lachen zumute. Sie hatte in ihrem ganzen Leben noch nie so schlimm gerauft wie heute. Ja, auch sie hatte Narben davongetragen - ihre ersten, wohlgemerkt! Daß es Amanda nicht viel besser ergangen war, war nur ein schwacher Trost!
"Kinder, Kinder", scherzte Ortwin, "ich sehe, ich muß wieder ein paar Fässer mit Gießwasser bereithalten! Wenn ihr so weiter macht, seid ihr bald allesamt ohne Fell."

“Ohne Fell?” spottete Gurx. “Da müßtet ihr Menschen aber die schlimmsten Raufbolde sein, mit dem spärlichen Fell, das euch ziert!”
“Jedenfalls war die Rauferei die allerbeste Tarnung”, behauptete Quax. “Besser als jegliches Mausball. Wenn uns die Feinde beobachtet haben, dürften sie endgültig davon überzeugt sein, daß wir sorglos weiterreisen.”
“Schön und gut”, brummte Gurx. “Allerdings muß uns langsam etwas einfallen, um an unser Buch heranzukommen.”
“Es gibt nur eine Möglichkeit”, fuhr Quax fort. “Einige von uns schleichen sich heimlich zurück und versuchen, unbemerkt in die Höhlen zu gelangen und das Buch zurückzustehlen.”
“Ein schier unmögliches Unterfangen”, stöhnte Ortwin. “Nein, ich glaube wir sollten das Buch aufgeben. Salaams Wächter würden uns gewiß entdecken...”
Baldwin stand plötzlich an der Tür; er hatte das Gespräch anscheinend mitgehört.
“So ist es”, sagte er. “Ein zweites Mal werden sie uns gewiß nicht gastfreundlich empfangen! Schreiben wir das Buch zu den Verlusten und all unsere Erlebnisse zu den Gewinnen.”
Quax ließ nicht locker: “Wenn sich zwei oder drei Samtpfoten nach Ogk hineinschleichen, werden sie bestimmt nicht bemerkt. Wir sollten es zumindest versuchen - ein letztes Mal!”
Hieronymus, Gurx und Manulia gaben ihm recht. Ortwin aber wußte einen weiteren Einwand:
“Wie wollt ihr nach Ogk zurückkehren? Wollt ihr etwa laufen? Ihr wäret tage-, wenn nicht gar wochenlang unterwegs. Denn zurückfliegen können wir wohl kaum. Das Wolkenschiff ist schließlich nicht zu übersehen...”
“Doch, wir fliegen zurück!” rief Quax. “Und zwar getrennt: die Mehrheit auf dem großen Wolkenschiff, einige aber auf einem zweiten, kleinen. Das große Wolkenschiff wird die Feinde ablenken, so daß das kleine Flugschiff unbemerkt über die Grenze gelangt.”
“Eine gute Idee”, lobte Nela. “Allein, ein solches zweites Flugschiff besitzen wir nicht.”
“Wir können uns aus dem Wolkenstoff jederzeit eines zurechtzupfen”, verteidigte Quax seinen Plan. “So wie in der Bretagne, beim Angriff der eisernen Vögel.”
“Ein solches zweites Flugschiffchen kannst du aber nicht steuern”, murrte Hieronymus. In der Tat, Quax gestand, dies sei der Schwachpunkt

in seinem Plan. Er erinnerte sich mit Grausen, wie er zusammen mit Leonardo auf dem kleinen Wölkchen hilflos abgetrieben war. Das kleine Flugwölkchen benötigte einen Antrieb und eine Steuerung, genauso wie das große Wolkenschiff.
"Ha, ha", lachte Baldwin, "damit dürfte der Plan von vornherein gescheitert sein. Denn du kannst unmöglich ein Flugzeug bauen, welches so winzig ist, daß es unbemerkt über die Gebirgspässe fliegen kann, und gleichzeitig mit Sonnensegel, Motor und Propeller ausgerüstet ist. Außerdem: Woher sollen wir all diese Geräte nehmen? Schlag es dir aus dem Kopf, Kater!"
"Mir wird schon etwas einfallen", beharrte Quax.
"Gut, mein Kater", schloß Ortwin, "laßt uns hier am Fuße der Berge verweilen bis der Winter einbricht. Wenn wir bis dahin wissen, wie wir heimlich nach Ogk zurückkehren können, wollen wir es wagen. Wenn nicht - nun, so laßt uns beim ersten Schneefall nach Süden fliegen und Merlins Buch für alle Zeiten vergessen."
Die Gefährten zeigten sich damit einverstanden. Nur Baldwin war nicht zu überzeugen:
"Ich verstehe nicht, wie Ihr Euch von einem Kater beschwatzen lassen könnt, Meisterin Nela und Meister Ortwin! Ich rate von diesem Unternehmen ab! Aber gut, wenn Ihr nicht einsichtig sein wollt, wenn Ihr unbedingt in Euer Verderben rennen wollt... Sagt aber bitte im Nachhinein nicht, ich hätte Euch nicht gewarnt!"
Die Samtpfoten knurrten. "Wenn du dich fürchtest, Zwerg", maulte Gurx, "so verlaß doch das Schiff und geh allein deiner Wege! Niemand zwingt dich, hierzubleiben."
Baldwin aber erwiderte nichts auf das Katergemaunz; er begab sich zu seiner Hängematte unter Deck und schmollte.

Ein Tag nach dem anderen verging; das Wolkenschiff trieb gemächlich über die mit lichten Wäldern bedeckten Ausläufer der Berge. Das Reich Ogk, der Salzsee, die Pässe und schneegekrönten Gipfel lagen viele Meilen hinter ihnen. Wer immer sie beobachten mochte, würde gewiß denken, sie hätten die Rückreise nach Westen angetreten.
Quax saß in der Werkstatt und brütete: Es galt in Windeseile zurück über die Berge zu fliegen - mit einem kleinen, wendigen Flugschiff. Seit seinem Flug mit der großen Eule träumte Quax von einer solchen schnellen Flugmaschine - von seinem Raserwölkchen.

Dem Kater fiel aber nichts ein! Zuerst dachte er tatsächlich daran, das Flugwölkchen mit Flügeln zu versehen. Wenn eine Eule durch Flügelschlag schnell dahingleiten konnte, müßte dies auch mit einem Flugwölkchen möglich sein. Doch die Bewegungen der Flügel erwiesen sich als derart kompliziert, daß Quax eine solche Maschine nicht herstellen wollte. Ein Antrieb mit Motor und Propeller kam in der Tat ebenfalls nicht in Betracht. Baldwin hatte recht: Es fehlten ihnen hierfür die notwendigen Gerätschaften. In einer der großen Städte Persiens, in Byzanz oder Rom hätten sie vielleicht die notwendigen Materialien hierfür bekommen - doch diese Städte waren weit und nicht vor Einbruch des Winters zu erreichen. Sollten sie vielleicht das Wölkchen mit einer riesigen Schleuder über die Berge schießen? Nein, das klang zu abenteuerlich, zu aberwitzig! Was aber bot sich an? Quax hockte da; sein Kopf qualmte, er hatte keine Ideen. Auch Ortwin, Nela, Hieronymus und die anderen wußten keinen Rat. Der einzige, der vielleicht hätte helfen können, war Baldwin, doch diesem lag bekanntlich nichts am Gelingen des Planes.
Draußen wüteten die Jungkatzen. Zum Verzweifeln war das! Was sie nun jetzt wieder ausheckten? Carli und Xenofefa tatzten an einem kleinen Säckchen herum.
"Nun macht doch schon!" drängte Petunia.
Plötzlich hatte Carli ein kleines Stück glimmende Kohle vor sich liegen. Nur das Katzenteufelchen mochte wissen, wo er sich dieses besorgt hatte! Er hielt die Glut an eine Schnur, die aus dem Säckchen heraushing. Die Schnur begann zu qualmen. Augenblicklich rasten die Jungkatzen in alle Himmelsrichtungen davon und versteckten sich hinter den Masten, der Ankerwinde oder zwischen dem Wolkenstoff.
Da lag das Säckchen nun, mit seiner glimmenden Schnur.
"Was soll das?" hörte Quax Antonius fragen. Der olle Kater hockte sicher wieder auf dem Dach der Werkstatt. Keines der Kätzchen antwortete; die Schnur qualmte gemütlich vor sich hin.
"Geht ja doch nicht!" schimpfte Petunia.
"Abwarten!" antwortete Carli.
Quax schielte zum Fenster hinaus. Ob er sich das Säckchen aus der Nähe anschauen sollte?
DA! BAWHOMMM! Das Säckchen flog mit einem lauten Knall auseinander. Quax zuckte zusammen; Antonius brüllte: "Unverschämtheit!" Die Jungkatzenbande lachte.

“Ich wußte doch, daß es gelingt”, sagte Carli und kam aus seiner Dekkung hervor. “Ihr könnt alle wieder herkommen, jetzt kann nichts mehr geschehen!”
Nicht nur die Jungkatzen, auch Hieronymus erschien auf Deck.
“Woher habt ihr das Schießpulver?” fragte er ernst.
“Ge...gekl...äh...geliehen”, antwortete Carli, “von Baldwin.”
“Geliehen!” schnaubte Hieronymus. “Ich denke nicht, daß ihr das abgebrannte Pulver zurückgeben könnt. Hört mit dem Unfug auf!”
Quax aber war verzückt! Daß er nicht früher daraufgekommen war: das Zauberpulver! Das chinesische Feuer! Das war die Lösung!
“Jungkatzen, laßt euch kraulen!” rief er voller Übermut und stürmte auf Deck. Die Jungen schauten sich entsetzt an. War Quax nun gänzlich verrückt geworden?
Hieronymus achtete nicht auf Quax; er machte auf der Stelle kehrt und ging zurück in Baldwins Kammer, wo er Baldwins Schriftrollen und Bücher studierte.

In der folgenden Nacht fand Quax keine Ruhe; er bastelte unentwegt am Antrieb seines Raserwölkchens. Leonardo und Amanda halfen ihm, soweit sie es konnten. Überraschenderweise unterstützte auch Baldwin das Vorhaben - obwohl er ununterbrochen davon schwafelte, das Vorhaben sei zum Scheitern verurteilt. Er brachte Schießpulver, Lunten, Metallrohre sowie Trichter, Deckel und Stangen, die er zu einem Gebilde zusammensetzte, das sehr bedrohlich ausschaute. Er erklärte den Samtpfoten, wie sie das Pulver am geschicktesten dosieren sollten, um die gewünschte Wirkung zu erzielen. Nachdem er die gröbste Arbeit geleistet hatte, ließ er Quax und seine Gehilfen allein, nicht ohne vorher vor der verheerenden Wirkung des Pulvers zu warnen, die bei falscher Dosierung zu erwarten sei.
“Für wie blöd hält er uns eigentlich?” maulte Quax, nachdem der Zwerg gegangen war. Quax war sich seiner Sache sehr sicher. Am Morgen würde er eine Flugmaschine vorstellen, wie sie sich nicht einmal der Zauberer Merlin hätte träumen lassen!
Hieronymus, in Baldwins Kammer nebenan, fühlte sich durch das Rumoren aus Quaxens Werkstatt gestört. Er schaute mehrmals herüber und nörgelte herum.
“Willst wohl wieder das Fell voll”, maulte Quax zurück. Hieronymus gab vor, zu Ortwin zu gehen, um sich zu beschweren. Quax brüllte: “Hock

dich in den Mastkorb, alte Schlafmütze, oder leg dich zum faulen Gurx aufs Bett!"
Hieronymus schnaubte verächtlich und trollte sich.

Noch vor dem Morgengrauen begann Quax in den schrillsten Tönen zu singen: Alle Bewohner des Wolkenschiffs sollten aufwachen und an Deck kommen!
Hieronymus spielte abermals den Gestörten: "Nicht genug, daß du die ganze Nacht herumhämmerst, jetzt weckst du uns auch noch zu solch früher Stunde!"
"Was heißt da frühe Stunde", erwiderte Quax. "Zu dieser Zeit hat jede anständige Samtpfote munter zu sein und nicht faul auf den Kissen zu liegen!"
"Eine Samtpfote vielleicht" schimpfte Baldwin. "Ein anständiger Mensch dagegen hat zu schlafen! Warum weckst du uns also, Kater?"
Quax antwortete nicht, sondern deutete auf das Gestell mit den bizarr ineinander verwickelten Rohren, das Leonardo und Amanda aus der Werkstatt schoben.
"Ist das etwa eine Hundeabschreckmaschine oder eine Mausballverhinderungsapparatur?" fragte Gregorius.
"Wartet erst einmal ab, wenn das Geröhr abhebt", sagte Leonardo. "Ihr werdet staunen!"
Die Samtpfoten waren mißtrauisch. Abheben sollte das Gestänge? Sollte das etwa der Antrieb für das Raserwölkchen sein? Nein, dieses Ding würde niemals fliegen! Auch Ortwin schüttelte den Kopf; Nela und Magda schauten besorgt, und Baldwin zeterte, für einen Probeflug sei es noch zu früh.
Quax erwiderte nichts; vielmehr begab er sich zu seiner Apparatur und begann daran herumzupfoten. Siehe da: Es funkte, ein Stück Kohle begann zu glühen und dann - Wwwwwwoschsch! - zischte es in den Rohren.
Alle gingen in Deckung. Aber die Apparatur explodierte nicht. Vielmehr begann sie sich um ihre eigene Achse zu drehen. Geschwind sprang Quax darauf und zurrte an verschiedenen Hebeln. Zwosch! Die Apparatur sprang nach vorn. Quax hielt sich nicht richtig fest und stürzte herunter. Sogleich begann das zischende und mittlerweile auch qualmende Gerät wieder zu rotieren. Samtpfoten und Menschen schauten ängstlich aus ihren Verstecken. Wie lange würde sich das Gebilde noch weiterdrehen? Wie lange würde es noch rußen?

Nicht lange! Mit einem entsetzlichen Knall verbrannte das letzte Pulver in den Rohren. Dann stand die Apparatur still, vollkommen in beißenden Rauch gehüllt.
"Wenn das der Antrieb für das Raserwölkchen sein soll", lästerte Antonius, "dann wünsche ich guten Flug!"
Quax schaute den frechen Kater mit bitterböser Miene an. Spotten konnten sie, diese Altkater, das mußte katz ihnen lassen!
Zu aller Überraschung lobte Baldwin das Gerät. Einige kleine Verbesserungen seien noch notwendig, meinte er, doch im Prinzip sei der Antrieb gut gelungen - was aber kein Wunder sei, da er ja schließlich beim Bau mitgeholfen habe.
"Ich bin ebenfalls beeindruckt", heuchelte Ortwin - in Wirklichkeit war er über die Konstruktion entsetzt - "und sehe dem ersten richtigen Probeflug mit Spannung entgegen."

Quax gönnte sich keine Ruhe. Er döste lediglich einige Minuten bis die Rohre abgekühlt waren. Dann befahl er anderen Samtpfoten, ihm zu helfen. Sie mußten ein kleines Flugwölkchen aus dem Wolkenstoff zupfen, die Geräte unter seinen Anweisungen daraufsetzten und schließlich ein Sitzbrett obenauf montieren. Dann mußten sie ein Seitenruder am Heck des Flugwölkchens anbringen. Das Ruder wurde mit einem Seilzug versehen, damit es der Pilot von seinem Sitz aus betätigen konnte. Nun kamen zwei Höhenruder hinzu, die - ähnlich wie Flügel - an den beiden Flanken des Schiffes aufgesetzt wurden. Die Samtpfoten stöhnten: War das Monstrum immer noch nicht fertig? Nein, es fehlte noch die Steuerung für die Feuerrohre: ein Zünder, ein Hebel für die Luftzufuhr, eine Klappe, um den Feuerstrahl zu drosseln. Es nahm und nahm kein Ende. Quax sorgte dafür, daß möglichst alle am Bau des Raserwölkchens mithalfen. Tobias, Munni oder der Gestromte wollten sich genauso drücken wie Petunia und andere Jungkatzen. "Es gibt doch gar nichts für uns zu tun!" murrten sie. Die Beschwerden nutzten nichts, sie mußten zumindest dabeisitzen und zuschauen! So tatzten sie wenigstens kein Mausball!
Zu guter letzt rührte Quax neues Pulver an und füllte es in die Rohre. Mittlerweile war es Abend - Quax drängte zum Probeflug bevor es dunkel wurde.
"Und nun", rief Quax in die Runde, "die altbekannte Frage: Wer meldet sich freiwillig? Ich weiß - niemand! Nun gut, ich fliege allein."

“Was heißt da niemand”, sagte das Katerchen Wölkchen. “Bin ich etwa niemand?”
“Freut mich sehr, Wölkchen. Du steuerst die Seitenruder, ich die Höhenruder und die Feuerrohre.”
Sie stiegen auf ihr Raserwölkchen und machten sich startklar.
Da kam Magda herbei und gab jedem von ihnen eine kleines Päckchen. Sie bestand darauf, daß sie es sich umbänden. Quax wollte wissen, wozu diese Täschchen gut seien. Das seien Zaubernetze, erklärte Magda, die sie eigens für Samtpfoten genäht habe.
“Falls ihr abstürzt oder herausfallt”, erklärte sie, “müßt ihr an dieser Schnur krallen, dann entfaltet sich das Netz und ihr gleitet damit ruhig zu Boden.”
Quax schaute mißmutig drein. Wie konnte Magda glauben, daß sie etwa herunterfallen konnten? Widerwillig ließen sich die beiden die Zaubernetze anlegen.
Sogleich begann Quax an der Zündung zu hantieren; er blickte nicht mehr auf. Nur Wölkchen schaute noch einmal in die Runde. Überall sah er besorgte oder spöttische Gesichter.
Antonius, Gregorius und Munzel schlossen Wetten ab, wieweit die Teufelsmaschine fliegen würde. Antonius rechnete mit einem sofortigen Absturz, Gregorius schätze die Flugstrecke auf einige Ellen, Munzel immerhin auf eine halbe Meile.
“Sollen wir dein Gefährt nicht besser an den Wolkenrand tragen?” fragte Ortwin.
Quax erwiderte nichts. Die Raketen hatten bereits gezündet.
Zzzzzzzz! Das Raserwölkchen bewegte sich. Wieder sprangen alle Katzen, Kater und die vier Menschen in Deckung. Quax hatte Mühe, sein Fahrzeug auf Kurs zu halten; im Zickzack schlitterte es über das Deck. Fast donnerte es an die Reling, im letzten Augenblick drehte es bei und wirbelte ein-, zwei-, dreimal um sich selbst. Dann hob es ab!
Zschschschschsch-whochchchchchch! Das Raserwölkchen verschwand hinter einer Rußwolke!
“Dort drüben fliegt es!” schrie Tabitha und deutete zum Horizont.
War dort wirklich das Raserwölkchen? Oder war das nur eine Staubwolke, die der Wind über die Berge wehte?
“Die beiden sehen wir nie wieder”, murmelte Munni.
Quax stockte fast der Atem. So schlimm hatte er sich den Gegenwind nicht vorgestellt. Wölkchen saß mit dem Rücken zur Fahrtrichtung; er

wagte nicht, sich zu bewegen.
"Wohin fliegen wir?" fragte er.
Quax antwortete nicht; er versuchte das Raserwölkchen zu steuern. Es mußte doch gelingen, das Gefährt in eine Kurve zu legen. Verflixt, wieso klemmte das Seitenruder?
"Wölkchen, du dusseliger Kater", schnaubte Quax, "dreh dich um und hilf mir, diesen Hebel zu ziehen!"
Umdrehen? Leicht gesagt bei dieser Geschwindigkeit! Wölkchen hatte Angst, herunterzufallen. Irgendwie schaffte er es aber doch, zu wenden. Mit vereinter Kraft gelang es den beiden Katern schließlich das Ruder zu verstellen. Das Raserwölkchen bog nach links.
Beim Katzenteufelchen! Die Fliehkraft warf die beiden Passagiere fast von Bord. Nur mit Mühe konnten sie sich festkrallen. Das Raserwölkchen flog jetzt im Kreis! Eine Runde, noch eine, eine dritte - Quax wurde schwindlig.
"Wöhöhöhölkchen", stotterte er, "ziehen wir den Hebel wieder zurück!"
Es gelang ihnen mit letzer Kraft. Nun flog das Raserwölkchen wieder geradeaus. Da verlangsamte sich seine Geschwindigkeit - das erste Rohr war leergebrannt.
Quax atmete auf: "Ich bin selbst überrascht, wie gut das Raserwölkchen fliegt. Wir müssen versuchen, die Geschwindigkeit zu drosseln, sonst ist unser Treibstoff zu schnell aufgebraucht."
Er zündete die zweite Rakete.
Zschwoch - das Flugschiff machte einen Satz nach vorn. Dann aber pfotete Quax an einem Hebel und erstickte somit das Chinesische Feuer - tatsächlich, jetzt flogen sie langsamer. Sie verstellten erneut das Seitenruder. Bei dieser niedrigeren Geschwindigkeit schafften sie erst eine Links-, dann eine Rechtskurve. Schließlich versuchten sie es mit dem Höhenruder. Das Raserwölkchen reagierte empfindlich: Zuerst schoß es in die Höhe, dann brauste es jäh nach unten. Das kitzelte im Magen. Doch die beiden Kater fanden Gefallen daran. Sie ließen ihr Flugzeug auf und ab gleiten; schraubten es hinauf zu einer kleinen Regenwolke, umkreisten diese, stürzten danach fast senkrecht nach unten, fingen ihr Gefährt erst kurz vor dem Boden ab und - Hwusch! - donnerten wieder hinauf in den Himmel.
"Herrlich!" rief Quax, dem der Fahrtwind nun nichts mehr ausmachte. "Das beste Fluggefühl, das ich je hatte!"
Eine Weile noch jagten sie so dahin, dann merkte Quax, daß auch das Pulver im zweiten Rohr zur Neige ging. Sofort stellte er den Antrieb ab.

Das Wölkchen wurde langsamer und trieb im Wind.
Die beiden Kater schauten sich um. Wölkchen erschrak: "Beim Webekätzchen - wo ist unser Wolkenschiff? Ich kann es nirgends mehr sehen!"
Auch Quax war verwirrt: "Oh, wir sind in der Tat weit abgetrieben. Dort hinten, bei den kahlen Hügeln muß es sein, laß uns sofort zurückfliegen."
Sie hatten Glück! Oder war es wieder einmal die unfehlbare Gabe der Samtpfoten, immer und überallhin zurückzufinden? Bald schon erblickten sie das Wolkenschiff am Horizont. Mit den letzten Körnchen Treibstoff im dritten Rohr schafften sie es schließlich, auf dem Mutterschiff zu landen.
Alle waren begeistert, selbst Antonius, Gregorius und Munzel. Wie schön das Raserwölkchen dahinglitt! Wer wäre da nicht gern mitgeflogen?
Ortwin hob Quax in die Höhe und fuhr ihm kräftig über die Ohren. Das mochte Quax - wenn er es auch nicht zugab.
"Du bist ein Genie, Quax", lobte Ortwin seinen Kater.
"Das Lob gebührt Wölkchen", tat Quax bescheiden. "Ohne ihn hätte ich das Raserflugzeug nicht steuern können. Jetzt aber brauche ich neues Pulver. He, Baldwin, bring mir Nachschub!"
Baldwin verzog das Gesicht und meckerte: "Viel ist nicht mehr da! Und wenn du glaubst, ich könnte das Zeug so mir nichts dir nichts anrühren, irrst du dich. Ich habe das Pulver vor vielen Jahren einem orientalischen Händler abgekauft - zu einem irrsinnigen Preis! Sieh dich also vor, Kater, und verjuble nicht alles bei deinen Vergnügungsflügen!"
"Brauchst dich nicht zu beklagen", zischte Quax, den Ortwin mittlerweile wieder auf den Boden gesetzt hatte. "Es war gewiß die erste und letzte Probefahrt. Jetzt wird es nämlich ernst. Morgen früh geht es zurück nach Ogk!"

In der Nacht lenkten sie das Wolkenschiff zurück zu den Bergen. Am nächsten Morgen überflogen sie bereits wieder den Grenzstein und glitten hinauf in Richtung Paßhöhe.
Alle waren auf den Beinen und Pfoten. Nur Baldwin ließ sich nicht an Deck blicken.
Wölkchen wollte Quax wieder begleiten. Schließlich beherrschte er die Steuerung des Flugapparats, außerdem war er schon in Ogk gewesen, genauso wie Quax.
"Ich gebe euch meine Tarnkappe mit", sagte Ortwin. "Sie hilft euch nicht

nur, unsichtbar zu werden, nein, sie wird euch auch nützlich sein, wenn ihr das Zauberbuch findet. Schlagt es in die Tarnkappe ein und es verliert an Gewicht. So könnt ihr es bequemer tragen. Dumm nur, daß ich nur eine Tarnkappe besitze. So bleibt einer von euch immer sichtbar."
"Zwei von uns", sagte Quax, "denn wir fliegen zu dritt. Auf dem Raserwölkchen ist noch Platz für eine dritte Samtpfote."
Zu aller Überraschung meldeten sich viele Samtpfoten freiwillig für das Unternehmen: viele Jungkatzen, Manulia, Tabitha, Munni und sogar Gurx. Quax aber wollte Hieronymus mitnehmen. Er kenne Ogk bereits, auch sei er in allen möglichen Zauberkünsten bewandt und zudem ein listiger und mutiger Kater.
Ortwin erschrak und rief: "Nein, nein und niemals nein! Hieronymus bleibt hier! Ich brauche ihn auf dem Schiff!"
Er dachte daran, daß es gewiß gut wäre, Quax und seine Begleiter auf ihrem Weg durch Ogk durch das Zauberspiegelchen zu beobachten, doch Hieronymus teilte diese Ansicht nicht.
"Hier auf dem Wolkenschiff kann ich Quax nicht helfen", sagte dieser. "Besser ich fliege mit."
Ortwin wurde aschfahl; sein Magen verkrampfte sich; er zitterte. Noch einmal bekam er unerwartete Schützenhilfe.
"Warum immer nur Kater?" schimpfte Manulia. "Wieder nur Kater! Warum soll keine Katze mit nach Ogk gehen?"
"Du hast recht", sagte Quax. "Du und Tabitha, ihr beiden kennt euch in Ogk ebenfalls schon gut aus. Eine von euch beiden soll noch mitfliegen. Wir werden auf dem Raserwölkchen zusammenrücken. Vier Samtpfoten, das sind immerhin 8 Augen, 8 Ohren, 8 Mausohren, 8 Schnurrenpaare, 16 Pfoten mit je 5 Krallen und 4 mal 9, sprich 36 Leben!"
Manulia und Tabitha losten; das Los entschied für Manulia.
Ortwin gab sich geschlagen. Vielleicht war es sogar richtig, Hieronymus mit in das Höhlenlabyrinth von Ogk zu schicken, denn er hatte den Ort, an dem das Buch versteckt lag, immerhin schon einmal gesehen, wenn auch nur im Zauberspiegel.
Quax rieb an Ortwins Beinen, was so viel heißen sollte wie: "Danke, Meister, ich wußte doch, daß du vernünftig bist."
Sodann richteten sie die notwendigen Dinge für die Fahrt: das chinesische Pulver, die Zaubernetze, die Tarnkappe, etwas Proviant - für jeden eine

Dörrmaus und ein wenig Zaubermilch. Nela brachte verschiedene Kräuter und Pastillen, die gut sein sollten gegen Gifte und gefährliche Dämpfe, Schmerzen und Schwindel. Außerdem gab ihnen Magda eine ausreichende Zahl Pfotenschützer und andere Utensilien mit, die sie ihnen in kleinen Rücksäckchen um den Bauch band.
Zu Ortwins Schrecken bat Hieronymus auch noch um die Zauberbrille.
"Warum, mein Kater?" fragte Ortwin. Das Zauberbuch hatte er bereits verloren; seine beiden Kater schickten sich an, mitsamt seiner Tarnkappe womöglich auf Nimmerwiedersehen zu verschwinden - und nun auch noch die Zauberbrille! Am Ende würde ihm von Merlins Vermächtnis nicht viel bleiben.
"Vielleicht müssen wir fremde Schriften entziffern", erklärte Hieronymus, "und außerdem: Wenn wir das Buch nicht finden, was nützt dir dann noch deine Wunderbrille?"
"Auf geht's!" drängte Quax. Er hockte bereits in seinem Raserwölkchen und machte es startklar. Die Sonne stand schon hoch am Himmel. Quax wollte bis zum Abend den Paß überqueren, noch vor Einbruch der Nacht die Hochebene erreichen.
Also nahm Ortwin seine Wunderbrille und setzte sie Hieronymus auf die Nase. Noch einmal strich er seinem Kater über den Kopf. Auch Wölkchen und Manulia bekamen einen Streichler zum Abschied. Dann zündete Quax das erste der Feuerrohre. Geschwind hob sich das wundersame Gefährt in den Himmel.

Quax gönnte sich und seinen drei Begleitern eine Ehrenrunde um das Wolkenschiff. Die vier Menschen - auch Baldwin war inzwischen auf Deck - winkten ihnen nach; manche Samtpfote maunzte oder zwinkerte. Quax sah Amanda oben im Mastkorb, wie sie dem Raserwölkchen mit großen Augen nachschaute. Für einen winzigen Augenblick fühlte sich der Kater traurig. Wenn er nun die sanfte Katze und all die anderen Gefährten nie wieder sehen würde?
Sei es drum! Die Rakete zischte; rasch ließen die vier Gefährten das Wolkenschiff hinter sich.
Ortwin stand noch eine Weile an der Reling und schaute versonnen in die Richtung, in der das Raserwölkchen verschwunden war. Da packte ihn Baldwin am Arm.
"Und nun?" fragte der Zwerg.

Ortwin zuckte ratlos mit den Schultern. Er schaute zu Nela und Magda. Nela wollte etwas sagen, doch die Samtpfoten kamen ihr zuvor. Urplötzlich entstand eine gewaltige Unruhe unter den Katzen und Katern.
"Leonardo, starte den Motor," rief Tabitha über das ganze Wolkenschiff hinweg. "Auch wir müssen vor dem Abend an der Paßhöhe sein!"

Auf dem Raserwölkchen herrschte gute Stimmung. Hieronymus und Wölkchen maunzten vergnügt vor sich hin. Manulia streckte den Kopf weit hinaus und ließ sich den kühlen Wind um die Schnurrhaare wehen. Quax hantierte an den Hebeln und war stolz, sein Fahrzeug so mühelos steuern zu können. Alle vier trugen sie Nelas Zaubernetze und fühlten sich in den schwindelerregenden Lüften so sicher wie auf dem flachen Boden. Immerhin, sie waren Wolkenkatzen und mittlerweile einiges gewohnt! Ein Blick in die Tiefe - selbst aus vielen hundert Ellen Höhe - ließ sie keineswegs erschaudern. Und wenn sie eine feuchte, graue Wolke durchflogen, fanden sie dies schon lange nicht mehr unheimlich.
Quax stellte den Antrieb ab und ließ das Flugwölkchen gleiten. Vor ihnen leuchteten die Berge in der Abendsonne. Nun galt es, den Paß zu finden. Sie durften sich nicht verfehlen, denn der Treibstoff war knapp. Sie nutzten den Aufwind vor den Felswänden und segelten gemächlich hinauf in die Regionen der ewigen Kälte.
Plötzlich deutete Hieronymus nach oben. "Psst!" zischte er. "Wir werden beobachtet!" Über ihnen, weit oben im Himmel kreisten drei schwarze Vögel.
"Geier oder Adler?" fragte Wölkchen.
"Vielleicht Eiserne Vögel?" raunte Manulia. "Salaams Späher!"
"Haltet euch gut fest", wisperte Quax. "Gleich werden wir wissen, ob es diese Biester auf uns abgesehen haben."
Das Flugschiff glitt noch ein, zwei Minuten nahezu lautlos dahin. Dann zündete Quax erneut das Chinesische Pulver.
Hwuschschschsch!!! Das Raserwölkchen machte seinem Namen alle Ehre und brauste los. Trotz der Vorwarnung fielen Wölkchen und Manulia beinahe von Bord. Der Fahrtwind und die Kälte wurden unangenehm. Wölkchen drehte sich gegen die Fahrtrichtung; schließlich duckte er sich zwischen seine drei Gefährten; Manulia hielt es etwas länger aus, dann steckte auch sie ihren Kopf zwischen die Pfoten. Hieronymus tat es ihr nach, so gut es Ortwins Brille, die er immer noch auf der Nase trug, zuließ.

Nur Quax streckte notgedrungen die Nase weiter in den Wind, denn er mußte das Flugschiff lenken.
Ein Blick zum Himmel zeigte ihm, daß ihre Befürchtung richtig war: Die drei Vögel waren Wächter; sie folgten ihnen.
Quax wagte alles und beschleunigte das Flugschiff, indem er ein zweites Rohr zündete. Er jagte auf die Berge zu und brauste nahe an den finsteren Felswänden entlang. Dann schlug er einen Haken, donnerte auf ein Geröllfeld hinaus, drehte bei und steuerte auf den Eingang einer engen Schlucht. Trotz aller Wendemanöver waren die Vögel dem Raserwölkchen beängstigend nahe gekommen.
"Was sind das für Vögel?" fragte Quax.
Hieronymus schielte nach oben.
"Keine bekannte Art", erwiderte er. "Sie sehen aus wie gewaltige Adler."
"Wäre doch gelacht, wenn wir sie nicht abhängen könnten!" rief Quax. "He, Wölkchen, kriech heraus und übernehme die Seitenruder, jetzt wird es ernst!"
Vor dem Tor zur Schlucht zog Quax das Raserwölkchen nach oben. Die Verfolger mußten glauben, er wolle das Felslabyrinth überfliegen und stiegen ebenfalls in die Höhe. Dann aber brauste Quax wieder nach unten und lenkte sein Fahrzeug unmittelbar in die Schlucht.
Hieronymus fluchte: "Beim Webekätzchen!" Manulia wagte nicht aufzuschauen und Wölkchen, der das Seitenruder zwischen seine Pfoten gekrallt hatte, jammerte laut. Die Felswände kamen zum Greifen nahe; Wölkchen wußte - eine falsche Bewegung und sie würden zerschellen!
Die Vögel versuchten, dem Raserwölkchen oberhalb der Schlucht zu folgen. Plötzlich jedoch stieß einer herab. Er kam näher und näher und trachtete danach, das Flugschiff an eine der Wände zu drängen. Die Samtpfoten wichen geschickt aus. Der Vogel war nun direkt über ihnen. Kein Zweifel: Er war aus Eisen und größer als das Raserwölkchen! Quax sah seine metallisch blauen Federn, seinen gewaltigen adlerartigen Schnabel, seine widerlichen Klauen. Schon hackte das Biest nach dem Flugschiff, versuchte, ein Stück Wolkenstoff abzureißen. Der Wolkenstoff aber widersetzte sich wie erwartet, er wurde steinhart: Es krachte und der Schnabel des Monstrums zersplitterte! Noch einmal gelang es Quax und Wölkchen, das Raserwölkchen aus der Reichweite des Vogels zu lenken. Tiefer und tiefer sausten sie in die Schlucht hinein. Doch das Monstrum ließ sich nicht beirren und war im Nu wieder über ihnen. Es öffnete weit

seinen Schnabel und stieß einen Triumphschrei aus. Hundertfach hallte das Echo von den Felsen zurück: “Tschägä - tschägä - tschägä - schägä - ägä - gä - ä - ä ...”
An den Felswänden wucherte dichtes Gestrüpp. Plötzlich blieb der Vogel mit einer Flügelspitze darin hängen. Er verlor das Gleichgewicht, taumelte, prallte an eine vorstehende Felsnase und stürzte laut kreischend in die Tiefe: “Tschwähü - schwähü - wähü - hü - ü - ....”
Es folgte ein fürchterliches Krachen. Das Echo feierte ein Freudenfest!
Quax stellte den Antrieb ab und ließ das Flugschiff sachte auf den Grund der Schlucht treiben. Es war schon recht düster geworden. Quax hoffte, daß die beiden verbliebenen Wächter sie aus den Augen verloren hatten und im Dunkeln nicht mehr fanden. In der Tat waren die beiden Vögel verschwunden.
Manulia und Wölkchen begannen ihr langes Fell zu ordnen. Hieronymus richtete die Brille.
“Wie sieht es mit dem Treibstoff aus?” fragte Manulia. “Wie weit kommen wir noch damit?”
“Ein zweiter Wettflug dieser Art und wir schaffen es nicht mehr über den Paß”, gestand Quax.
Plötzlich erschien am Himmel ein helles Licht.
“Was ist das?” fragte Wölkchen erstaunt. “Ein wandelnder Stern?”
Ein zweites Licht gesellte sich hinzu. Die beiden Lichter kreisten über der Schlucht, kamen schließlich tiefer und begannen zwischen den Felswänden hin und her zu pendeln.
“Sie denken auch an alles”, rief Quax - nicht ganz ohne Bewunderung. “Sie haben Lampen; wahrscheinlich mit elektrischem Licht.”
Tatsächlich: Die beiden Vögel sendeten Licht aus ihren geöffneten Schnäbeln! Sie suchten die Schlucht nach den Gefährten ab. Es war nur eine Frage der Zeit, wann sie sie entdecken würden.
“Opfern wir etwas von unserem Pulver”, schlug Hieronymus vor. “Wenn die Biester nahe genug herangekommen sind, begrüßen wir sie mit einem Feuerstrahl.”
“Unsinn!” erwiderte Quax. “Der Treibstoff ist zu kostbar!”
In diesem Augenblick fiel einer der Lichtkegel auf das Flugwölkchen und die vier Samtpfoten. Der eherne Vogel stieß einen frohlockenden Schrei aus.
“Jetzt ist’s um uns geschehen”, jammerte Quax, “es sei denn, es geschieht

ein Wunder!"
"Darauf können wir nicht hoffen", brummte Manulia. "Auf Quax! Zünde ein Feuerrohr, wir versuchen zu fliehen!"
"Ja", forderte auch Wölkchen. "und überlaß mir die Höhenruder!"
Quax gehorchte. Was hatte der kleine Kater nur vor?
Wölkchen riß das Flugschiff augenblicklich in die Höhe. Den anderen drei blieb fast das Herz stehen. Wölkchen steuerte direkt auf die Vögel zu! Doch nicht nur die Samtpfoten waren verwirrt, auch die eisernen Adler wußten nicht, was sie von Wölkchens Manöver halten sollten. Sie wichen zurück. Nur wenige Ellen unter ihnen rauschte das Raserwölkchen vorbei. Die Schlucht war an dieser Stelle nicht sehr eng; Wölkchen befahl Quax zu wenden. Abermals brausten sie nur wenige Katzensprünge an den Vögeln vorbei. Diese besannen sich auf ihre Überlegenheit und nahmen erneut die Verfolgung auf. Ein zweites Mal wendete das Raserwölkchen. Das stimmte die Vögel siegessicher. Sie setzten zum Sturzflug auf das Flugschiff an.
Darauf hatte Wölkchen gewartet. Er zog das Flugschiff hoch und jagte zwischen den beiden Monstren senkrecht zum Himmel. Ohne zu überlegen schwangen sich die Vögel ebenfalls in die Höhe. Beide erreichten im gleichen Augenblick die Stelle, wo soeben noch das Raserwölkchen geflogen war - und stießen zusammen! Es krachte und klirrte, als zerbrächen tausend Gläser. Funken sprühten. Unzählige Metallfedern stoben durch die Luft. Die beiden Adler stürzten ab und zerschellten am Boden der Schlucht.
Das Raserwölkchen aber taumelte und drehte sich mehrmals um seine eigene Achse. Einer der zerbrochenen Adlerflügel hatte es gestreift. Mühselig gelang es den beiden Katern das Fahrzeug wieder auf einen ruhigen Kurs zu bringen. Manulia und Hieronymus jedoch waren nicht mehr an Bord!
"Wo... wo...sind sie?" stotterte Quax und schaute nach unten. Es war bereits sehr dunkel; er konnte nichts sehen.
"Beim Webekätzchen", rief Wölkchen, "dort drüben segelt Hieronymus an seinem Zaubernetz!"
Geschwind lenkten sie das Flugschiff zu Hieronymus und fingen ihn auf. Natürlich verwickelten sich alle Seile des Netzes, doch das war belanglos: Hauptsache, Hieronymus war wieder da.
Und Manulia? Auch die Katze hatte es geschafft, ihr Netz zu öffnen. Sie war etwas weiter als Hieronymus abgetrieben und schließlich in einem

Strauch an der Felswand hängengeblieben. Sie konnten sie nur befreien, indem sie das Netz zerkrallten und zerbissen.
“Kinder, das ging gerade noch einmal gut”, sagte Manulia erleichtert. “Ohne Nelas Zauberschirme wären wir beide jetzt dort unten bei den Vögeln, nicht wahr Hieronymus?”
Hieronymus grinste: “Jetzt, da zwei Zaubernetze unbrauchbar geworden sind, werden wir auf solche herrlichen Flugkunststücke verzichten müssen.”
“Es war eine phantastische List, mein lieber Wölkchen!” lobte Quax. Die vier Samtpfoten genossen ihren Triumph. Sie drückten sich aneinander, rieben sich die Köpfe und schleckten sich gegenseitig das Fell. Dabei schnurrten sie so laut sie konnten.
“Wirklich phantastisch”, wiederholte Quax. “Ich hätte es nicht besser gekonnt. Doch jetzt ist’s genug geschnurrt. Wir müssen weiter.”

Die Gefährten entschieden, nicht wieder talwärts zu fliegen, sondern dem Verlauf der Schlucht hinauf in die Bergwelt zu folgen. Quax war der Meinung, der Treibstoff reiche nicht mehr für einen Rückflug und die Suche nach der Paßhöhe. Sie mußten es deshalb wagen, die Berge auf dem kürzesten Weg zu überqueren, ganz gleich wie hoch sie dabei kämen und wie dünn die Luft dort oben auch immer sein würde.
Bald schon setzten widrige Winde ein, und Quax mußte notgedrungen seine letztes Feuerrohr zünden. Es wurde kälter und kälter. Nach einer Weile, maunzte Wölkchen: “Manul’, kannst du bitte mit mir den Platz tauschen? Du sitzt direkt über einem Feuerrohr und kannst deine Pfoten daran wärmen. In diesen Genuß möchte ich auch einmal kommen.”
“Gern”, sagte Manulia, “wechseln wir uns ab.”
“Ich würde eher sagen, wir suchen uns ein warmes Plätzchen zum Übernachten”, brummte Quax besorgt. “Es wird frostig; das steht keine Samtpfote durch.”
“Wir müssen die Berge bis zum Morgen überwinden”, beharrte Hieronymus.
“Was nutzt es, wenn wir die Berge überwinden, aber zu Stein und Bein gefrieren!” knurrte Quax.
Also suchten sie sich einen geschützten Platz. Schon bald fanden sie eine kleine Nische an einer Felswand, gerade groß genug für vier Samtpfoten. Sie parkten ihr Raserwölkchen direkt vor der Felsnische, so daß sie fast ganz wind- und kältegeschützt waren. Eng zusammengekuschelt warteten

sie auf den Morgen und die wärmende Sonne.
Nach längerem Dösen, Schlafen und Träumen streckte sich Quax und murmelte gähnend: “Es will heute gar nicht hell werden. Nach meinem Gefühl müßte die Sonne längst aufgegangen sein.”
“Ich schaue einmal nach, was draußen vor sich geht”, sagte Manulia und zwängte sich zum Ausgang.
“Das gibt es doch nicht!” rief die Katze. Auch die drei Kater streckten ihre Köpfe hinaus und staunten. Die Welt um sie herum hatte sich verändert: Am Himmel hingen grauschwarze Wolken; es schneite.
“Bei allen Katzenteufelchen”, fluchte Quax. “Das hat uns gerade noch gefehlt! Wahrscheinlich steckt die Wettermaschine der Unholde dahinter!”
“Siehst du”, maulte Hieronymus, “wären wir in der Nacht weitergeflogen, wäre uns das erspart geblieben.”
“Wären wir jetzt vielleicht mausetot!” knurrte Quax.
“Übrigens Maus”, sagte Wölkchen. “Ich hätte Lust auf ein Frühstück.”
Sie schleckten etwas Zaubermilch und verspeisten jeder eine halbe Dörrmaus. Dann packten sie ihre Habseligkeiten zusammen und starteten das Raserwölkchen. Bei schwachem, aber stetigem Gegenwind kamen sie nur langsam voran. Das Schneetreiben ließ zwar bald nach, allerdings drückten die Wolken herunter und hüllten die Gefährten völlig ein. Sie sahen nur wenige Katzensprünge weit. Quax wurde nervös. Wenn sie nun die Richtung verlieren und sich verirren würden?
Da bemerkten sie, daß die Felswände an den Seiten verschwunden waren. Anscheinend hatten sie die Schlucht verlassen oder gar die Berge überwunden. Verflixter Nebel! Würde sich ein Feind nähern, könnten sie ihn nicht sehen!
Plötzlich riß der Nebelvorhang auf. Vor den Gefährten lag die Hochebene. Am Horizont schillerte der Salzsee. Sie hatten es geschafft!
Sie hielten Ausschau nach den Felstürmen, die den Eingang zu Salaams Höhlenreich markierten, doch sie konnten sie nirgends entdecken. Dafür sahen sie eine Herde seltsamer Tiere auf der Ebene stehen. Die Samtpfoten erschraken. Waren das etwa weitere Wächter? Vorsichtig flogen sie näher.
“Kein Grund zur Unruhe”, atmete Manulia auf. “Das sind Kamele, harmlose Huftiere.”
“Ob harmlos oder nicht, wird sich noch herausstellen”, sagte Quax und steuerte das Raserwölkchen unmittelbar auf die Herde zu. Beim Näherkommen bemerkten sie, daß die Tiere nicht allein waren. Einige Menschen

waren bei ihnen. Diese waren gerade dabei, Zelte abzubauen. Allem Anschein nach hatten sie auf der Hochebene übernachtet und wollten nun weiterziehen.
Die Samtpfoten waren sich sicher: Dies waren Händler, die mit ihrer Karawane unterwegs waren. Vielleicht zogen sie an Ogk vorbei, ohne zu wissen, daß sie sich in der Nähe des magischen Reiches befanden. Vielleicht aber brachten sie Waren nach Ogk?!
Die Samtpfoten beschlossen, der Karawane zu folgen. Sie zog nach Osten. Glücklicherweise wehte ein leichter Westwind, und die Samtpfoten konnten ihr Raserwölkchen einfach treiben lassen.
"Seht dort!" rief Hieronymus nach einer Weile. "Diese eigenartigen Stangen und Masten am Horizont! Das sind Salaams Sonnensegel! Und weiter links, die Felstürme! Dort drüben beginnt sein Reich!"
"Die Karawane hält direkt auf die Felstürme zu", stellte Manulia fest. "Sieht so aus, als besuche sie unsere Freunde!"
Quax triumphierte: "Leute, was haben wir für ein unverschämtes Glück! Ich weiß jetzt, wie wir unbemerkt nach Ogk hineinkommen: Wir verstekken uns zwischen den Waren!"

Die Samtpfoten überholten die Karawane. In einem kleinen Seitental versteckten sie ihr Raserwölkchen. Sie legten die verbliebenen Zaubernetze ab und behielten lediglich Magdas Rucksäckchen an. Hieronymus ließ die Brille auf, denn sie paßte in keinen der Rucksäcke. Dann schlichen sie auf die Ebene hinaus und warteten, hinter Felsen versteckt, auf die Karawane. Als die großen, plumpen Kamele an ihnen vorbeitrotteten, wurde es ihnen unheimlich. Auch die Leute, die die Tiere begleiteten, sahen nicht sehr vertrauenserweckend aus. Sie waren in dunkle Gewänder gehüllt, einige trugen Turbane, andere Kapuzen. Nur eine Person war ohne Kopfbedekkung. Immerhin, sie war ein Mensch und keine Riesenmaus!
Quax stülpte sich die Tarnkappe über. "Ich erkunde, wo wir uns am besten verstecken können", sagte er und rannte los. Er wählte ein Kamel, das Körbe aufgesattelt hatte. Mit einem beherzten Satz sprang er auf das Tier. Es schien nichts zu bemerken, denn es trottete unbeirrt weiter. Quax gelang es, einen der Körbe ein wenig zu öffnen und den Kopf hineinzustecken. Brrrr! Dem Kater stockte fast der Atem. Der Korb war gefüllt mit Trockenfisch. Wenn Quax, der alte Mauser, etwas haßte, dann war es Trockenfisch. Aber es half nichts. Der Korb war ein ideales Versteck;

zwischen all dem stinkenden Fisch würde sie nicht einmal ein Wolf oder Schakal herauswittern.
Um Platz zu schaffen, warf er schnell einige Trockenfische heraus. Seine drei Gefährten, die in der Deckung der Felsen neben der Karawane herschlichen, sahen die Fische herunterfallen. 'Aha, da steckt er also', dachten sie und hielten sich in Höhe des besagten Kamels.
Die Händler dagegen bemerkten nichts. Was aber würde geschehen, wenn Hieronymus, Manulia und Wölkchen aus ihren Verstecken hervorrannten? Schließlich hatten die drei keine Tarnkappe. Quax mußte die Händler ablenken. Also sprang er vom Kamel herunter, eilte ein Stück auf die Ebene hinaus und begann zu lärmen, indem er Steine umhertatzte. Doch die Händler schienen taub zu sein. Keiner drehte sich nach ihm um. Voller Wut begann Quax laut zu bauzen. Nun endlich wurde er bemerkt. Die Männer schauten auf die Ebene hinaus; auch ein, zwei Kamele drehten ihre Köpfe. Jetzt warf Quax Steine in die Luft. Die Männer riefen etwas, schienen aber nicht beunruhigt zu sein. Vielleicht dachten sie, die springenden Steine gehörten zu den Zaubereien Ogks, von denen sie nichts zu fürchten hatten. Die drei Samtpfoten aber nutzten die Gelegenheit: Geschwind fegten sie herbei, kletterten auf das Trampeltier und krochen in den Fischkorb. Ein wenig später kam Quax hinzu. Er zog die Tarnkappe vom Kopf und setzte sich darauf. Schließlich wollte er so wenig wie möglich mit dem Fisch in Berührung kommen!
"So, die erste Hürde hätten wir überwunden", freute er sich. "Jetzt laßt uns hoffen, daß wir wirklich nach Ogk hineinkommen."
"Wenn nicht", fand Hieronymus, "müßten wir einen weiten Pfotenmarsch zurück zu unserem Raserwölkchen antreten."
"Was heißt da, wir", lästerte Wölkchen. "Doch nur Quax! Er müßte zurück, der Ärmste, und uns mit dem Raserwölkchen abholen."
"Heb dir deine Scherze für später auf", knurrte Quax. Wölkchen aber grinste; er hatte keinerlei Respekt vor Quax. Außerdem liebte er Fisch. Nach einer Weile begann er, an einem Trockenfisch herumzuknabbern.
Nun schimpfte Manulia: "Du wirst davon einen furchtbaren Durst bekommen. Keiner von uns weiß, ob und wann wir etwas zu trinken finden! Laß also den Fisch besser sein!"
Wölkchen gehorchte widerwillig. Auf den herrlichsten Leckerbissen zu sitzen, ohne sie anrühren zu dürfen, das ärgerte den kleinen, flauschigen

Kater. Flauschig? Wölkchen betrachtete sein Fell. Der Fahrtwind hatte es ordentlich verfilzt. Nun, er konnte ja die Zeit im Korb nutzen, sich zu kämmen.

Wölkchen hatte lediglich das Fell auf den beiden Vorderpfoten geordnet, als die Karawane stoppte. Die Samtpfoten hörten die Händler rufen. Schon bald erhielten sie Antwort. Allem Anschein nach waren sie an ihrem Ziel angekommen.

"Versteht ihr, was die Menschen sagen?" fragte Quax. Syrisch war es jedenfalls nicht; auch nicht Arabisch oder gar eine Sprache aus der westlichen Welt.

Wölkchen spitzte die Ohren. "Ich glaube, sie reden persisch", sagte er. "Ich habe so etwas wie 'die Waren sind da' verstanden."

Wölkchen lüpfte ein wenig den Korbdeckel und schielte vorsichtig hinaus. Beim Katzenteufelchen! Da draußen, keine drei Ellen von ihm entfernt, stand eine Maus. Eine Riesenmaus!

"Bringt Ihr auch das Blei und das Borax?" fragte der Mausmensch gerade.

"Alles, was Ihr bestellt habt", antwortete einer der Händler, "die Metalle und Salze, den Schwefel und das Petroleum, schließlich die Kräuter, die Trockenfische, die eingelegten Heuschrecken, ja sogar die Schwämme und Seegurken."

"Gut", sprach das Mausgesicht, "tragt die Beutel, Taschen und Körbe in die Eingangshalle. Ihr kennt ja den Weg. Ich veranlasse inzwischen Eure Bezahlung: Wie vereinbart, zwanzig Säcke mit Salz, drei Ballen Seide, acht Unzen Gold und drei Dutzend Bronzespangen."

"Verzeiht", tat der Händler unterwürfig, "aber Ihr wißt, es sind sehr schlechte Zeiten bei uns in Persien. Wir konnten das Petroleum nur mit Mühe aufbringen. Auch der Schwefel und das Ammoniumsalz sind teurer geworden. Wir erbitten deshalb untertänigst um einen zusätzlichen Sack Salz und..."

"Ich kann Euch nur das geben, was vereinbart wurde", zischte die Riesenmaus.

Ein schakalköpfiger Geselle trat hinzu und kläffte: "Nehmt, was man Euch gibt und macht Euch schnell wieder aus dem Staub!"

"Ich meine nur", jammerte der Händler, "die Zeiten sind schlecht..."

"Kein Wort mehr!" bellte der Schakal.

Der Händler fluchte und wandte sich ab. Die Kamele wurden abgeladen. Die Samtpfoten merkten, wie ihr Korb hochgehoben, getragen und schließ-

lich wieder abgesetzt wurde. Abermals hörten sie den Mausgesichtigen reden: “Sind das hier die Körbe mit dem Trockenfisch?”
“Riecht man es nicht?” fragte einer der Händler.
“Eure Scherze liegen mir nicht”, zischte die Maus. “Diesen Korb hier öffnen!”
Den Samtpfoten wurde heiß und kalt zugleich. Welchen Korb meinte der Bursche? Etwa ihren? Verdammt, beim Rußteufelchen, nun waren sie ihrem Ziel so nahe und sollten entdeckt werden! Doch nein, sie konnten aufatmen. Der Händler öffnete einen anderen Korb.
“In Ordnung!” knurrte der Unhold. “Bringt das Zeug in die Halle!”
Erneut wurde der Korb hochgehoben, getragen und wieder abgesetzt. Die Samtpfoten hörten die Händler stöhnen und fluchen. Dann wurde es still. Die vier Gefährten waren allein.

Im Labyrinth des tausendfachen Todes

Wölkchen drückte vorsichtig den Korbdeckel in die Höhe und spähte hinaus. Draußen war es düster. Sie befanden sich in einer Höhle. In *der* Höhle?

Nun streckten auch die anderen drei ihren Kopf heraus.

“Riecht verdammt nach Maus hier!” knurrte Quax.

“Leise”, flüsterte Hieronymus. “Wir müssen so schnell es geht von hier weg. Die Unholde können jeden Augenblick zurückkommen und die Körbe auspacken.”

Sie schauten sich um. Der große Raum wurde nur von wenigen kleinen Lampen erhellt. Überall stapelten sich Kisten, Körbe, Truhen, Krüge und Amphoren; dazwischen lagen Beutel, Decken, Rohrgeflechte und Eisenstangen. Zwei Türen führten hinaus. Die größere von beiden war geschlossen; die kleinere stand offen.

“Wenn wir weiter in die Höhle vordringen wollen, müssen wir gewiß zur kleinen Tür”, meinte Quax. “Die große führt sicherlich zurück ins Freie.”

“Und ist außerdem verschlossen”, stellte Hieronymus fest.

Quax schaute zu Hieronymus und sagte, indem er die Stimme des Mausgesichtigen nachahmte: “Eure Scherze gefallen mir gar nicht!”

“Gehen wir endlich!” drängte Manulia.

Rasch kletterten die vier aus dem Korb und eilten zur Tür; Manulia voraus. An der Schwelle machte sie kehrt.

“Schnell hinter die Truhe dort!” flüsterte sie. “Da kommt jemand!”

Kaum hatten sich die Samtpfoten versteckt, betraten eine Fuchsschnauze und ein Otterkopf den Raum.

“Hmmmm”, brummte der Otterkopf verzückt, “habe ich es doch richtig gerochen: Trockenfisch vom Schwarzen Meer! Ich würde ihn aus tausend anderen Düften herauswittern, und das auf eine Meile Entfernung.”

“Wir können eben unsere Herkunft nicht leugnen”, kläffte der Fuchsschnäuzige. “Sieh da, Rosinen und Feigen! Hmm, mir läuft das Wasser im Mund zusammen. Irgendwo muß doch auch Dattelwein sein.”

Der Otter öffnete einen Korb, holte sich einen Fisch heraus und verspeiste ihn schmatzend. Dann schulterte er den Korb und trug ihn hinaus. Der

Fuchs griff sich einen Beutel mit Trockenfrüchten sowie eine Weinamphore und folgte seinem Spießgesellen.
“Das wird ein gemütlicher Abend”, frohlockte er.
“Freue dich nicht zu früh”, murmelte Quax, nachdem der Geselle gegangen war.
“Habt ihr gehört, was der Otterkopf gesagt hat?” fragte Manulia.
Die drei verstanden. Nicht nur Otter hatten eine gute Nase; auch die Hunde, Schakale, Ratten oder Mäuse, all die seltsamen Wesen, die Salaams Reich bevölkerten, mochten gute Schnüffler sein. Sicher hatten die Samtpfoten Fischgeruch angenommen, der sie verraten konnte. Da half nur eines: Sie mußten sich gründlich putzen.
Während die drei Kater begannen, sich nach Samtpfotenart zu waschen,suchte Manulia etwas zum Trinken. Ohne Wasser würden ihre Zungen bald trocken werden, dann würden sie Durst leiden und müßten das Putzen einstellen. Die Katze fand einen Krug mit einer Art Milch. Sie schmeckte nicht schlecht. Die vier Gefährten streckten einer nach dem anderen den Kopf in das Gefäß und tranken soviel sie konnten.
“Ortwins Milch ist besser”, stellte Quax fest und fuhr mit der Fellpflege fort. Plötzlich verspürte er ein gewisses Bedürfnis. Die große Menge Flüssigkeit, die er zu sich genommen hatte, der kühle Steinboden, auf dem er saß und überhaupt die Tatsache, schon lange keine Gelegenheit für das gewisse Geschäft gehabt zu haben - all das machte sich in seiner Blase bemerkbar. Verflixt, wenn er hier sein Geschäft verrichtete, wußten die Feinde sofort, daß sich eine Samtpfote eingeschlichen hatte. Tat er es aber nicht, litt er Höllenqualen! Was sollte er nur tun? Er schaute sich um; suchte etwas zum Zudecken. Er hatte Glück: In einer Ecke stand eine offene Truhe mit feinen Körnern. Wahrscheinlich war das Mäusefutter! Quax zögerte nicht lange: Er sprang in die Körner und begann zu scharren.
“Prima”, sagte Hieronymus, “diesen Ort benutze ich auch.” Manulia und Wölkchen erleichterten sich ebenfalls. Nach getaner Arbeit grinsten sie sich an. Sie hätten gern die Gesichter der Mäuse gesehen, wenn sie sich über ihre Körner hermachten!
Nun aber hieß es, endlich weiterzugehen. Sie traten durch die Tür, durch die der Fuchs und der Otter verschwunden waren. Ein leicht geneigter Gang führte weiter hinunter in das Erdreich. Weit in der Ferne sahen die Gefährten eine matt leuchtende Lampe. Bis dorthin konnten sie es wagen.
Bei der Lampe verzweigte sich der Gang. Die Samtpfoten schnupperten,

um herauszufinden, wohin die beiden Unholde gegangen waren - und wählten den anderen Weg.
Nach kurzer Zeit gelangten sie zu einer weiteren Lampe - und einer abermaligen Verzweigung.
“Whau”, stöhnte Quax, “das wird schwierig; so viele Kreuzungen, so viele Gänge...”
“Wir werden schon wieder herausfinden”, sagte Manulia. “Schließlich sind wir Samtpfoten und keine Menschen!”
“Um den Rückweg mache ich mir keine Sorgen”, erwiderte Quax. “Eher befürchte ich, daß wir nur sinnlos durch das Labyrinth irren. Wer sagt uns, ob das Buch überhaupt hier unten ist?”
“Meine innere Stimme”, behauptete Hieronymus. “Auf, Leute, gehen wir weiter!”
Sie nahmen den linken Weg, denn aus dem rechten drang ein fürchterlich modriger Geruch herauf. Schon bald bog der Gang scharf nach rechts - und sie standen vor einer Tür. Über ihr befand sich das wohlbekannte Zeichen des Geheimbundes. Daneben standen einige sonderbare Schriftzeichen.
“Eine völlig unbekannte Schrift”, stellte Quax fest.
“Nicht für den Träger der Zauberbrille”, entgegnete Hieronymus. “Hört, was hier steht: ‘*Tod und Verderben allen, die Fuß, Pfote, Huf oder Klaue unbefugt über diese Schwelle setzen.*’ Klingt jedenfalls vielversprechend! Hinter dieser Tür haben die Unholde gewiß etwas versteckt, was ihnen sehr wertvoll ist.”
“Fragt sich nur, ob sich die Tür öffnen läßt”, sinnierte Wölkchen.
“Fragt sich eher, ob es überhaupt ratsam ist, diese Tür zu öffnen”, sagte Manulia. Sie hielt ihre Nase unmittelbar an die Schwelle. Ein feiner Luftzug führte einen sonderbar scharfen Geruch mit sich. Manulia konnte ihn nicht einordnen.
“Laß mich mal schnuppern”, bat Quax. “Mit solchen Dämpfen kenne ich mich eher aus!” Doch auch Quax konnte mit dem Geruch nichts anfangen. “Am ehesten erinnert es mich an den Geruch auf der Vulkaninsel”, meinte er schließlich. “Jedenfalls riecht es giftig. Ich glaube, wir sollten besser umkehren und unser Glück in einem anderen Gang versuchen.”
Sie gingen zurück zur letzten Weggabelung. Als sie jedoch in den anderen Stollen hinuntersteigen wollten, erdröhnte von dort ein schreckliches Geräusch. Es klang, als zermahle ein großes Mühlrad eine Ritterrüstung. Den Samtpfoten erstarrte fast das Blut in den Adern.

Sie schauten sich gegenseitig an. Zum ersten Mal verspürten sie so etwas wie Angst. Da saßen sie nun, völlig verstört, und wußten nicht weiter.
"Wir könnten umkehren", sagte Quax nach einer Weile. "Wenn wir aber ohne das Buch zurückkämen..."
"Gehen wir nochmal zu der Tür", schlug Hieronymus vor.
Abermals quietschte und knarrte es im Gang vor ihnen; der Modergeruch wurde stärker. Schnell machten die Gefährten kehrt und eilten zurück zur geheimnisvollen Tür.
"Versuchen wir, den Mechanismus zu finden, der sie öffnet", drängte Quax. Tatsächlich erblickte er an der Seitenwand etwa in halber Höhe einen Stein, der ein wenig herausragte. Doch wie sollte er dort hinaufgelangen? Vielleicht klappte es, wenn sie sich übereinander stellten: Manulia ganz unten, dann Hieronymus, dann Wölkchen und schließlich Quax. Er streckte sich, so gut er konnte - noch eine Pfotenbreite - ja! Geschafft! Der Stein ließ sich bewegen. Polternd rollte die Tür zur Seite.
Vor ihnen lag eine gespenstische Welt. Sie standen am Eingang einer riesigen Höhle. Alles war in ein fahlgelbes Licht getaucht. Es kam unmittelbar aus den Wänden und Felsen. Vielleicht mochte hier einst eine Tropfsteinhöhle gewesen sein, doch von den Tropfsteinen waren allenfalls noch Andeutungen vorhanden. Es schien, als habe eine geheimnisvolle Kraft an den Steinen genagt und gebohrt, denn überall gähnten bizarr geformte Löcher in den Wänden. Manche dieser Löcher waren klein, vielleicht gut genug für eine Maus, andere boten Platz für eine Samtpfote, wieder andere gar für einen Menschen. Auf dem Boden der Höhle standen Pfützen. Die Flüssigkeit in den Pfützen war es, die so eigenartig roch.
"Das ist kein Wasser", stellte Hieronymus fest, "sondern eine Giftbrühe. Wir dürfen nicht mit ihr in Berührung kommen!"
"Ich frage mich, wie wir diesen Gestank aushalten sollen", stöhnte Quax.
"Nela hat uns Tücher mitgegeben", sagte Manulia. "Sie sind mit einer Wundermedizin getränkt. Vielleicht schützen sie uns gegen die Dämpfe?"
Sie kramten ihre Tücher aus den Rucksäcken und banden sie sich um. Hieronymus hatte etwas Schwierigkeiten wegen der Brille, bei Wölkchen störte das lange Fell, doch irgendwie schafften sie es. Es war höchste Zeit, denn plötzlich war da wieder das fürchterliche Geräusch - dieses Mal unmittelbar hinter ihnen! Schnell eilten sie in die Höhle hinein und versteckten sich in einer der Felsnischen.
Quax überlegte, ob die ekelhaft stinkende Brühe vielleicht verantwortlich

war für das sonderbare Aussehen der Felsen. Hatte sie gar die Steine zerfressen? Er bemerkte fremdartige, orangegelbe Kristalle unter seinen Pfoten! Die Berührung mit den Kristallen war unangenehm, fast schmerzhaft. Doch er konnte sich über die Kristalle keine weiteren Gedanken machen, denn in diesem Augenblick erschien an der Tür ein absonderliches Wesen. Es hatte einen gedrungenen Leib, vielleicht von der Größe eines Wolfes. Anstelle der Beine besaß es etliche Rollen; dort, wo ein Kopf sein sollte, starrte ein gewaltiges Rohr schräg nach oben. Der gesamte Leib war über und über bespickt mit Fühlern, Tentakeln und Borsten, die sich unaufhörlich in alle Richtungen bewegten.

Das Gebilde rollte polternd in die Höhle. Dann blieb es stehen und drehte sich langsam einmal um sich selbst. Wahrscheinlich war es irritiert wegen der offenstehenden Tür und hielt nun Ausschau nach eventuellen Eindringlingen. Doch dann wendete es und rollte laut quietschend zurück. Hinter ihm schloß sich die Tür.

“Das ist also einer der Wächter, von denen der Junker gesprochen hatte”, nuschelte Quax hinter seinem Mundschutz.

“Er war wohl ganz aus Eisen”, glaubte Wölkchen zu wissen. “Doch wozu diente ihm das Rohr?”

“Gewiß seine Waffe!” befürchtete Hieronymus. “Ein Feuerspeier oder eine Spritze! Jedenfalls sah das Biest gefährlich aus.”

“Gut, daß es uns nicht bemerkt hat”, atmete Manulia auf - sofern es sich in diesem Gestank überhaupt aufatmen ließ. “Doch jetzt sollten wir weitergehen. Ich sitze hier auf einer Art Nadelkissen; meine Pfoten schmerzen.”

Quax kramte in seinem Rucksack und holte die Pfotenschützer heraus.

“Gut, daß wir diese haben”, sagte er. Auch die anderen holten ihre Pfotenschützer aus den Taschen. In Wölkchens Rucksack aber waren nur drei. Vielleicht war der vierte herausgefallen? Es half nichts, Wölkchen mußte auf drei Beinen weiter.

Vorsichtig wagten sie sich weiter in die Höhle. Zunächst folgten sie einem ebenen Gang, schlitterten sodann über eine kurze, aber sehr steile Rampe nach unten und gelangten schließlich in eine weitere Halle. Hier leuchteten die Wände purpurn und rot. In den Felsnischen hockten violett-schwarze Kristalle, manche von der Größe eines Katerkopfes. Auch hier standen Lachen mit ekelhaft stinkenden Brühen; überall waberten Dämpfe, von den Decken tropfte es.

Manulia fiel ein Tropfen aufs Ohr. Es brannte wie Feuer! Rasch eilten sie weiter. Hoffentlich nahm der Weg durch diese Giftküche bald ein Ende! Hoffentlich führte er zum Ziel!

Zur gleichen Zeit näherte sich das Wolkenschiff dem Paß beim hundsköpfigen Berg. Wie beim ersten Mal herrschte starker Nebel; ein feiner Eisregen verbannte die meisten Samtpfoten unter Deck.
Ortwin stand in einen dicken Umhang gehüllt an der Reling und schaute zu den Felswänden. Nirgends war eine lebende Seele zu sehen. Es war gespenstisch still, als hätten die Unholde alle Geräusche aus ihrem Reich verbannt.
Mohrle kam zu Ortwin und setzte sich neben ihn. "Nun Meister", begann er, "abgesehen vom Wetter ist es ein Spazierflug. Ob uns die Feinde im Nebel nicht kommen sehen?"
Ortwin blickte zu dem großen schwarzen Kater hinunter und sagte: "Sie sehen uns, darauf kannst du dich verlassen! Warte, bis wir auf der Ebene sind, dann werden sie uns angreifen. Aber wieso stehst du nicht am Steuer?"
Mohrle hatte nach Manulias und Quaxens Abflug das Steuer übernommen. Unter allen Samtpfoten besaß er das beste Geschick im Manövrieren des Schiffes.
"Magda steht am Steuer, zusammen mit Bärle, meinem Vetter", antwortete der Schwarze. "Ich bin sehr müde und gehe ein wenig unter Deck."
Doch aus Mohrles Schläfchen wurde nichts, denn in diesem Augenblick stürzten wie aus dem Nichts ein Dutzend Metallkrähen auf das Wolkenschiff.
"Da hast du's!" rief Ortwin und rannte zu seiner Kajüte. Ein Vogel setzte sich auf seinen Kopf und hackte auf ihn ein. Schmerzhaft wurde Ortwin bewußt, daß sie den eisernen Monstren schutzlos ausgeliefert waren. In der Bretagne hatten ihnen Gwaldains Männer und ein Dutzend Ritter zur Seite gestanden. Hier aber waren sie allein und besaßen auch keine Maschine mehr, mit der sie die Vögel in Steine zurückverwandeln konnten.
Ortwin gelang es, das Biest an der Kajütentür abzuschütteln. Wider Erwarten setzte es zu keinem zweiten Angriff an. Vielmehr flog es zu seinen Artgenossen, die sich inzwischen auf den Rahen, dem Mastkorb und den Mastspitzen niedergelassen hatten.
"Ortwiiin!" erschall es von der Paßhöhe. "Zeigt Euch!"
Ortwin ging zur Reling und schaute hinunter. Er sah einen Reiter. Ohne Zweifel, es war eine der Puppen Salaams. Sie stand an der gleichen Stelle

wie bei der ersten Begegnung. Doch dieses Mal war derjenige, der sich in ihr verbarg, nicht sonderlich freundlich gesonnen.
“Ortwin, Ihr habt die falsche Richtung gewählt”, rief die Puppe. “Hattet Ihr nicht vor, nach Süden zu fliegen? Oder habt Ihr es Euch gar anders überlegt und wollt Euch doch meinem Bund anschließen?”
“Nein”, antwortete Ortwin mit trockener Kehle, “wir haben es uns nicht anders überlegt. Wir sind gekommen, um unser Eigentum zurückzufordern. Führt uns endlich zu Salaam, zu Eurem Meister!”
Der Junker aber zeigte kein Entgegenkommen. Vielmehr schrie er: “Salaam steht vor Euch, Ihr Narren! Doch nun genug geredet!”
Auf der Paßhöhe erschien ein grauenvolles Wesen. Es hatte die Größe eines Elefanten und sah diesem Tier auch entfernt ähnlich. Anstelle der Beine aber besaß es große Eisenwalzen, auf denen es daherrollte, und anstatt eines Kopfes eine gewaltige Kugel. Aus dieser drohte ein langes Rohr. Das Monstrum bestand über und über aus glänzendem Metall - mit einer Ausnahme: Mitten auf der Vorderfront saß ein Kristall. Er leuchtete in einem gespenstisch kaltem Licht.
“Sprecht Euer letztes Gebet”, rief der Junker, “denn mein eiserner Elefant verwandelt nun Euer Wolkenschiff in Staub und Asche!”
Er gab seiner Maschine ein Zeichen. Die Metallkrähen flogen kreischend in die Höhe und suchten das Weite, als wüßten sie, was bevorstand. Der Elefant richtete sein Rohr auf eine Felswand und - BWACHCH! - spie einen Feuerstrahl aus. Es krachte, donnerte und zischte. Die getroffenen Felsen zersplitterten; Rauch und Staub wirbelte auf. An der Stelle, auf die die Maschine gezielt hatte, klaffte ein breiter Spalt.
Die Gefährten waren wie gelähmt. Doch dann schrie Ortwin: “Geht in Deckung, versteckt euch hinter dem Wolkenstoff!”
Der Junker lachte kalt und gab seinem Elefanten ein zweites Zeichen. Dieser rollte näher heran und drehte sein Rohr unmittelbar auf das Wolkenschiff. BWACHCH! Der Feuerstrahl traf den Wolkenstoff. Es gab einen Ruck, Blitze zuckten durch die Segel, alles fiel kreuz und quer durcheinander. Es folgte ein entsetzliches Klirren, ein Schrei und ein lautes Wiehern. Dann herrschte Stille.
Vorsichtig schauten die Gefährten nach unten. Der riesige Elefant war nur noch ein rauchender Trümmerhaufen. Das Licht in seinem Kristall war erloschen. Daneben lag der Junker - mit verdrehten Armen und starrem, ausdruckslosen Gesicht. Das Pferd aber galoppierte davon.

"Wunderbar", rief Baldwin, "eine Puppe weniger!"
"Der Wolkenstoff hält, was er verspricht", atmete Ortwin auf. "Der Feuerstrahl ist abgeprallt und hat die Maschine zerstört!"
"Und nun?" fragte Mohrle.
"Über den Paß, dem Pferd hinterher", rief Nela. "Vielleicht holen wir es ein!"

Quax und seine drei Gefährten drangen tiefer und tiefer in das Höhlenlabyrinth. Immer wieder verzweigten sich die Gänge, immer wieder mußten sie sich für einen Weg entscheiden. Sie folgten ihrem Gefühl und wählten stets die Stollen, die ihnen die bequemeren schienen und in denen die Luft etwas besser war. Denn sollten hier tatsächlich dann und wann Priester oder Mausgesichtige entlanggehen, lag es auf der Hand, daß diese ebenso wie die Samtpfoten unter den Dämpfen litten und deshalb die weniger gefährlichen Wege nahmen.
Plötzlich hörten sie Stimmen. Jemand kam ihnen entgegen!
Schnell versteckten sie sich in einer dunklen Seitenhöhle. Wieder saßen sie auf spitzen Kristallen. Doch dieses Mal bewahrten sie die Pfotenschützer vor dem Schlimmsten.
Es waren drei Personen, die vorbeigingen. Sie trugen seltsame Anzüge aus Leder, wohl um sich gegen die Dämpfe und Säuren zu schützen. Die Gesichter waren verhüllt, doch die Samtpfoten waren sicher, daß mindestens einer der drei Gestalten eine Mausnatur besaß.
"...was auch immer geschieht, *hier* kommen sie nicht herein", sagte einer im Vorbeigehen.
"Freu dich nicht zu früh", sagte ein zweiter. "Der große Elefant an der Paßhöhe ist jedenfalls zerstört und niemand weiß..."
"Halt!" unterbrach ihn der Dritte. "Seht da! Eine Pfotenspur!" Er deutete auf einen Abdruck am Boden.
Seine beiden Spießgesellen lachten. "Nun fängst du schon an, zu phantasieren!" spottete einer. "Das ist keine Pfotenspur, denn hier kann es keine Pfotenspur geben! Laßt uns schnell weitergehen, bevor dir die Dämpfe noch die restlichen Sinne rauben!"
Die drei Unholde liefen rasch weiter und die Samtpfoten atmeten erleichtert auf. Was meinte der Geselle mit dem Elefanten? Sie konnten sich nicht erinnern, jemals einem Elefanten auf einer Paßhöhe begegnet zu sein. Was mochte in der Zwischenzeit draußen geschehen sein?

Schnell eilten die Samtpfoten voran. Immerhin hatten sie jetzt die Gewißheit, auf dem richtigen Weg zu sein. Nach wenigen Katzensprüngen kamen sie in eine große Halle. Hier war die Luft klar. Die Samtpfoten nahmen die Tücher vom Gesicht.
"Endlich!" stöhnte Quax. "Ich hasse Lumpen vor der Nase!"
"Freue dich nicht zu früh", sagte Hieronymus, während er sich in der Halle umschaute. Die Wände waren recht glatt und leuchteten in mattem Blau. Der Boden war fast eben. Nichts schien auf eine Gefahr hinzudeuten. Sie gingen weiter. Plötzlich hörten sie ein eigenartiges Geräusch. Es klang wie das Quietschen einer Maus.
Die Samtpfoten blieben stehen und schauten sich um. Wieder quietschte es. Es kam von der Decke.
Da sahen sie ein Seil, das direkt unterhalb der Höhlendecke gespannt war. Was hatte das zu bedeuten? Das Seil vibrierte; dabei quietschte es wieder. Nun entdeckten sie des Rätsels Lösung: Das Seil bewegte sich; es lief über eine Rolle, die an der Decke befestigt war. Diese Rolle war es, die das Geräusch verursachte.
"Scheint ein wenig eingerostet", stellte Quax fest.
"Wozu dient das alles?" fragte Wölkchen.
"Seht, da ist ein zweites Seil", rief Manulia. Es verlief etwa fünf Ellen parallel zum ersten. Wenn sich das eine voran bewegte, bewegte sich das andere zurück. Beide Seile verschwanden in einem Loch, das unmittelbar unterhalb der Decke in der Höhlenwand gähnte. Quax konnte seine Neugierde nicht mehr zügeln und lief zur Wand. Dort fand er schmale Stufen, die in den Stein gehauen waren. Schnell eilte er sie hinauf. Sie führten direkt vor das Loch, aus dem die Seile herauskamen.
"Dachte ich mir's", sagte Quax, als er in die Grotte hineinschielte. Die beiden Seile waren eines! Es lief um ein großes, waagrecht aufgehängtes Rad. Er schaute zurück in die Halle. Wohin mochte das Seil wohl führen? Er konnte das andere Ende in der Dunkelheit nicht erkennen. Das Seil bewegte sich weiter; das Rad drehte sich unentwegt. Da sah Quax in der Ferne einen metallisch glänzenden Gegenstand auftauchen. Er schwebte unterhalb der Decke und kam langsam näher. Beim Katzenteufelchen, was hatte das nun wieder zu bedeuten? So schnell er konnte, rannte Quax die Stufen hinunter und gab seinen Gefährten durch Zeichen zu verstehen, daß sie sich verstecken sollten. Eiligst verkrochen sie sich hinter einem Steinquader nahe am Eingang der Halle. Zurück in die giftgeschwängerten

Stollen wagten sie sich nicht.
Vorsichtig linste Quax hinter dem Stein hervor. Aha, dachte er, so funktioniert das also. Das metallische Gebilde war ein großer Kasten, der am Seil befestigt war. Vielleicht beförderten die Unholde damit Lasten durch die riesige Höhle?
Der Kasten verschwand in der kleinen Grotte, in der sich das Rad drehte. Es polterte, als öffne sich eine eherne Tür. Kurz darauf kam eine vermummte Gestalt die Treppen herunter. Ohne sich umzuschauen lief sie durch die Halle und verschwand im vergifteten Stollen.
"Nun verstehe ich, was hier vorgeht", flüsterte Quax. "Der Metallkasten dient den Unholden als Fahrzeug! Kommt, Leute, schauen wir mal, ob auch wir diese Apparatur benutzen können."
Sie eilten zur Felswand und sprangen die Stufen hinauf. Vorsichtig spähten sie in die Grotte. Da hing er, der metallene Kasten. Er war immerhin so groß, daß drei ausgewachsene Menschen bequem darin Platz gefunden hätten. An einer Seite besaß er eine Einstiegsluke. Sie stand offen. An den anderen Seiten befanden sich kleine, verglaste Fenster.
Die Samtpfoten wagten sich hinein. Der Kasten wurde von einer kleinen Leuchtröhre an der Decke erhellt. An der Vorderfront stand eine Sitzbank. Sie war gepolstert. Die Unholde legten wirklich großen Wert auf Bequemlichkeit. Oberhalb der Bank waren ein Hebel und zwei Schalter angebracht. Quax sprang auf die Bank und pfotete an den Schaltern herum.
"Was soll das?" fragte Wölkchen.
"Wir wollen das Gerät doch benutzen, oder nicht?" antwortete Quax. "Also muß ich herausfinden, wozu die Schalter dienen."
"Einen Augenblick, lieber Quax", unterbrach ihn Manulia. "Angenommen, der Kasten setzt sich in Bewegung und wir fahren damit weiter in die Höhle hinein. Wer sagt uns, daß uns am anderen Ende nicht ein Dutzend Unholde erwartet, die uns sofort den Garaus machen?"
"Wir müssen es wagen", widersprach Quax. "Wir sind bis jetzt gut durchgekommen, also..."
"Manulia hat recht", unterbrach Hieronymus. "Diese Gondel bietet keinerlei Verstecke. Wo immer wir hinkommen, wir laufen Gefahr, sofort entdeckt zu werden. Ich schlage deshalb vor, daß wir uns trennen. Zwei von uns sollten zur Pfote weitergehen."
"Kommt nicht in Frage", maunzte Wölkchen. "Wir bleiben zusammen!"
"Dann werde ich die Tarnkappe aufsetzen", beschloß Quax. "Wenn uns

die Unholde in der Gondel finden, habe ich eine Chance zu entkommen."
"Warum eigentlich du?" fragte Manulia.
Quax wollte und konnte nicht mehr antworten, denn in diesem Augenblick verschloß sich polternd die Einstiegsluke. Der Kasten setzte sich in Bewegung. Im gleichen Moment verschwand Quax unter der Tarnkappe. Seine drei Gefährten fügten sich; Hieronymus aber beschloß, Quax für diese Frechheit die Ohren zu bügeln, sobald sich die Gelegenheit dafür bot.

Die Fahrt mit der unterirdischen Seilbahn dauerte erschreckend lange. Quax konnte von seinem erhöhten Sitz durch eines der Fenster hinausschauen. Er erkannte jedoch nichts; in der Höhle war es stockfinster.
Plötzlich hörten sie ein Heulen. Es klang schauerlich und fremd. Da sah Quax am Grund der Höhle etwas leuchten. Es bewegte sich. War das ein Lebewesen? Es glich einer riesigen Schlangen; nein, eher einem entsetzlich großen Wurm. Ein zweites und drittes dieser unheimlichen Wesen kroch über den Höhlengrund, immer mehr gesellten sich hinzu! Der ganze Boden war bedeckt von den fahl schimmernden, formlosen und wabernden Kreaturen.
Quax standen die Haare zu Berge. Die Würmer versuchten, an den Wänden hinaufzuklettern und richteten sich auf, als wollten sie nach der Gondel schnappen. Dabei pfiffen und heulten sie mark- und beinerschütternd!
"Was geht da draußen vor?" fragte Hieronymus.
"Das müßt ihr selber sehen", antwortete Quax. "Kommt auf die Bank, ich mache euch Platz!"
Einer nach dem anderen schaute in die Höhle hinunter. Sie waren sprachlos vor Entsetzen. Hieronymus erinnerte sich daran, als er zum allerersten Mal den Zauberspiegel gebeten hatte, er möge ihm Salaams Reich zeigen: Damals war der Spiegel zunächst schwarz geblieben, bis auf einmal etwas Weißliches durch das Dunkel gekrochen war. Nun verstand Hieronymus, was ihm der Spiegel gezeigt hatte.
"Versucht einmal, euch auszumalen, was geschehen wäre, wenn wir zur Pfote weitergelaufen wären", sagte Quax. Die drei anderen schwiegen. Immerhin war jeder der Würmer gewiß drei- bis viermal so groß wie ein Mensch!

Die Gefährten auf dem Wolkenschiff hatten die Verfolgung des schwarzen Pferdes aufgenommen. Der frische Südwestwind half ihnen dabei. Ge-

schickt manövrierten Mohrle, Bärle und Magda das Flugschiff zwischen den Felsen hindurch. Der Rappe dagegen tat sich schwer; mühevoll suchte er sich seinen Weg durch das Geröll. Fast gleichzeitig erreichten sie die Paßhöhe. Vor ihnen, im Schein der Abendsonne, lag der Salzsee.
"Gleich haben wir ihn!" rief Ortwin. "Auf, Freunde! Schneiden wir ihm den Weg ab!"
Das freie Gelände vor Augen setzte das Pferd zu einem Galopp an. Dabei strauchelte es und stürzte. Es kam zwar wieder auf die Beine, doch inzwischen befand sich das Wolkenschiff vor ihm. Der Rappe gab auf. Wiehernd blieb er stehen.
Nela beugte sich über die Reling und wieherte ebenfalls.
Nach einer Weile übersetzte sie: "Er ist bereit, auf unsere Seite zu wechseln, wenn wir ihm die Freiheit schenken. Er ist das Leben als Reittier überdrüssig. Er kann übrigens menschliche Gestalt annehmen, doch tut er dies nur ungern, da er sich in seiner Pferdehaut wohler fühlt."
"Dann ist er etwa jener..." begann Ortwin.
"Nein, das ist nicht jener Cabal, der uns zu Hause beehrte", erklärte Nela, "dieser heißt Kronon."
"Wie gut kennt er sich in Ogk aus?" fragte Ortwin. "Kann er uns zeigen, wie wir zu den Sonnensegeln kommen, ohne an den Wächtern vorbei zu müssen?"
Nach einem kurzen wiehernden Gespräch erklärte Nela: "Es wird schwierig, aber er wird es versuchen. Er kennt einen Weg über einen anderen, höher gelegenen Paß. Wir müssen zurück zum hundsköpfigen Berg und uns dann nach Osten halten. Zu Fuß würde es gewiß Tage dauern, mit dem Flugschiff aber können wir es bis Mitternacht schaffen."
"Dann soll er sich in einen Zweibeiner verwandeln und an Bord kommen", forderte Ortwin.
"Wunderbar", frohlockte Tabitha, die sich neben Nela auf die Reling gesetzt hatte, "ich brenne darauf, die Verwandlung mit eigenen Augen zu sehen."

Indessen fuhren Quax und seine Gefährten weiter mit der Seilbahn durch das Höhlenlabyrinth. Sie ließen den Schlund mit den weißen Würmern hinter sich, durchquerten einen engen Stollen und erreichten eine Halle, die größer war als die erste. An der Decke brannten einige wenige Lampen. Ihr schwaches Licht reichte aus, um das Nötigste zu sehen: Unten, am Grund, brodelte eine Flüssigkeit; vielleicht war es Wasser, vielleicht auch nicht.

Ein seltsam herber Geruch drang in die Kabine. Die Samtpfoten banden sich wieder ihre Tücher vor die Nase. Der Geruch jedoch war hartnäckig und wurde immer stärker. Schon begannen den Gefährten die Nasen zu schmerzen; ihre Augen brannten. Verzweifelt steckten sie ihre Köpfe in die Rucksäcke und versuchten dadurch, sich vor den Gasen zu schützen. Doch es nutzte wenig! Der Gestank raubte ihnen fast die Sinne!
Die Gondel fuhr unbeirrt weiter. Draußen wurde es dunkel. Nicht einmal Samtpfotenaugen konnten diese Dunkelheit durchdringen. Plötzlich blieb die Gondel stehen. Es polterte, als schließe sich eine große, schwere Tür. Gleichzeitig wurde es hell. Unzählige elektrische Lampen leuchteten auf. Die Gefährten befanden sich in einer kleinen Halle, deren Wände mit gelben Kacheln ausgekleidet waren.
Polternd öffnete sich die Kabinentür. Die Luft in der kleinen Halle war frisch. Die Gefährten wußten: Sie waren am Ziel. Sie mußten aussteigen.

Kronon hatte sich tatsächlich in einen Menschen verwandelt. Tabitha wurde jedoch enttäuscht. Niemand durfte die Verwandlung mit ansehen. Nun stand er auf dem Schiff, in eine grobe Decke gehüllt, die ihm Nela geliehen hatte. Er sprach nicht, sondern wieherte weiterhin wie ein Pferd. Bei Einbruch der Dunkelheit überflog das Wolkenschiff den geheimen Paß. Hier war es noch kälter und unheimlicher als auf der bekannten Paßhöhe. Schwarze Felsen ragten steil und überhängend in die Höhe. Es schien, als wollten sie jeden Augenblick auf das Wolkenschiff herunterbrechen. Hier gab es kein Leben; nur Steine, Staub und schmutzigen Schnee. Das Felslabyrinth wollte schier kein Ende nehmen. Als die Gefährten endlich auf die Ebene hinauskamen, war es bereits lange nach Mitternacht. Der Salzsee lag versteckt unter einer dichten Nebelbank. Nur wenige Sterne standen am Firmament. Der Mond war nicht zu sehen. Es herrschte eine gespenstische Stille.
Kronon zeigte nach Osten und schnaubte. Die Gefährten erkannten bizarre Metallgerüste am Rand des Salzsees. Einige waren mit großen Tüchern bespannt - als trockne ein Riese seine Wäsche!
"Ha, ha!" jubelte Baldwin. "Ja, das sind Salaams Sonnensegel! Wir sind auf der anderen Seite seines Gartens!" Der Zwerg kicherte wie schon lange nicht mehr.
"Ich glaube, die Segel sind unbewacht", sagte Jinx. "Ich kann zumindest niemanden erkennen."

Kronon wieherte.
"Er sagt", übersetzte Nela, "wir sollten uns nicht zu früh freuen. Sie haben ihre Augen und Ohren überall. Die Wächter wissen sicher schon Bescheid und sind gewiß unterwegs."
"Was tun wir also?" fragte Ortwin aufgeregt.
"Weiterfliegen!" riet Nela. "Vielleicht sind wir schneller als die Wächter."
Das Wolkenschiff überflog das erste der Sonnensegel. In der Dunkelheit war von seinem metallischen Glanz nichts zu bemerken. Kronon zeigte auf einen Stangenwald im Zentrum der Anlage. Wieder übersetzte Nela: "Dorthin müssen wir! Wenn wir diese Gestänge zerstören, treffen wir die Unholde empfindlich. Ihre Energiereserven reichen immer nur für eine Nacht; wenn die Sonnensegel morgen früh keine neue Energie liefern, sitzen sie in ihren Höhlen im Dunkeln und in ihrem Garten in der Kälte!"
Plötzlich maunzten einige Samtpfoten. Die vier Menschen und Kronon schauten in die Richtung, in die die Katzen deuteten. In der Ferne sahen sie die Mauer zu Salaams Wundergarten. Davor bewegte sich etwas. Wesen mit gewaltigen Leibern kamen auf sie zu!
"Es sind Elefanten!" schrien die Samtpfoten. "Eiserne Elefanten! Hunderte!"

Quax blieb unter seiner Tarnkappe. Vorsichtig streckte er den Kopf aus der Kabinentür. Die Halle war anscheinend leer.
"Ihr könnt aussteigen", sagte er zu seinen Gefährten. "Keine Gefahr!"
Kaum aber hatten die vier die Gondel verlassen, hörten sie ein dumpfes Dröhnen. An der eben noch glatten Wand öffnete sich eine Geheimtür. Im gleichen Augenblick verschloß sich die Luke zur Gondel; den Gefährten war der Rückweg abgeschnitten!
Ein höhnisches Lachen - dann erschien er: jener, der sich Salaam nannte, oder besser eine seiner vielen mechanischen Puppen!
"Wen haben wir denn da?" fragte er und verneigte sich übertrieben höflich. "Drei Kätzchen zu Besuch?"
Im gleichen Moment warf er ein Netz über die Gefährten. Nur Quax hatte Glück; er stand einen Katzensprung weiter im Raum; das Netz verfehlte ihn knapp.
Salaam packte das Netz und hielt die drei Gefangenen in die Höhe. Seine kalten Augen starrten sie durchdringend an.
"Immerhin, eines muß man euch lassen", sagte er, "ihr seid weit gekom-

men. Keiner meiner Wächter hat euch bemerkt - bis ihr in der Gondel wart, ha, ha! In der Gondel befindet sich nämlich eines meiner Augen! Wollt ihr sehen, was mir meine Augen alles zeigen? Nun, will ich euch meine letzten Geheimnisse verraten. Ihr werdet nämlich keine Gelegenheit haben, sie irgend jemand auszuplaudern, ha, ha, ha!"
Lässig schulterte er seine Beute, denn er wußte, seinem künstlichen Leib konnten die Katzenkrallen nicht schaden. Die drei Gefangenen hingen sehr unbequem in ihrem Netz. Hieronymus rutschte gar die Brille von der Nase; doch zum Glück war das Netz feinmaschig und sie fiel nicht heraus. Die Samtpfoten hofften auf Quax. Wenn er ihnen unsichtbar folgen konnte, hatten sie noch eine kleine Chance zu entkommen!
"Eigentlich hätte ich euch schon längst töten können", sagte der Junker während er langsam durch einen Korridor ging. "Ich hätte einfach den Boden der Gondel aufklappen können und ihr wärt in die Grube gefallen - zu meinen Würmern! Oder ich hätte den giftigen Dampf in der Halle lassen können, und ihr wärt über kurz oder lang jämmerlich erstickt. Ich hätte euch sogar schon viel früher beseitigen können, vor Tagen, bei eurem ersten Besuch in Ogk. Wie leicht hätte ich euch alle zu Stein verwandeln können, so wie damals einige von euch in der Bretagne. Aber ich war höflich geblieben und habe euch sogar bewirtet. Ihr Trottel aber habt mein Entgegenkommen nicht gewürdigt. - So, wir sind da!"
Er betrat einen großen, hell erleuchteten Raum. Hieronymus glaubte ihn wiederzuerkennen: Er war über und über vollgepfropft mit den wunderlichsten Gerätschaften. Unzählige eherne und blecherne Kisten und Schatullen standen auf dem Boden und in Regalen an der Wand. All die Behälter waren durch Drähte, Kabel und Rohre kreuz und quer untereinander verbunden. An einigen Kästen blinkten Glühlampen; an anderen befanden sich Skalen, auf denen kleine Zeiger auf- und abtanzten. An einer Wand stand ein großer Tisch mit einem Schaltpult und bizarren Tastaturen, die darauf warteten, bedient zu werden. Das Wundersamste aber waren die vielen Spiegel an den Wänden. Ja, Hieronymus war sich sicher: Das war der Raum, den er bereits gesehen hatte - der Raum, in dem sich Merlins Buch befand!
Salaam warf das Netz auf einen Tisch in der Mitte des Raumes. Dann begann er auf verschiedenen Knöpfen und Tasten herumzudrücken, während er weiterredete:
"Ich hoffe, ihr könnt alles genauestens sehen. Ich muß euch nämlich im

Netz lassen, denn ich möchte nicht, daß ihr mir im letzten Moment etwas zerstört. Meine Geräte sind sehr kostbar. Ihr seid nun tatsächlich in meiner Zentrale, im Mittelpunkt meines Reiches! Seid willkommen, Samtpfoten! Genießt die Vorführung, denn - es wird die letzte in eurem Leben sein!"

Unterdessen kreiste das Wolkenschiff dicht über dem künstlichen Wald aus Sonnensegeln und Antennen. Die Eisernen Elefanten hatten sich um die Anlage postiert. Unheimlich leuchteten die Kristalle an ihren Stirnseiten in der Dunkelheit. Doch Ortwin und seine Gefährten brauchten die Monstren im Augenblick nicht zu fürchten. Nach einem anfänglichen Schreck hatten sie schnell erkannt, daß die Elefanten sie nicht beschießen konnten, ohne ihre eigene Anlage zu zerstören.
Einige Altkater saßen über einer Schale Mäuseschnaps.
"Ich verstehe nicht, wieso sie so unvorsichtig sein konnten, uns zwischen ihre Sonnensegel fliegen zu lassen", rätselte der Gestromte.
"Ich schon", behauptete Antonius. "Sie waren der Meinung, das Wolkenschiff sei zerstört. Sie wußten nicht, daß wir den Beschuß durch den Elefanten heil überstanden haben."
"Ach was, sie haben uns in die Falle gelockt", knurrte der Miese. "Zwar können sie uns im Augenblick nichts tun, doch andererseits können wir nicht mehr wegfliegen, ohne Gefahr zu laufen, erneut von ihnen beschossen zu werden."
"Sieh nicht so schwarz!" rief Antonius. "Wir entkommen bestimmt. Trinken wir einen Mäuseschnaps auf unseren Sieg!"
"Zu früh", mahnte Knurr. "Noch haben wir nicht gewonnen."
"Aber so gut wie", entgegnete Munzel. "Mußt ja nicht anstoßen, alter Miesmacher!"
Knurr grinste. Es war ein bösartiges Grinsen. Mit dem Kopf deutete er zu den Bergen. Von dort zog eine schwarze Wolke auf.
"Wir bekommen ein Gewitter", behauptete er. "Gleich regnet es in euren Schnaps!"
Dann aber verging ihm das Lachen! Und Antonius, Gregorius und Munzel vergasen ihren Mäuseschnaps! Was dort über die Berge kam, war keine Gewitterwolke, sondern ein Schwarm - ein gewaltiger Schwarm eiserner Vögel!

Der Junker hatte einige der Zauberspiegel zum Leuchten gebracht. In gefälligem Ton erklärte er:
“Dieser Spiegel zeigt mir das Innere der Gondel, mit der ihr gekommen seid. Jener hier dagegen die große Höhle, in der die Säuren von den Wänden und Decken tropfen. Vielleicht fragt ihr euch, wieso ich euch erst in der Gondel entdeckt habe und nicht schon in der Höhle. Nun, leider kann ich nicht alle Spiegel gleichzeitig bedienen und beobachten. Außerdem muß ich ab und zu einen meiner vielen Körper draußen beseelen. Paßt einmal auf, ich werde diesen hier verlassen...”
Die Puppe verharrte regungslos. Es knisterte. Plötzlich sprach Salaam aus einem der Spiegel. Er befand sich in seinem Zaubergarten.
“Ich bin jetzt draußen”, tönte die Stimme, “und nun...” Es knisterte abermals; ein anderer Spiegel leuchtete auf, “...nun bin ich in einem Körper, weit entfernt in einem anderen Land.”
Er kehrte wieder zurück in den Körper bei den Samtpfoten. Er fuhr fort: “Ich bin wieder hier. Und nun schaut auf diesen Spiegel: Seht ihr? Das da sind meine Sonnensegel...” Er hielt inne. Dann rief er überrascht: “Da ist ja euer Wolkenschiff! Beim großen Baal, ich dachte, es ist zerstört! Ich hatte einen Elefanten und einen meiner Körper geopfert, um das Schiff in die Luft zu sprengen. Wie konnte es die Explosion überstehen?”
Er starrte auf die Samtpfoten und meinte lässig: “Ihr habt Glück, immer wieder unverschämtes Glück. Doch nun wird sich das Blatt endgültig wenden: Eure Freunde sitzen in der Falle, denn wie ich sehe, haben sich meine Wächter bereits postiert. Gegen diese hundert eisernen Elefanten, die das Gebiet umstellt haben, ist Ortwin machtlos! Und seht, meine Kraracken kommen bereits angeflogen! Ha, ha, es geht eben nichts über Diener, auf die man sich verlassen kann!”
Der Magier bediente einige Knöpfe und Hebel und erteilte einige Befehle in einer fremden Sprache. Danach wandte er sich wieder seinen Gefangenen zu.
“Wo habt ihr das Buch?” fragte Hieronymus, bevor der Magier etwas sagen konnte.
“Es liegt dort drüben auf dem Tisch”, antwortete Salaam bereitwillig, “und wartet darauf, daß ich weiter darin lese.”
Er starrte auf die drei Samtpfoten.
“Schaut mich nicht so vorwurfsvoll an”, zischte er. “Ihr hättet euch ja mit

mir verbünden können, dann hätte ich es nicht stehlen müssen. Bevor wir endgültig Abschied nehmen müssen, ihr Katzen, seht noch das hier..."
Wieder betätigte er einige Knöpfe und Schalter. Die Bilder wechselten. Die Anlage mit den Sonnensegeln und das Wolkenschiff verschwanden; statt dessen zeigten die Spiegel das Innere eines Tempels. Es war ein düsterer Raum, ohne Fenster. An den Wänden hingen große Schilder mit dem Zeichen des Gottes Moloch. Ein Dutzend gräßlicher Götzenstatuen standen um einen schwarzen Altarstein in der Mitte des Tempels.
"Der große Baaltempel", erklärte Salaam, "oder auch der Tempel des unsichtbaren Feuers. Er befindet sich weit unten im allertiefsten Schlund meines Höhlenlabyrinths. Seht die Statuen: Sie bestehen aus einem sehr seltenen Kristall, einem roten Kristall. Ihr dürft raten, was es mit diesen Kristallen auf sich hat! Vielleicht habt ihr euch gefragt, wieso ich den Roten Stein Ortwins nicht ebenfalls stehlen ließ? Nun, diese Kristalle sind von der gleichen Art. Ihr seht, ich verfüge über die besten Voraussetzungen, den Wolkenstoff zu brauen - allein, mir war bislang der genaue Wortlaut des Zauberspruchs nicht bekannt. Aber es war nicht nur das Geheimnis des Wolkenstoffes, weshalb ich das Buch haben mußte. Wir könnten ganz andere Flugmaschinen bauen als euer behäbiges Wolkenschiff, wenn wir wollten! Doch nun seht hierher: der schwarze Altarstein! Er sendet unsichtbare Strahlen aus. Sie töten jeden, der sich länger als eine Stunde im Tempel aufhällt - mich natürlich ausgeschlossen, ha, ha! Ich kann die Strahlen sichtbar machen..."
Er drückte auf einen Knopf und der Stein leuchtete purpurrot. "Feuer, in der Tat", frohlockte der Junker, "ein für menschliche Augen unsichtbares Feuer! Eine fürchterliche Waffe, nicht wahr? Vielleicht - je nachdem wie ich später gelaunt bin - bringe ich euch in diesen Tempel."
Eines der Bilder wechselte erneut. Es zeigte nun den Raum, in dem sie sich gerade befanden. Die drei Samtpfoten sahen sich selbst.
"Auf gleiche Art und Weise kann ich mir jede Art von unsichtbarem Feuer zeigen lassen, auch solches, welches ungemein schwächer ist, als das des Altarsteines. Der Spiegel zeigt mir nämlich jede Wärmequelle, also jeden Körper, der Wärme ausstrahlt, zum Beispiel die Leiber von Katzen! Wenn ich ihn umschalte, werdet ihr als drei kleine, rote Flecken erscheinen, ich selbst dagegen bleibe - wie alle anderen kalten Gegenstände in diesem Raum - grau."
Salaam drückte einen weiteren Schalter nieder. Auf dem Bild erschienen

tatsächlich dort, wo zuvor das Netz mit den Samtpfoten abgebildet war, drei verwaschene rote Flecken. Neben dem Tisch aber leuchtete schwach ein vierter Fleck.
"Selbst unsichtbare Wärmequellen kann er mir zeigen", sagte Salaam mit einer seltsamen, lauernden Stimme. "Ich hätte es wissen müssen: Ihr seid zu viert!"
Jäh sprang er auf und stürzte sich auf die Stelle, wo der kleine Fleck leuchtete. Quax aber war darauf gefaßt - und war schneller. Mit einem Satz hüpfte er auf den Tisch mit den Schalthebeln. So schnell er konnte, drückte er wahllos auf die Schalter. Salaam versuchte, ihn zu greifen, doch er verfehlte. Die Bilder begannen zu flackern. Auf einigen Spiegeln erschienen Landschaften, vielleicht der Zaubergarten; andere tauchten in sonderbare Farben; jener, der die Wärmeflecken gezeigt hatte, verlosch.
"Elendes Tier", fluchte Salaam, "na warte, ich kriege dich!" Er ließ von der Verfolgung ab und schritt grinsend zu einem großen roten Hebel an der gegenüberliegenden Wand.
"Tut mir leid, Katzen", höhnte er, "die Vorstellung ist beendet. In diesem Raum wird jetzt gleich die Luft knapp werden; ein Zustand, den ihr nicht überleben werdet!"
Quax sprang weiter über die Schalter, in der Hoffnung irgendeinen zu finden, der den Unhold lahmlegen würde. Vergeblich! Schon hatte der Junker den Hebel hochgedrückt; zischend begann die Luft zu entweichen.
Manulia wagte eine letzte List: "Ihr habt uns die allerwichtigste Frage noch nicht beantwortet: Wer oder was seid ihr wirklich?! Wer steuert diese Puppen?!"
Der Junker lachte: "Niemand! Niemand steuert sie! In ihnen lebt mein Geist, der Geist Salaams, des großen Magiers Salaam! Salaam aber gibt es gar nicht mehr, ha, ha! Er ist tot! Sein Körper ist vor langer Zeit verstorben, ha, ha, ha! Und seine Seele, pha, die mag beim Teufel sein! Was kümmert's mich!"
"Das glauben wir dir nicht!" rief Hieronymus. Er mußte husten; die Luft wurde dünner.
Neben dem Hebel, den der Magier soeben betätigt hatte, stand ein großer eherner Schrank. Zu diesem Schrank führten keinerlei Kabel oder Drähte. Der Junker öffnete ihn. Drinnen befand sich ein sonderbares Bündel aus Tüchern. Es hatte die Gestalt eines Menschen - zweifellos war es eine Mumie!

“Da”, rief Salaam, “seht es euch an! In den wenigen Minuten, die euch bleiben, dürft ihr sehen, was vom Körper des großen Magiers Salaam übriggeblieben ist! Hätte ich damals, als dieser Körper im Sterben lag, bereits Merlins Buch besessen, wer weiß, vielleicht wäre mir dieses Schicksal erspart geblieben!”

Die Wolkenkatzen flohen unter Deck. Ortwin, Nela, mit Miranda auf dem Arm, und Kronon rannten zur Kajüte; Magda und Baldwin eilten in den Motorenraum. Schon stürzten sich die ersten Kraracken, Amrocks und Rauks auf das Schiff. Gezielt begannen sie die Holzplanken zu zerhakken und die feinen Drähte aus den Segeln zu ziehen; an den Wolkenstoff gingen sie nicht; sie wußten anscheinend, daß diesem mit Gewalt nicht beizukommen war.
Gerade als Ortwin, Nela und ihre Katze Miranda in die Kajüte kamen, erhob sich Gurx auf Ortwins Bett. Er streckte sich und rief: “Warum flieht ihr! Hinaus mit euch und gekämpft!”
“Du hast gut reden”, schimpfte Miranda. “Hockst hier faul herum und uns willst du hinausjagen!”
“Unsinn”, erwiderte Gurx, sprang vom Bett und eilte zum Schlupfloch, das zu den unteren Räumen führte. “Wir müssen endlich handeln! Los, Ortwin, ans Werk!”
“Aber die Vögel...” stotterte Ortwin.
Kronon wieherte. Er warf seine Hände in die Höhe. Sie glichen plötzlich plumpen Pranken, mehr noch, sie wurden wieder zu Hufen! Er verwandelte sich zurück in ein Pferd! Noch halb in Menschengestalt öffnete er die Tür. Sogleich stürzten sich etliche Kraracken herein, doch er wehrte sie mit seinen Hufen ab. Ein Vogel nach dem anderen zerschellte unter seinen gewaltigen Schlägen.
“Seht ihr?!” rief Gurx. “Er macht es euch vor!”
“Hab ich denn Hufe?” schrie Ortwin.
Gurx verschwand durch das Schlupfloch. Geschwind fegte er durch die unteren Räume: “Leute, auf die Pfoten!” befahl er. “Laßt uns zur unteren Luke hinaussteigen und die Anlagen zerstören!”
“Wenn du uns sagst, wie wir uns vor den eisernen Biestern schützen können, gern”, erwiderte Moony.
“Wir müssen das Wolkenschiff soweit auf den Boden setzen, wie nur möglich”, sagte Gurx, “dann schützt es uns vor den Vögeln wie ein Dach

vor dem Regen. Los, Leonardo, geh ans Werk!"
"Aber es ist noch dunkel, der Rote Stein zeigt keine Wirkung!" fuhr ihn Leonardo an.
"Das Schiff läßt sich auch durch die Kraft des Propellers auf dem Boden halten, wie du eigentlich wissen müßtest. Du brauchst den Roten Stein nicht dazu!"
"Glaubst du, ich gehe jetzt hinaus an das Steuer? Du bist wahnsinnig, Gurx!"
"Du brauchst nicht an das Steuer! Hat dir Quax nicht gezeigt, wie man das Wolkenschiff auch vom Motorenraum aus steuern kann? Der Propeller läßt sich doch derart verstellen, daß er das Schiff nach unten drückt, wenn er läuft, oder etwa nicht? Auf, geh in den Motorenraum und sorge dafür, daß sich der Propeller richtig dreht!"
Leonardo gehorchte. Er wunderte sich, was dieser Gurx so alles wußte! Wie war das möglich, wo doch der olle Kater immer schlief!
Schon bald stand das Wolkenschiff zwischen den Sonnensegeln, nur wenige Ellen über dem Boden. Die Samtpfoten zögerten noch, auszusteigen. Doch die Geräusche über ihnen wurden immer bedrohlicher. Es tockerte, krachte und knirschte; gewiß hatten die Vögel bald die Decke durchbrochen. Was dann? Gurx mochte recht haben, unter dem Schiff waren sie vorerst sicherer.
Also eilten sie hinunter in den tiefsten Laderaum, zur untersten Luke. Diese war gerade so groß, daß Baldwin hätte durchschlüpfen können. Sie nutzten die Luke normalerweise um Lasten in Körben auf das Wolkenschiff hinaufzuziehen. Nun stieg eine Samtpfote nach der anderen hinaus und klettere unbemerkt über ein Seil auf die Erde.
Als gut die Hälfte den Boden erreicht hatte, begann Gurx erneut zu befehlen: "Tobias und Knurr, ihr geht dort hinüber, wo die Antennen stehen und zieht alle Drähte heraus, die ihr seht, Munni, Tabitha und Mohrle, ihr nehmt euch die Stangen dort auf der anderen Seite vor und tut das gleiche! Ihr Jungkatzen zerkrallt die dicken Schläuche, die dort neben den Antennen laufen! Ein jeder zerstöre, was er kann!"
Schnell schlichen die Samtpfoten ans Werk. Vor allem Petunia, Xenofefa und die anderen Jungkatzen zeigten großen Eifer. Während die Metallvögel kreischend das hölzerne Gerüst des Schiffs zerlegten, zerstörten die Samtpfoten still und heimlich Salaams Wunderwelt der Sonnensegel und Antennen.
Als gut drei bis vier Dutzend Katzen und Kater mit ihrem Zerstörungs-

werk begonnen hatten, befahl Gurx den anderen, den Wolkenstoff zu verformen. Von der Ausstiegsluke aus wühlten sie sich vorsichtig in die weiche Wolkenwatte und bauten kleine Nischen und Höhlen. Darin wollten sie sich verstecken, falls es die Vögel schaffen sollten, sie unterhalb des Schiffes anzugreifen.

Salaam lachte: "Mein neues Dasein hat allerdings auch Vorteile! Ich brauche keine Luft zum Atmen wie ihr. Und diese wird rar, nicht wahr, Katzen? Gute Reise ins Land der Bastet, ha, ha, ha!"
Quax hörte auf, über die Tastaturen zu rennen. Ihm wurde schwindlig. Vielleicht gab es eine andere Möglichkeit, die Höllenmaschinen lahm zu legen? Ob er einige Kabel und Drähte aus den Kästen ziehen sollte? Nein, besser nicht, dazu fühlte er sich zu schwach. Er mußte seine Kräfte schonen. Irgend etwas mußte ihm einfallen!
Der Zufall kam ihm zu Hilfe. Es klingelte und eine rote Lampe leuchtete auf. Salaam trat an sein Steuerpult und betätigte einen bestimmten Knopf. Sofort verstummte das Klingeln; die Lampe erlosch. Dafür erschien auf einem Spiegel ein Mausgesicht.
"Was gibt es?" fragte Salaam barsch.
"Draußen bei der Sonnenanlage", krächzte der Priester aufgeregt, "Ortwins Katzen ziehen Kabel heraus und verbiegen Antennen!"
Salaam geriet außer sich und brüllte: "Beim mächtigen Baal und allen Dämonen! Wozu habe ich denn meine Wächter, wenn sie unfähig sind, die Anlage zu verteidigen?"
"Die Elefanten können nicht auf das Schiff feuern, ohne die Anlagen noch mehr zu beschädigen", erwiderte der Mausgesichtige, "und die Vögel kommen an die Pfotenteufel nicht heran. Sie sind unter dem Wolkenschiff geschützt."
Salaam schnaubte: "Narr! Wollt ihr, daß diese Biester meine ganze Anlage zerstören? Warum betäubt ihr die Feinde nicht?"
"Wir haben keine Reagenzien griffbereit", gestand der Mäuserich. "Es würde zu lange dauern, sie anzusetzen."
"Unfähiges Gesindel!" brüllte Salaam. "Wartet, ich kümmere mich selbst um die Angelegenheit!" Im nächsten Augenblick blieb seine Puppe regungslos stehen. Salaams Geist hatte sie verlassen, um in einen Körper draußen bei der Sonnenanlage zu schlüpfen.
Quax streifte die Tarnkappe ab und holte Luft so tief er konnte. Dann sprang

er auf den Mumienschrank. Von hier konnte er den Hebel erreichen, den Salaam betätigt hatte. Wenn es ihm gelänge, diesen Hebel wieder nach unten zu drücken... Er durfte nicht daneben greifen, er mußte es schaffen! Mit einer Pfote hangelte er nach der Stange. Verdammt, sie ließ sich nicht bewegen! Quax verfluchte seine geringe Größe. Für einen Menschen war es sicher ein Kinderspiel, die Pumpe abzustellen, doch für einen kleinen Kater? Die Hinterpfoten noch auf dem Schrank, umklammerte Quax mit beiden Vorderpfoten den Hebel. Mit letzter Kraft stieß er sich vom Schrank ab und hängte sich an den Knüppel. Er begann daran zu schwingen - dann krachte es. Quax spürte einen Ruck - und verlor das Bewußtsein.

"He, Weißchen, wach auf!" rief jemand. "Oller Weißchen! Komm schon auf die Pfoten und hilf uns aus dem Netz!"
Quax blickte sich um. Er lag auf dem Boden. Alles schmerzte; doch irgendwie ließen sich die Glieder noch bewegen. Langsam richtete er sich auf. Er hörte es zischen; frische Luft strömte in den Raum. Sie waren gerettet! Im Nu war er auf dem Tisch und half seinen Gefährten aus dem Netz. Sie sagten nichts, doch alle vier wußten, was sie zu tun hatten. Mit aller Gewalt sprangen sie auf die leblose Puppe. Salaam hatte sie überstürzt verlassen; sie hatte keinen besonders guten Stand. Augenblicklich stürzte sie um und stieß im Fallen an eine eiserne Schatulle. Es klirrte als zerspringe Glas. Aus dem zerborstenen Kopf fielen unzählige kleine Metallsplinte und die schon wohlbekannte Kugel. Schnell fuhren Quax und Hieronymus mit ihren Pfoten in die Splinte und rollten die Kugel in eine andere Ecke des Raums.
Dann machten sie sich daran, die Verbindungskabel und -drähte aus den Schatullen und Boxen zu ziehen. Schließlich öffneten sie die Kästen und griffen hinein; alles, was sie zu fassen bekamen, rissen sie heraus: Drahtgeflechte, Röllchen, Spulen, winzige Glühbirnchen, Federn, Stäbchen und Klammern. Das Zerstörungswerk zeigte erste Wirkungen: Einige Spiegel erloschen, Lämpchen verglühten, irgendwo zischte es.
"Halt aufhören, ihr Narren!" rief es plötzlich aus einem kleinen schwarzen Kasten. Er war nicht größer als ein dicker Katerkopf. Das war nicht Salaams Stimme.
"Wer spricht da?" fragte Quax.
"Ich, dieser Kasten! Zerstört nichts weiter, sonst kommt ihr nicht mehr lebend aus dem Höhlenlabyrinth hinaus!"

“Ist sicher eine List”, flüsterte Hieronymus. “Komm machen wir das Kästchen kaputt!”
“Keine List!” antwortete das Kästchen. “Zerstört mich nicht, ich will euch zu Diensten sein!”
“Seit wann kann ein Kästchen sprechen?” fragte Hieronymus.
“Gegenfrage!” erwiderte das Kästchen. “Seit wann trägt ein Kater eine Brille, ein anderer eine Tarnkappe? Vertraut mir, ich bringe euch hier heraus, bevor Salaam in einem seiner vielen Körper zurückkommt, um euch endgültig den Garaus zu machen!”
“Erst wenn du uns sagst, wer du bist!”
“Ich bin eine Gedankenmaschine. Ich wurde vor undenklich langer Zeit von freundlichen Wesen geschaffen, die auf einem weit entfernten Stern zu Hause sind. Als sie diese Welt besuchten, ließen sie mich hier zurück - als Geschenk für einen befreundeten König. Der Magier Salaam hat mich später entwendet und mißbraucht. Er verdankt mir einen großen Teil seiner Macht. Mein Schicksal ist nämlich, daß ich jedem dienen muß, der mich besitzt.”
“So, so”, sagte Quax, “du willst uns wohl sagen, daß du dich nun in unserem Besitz befindest? Ich will dir glauben. Laßt uns gemeinsam von hier fliehen!”
“Aber dieses Kästchen kann doch gar nicht laufen”, sagte Hieronymus. “Wie will es von hier wegkommen?”
“Ihr müßt mich tragen”, erklärte das Kästchen. “Ich bin nicht schwer. Ihr braucht mich nur von meinen Verbindungskabeln abzutrennen, in das Netz zu packen und dieses huckepack zu nehmen. Zuvor aber muß ich euch den Weg beschreiben, denn wenn ihr mich abgekabelt habt, kann ich weder sehen, noch hören, noch mit euch reden.”
“Was nutzt du uns dann noch?” fragte Quax.
“Aber Quax”, schmeichelte das Kästchen, “du bist doch ein so großer Erfinder. Du wirst sicher Mittel und Wege finden, mit mir wieder in Verbindung zu treten. Du mußt dir nur eines merken: Das dünne Kabel ist meine Verbindung zur Außenwelt, das dickere dient meiner Energieversorgung. Dort kannst du später eine Batterie anschließen, und ich komme wieder zum Leben.”
“Du weißt verdammt viel”, murrte Hieronymus, “kennst uns sogar mit Namen!”
“Ich weiß alles”, antwortete das Kästchen, “alles, was Salaam jemals mit

seinen künstlichen Augen und Ohren gesehen und gehört hat! Und noch viel mehr! Mehr als ihr ahnt!"

"Gut, nehmen wir dich mit", entschied Quax. "Los Leute, packen wir Merlins Buch und das Kästchen in die Tarnkappe, und dann weg von hier!"

"Mit dem sperrigen Buch kommt ihr wahrscheinlich nicht hier heraus", sagte das Kästchen. "Ihr solltet es hierlassen. Aber dafür habt ihr in mir einen guten Ersatz."

"Das mag ein Trick sein", rief Hieronymus. "Wir sollen Merlins Buch zurücklassen, damit es sich der Unhold später wieder holen kann. Nein, darauf lassen wir uns nicht ein!"

Auf den Bildschirmen begann es wild zu flackern. Ein schriller Pfeifton durchdrang den Raum.

"Macht was ihr wollt!" piepste das Kästchen. "Ihr werdet schon sehen, wie weit ihr kommt. Nun aber eilt euch: Ihr nehmt den Weg durch den Luftschacht, der dort über dem Mumienschrank einmündet. Geht im Schacht an der ersten Kreuzung nach rechts, an der zweiten nach links, dann immer gerade aus. Nach etwa einer Meile gelangt ihr ins Freie. Ihr kommt unmittelbar vor der großen Brücke, die in den Zaubergarten führt, heraus. Alles weitere ist Glücksache. Ach ja, und noch eins, im Schacht ist es dunkel, vollkommen dunkel! Aber fürchtet euch nicht, es gibt keine Fallen, keine lauernden Unholde. Und jetzt los! Zieht die Kabel aus mir heraus und macht euch auf den Weg!"

Leonardo saß im Motorenraum und zitterte am ganzen Körper. Draußen wüteten die Feinde ungehindert weiter. Jeden Augenblick konnten sie die Tür zu seinem Versteck einschlagen. Dann wehe ihm, dem armen kleinen Kater Leonardo Tapsele!

Der Motor aber lief; der Propeller, der sich gemächlich drehte, hielt das Schiff knapp über dem Boden.

Auch Baldwin zitterte! Die Angst lähmte seine Stimme. Magda saß neben ihm; sie wußte im Augenblick keinen Rat.

Die Vögel tobten und tobten. Auch Kronon tobte weiter. Er mochte gut vierzig oder fünfzig der Biester erschlagen haben. Doch dies war nichts im Vergleich zur gewaltigen Zahl, die immer noch das Schiff attackierte!

Plötzlich ließen die Vögel ab. Wie aufgescheuchte Hühner flogen sie in die Höhe.

"Ortwiiiin!" rief es von unten. "Ortwin, Ihr seid ein vermaledeiter Narr!

Holt Eure Katzen an Bord und sucht das Weite! Es ist Eure letzte Chance!"
Kronon wieherte. Er hatte seinen ehemaligen Herrn erkannt. Ängstlich senkte er den Kopf. Nela kam aus der Kajüte und beruhigte das Pferd. Dann ging sie zur Reling und schaute hinunter. Dort stand Salaam - in seiner ganzen Farbenpracht, auf seinem puppenhaften Gesicht ein höhnisches Grinsen.
"Hört, Gevatterin!" rief er. "Sagt Eurem Freund Ortwin, seine vier Kätzchen, die er in die Höhle geschickt hat, sind tot! Sie sind tot, tot, tot! Und Ihr werdet es auch sein, wenn Ihr nicht sofort macht, daß Ihr weiterkommt!"
"Beweise mir erst, daß die vier nicht mehr leben!" rief Nela.
Einige Samtpfoten, die sich hinter Stangen, Sonnensegeln oder im Wolkenstoff versteckt hatten, schauten vorsichtig hervor. Leonardo wagte sich heraus und lief die Reling entlang.
"Wenn ihr Quax auch nur ein Haar gekrümmt habt, dann, dann..." maunzte er. Mehr wußte er nicht zu sagen. Wut, Angst und Verzweiflung verschlugen ihm die Sprache.
Salaam lachte und beachtete den kleinen Kater nicht weiter. Vielmehr rief er nach seinem Pferd: "Willst du nicht wieder zu mir zurück, alter Klepper? Na gut, dann eben nicht! Dann geh mit Ortwin und seinen Katzen zugrunde!"
In diesem Augenblick stürzte Gurx hervor. Sein Gesicht war vor Haß entstellt. Er glich mehr einem Kuder denn einem Hauskater. Fauchend sprang er an Salaam hoch. Im Nu kletterte er über dessen buntscheckiges Gewand auf die Schulter. Andere Katzen und Kater kamen hinterher: Moony, Munni, Tabitha, Nubis, Mohrle, Bosheide, Gnaeus, Tobias, Wuschwhau, Antonius, Knurr, Minze, Gregorius, Bärle, Munzel, Caesarion, Agathe, Toxi, Maunze, Fleckchen, Xenofefa, Petunia, Carli, Brillenkätzchen und, und, und ... Es wurden immer mehr. Anfänglich gelang es Salaam seine Gegner mühelos abzuwehren: Gurx, Moony und Munni flogen im hohen Bogen durch die Luft; auch Tabitha und Nubis konnte er noch rasch abschütteln - doch dann wurde es zusehends schwieriger. Immer mehr Katzenleiber hingen an ihm! Er schwankte und strauchelte. Er schrie nach seinen Vögeln. Doch sie hörten ihn nicht, zu laut kreischten die Samtpfoten. Obwohl Salaam keinen Schmerz verspürte, wurde ihm seine Lage ungemütlich. Er konnte diese Puppe nicht mehr steuern. Besser er ginge zurück in die Höhle und dirigierte von dort die Vernichtung Ortwins und seiner Gefährten. Aber, verdammt, bei Moloch-Ammun-Ischtar-Baal,

wieso kam er nicht mehr zurück in den anderen Körper? Was war in der Höhle geschehen? Mit einem Mal durchzuckte es ihn wie ein Blitz! Sie waren nicht tot! Sie lebten! Sie hatten seinen zurückgelassenen Körper zerstört! Und nicht nur das! Seine gesamte Zentrale schien zerstört: Seine künstlichen Augen waren blind, seine Ohren taub; die mechanischen Kreaturen, Vögel wie Elefanten, waren seinem Willen entzogen!

Er geriet in Panik und stürzte! Die fallende Puppe schrie in den grauenvollsten Tönen: "Sie leben! Sie leben! Diese verdammten Katzen leben! Ihr verdammten Bestien, das sollt ihr mir..."

Die Puppe verstummte und blieb reglos liegen. Ihre Augen starrten ins Leere. Die Samtpfoten ließen von ihr ab. Sie wußten, von diesem Wesen hatten sie nichts mehr zu befürchten.

Die eisernen Vögel kreisten noch eine Weile krächzend um das Gelände; dann verschwanden sie in Richtung Berge. Die Elefanten verharrten regungslos in der Ebene, ihre Kristalle erloschen. Sodann trabte Kronon zur leblosen Hülle seines ehemaligen Meisters und zertrümmerte sie mit wenigen Huftritten. Danach galoppierte er über die Ebene davon und wurde nicht mehr gesehen.

Quax, Hieronymus, Manulia und Wölkchen krochen durch den engen Luftschacht. Jeweils zu zweit bemühten sie sich um die Tarnkappe mit dem Kästchen und Merlins Zauberbuch: einer schob, der andere zog. Wollten sie sich abwechselten, mußten sie sich mühselig aneinander vorbeidrücken. Auf diese Weise kamen sie nur sehr langsam voran.

Sie ächzten und stöhnten; vor allem Quax jammerte ununterbrochen.

"Und dabei behauptete Ortwin, in der Tarnkappe werde das Buch federleicht", schimpfte Manulia. "Ich merke nichts davon. So geht das jedenfalls nicht weiter: Wir müssen entweder das Kästchen oder das Buch zurücklassen!"

"Das Buch kommt nicht in Frage", schimpfte Hieronymus. "Es ist zu kostbar."

"Das Kästchen ist ebenfalls zu kostbar", behauptete Quax. "Ich möchte nicht darauf verzichten."

"Ob Buch oder Kästchen", schimpfte Wölkchen, der sich gerade ganz vorn befand, "was zählt, ist allein mein Fell! Ich gehe weiter - schleift doch euer Gepäck alleine!"

"Du wirst dich doch nicht drücken wollen?" knurrte Quax.

“Keineswegs!” erwiderte Wölkchen. “Ich habe nur keine Lust hier stekken zu bleiben, weil ihr Trottel euch nicht entscheiden könnt, was ihr zurücklaßt.”
“Den Trottel zahle ich dir noch heim”, fauchte Hieronymus. “Ansonsten aber hast du recht. Auf, Quax, pack das Kästchen aus und laß es hier!”
“Niemals”, fauchte Quax. “Das Kästchen ist meine Beute! Ich behalte es.”
“Quatschkopf”, schnaubte Hieronymus. “Was wird Ortwin sagen, wenn er erfährt, daß wir das Buch zwar gefunden, aber nicht mitgenommen haben?”
“Ortwin soll froh sein, wenn wir überhaupt zurückkommen”, unterbrach Quax. “Das Buch wiegt soviel wie wir vier zusammen - trotz Tarnkappe!”
“Richtig!” sagte Manulia. “Das Kästchen dagegen wiegt nicht mehr als ein Katzenkind.”
“Das Kästchen, das Kästchen!” tobte Hieronymus. “Was wissen wir darüber? Vielleicht ist es nur eine Attrappe, eine leere Blechschachtel?!”
“Die Sache ist doch so klar wie der Mond in einer Frostnacht”, sagte Quax. “Das Buch bringen wir nie nach draußen, das Kästchen schon eher. Wir kommen also entweder mit leeren Pfoten oder mit einem Kästchen zurück!”
Hieronymus protestierte erneut, wurde aber überstimmt. Manulia und Wölkchen hielten zu Quax; also blieb Merlins Zauberbuch liegen - im finsteren Luftschacht in Salaams zerstörtem unterirdischen Reich.
Danach kamen die vier Gefährten wesentlich schneller voran. Nach einer Weile gelangten sie zur ersten Abzweigung; trotz der völligen Finsternis fanden sie den richtigen Weg. Ihr Schnurrhaarsinn ließ sie nicht im Stich. Kurz danach passierten sie die zweite Abzweigung; der Gang wurde etwas steiler. Inzwischen war auch Hieronymus froh, das schwere und sperrige Buch zurückgelassen zu haben. Natürlich ließ er sich nichts anmerken. Quax jedoch quälte das schlechte Gewissen. Wenn sich nun das Kästchen tatsächlich als wertlos erwies?! Hieronymus würde sicherlich vor Ortwin damit prahlen, daß er darauf bestanden hatte, das Buch weiterzuschleppen. Und Quax würde dastehen als der Dussel, der Merlins Zauberbuch gegen ein Blechkästchen eingetauscht hatte!

Draußen dämmerte es. Ortwin und Nela begutachteten die Schäden am Wolkenschiff. Sie waren nicht so schlimm wie vermutet. Was mochte nur mit Quax und den anderen geschehen sein? Der Aufschrei der Puppe hatte ihnen Mut gemacht - die Gefährten mochten noch am Leben sein, sich gerettet haben. Allerdings besaß Salaam noch viele Körper, waren

seine Gesellen alle noch bei ihm. Wenngleich seine kostbaren Apparaturen zerstört waren, besaß er doch gewiß noch genügend Waffen, mit denen er ihnen gefährlich werden konnte.
Leonardo lief zwischen Ortwin und Nelas Füßen herum und maunzte.
"Was ist denn los, kleiner Kater?" fragte Nela.
"Was wird schon los sein!" maulte Leonardo. "Legt den Roten Stein wieder auf seinen Platz, Meister Ortwin, damit er das Schiff am Boden hält und ich den Motor ausschalten kann. Ich weiß nämlich nicht, wieviel Energie wir im Speicher haben."
"Roter Stein, Roter Stein", murmelte Ortwin. "Ja, aber - ich habe ihn nicht weggenommen. Liegt er denn nicht mehr..."
Ortwin starrte wie gebannt auf den Platz, an dem der Stein eigentlich liegen sollte. Er war leer.
Baldwin kam hinzu. Er war kreidebleich, wirkte aber dennoch gefaßt.
"Irgendwie haben wir's überstanden", stöhnte er. "Das Schiff läßt sich sicher wieder instand setzen, oder was meint ihr? Was sagt ihr da? Der Stein ist weg? Wir steigen unaufhörlich höher? Ja verdammt, ihr Narren, warum unternehmt ihr denn nichts. Werft den Anker aus, bindet das Schiff fest! Aaaahhhh!"
Der Zwerg rannte zur Reling, griff eine Strickleiter und lehnte sich hinaus. Doch beim Blick in die Tiefe wurde ihm schwindlig! Bei allen Teufeln! Er war verloren!
Der Zwerg verlor den Verstand! Jedes andere Ende hätte er in Kauf genommen: die Verwandlung in Stein oder den Tod durch Gift. Aber nicht das! Nicht ein Ende irgendwo oben in den schwindelerregenden Höhen über den Wolken, in den luftleeren Sphären!
Magda und Nela versuchten ihn zu beruhigen. Doch sie hatten keinen Erfolg. Er brüllte weiter. Ortwin reichte ihm sein Kraut gegen die Höhenkrankheit - er nahm es und warf es laut jammernd über Bord. Dann ließ er sich fallen und wälzte sich wimmernd auf den durchlöcherten Planken hin und her. Plötzlich gab es einen dumpfen Schlag: Eine Planke zerbrach, und Baldwin verschwand unfreiwillig unter Deck.
"Ich verstehe seine Panik nicht", sagte Ortwin. "Wir schweben keine zwanzig Ellen über dem Boden! Außerdem könnten wir zur Not jederzeit etwas Wolkenstoff abzupfen, um wieder sicher zur Erde zurückzukommen."
"Das ist nicht nötig", sagte Leonardo. "Wir haben den Stein bereits gefunden."

Amanda schaute zwischen den zertrümmerten Planken hervor.
“Hier unten liegt er”, meldete sie. “Er ist in einen Spalt gerutscht.”

Im gleichen Augenblick dachte Quax an Amanda. Er streckte gerade seinen Kopf aus dem Schacht und blinzelte in die Morgensonne. Bald würde er die sanfte Katze wiedersehen. Sie hatten es tatsächlich geschafft! Das Kästchen hatte recht gehabt: Der Schacht endete unmittelbar neben der großen Holzbrücke, über die sie vor Tagen in den Zaubergarten gekommen waren.
Plötzlich schob sich etwas vor die Sonne. Quax hörte ein Lachen. Das hatte er befürchtet. Sofort zog er seinen Kopf zurück.
“Sieht nicht gut aus”, sagte er zu seinen drei Gefährten. “Wir werden erwartet.”
“Oh ja, ihr werdet erwartet”, krächzte es draußen. “Kommt nur heraus, Katzentiere!”
Darauf folgte ein fürchterliches Lachen aus vielen Kehlen.
“Salaams Puppen?” fragte Manulia.
“Schlimmer”, raunte Quax. “Sieh selbst!”
Die Katze drückte sich an Quax vorbei und spähte vorsichtig hinaus. Draußen erkannte sie ein gutes Dutzend hochgewachsener Gestalten; allesamt in dunkle Mäntel gehüllt. Einer beugte sich gerade hinunter. Manulia sah seine Augen - seine bösartigen Mäuseaugen!
“Das sind Mäuse, nicht wahr?” rief Wölkchen von hinten. “Ich rieche es! Ich bekomme Hunger!”
“An diesen Mäusen würdest du dir die Zähne ausbeißen”, erwiderte Manulia. “Sie sind groß wie Menschen! Riesenmäuse!”
Die Unholde lachten erneut. Einer fuhr mit seiner Klaue in den Schacht, um nach den Samtpfoten zu greifen. Diese wichen weiter zurück.
“Bleibt von mir aus, wo ihr seid, Katzenbiester”, brummte der Unhold. “Ihr kommt hier niemals lebend heraus.” Zu seinen Genossen gewandt rief er: “Wälzen wir einen schweren Felsbrocken auf das Loch! Dann ist Ruhe!”
Wieder lachten die Gesellen. Dann hörte katz es rumpeln, als rolle tatsächlich jemand einen großen Felsbrocken herbei. Plötzlich mischte sich Pferdegetrappel in das Rumoren. Ein Reiter kam über die Brücke.
“Macht besser, daß ihr hier wegkommt!” rief der Reiter. “Die Wolkenkatzen haben die Anlage zerstört”, fuhr er fort. “Unsere Energieversorgung

ist zusammengebrochen! Und was das Allerschlimmste ist, Salaam ist nirgends mehr zu finden. Seine Körper stehen entseelt in der Pagode. Anscheinend hat er sich davongestohlen!" Dann galoppierte er weiter.
Die Samtpfoten verstanden zwar nicht ganz den Sinn seiner Worte, doch konnten sie aus der Reaktion ihrer Gegner schließen, daß etwas sehr Bedeutendes geschehen sein mußte. Die Unholde schrien alle durcheinander. Aufgeregt rannten sie hin und her. Einer beugte sich noch einmal zu den Samtpfoten hinunter und schrie:
"Wir kriegen euch noch! Das bedeutet Rache, fürchterliche Rache!"
Danach entfernten sie sich rasch. Kurze Zeit später waren erneut Pferdehufe auf der Holzbrücke zu hören. Es mußten sehr viele Reiter sein, die die Brücke überquerten - und die wenigsten von ihnen waren Menschen. Sie bellten, krächzten, jaulten, winselten und grunzten. Danach herrschte Stille; eine gespenstische Stille.
Manulia kroch aus dem Schacht und schaute sich um. Die Morgensonne stand über dem Horizont; an den Berghängen verflüchtigten sich die letzten Nebelschwaden. Das große Tor zum Zaubergarten stand weit offen. Nichts rührte sich.
Nun wagten sich auch Quax, Hieronymus und Wölkchen heraus. Hieronymus zog das Kästchen hinter sich her. In der Sonne glänzte es purpurrot. Es schien, als freue es sich, nach so vielen Jahren in der Dunkelheit endlich wieder im Freien zu sein.
"Kommt, Leute", sagte Hieronymus, "gehen wir in den Garten und schleichen wir zur Pagode, wo Salaams Puppen stehen. Wenn der Mausgesichtige recht hatte, so hat sie der Geist des Magiers aufgegeben. Laßt uns die Gelegenheit nutzen und die Puppen zerstören!"
"Aber wenn er doch noch zurückkommt?" fragte Wölkchen. "Sollen wir nicht lieber Ortwin und die anderen suchen?"
"Nein, laßt uns erst die Puppen zerstören", verlangte auch Manulia. "Du kannst ja mit Quax hierbleiben und auf das Kästchen aufpassen. Komm, Hieronymus, ans Werk!"
Die beiden eilten in den Zaubergarten. Keine Menschen-, Mäuse- oder Hundeseele war zu sehen. Ein kühler Wind blies ihnen entgegen. Staub und trockenes Laub wirbelte umher. Es war totenstill.
"Nun weiß ich, warum die Unholde geflohen sind", sagte Hieronymus. "Der Garten hat seinen Zauber verloren. Schon bald werden all diese

herrlichen Pflanzen erfroren sein."
In der Pagode war es düster. In sechs der sieben Nischen stand einer der künstlichen Körper, jeder farbenprächtig gekleidet, geschmückt und frisiert, als sei nichts geschehen.
Die beiden Samtpfoten sprangen an den Puppen hoch und brachten sie dadurch aus dem Gleichgewicht. Eine nach der anderen stürzte zu Boden.
"Ob das reicht?" fragte Hieronymus. "Sie sind recht stabil gebaut. Wir müßten ihre Köpfe zerstören, wie bei jener unten in der Höhle."
Er krallte einer Puppe die Perücke herunter und fand - wie erwartet - an dessen Hinterkopf einen kleinen Hebel. Dieser ließ sich leicht bewegen: Eine Klappe sprang auf und gab den Blick frei auf das mechanisch-elektrische Wunderwerk im Innern. Der Kater tatzte hinein, zog jedoch rasch die Pfote zurück. Ein elektrischer Funke war übergesprungen.
"Oh", stöhnte er, "es scheint sich zu wehren! Es schmerzt, wenn man es berührt."
"Nehmen wir einen Stock", schlug Manulia vor, "und machen wir es damit kaputt!"
Sie deutete auf ein Lanze, die am Eingang zur Pagode an der Wand lehnte. Mit Mühe und Not schafften sie es, mit dieser Waffe die Puppen zu zerstören. Als im letzten Puppenkopf die Splinte und Rädchen zerbrachen und die geheimnisvolle Glaskugel herausrollte, fielen die beiden Samtpfoten erschöpft zu Boden. Urplötzlich merkten sie, wie müde sie waren. Wie lange hatten sie schon nicht mehr geschlafen, nichts mehr gegessen und getrunken?
Nach einer Weile taumelten sie hinaus in den Garten.
Die Sonne stand bereits recht hoch am Horizont und spendete ein wenig Wärme. Die Kälte der Steppe aber zog unweigerlich in den Wundergarten. Dort, wo die Sonnenstrahlen nicht hingelangten, begannen die Teiche und Bäche zu gefrieren.
Sie tranken etwas Wasser aus einem der Teiche und schleppten sich dann zurück zum großen Tor. Quax und Wölkchen warteten schon ungeduldig auf sie.
"Ich brauche jetzt ein Schläfchen, irgendwo an einem warmen, sicheren Platz", stöhnte Hieronymus, "und dann eine Maus oder auch zwei... sonst schaffe ich den Weg zurück zu unserem Raserwölkchen nicht. Überhaupt weiß ich nicht, wie wir..."
"He, Leute, schaut mal!" unterbrach ihn Wölkchen. "Diese fette Wolke,

die da angetrudelt kommt: Das ist unser Wolkenschiff! Sie kommen, uns zu holen!"
Alle Müdigkeit war vergessen. Die vier Gefährten sprangen auf und liefen maunzend dem Wolkenschiff entgegen.
Bald schon hörten sie die Antwort der Wolkenkatzen: Zunächst klang es wie ein Echo ihres eigenen Gesangs, doch dann klang es mehr und mehr wie ein gewaltiger Chor.
Das Wolkenschiff ging vor Anker; eine Strickleiter wurde herabgelassen und Katzen und Kater hangelten sich herunter, allen voran Gurx.
"Willkommen Vetter!" begrüßte er Quax.
"Freut mich, dich so frisch und munter zu sehen", erwiderte Quax. "Ich glaube, wir haben uns viel zu erzählen!" Quax deutete zum Wolkenschiff.
"Oh ja" maunzte Gurx. "Das Schiff hat ein wenig gelitten. Und um es in aller Bescheidenheit hinzuzufügen: Ohne mich wäre es jetzt nur noch ein kläglicher Trümmerhaufen. Doch sagt, wie erging es euch? Habt ihr das Buch?"
Immer mehr Wolkenkatzen rannten auf die Wiese; alle bestürmten die vier Gefährten mit Fragen, redeten kreuz und quer und ließen sie nicht zu Wort kommen.
Endlich erschienen Ortwin, Nela und Magda.
Ortwin packte Hieronymus, hob ihn hoch und rief triumphierend: "Kater, was glaubst du, wie froh ich bin, dich wiederzuhaben." Er ließ ihn fallen und packte Quax: "Und auch dich, oller Weißchen! Wir haben es geschafft! Wir haben sie besiegt! Ihre Stadt ist ohne Energie, die Unholde sind geflohen; wir haben sie davonreiten sehen! Und ihr? Habt ihr das Buch gefunden?"
Quax hätte gern geantwortet, doch Ortwin hielt ihn so ungeschickt, daß ihm die Luft wegblieb.
"Ja, wir leben noch, Meister", sagte Hieronymus, "und wir haben Salaams Geheimnis gelüftet. Außerdem haben wir alle künstlichen Körper des Magiers in seinem Garten zerstört! Das Buch aber, nun ja..."
Ortwin setzte Quax ins Gras, beugte sich zu den Samtpfoten hinunter und fuhr ihnen abwechselnd über die Köpfe.
"Ich sehe, ihr habt es nicht gefunden. Nun, es hat wohl nicht sollen sein..."
"Doch, Meister", gestand Quax, "wir haben es gefunden, tief unten in Salaams Höhlenlabyrinth. Doch wir konnten es nicht mitnehmen. Es liegt in einem Schacht, wo gewiß nie wieder ein lebendes Wesen hineingelangt.

Dafür aber..." - er zeigte auf das Kästchen - "...bringen wir dir das."
"Ein schwarzes Kästchen? Was soll das sein? Eines der weiteren Geheimnisse Salaams?"
"Ha!" rief Magda. "Wenn dies tatsächlich das ist, wofür ich es halte, wiegt es zehn Bücher Merlins auf! Das ist das schwarze Kästchen von den Sternen, auch bekannt als das Kästchen des Königs Tiglatpileser."
"Woher weißt du das?" fragte Nela.
"Verrat es nicht!" hörten sie da ein Kreischen. Es war Baldwin, der über die Wiese gerannt kam und mit den Armen fuchtelte.
"Zeig das Kästchen her!" forderte er. Obwohl er sich von seinem Anfall wieder erholt hatte, sah er fürchterlich aus. Seine wenigen Haare standen wirr zu Berge, seine Augen blickten glasig, seine Kleider hingen unordentlich an ihm herab. Er starrte auf das Netz in Magdas Hand und schrie lauter als zuvor: "Das ist das Kästchen, ja, das muß es sein!"
Ganz unvermittelt fiel er Magda um den Hals. Dann fuhr er sich kurz über die Haare und erklärte mit leicht zitternder Stimme: "Es gibt Beschreibungen davon in alten babylonischen Schriften. Vor langer Zeit soll es gestohlen worden sein, doch niemand wußte von wem. Also stecken Salaam und seine Spießgesellen dahinter. Aber jetzt, ja jetzt gehört es uns! In diesem Kästchen stecken mehr Zauberformeln als ihr euch denken könnt, hä, hä, hä..."
Ortwin und Nela schauten sich fragend an. Der Zwerg sprach in Rätseln.
"Das müßt Ihr mir später in aller Ruhe erklären, wenn wir unterwegs sind", sagte Ortwin, dem der Kopf brummte. "Laßt uns jetzt auf das Wolkenschiff zurückgehen. Sicher haben Quax und seine Begleiter Hunger und Durst, also kommt..."
In diesem Augenblick erschien eine Gestalt auf der Brücke.
Die Samtpfoten gerieten in Aufruhr. So schnell sie konnten, drängten sie die Strickleiter hoch. Magda hielt immer noch das Kästchen in der Hand. "Das Kästchen!" brüllte Baldwin so laut, daß sich seine Stimme überschlug. "Er darf es nicht mehr bekommen! Laß es nicht mehr los, Weib!" Geschwind - und ohne Rücksicht auf die Samtpfoten - kletterten die beiden die Leiter hinauf.
Ortwin verstand nicht, was vor sich ging. Verwirrt blickte er in die Runde. Nela packte ihn am Ärmel und zog ihn mit sich. Bevor sie das Schiff erreichten, drehte sich Ortwin noch einmal um und sah ihn: Den Junker! Salaam! Er war zurückgekehrt, in eine seiner Puppen, die noch

nicht zerstört war!
“Bleibt, wo Ihr seid”, schrie die Puppe, “oder ich zermalme Euch! Ich vergifte Euch, ich zerschmettere Euch, ich verbrenne Euch! Nichts wird von Euch bleiben als ein Häufchen Staub!”
Nela und Ortwin waren bei der Strickleiter angelangt. Ortwin merkte wie ihm die Beine den Dienst versagten. Waren das sein Alter und all die Anstrengungen der letzten Tage oder bereits der Bann des Magiers?
Die Puppe kam rasch näher. In diesem Augenblick rief Baldwin vom Wolkenschiff herunter: “Zu spät! Wir haben dein Kästchen von den Sternen! Du bist machtlos!”
Salaam blieb stehen und starrte nach oben. Magda hielt das Kästchen in die Höhe und rief: “Hier sieh, du Narr, da ist all der Zauber, der dich stark gemacht hat!”
Auch Manulia streckte ihren Kopf über die Reling und maunzte: “Wir sind aus deiner Höhle entkommen! Dein Kästchen hat uns dabei geholfen. Es hält jetzt zu uns. Gib auf!”
Salaam konnte es nicht fassen. Nicht genug, daß die vermaledeiten Wolkenkatzen seine Sonnensegel beschädigt hatten! Nicht genug, daß die Eindringlinge seine Geräte in der Höhle und ein halbes Dutzend seiner Körper zerstört hatten, obendrein nicht genug, daß sie heil aus der Höhle entkommen waren - nein, nun hatten sie auch noch das Zauberkästchen an sich gerissen! Und Merlins Buch? Hatten sie etwa auch das Buch wieder in ihrem Besitz? Was blieb ihm am Ende?
Oh, diese Katzen, diese elenden Katzen! Sie und die Pferde - waren sie nicht schon immer seine Feinde gewesen? Katzen, Katzen, Katzen! Er haßte sie!
Schreiend wie ein wild gewordenes Tier rannte er auf das Wolkenschiff zu!
Nela und Ortwin hatten es inzwischen geschafft, die Strickleiter hinaufzuklettern. Sie warfen sich mit letzter Kraft an Deck.
“Leonardo, Motor anwerfen!” hörten sie Mohrle befehlen. “Anker und Strickleiter einholen!” rief Tabitha. “Wir starten!”
Salaam griff nach der Strickleiter. Es gelang ihm, die unterste Sprosse mit einer Hand zu packen.
“Ortwin, ich kriege dich! Dich und deine vermaleideten Katzen!” brüllte er und kletterte langsam hoch.
Doch die Wolkenkatzen bewahrten Ruhe. Diese Puppe konnte sie nicht mehr erschrecken! Mit Magdas und Baldwins Hilfe lösten sie kurzerpfot

die Strickleiter aus der Verankerung. Als die Leiter mitsamt der Puppe nach unten rauschte, schwebte das Schiff schon ein gutes Stück über dem Boden. Mit einem dumpfen Schlag fiel die Puppe auf die Wiese. Dort blieb sie regungslos liegen.

Als es Abend geworden war, hatten die Wolkenkatzen längst das Reich Ogk verlassen und die Paßhöhe überflogen. Das Raserwölkchen hatten sie auf der Ebene zurückgelassen; Quax und seine Gefährten versprachen, irgendwann ein neues zu bauen. Die Schäden am Wolkenschiff waren gewiß bald zu beheben. Irgendwo in den Tälern würde sich sicherlich das geeignete Holz finden, um die zerstörten Planken zu ersetzen. Die Sonnensegel waren zwar entsetzlich zerzaust, spendeten aber immer noch genügend Energie.
Den ganzen Tag und die darauffolgende Nacht erzählten sie sich immer wieder ihre Abenteuer. Die Samtpfoten schleckten dabei Ortwins Zaubermilch und verspeisten Dörrmäuse. Einige Altkater - wir kennen sie! - setzten frischen Mäuseschnaps an; einige Jungkatzen - wir kennen sie ebenfalls! - spielten zwischendurch ein winzigkleines Mausball.
Die Stimmung an Bord war hervorragend, denn alle wußten: Von den Unholden, den Riesenmäusen, Baalpriestern, Zauberern und Kobolden - und vor allem von den Puppen Salaams hatten sie nichts mehr zu befürchten. So saßen sie denn glücklich beisammen und schmiedeten Pläne für die Zukunft.
Die Samtpfoten schnurrten. Natürlich wollten sie alle auf dem Wolkenschiff bleiben. Auch Baldwin war rundherum zufrieden. Er verspürte keine Höhenkrankheit mehr; all seine Ängste und Sorgen waren verflogen. Für ihn war es ebenfalls keine Frage, auf dem Schiff weiterzureisen.
Wohin sollte die Reise nun gehen? Die ganze Welt lag vor ihnen, wartete darauf, entdeckt zu werden.
"Fliegen wir zu den Sternen!" schlug Moonia vor. "Jetzt können wir endlich das Webekätzchen besuchen!"
Einige lachten. Quax rümpfte die Nase und Hieronymus belehrte: "Aber es gibt doch kein Webekätzchen, das ist doch nur ein Märchen!"
"Waren unsere Erlebnisse nicht selbst wie ein Märchen?" fragte Moony. "Niemand würde uns glauben, wenn wir ihm die Geschichte erzählten."
"Vielleicht haben wir alles nur geträumt?" fragte sich Tabitha.
"Glaube ich nicht", scherzte Baldwin. "Leute, dieses Wolkenschiff ist

wahr! Und das Kästchen, das dort drüben liegt, ebenfalls. Was wir erlebt haben, war kein Traum!"

"Wenn unsere Erlebnisse alle wahr gewesen sind", beharrte Moony, "warum soll es dann nicht auch ein Webekätzchen geben? Vielleicht zeigt uns das Kästchen eines Tages den Weg zu ihm?"

"Vorausgesetzt wir erwecken es wieder zum Leben", spottete Gurx. Denn bislang zeigte das Kästchen keine Regungen - allen Versuchen von Quax und Baldwin zum Trotz.

"Mach dir da mal keine Sorgen", sagte Ortwin. "Quax und Hieronymus haben bislang noch jedes Geheimnis gelüftet! Zu Hause haben wir gewiß viel Zeit, uns um das Wunderwerk zu kümmern, nicht wahr?"

"Zu Hause?" fragten die anderen. Was wollte Ortwin damit sagen? Welches Zuhause meinte er? Den Odenwald, die Wolfsschlucht oder die Bretagne?

"Nach Hause, zu meinen Ziegen, will ich eigentlich nicht", murmelte Baldwin.

"Und ich eigentlich auch nicht in meinen kalten Turm", lachte Ortwin. "Oder habt ihr im Ernst gedacht, ich will jetzt in den Odenwald zurückfliegen? Dort muß bereits tiefster Winter eingezogen sein - genauso wie in der Bretagne, nicht wahr Nela?"

"Ist doch klar, was Meister Ortwin meint", schnurrte Quax. "Er meint das Zuhause von uns Wolkenkatzen: Ägypten, Persien, Syrien! Palmyra!"

Auch Gurx warf sein Schnurren an: "Richtig, Vetter. In Palmyra ist es immer warm! Laßt uns dort überwintern!"

Die Gefährten waren begeistert und stimmten zu.

"Auf nach Palmyra!" rief Quax nochmals in die Runde. "Fliegen wir nach Hause!"

Weitere Veröffentlichungen im Larimar-Verlag

Ein Kriminalroman vom selben Autor: Peter Kronauer ist leidenschaftlicher Tangotänzer und nutzt jede Gelegenheit, sich beim Tango Argentino zu entspannen und von seinem Dienst zu erholen. Doch dann stirbt der Tangolehrer Miguel Pontevedra auf mysteriöse Weise und hinterlässt – obwohl er zu Lebzeiten als armer Schlucker galt – ein beträchtliches Vermögen in Form von Wertpapieren. Peter Kronauer wird in die Ermittlungen einbezogen und macht sich deshalb in der Tangoszene bald sehr unbeliebt. Nur mühselig entschlüsseln er und seine Kollegen all die Zusammenhänge und Hintergründe, denn der Fall erweist sich als immer undurchsichtiger und komplizierter. Im Verlauf des Verfahrens gibt es für Peter manche Wendung, mit der er nicht gerechnet hätte.

Rolf Thum: Der Tod tanzt mit. Ein Kriminalroman in der Tango Szene. 300 S., 12,60 Euro, ISBN: 978-3-931569-25-9

Reiseliteratur

Alexandra Rainer: Melange und Zuckerlskelett. Ein Streifzug durch das ober- und unterirdische Wien. 2005, 148 S., 10,50 Euro, ISBN: 978-3-931569-24-2

Hier erfahren Sie, wieso die Wiener als „morbid" gelten, ob die Wiener wirklich das Kaffeehaus erfunden haben und warum man heute dort keinen Kaffee bestellen soll, was es mit dem Klappsarg auf sich hatte oder welches die schönste Gruft der Stadt ist.

Die Autorin ist Wienerin und arbeitet als Fremden- und Gruftführerin in dieser Stadt. Begleiten Sie sie durch die Straßen, Sehenswürdigkeiten, Kaffeehäuser und Heurigenlokale - sowie zu den Friedhöfen und in die Grüfte der „Nekropole Europas".

Wibke Seifert: Mitten im Meer. Amüsante und kuriose Geschichten aus Malta, 2010, 10,50 Euro, ISNB: 978-3931569-26-6

Die Autorin lebt seit vielen Jahren auf Malta und beschreibt ihre Wahlheimat in heiteren Anekdoten und kurzweiligen Schilderungen. Dabei lässt sie auch die Bewohner desInsel-staates zu Wort kommen: einen pensionierten Lehrer, einen Kunstmaler, einen Fischer, etliche schießwütige Jäger, einen kauzigen Busfahrer, zwei Hausmädchen, einen gerissenen Pferdekutscher und einen Mann, der sich kreuzigen ließ.

Melitta Kessaris: Chaos ist ein griechisches Wort. Heilige und unheilige Geschichten aus dem Land der Götter. 2003, 10,50 Euro; ISBN: 978-3931569-23-5

Melitta Kessaris, eine Österreicherin, die seit über 30 Jahren in Athen lebt, beschreibt auf amüsante Weise das Land, in dem nicht nur die Demokratie, sondern auch die Bürokratie und das Chaos erfunden wurden und bringt uns dessen Menschen näher: Popen und Patriarchen, Schwiegermütter und Hausmädchen, Polizisten und Staatsbeamte, Ärzte und Patienten, Leichenbestatter und Hausiererinnen, Habenichtse und Lebenskünstler.

Ebenfalls von Melitta Kessaris: Ilias light. 320 S., 2008, 17,70 Euro, ISBN: 978-3931569-01-3

Nein, dies ist keine erneute Übersetzung von Homers ehrwürdigem Werk, sondern eine Nachdichtung in Reimen und in einer modernen, lockeren Sprache. Die ideale Feierabendlektüre nicht nur für die Fans von Griechenland, Homer oder der Antike, sondern für alle, die neugierig sind, was es mit dem Kampf um die Stadt Troja auf sich hatte, ob die Helden Achilles, Hektor, Agamemnon oder Odysseus wirklich Helden waren und was die „alten Griechen" vor rund 3000 Jahren sonst noch so alles umtrieb.